ⓒ 김계중, 2025

초판 1쇄 발행 2025년 10월 1일

지은이	김계중
펴낸이	이기봉
편집	좋은땅 편집팀
펴낸곳	도서출판 좋은땅
주소	서울특별시 마포구 양화로12길 26 지월드빌딩 (서교동 395-7)
전화	02)374-8616~7
팩스	02)374-8614
이메일	gworldbook@naver.com
홈페이지	www.g-world.co.kr

ISBN 979-11-388-4777-3 (03810)

- 가격은 뒤표지에 있습니다.
- 이 책은 저작권법에 의하여 보호를 받는 저작물이므로 무단 전재와 복제를 금합니다.
- 파본은 구입하신 서점에서 교환해 드립니다.

용산리둔치

합강정

대산면

악양루

김계중 장편소설

남강 ②

좋은땅

목차

1. 말숙이 병원 가다 … 8
2. 다친 말숙이 학교 가기 … 14
3. 말숙이의 봉헌에 대한 감정 … 20
4. 삿다리새 타기와 원망 … 33
5. 철수의 새집 … 38
6. 철수 집은 변소가 없다 … 46
7. 글을 찾아서 … 52
8. 1973년의 큰 변화 … 57
9. 말숙이네 티브이 사다 … 63
10. 돼지간의 힘든 시간 … 69
11. 만석의 천사 은희 … 75
12. 철수의 본색 … 81
13. 접대부 도망가다 … 86
14. 철수의 심리 … 93
15. 이무리 강가에서 … 100
16. 재일과 미자의 편지 쓰기 … 107
17. 광심정에 가다 … 115
18. 광심정의 황홀함 … 122

19. 양덕천에서 밀회 ··· 131
20. 미자의 갈등 ··· 137
21. 재일이의 갈등 ··· 143
22. 미자의 방 ··· 153
23. 재일의 분가 ··· 159
24. 미자의 시댁 인사 ··· 165
25. 미자 1월 3일 재일이 집에 가기로 했다 ··· 173
26. 새 손님 맞이하기 ··· 178
27. 말숙이 엄마와 두부 만들기 ··· 184
28. 말숙이 엄마의 죽음 ··· 191
29. 말숙이 엄마의 장례 ··· 199
30. 미자는 인사를 하러 왔다 ··· 205
31. 미자와 예비 시댁 가족들 ··· 211
32. 봉헌이 말숙이 위로하기 ··· 217
33. 미자의 결심 ··· 223
34. 미자의 시댁살이 ··· 229
35. 미자의 임신과 친정으로 가다 ··· 233
36. 김 선생과 영애의 데이트 ··· 240
37. 얼어 있는 영애가 녹기 시작한다 ··· 247
38. 김 선생 밭에 가다 ··· 253
39. 빗속의 영애 ··· 260
40. 영애는 아이들의 어머니다 ··· 267
41. 부스럼이 많았던 아이들 ··· 272

42. 농약 중독 ··· 277

43. 농약과 영희 ··· 283

44. 철수와 영희 새로운 시작 ··· 289

45. 농약 중독자 이송으로 철수 표창장 받다 ··· 295

46. 영희의 시집살이 ··· 301

47. 영희와 철수 장에 가다 ··· 306

48. 영희와 철수의 마산에서의 만남 ··· 312

49. 가기 싫은 집으로 왔다 ··· 318

50. 영희, 도망가다 ··· 324

51. 영희의 새로운 삶 ··· 329

52. 영희, 아들을 그리워하다 ··· 336

53. 영희, 가야장으로 갔다 ··· 341

54. 영희, 아들을 만나다 ··· 346

55. 진홍과 철수의 약속 ··· 350

56. 영희의 아들 생각 ··· 354

57. 진홍이 엄마를 만나다 ··· 361

58. 영희의 새로운 보금자리 ··· 366

59. 철수의 이중생활 ··· 373

60. 4학년인 말숙과 봉헌 ··· 379

61. 1974년의 사정리 ··· 385

62. 재일이 수리점을 찾은 미자와 철수 ··· 391

63. 미자 동생 인자 ··· 399

64. 인자 선보는 날 정하기 ··· 406

65. 만수에게 인자를 말하다 ··· 412

66. 인자의 갈등 ··· 419

67. 인자의 결정 ··· 426

68. 인자의 결혼식 ··· 432

69. 신혼여행 다녀와서 친정 가기 ··· 438

70. 인자의 신혼살이 ··· 445

71. 철수는 자신의 삶에서 도망간다 ··· 452

72. 철수의 절망 ··· 458

73. 벼랑으로 몰린 철수 ··· 463

74. 철수가 사라진 뒤의 월남동 풍경 ··· 467

75. 점빵을 접어야 하것다 ··· 474

76. 무너져 가는 만수 ··· 480

77. 아버지처럼 되지 않을 끼다 ··· 486

78. 만석이 친구 광명이 ··· 491

79. 선상님이 방구 낀다꼬 ··· 497

80. 시골에서 논이 없는 삶 ··· 503

81. 막내 춘석의 위독 ··· 506

82. 할머니의 몸과 마음의 고통 ··· 512

83. 엄마의 손길이 그리운 아이인데 ··· 517

84. 너무 빨리 어른이 되어 버린 만석 ··· 523

1. 말숙이 병원 가다

 말숙은 소풍을 다녀오다, 발을 헛디뎌 발목을 다쳤다. 봉헌의 등에 업혀 겨우 집으로 돌아왔지만, 발목은 점점 더 부어오르고 있었다.
 말숙이 엄마는 발목이 부어오르는 걸 보니 마음이 편치 않았다.
 "읍내 병원에 가야 하는데…."
 저녁 시간이 훌쩍 지나 병원은 이미 문을 닫았을 터였다. 차마 아픈 아이를 그냥 둘 수도 없고, 그렇다고 마산까지 가 밤길을 나서는 것도 여의치 않았다.
 '안티프라민' 연고를 손끝으로 듬뿍 떠서 말숙이의 부은 발목에 부드럽게 발라 주었다.
 "옴마, 시원하다."
 말숙이가 한결 편안한 얼굴로 말했다.
 "그래, 조금만 참아라. 내일 날 밝으모 재일이 오빠 오토바이 타고 회성의원에 가 보자."
 "옴마, 안티프라민 바르모 괴안타."
 엄마는 조심스럽게 손끝으로 발목을 감싸고 둥글게 마사지해 주었다. 따뜻한 손길이 말숙이의 아픈 발목을 감싸자, 아이의 표정도 점점 풀어졌다. 엄마는 어린 시절을 떠올리며 조용히 말했다.

"나도 어릴 때 다치면 외할머니가 따신 물을 수건에 적시어 이렇게 해 주셨단다. 그때는 병원도 없었다 아이가."

말숙이는 엄마의 이야기를 들으며 졸린 듯 눈을 깜빡였다. 엄마의 손길이 점점 더 포근하게 느껴졌다.

"언자 좀 괴안체?"

"응, 옴마. 움씬거리는 거는 없고 발목도 좀 움직인다."

말숙이는 엄마의 무릎에 살짝 몸을 기대며 속삭였다. 엄마는 아이의 머리를 조심스럽게 쓰다듬으며 작은 미소를 지었다. 병원에 갈 수는 없었지만, 엄마의 손길이 가장 좋은 약이라는 것을 말숙이도 알고 있었다.

다음 날 아침, 봉헌이는 책 보따리를 둘러메고 말숙이 집으로 찾아왔다. 문 앞에서 머뭇거리던 봉헌이는 조심스럽게 불렀다.

"말숙아!"

말숙이 어머니가 나온다.

"봉헌이 아이가. 니 어제 욕봤제?"

"오데예, 지가 뭐 한 것도 없는데예."

"들어오이라."

방으로 들어온 봉헌은 말숙이를 보며,

"괴안나?"

말숙이는 기운 없는 목소리로,

"응, 그란데 학교는 못 가것다. 니가 우리 반 선생님한테 이야기 좀 해라이."

봉헌이는 걱정스러운 얼굴로 문 앞에 서 있었다. 평소 씩씩하던 말숙

1. 말숙이 병원 가다

이가 이렇게 기운이 없을 줄이야. 그때 방 밖에서 인기척이 들리더니, 말숙이의 큰오빠 재일이가 들어왔다.

"봉헌이 왔나? 니 말숙이 때문에 어제 욕봤다미?"

초등학교 2학년이 재일이를 볼 때는 아저씨도 한참 나이 많은 아저씨이지만 말숙이 오빠이니 봉헌이는 형님이라 부르기 어렵고 아재라고 부르지도 못하고 그저 기어들어 가는 목소리로,

"아입미더."

재일이는 말숙이의 손을 잡아 일으켜 앉히며, 살뜰히 챙겨 주었다.

"말숙아, 병원에 가 보자."

재일이는 오토바이를 마당으로 끌어내며 말숙이를 조심스럽게 뒷좌석에 태웠다. 그녀는 한 손으로 허리를 잡고 힘없이 기대었다. 봉헌이는 오토바이가 시동을 걸고 먼지를 일으키며 떠나는 모습을 바라보았다.

말숙이는 봉헌이를 돌아보며 한 손으로 손을 흔들어 주었다. 봉헌이도 힘껏 말숙에게 손을 흔들어 보인다.

봉헌은 속으로 중얼거렸다.

'쑥을 발목에 감아 주모 될 것을 와 저리 호들갑이고?'

봉헌이는 한참 동안 그 자리에서 멍하니 서 있다가, 천천히 책보를 고쳐 메고 학교로 향했다. 선생님께 무슨 말을 해야 할지 머릿속으로 정리하면서도, 마음 한구석은 친구를 향한 걱정으로 가득 차 있었다.

봉헌이는 얼마 전 기억을 떠올렸다. 그도 만석과 마찬가지로 팔을 삐었을 때가 있었다. 그때 부모님은 병원에 데려가지 않고 마당 한구석에서 쑥을 뜯어다 절구에 찧었다. 그러곤 짓이겨진 쑥을 종이에 싸서 팔목에 감아 주며 말씀하셨다.

"이렇게 하면 내일쯤 멀쩡해질 기다."

그러나 다음 날이 와도, 그다음 날이 와도 팔목의 극심한 통증은 가시지 않았다. 오히려 부기가 더 심해져 손등까지 부어올랐다. 그럼에도 부모님은 병원에 갈 생각을 하지 않으셨다. 대신 다른 어르신들이 오셔서 숯가루를 바르라, 된장을 얹으라며 각자의 민간요법을 내놓았다.

그때 참 아팠는데….

봉헌은 통증이 심했지만 관절 끝의 성장판에 손상이 없어 장애가 생기지 않고 멀쩡한 자신의 모습을 보며 쑥이 완전히 나쁜 것만은 아니라는 생각을 했다.

비록 그때는 끔찍하게 아팠어도, 지금 와서 보면 별 탈 없이 잘 살아가고 있지 않은가.

회성의원까지의 길은 울퉁불퉁했고, 아침 안개가 아직 마을을 덮고 있었다. 바람이 옷깃을 스쳤지만, 오빠의 등에 기댄 말숙이는 그저 눈을 감고 있었다. 그녀의 머릿속에는 병원에서 무슨 말을 듣게 될지에 대한 불안함이 가득했다.

의사는 엑스레이 사진을 한참 들여다보더니 고개를 끄덕였다.

"골절은 없네. 그래도 기브스는 좀 해야것다."

말숙의 눈이 휘둥그레졌다. 가슴이 쿵 내려앉았다. 깁스라는 말을 듣자마자 온갖 걱정이 머릿속을 가득 채웠다.

'혹시 너무 꽉 조이면 어쩌지?'

'걸을 때 더 아프면 어쩌나? 제대로 낫지 않으면 평생 절뚝거리게 되는 건 아이가?'

"선상님, 기브스 하모 아픈 거 아입미꺼?"

그녀는 조심스럽게 물었다. 의사는 웃으며 고개를 저었다.

"안 아프다. 니보다 작은 얼라도 기브스 한다이."

그래도 말숙의 마음은 놓이지 않았다. 아무리 어린아이도 한다지만, 그게 자신에게는 해당되지 않을 수도 있는 일 아닌가? 혹시라도 깁스를 했다가 더 아프면 어쩌나. 마음속에서 불안함이 점점 커져 갔다.

"발목이 부어서 부기가 좀 빠져야 기브스 할 수 있다. 주사 한 방 맞고 약 줄 테니 약 묵고 부기 빠지면 다시 병원에 오이라."

주사라는 말에 말숙은 화들짝 놀랐다. 심장이 덜컥 내려앉고, 손끝이 떨렸다. 주사는 생각만 해도 무서웠다. 저 뾰족한 바늘이 피부를 뚫고 들어오면 얼마나 아플까?

그녀는 의사를 올려다보며 간절한 눈빛으로 물었다.

"예~? 주사는 와예?"

의사는 피식 웃으며 말했다.

"우리 꼬마 숙녀가 주사가 무섭는가베. 간호원 언니한테 살살 놔라 할 꾸마."

말숙은 기어들어 가는 목소리로 대답했다.

"예, 선상님…."

하지만 마음속 불안은 가시지 않았다. 그녀는 간호사가 주사기를 준비하는 모습을 보며 손을 꼭 쥐고 애써 긴장된 숨을 삼켰다.

말숙은 주사를 맞고 집에 돌아왔다. 아침까지만 해도 부어오르고 욱신거리던 발목이 한결 가벼워진 느낌이었다. 의사가 주사를 놓고, 약을 건네주며 말했을 때만 해도 통증이 심했는데, 시간이 지나자 신기할 정도로 통증이 사라졌다.

그래서 방 안에서 말숙은 혼자서 일어서 보았다. 두려움이 앞섰지만, 발을 내디디는 순간 안도의 한숨이 새어 나왔다. 부기가 빠진 발목은 깁스 없이도 충분히 버틸 수 있었다.

한 걸음 걸어 보니 약간의 통증이 있었지만 절룩거리며 걸을 수 있었다.

아까까지의 불안과 걱정이 스르르 녹아내리는 듯했다. 더 이상 깁스에 묶여 답답하게 지낼 필요가 없다는 사실이 무엇보다 기뻤다.

'내일은 학교에 가도 되것다.'

혼자 생각하며 그는 한동안 방 안을 왔다 갔다 걸음 연습을 했다.

2. 다친 말숙이 학교 가기

그때였다. 방문이 조심스레 열리며 엄마가 고개를 내밀었다.
"야야, 니 벌시로 걸어 당기나? 괴안나?"
말숙이는 놀란 얼굴로 얼른 멈춰 서며 대답했다.
"응, 옴마. 어제보다 억우로 괴안타."
엄마는 말숙이의 얼굴을 찬찬히 바라보더니, 조심스럽게 다가와 다시 발목을 살폈다.
"그래도 무리하믄 안 된다. 올 하루는 그냥 누버 있거라. 가무탄 거 도진다."
말숙이는 고개를 끄덕였지만, 표정에는 학교에 가고 싶은 마음이 슬쩍 묻어났다.
잠시 후, 부엌에서 나는 된장국 끓는 냄새에 방 안이 푸근하게 덮였다.
엄마는 따끈한 밥과 반찬을 쟁반에 담아 방으로 가져왔다.
"자, 밥 묵고 약도 꼭 챙겨 묵어라."
"알것다, 옴마."
밥숟가락을 들며 말숙이가 물었다.
"옴마, 내일은 핵교 가모 되것제?"
엄마는 밥 먹는 딸아이를 바라보며 잠시 생각에 잠겼다.

"올 하루 전디 보고 안 아프모 내일 아직에 재일이 오빠한테 데불다 달라 캐라."

말숙이는 입가에 웃음을 머금고 고개를 끄덕였다.

저녁이 되어 봉헌이가 다시 집 앞에 나타났다. 손에는 작은 쪽지와 노트 한 권을 들고 있었다.

"말숙아! 숙제 공책 들고 왔다이. 선상님이 내일 못 오모 이거 하라 쿠더라."

말숙이는 문 앞까지 발을 절뚝이며 나가 노트를 받았다.

"봉헌아, 고맙다이."

"근데 참말로 괴안나? 걸어도 되는 기가?"

"응, 약도 묵고 주사도 맞아 갔고 언자 억수로 좋아짓다."

봉헌이는 안도의 표정을 지으며 말했다.

"맞나, 내일 되모 걸을 수 있것다. 내가 데불고 갈꾸마."

"그래."

봉헌이 돌아서서 골목길을 따라 사라지고, 말숙이는 노트를 들고 방으로 돌아왔다.

책상에 앉아 노트를 펴며 숙제를 하기 시작했다. 펜 끝이 종이를 따라 조용히 움직이는 소리 속에서, 그녀의 마음도 조금씩 평온을 되찾았다. 창밖에는 밤하늘이 펼쳐지고 있었고, 별빛이 조용히 마당을 비추고 있었다.

그날 밤, 말숙이는 이불 속에서 오빠의 등에 기대 울퉁불퉁한 길을 달리던 오토바이의 진동을 떠올렸다.

그리고 병원에서 자신이 얼마나 겁을 냈는지, 또 주사 한 방에 통증이 사라진 게 얼마나 신기했는지를 생각했다.

'앞으로 다치지 말아야지….'

그렇게 생각하며, 말숙이는 스르르 잠이 들었다.

꿈속에서는 아무렇지도 않은 발로 봉헌이, 만석이와 함께 교실 마당을 뛰어다니고 있었다.

다음 날 아침, 햇살이 부드럽게 방문 틈으로 스며들었다.

말숙이는 눈을 떴다. 어제보다 한결 개운한 기분이었다. 발목은 여전히 무겁긴 했지만, 통증은 거의 느껴지지 않았다.

"옴마, 나 학교 갈란다."

엄마는 부엌에서 된장국을 휘젓다 말고 고개를 들었다.

"진짜 괴안나? 아직 부은 건 좀 있거만은."

"옴마, 걸을 수 있다. 기브스도 안 했는데, 집에 가만 있으모 뭐 할기고."

엄마는 걱정스러운 표정으로 말숙이를 바라보다가, 이내 한숨을 내쉬며 말했다.

"알긋다. 그라모 재일이 오빠한테 좀 천천히 데불다 도라 하자."

말숙이는 입꼬리를 살짝 올리며, 이불을 젖히고 일어났다. 발을 디딜 때 조심스러웠지만, 어제처럼 아프지는 않았다.

그녀는 옷을 갈아입고, 단정히 머리를 빗으며 거울을 보았다. 깁스를 안 했다는 사실이 마치 큰 자유처럼 느껴졌다.

봉헌이는 말숙이와 같이 학교에 가려고 말숙이 집으로 왔다. 말숙이 어머니가 봉헌이를 보고,

"봉헌아, 니 와 옷노? 말숙이하고 학조 갈라꼬?"

"아직 잡사숩미꺼? 어제 말숙이가 같이 학조 가자 캐서 왔다 아이미꺼."

"말숙이가 같이 학조 가자 캔는가베. 다리 가무타기 아직 다 안 나사서 좀 있다가 저거 오빠 오토바이 타고 갈 끼다."

"아, 그래예. 지는 또 혹시나 못 걸어가모 내가 업고 갈라꼬 했지예."

"아이고, 봉헌이가 억수로 착하네. 니 안 그라모 니도 오토바이 같이 타고 가라모?"

"아입미더. 지는 토가이 맨치로 쫓아가모 됩미더. 계시소."

봉헌이는 꾸벅 인사를 하고 학교로 뛰어갔다.

잠시 후, 재일이는 학교까지 데려다주기 위해 오토바이를 마당으로 끌고 나왔다.

"말숙아, 니 괴안나?"

"오빠야, 진짜로 괴안타. 학조 가고 싶다. 얼라들한테도 말할 게 있고."

재일이는 어쩔 수 없다는 듯 헬멧을 씌워 주고, 말숙이를 뒷자리에 태웠다.

달리는 오토바이 위에서 마을의 모습이 조금씩 멀어졌다. 산비탈 사이로 봄기운이 번지고 있었고, 논에는 뿌연 물이 깔려 있었다.

학교 앞에 도착하자, 몇몇 아이들이 운동장에서 공을 차며 뛰어놀고 있었다.

오토바이 소리에 고개를 돌린 봉헌이는 말숙이를 발견하고 눈이 동그래졌다.

"말숙아!"

봉헌이 달려와 오토바이에서 내리는 그녀를 붙잡았다.

"말숙아! 내 빨리 왔제."

"와, 니 억수로 날래네. 발바닥에 다이야 발통 달았나?"

말숙이는 웃으며 말했다.

두 사람은 나란히 교실로 향했다. 교실 안은 아침 준비로 분주했고, 말숙이가 문을 열자 아이들의 시선이 일제히 쏠렸다.

"말숙이다!"

"발목데이 가무탓다 쿠더만은 괴안나?!"

아이들이 웅성거리며 몰려들었고, 선생님도 이내 교탁 앞으로 걸어오며 말했다.

"말숙이 왔구나. 다친 데는 괴안나?"

"예, 선상님. 주사도 맞고 약도 묵었습미더."

선생님은 고개를 끄덕이며 다정하게 말했다.

"잘 참았구나. 오늘은 수업만 듣고 무리하지 말고 집에 가도록 해라."

수업이 시작되고, 말숙이는 책을 펴고 집중했다. 칠판에 글씨를 쓰는 선생님의 손, 창밖으로 흘러가는 구름, 친구들의 웃음소리까지 모두 낯설고 소중하게 느껴졌다. 아직 완전히 낫진 않았지만, 이 자리에 다시 앉아 있다는 사실만으로도 마음은 가벼웠다.

쉬는 시간, 봉헌이가 말숙이 옆으로 와 앉았다.

"니 어제 병원에서 기브스 안 해도 된다 하더나?"

"응, 주사 한 방 맞고 그냥 약 묵고, 오늘 다시 가 보기로 했는데…. 안 아파서 고마 있을란다."

봉헌이는 고개를 끄덕이며 말했다.

"그라모 진짜 다행이다."

그날 오후, 그녀는 무리하지 않고 네 시간만 수업을 듣고 일찍 집으로 돌아왔다. 그리고 저녁 무렵, 엄마와 함께 따뜻한 보리차를 마시며, 하루 동안 학교에서 있었던 이야기를 조잘조잘 풀어놓았다.

엄마는 딸아이의 건강한 얼굴을 보며 흐뭇한 미소를 지었다.

세월이 흘러도, 말숙이의 기억 속에는 그날의 따뜻한 손길과 친구 봉헌의 진심 어린 걱정이 봄날의 햇살처럼 소중하게 자리 잡게 될 것이다.

3. 말숙이의 봉헌에 대한 감정

말숙이는 아직도 발목에 통증이 남아 조심조심 걸어 다니고 있었다. 교실에서는 소풍 소감문을 써 오라는 숙제가 내려졌고, 말숙이는 병원에 갔던 일, 엄마의 손길, 그리고 봉헌이가 업어 준 고마움을 정성스레 글로 담았다.

그다음 날, 선생님은 말숙이의 글을 칭찬하며 교실 뒤 게시판에 붙여 주었다.

"말숙이는 참 따뜻한 글을 잘 썼다. 너희들도 친구를 대할 때 이렇게 마음을 담으면 좋겠지."

아이들이 게시판 앞으로 몰려들었고,

"우와, 진짜 감동이다", "말숙이 글 잘 쓰네"

하는 소리들이 들려왔다. 그 가운데, 봉헌은 뭔가 언짢은 듯 말없이 앉아 있었다.

쉬는 시간, 봉헌은 말숙이 자리로 다가가 툭 던지듯 말했다.

"니 글에, 내가 그라모 영웅 된 거 아이가?"

말숙이는 의아한 눈으로 그를 바라보며 대꾸했다.

"그게 와? 기냥 니가 고마베서 그리 쓴 기다."

"그라모 됐지, 뭐 그런 걸 붙이고 난리고…."

말숙이의 눈빛이 달라졌다.

"니, 지금 뭐라카노?"

"공부 잘하는 애들만 사람 취급 받는 거 같아서 하는 말이다. 난 소풍 날에도 니 업고 논두렁 내려오고, 집까지 업어다 줬다 아이가. 근데 '봉헌이는 공부도 못하는기 힘만 쎄다고' 이래 보는 거 같아서 기분 나쁘다."

말숙이는 잠시 말이 없었다. 그러다 조용히 말했다.

"봉헌아, 니 진짜로 고마웠다. 그래서 쓴 글이다. 니 체격이 커서가 아니라 니 마음이 커서."

봉헌은 잠시 시선을 피했다가, 낮은 목소리로 말했다.

"미안타. 그냥 무다이 그란다. 요즘 아부지한테도 공부는 못한다고, 지게 지는 기나 배아라 소리 자주 듣는다."

말숙이는 그제야 그의 마음을 이해했다.

"공부가 다는 아니지. 근데… 니 마음은 진짜 멋지다. 글로는 그거 못 다 썼다."

봉헌은 입꼬리를 살짝 올렸다.

"그라믄 됐다."

들녘 바람이 교실 창틈으로 스며들었다. 두 친구 사이에 낀 오해도 서서히 걷히고 있었다.

며칠 뒤, 학교에서는 가을 추수 체험 학습으로 논에서 벼를 베는 행사가 열렸다. 아이들은 낫을 들고 논둑에 줄줄이 섰지만, 대부분 낫질을 많이 해 보지 않아 서툴렀다. 그래서 벼 하나 베기도 힘겨워 허둥지둥이었다.

선생님이 웃으며 말했다.

"자, 누가 제일 빠르고 안전하게 벨 수 있는지 한번 보자. 봉헌이는 집에서 마이 해 봤제?"

아이들 사이에서 키가 유난히 큰 봉헌이가 낫을 들고 앞으로 나섰다.

"예, 선생님. 좀 합미더."

봉헌은 자세를 낮추고, 능숙하게 벼를 움켜쥔 다음, 리듬감 있게 낫질을 시작했다. 슥삭, 슥삭. 바람 소리보다 부드럽고도 빠른 낫질 소리가 논가에 퍼졌다. 어느새 봉헌이 주변에는 잘려진 벼가 작은 단으로 쌓이기 시작했다.

아이들은 눈이 동그래졌다.

"와, 저 보레. 봉헌이 진짜 잘한다이!"

"저렇게 빠른 사람 처음 봤다이!"

선생님도 감탄했다.

"우와, 이 정도모 어른 농사꾼 못지않다. 봉헌이는 체험 말고도 일당 받고 일꾼으로 와야것다."

봉헌은 낯이 뜨거워졌지만, 땀을 닦으며 멋쩍게 웃었다. 그 모습을 본 말숙이는 속으로 뿌듯함이 차올랐다. 얼마 전 자신에게 쑥스럽게 토로하던 그 말이 떠올랐다.

'공부는 못해도 농사일은 잘한다.'

라고 했던 봉헌의 말. 그 말이 오늘처럼 빛나 보인 적은 없었다.

행사가 끝나고, 학교로 돌아와 선생님은 말했다.

"오늘 제일 일을 잘한 친구는 봉헌이였지. 우리 모두 박수 한번 치자."

우레 같은 박수가 쏟아졌고, 봉헌은 수줍은 얼굴로 고개를 숙였다. 말숙이는 봉헌이 옆에 앉으며 조용히 속삭였다.

"니, 올 진짜 멋있더라."

봉헌은 짧게 대답했다.

"아이다. 촌에 일하는 기 뮈시라꼬."

그날 이후, 봉헌이는 아이들 사이에서 단순히 '덩치 큰 친구'가 아닌, 누구보다 일 잘하고 믿음직한 친구로 자리 잡아 갔다.

봉헌이의 말숙이를 향한 마음은 처음엔 단순한 '같이 노는 친구'였다. 어릴 적부터 함께 고무줄을 하거나 숨바꼭질을 하며 놀던 기억이 많았기에, 말숙이는 그저 곁에 항상 있는 존재였다. 그런데 언제부터였을까. 말숙이가 웃을 때면 괜히 가슴이 두근거리고, 그녀가 다른 남자아이와 웃으며 얘기할 때면 마음속이 답답해지기 시작했다.

가을 소풍날, 말숙이가 발목을 삐고 울먹이던 모습을 봉헌이는 잊을 수 없었다. 자신도 놀라고 당황했지만, 누구보다 먼저 달려가 등을 내준 건 그였다.

말숙이의 가벼운 몸이 자신의 등에 실렸을 때, 봉헌은 묘한 설렘과 책임감을 동시에 느꼈다. 그녀의 숨결이 자신의 등에 닿을 때마다 땀이 났고, 두근거림이 온몸을 타고 돌았다.

그날 이후, 봉헌이는 종종 말숙이 집 앞을 기웃거리곤 했다. 혹시라도 그녀가 아프진 않은지, 또 병원에서 뭐라 했는지 궁금했다.

직접 물어보긴 부끄러워서, 헛기침만 몇 번 하다 돌아오기도 했다. 말숙이가 웃으며 "봉헌아" 하고 부르면, 얼굴이 확 달아올라 제대로 대답도 못 했다.

하루는 친구들이 봉헌이와 말숙이를 두고,

"너거 둘이 연애하제?"

하고 놀리자, 봉헌이는 얼굴을 붉히며 고개를 절레절레 흔들었다. 하지만 마음속 어딘가에선 그 말이 거짓말이 아니라면 얼마나 좋을까 하는 생각이 들었다.

밤이면 봉헌은 뒷마당 장독대 옆에 앉아, 조용한 별빛 아래에서 혼잣말하듯 중얼거렸다.

"말숙이만 보면 가슴이 이상타. 꼭… 뜨거운 볕 아래 마른 논에 물이 확 스며드는 기분이다."

비록 어린 마음이지만, 봉헌에게 말숙이는 그저 좋은 친구를 넘어, 세상에서 가장 예쁘고 소중한 사람이 되어 가고 있었다.

그 감정은 가을이 깊어질수록 봉헌이 마음속에서 더 단단해지고 있었다. 낙엽이 우수수 떨어지는 마당을 쓸며 봉헌은 자꾸 말숙이 생각에 손을 멈추곤 했다.

말숙이 생각만 하면, 봉헌의 가슴은 바빠졌다. 학교 운동장에서 그녀가 절뚝이며 앉아 있는 걸 보면 마음이 찢어질 것 같았다. 친구들이,

"야, 말숙이 이제 절뚝발이 되는 거 아이가?"

하고 놀리자, 봉헌은 홧김에 그 아이를 밀치기도 했다.

"니는 입이 있으면 아무 말이나 씨부리나!"

그 아이에게 착한 봉헌이는 뺨까지 때렸다.

"다시 한번만 말숙이한데 그런 식으로 씨부리모, 뺨무때기만 때리는 것이 아이라 직이뻔다이!"

그날 선생님께 혼이 났지만, 봉헌은 꺾이지 않았다. 말숙이를 지키는 건 어쩌면, 세상 그 어떤 일보다 더 중요한 일이 되어 버렸다.

밤이면 봉헌은 담요를 덮고 누운 채 조용히 속삭였다.

"커서 농사를 지으나, 뭐 하더라도… 나는 말숙이 옆에 있고 싶다."

이 어린 사랑은 말로 다 담기 어려웠지만, 봉헌에게는 세상에서 가장 진짜 같았다.

그는 이제 자신이 왜 그렇게 말숙이를 보며 가슴이 뛰는지 알 것 같았다.

그건 그저 친구를 걱정하는 마음을 넘어서, 말숙이라는 사람 자체를 좋아한다는… 어린 소년의 첫사랑이었다.

말숙이는 봉헌이를 보면 늘 든든한 친구 같다고 생각했다. 학교에서 덩치 큰 남자애들이 까불며 시비를 걸어도, 봉헌이 옆에만 있으면 그 누구도 말숙이에게 함부로 하지 못했다.

"야, 말숙이. 니 요새 좀 재수 없데이."

그런 말이 들릴라치면 봉헌이의 한마디면 충분했다.

"입조심해라이. 한 번 더 헛소리 씨부리모 니 발목아지도 뿔라 뺀다이."

그럴 땐 말숙이도 마음이 좀 불편했다.

"봉헌아, 너무 그라지 마라. 내는 괴안타."

하지만 봉헌은 고개를 저으며 말했다.

"니 괴안다꼬 다 괴안은 건 아이다."

말숙이는 그런 봉헌이 고맙고, 또 미안했다.

항상 자신을 챙기고, 대신 나서 주고, 어느 날은 학교 끝나고 집까지 책 보따리를 들어 주겠다고 따라오는 봉헌을 보며 웃었다.

"니가 내 오빠도 아인데 와 이라노."

"그라모 나 니 오빠 할란다."

봉헌은 뒷머리를 긁으며 퉁명스럽게 말했다.

하지만 말숙이는 그 마음을 다 알지 못했다. 아니, 어렴풋이 짐작은 했지만 모른 척하고 싶었다. 봉헌이는 좋은 친구였고, 오랜 시간 함께한 이웃집 아이일 뿐이었다.

어느 날은 친구들과 얘기하다가 말숙이가 말했다.

"나는 냉중에 공부 잘해가 마산 나가 살 기다."

그 말에 봉헌의 눈빛이 잠깐 흔들렸지만, 말숙이는 눈치채지 못했다.

말숙이에게 봉헌은 농사일 잘하고, 힘 좋고, 의리 있는 친구였다. 어린 시절의 동무.

하지만 봉헌에게 말숙이는 단 하나의 사람, 하루에도 열두 번 생각나는 얼굴이었다.

그녀가 웃을 때마다 봉헌의 마음은 두근댔고, 그녀가 다른 남자애와 얘기라도 하면 눈길이 자꾸 그쪽으로 돌아갔다.

그렇게 두 사람의 마음은 엇갈리고 있었다.

말숙이에게 봉헌이는 "좋은 친구"였고, 봉헌은 말숙이를 향해 혼자만의 짝사랑을 키워 가고 있었다.

이 짝사랑이 앞으로 어떻게 변해 갈지, 아니면 시간이 지나도 마음속에 묻힐지….

봉헌도, 말숙이도 아직 모른다.

어느 날, 말숙이는 학교를 마친 뒤 집으로 돌아가던 중, 길을 걷다가 갑자기 뱀을 만났다. 뱀은 도로 한가운데에 있었다. 그 순간, 말숙이는 몸을 움츠리며 크게 놀랐다.

"으악, 뱀이야!"

두려움에 떨며 그 자리에 멈춰 서 있던 말숙이를 보며 봉헌이는 자신의 발걸음을 재빨리 옮겼다.

"말숙아, 가만있거라."

봉헌이 목소리가 차분하게 들렸다. 말숙이는 그제야 정신을 차리고, 봉헌이를 발견했다. 봉헌이가 빠르게 다가와 뱀과 거리를 두며 차분히 말했다.

"말숙아. 괴안타. 물자세네. 물리도 독이 없다."

봉헌이는 자신의 몸을 낮추고, 손에 들고 있던 나뭇가지를 조심스럽게 뱀 가까이로 내밀었다. 뱀은 움찔하며 뒤로 물러섰다.

봉헌이는 여전히 침착하게 행동하며, 말숙이가 안전하게 뱀을 피해 걸어갈 수 있도록 도왔다.

"언자 괴안타. 지나가자."

말숙이는 봉헌이가 그렇게 자상하고 믿음직스럽게 행동하는 모습에 놀랐다. 그 순간, 말숙이는 봉헌이가 자신을 정말로 아끼고 있다는 사실을 느꼈다. 봉헌이는 언제나 말숙이의 곁에 있었고, 늘 그녀를 지켜 주려고 했다. 이제 그녀는 그 감정을 확실하게 알 것 같았다.

"고맙다이. 니 안이스모 집에도 못 갈 뿐했다이."

봉헌이는 멋쩍은 미소를 지으며 대답했다.

"내가 니를 지켜 주는 거는 당연히 해야 하는 거 아이가? 그라고 니가 무슨 일이 생기모 지남줄 맨쿠로 딱 붙어 있을꾸마."

말숙이는 봉헌이의 말을 들으며 마음이 따뜻해졌다.

그가 보여 주는 친절과 따뜻함이 너무 자연스러워서, 어느 순간부터 봉헌이가 자신에게 더 특별한 사람이라는 느낌이 들었다.

그러나 그녀는 아직 그 감정을 어떻게 받아들여야 할지 몰랐다. 그저 봉헌이가 늘 곁에 있다는 것만으로도 안정감을 느끼고 있었다.

봉헌이는 말숙이가 걱정하지 않도록 계속해서 그녀를 보호하는 모습을 보여 주며, 자신도 모르게 그녀에게 더 깊은 감정을 느끼고 있었다. 그는 말숙이에게 상처가 없기를 바랐고, 그녀가 언제나 웃을 수 있도록 돕고 싶었다. 그 감정이 점점 더 커져만 갔다.

봉헌이의 마음속에는 말숙이가 그저 친구 이상의 존재로 자리 잡기 시작했고, 그 감정은 어느 순간부터는 더 이상 숨길 수 없는 강한 마음으로 바뀌어 가고 있었다.

봉헌이와 말숙이의 관계는 시간이 지나면서 조금씩 변해 갔다. 처음에는 친구로서 자연스럽게 함께했지만, 봉헌이는 점점 말숙이에 대한 감정을 키워 갔다. 자신도 모르게 그녀를 더 깊이 생각하게 되었고, 말숙이는 그런 봉헌이의 변화를 조금씩 눈치채기 시작했다. 그러나 말숙이는 아직 봉헌이가 자신을 좋아한다는 생각을 제대로 인식하지 못한 채, 그저 소중한 친구로 생각하고 있었다.

어느 날, 가을이 깊어 가던 오후, 봉헌이는 말숙이와 함께 학교가 끝난 후 집으로 돌아가고 있었다. 그날도 둘은 같은 길을 걷고 있었고, 봉헌이는 무심코 그녀에게 말을 걸었다.

"말숙아, 오늘은 뭐 좀 도와줄 일이 없을까?"

"음, 글쎄. 그냥 집에 가서 숙제나 해야겠다."

말숙이는 답하면서도, 봉헌이가 그렇게 자주 말을 거는 것이 조금은 이상하다는 생각이 들었다. 그는 항상 이렇게 먼저 다가와서 도와주려고 했고, 그 모습에 조금씩 의식하게 된 것이다. 그러나 말숙이는 여전히 그저 친구라고 생각하며 그 감정을 놓치고 있었다.

하지만 봉헌이는 그 마음을 감추지 못하고, 그날 저녁 결국 말을 꺼냈다.

"말숙아, 사실 내가 너한테 할 말이 있어."

말숙이는 조금 놀란 듯, 그를 쳐다보았다.

"뭐? 무슨 말?"

봉헌이는 잠시 망설였다. 가슴이 두근거렸다. 그의 손은 약간 떨리며, 마음속에서는 말숙이가 어떻게 반응할지에 대한 걱정이 밀려왔다. 그럼에도 불구하고 그는 용기를 내서 말했다.

"나는 말숙이를… 좋아해."

말숙이는 잠시 놀란 듯, 말없이 그를 바라보았다. 그런 그의 고백은 예상하지 못한 순간에 그녀에게 다가왔기 때문에, 머릿속에서 여러 가지 생각이 떠올랐다. 말숙이는 당황했지만, 그가 어떤 마음으로 그런 말을 했는지를 이해할 수 있었다. 봉헌이가 보여 준 친절과 배려는 그녀에게 늘 큰 힘이 되었고, 그가 자신을 좋아한다고 말한 순간, 마음속 어딘가에서 그 감정을 인정하게 되었다.

그녀는 살짝 웃으며 대답했다.

"봉헌아, 나도 너 좋아. 하지만 그게… 그저 친구로서의 마음인 것 같아."

봉헌이는 조금 실망했지만, 그런 말숙이의 반응에도 미소를 지었다.

"응, 나도 알았어. 그냥… 내가 네 옆에 항상 있고 싶어서 그런 말 했어. 친구로서도 언제든지 네 곁에 있을게."

그 순간, 말숙이는 봉헌이의 진심을 느꼈다. 그의 고백이 진지하고도 소박하게 다가왔고, 그녀는 그의 마음을 그대로 받아들이기로 했다. 그저 친구로서의 관계로 시작된 두 사람의 관계는 이제 조금 더 특별한 의미를 가지게 되었다.

"그럼, 나도 봉헌이가 언제든지 곁에 있다는 거, 고마워. 네가 옆에 있으면 마음이 편해."

말숙이의 그 말에 봉헌이는 웃으며 고개를 끄덕였다.

"그럼, 앞으로도 계속 이렇게 서로 도와가며 지내자. 나는 너한테 정말 큰 힘이 되고 싶어."

그들의 관계는 그 이후로 더욱 깊어졌다. 말숙이는 봉헌이가 자신을 얼마나 아끼고 있는지 깨닫기 시작했다. 그리고 봉헌이 역시 말숙이가 자신을 신뢰하고 있다는 것을 느꼈다. 시간이 지나면서 그들의 관계는 자연스럽게 더 가까워졌고, 서로에게 의지할 수 있는 소중한 친구가 되었다.

비록 말숙이는 봉헌이를 연인으로서 생각하는 것은 아니었지만, 그가 자신에게 주는 배려와 마음은 점차 중요해지기 시작했다. 봉헌이 역시 말숙이가 친구로서 특별한 존재라는 것을 인식하며, 그녀와 함께 시간을 보내는 것만으로도 큰 행복을 느끼고 있었다.

그렇게 두 사람은 조금씩 변해 가는 감정 속에서, 서로에게 기대고, 함께 자라며, 우정이란 이름 아래 소중한 시간을 보내고 있었다. 그들은 서로를 이해하고 아끼는 마음을 점점 더 키워 갔다.

봉헌이와 말숙이의 관계는 시간이 지날수록 조금씩 발전했다.

서로의 감정은 복잡하지만 자연스럽게 흐르고 있었다. 그들은 서로의 존재를 더 깊이 이해하며, 때로는 가벼운 장난을 치기도 하고, 때로는 중요한 이야기를 나누기도 했다.

말숙이는 봉헌이의 친절과 배려를 감사히 여기면서도 여전히 그를 친구로서만 생각했지만, 그가 보여 주는 진심은 점점 더 마음을 움직였다.

어느 날, 학교가 끝난 후 봉헌이는 말숙이를 집까지 데려다주기로 했다. 그날도 길을 걷고 있던 두 사람은 평소처럼 가벼운 대화를 나누고 있었다.

"오늘은 날씨가 참 좋다이."

봉헌이가 말했다. 말숙이는 웃으며 대답했다.

"하모. 맞다이. 날씨가 좋으모 기분도 좋아진다이."

그들은 그저 평범한 대화를 나누고 있었지만, 봉헌이는 어느 순간 말숙이를 쳐다보며, 속으로 깊은 생각에 잠겼다.

'이 똑똑한 가서나하고 계속 만날 수 있것나?'

하는 생각이 그를 멈추게 했다.

그럼에도 불구하고 그는 아직 자신의 감정을 더 이상 말하지 않았다.

왜냐하면 말숙이가 그를 단지 친구로 생각하는 것 같았기 때문이었다.

"봉헌아."

말숙이가 불쑥 말했다.

"와?"

"니하고 있으모 매미 편안하다이. 그래가꼬 니가 만날 내 옆에 있는 기 좋것다."

그 말에 봉헌이는 놀라며 말숙이를 쳐다보았다.

그 순간, 그는 말숙이의 말 속에서 무언가 특별한 의미를 느꼈다.

평소처럼 말숙이는 그저 친구로서의 표현을 한 것이었지만, 봉헌이는 그 말을 듣고 마음속 깊은 곳에서 울리는 감정이 있었다.

"내도 니하고 있으모 억수로 좋다이."

봉헌이는 조심스레 말했다.

말숙이는 그의 말을 듣고, 미소를 지으며 말했다.

"머슴마야. 내도 안다. 니가 내 좋아하는 거."

그 말에 봉헌이는 가슴이 벅차오르는 느낌을 받았다.

그동안 그의 마음을 고백할 용기를 내지 못했지만, 지금 이 순간만큼은 말숙이에게 조금 더 가까워진 것 같았다.

그가 혼자서 말숙이를 좋아한다는 사실은 여전히 변하지 않았지만, 말숙이가 그를 친구로서 이렇게 진심으로 받아들여 주는 것만으로도 큰 위안이 되었다.

"말숙아, 니하고 내하고 이 마음 쭉 변치 말자이."

봉헌이가 그 말을 덧붙였다.

말숙이는 봉헌이의 말에 한참을 생각하더니 고개를 끄덕였다.

"알것다. 그라모 니 내하고 뭐 할 낀데?"

"응…."

봉헌은 대답을 하지 못한다.

말숙이는 대답을 못 하는 봉헌이를 보며 미소를 짓는다.

"뭐… 꼭 뭐를 해야 되나. 고마 니하고 잘 지내모 되지 뭐."

그날 이후, 봉헌이와 말숙이는 자주 함께 시간을 보내기 시작했다.

4. 삿다리새 타기와 원망

만석은 다른 친구들이 자전거를 타는 것을 볼 때마다 자전거를 타고 싶었다. 만석의 눈에는 자전거가 단순한 이동 수단이 아니었다. 바람을 가르며 내달리는 자유, 페달을 밟으며 세상을 넓혀 가는 희망이었다.

1970년대, 시골 마을에서 아동용 자전거란 없었다. 그리고 자신의 자전거는 꿈도 꾸지 못하는 것이 현실이었다. 자전거는 오직 어른들이 타는 일반 자전거와 막걸리 배달을 하는 짐 자전거, 딱 두 종류뿐이었다. 아이들은 그저 어른들의 자전거를 부러운 눈으로 바라볼 뿐이다.

자전거의 위안은 친구들과 함께 마당에서 바퀴로 굴렁쇠를 굴리며 노는 것이었다. 자전거 휠의 살대를 전부 제거한 후, 나무 막대로 중간 홈 부분을 밀어 굴리는 것이었다. 둥근 쇠로 만든 굴렁쇠도 있었지만, 자전거 휠이 더 가벼워서 더욱 잘 굴러갔다. 그러나 그것만으로는 부족했다. 만석은 진짜 자전거를 타고 싶었다.

정미소를 고치며 철수의 친구가 된 강 건너 성덕골 박만복은 원래 사정리 사람이었다. 그러다 보니 의령에 살고 있어도 주로 볼일을 보러 함안으로 왔었다.

그때마다 그는 자전거를 타고 와서 정미소에 자전거를 세워 두고 백산에 내려가 버스를 타고 볼일을 보러 갔었다.

　만복이 아저씨가 자전거를 세워 두면 만석은 자신의 몸집보다 큰 자전거를 끌고 나왔다. 처음에는 페달에 한쪽 다리를 올리고 한 발은 땅을 박차고 나간다. 그리고 한 손은 안장을 잡고 한 손은 핸들을 운전한다.

　처음에는 한 발자국도 못 가던 것이 조금 숙달이 되면 50센티미터 정도 가다가 1미터로 늘어나고 그다음에 10여 미터를 가게 되면, 키가 작아서 안장까지는 올라가지 못하고 양쪽 페달 사이에 발을 넣어서 자전거를 타게 된다. 그러면 몸이 왼쪽 중간으로 기울어 어중간한 포즈로 자전거를 타게 된다. 양쪽 페달 사이에 다리를 넣어서 탈 때도 처음부터 크랭크를 한 바퀴 돌리지 못하여 10도 정도를 왔다 갔다 반복하다가 그다음에는 30도 정도, 그러다가 한 바퀴를 돌리게 되는데, 그 모습을 요즈음 아이들이 보았다면 아마 서커스를 하고 있는 줄 알 것이다.

　자전거 중간에 다리를 넣어서 타는 것을 '삿다리새 타기'라고 불렀다. '삿다리새 타기'가 숙달이 되면 페달까지 발이 닿지 않아도 안장 위를 도전하게 된다. 사실 '삿다리새 타기'는 아이들이 타는 것이고 발이 닿지 않아도 안장에 앉아 타게 되면 또래 사이에선,

　"우와, 니 어른 타기를 하네. 직인다."

　하고 우상이 되었다.

　"니도 해 봐라. 별거 아이다."

　만석도 '어른 타기'에 도전을 해 보고 싶었다. 하지만 자전거 안장이 너무 높아서 몇 번 시도하였으나 되지 않았다.

　그는 아직 다리가 짧아 안장에 앉으면 자전거 페달에 발이 닿지 않았

다. 그래서 평지에서는 자전거를 제대로 탈 수 없었고, 주로 내리막길에서만 속도를 내며 바람을 가르며 달렸다. 그렇게 내리막을 이용해 자전거를 즐기던 어느 날, 마을을 가로지르는 큰 수로 위의 다리에서 자전거 속도가 떨어져 균형을 잃었다. 순간적으로 몸이 기울었고, 중심을 잡기도 전에 그는 다리 아래로 추락하고 말았다. 허공을 가르며 떨어지는 찰나, 본능적으로 손을 뻗어 땅을 짚었으나, 그 충격으로 관절이 탈골되고 말았다. 아픈 것도 잊은 채, 자전거가 수로 아래로 추락했을지도 모른다는 생각에 반사적으로 몸을 일으켰다. 다행히 자전거는 간신히 난간에 걸려 있었다.

극심한 통증을 참아 가며 그는 자전거를 끌고 겨우 집으로 돌아왔다. 팔꿈치가 저리고 쑤셨다. 집에 도착한 후 그는 이불을 둘러쓰고 소리 내어 울었다. 견딜 수 없는 통증과 두려움이 그를 덮쳐 왔다.

만석은 통증 때문에 엉엉 울고 있었다. 눈물이 하염없이 흘러내렸고, 콧물까지 줄줄 흘러 얼굴이 엉망이었다. 할머니가 마당에서 바구니를 정리하다 말고 방으로 다가오셨다.

"만석아, 와 우노?"

만석은 훌쩍이며 대답했다.

"폴이 너무 아푸다. 엉엉."

할머니는 걱정스러운 눈빛으로 다가와 만석의 팔을 살펴보았다. 팔꿈치는 퉁퉁 부어올라 있었다.

"와? 한번 보자. 아이고, 가무탔는가베! 팔꿈치가 퉁퉁 부었네."

할머니는 더 이상 아무 말도 하지 않고, 마당을 가로질러 밖으로 나가

4. 삿다리새 타기와 원망 **35**

셨다. 조금 후, 손에 푸른 쑥을 한 움큼 쥐고 돌아오셨다.

곧바로 부엌으로 가더니 절구를 꺼내 쑥을 넣고 찧기 시작했다. 절굿공이에 으깨진 쑥의 냄새가 가득했다.

할머니는 설탕 봉지를 조심스럽게 뜯어 그 위에 찧은 쑥을 올려놓았다. 그리고 그것을 만석의 부은 팔꿈치에 감아 주며 단단히 매어 주었다.

"자, 요래 해 놓으면 곧 나을 기다."

만석은 그렇게 살았다. 팔이 탈골되어 엄청난 통증이 있었지만, 부모는 쑥을 붙이면 낫는다고 했다. 쑥을 붙인다고 그 지독한 통증이 사라질 리가 없었다. 여름 방학이 시작될 때 다친 팔은 방학이 끝날 때까지도 여전히 아팠다. 그래도 아무도 병원에 데려가지 않았다. 만석은 아픈 팔에 쑥을 붙인 채 눈물을 삼키며 학교에 갔다.

같은 반 친구인 송권섭은 팔 전체에 깁스를 하고 있었다. 만석은 신기한 듯 물었다.

"니 이기 뭐꼬?"

"강가에 소 먹이로 갔다가 버드나무에서 장난치다 나무가 뿌러지가꼬 늘지가 가무탓다 아이가, 가야병원에서 이리 해 주네."

만석은 쓴웃음을 지으며 말했다.

"뭐 가무타모 쑥 바르는 거 아이가?"

"니도 가무탄나? 그래서 쑥 바르고 온나? 아까부터 쑥 냄새가 나더만은."

분명히 만석의 집은 정미소를 운영하며 부유했다. 그러나 만석의 아버지 철수에게 받는 대접은 거지보다도 못했다. 철수는 돈을 벌어도 가족을 위해 쓰는 법이 없었다. 아들은 다쳐도 병원에 보내 주지 않고, 상처 위에 쑥 한 줌 붙여 주고 끝이었다.

 만석은 아픈 팔을 부여잡고 하늘을 올려다보았다. 맑고 푸른 하늘 아래, 친구 권섭의 하얀 깁스가 너무나 부러웠다.

 어릴 때부터 만석은 부모에게 기대할 것이 없다는 걸 알고 있었다. 다른 아이들은 아프면 부모가 손을 잡고 병원에 데려가지만, 자신은 늘 방치되었다. 어떤 겨울에는 독감에 걸려 꼼짝을 못 하고 변소에 갈 때도 다리에 힘이 없어 작대기를 짚고 갈 정도가 되었는데도 병원에 가 본 기억은 없었다. 그때에도 할머니가 마늘을 찧어서 설탕을 넣어서 끓여 주는 것을 마셨다. 그것이 만석에게는 약이었다. 그렇게 마신 마늘 설탕물이 어떤 때는 기력을 회복하게도 했다. 아버지인 철수는 오로지 자신을 위한 것에만 혈안이었고, 어머니는 그런 아버지에게 순응했다.

 만석은 속으로 '내가 이 집 자석이 맞나…?' 의심했다.

 밤마다 아픈 팔을 붙잡고 뒤척이면서 만석은 부모를 원망했다. 단 한 번이라도 자신을 걱정해 주는 말을 듣고 싶었다. 하지만 철수는 아픈 아이는 거들떠보지도 않았다.

 "별것도 아닌 걸로 엄살 부리지 마라."

 그 말이 떠오를 때마다 만석의 가슴이 뜨거워졌다. 서럽고 분했다. 깁스를 한 권섭의 팔을 보며 부러움과 분노가 뒤섞였다.

 '나는 왜 아버지한테 사랑받지 못할까?'

 만석은 쑥에서 스며 나오는 씁쓸한 냄새를 맡으며 이를 악물었다. 아버지에게 기대할 수 없다면, 이제 자신이 스스로 살아가야 했다.

5. 철수의 새집

1972년, 철수는 새로운 꿈을 품었다. 그는 기와집이나 초가집이 아닌 서양식 주택을 짓기로 결심했다. 어린 시절부터 보아온 흙벽과 초가지붕이 익숙했지만, 방앗간을 운영하고 돼지를 기르며 돈이 어느 정도 모여서 남들과 다른 집을 가지고 싶었다.

아직 시골에는 초가집이 대부분이었고 간혹 기와집이 한두 채 있었지만 법수면 관내에 서양식 집은 단 한 채도 없었다.

철수와 그의 가족은 기존의 정미소 안에 방을 넣어 생활하고 있었다. 하지만 이제는 가족을 위해 제대로 된 집을 짓기로 결심했고, 새로운 집터를 마련하여 공사를 시작했다.

철수는 아내 숙자와 상의한 끝에 그녀의 친척 중에 건축 일을 하는 6촌 형부를 불러 공사를 시작했다. 터를 잡고 땅을 다지고 블록을 쌓기 시작했다. 주변 사람들은 호기심 가득한 눈으로 공사 현장을 지켜보았다.

"철수야, 이거 정말 서양식으로 짓는 기가?"

이웃인 영감님이 담 너머로 물었다.

"예, 서양식이라 쿠던데 우찌 생긴 긴지는 말로 설명해서 잘 모르겟네에."

철수는 환하게 웃으며 대답했다. 사실 그는 서양식 집이 어떤 것인지 정확히 알지는 못했다. 다만 창이 크고, 방마다 장판이 깔리고, 천장이 높은 집이란 것 정도만 알고 있었다. 형부는 연필로 그림을 그려 친절하게 설명해 주었고, 철수의 집은 하나하나 공사가 진행되었다.

기초 공사가 끝나고, 시멘트 블록이 하나둘 쌓여 가면서 새로운 집의 윤곽이 잡혀 갔다. 벽을 세우고, 지붕을 올리고, 창을 내는 과정이 신기하기만 했다.

초가집의 경우 빙 둘러 흙과 돌을 쌓아 가면서 지어서 시간이 아주 오래 걸리게 된다. 기와집 역시 나무 기둥과 서까래가 만들어지고 난 뒤 기와부터 올리고, 나무로 칸이 만들어진 곳에 대나무를 엮어 놓은 다음 그 곳에 흙을 바르고 회분을 씌우는 작업을 해야 한다.

반면 슬레이트 지붕의 블록 집은 하루에 서너 칸씩 방, 부엌 등을 쌓아 올려 지붕 서까래를 하면 바로 슬레이트 시공이 가능해서 그 당시로는 초스피드로 집이 완성되었다.

어느덧 계절이 바뀌고, 겨울이 가까워질 무렵, 집의 외형이 완성되었다. 하얀 벽에 커다란 창문이 난 집, 그리고 하얀색 슬레이트가 덮인 집이 완성되었다. 동네 사람들은 저마다 감탄하며 철수의 집을 구경했다.

"이기 마산서 유행하는 집인가베?"

마루 앞 여러 개의 유리로 된 문을 열며 철수가 말한다.

"어서 오시소. 맞심더, 괴안치예?"

"아이구야, 집이 억수로 좋네. 돈이 마이 들었제."

"좋아예. 돈은 좀 들어갔어예."

숙자가 미소 지으며 말했다.

그러나 새로 지은 집의 진면목을 아는 데 그리 오랜 시간이 걸리지 않았다. 겨울이 되자 부엌에서 군불을 아무리 넣어도 방 안에는 금방 냉기가 가득 찼다. 블록과 슬레이트 지붕으로 지어진 집이라 단열이 전혀 되지 않았기 때문이다.

철수는 마산에서 유행하는 서양식이라는 말에 현혹되어서 집을 지었다. 당시에는 단단한 블록 벽이 오래갈 것이라 믿었고, 널찍한 마당과 함께한 새집은 가족들에게 새로운 시작을 의미했다. 하지만 겨울이 닥치자 그 기대는 순식간에 무너졌다.

새벽이면 입김이 방 안에서 희뿌연 안개처럼 피어올랐다. 어린 만석은 밤새 웅크리고 자다가 차가운 이불 속에서 깨어나곤 했다.

어머니는 두터운 솜이불을 덮어 주었지만, 지붕이나 벽에서 스며 나오는 냉기를 막기에는 역부족이었다.

철수는 벽에 덧댈 보온재를 찾기 위해 장터를 돌고, 군불을 더 오래 지피기 위해 장작을 구해 왔다. 하지만 블록 벽은 금세 냉기를 빨아들였고, 지붕 위로 빠져나가는 온기를 막기엔 역부족이었다.

그러던 어느 날, 마을의 한 어르신이 집을 둘러보더니 한마디를 건넸다.

"이 집은 바람길이 많아. 겨울을 나려면 벽에 흙을 덧바르고, 지붕에는 짚을 깔아야 될구로."

"예? 그라모 도로 초가집이 되는 거 아잉교?"

철수는 외관이 멋있는 집을 다시 초가집으로 만들기 싫었다. 그리고 한겨울이라 공사를 다시 시작하기도 어려웠다.

여전히 찬 바람이 사정없이 틈새로 스며들었다. 방 안에 있어도 몸이 으스스 떨릴 정도였다. 밤이 되면 더욱 심했다. 이대로 두었다가는 겨울을 나기도 힘들 것 같았다.

결국 임시방편으로 방문 앞에 이불을 걸었다. 얇은 천으로는 부족할 것 같아 두툼한 솜이불을 꺼냈다. 한기가 조금은 막히는 듯했지만, 여전히 천장 쪽에서는 싸늘한 기운이 내려왔다.

생각 끝에 다락으로 올라가 보기로 했다. 다락문을 열고 올라서니 삭풍이 스며든 천장이 바로 보였다. 허리를 숙이고 조심스레 움직이며 왕겨 자루를 끌어 올렸다.

왕겨를 한 줌 쥐고 천장에 조심스럽게 깔기 시작했다. 바닥을 덮듯이 천천히, 하지만 빈틈이 없도록 신중하게 왕겨 자루를 기울여 두 손으로 한 움큼씩 퍼내어 조심스레 뿌렸다. 부드러운 왕겨가 손가락 사이로 빠져나가며 사르락 사르락 작은 소리를 냈다.

천장 위로 골고루 퍼지도록 손바닥으로 살살 쓸어 가며 넓게 펼쳤다. 곳곳에 생긴 작은 틈도 보이지 않도록 다시 한 줌씩 덧뿌렸다. 왕겨가 층층이 쌓이며 미세한 먼지가 공기 중으로 퍼졌지만, 아랑곳하지 않고 작업을 계속했다.

한참을 그렇게 작업하고 나니 어느새 온몸에 땀이 배었다. 내려와 다시 방에 들어섰다. 아까보다 냉기가 덜했다. 완전히 사라진 것은 아니었지만, 그래도 이전처럼 뼛속까지 시린 기운은 느껴지지 않았다.

그렇게 겨울을 버틸 작은 방책이 마련되었다. 바람은 여전히 세차게 불었지만, 방 안은 조금씩 온기를 되찾아 가고 있었다.

철수는 살아오면서 많은 결정을 즉흥적으로 내리는 경우가 많았다. 양파 농사를 접은 것도 그렇고 토마토 농사를 실패하고 서울에서 지게

꾼 생활을 한 것도, 그리고 정미소를 인수한 것도 작은 일에서부터 큰일까지, 깊이 고민하기보다는 순간의 판단에 따라 움직이는 편이었다.

그가 집을 짓기로 한 것도 그랬다. 오토바이를 타고 마산으로 돼지고기를 배달하러 다니던 어느 날, 철수는 마산에서 새로 집을 짓는 사람들의 이야기를 듣게 되었다. 그중 한 사람이,

"슬레이트 블록으로 집을 지으모 가격도 싸고 금방 지어뻔다."

라고 말하자, 철수는 그것만으로도 충분하다고 생각했다.

만약 조금만 더 신중했다면, 이미 슬레이트 블록 집을 지어 살고 있는 사람들을 찾아가 장단점을 물어볼 수도 있었을 것이다.

하지만 그는 그렇게 하지 않았다. 그저 빠르게, 그리고 저렴하게 집을 지을 수 있다는 말만 듣고 공사를 결정해 버렸다.

그리고 한 계절을 넘기기 전에 그제야 후회하기 시작했다. 주변에서 블록 집을 지어 본 사람들에게 조언을 구했더라면, 적어도 보완할 방법을 찾아볼 수 있었을 것이다. 하지만 철수는 자신의 즉흥적인 선택이 가져온 결과를 받아들여야만 했다.

그는 한숨을 쉬며 벽을 바라보았다. 손을 대자 거칠고 차가운 감촉이 느껴졌다.

어느 날, 정부에서 마을의 지붕을 모두 슬레이트로 고치라는 지시가 내려왔다. 그러나 1972년 정부에서 시골 마을의 지붕 개량을 지원해 줄 리 만무했다. 아직은 사정리의 주산업이 수박 농사가 되기 전이었고, 마을 경제가 넉넉한 것도 아니었다. 그렇다면 공사 비용은 어떻게 마련해야 할까?

"마을 회관에 모이라카네. 이장님이 뭐라 할끼라."

김 노인은 동네 사람들에게 소식을 전했다. 그렇게 마을 사람들은 저녁이 되자 하나둘 모여들었다. 이장은 무거운 표정으로 말을 꺼냈다.

"우리가 다들 알고 있듯이, 나라에서 새마을 사업으로 지붕을 전부 쓰레이트로 고치라 카는데, 돈은 없고 정부에서는 하라카고, 이기 무슨 말인가 하모, 우리끼리 하라는 이바구라예."

사람들은 웅성거렸다. 지붕을 새로 얹는다는 것이 말처럼 쉬운 일이 아니었다. 가장 큰 문제는 돈이었다.

"돈은 우찌 감당할라꼬예? 우리 집은 아그들 육성회비도 못 주고 있는데?"

홍규 아버지가 물었다.

이장은 한숨을 내쉬며 입을 열었다.

"내년에 우리 마을에서 좀 떨어진 데 새로 고속도로 공사를 할 낍미더. 공사를 위해 정부 돈이 좀 내려온다 카네예. 동민들이 그서 일을 하고 그 돈으로 쓰레이트만 사모 쎄가레는 산에서 하모 되고 지붕 공사는 우리끼리 도와 가며 하입시더."

사람들은 다시 웅성거렸다. 도로가 생긴다는 말은 들었지만, 그 돈을 지붕을 개량하는 데 쓸 생각을 한 사람이 있었을까? 그러나 반대할 사람은 없었다.

이장은 면사무소에 가서 내년에 고속도로 공사가 시작되면 인력을 마을에서 데려가기로 하고 먼저 정부 돈을 내어 달라고 했다.

"이 주사. 니도 집이 촌이다 아이가. 군수영감한데 잘 이바구 해도라."

"이장님, 딱하십미더. 그기 말이 됩미꺼? 나라가 어디 개인 곳간도 아이고 마음대로 돈을 먼지 줌미꺼?"

"그라모 너거 문책당할 낀데… 올해까지 초가지붕을 바꾸라꼬 했다 쿠더만은 쓰레이트는 공짜로 누가 주나."

"이장님, 지붕 개량 사업 올해 안 마치모 지도 모가지 됩미더. 언자 얼라가 초등학교 들어가는데 면 서기 안 하모 우리 집은 걸배이 됩미더."

"그랑깨 군수영감한데 보고하라 안 카나."

"이장님, 완전 협박이네예."

사정리뿐만 아니라 다른 마을도 똑같은 상황이었다. 면장 역시 정부 시책이 내려오면 무조건 맞추어야 하는 것이 현실이라 정부 돈을 먼저 각 마을에다 배분하는 문제를 군수와 의논하게 되었다.

"이 주사. 니 이리 와 봐라."

"예. 면장님."

"군수님한데 보고했다. 이기 전국적으로 문제가 있는가베. 사정리 이장님이 했던 말을 군수님께 했더만은 좋은 생각이라 카네."

"그래서 돈을 준다캅니꺼?"

"아이다, 군수님도 도지사한데 보고하고. 우리 군 내로 고속도로가 지나간께 이것도 덕이네."

"알겠심더, 사정 이장 오시모 쪼매만 기다리라 할깨예."

"미리 돈 된다 하지 마레이. 촌사람들 니 말 잘못하모 니 돈 주어야 된다이."

"면장님, 알겠심더."

거의 한 달이 지난 후 정부에서는 지붕 개량 사업의 최소 경비인 슬레이트값만 지원하기로 했다.

그 당시 우리 국민의 생활 수준은 겨우 보릿고개를 면할 정도였는데, 슬레이트를 살 돈이 있을 리 만무했다.

정부에서 슬레이트 구입 비용을 지원한다고 하니 사정리는 다시 활기를 띠었다. 비가 새지 않는 집에서 사는 것만큼 절실한 것이 없었기 때문이다.

사정리의 여름은 유난히도 뜨거웠다. 장마가 끝나고 나면 한낮의 태양이 대지를 달구었고, 사람들은 집 밖으로 나오는 것조차 꺼려했다. 하지만 그런 더위도 아랑곳하지 않고, 마을 곳곳에서는 지붕 개량 공사가 한창이었다.

오래된 초가집들은 하나둘씩 두꺼운 볏짚 지붕을 걷어내고, 그 자리에 슬레이트를 얹고 있었다. 짚을 엮어 만든 지붕은 습기를 머금고, 시간이 지나면 곰팡이가 피거나 허물어지기 일쑤였다. 비가 내릴 때면 물이 새어 집 안 곳곳이 젖곤 했지만, 사람들은 그 불편함을 감수하며 살아왔다.

사람들은 저마다 손을 보태며, 마치 오랜 세월을 견뎌온 마을의 역사 자체를 새롭게 단장하는 기분으로 공사를 도왔다.

먼지가 날리고 땀이 흐르는 가운데, 사정리는 서서히 변해 갔다. 지붕 개량이 끝난 집마다 가족들은 마당에 둘러앉아 새 지붕을 올려다보며 흐뭇해했다.

몇 달이 지나고, 사정리의 풍경은 달라졌다. 비가 내려도 걱정 없는 집들이 늘었고, 사람들의 얼굴에는 작은 안도감이 떠올랐다. 그들은 비록 부유하진 않았지만, 서로 돕고 살아가는 것이 무엇인지 다시금 깨닫고 있었다. 그렇게 사정리는 새로운 시대를 맞이하고 있었다.

6. 철수 집은 변소가 없다

철수의 집이 완성되던 날, 온 동네 사람들이 모여 축하해 주었다. 그러나 집을 둘러보던 마을 사람들은 한 가지 이상한 점을 발견했다. 집 어디에도 화장실이 없었던 것이다.

마을에서 이름난 지관이 집을 짓기 전 철수의 땅을 살펴보러 왔을 때였다. 그는 땅 위를 천천히 걸으며 손에 든 나뭇가지로 사방을 휘젓더니, 깊은 한숨을 내쉬었다.

"이곳은 지세를 보아하니 통시는 들어갈 자리가 없다."

철수는 난감했다.

"집을 새로 지었는데 통시 없이 우찌 살아라꼬예?"

지관은 손을 휘휘 저으며 말했다.

"이 집의 기운이 통시로 전부 빠져나간다. 통시를 지으면 재물이 새어 나가고, 집안의 운이 기울어 버릴 끼야. 그랑깨 남의 집 변소를 쓰는 것이 좋겠다이."

마을 어른들도 고개를 끄덕이며 지관의 말을 거들었다.

"옛부터 변소 자리를 잘못 잡으면 집안이 기울고, 복이 나간다 안 카더나."

마을 아주머니 중 한 명이 낮은 목소리로 말하자, 옆에 있던 아주머니가 고개를 갸웃하며 대꾸했다.

"그런 말이 있나? 세사 처음 들어보는데?"

"삼상골에 부동띠기 있제? 그 집도 지관이 통시 하모 안 된다 캤는데 기어코 지어 갖고, 그 집 신랑이 급살했다 안 카나?"

"옴마야, 그런 일이 있었는갑네. 세상에 얄구지라, 별일이 다 있다이."

그녀는 들은 이야기와 자신이 만들어 낸 말을 붙여서 하기 시작한다.

"변소 지을 때는 지신한테 잘 고해야 되는 기라."

"지신에게 우찌 고하는데?"

"고사 지내는 거 맨치로 상을 차리고, 탁주를 사방에 뿌리야 된다 카네."

다른 아주머니는 눈을 크게 뜨고 놀란 듯 되물었다.

"얄구지라. 그라모 지신이 노하지 않는가?"

"그랑깨. 통시 만들라모 구디이 파는 기, 땅을 건드리는 거 아이가. 그때 지신이 노하면 그 집 쫄닥 망한다이."

지신을 잘못 건들면 안 된다는 말에 마을 사람들은 입을 다물고 서로를 바라보았다. 누구도 대놓고 인정하지 않았지만, 마음 한구석에는 알 수 없는 불안이 자리 잡았다. 삼상골의 기이한 이야기는 그렇게 또 하나의 전설이 되어, 마을 사람들 사이에서 오랫동안 회자될 것이었다.

이렇게 해서 철수의 집은 변소 없이 완성되었다. 처음에는 별일 아니겠거니 싶었지만, 시간이 지날수록 불편함이 커졌다. 낮에는 가까운 집을 찾아가 볼일을 봤지만, 한밤중에 급해질 때면 발을 동동 굴러야 했다. 어쩔 수 없이 마을의 이 집 저 집을 전전하며 변소를 찾아다녀야 했다.

밤이면 촛불을 들고 남의 집 화장실을 가야 했고, 비가 오는 날에는 우산을 쓰고 허겁지겁 뛰어야 했다.

동네 사람들은 처음엔 웃으며 문을 열어 줬지만, 날이 갈수록 눈치를 주었다.

"너거 집은 울매나 부자 될라꼬 통시도 없노? 너거 집 울매나 부자 되는고 함 보자이."

만석은 그 집을 두 번 다시 가지 않았다. 대신 집 뒤에 있는 수로가 만석의 전용 화장실이었다.

겨울에는 농수로에서 볼일을 볼 수 있었지만 봄부터 가을까지는 양수장에서 물을 퍼서 어쩔 수 없이 남의 집 화장실을 전전해야 했다.

시골 마을에 살면서 집에 변소가 없다는 것은 남자에게는 그럭저럭 버틸 수 있는 일이었지만, 여자인 할머니와 어머니, 두 여동생에게는 견디기 어려운 일이었다.

여름밤이면 여자들은 더 깊이 잠들지 못했다. 밤이슬이 내린 마당을 조용히 걸어 나와 이웃집 변소를 몰래 다녀와야 했다.

가로등도 없는 시골길을 걸어가려면 손전등 하나에 의지할 수밖에 없었고, 그마저도 혹여 불빛이 새어 나가 남들이 눈치챌까 조심스러웠다. 더구나 바람이라도 세차게 부는 날이면 기왓장이 흔들리는 소리에도 가슴이 철렁 내려앉았다.

"오빠야, 똥 누고 싶다."

만석은 자는 척했다.

"만석아, 니 동생 좀 데리고 가라."

어머니가 낮은 목소리로 부탁하면 만석은 마지못해 일어났다. 동생들은 가기 싫다며 칭얼댔지만, 선택의 여지가 없었다. 다행히도 만석이 같이 가면 덜 부끄러웠지만, 그렇다고 창피함이 사라지는 것은 아니었다.

낮에도 사정은 다르지 않았다. 일을 하다가 갑자기 신호가 오면 여자들은 이웃집 문 앞에서 머뭇거렸다. 남자들은 대수롭지 않게 풀숲으로 가 버리지만, 여자들은 차마 그럴 수 없었다.

변소에 갈 때마다 집주인에게 양해를 구해야만 했다. 그러나 매번 방문할 수도 없는 노릇이었다.

'또 왔나?'

하는 듯한 표정에 얼굴이 화끈거렸다.

만석은 어머니와 동생들의 불편함을 모르는 척하지 않았다. 오히려 자신도 남의 집 변소를 찾아가는 일이 마냥 편하지 않았다. 그럴 때마다 가슴속에 이상한 죄책감이 들었다. 남자로 태어난 것이 이렇게 다행스러운 일이었나? 아니, 가족을 위해서라도 이 상황을 어떻게든 바꿔야 했다.

문제는 그의 집에 변소가 없다는 것이었다. 가족들은 몇 번이나 철수에게 변소를 만들어 달라고 했다. 그러나 철수는 들은 체도 하지 않았다.

"굳이 변소 뭐 하구로? 남의 변소 쓰모 되지."

그는 이렇게 말하며 가족의 걱정을 가볍게 흘려보냈다.

하지만 집을 방문하는 사람들에게도 큰 불편이었다. 특히 먼 길을 찾아온 손님들은 집에서 머무르는 동안 당황스러움을 감추지 못했다.

가까운 친구였던 박만복도 마찬가지였다. 어느 날, 만복은 더 이상 참지 못하고 철수에게 따졌다.

6. 철수 집은 변소가 없다

"철수야, 솔직히 말해 보자. 변소 하나 만드는 게 그렇게 어려운 일이가? 니 고집 때문에 다들 불편해하고 있다 아이가!"

철수는 여전히 태연했다.

"변소가 없다고 사람이 죽는 것도 아이고. 나는 이렇게 사는 게 편하다이."

그러나 시간이 지나면서 아내와 아이들은 더 이상 참을 수 없다고 했다. 숙자는 심각한 얼굴로 말했다.

"이제는 정말 변소를 만들어야 합미더. 더 이상 이래 갖고 우찌 사요."

철수는 고함을 버럭 질렀다.

"지관이 집에 변소 있으모 안 된다 안 카나."

"그 지관은 지 집은 잘살고 있는 기요? 지도 거러지 맨치로 삼시로."

"여편네가 올 와 이리 샇노."

"그리 잘 아는 지관은 와 자식들도 형편없고 마누라는 와 도망가는 기요?"

"니는 중이 지 머리 못 깎는다는 말 모리나?"

"그 인간이 중입미꺼?"

"그라모 우짜라꼬? 좋은 게 좋다고 그리 하모 안 된다 카는 거 안 하면 안 되나?"

"통시가 없어서 사람이 죽을 지경인데 죽고 나모 좋은 기 무슨 소용 있습미꺼?"

다시 한번 철수는 고함을 질렀다.

"고마 치아라 안 카나. 여편네가 못 먹을 것을 뭇나, 올 저녁에 와 이라노?"

철수가 성공에 얼마나 집착하는지를 변소 문제만 보도 알 수 있었다. 지관의 말 한마디로 몇십 년 뒤 도로가 생기면서 집이 사라질 때까지 그는 변소를 만들지 않았다.

자신의 성공보다 가족을 조금만 생각했다면 변소를 어떤 방법을 써서라도 만들었어야 했다. 가족의 희생으로 자신이 성공한다면 그 성공이 진정한 성공인가? 그리고 성공하면 뭐가 달라지는 것이 있는가?

7. 글을 찾아서

　만석은 이제 국민학교 3학년이 되었다. 그러나 여전히 한글을 제대로 깨치지 못했다. 책을 펼쳐도 글자는 마치 춤을 추듯 이리저리 흩어졌고, 칠판에 적힌 글씨는 서로 엉켜 보였다. 선생님이 질문을 하면 그는 머릿속이 새하얘진 채 멍하니 서 있을 뿐이었다. 친구들은 쉽게 글을 읽고 쓸 줄 아는데, 왜 자신만 이렇게 어려운 것인지 알 수 없었다.
　수업이 끝나고 친구들이 신나게 교실 밖으로 뛰어나갈 때, 만석은 조용히 책상에 앉아 공책을 펼쳤다. 오늘 배운 단어들을 한 자 한 자 따라 적어 보려고 했지만, 연필을 쥔 손끝에 힘을 주어도 마음처럼 되지 않았다. 글자는 여전히 삐뚤빼뚤했고, 자신이 적은 단어들이 맞는지조차 확신할 수 없었다. 눈을 찡그리며 한 글자 한 글자 천천히 써 내려가다가도, 어김없이 실수를 하고 말았다.
　그때 친구 하나가 장난스럽게 물었다.
　"만석아, 니 아직도 글 못 읽나?"
　그 말이 바늘처럼 가슴 깊이 박혔다. 선생님의 차가운 시선과 친구들의 웃음소리가 귓가에 맴돌며 점점 커지는 것만 같았다. 만석은 자신이 정말로 모자란 것은 아닐까 하는 의심이 들었다. 그는 스스로 되뇌었다.
　'아무리 2학년 때 입학을 했더라도 나는 왜 이런노?'

'어릴 때 외막에서 떨어져 머리를 다쳐서 그런나?'

'다른 애들은 글자를 잘도 아는데, 나는 왜 이렇게 못하는기고?'

'나는 정말 돌대가리인가?'

눈은 뜨거워지고 코끝이 시큰해졌다. 그는 책상을 움켜쥐고 한숨을 내쉬었다. 교실을 나설 때는 이미 친구들이 모두 운동장으로 나가고 없었다. 그는 천천히 걸어가며 깊은 생각에 잠겼다.

집으로 가는 길에 만석은 자꾸만 고개를 숙였다. 길가의 나뭇잎들이 바람에 흔들리며 떨어지고 있었다. 마음속에서는 답답함이 점점 커져만 갔다. 집에 도착하자마자 어머니는 저녁 밥상을 차리면서 그를 바라보았다.

"니는 와 밥도 안 먹고 울상이고?"

만석은 고개를 저으며 힘없이 대답했다.

"아무것도 아이다."

밥상에는 할머니부터 동생들까지 여섯 명이 빙 둘러앉아 있었다. 철수가 만석이를 노려보며 퉁명스럽게 말했다.

"니 묵기 싫으모 밥숟가락 놓고 나가라."

할머니가 철수를 나무랐다.

"니는 아를 그래 닦달하모 우야노. 만석아, 얼른 밥 묵어라. 그래야 키도 크고 튼튼해지지."

그러나 철수는 여전히 따졌다.

"오메요, 얼라를 감싸모 안 됩미더. 니 처묵기 싫으모 퍼뜩 안 일어나나!"

철수의 말에 만석은 결국 밥숟가락을 놓았다. 속이 울컥하고 눈물이 쏟아질 것만 같았다. 그는 더 이상 버틸 수 없었다. 자리에서 벌떡 일어나 방으로 들어가 이불을 뒤집어썼다. 가슴을 쥐어뜯으며 울고 싶었지만 숨을 깊이 들이마시며 참았다. 가슴 한쪽이 답답하게 조여 왔다.

'나는 정말로 돌대가리인가.'

밤이 깊어갈수록 만석은 잠들지 못한 채 흐릿한 천장을 바라보았다. 내일도 학교에 가야 한다. 또 글을 못 읽는다고 놀림을 받을 것이다. 하지만 이대로 포기할 수는 없었다. 문득 할머니가 해 준 말이 떠올랐다.

"사람이 배우는 데는 때가 따로 있는 게 아이다. 남들보다 늦게 배워도 꼭 배운다 카더라."

만석은 이불을 박차고 일어났다. 작은 전등 불을 켜고, 손때 묻은 책을 펼쳤다. 두 눈을 질끈 감고 한 글자씩, 천천히 따라 읽어 보았지만, 아는 글자가 하나도 없었다. 글자들은 여전히 그를 외면하고 있었다.

아침이 오는 것이 두려웠다. 새벽닭이 울고, 마을이 서서히 깨어날 때면 그는 어김없이 학교에 가야 했다. 그의 발걸음은 무거웠다. 그에게 학교는 배움의 터전이라기보다 커다란 장애물 같았다.

할머니는 늘 말했다.

"만석아, 학교는 꼭 가야 한다. 네가 글을 알든 모르든 가다 보면 운젠가는 니도 글자를 알 끼다."

그 말이 무슨 뜻인지는 알 수 없었지만, 그는 매일같이 무거운 걸음으로 학교를 향했다. 교실에 앉으면 칠판 가득 적힌 글자가 그의 눈앞에서 춤을 추는 듯했다. 선생님은 분명 하나하나 설명해 주었지만, 만석이의 머릿속에는 도무지 들어오지 않았다. 글자는 그에게 수수께끼와 같았고, 해독할 수 없는 암호 같았다.

"만석아, 네 차례다."

선생님의 목소리가 들리면 만석이는 땀을 흘리며 자리에서 일어났다. 책을 읽으라는 말에 그는 입을 열었지만, 글자는 여전히 눈앞에서 도망쳤다. 친구들은 속닥였고, 몇몇은 웃음을 터뜨렸다. 부끄러움에 얼굴이 빨개진 그는 조용히 자리에 앉았다.

그러나 학교를 포기할 수는 없었다. 할머니의 말이 귓가에 맴돌았다.

"네가 글을 모르더라도 가야 한다."

그 말 속에는 무언가 중요한 의미가 담겨 있는 듯했다. 만석이는 글자를 몰라도 학교를 빠지지 않았다. 그리고 언젠가는 자신도 저 글자들을 읽을 수 있을 거라는 희미한 희망을 품었다.

그렇게 또 하루가 지나가고, 만석이는 다음 날도 변함없이 무거운 발걸음으로 학교로 향했다.

칠판에는 매일같이 선생님의 글씨로 숙제가 적혔고, 아이들은 집에 가서 숙제를 했다. 그러나 만석이와 태봉이에게 숙제란 먼 나라 이야기였다. 글자를 몰랐기 때문이다.

선생님이 내 주는 숙제는 그들에게는 한 줄의 암호와 같았다. 어떻게 풀어야 하는지도 몰랐다.

숙제를 해 오지 않은 벌로 그들에게 주어진 일은 변소 청소였다. 변소는 학교 뒤편에 위치한 작은 나무 건물이었다. 냄새는 독했고, 바닥은 늘 질척거렸다. 다른 아이들은 숙제를 미리 해 와서 벌을 피할 수 있었지만, 만석이와 태봉이는 늘 변소 청소 담당이었다.

"야, 또 우리가 해야 하나?"

태봉이가 쓴웃음을 지으며 말했다.

"그라모 뭐, 숙제를 해 오든가."

만석이는 체념한 듯 대답했다.

두 아이는 지푸라기로 밖으로 나온 똥을 치우며 몸서리를 쳤다. 그러나 이런 상황에서도 둘은 웃음을 잃지 않았다. 장난을 치며 서로에게 흙을 튀기기도 하고, 노래를 부르며 힘든 시간을 버텼다.

3학년 겨울 방학이 가까워질 무렵 이 모습을 지켜보던 선생님이 조용히 다가왔다.

"만석아, 태봉아. 너희는 숙제를 안 하는 게 아니라, 글을 몰라서 못 하는 거지?"

두 아이는 깜짝 놀라 서로를 바라보았다. 선생님은 아이들의 손을 잡고 교실로 돌아갔다. 그러고는 그날부터 쉬는 시간과 방과 후에 따로 글을 가르쳐 주기 시작했다. 처음에는 낯설고 어려웠지만, 점점 아이들의 눈빛이 변하기 시작했다. 그들에게도 새로운 길이 열린 것이다.

몇 달이 지나자 만석이와 태봉이는 더 이상 변소 청소를 하지 않아도 됐다. 이제는 숙제를 할 수 있었기 때문이다. 여전히 둘은 농사일과 집안일을 도와야 했지만, 틈틈이 글을 읽고 쓸 줄 알게 된 것만으로도 세상이 달라 보였다.

그날 이후, 변소 청소는 다른 아이들이 돌아가며 맡게 되었다. 그러나 만석이와 태봉이는 가끔씩 변소 앞을 지나칠 때마다 서로를 바라보며 피식 웃곤 했다. 그곳은 더 이상 벌을 받던 장소가 아니라, 그들이 새로운 삶을 시작할 수 있었던 곳이었기 때문이다.

8. 1973년의 큰 변화

재일의 오토바이 수리점은 처음에는 마을 사람 몇몇이 겨우 찾아올 뿐이었다. 넉넉지 않은 살림에 오토바이를 소유한 이도 드물었다. 그러나 1973년 남해고속도로가 개통되면서 상황이 급변했다.

고속도로가 개통되기 전에는 수박을 서울로 보내는 일은 결코 쉬운 일이 아니었다. 수박을 실은 트럭들은 비포장 자갈길을 조심스럽게 달려야만 했다. 그것도 고작 시속 5~10km가 한계였다. 조금이라도 속도를 높이면 덜컹거리는 길 위에서 수박들이 깨지기 일쑤였다. 그래서 경부고속도로가 개통되어도 서울까지 수박을 운반하는 데는 꼬박 1박 2일이 걸렸고, 긴 이동 시간과 높은 손실률 때문에 함안에서 수박 농사는 번성하지 못했다.

고속도로가 개통이 되고도 자갈길에선 아주 천천히 움직였다. 자갈길을 덜컹이며 지나갈 때마다 바퀴가 튀어 오르고, 적재함에 실린 수박들이 둔탁한 소리를 내며 흔들렸다.

함안 인터체인지까지 가는 길목에 위치한 내송, 강주, 윤외, 윤산 등은 수박 농사를 많이 하지 않았다. 그래서일까, 이 마을의 아이들은 색다른 방식으로 수박 서리를 했었다.

밤이 되면 어둠 속에서 몇몇 아이들이 길가에 숨어들었다. 트럭이 지나는 순간, 가장 용기 있는 한 명이 재빠르게 뒤에서 뛰어올라 적재함에 몸을 던졌다. 천막을 칼로 조심스럽게 그어 열어젖히면 둥그런 수박들이 드러났다. 그는 망설임 없이 손을 뻗어 수박 하나를 끄집어내어 뒤따르는 친구들에게 던졌다.

"하나!"

낮게 외치는 소리에 맞춰 길바닥에서 기다리던 아이들은 빠르게 수박을 받아 놓았다. 한 개, 두 개, 세 개… 열 개 정도가 되면 차 위에 탔던 아이는 운전수가 눈치채지 않도록 몸을 낮춰 조용히 적재함에서 뛰어내렸다.

트럭은 느릿느릿 움직였고, 운전수가 뒤를 돌아보는 일도 거의 없었다. 수박이 굴러떨어져도 아마 도로의 흔한 장애물쯤으로 생각했을 것이다. 아이들은 그렇게 얻은 수박을 개울가로 옮겨 깨뜨려 먹었다.

수박 주산지에서는 발길에 차이는 게 수박이라 굳이 서리를 할 필요가 없었지만, 이곳은 달랐다. 남해고속도로로 올라가는 길목에 자리한 이 마을의 아이들은 밭이 아니라 트럭에서 수박을 얻는 법을 터득했다. 수박을 실은 트럭이 그만큼 천천히 운행해서 생긴 일이었다.

고속도로가 생기면서 마을 사람들의 삶도 바뀌기 시작했다. 이제는 악양 들판에서 30분이면 고속도로 입구에 도착할 수 있었고, 대산들에서는 한 시간, 사정들에서는 한 시간 반 정도면 도착할 수 있었다. 빠른 운송 시간 덕분에 수박은 신선한 상태로 서울의 농산물 청과 시장까지 더욱 빨리 갈 수 있었다.

고속도로 개통 이후, 마을의 들판에는 더 많은 수박이 심어졌다. 이제 수박 농사는 단순한 생계 수단이 아니라, 마을 경제의 중심이 되었다.

고속도로로 인해 대산 장포의 수박과 법수의 사정리, 악양 들판에도 그리고 군북의 월촌에서도 수박 비닐하우스가 하나둘 늘어나면서 겨울철 보리농사보다 훨씬 높은 소득을 올릴 수 있었다.

돈이 돌기 시작하자 농가의 살림도 넉넉해졌고, 사람들은 자연스럽게 오토바이를 사들이기 시작했다.

그전까지 자전거를 타고 다니던 농민들이 이제는 오토바이를 타고 들판을 누볐다. 처음에는 어색해하던 이들도 금세 익숙해졌고, 시동을 걸며 환한 얼굴로 달려 나갔다. 그럴수록 재일의 수리점에는 점점 더 많은 사람들이 몰려들었다.

"재일이 사장, 이거 시동이 안 걸리네!"

"어제 밭에 갔다 오다가 넘어졌는데 바쿠가 이상타."

하루에도 몇 번씩 문을 두드리는 손님들 덕분에 재일은 쉴 틈이 없었다. 그가 수리한 오토바이는 다시 들판을 누비고, 장터를 오가며 사람들의 삶을 변화시켜 갔다.

그렇게 재일의 오토바이 수리점은 단순한 가게가 아니라, 변화하는 시대의 한복판에 서 있는 곳이 되었다. 마을의 풍경이 바뀌고 사람들의 발길이 분주해지는 동안, 재일은 그 중심에서 묵묵히 자신의 일을 이어 나갔다.

1970년대, 산업화의 물결이 도시에 몰아쳤지만, 마을은 여전히 농경 사회의 흔적을 간직하고 있었다. 재일의 오토바이 수리점은 그런 마을 어귀에 자리 잡고 있었다. 작은 간판이 덩그러니 걸린 이곳은 언제나 기름 냄새와 쇠가 부딪히는 소리로 가득 찼다.

그가 수리하는 오토바이는 단순한 이동 수단이 아니었다. 마을이 변화하면서 오토바이의 수요는 점점 늘어났고, 그만큼 재일의 손도 쉴 틈이 없었다.

그 시절, 정부는 '새마을 운동'을 내세우며 농촌 근대화를 추진했다. 마을 곳곳에서는 지붕을 슬레이트로 바꾸고, 길을 넓히고, 전기를 들이는 일이 한창이었다.

1973년 가을, 법수면의 밤은 유난히 어두웠다. 달빛과 별빛만이 들판을 희미하게 비출 뿐, 집집마다 걸려 있는 등잔불이 깜빡이는 것이 전부였다.

아이들은 낮 동안 뛰놀던 마당에서 부모의 부름에 따라 집으로 들어갔고, 농부들은 하루의 노동을 마치고 피곤한 몸을 뉘었다. 그러나 이 조용한 마을에 변화의 바람이 불어오고 있었다.

마을 어귀에는 전신주가 하나둘씩 세워지기 시작했다. 그 거대한 기둥이 길을 따라 늘어서자 마을 사람들은 수군거리기 시작했다.

"진짜로 전기가 들어오는 기가?"

"도시에나 있는 걸 우리가 어떻게 쓴단 말이고?"

노인들은 반신반의했고, 젊은이들은 기대에 차 있었다. 특히 학교에서 전기의 존재를 배운 아이들은 흥분을 감추지 못했다. 전기가 들어오면 밤에도 불을 밝힐 수 있고, 라디오를 더 오래 들을 수 있을 것이며, 어쩌면 먼 훗날 텔레비전이라는 것도 볼 수 있을지도 몰랐다.

말숙이는 전깃불이 들어오는 순간 자고 있었다. 그러다 갑자기 어른들이 "와!~" 하는 소리에 잠에서 일어났다.

"말숙아, 이기 전깃불이라는 기다. 밝제?"

말숙이는 눈을 비비며 깜짝 놀랐다.

"움마, 와 이리 눈이 부시노?"

"맞제, 나도 너무 밝아가 다마를 못 쳐다보겠다이."

"알구지라, 뭐시 이리 밝은 게 있노?"

방 안을 밝히는 불빛 때문에 방 안은 마치 낮과 같이 환했다. 방금 전까지 어둠 속에서 희미한 등잔불에 의지하던 이들에게는 믿기 어려운 광경이었다. 이 당시 대부분의 가정에서는 30W 백열전구를 처음 사용하기 시작한 참이었다.

재일이가 감탄하며 말했다.

"이기 초를 30개 켜는 것하고 같단다. 그래서 다마 이름이 30초다마다."

말숙이는 놀란 눈으로 천장을 바라보았다. 작은 전구 하나가 만들어 낸 빛이 이렇게나 강하다니.

"옴마야, 이 쪼매만 기 초를 30개를 켜는 기라꼬? 무시라…."

그 순간, 마치 세상이 변한 듯한 기분이 들었다. 그동안 밤이 되면 어둠 속에서 조심스레 움직여야 했지만, 이제는 방 안 구석구석까지 환하게 보였다. 말숙이 엄마는 연신 전구를 바라보며 감탄했고, 아이들은 신기한 듯 전구 주위를 맴돌았다.

말숙이는 천천히 방 안을 둘러보았다. 어둠 속에 가려져 있던 벽지의 무늬도, 장롱의 나뭇결도 선명하게 보였다. 그녀는 아직도 믿기지 않는다는 듯한 표정으로 중얼거렸다.

"이제 우리 집도 낮이나 밤이나 똑같이 밝겠다이…."

전기가 처음 들어오던 날, 그 순간의 감격과 신비로움은 오래도록 사람들의 기억 속에 남았다.

잠이 완전히 깨어 버린 말숙은 바깥을 내다보았다. 아직은 가로등이라는 개념도 없어서 캄캄하였지만 마을 회관에는 사람들이 모여 있었다.

마을 사람들은 하나둘 회관 앞으로 모여들었다. 처음 보는 불빛에 사람들의 얼굴에는 놀라움과 감탄이 교차했다. 아이들은 장난스럽게 두 손을 모아 불빛을 가렸다가 펼쳐 보기를 반복했고, 어른들은 조심스럽게 전구를 만져 보며 신기해했다.

"이게 전깃불이라 카는 기가?"

"석유도 없이 뭐시 이리 밝노!"

이웃들의 목소리가 들뜬 감정으로 떨렸다. 그날 이후, 법수면 곳곳에는 작은 전구들이 하나둘씩 불을 밝혔다. 어둠을 밀어내며 반짝이는 전등은 마을에 새로운 시대가 찾아왔음을 알리고 있었다.

이제 밤은 더 이상 칠흑같이 어둡지 않았다. 집집마다 등잔을 치우고 그 자리에 전등불을 밝혔다.

밤이 되면 집집마다 켜지는 전구 불빛이 전기의 시대가 도래했음을 실감하게 했다. 사람들은 전구 불빛 아래에서 이야기를 나누고, 밤늦도록 바느질을 하거나 책을 읽으며 시간을 보낼 수 있었다.

1973년의 가을, 법수면은 빛을 맞이했다. 그리고 그 빛은 마을 사람들의 삶을 서서히 바꾸어 갔다.

9. 말숙이네 티브이 사다

아직 우리나라에서 텔레비전이 만들어지지 않았던 시절이었다. 텔레비전이라는 것이 마치 신기루 같은 존재로 여겨지던 때였다. 마을에서는 아무도 텔레비전을 가지고 있지 않았다. 부잣집에서도 본 적이 없었고, 사람들은 그저 소문으로만 들었을 뿐이었다. 그런 신비로운 물건을 처음으로 손에 넣기 위해, 재일이는 직접 마산까지 가기로 결심한 것이다.

마산의 추산동 전자상가 거리에는 온갖 전자제품이 가득했다. 라디오, 스피커, 그리고 사람들이 입을 모아 이야기하던 텔레비전까지. 번쩍이는 간판과 쉴 새 없이 오가는 사람들의 말소리가 복잡하게 뒤섞였다.

재일이가 몇 번이나 간판을 올려다보며 한 상점에 들어서자 주인이 그를 반갑게 맞았다.

"젊은 양반, 뭐 찾소?"

재일이는 약간의 머뭇거림 끝에 조심스럽게 대답했다.

"데레비 좀 살라꼬예."

주인은 흐뭇한 미소를 지으며 가게 한쪽에 놓인 상자를 가리켰다.

"요게 소니 낀데 화면 직인다이."

"얼마인데예?"

"아침에 마수이고 해서 싸게 주꾸마. 50만 원."

재일이는 깜짝 놀랐다.

"에? 오~ 오~ 십만 원예? 뭐시 그리 비싼데예. 오토바이 새거만큼 비싸네예."

"비싸모 중고 괴안타. 이것도 일본에서 써던 거 물 건너온 긴데 고장 안 났다이."

"중고는 얼마인기요?"

주인은 재일의 눈치를 살핀다. 젊은 친구가 호락호락하지 않다는 것을 직감한다.

"원래는 15만 원 받는 긴데 10만 원만 주소."

"중고도 마이 비싸네예. 아침부터 지송한데 좀 빼 주이소."

"마수라서 만 원 빼서 9만 원에 하소."

"사장님, 안데나는 세아 줌미꺼?"

"집이 오데요?"

"함안 법수 독산인데예."

"앗따, 멀리서 왔네예."

주인이 텔레비전 설치 기사를 찾는다.

"김 기사! 오데 있노?"

"예. 사장님, 와예?"

"니 집이 함안이라 안 했나?"

"예. 맞심더."

"여 젊은 사장이 함안 법수서 왔다카네."

"안녕하십미꺼. 저는 산인에 살아예. 법수까지는 좀 머네예."

"니 법수 독산까지 출장 갈 수 있나?"

"고향 사람인데 가야지예."

"원래 출장비 5천 원 받아야 하는데 그라모 그냥 해 주라. 사장, 데레비는 싣고 갈라요? 안 그라모 김 기사한테 같이 싣고 가라고 하면 되고."

재일이는 자신이 싣고 가다가 고장이 나면 자신의 잘못이라 할 거 같아,

"아입미더, 김 기사님이 같이 싣고 오시소. 운제 오는데예?"

"지금 열 시빼이 안 되었네. 화면 조정 시간이 저녁 다섯 시 반부터 시작된께 해거름에 네 시쯤 도착하구로 할꾸마."

김 기사도 옆에서,

"빨리 설치해 봤자 데레비가 안 나와서 화면 조정 시간이 되어야 되고 본방송이 여섯 시에 시작해서 그때까지 있어야 됩미더."

그는 다시 길 위에 섰다. 돌아가는 길은 올 때보다 더 설렜다. 이제 그의 집에도 텔레비전이 생긴다. 마을 사람들은 모두 놀랄 것이고, 아이들이 신기한 눈빛으로 바라볼 것이다.

시골길을 달리며, 재일이는 문득 하늘을 올려다보았다. 가을의 푸른 하늘이 너무나 깨끗했다. 그는 힘껏 가속하며 웃었다. 새로운 시대가 시작되고 있었다.

텔레비전을 사면 수신용 안테나를 설치하는 것이 문제였다. 도시가 아닌 시골은 전파의 세기가 약해서 안테나 방향을 잘 맞춰야만 방송이 보였다.

도시에서는 전원을 꽂기만 하면 실내용 안테나만으로 화면이 켜졌지만, 시골에서는 그렇지 않았다. 방송을 보기 위해서는 반드시 외부에 커다란 수신용 안테나를 설치해야 했다.

김 기사는 도착하여 마당에 나가 하늘을 올려다보았다.

"안테나는 지붕 위에 설치해야 되겠네예. 집에서 제일 높은 데는 여뿐이네예. 그래야 전파가 잘 잡힙미더."

"그래예? 쓰레이트가 잘못하면 깨질 낀데예. 지가 봉값을 더 드리께예. 간대이를 길게 해서 골목 뒤에 세야 주이소."

"간대이 두 개 싣고 왔는데 잘하모 되겠네예."

"고맙심미더. 잘 좀 해 주이소."

안테나를 손에 들었다. 철봉처럼 길게 뻗은 안테나는 위풍당당했지만, 바람이 불 때마다 이리저리 흔들렸다.

철삿줄로 사방을 다시 고정하니 흔들리는 것이 덜하다. 다섯 시 반이 되어서 화면 조정 시간이 되었다.

"지가 여서 방향을 맞추낀께 사장님은 데리비 화면이 잘 나오는지 보이소."

재일이는 안방으로 들어간다. 텔레비전은 지직거리기만 하고 있다.

"언자 안데나 돌립미더. 단디 보이소!"

"예, 나옵미더. 스톱. 반대로. 잠시만, 다시 반대로. 더 이상 안 나오네예."

"그라모 9번 틀어 보이소."

"9번은 아무것도 안 나오는데예?"

"잠시만예. 다시 돌립미더."

김 기사는 반대 방향으로 안테나를 돌린다.

"예. 나옵미더. …. 잠깐만예. 반대로 돌리 보이소. 예. 잠시만예. 반대로 살짝 돌리소. 네. 스톱."

"그라모 13번 틀어 보이소."

"9번은 잘 나오는데 13번은 화면이 좀 떨리네예."

"7번 한번 틀어 보이소."

"7번은 아예 안 나오네예."

13번은 MBC, 9번은 KBS, 7번은 TBC였는데 초창기 7번은 시골에선 나오지 않았다.

"촌이라서 7번은 안 나오네예."

"7번 나오게 할라모 우찌해야 하는데예?"

그 당시 '여로'와 재미있는 만화는 7번에서 많이 방송했었다.

"잠자리 안테나를 한 개 더 하고 증폭기라는 기계가 있는데 그걸 사용해야 합미더. 그라모 데레비가 지금보다 헐씬 잘 나옵미더."

"예. 그라모 오늘은 고마 돌아가시고 다음에 데레비 잘 안 나오모 내가 마산 자주 나가께네 그때 한번 짐빵 들를께예."

"그리하이소, 데레비는 이만하면 그냥저냥 볼 만하네예."

말숙이네 집에 드디어 텔레비전이 들어왔다. 1973년 늦가을, 마을에 전기가 들어오면서 재일이는 망설임 없이 텔레비전을 사기로 결정했다. 근처 동네를 통틀어 가장 먼저 텔레비전을 산 것이었다. 그동안 마산의 할머니집에 가면 옆집에 가서 20원을 주어야만 볼 수 있었던 화면 속 세상을 이제 집에서도 볼 수 있다니, 말숙은 설렘을 감추지 못했다.

그날 저녁, 어머니와 말숙이가 함께 사용하는 안방에 자리 잡았다. 전원을 켰다. '치익——' 하는 소리와 함께 화면이 빛을 내더니 곧 사람의 모습이 나타났다. 말숙이는 숨을 죽이고 화면을 응시했다. 그동안 책에서나 들었던 세상이 눈앞에 펼쳐졌다. 뉴스 앵커가 또렷한 목소리로 무언가를 이야기하고 있었고, 재일이는 고개를 끄덕이며 집중했다.

동네 사람들도 신기한 듯 하나둘 말숙이네 집으로 모여들었다. 그날 저녁, 마을 어른들은 작은 안방에 모여 텔레비전을 바라보며 감탄을 금치 못했다.

"이게 마산서만 볼 수 있다던 그 데레비인가베?"

"얄구지라, 꼭 사람이 안에 들어 있는 거 맨치로 보이네."

시간이 지날수록 텔레비전은 말숙이네 집의 중심이 되었다. 재일이는 매일 저녁 뉴스를 보며 세상의 흐름을 익혔고, 어머니는 드라마 속 여주인공의 옷차림을 보며 한숨을 쉬었다. 말숙이와 오빠들은 만화 영화가 나오는 날을 손꼽아 기다리며 신이 났다. 텔레비전이 없는 이웃집 아이들도 저녁이면 몰래 찾아와 함께 화면을 들여다보곤 했다.

그해 겨울, 텔레비전이 가져온 변화는 크고도 깊었다. 전기가 들어오면서 밤이 더 이상 깜깜하지 않았고, 텔레비전이 들어오면서 집안에 새로운 활기가 돌았다. 말숙이는 그 빛나는 화면을 보며 더 넓은 세상에 대한 꿈을 키우기 시작했다.

10. 돼지간의 힘든 시간

　만석이네 집에 텔레비전이 들어온 날, 마을 사람들은 마치 장날처럼 술렁거렸다. 주변 다섯 개 마을을 통틀어 가장 먼저 텔레비전을 들인 집이라는 소문이 삽시간에 퍼졌다. 아이들은 학교가 끝나자마자 만석이네 집 마루로 달려갔다.
　그러나 학교에서 돌아오면 만석이가 먼저 해야 할 일이 있었다. 돼지우리 청소였다. 만석은 한숨을 쉬며 삽을 들었다. 돼지우리는 냄새가 지독했다. 하지만 어쩔 수 없었다. 텔레비전을 보려면, 아니, 친구들에게 텔레비전을 보여 주려면 청소를 해야 했다.
　"만석아, 마징가 제트 재미있던데 올 하는 날 맞나?"
　호진이가 다가와 물었다.
　"맞는데, 이거 빨리 안 치우면 텔레비전 못 본다. 우리 아버지 성질 더러운 거 알제?"
　아이들은 웅성거렸다. 돼지우리에서 나는 냄새가 코를 찔렀지만, 텔레비전의 유혹을 뿌리칠 수는 없었다. 결국 광명이가 먼저 나섰다.
　"그라모 그냥 우리도 거들어 주자. 빨리 마칠 거 아이가!"
　호진이는 얼굴을 찌푸리며 말했다.
　"더러운 거 우찌 치아노. 나는 안 보고 말란다."

태봉이는 고개를 저으며 친구들을 설득했다.

"소 마구도 치운다 아이가. 거들어 주자. 만석이 없이 우리들만 보고 있으면 저거 아버지 지랄할낀데?"

아이들은 서로를 바라보다가 결국 돼지우리 치우기에 나섰다.

마징가 제트를 보기 위해서라면 이 정도쯤이야!

아이들의 손이 분주하게 움직였다. 코를 막고 일을 하는 아이도 있었고, 최대한 냄새를 덜 맡으려 옆으로 돌아서 일을 하는 아이도 있었다. 하지만 그들의 머릿속에는 오직 한 가지 생각뿐이었다.

만석은 대나무 빗자루로 돼지 똥을 모았다. 태봉이는 그 옆에서 삽으로 퍼 양동이에 담았다. 둘은 땀을 흘리며 일을 하면서도 투덜거렸다.

"태봉아, 니나 내나 학교에서도, 집에서도, 어디 가나 똥만 치우는갑다."

"그랑깨. 평상 똥만 치우다 죽을 팔자 아이가? 씨바."

"하도 치우다 보니 이젠 똥이 더럽지도 않다."

"똥 치우는 팔자인데 우짜것노. 그냥 팔자러니 생각하고 살자."

옆에서 듣고 있던 광명이가 입을 열었다.

"야, 그만 떠들고 빨리 치아라. 바께쓰에 담아 주어야 거름에 부을 거 아이가?"

호진이도 맞장구쳤다.

"방금 봉알시계 보고 왔는데, 다섯 시 다 되어 간다이."

만석은 그 말을 듣고 부랴부랴 속도를 냈다.

"맞나? 태봉아, 빨리빨리 하자! 마치고 데레비 보자!"

태봉이는 얼굴을 찌푸리며 돼지 똥 냄새를 맡았다.

"근데 돼지 똥은 와 이리 내미가 심하노?"

만석이 코를 막으며 대꾸했다.

"몰라. 뭘 처먹었는지 억수로 내미가 나네."

"빨리 하자. 끝나고 나면 마징가 제트를 볼 수 있다!"

만석이는 흡족한 표정으로 아이들을 바라보며 씩 웃었다. 이렇게 함께 힘을 합쳐야 빨리 끝난다는 걸 친구들이 알았을 것이다.

그렇게 한바탕 난리가 난 후, 해 질 녘이 되어서야 아이들은 손을 씻고 만석이네 마루로 모였다. 작은 브라운관 속에서 반짝이는 마징가 제트가 등장하자, 모두의 얼굴에 피곤함은 사라지고 기대와 흥분이 가득 찼다.

"드디어 시작이다!"

그날 저녁, 아이들은 비록 돼지우리 냄새를 온몸에 묻혔지만, 그 어떤 날보다도 짜릿한 승리감을 느끼고 있었다.

만화 영화 등 어린이 프로는 저녁 여섯 시부터 일곱 시 사이에 방송을 해서 조금 늦으면 만화가 끝이 나서 빨리 돼지우리를 청소하지 않으면 안 되었다.

사실 만석의 친구들은 돼지우리 청소를 자주는 하지 않았다. 그런데도 어릴 때 텔레비전을 보기 위해 돼지 똥을 치웠다고 환갑이 넘은 나이에도 그때 이야기를 하고는 했다.

경미와 만석은 국민학교 시절부터 돼지우리 청소를 도맡아 해 왔다. 부모님이 돼지를 키우기로 결정한 순간부터, 그들의 일상에는 늘 돼지우리에서 나는 쿰쿰한 냄새와 질퍽한 거름이 함께했다.

경미는 처음에는 돼지우리 근처에도 가기 싫어했다. 똥내와 돼지 냄새가 뒤섞인 그곳은 그녀에게 있어 견딜 수 없는 공간이었다. 하지만 첫째인 만석과 둘째인 그녀는 어쩔 수 없이 해야만 했다. 부모님의 말씀이 곧 법이었고, 그것을 어긴다는 것은 상상조차 할 수 없는 일이었다.

처음 일을 시키던 날, 경미는 울상을 지으며 아버지에게 간청했다.

"아부지, 난 죽어도 못 하요."

그러나 아버지의 눈빛은 차가웠다. 대꾸 없이 손에 들고 있던 지게막대가 번뜩이며 그녀의 종아리를 내려쳤다. 뜨거운 통증이 퍼졌지만, 소리 내 울 수조차 없었다. 만석이 옆에서 움찔하며 동생을 걱정스러운 눈길로 바라봤지만, 감히 나설 수는 없었다.

"일도 못 할 거면 밥도 묵지 마라."

아버지는 단호하게 말씀하시고는 뒷짐을 진 채 뒤돌아섰다. 경미는 종아리를 쓰다듬으며 눈물을 삼켰다. 어린 마음에 억울함과 분노가 끓어올랐지만, 결국 그녀는 포기하고 돼지우리에 들어가 삽을 들었다.

몇 달이 지나자 경미는 어느새 돼지우리 청소에 익숙해졌다. 똥을 퍼내고 새 지푸라기를 깔아 주는 일이 일상이 되었다. 처음엔 기겁했던 냄새도 어느 순간 익숙해졌다. 어느 날 문득, 경미는 자신이 더 이상 눈살을 찌푸리지 않고 일을 하고 있다는 것을 깨달았다.

'이렇게 사람이 변하는구나.'

싶으면서도, 가슴 한편에는 쓸쓸함이 밀려왔다.

그러던 어느 날, 아버지가 말씀하셨다.

"이제 제법 일 좀 하네."

짧은 칭찬이었지만, 경미의 마음에는 알 수 없는 감정이 일렁였다. 그것이 기쁨인지, 서글픔인지 분간할 수 없었다.

어느 날 경미는 독감에 걸려 지친 기색이 역력했다. 그녀의 이마는 뜨겁게 달아올랐고, 온몸이 쑤셨다. 뼈마디가 삐걱거리는 듯한 통증이 끊임없이 밀려왔고, 목은 바싹 말라 갈라졌다. 눈은 충혈되어 따끔거렸으며, 머릿속이 띵하고 멍했다.

그러나 돼지우리 청소는 쉬지 않았다. 돼지들은 유난히 들떠 머리를 흔들며 꾸중물을 튀겼고, 만석과 경미의 옷은 순식간에 더러운 똥물로 뒤덮였다.

경미는 더 이상 참을 수 없었다. 눈물이 차올랐다. 울먹이며 만석을 바라보았다.

"오빠, 우리 언제까지 이거 해야 되노?"

만석도 독감에 걸려 몸이 좋지 않았다. 얼굴은 창백했고, 식은땀이 등줄기를 타고 흘렀다. 기침을 할 때마다 목이 찢어질 듯 따가웠고, 가슴이 쑤시는 듯한 통증이 따라왔다. 팔다리는 힘이 빠져 축 늘어졌고, 조금만 움직여도 어지러움이 몰려왔다. 하지만 멈출 수 없었다. 이 일은 그들의 몫이었다.

돼지우리에서 둘은 나란히 주저앉아 펑펑 울었다. 고된 노동과 아픈 몸, 끝이 보이지 않는 현실이 너무나 버거웠다. 하지만 부모들은 한마디 위로조차 없었다.

만석의 부모는 그들에게 한 번도 다정하게 "어디 아프나?"라고 묻지 않았다.

몸이 아프든, 마음이 힘들든, 그저 해야 할 일은 당연한 것이었다. 집안일을 하는 것이나 가축을 돌보는 일은 가족 모두가 짊어져야 할 몫이었고, 감정을 내비치는 것은 사치였다.

밥상은 언제나 조용했다. 부모는 하루 종일 노동에 지쳐 말 한마디 섞지 않았다. 아이들이 어떤 기분인지, 어떤 고민이 있는지 묻지 않았다. 저녁이 되어도 다정한 말 한마디 없이 각자 허기를 채울 뿐이었다. 여동생이 무심코 엎지른 국 한 그릇에도 따뜻한 위로나 관심은 없었다. "조심해라"는 말조차 들을 수 없었다. 그저 더러운 걸레가 던져졌고, 아이는 묵묵히 바닥을 닦아야 했다.

만석이 열 살이던 어느 겨울날, 여동생이 심한 감기로 앓아누웠다. 그는 부모에게 말했다.

"움마, 동상이 마이 아프다."

어머니는 잠시 일을 멈추고 아이를 바라보았지만, 손을 멈추지 않았다.

"이불을 더 덮여라. 땀 빼면 낫는다."

그게 전부였다. 약도, 따뜻한 죽 한 그릇도 없었다.

시간이 흘러 만석은 성장했고, 어른이 되었다. 하지만 여전히 부모의 태도는 변함이 없었다. 그는 다짐했다. 자신은 달라지겠다고. 언젠가 자신의 아이가 "아빠, 나 아파"라고 말하면, 꼭 안아 주겠다고.

11. 만석의 천사 은희

여름 방학을 앞둔 6월의 어느 날, 새로운 전학생이 왔다. 한낮의 태양이 창문을 통해 교실을 비출 때, 선생님은 조용히 문을 열고 그녀를 데려왔다.

"야들아, 새 친구를 소개할게. 마산에서 전학 온 엄은희이다."

그녀가 교실 앞으로 나왔을 때, 만석은 숨이 멎는 줄 알았다. 시골에서는 한 번도 본 적 없는, 이 세상에 존재하지 않을 것 같은 아름다움이 그녀에게서 뿜어져 나왔다.

갓 내려온 천사라고 해도 믿을 정도였다. 긴 생머리는 햇빛을 받아 부드럽게 빛났고, 맑고 깊은 눈동자는 어딘가 신비로운 기운을 풍겼다. 그녀가 부끄러운 듯 미소를 지었을 때, 마치 시간이 멈춘 듯 교실이 정적에 휩싸였다.

그녀는 보통의 아이들처럼 형제간에 물려받아 입던 옷이 아니라 온몸을 감싸는 듯한 부드러운 원단에 귀여운 물방울무늬가 촘촘히 새겨진 원피스를 입고 있었다.

그녀의 원피스는 마치 다른 세계에서 온 것처럼 보였다.

"안녕하세요. 저는 엄은희라고 합니다. 잘 부탁드려요."

맑고 고운 목소리가 교실을 울렸다. 그녀는 텔레비전에서만 들었던 서울말을 쓰는 아이였다.

선생님은 키가 큰 그녀를 뒤에 비어 있는 자리에 앉혔다. 만석은 그녀를 힐끗 바라보았지만, 쉽게 말을 걸 용기가 나지 않았다. 내심 두근거리는 가슴을 감추려 애쓰면서도, 자꾸만 시선이 그녀를 향했다.

쉬는 시간이 되자 아이들이 하나둘씩 다가와 그녀에게 말을 걸었다. 마산에서 왔다는 이유만으로도 관심을 받기에 충분했지만, 그녀의 독특한 분위기와 우아한 태도는 더 많은 이들의 시선을 사로잡았다. 만석은 다가갈 용기를 내지 못하고 멀찍이서 그 모습을 지켜볼 수밖에 없었다.

그녀는 특별했다. 단순히 예뻐서가 아니었다. 말투와 행동 하나하나에서 남들과 다른 느낌이 났다. 무언가를 깊이 생각하는 듯한 눈빛, 남을 배려하는 조용한 목소리, 그리고 가끔씩 허공을 바라보며 미소 짓는 모습. 모든 것이 신비로웠다.

그러나 만석은 그녀에게 말을 걸 엄두조차 내지 못했다. 소년의 가슴에 자리 잡은 동경과 설렘은 너무도 커서, 그것을 표현하는 것조차 두려웠다. 그저 먼발치에서 그녀를 바라보는 것만으로도 충분했다. 그녀가 흘리는 한 줌의 웃음소리가 그의 귓가를 스칠 때마다, 그것만으로도 하루를 살아갈 힘이 났다.

은희는 백산교회에 새로 부임한 전도사의 딸이었다. 만석은 교회를 가면 그녀를 만날 수 있다는 것을 몰랐다. 만약 그녀를 교회에서 만날 수 있다는 것을 알았다면 만석은 아마 너무 열심히 교회를 다녀서 목사가 되었을 것이다.

어느 날 만석은 가슴이 두근거렸다. 체육 시간이 되어 모두 교실을 빠져나간 후에도 그는 자리를 지켰다. 친구들이 떠들며 운동장으로 향하는 소리가 점점 멀어지고, 교실은 고요해졌다.

그는 조심스럽게 자리에서 일어나 그녀의 자리로 다가갔다. 마치 누군가에게 들킬까 두려운 듯, 신중한 걸음이었다. 그녀가 앉았던 의자에 천천히 몸을 맡기고 눈을 감았다. 그녀의 흔적을 느끼고 싶었다.

책상 위에는 그녀의 필기구와 책이 가지런히 놓여 있었다. 공책을 살짝 넘겨 보니 정갈한 필체로 적힌 글씨들이 그의 시선을 사로잡았다. 평소 그녀가 쓰던 연필의 향이 은은하게 풍겨 왔다. 책상 모서리에 남아 있는 손끝의 온기까지 느껴지는 듯했다.

그는 조용히 숨을 들이마셨다. 그녀의 향기가 코끝으로 스치는 듯했다. 그것은 마치 봄날 새벽, 연분홍빛 꽃잎이 살랑이는 순간을 연상시키는 향이었다. 만석은 알 수 없는 설렘과 아련한 그리움에 잠겼다.

그러나 문득 현실이 그를 깨웠다. 누군가 복도를 지나가는 소리가 들렸다. 그는 급히 자리에서 일어나 자신의 자리로 돌아갔다. 가슴은 여전히 뛰고 있었고, 손끝에는 미묘한 떨림이 남아 있었다.

그녀가 언제 다시 돌아올지 모르는 교실에서, 만석은 몰래 미소 지었다. 그 순간만큼은 그녀와 가까워진 듯한 기분이 들었다. 그에게는 그것만으로도 충분했다.

만석은 매일 저녁 은희의 꿈을 꾸었다. 꿈속에서 그녀는 눈웃음이 해맑고, 목소리는 맑은 개울물처럼 청아했다.

어느 날, 달이 유난히 밝은 밤이었다. 창문을 통해 은빛 달빛이 방 안을 가득 채웠다. 깊은 잠에 빠져 있던 만석은 갑자기 선명한 목소리에 눈을 떴다.

"만석아!"

심장이 쿵 하고 내려앉았다. 그 목소리는 분명 은희였다. 그는 황급히 몸을 일으켜 주위를 둘러보았다. 하지만 바깥은 고요했다. 바람조차 멈춘 듯했다.

만석은 그녀에게 접근할 용기가 도저히 없었다. 그녀가 가까이만 와도 심장이 미친 듯이 뛰었고, 입술은 바짝 말라붙었다. 괜히 눈을 피하며 바보처럼 머리를 긁적이기 일쑤였다. 그래서 그는 현실에서 한 걸음도 나아가지 못한 채, 오직 꿈속에서만 그녀를 만났다.

꿈속에서 만석은 달랐다. 그는 자신감 넘치는 목소리로 그녀의 이름을 불렀고, 눈을 맞추며 미소 지었다. 그녀 역시 환하게 웃으며 그를 바라보았다. 그들은 함께 강가를 거닐었고, 둑방에 앉아 도란도란 이야기를 나누었다. 때로는 손을 잡기도 했고, 그녀가 그의 어깨에 기대기도 했다. 꿈속에서 그는 사랑을 고백하기도 했고, 그녀는 기꺼이 받아 주었다.

하지만 아침이 되면 모든 것이 사라졌다. 꿈에서 깨어나면 그는 여전히 그녀와 아무런 관계도 맺지 못한 채였다. 현실 속 그녀는 여전히 저 멀리, 닿을 수 없는 곳에 서 있었다.

은희는 언제나 주위 사람들에게 호감을 사는 아이였다. 밝고 사교적인 성격에 누구와도 쉽게 친구가 되었고, 그가 웃을 때는 주변의 공기도 따뜻해지는 것 같았다. 그는 언제나 자신감을 가지고 삶을 향해 나아갔다. 그와 반대로 만석은 언제나 멀리 있었다. 그는 유난히 조용하고 자신만의 세계에 갇혀 있었다. 친구들 사이에서도 만석은 흔히 보이지 않는 존재였다. 눈에 띄지 않으려는 듯, 사람들의 시선에서 벗어나기를 바라는 듯, 항상 그림자 속에 숨어 있었다.

은희가 5학년이 되어 전학을 간 그날, 만석은 그 어떤 일보다 마음이 무겁고 아팠다. 그날 아침, 학교 앞에서 손을 흔들며 떠나는 은희의 뒷모습을 바라보는 것만으로도 가슴이 먹먹해졌다. 은희는 아버지가 다른 교회로 발령이 나며 또 다른 지역으로 가게 되었다.

만석은 그녀와 단 한마디 말도 섞어 보지 못했다. 그저, 그녀의 모습을 멀리서 바라보며 마음속에 품고만 있었다. 은희. 그 이름만으로도 가슴이 뛰었다. 그 이름을 부르면, 가슴 한구석에서 무언가 찡해 오는 느낌이 들었다.

그 시절의 만남은 언제나 그에게 특별한 의미를 지니고 있었다. 은희는 언제나 그를 눈여겨보지 않았다. 그녀는 밝고 활기차고, 친구들에게서 늘 웃음을 끌어내는 존재였다. 반면, 만석은 그저 묵묵히 그녀를 바라보며, 그의 마음속 깊은 곳에서만 그녀를 그리워했다.

만석은 떠나는 그녀를 그저 멀리서 지켜보며 손 한번 흔들지 못했다. 아쉬움과 후회가 마음속에 가득 차올랐다.

그날 이후, 그는 은희를 더 이상 보지 못했다. 시간이 흐르고, 그 또한 삶의 궤도에서 여러 가지 일들을 겪으며 성숙해졌다. 그러나 그의 마음속에는 여전히 은희의 모습이 남아 있었다. 그 기억들은 시간이 지나도 흐려지지 않았고, 가슴 깊은 곳에서 그녀를 그리워하는 마음만 커져 갔다.

만석은 삶 속에서 다양한 사람들을 만나고, 다양한 경험을 쌓았지만, 은희만큼 그를 사로잡은 사람은 없었다. 그는 결혼도 했고, 가족도 이루었다. 하지만 은희는 그의 삶에서 여전히 특별한 존재였다. 그녀의 눈동자를 생각하면 은희의 웃음이 떠오르고, 그녀의 목소리가 들려오는 듯했다.

그의 가슴속에는 늘 은희가 있었다. 그녀는 말없이 그의 마음을 채우고, 그에게 삶의 작은 위로를 주었다. 그와 그녀는 서로 다른 길을 걸었지만, 만석은 그 누구도 대신할 수 없는 자리에 그녀를 두었다.

시간이 지나고, 만석은 은희를 다시 만날 기회가 없었다. 그러나 그는 그 사실을 아쉬워하지 않았다. 오히려 그녀와의 만남이 없었기에, 그리움과 사랑은 더 깊어지고, 마음속에 영원히 그녀의 자리를 지킬 수 있었던 것이다. 그렇게 만석은 평생 동안 은희를 가슴에 품고 살아갔다.

12. 철수의 본색

철수는 마산을 오르내리며 점점 방앗간 일을 소홀히 하게 되었다. 원래는 새벽부터 분주하게 방앗간 문을 열고, 곡식을 빻으러 오는 손님들을 맞이해야 했지만, 요즘은 그마저도 귀찮아졌다. 마산에 돼지고기를 판매하면서 돈이 돌고, 주머니에 들어오니 방앗간에서 땀 흘려 일하는 것이 어리석게 느껴졌다.

어둠이 내려앉은 사정리 마을은 적막했다. 집집마다 불빛마저 희미하고 개 짖는 소리만이 간간이 들려왔다. 숙자는 대문 앞에 서서 먼 길 저편 불빛이 보이는지 보고 있다. 남편이 돌아올 시간이 한참 지났지만, 그의 모습은 보이지 않았다.

마산으로 오토바이를 타고 다니다 보니 덜컹거리는 비포장도로를 달리며 돌아왔지만, 오늘은 아무리 기다려도 그 소리가 들리지 않았다. 전화가 있는 것도 아니고, 누구한테 물어볼 수도 없고, 오지 않으면 올 때까지 기다리는 것밖에 할 수 없었다. 가슴속에서는 불안이 점점 커져 갔다.

'혹시 사고가 난 건 아닐까?'

이런 생각이 들 때마다 심장이 덜컥 내려앉았다. 그럴 리 없다며 애써 부정해 보지만, 머릿속은 온갖 나쁜 상상들로 가득 찼다. 길가에 쓰러져 있는 건 아닐까? 누군가와 부딪쳐 다친 건 아닐까? 숙자는 안절부절못하며 마당을 서성이기 시작했다.

시간이 흐를수록 밤은 더욱 깊어졌다. 아이들은 모두 잠들었지만, 숙자는 도저히 눈을 감을 수 없었다. 차가운 밤바람이 피부를 스치고 지나갔지만, 그녀는 대문 앞을 떠날 수 없었다. 어쩌면 다음 순간, 남편이 피곤한 얼굴로 돌아올지도 모른다는 희망 때문이었다.

그렇게 밤을 꼬박 새운 후, 새벽녘이 되어서야 오토바이 소리가 들려왔다. 심장이 철렁 내려앉았다가 다시 빠르게 뛰기 시작했다. 숙자는 반사적으로 대문을 열고 뛰어나갔다. 남편이 어둠 속에서 모습을 드러냈다.

"어디 갔다가 인제 들어오요?"

남편은 머리를 긁적이며 머쓱한 표정을 지었다.

"가악중에 오토바이가 고장 나서… 밀고 오다가 여온깨 시동이 걸리네."

숙자는 속에서 서운한 감정이 솟구치는 걸 느꼈다. 하지만 남편의 얼굴을 자세히 살피니 다친 곳 하나 없었다. 그제야 속이 풀리며 안도의 한숨이 절로 나왔다.

"기다리는 사람은 생각 안 하는기요? 마산서 일찍이 출발했어모 고장 나도 고치는 사람 불러서 오도 된다 아이요."

그러면서도 한 번 더 쏘아붙였다.

"마산서 뭐 한다고 이리 늦게 오는기요? 술도 묵지도 않았구만은."

남편은 변명하듯 말했다.

"동상들하고 이바구하다 보이 좀 늦었고, 괴기 굽는데 좀 도와주고 왔다 아이가."

숙자는 한쪽 눈을 가늘게 뜨고 의심스러운 눈초리로 남편을 바라보았다.

"참말인기요? 새복까지 장사하는기요?"

남편은 피식 웃으며 두 손을 들어 보였다.

"거짓말 아니다. 어서 들어가 씻고 잘란다."

숙자는 못마땅한 듯 혀를 차더니 문을 열어 주었다.

철수는 처음에는 늦게라도 집에 들어왔다. 하지만 점차 시간이 흐르면서 점점 집에 들어오는 날이 줄어들었고, 마침내 며칠씩 자취를 감추는 일이 많아졌다. 숙자는 처음에는 바쁜 일 때문이라 생각하며 이해하려 했지만, 차츰 불안한 마음이 커졌다.

흐린 조명 아래에서 철수는 한 여인과 다정하게 술잔을 기울이고 있다. 그 여인은 화려한 옷을 입고 있었으며, 그의 곁에서 웃으며 손을 잡고 있었다.

철수가 빠져든 여인은 술집에서 일하는 접대부였다. 그녀는 손님을 상대하며 생활을 이어 갔는데, 철수가 처음 찾아왔을 때부터 그가 돈이 좀 있는 사람이라 판단했다. 그녀는 은근한 미소와 다정한 말투로 철수를 사로잡았다. 철수는 점점 그녀에게 빠져들었고, 그녀를 위해 아낌없이 돈을 쓰기 시작했다.

술집 여자는 교묘하게 철수의 마음을 조종했다. 때로는 철수가 오랫동안 오지 않으면 슬픈 표정을 지으며 그를 원망하는 듯했고, 다시 찾아오면 환한 미소로 맞아 주었다. 철수는 그런 그녀에게 점점 더 깊이 빠져들었고, 이제는 집보다 그녀의 곁이 더 편하게 느껴졌다.

철수는 밤이고 낮이고 그녀의 집에서 시간을 보내게 되었다. 그녀는,

"오빠야, 나 오빠야하고 살고 싶다. 같이 살면 안 되나?"

"같이 살자. 니 고마 보따리 싸서 우리 집에 들어가자."

접대부는 두 눈을 동그랗게 떴다. 잠시 주저하는 듯하더니, 입술을 깨물며 물었다.

"아잉, 그라모 부인은 우찌 되는데?"

철수는 눈썹을 한번 치켜올리고는 태연하게 말했다.

"같이 살모 되지 뭐가 걱정이고?"

접대부는 잠시 아무 말도 하지 못했다. 그제야 철수는 그녀의 얼굴에서 스치는 망설임을 읽었다. 그리고 문득 현실이 떠올랐다. 자신이 살고 있는 사정리의 방앗간에는 그녀가 지낼 방도 마땅치 않았다. 부인이 있는 그곳에서 영자가 머물 수 있을 리도 없었다.

그러나 철수는 이미 마음을 정한 듯 그녀의 손을 잡았다.

"고마 가자."

그날 밤, 철수는 그녀와 함께 사정리로 향했다.

철수의 집은 슬레이트 지붕에 방 세 칸이었다. 그곳에는 그의 아내 숙자와 네 아이, 그리고 노모가 살고 있었다. 철수가 문을 열고 들어서자 숙자는 그가 데리고 온 젊은 여인을 보고 순간 얼굴이 굳어졌다.

"이 사람은 누구요?"

철수는 아주 당당하게 대답했다.

"내 첩사이다. 그리 알고, 올부터 같이 살끼다. 당신은 애들하고 같이 자고, 나는 큰방에 있을낀게 그리 알아라."

숙자는 믿을 수 없다는 듯 남편을 바라보았다. 손이 떨렸다. 숨이 가빠졌다. 애들이 보는 앞에서 저따위 말을 하는 인간이 제 남편이라니.

"이게 무슨 소리고, 이 인간아! 밖에서는 무슨 지랄을 하든지 내가 참을 수 있는데, 집에까지 썹지랄하는 꼬라지는 못 본다! 지금이 무신 조선시대가?"

숙자는 격분하여 고함을 질렀다.

"얼라들 앞에 부끄럽지도 않나?"

철수는 지겨운 듯 손을 휘저었다.

"씨끄럽다이. 어디 여자가 아침부터 고함치고 난리고."

숙자의 몸이 떨렸다. 애들은 두려운 얼굴로 이 모든 광경을 지켜보고 있었다. 남편은 그녀를 아에 사람 취급도 하지 않았다.

'이게 무슨 해괴망측한 일이란 말인가.'

그렇게 이상한 동거가 시작되었다.

만석은 아버지를 원망했다. 아니, 증오했다. 어릴 적부터 아버지의 폭언과 횡포를 견뎌 왔지만, 이번 일은 차원이 달랐다. 어머니의 얼굴에 새겨진 절망이 그에게 깊이 박혔다. 무력한 자신이 싫었다.

이제, 이 집은 더 이상 집이 아니었다.

모든 것이 일그러졌다. 만석의 가슴속에서 검은 무언가가 자라났다. 복수의 씨앗이었다.

13. 접대부 도망가다

　그날 저녁, 낯선 여자가 아버지와 함께 오고 난 뒤 만석은 술집 접대부인 그녀의 얼굴을 보지 않았다. 그의 눈은 오직 방 한구석에 앉아 있던 어머니의 굳어진 얼굴을 향했다. 어머니는 몸을 일으키지도 못한 채 힘겹게 숨을 쉬고 있었다.
　아버지는 여자를 데리고 안방으로 들어갔다. 방문이 닫히는 소리가 들렸다. 만석은 주먹을 움켜쥐었다. 어머니는 아무 말도 하지 않았다. 눈을 감고 누워 있을 뿐이었다. 만석은 조용히 일어나 방문을 열고 나갔다. 부엌으로 가서 물을 떠 왔다. 어머니의 입술에 물을 적셔 주려 했으나 그녀는 고개를 돌렸다.
　"움마…."
　만석이 부르자 어머니가 간신히 눈을 떴다. 그녀의 눈에는 눈물이 고여 있었다.
　"만석아, 니 너거 아부지 하는 행우지 단디 봐라. 하는 짓이 인간이가."
　만석은 엄마를 부둥켜안고 엉엉 울음을 터뜨렸다.
　아버지가 데려온 여자는 마치 집에 원래 살고 있던 사람처럼 아무렇지도 않게 마루에 앉아 담배를 피우고 있었다. 만석은 그녀의 얼굴을 보지 않았다. 단 한 번도. 그녀와 눈이 마주치면 안 될 것 같았다. 마주치는 순간, 무엇인가 돌이킬 수 없이 변할 것만 같았다.

어머니는 다음 날에도 그대로였다. 아무 말도, 아무것도 하지 않았다. 만석은 행여나 엄마가 자기를 두고 죽을까 봐 두려웠다. 침묵 속에서 오직 숨소리만 들렸다. 그 숨소리를 듣고 싶어 계속 엄마 곁을 지켰다.

아침이 되어 만석은 아버지와 함께 모내기를 위해 모를 찌고 있었다. 초여름의 햇살이 뜨겁게 내리쬐었고, 이마에서는 땀이 흐르고 있었다. 손에 쥔 모가 축축하게 젖어 있었다. 그때, 아버지가 잠시 일을 멈추고 만석을 바라보며 입을 열었다.

"만석아! 새로 온 분한데 니 움마라 해야 한다."

"…."

만석은 그 말을 듣고 순간 몸이 얼어붙었다. 아버지의 말이 믿기지 않았다. 눈앞에 있는 논의 물보다 더 깊고 차가운 무언가가 가슴을 무겁게 짓눌렀다. 그는 아무 말도 하지 못했다. 입술이 떨렸지만, 입을 열 용기가 나지 않았다.

아버지는 그런 만석을 다시 한번 다그쳤다.

"니 집에 가서 새움마한테 가서 논으로 나오라 캐라."

만석은 고개를 숙인 채 서 있었다. 무겁고도 어색한 침묵이 흘렀다. 가슴이 답답하고 숨이 턱 막혀 왔다. 논에서 퍼지는 흙냄새와 따가운 햇볕이 더욱 그를 짓눌렀다. 하지만 그는 집으로 향하지 않았다. 그 여자를 만나고 싶지 않았기 때문이다.

그는 곧바로 집을 지나쳐 학교로 향했다. 지금은 모내기 철이라 학교에서 며칠간 아이들에게 학교에 오지 말라고 하는 가정실습 기간이었지만, 더 이상 논에 있을 수도, 집에 돌아갈 수도 없었다. 배가 고팠지만 아침도 먹지 않은 채 학교로 가는 십리 길을 걷기 시작했다. 발걸음마다 가슴이 저며 왔다. 차마 삼킬 수 없는 눈물이 두 뺨을 타고 흘러내렸다. 학교까지 가는 길은 너무도 멀고 험난했다. 하지만 그는 묵묵히 앞으로 걸어갔다. 다른 선택이 없었다.

저녁이 되었다. 어둑어둑한 하늘 아래 동네 사람들은 하나둘씩 만석의 집으로 모여들었다. 아직도 마을에는 텔레비전이 한 대밖에 없었기에, 저녁이면 모두가 그 작은 화면 앞에 모여 앉아 하루의 피로를 잊었다.

마루에는 이미 많은 사람들이 모여 있었다. 그러나 만석은 사람들 틈에서도 불안한 기색을 감출 수 없었다. 그의 머릿속에는 온통 아버지의 여자에 대한 생각뿐이었다. 누구도 그 이야기를 입 밖에 낼 수 없었다. 특히 만석의 친구들에게는 더욱더 숨기고 싶었다. 그 사실이 알려지는 순간, 만석은 더 이상 친구들 앞에서 고개를 들고 다닐 수 없을 것만 같았다.

하지만 동네에 소문은 벌써 났을 것이다. 그래도 만석은 아무렇지 않게 행동하려고 했다.

"만석아, 와 이리 힘이 없노?"

친구 광명이가 그의 어깨를 툭 쳤다.

만석은 애써 미소를 지으려고 했으나 저절로 눈물이 쏟아졌다.

"아무것도 아이다. 배가 좀 아파가."

그러나 광명이는 고개를 갸웃거렸다. 만석이 평소처럼 활발하지 않은 모습이 이상했던 것이다. 하지만 더 깊이 묻지는 않았다. 그러고는 텔레비전에 빠져들었다.

만석의 어머니는 방 안에 누워 있었다. 그녀는 몸이 아프다고 핑계를 댔지만 술집 접대부가 오고 난 후부터 거의 방에서 나오지 않았다. 그녀의 얼굴에는 말할 수 없는 슬픔이 깃들어 있었고, 그 슬픔은 만석의 가슴 한구석을 계속해서 짓눌렀다.

밖에서는 텔레비전 소리가 점점 커졌다. 사람들은 화면 속 이야기로 빠져들었다. 만석은 어머니가 있는 방을 힐끗 바라보았다. 언젠가 이 모든 것은 지나갈 것이다. 지금은 그저 견뎌야 할 뿐이었다.

동네 어른 한 분이 마루에 앉아 텔레비전 앞에서 소리쳤다.

"언자 수사반장 할 시간이다. 13번 틀어라!"

만석은 얼른 채널을 돌렸다. 그러나 텔레비전에서는 지직거리는 소리만 나올 뿐 화면이 뜨지 않았다.

"이기 와 이라노."

"만석아, 너거 아부지 오데 갔노? 데레비 좀 고치라 캐라."

만석은 마지못해 아버지가 있는 안방으로 갔다. 문을 살짝 열어 보니 방 안은 담배 연기로 가득 차 있었고, 술집 접대부와 둘이서 담배를 피우는 빨간 불빛만 보였다.

만석은 순간 얼어붙었다. 아버지와 여자는 담배를 문 채 서로를 바라보고 있었다. 아버지의 헝클어진 머리카락, 여자의 붉어진 입술이 비현실처럼 보였다. 만석은 조용히 문을 닫았다.

다시 마루로 나와 동네 어른에게 말했다.

"아부지가 오데 갔는고 안 보이네예."

동네 아재는 한숨을 쉬며 투덜거렸다.

"아이고, 그 양반 요새 집에 없는 날이 많터만은. 또 오데서 술판 벌이고 있을 끼다."

만석은 아무 말도 하지 않았다. 텔레비전 화면은 여전히 깜깜했고, 지직거리는 소리만 들려왔다.

만석은 술 취한 아버지에게 매 맞는 것쯤은 견딜 수 있었다. 동생들이 눈물을 흘리며 웅크리고 있어도, 아버지가 휘두르는 손이 자신을 향하는 한은 참을 수 있었다. 아버지는 늘 그랬고, 만석은 그에 익숙해져 있었다. 하지만 이번만큼은 도저히 참을 수 없었다.

만석은 아직 열한 살이었다.

"이제부터 이분이 너희 옴마다."

그 말이 떨어지던 순간, 만석의 가슴속에는 차디찬 돌덩이가 굴러 들어오는 것만 같았다.

'내 엄마는 오직 한 사람입미더!'라고 소리치고 싶었다. 하지만 그는 아무 말도 할 수 없었다.

아버지의 눈빛이 차가웠다. 어릴 적부터 보아온 그 무겁고 날카로운 시선이었다. 만석은 아버지 앞에서 감정을 드러내는 것이 얼마나 위험한지 알고 있었다. 입술을 꽉 깨물고, 작게 손을 움켜쥐었다. 작은 손 안에서 손톱이 손바닥을 파고들었지만, 그는 아프다는 내색조차 하지 않았다.

만석의 아버지라는 존재는 그런 사람이었다.

만석의 외삼촌은 바람처럼 문을 박차고 들어왔다. 그의 얼굴은 분노로 일그러져 있었고, 눈빛은 날카롭게 번뜩였다. 만석의 어머니가 맞았다는 소식을 듣자마자 그의 가슴속에는 불덩이 같은 분노가 치솟았다. 낡은 회색 양복을 걸친 채, 그는 방 안을 휩쓸 듯 바라보았다.

"그년 어디 갔노! 씹할 년, 오늘 니 죽고 나 죽자!"

외삼촌의 고함이 방 안을 쩌렁쩌렁 울렸다. 구석에서 움츠리고 있던 술집 접대부는 공포에 질려 몸을 떨었다. 그러나 외삼촌은 망설이지 않았다. 그는 성큼성큼 다가가 그녀의 멱살을 거칠게 움켜쥐고는 힘껏 방바닥에 내동댕이쳤다.

"미친년아! 오데 할 짓이 없어서 남의 가정을 뿌살라카노!"

접대부는 입을 열려 했지만, 겁에 질려 말도 나오지 않았다. 외삼촌은 이를 악물며 부엌으로 달려갔다. 손에 들고 온 것은 날이 번뜩이는 식칼이었다. 그는 칼을 쥔 손을 덜덜 떨며 다시 방으로 돌아왔다.

"이 개 같은 년아, 죽고 싶지 않으면 당장 꺼져라!"

칼을 든 외삼촌의 모습에 접대부는 비명을 지를 틈도 없이 몸을 날려 밖으로 도망쳤다. 신발도 신지 못한 채, 오직 살아남기 위해서였다. 외삼촌은 그녀의 뒷모습을 노려보며 거친 숨을 내쉬었다. 그의 분노는 아직도 식지 않았지만, 그 순간 방 안은 적막에 휩싸였다.

그의 손에 힘이 풀리며 칼이 바닥에 떨어졌다. 바닥에 울리는 쇳소리가 그의 거친 숨소리와 함께 방 안을 가득 채웠다. 그리고 한동안, 아무 말도 들리지 않았다.

만석의 막내 외삼촌은 철수의 손아래였다. 철수는 처남이 난동을 부린다는 소식에 헐레벌떡 방앗간에서 집으로 달려왔다.

"처남, 와 이라노?"

그러나 만석의 외삼촌은 이미 분노로 이성을 잃은 상태였다. 그의 얼굴은 붉게 상기되었고, 거친 숨소리가 방 안을 가득 채웠다. 그는 철수를 노려보며 울분을 토했다.

"처남 같은 소리 하네, 씹할 년놈아! 니가 인간 새끼가? 니는 개새끼보다도 못하다!"

철수는 외삼촌의 험한 말에도,

"처남, 고정해라."

"뭐? 고정? 니가 인간 새끼면 우리 누나는 둘째 치고 자식이 있고, 너거 엄마도 있는데 이런 씹지랄을 하나, 개새끼야!"

말을 마치기가 무섭게 외삼촌은 철수의 멱살을 거칠게 움켜쥐었다. 두 남자의 몸이 한순간 부딪혔고, 방 안은 긴장감으로 가득 찼다. 철수는 당황한 듯 눈을 깜빡이며 한 걸음 물러서려 했지만, 외삼촌의 손아귀는 단단했다.

"처남, 내가 잘못했다."

철수는 그 순간을 모면하기 위해 입 발린 말을 내뱉었다. 하지만 그의 목소리는 흔들리고 있었다.

"인간아, 사람이 그리 살면 안 된다."

그의 목소리에는 분노와 동시에 안타까움이 서려 있었다. 철수는 고개를 떨구고 말없이 바닥을 내려다보았다.

만석은 환갑이 되어도 아버지의 이상 행동에 대해 이해를 하지 못한다. 그리고 열한 살 때의 엄청난 고통은 평생 상처로 남았다.

14. 철수의 심리

철수는 요즘 이상할 정도로 마음이 붕 떴다. 아니, 그보다 더 격한 표현이 필요했다. 그는 지금, 미쳐 있었다.

그것은 단순한 연정이나 가벼운 설렘이 아니었다. 이건 마치 오랫동안 먼지에 덮여 잠들어 있던 감정의 창고가, 갑작스레 천둥소리와 함께 활짝 열려 버린 것 같았다. 오래전부터 억눌러 온 본능이 터져 나온 듯, 철수는 이성의 끈을 놓아 버렸다. 그리고 그 감정은 특정한 대상에게만 향한 것이 아니었다. 무차별적이고, 방향 없는 광기였다.

문제는, 얼마 전 숙자의 동생—처남에게 무지막지하게 혼쭐이 났다는 것이다. 그러나 철수는 그 이후로도 정신을 차리지 못했다.

지 버릇은 개도 못 준다더니, 철수는 또 다른 여자를 만나기 위해 혈안이 되어 있었다.

낮이면 모자를 푹 눌러쓰고 괜히 다방을 어슬렁거리고, 밤이면 이집 저집 술집을 들여다보며 새로운 타깃을 물색했다. 그의 눈빛은 번들거렸고, 입꼬리는 불길하게 올라가 있었다.

동네 사람들은 속삭였다.

"철수 저 인간, 아직도 정신 못 차렸다이."

"저기 인간이가. 사람이 와 저래 변하노?"

하지만 철수는 아랑곳하지 않았다. 오히려 그런 시선이 그를 더 들뜨게 했다. 마치 금기를 넘나드는 행위가 자신의 존재를 증명해 주는 것처럼, 그는 스스로를 타오르는 불꽃이라 믿었다. 이건 그에게 있어 새로운 계절이었다.

그는 또 다른 여자와 마주할 생각에, 오늘도 면도를 하고 향수를 뿌린다. 그리고 거울 앞에 서서 묻는다.

"오늘은… 어떤 인연이 기다리고 있을까?"

그날 이후로 철수의 마음은 정미소를 떠났다. 쌀을 찧는 일에도 손이 가지 않았다. 쌀겨는 날리지 않고 쌓였고, 기계는 녹슬기 시작했다.

무엇보다도 문제는 돼지였다.

어미 돼지는 울타리 안에서 멍하니 철수를 바라봤다.

"밥은… 언제 줄 거냐."

돼지의 눈빛이 그렇게 말하는 것 같았다.

하지만 철수는 울타리 옆에 쪼그리고 앉아, 돼지에게 관심도 주지 않았다.

보다 못한 철수 어머니는 철수에게 사정을 했다.

"정신 좀 차려, 철수야. 이놈의 돼지 굶기다간 마을 사람들이 뭐 하것노…"

그러나 어머니의 말도 허공을 맴돌 뿐, 철수의 귀엔 들리지 않았다. 정미소는 쓸쓸히 침묵했고, 돼지의 울음소리가 들판 너머로 퍼져 갔다.

여자 꽁무니만 따라다니고 있으니, 그는 예전처럼 정성 들여 돼지를 돌보지 않았다. 사료도 대충 뿌려 주고, 운동도 시키지 않았다. 심지어 최근엔 어딘가에서 이상한 약품까지 구해 와 몰래 먹이고 있었다. 결과는 참담했다.

돼지들은 점점 병약해졌고, 살은 물러졌으며, 고기의 품질은 눈에 띄게 떨어졌다.

만수는 새벽부터 고깃간 앞에서 분주히 손을 놀렸다. 날이 풀리긴 했지만, 아침 공기는 여전히 싸늘했다. 그런데도 마음은 더 차가웠다. 오늘 아침만 해도 세 손님이 와서 고기를 보더니 찌푸린 얼굴로 그냥 가 버렸다. 참다못한 만수가 형님에게 말을 꺼냈다.

"형님, 고기 사 가는 사람들이 고기 상태가 말이 아니라고 자꾸 무슨 소리 합미더."

안쪽에서 칼을 갈던 철수가 눈을 치켜떴다.

"내 괴기가 우때서! 처먹기 싫으면 말아라 캐라!"

만수는 순간 얼굴이 붉게 달아올랐다. 늘 묵묵히 형님과 함께했지만, 이런 식의 무책임한 반응에는 속이 뒤집혔다.

"형님, 사람들이 그리 샀는 거 무시하모 장사 못 합미더!"

"돼지가 그리빼이 안 크는데 내가 우짜라꼬, 마!"

옆에서 돕고 있던 여동생 은옥이도 조심스럽게 입을 뗐다.

"오빠예… 저녁에 고기 꾸버 무로 오는 사람들도 마이 줄었습미더…."

만수는 고개를 끄덕였다. 자기만 그런 줄 알았는데 은옥이도 느끼고 있었던 것이다. 철수는 한숨을 쉬며 등을 돌렸다. 하지만 그 순간, 은옥이가 덧붙였다.

"이 서방이 연탄공장 사람들한테 우리 집에 괴기 무로 가자 하모, 맛이 없다고 다른 집에 가자 칸다 합미더…."

그 말에 철수의 어깨가 살짝 움찔했다. '맛이 없다'는 평, 그것도 동네에 퍼지는 말이라는 게 철수의 자존심을 건드린 것이다. 하지만 그는 아무 말 없이 칼을 다시 잡았다.

가게 안에는 한동안 묵직한 침묵이 흘렀다. 어쩌면 이 침묵이, 앞으로 무언가 바뀔지도 모른다는 신호인지도 몰랐다.

얼마 전까지 만수의 정육점은 동네에서 꽤나 평판이 좋은 가게였다. 깔끔한 손질, 합리적인 가격, 그리고 결정적으로 좋은 고기. 그 모든 장점이 철수의 농장에서 나오는 고기를 바탕으로 한 것이었다. 하지만 요즘은 손님들의 반응이 예전 같지 않았다.

"총각, 요즘 괴기가 예전 같지 않는기요?"

"이거, 꾸버 주니까 남편이 남가네예."

하루이틀이 아니었다.

더 큰 문제는 은옥이 가게였다. '사정식당'이라는 이름으로 시작한 작은 식당은, 정육점의 고기 덕에 빠르게 입소문을 탔다. 점심시간이면 긴 줄이 문 밖까지 이어졌고, 저녁이면 단골손님들이 소주잔을 기울이며 고기를 굽던 공간이었다.

하지만 요즘은 다르다.

불판 위 고기가 예전처럼 지글지글 맛있게 익지 않았다. 고기에서 수분만 줄줄 빠지고, 씹을수록 퍼석했다.

"사장, 고기 요새 다른 데로 바꿨는기요?"

"이 집도 옛날 같지 않구마."

은옥이는 고개를 숙인 채 빈 테이블을 닦았다. 눈치만 늘었다.

은옥과 만수는 도저히 더 이상 참지 못하고 사정으로 버스를 타고 철수를 만나러 갔다.

"형님… 대체 왜 이라는기요?"

만수가 철수에게,

"형님 흔들리면, 우리 셋 다 무너진다 아입미꺼."

하지만 철수는 말이 없었다. 눈빛조차 흔들림이 없었다. 다만 담배 끝이 조금 떨리고 있었을 뿐.

저 멀리 돼지우리에서 들려오는 울음소리. 그 소리는 마치 철수의 속에서 진동치는 자기혐오 같았다.

살아온 날들, 지켜야 했던 것들, 그 모든 게 이제 와서 덧없게 느껴졌다.

은옥이 조용히 말했다.

"오빠예, 여자 그기 뭐시라꼬 생업을 포기합미꺼."

그리고 한 박자 쉬어, 눈을 마주치지 않은 채 덧붙였다.

"정신 좀 차리소."

그러나 철수는 끝끝내 대답하지 않았다.

그저 고개를 돌려 천천히 담배를 입에 물었다.

그 순간 철수의 마음속엔, 타들어 가는 담배처럼 무언가가 조용히 꺼지고 있었다.

철수는 남들과 달랐다. 사람이 사람을 좋아하는 건 흔한 일이지만, 철수는 여자를 좋아할 때마다, 사랑에 빠질 때마다, 그녀를 집으로 데려왔다.

그의 집엔 이미 아내가 있었고, 어머니와 아이들이 있었다.

그럼에도 그는 새로운 여자의 손을 이끌고 대문을 열었다. 마치 자신이 잡은 커다란 물고기를 자랑하듯,

"이 사람은 혜진이야. 요즘 같이 지내고 있어."

그는 담담하게 말했다. 아내는 처음엔 울었고, 두 번째는 밥을 먹다 말고 수저를 내려놨다.

하지만 철수는 그들의 반응에 개의치 않았다. 오히려 그 순간, 자신이 이 집의 중심임을 재확인하는 듯한 안도감을 느꼈다.

그는 인정받고 싶었다. 누군가 자신을 보며 감탄하고, 질투하고, 당황하고, 부러워하길 바랐다.

그런 감정의 파편들이 쏟아지는 그 순간에만 그는 살아 있다고 느꼈다.

사랑? 애정? 책임?

그것은 철수에게 있어서 연출일 뿐이었다. 중요한 것은 무대 위의 자신이었다.

철수는 종종 거울 앞에 섰다. 거울 속에는 그가 본받고 싶었던 아버지와, 증오했던 아버지, 그가 도망치던 어린 시절, 그리고 그것을 덮으려 애쓰는 중년의 철수가 함께 있었다.

"내가 뭘 잘못했지?"

그는 스스로에게 묻곤 했다. 하지만 대답은 언제나 같았다.

잘못한 건 없다. 사람은 누구나 사랑을 추구하니까.

철수의 집은 점점 복잡해졌다. 차가운 침묵으로 가득했고, 방마다 의심과 분노가 숨어들었다.

하지만 그는 행복했다. 아니, 행복하다고 믿었다.

"내 곁에 사람들이 많다 아이가. 그기 중요한 기지."

그는 혼잣말처럼 중얼거렸다.

심리학자들은 말한다. 그는 자기애성 성격 장애의 전형이라느니, 경계성 인격의 불안정함이라느니, 반사회적 경향이라느니.

하지만 철수는 그냥 그렇게 사는 게 좋았다. 그는 그저 자신이 사랑받을 자격이 있는 사람이라 믿었다.

사랑은 주는 것이 아니라, 받는 것이며, 그 사랑이 많으면 많을수록 자신이 가치 있다는 증거였다.

그리고 그렇게, 철수는 또 한 명의 여자를 데려왔다. 그의 집 문은, 언제나 열려 있었다.

철수의 심리 속, 그 문이 닫히는 날은 아마 그의 세상이 무너지는 날일 것이다. 철수는 죽는 날까지 다른 여자와 함께했다.

15. 이무리 강가에서

봉헌이 살던 이무리는 강가에 자리 잡고 있었다. 그곳은 높은 산이 있는 것이 아니라서 물이 흐르는 하천이 없었고, 식수로 사용하는 우물에서는 빨래를 할 수 없었다. 그래서 이무리 사람들은 오래전부터 강가에서 빨래를 했다.

아침 해가 떠오를 무렵이면 여자들은 광주리에 빨랫감을 넣어서 머리에 이고 강가로 향했다. 봉헌의 어머니도 예외는 아니었다. 그녀는 두 손에 빨랫방망이와 비누를 들고 천천히 걸었다. 가을이 깊어질수록 강바람이 매서웠지만, 마을 사람들은 사시사철 그곳에서 옷을 빨았다.

강물에 손을 담그면 처음에는 차가움에 움츠러들었지만, 이내 익숙해졌다. 물에 적신 옷을 빨래판으로 쓰는 돌 위에 놓고 방망이로 탁탁 두드리면, 부드러운 거품이 피어올랐다. 어머니는 힘껏 방망이를 내리치면서도 옆 사람과 이야기꽃을 피웠다. 마을의 소식, 아이들의 장난, 그리고 가끔은 사는 이야기가 강물에 실려 멀리 흘러갔다.

강가에서 빨래를 하고 있는 봉헌 엄마의 손끝은 물속에서 바람에 따라 일렁이는 세탁물과 함께 바쁘게 움직였다. 엄마의 뒷모습을 따라온 아이들은 강변의 모래사장에 작은 발자국을 남기며 뛰어다녔다. 그들의 발길이 남긴 흔적은 순식간에 물결에 씻겨 갔지만, 그 소리와 함께 흘러

오는 웃음소리는 강가를 가득 메웠다.

아이들의 웃음소리는 물결 위로 번져 가며, 강물은 그들의 기쁨을 품은 듯 부드럽게 흐르기만 했다.

"우리 밤조리 잡을래?"

봉헌이가 호기심 가득한 눈으로 물었다. 밤조리는 이무리에서 재첩을 부르는 말이었다.

"물에 들어가지 마라이. 물귀신이 잡아간다이."

"옴마, 참말로 물귀신 있나?"

"그라모, 물에 들어가모 물귀신이 너거를 쓰윽 빨아댕긴다이."

"옴마, 무섭다."

"그랑깨 물에 들어가지 말고 물가서 놀아라."

엄마의 말에 봉헌이는 섬찟했지만 금방 잊어버리고 다른 아이들과 깔깔거리며 놀았다.

그 당시 강변 물가는 재첩의 숨구멍으로 가득 차 있고 재첩이 지천으로 깔려 있었다. 재첩을 잡는 것도 아주 쉬웠다. 그저 숨구멍에 손가락을 넣으면 바로 잡혔다.

아이들은 재첩들을 찾기 시작했다. 그들의 작은 손이 움직일 때마다 재첩을 담은 바구니는 금방 채워졌다.

시간은 점점 저물어 갔고, 강변은 아이들의 웃음소리와 물소리로 가득 찼다. 엄마는 빨래를 끝내고, 아이들에게 다가가 말했다.

"그만 잡고 언자 집에 가자."

아이들은 아쉬워하며 집으로 발걸음을 옮겼다.

강물은 한 사람의 삶과도 같았다. 가을에서 겨울, 봄까지의 갈수기에는 조용하고, 그 흐름에 맞춰 사람들은 세탁을 하거나 건천을 건너서 강 건너 나무를 하러 다녔다. 하지만 여름이 되어 강물이 불어나면 이야기는 달라졌다. 강은 이제 더 이상 그들이 손쉽게 다룰 수 있는 존재가 아니었다.

하루가 다르게 강물은 불어나고, 하늘은 점점 짙은 구름으로 가득 차며, 마을 사람들은 그 변화를 예감할 수 있었다. 강가에서 빨래를 하던 어머니의 손길을 기억하고, 물속에서 동네 아이들과 함께 뛰놀던 날들을 떠올리며, 그 강물이 점점 더 위험해지는 걸 보며 마음속에 불안감을 품었다.

그해 여름, 강물은 예년보다 훨씬 더 많은 비를 흡수했다. 봉헌의 작은어머니는 여전히 강가에서 빨래를 하겠다고 고집했다.

"괴안타, 여름 빨래 하루만 지나면 냄새나고 산더미처럼 쌓이는데, 강물이 불었다고 있으모 이 많은 빨래 우짤끼고?"

그의 목소리에는 피곤함이 묻어났다. 장마철이면 늘상 비와 홍수가 엉켜 살림이 어려워지곤 했다.

작은아버지는 잠시 침묵한 뒤,

"비가 와서 흙탕물일 낀데, 새미 가서 물 가지고 와서 빨래하소. 내가 가서 몇 지게 지고 올꾸마."

"대강 빨고 헹가는 것은 새미 물 가지고 하지요. 당신이 장독에 물 좀 채아 놓으소."

작은어머니는 말했다. 그렇게 빨랫감을 머리에 이고 가는 작은어머니를 보고 작은아버지는 조심스레 말했다.

"조심하소, 물이 엄청시리 불었던데."

"내 걱정은 말고 당신 허리나 조심하소. 아프다 샀더마는 괴안은기요?"

"지게를 진깨 허리가 아프기는 한데 좀 있으모 낫것지."

"담 붙은 거 참 오래가네요. 살살 몸 좀 야라감시롱 일하소. 괜히 힘쎈 다고 나서지 말고."

"알것다, 올따라 내를 엄청시리 생각해샀네. 쪼매이 아프기는 한데 괴 안타."

작은어머니는 조심스럽게 강가 쪽으로 걸어갔다. 평소에 빨래를 하던 자리는 예전처럼 강물이 흐르고 있었다.

다듬잇돌이 물속에 있는 것을 발견하고는,

'바로 앞에 있네. 조금만 들어가면 되것다이.'

그렇게 한 발자국, 또 한 발자국 물속으로 들어갔다. 물은 예기치 않게 깊었다. 작은어머니는 그제야 생각보다 깊어진 물에 당황하며 몸을 움찔했다. 물이 빠르게 다가오는 것 같았다. 하지만 이미 한 발이 물속에 들어갔던 그녀는 그대로 휘말려 버렸다.

'이건 아니다. 빨리 빠져나가야 한다.'

작은어머니는 정신없이 발버둥 쳤다. 하지만 그녀의 몸을 감싼 물살은 점점 더 강해지고 있었다. 물에 휩쓸려 가며 그녀의 마음은 차가운 공포에 휩싸였다. 머릿속에선 시간이 멈춘 듯했다. 온 세상이 물속으로 변하는 순간, 그저 멀어져 가는 빨랫거리가 눈에 들어왔다.

봉헌은 마을 사람들과 함께 물살에 휘말려 간 작은어머니를 찾으러 강가로 달려갔다. 하지만 이미 물살은 너무 강해져 있었다. 빨래를 하던 작은어머니는 강물 속에서 사라지고 없었다.

봉헌은 눈앞이 흐려지는 것을 느꼈다. 그토록 순하고 고요했던 강물은, 여름의 우기만 오면 거대한 괴물처럼 변해 버리는 것이다.

강가에 살고 있는 사람들의 삶은 언제나 물과 밀접하게 연결되어 있었다. 그들은 강의 흐름과 그 위험을 한 몸에 안고 살았다. 매일 물의 소리가 그들의 일상 속에 흘러들었고, 물살의 변화에 따라 그들의 기쁨과 슬픔도 달라졌다. 그러나 그 강이 항상 평화로운 것은 아니었다. 물은 언제나 그들의 가까운 곳에서, 때로는 그들에게 은밀하게 다가와, 때로는 폭풍처럼 그들의 삶을 덮쳐 왔다.

강가의 마을은 여러 세대를 거쳐 형성된 작은 공동체였다. 마을 사람들은 대개 낚시를 하거나 강가에서 농사일을 직업으로 삼았다. 그러나 그들이 살고 있는 강은 평화롭기보다는 거칠고 빠른 물살을 자랑했다. 여름이면 물이 불어나 강둑을 넘어 넘쳐흐르기도 했고, 겨울이면 얼음이 깨져 급류가 흐르기도 했다. 그때마다 사람들이 물속에 빠져 목숨을 잃는 사고가 일어났다. 강은 그들에게 생명줄이자 동시에 죽음의 그림자를 드리운 존재였다.

어린 시절부터 강과 함께 자란 마을의 사람들에게는 그 비극이 일상적이었다.

"올해는 어느 동네에서 누가 또 물귀신이 되었노?"

하는 말이 빈번하게 오갔다. 이무리의 한 노인은,

"강은 너거를 직일려고 지달리고 있다이. 그것을 항상 이자삐지 말고 살아가야 한다이."

라며, 강의 위험을 자연스럽게 받아들이라고 가르쳤다. 누구도 그 위험을 피할 수 없었다.

봉헌이 역시 자주 이야기를 듣던 사람 중 하나였다. 그는 다섯 살 때, 강물에 빠져 죽을 뻔한 경험이 있었다.

그는 작고 가느다란 나무다리를 건너 강가에 도달했다. 물은 잔잔하게 흐르고 있었고, 무심히 건너편을 바라보던 봉헌은 갑자기 발을 헛디뎠다. 한순간, 그의 몸은 균형을 잃고 휘청였다.

"아!"

하는 비명을 지르기도 전에, 그는 찰나의 순간에 차가운 물속으로 떨어졌다.

물이 그의 얼굴을 덮자, 봉헌은 순식간에 공포에 휩싸였다. 차가운 강물이 코와 입으로 들어오면서 숨이 막혔다. 그는 손을 뻗어 보았지만, 그저 흙탕물 속에서 허우적거리다 힘없이 물속으로 빠져 들어갔다. 눈앞이 흐려지고, 몸이 점점 더 가라앉는 것 같았다. 마치 세상과 나를 잃어버린 듯한 기분이었다.

그때였다. 누군가의 손이 그의 팔을 움켜잡았다. 봉헌은 그 손의 주인이 누구인지도 알 수 없었다. 눈을 뜨기도 전에 물 밖으로 끌어 올려졌다. 물기 있는 바위 위로 나가자, 그는 한동안 숨을 고르며, 누군가의 따뜻한 품에 안겼다.

"괴안타, 괴안타…."

라는 목소리가 들렸다.

다시 눈을 뜨니, 그의 아버지가 그를 품에 안고 있었다. 아버지의 손은 강물 속에서 그를 붙잡았던 강한 손이었다. 봉헌은 그 순간, 아무 말 없이 아버지의 품에 얼굴을 묻었다. 그 따뜻한 품 속에서 그의 가슴은 비로소 진정되었다.

"언자 괴안타, 봉헌아."

아버지의 말은 그의 가슴 깊은 곳에 새겨졌다. 그날 이후로 봉헌은 강가에 가지 않겠다고 결심했다. 그날 이후로, 봉헌은 강가에 살면서도 강에 대한 두려움을 항상 느끼고 살았다. 그럼에도 불구하고 그는 낚시를 즐겼고, 종종 강을 헤엄쳐 강 건너 마을 의령 백곡으로 가기도 했다. 그는 강과 싸우는 사람처럼 보였지만, 동시에 그 강이 내내 그의 삶에 영향을 미쳤음을 깨닫지 못했다.

16. 재일과 미자의 편지 쓰기

　재일이는 책상 앞에 앉아 연필을 손에 쥐었다. 편지지를 꺼내 놓고 한참을 바라보았다. 어디서부터 어떻게 말을 꺼내야 할지 막막했다.
　'미자 씨, 잘 지내고 있어요?'라고 쓰려다 지웠다. 너무 평범했다. '보고 싶다'라고 쓸까 하다, 그것도 아닌 것 같아 고개를 절레절레 흔들었다.
　요즘 오토바이 수리점은 눈코 뜰 새 없이 바빴다. 손님들이 끊이지 않았고, 기름때 묻은 손으로 하루하루를 보내다 보니 시간이 훌쩍 지나갔다.
　'한일합섬에서 일하는 미자는 어떨까?'
　'공장에서 바쁘게 기계를 돌리고 있을까?'
　'피곤하지는 않을까?'
　'점심은 제대로 챙겨 먹고 다닐까?'
　궁금한 게 한두 가지가 아니었다.
　'미자 씨, 당신을 본 지 꽤 된 것 같아요. 오토바이 수리점이 바빠서 편지를 쓰는 것도 이제야 하네요.'
　재일이는 그렇게 첫 문장을 써 내려갔다. 조금 더 써야 할 것 같았지만, 막상 마음을 담으려니 손이 떨렸다.
　그리고 평소에 경상도 사투리만 하다가 표준어로 글을 쓰려니 글자

한자 한자에 신경이 쓰여서 어떻게 써야 할지 계속 막혔다.

　미자는 이 편지를 받고 어떤 표정을 지을까. 기뻐할까, 아니면 아무렇지 않게 넘길까. 재일이는 잠시 멍하니 창밖을 바라보았다. 가을바람이 창틈으로 스며들어 종이를 살짝 흔들었다.
　'당신은 잘 지내고 있겠지요? 나는 여전히 오토바이들과 씨름하면서 하루를 보내고 있어요. 당신이 있는 한일합섬은 어떤지 궁금하네요. 일은 많이 힘들진 않아요?'
　재일이는 편지를 쓰다 보니 미자와 마주 앉아 이야기하는 것처럼 마음이 편안해졌다. 그녀가 환하게 웃으며 대답하는 모습이 떠올랐다. 그리움이 스며든 재일이의 손끝이 더욱 빠르게 움직였다.
　'이제 날씨가 제법 쌀쌀합니다. 감기 걸리지 않게 조심하고, 혹시 시간 되면 만날까요? 미자 씨랑 커피도 마시고 영화도 한편 보았으면 합니다.
　장소는 72년 10월 8일 오전 10시 일요일, 거북다방에서 보았으면 합니다.
　답장 부탁합니다.'
　재일이가 편지를 쓴 때는 9월 10일이었다. 그 당시는 편지가 가는 데 일주일, 그 편지를 보고 답장이 오는 데 일주일 정도 걸리니 한 달 정도 기간을 두고 약속을 잡아야만 했다.
　마지막 문장을 적고 나니 어쩐지 마음이 후련했다. 하지만 또다시 망설임이 찾아왔다. 이 편지를 정말 보내도 될까. 괜히 미자를 귀찮게 하는 건 아닐까.
　그러나 주머니에서 봉투를 꺼내 편지를 접어 넣을 때, 재일이의 얼굴엔 미소가 떠올랐다. 한동안 못 봤던 미자의 얼굴이 선명하게 떠오르며, 언젠가 다시 만날 날을 기대하게 되었다.

서툴고 투박한 글씨로 마음을 꾹꾹 눌러 담아 써 내려갔다. 보내고 나니 마음이 들떠 있었다.

미자가 답장을 보내 줄까? 그 답장에는 어떤 말이 적혀 있을까? 혹시라도 거절의 말이 담겨 있지는 않을까? 온갖 생각이 머릿속을 떠다녔다.

하루이틀, 시간이 지날수록 재일이의 기대는 초조함으로 변했다. 우체부의 자전거 소리가 들릴 때마다 그는 허겁지겁 달려 나갔다. 하지만 그때마다 실망만이 쌓여 갔다.

그날도 재일이는 정비소에서 오토바이를 손보고 있었다. 기름때가 잔뜩 묻은 손으로 스패너를 쥔 채, 한쪽 귀와 눈은 도로를 향해 열려 있었다. 그는 우체부의 자전거가 지나가는지 눈여겨보고 있었다. 자전거 소리가 나면 손을 멈추고 고개를 들었다.

"재일이 사장, 누가 올끼가? 와 자꾸 밖을 쳐다보노?"

"아, 아이라예, 오데서 편지가 올 데가 있어서…."

"뭐 그리 샷노. 비미 알아서 갖다줄까이."

그때 우체부가 지나가는 것이 보였다.

"조 주사, 니 이리 와 봐라."

"아재, 와예?"

"니 편지 빠자묵고 안 갖다주는 거 아이가?"

"아재, 지가 아무리 남의 편지나 갖다주고 묵고 살아도 그런 짓은 안 합미더. 편지나 배달한다고 사람 무시하는 깁니꺼?"

"조 주사. 그기 아이다. 내가 나이 무갰고 젊은 사람에게 실수했는가 베. 미안타."

"아입미더, 아재한데 지가 죄송함미더."

"재일이 사장이 하도 목을 빼고 편지를 기다리고 있어서 혹시나 싶어서 한 말이다."

"그래예? 보자… 올도 이 집에는 편지가 없는데에. 재일이한데 온 편지가 있으모 다른 동네 안 가고 먼지 갓다줄꾸마, 재일아!"

재일이와 편지를 배달하는 조 주사는 중학교는 같이 나오지 않았지만 동갑으로 서로 아는 사이였다.

오늘도 우체부 조 주사가 지나갔다. 하지만 미자의 편지는 없었다.

"올도 안 오네…."

작업대에 다시 앉아 시동이 걸리지 않는 오토바이를 만지작거렸다. 손놀림이 무뎌졌다. 시동을 걸어도 엔진은 무심하게 침묵할 뿐이었다. 마치 미자의 대답 없는 편지처럼.

그날 밤, 재일이는 불 꺼진 정비소에 홀로 남아 미자가 보낸다면 어떤 편지가 올지 상상해 보았다. 짧은 한마디라도, 아니면 단 한 줄이라도 좋았다. 기다리는 건 힘들었지만, 그 기다림마저도 미자를 향한 마음이라 생각하니 다시 내일의 우체부를 기다려 볼 만했다.

이렇게 또 하루가 흘러갔다.

미자는 재일이의 편지를 손에 꼭 쥔 채 한동안 아무 말도 하지 못했다. 종잇장 위에 또박또박 적힌 글씨가 자꾸만 눈에 밟혔다. 짧지만 정성

들여 써 내려간 그 문장들 속에는, 그녀를 향한 따뜻한 마음이 묻어나 있었다.

하지만 미자는 선뜻 답장을 쓸 수 없었다. 그날은 일요일이었고 그다음 날이 한글날이라 그 당시에는 꿈도 못 꾸는 이틀 쉬는 연휴였다. 그래서 내봉촌에 계신 엄마를 도와 이틀 동안 가을걷이를 하러 가기로 했다.

미자는 일을 하며 바쁜 나날을 보냈다. 하지만 일요일만큼은 빠짐없이 내봉촌을 찾아가 어머니의 일을 도와드리곤 했다.

공장에서 일하는 내내 그녀의 머릿속에는 재일이의 편지가 맴돌았고, 답장을 하지 못한 미안함이 가슴 한쪽을 찌르는 듯했다.

일을 마친 후 집으로 돌아오는 길, 미자는 문득 하늘을 올려다보았다. 저녁노을이 붉게 물든 하늘 아래, 마산 앞바다의 갈매기 떼가 양덕동까지 와서 날고 있었다. 그녀는 가만히 걸음을 멈추고 숨을 고르며 마음을 다잡았다.

'내일은 꼭 답장을 써야겠다.'

미자는 작게 중얼거렸다. 그리고 다시 발걸음을 옮겼다. 서랍 속에 고이 간직한 재일이의 편지가 기다리고 있었다.

미자는 결심을 했다.

가을바람이 창문 틈으로 스며들던 오후, 미자는 편지지를 펼쳐 놓고 펜을 들었다. 엄마도 돕고 재일이도 만날 수 있는 것은 예전에 그랬던 것처럼 토요일 밤에 재일이를 내봉촌으로 오라고 하는 것이다.

오랜 시간 만나지 못했지만, 여전히 재일이는 미자의 가슴 한편에 자리하고 있었다. 봄에 찾아와 함께 논둑길을 걸으며 나누던 이야기들, 러브스토리 영화를 보며 울고 웃던 순간들, 그리고 어느 날 문득 서로를 바라보며 느꼈던 설렘까지, 모든 것이 어제 일처럼 선명했다.

미자는 천천히 펜을 움직였다.

'재일 씨,

잘 지내고 있는지요?

처음으로 당신에게 편지를 쓰려니 손이 떨리네요. 내봉촌에서 함께했던 시간들이 문득 떠올라 거기서 다시 만나고 싶어요.

10월 8일은 연휴라 내봉촌에 있어요. 예전처럼 토요일 저녁에 와 줄 수 있을까요?

그때처럼, 밤 10시에 오세요.'

미자는 마지막 문장을 써 내려가며 깊은 숨을 들이마셨다. 과연 재일이가 이 편지를 받고 어떤 반응을 보일까? 재일이는 마산 거북다방에서 보자고 했는데 내봉촌으로 오라고 하면 올까? 온다면, 예전처럼 편안하게 웃을 수 있을까?

답을 알 수 없는 물음들이 미자의 마음을 무겁게 했다. 편지를 봉투에 넣어 주소를 적고, 우체통에 넣었다.

조 주사는 우체국 창구 뒤편에서 편지를 분류하고 있었다. 하루에도 수백 통씩 쏟아지는 편지 속에서 그는 자연스럽게 손이 먼저 움직이며 우편물을 구획별로 나누었다. 익숙한 동작이었다. 하지만 그날, 그의 손이 한순간 멈칫했다.

'이재일… 차미자….'

조 주사는 가만히 편지를 쥔 손을 내려다보았다. 심상치 않은 기분이 들었다. 그는 재빨리 우편물을 정리한 뒤, 자전거를 끌고 우체국을 나섰다.

편지를 배달하는 것은 그의 일이었지만, 오늘만큼은 친구인 재일이에게 빨리 기쁜 소식을 전하고 싶었다.

자전거 페달을 힘차게 밟으며 오토바이 수리점으로 향하는 길은 유난히 길게 느껴졌다.

수리점 앞에 도착했을 때, 재일은 작업대를 마주하고 앉아 낡은 엔진을 만지고 있었다. 철컥, 조 주사가 자전거를 세우는 소리에 재일이 고개를 들었다.

"왔나!"

재일이가 조 주사가 들어오는 것을 보고 소리쳤다.

"왔다. 우체국에서 여까지 자전거 찜줄이 끊어지도록 좆나게 달리가 왔다이."

조 주사 얼굴에는 땀이 범벅이었다.

"아이고, 욕봤다. 숨넘어가겠다이."

재일은 떨리는 손으로 편지를 받아 들었다. 조 주사는 흐뭇한 마음으로 그 모습을 조용히 지켜보았다.

재일이는 미자의 편지를 꺼내 읽자마자 곧장 답장을 썼다. 손끝이 떨릴 정도로 설레면서도 조심스러웠다. 펜을 집어 들고, 머뭇거리다 결국 짧은 한 줄만 적었다.

'미자 씨, 10월 7일 밤 10시에 내봉촌으로 가겠습미더.'

그는 글씨를 다 쓰기도 전에 봉투를 집어 들었고, 편지를 접어 넣은 뒤 재빨리 봉했다. 다시 한번 문장을 확인할 틈도 없이, 사투리가 섞여 있는지도 모른 채,

"조 주사, 잠깐 기다리라이. 미자 씨 답장 갖고 가라이."

그는 조 주사에게 편지를 바로 주었다. 우체통에 넣게 되면 편지를 수발하는 시간이 정해져 있어서 간혹 하루이틀 늦게 수거할 수 있었다. 지금 보내지 않으면 기회가 사라질 것만 같았다.

그날 밤, 그는 창가에 앉아 조용히 가을 달빛을 바라보았다. 바람이 살짝 흔들리는 창문 틈으로 들어와 그의 뺨을 스쳤다. 가슴 한편이 벅차오르는 듯했다. 오랜 기다림 끝에 마주할 순간을 떠올리자, 설렘과 불안이 교차했다.

'미자는 어떤 얼굴로 나를 기다릴까?'

눈을 감아도 미자의 모습이 아른거렸다. 그는 깊은 숨을 들이쉬었다. 어찌 되었든, 그는 약속된 시간에 반드시 내봉촌으로 갈 것이었다.

17. 광심정에 가다

　재일은 10월 7일 밤, 예전처럼 내봉촌 마을회관 앞에서 미자를 기다리고 있었다. 함안의 다른 지역에는 전기가 들어왔지만 아직 내봉촌에는 전기가 들어오지 않았다. 그만큼 내봉촌은 함안에서도 가장 오지에 들어가는 곳이었다.
　미자가 올 시간이 다가오자, 그는 시계를 한 번 더 확인하고는 깊은 숨을 내쉬었다. 두근거리는 마음을 애써 다잡으며 마을길 저편을 바라보았다.
　멀리서 작은 발소리가 들려왔다. 미자는 부모님 몰래 집을 빠져나와 살금살금 마을회관 쪽으로 걸어왔다. 회관 앞에 선 재일을 발견하자, 그녀는 살짝 주위를 둘러본 뒤 조심스레 다가갔다.
　"있다 아입미꺼, 우리 강가로 갈까예?"
　미자가 작은 목소리로 물었다.
　"여도 강이 있습미꺼? 완전 산골이거만은."
　"오토바이 타고 조금만 가면 광심정이라는 곳이 있어예. 그리로 가입시더."
　재일은 미소를 지으며 고개를 끄덕였다.
　"그리 가 보입시더."

미자는 오토바이에 올라탔다. 재일은 그녀가 안전하게 자리 잡은 걸 확인한 뒤 시동을 걸었다. 엔진이 부드럽게 울리며 어둠 속을 가르기 시작했다.

두 사람은 밤공기를 가르며 조용히 마을을 빠져나갔다.

"오토바이 세아야 됩미더. 여서부터는 걸어가입시더."

"와예? 좁닥한 질도 타고 가모 되는데예."

"칠원 마을 동네를 지나가서 산길로 걸어가야 해서예."

아직 이 동네에는 오토바이도 없는데, 밤늦게 시끄러운 소리가 나면 사람들이 나올 것 같아 미자는 아랫동네 입구에서 걸어가자고 한 것이다.

미자의 가슴은 두근거렸다. 혹시라도 누군가가 인기척을 느끼고 창문을 열지는 않을까, 낯익은 목소리가 그녀를 부르지는 않을까. 집성촌이다 보니 한 다리 건너 모두 친척들이기에 더욱 긴장되었다.

"동네를 지나갈 때 조용히 해야 됩미더. 여는 전부 아는 사람들이라서예."

"아… 예… 조용히 하고 따라 갈께예."

낮에는 몰라도 밤에는 작은 소리에도 쉽게 잠을 깨는 이들이 많았다. 어둠 속에서 두 사람은 조심스레 발을 옮겼다. 미자는 신발 밑창에서 나는 소리조차 거슬려 걸음을 더욱 조심스럽게 내디뎠다.

마을을 벗어나 산길로 접어들자 미자는 이제야 안심이 되었다. 그녀는 마을에서 혹시나 불이 켜진 집이 없는지 몇 번이나 뒤를 돌아보았지만, 어둠이 내려앉은 동네에는 아무도 없었다. 바람 소리만이 귓가를 스쳤고, 나뭇잎들이 흔들리며 간간이 속삭이듯 소리를 냈다.

"언자는 괜찮지예?"

미자에게 조용히 물었다.

"괴안을 거 같네예."

산길은 점점 더 어두워졌고, 발밑의 작은 돌멩이들이 미끄러질 듯 불안정하게 흩어져 있었다. 나뭇가지가 바람에 흔들리면서 불길한 그림자를 만들어 냈고, 어둠은 마치 살아 있는 것처럼 두 사람을 감싸 안았다.

미자는 문득 소름이 돋았다. 어린 시절 듣던 괴담이 떠올랐다. 밤중에 산길을 걷다 보면 정체 모를 무언가가 따라온다는 이야기.

그녀는 재일 옆에 바싹 붙어 걸었다. 그의 온기가 느껴지자 조금이나마 안심이 되었다. 하지만 불안한 마음은 쉽게 가시지 않았다. 어둠 속에서 무엇인가가 숨어 있을 것만 같았다.

고갯길을 넘으며 재일이는 숨을 고르며 고개 정상에서 발걸음을 멈추었다. 어둠이 내려앉은 산길 위로 달빛이 희미하게 깔려 있었다. 땀을 훔치며 아래를 내려다보니, 멀리 낙동강이 흐르는 모습이 보였다. 마치 은빛 띠처럼 산자락을 따라 구불거리며 흐르는 강의 규모는 남강만 보아 온 그에게 놀라움 그 자체였다.

"강이 억수로 너르네예."

그의 말에 미자가 재일이를 따라 시선을 돌렸지만, 그녀는 그저 조용히 강을 바라볼 뿐이었다. 바람에 흩날리는 머리칼 사이로 달빛이 스며들었다. 그녀는 살아오면서 남강도, 섬진강도 본 적이 없었다.

"다른 데 강도 이 정도는 안 됩미꺼?"

미자는 다른 곳의 강을 본 적이 없으니 강이라면 이 정도의 크기인 줄 알았다.

"오데예, 우리 동네에 있는 강은 여 비하면 또랑이네예."

광심정이 있는 내봉촌은 장포에서 남강과 낙동강이 만나는 지점에서 하류로 30리 정도 떨어진 곳에 자리 잡고 있었다. 두 강이 만나며 커다란 물길을 이루었고, 그 흐름은 묵묵히 세월을 담고 흘러갔다. 강폭은 어림잡아 10리는 되어 보였다. 넓고 푸른 물줄기가 끝없이 펼쳐지며, 때때로 갈대밭과 작은 모래섬이 모습을 드러냈다.

광심정은 마을 사람들에게 있어 특별한 곳이었다. 예로부터 강가에 솟아난 바위 위에 작은 정자가 세워졌는데, 그곳에서 바라보는 풍경은 그야말로 한 폭의 그림 같았다.

물안개가 피어오르는 새벽녘이면 정자는 신비로운 분위기를 자아냈고, 달빛이 비치는 밤이면 잔잔한 강물에 반사된 달그림자가 강의 풍경을 더욱 감상적으로 만들어 냈다.

강변의 정자에 가을바람이 스며들었다. 바람이 불 때마다 갈대밭이 일렁이고, 강물은 조용히 흐르고 있었다.

"이리 올라오이소."

미자는 신발을 벗고 정자에 올랐다. 그녀의 손에는 작은 담요가 들려 있었다. 바닥에 담요를 깔고 앉으며 살짝 미소를 지었다.

"좀 추불까 싶어서 집에서 갖고 왔어예."

재일이도 신발을 벗고 미자 옆에 조용히 앉았다. 그는 강을 바라보았다. 두 사람 사이로 정적이 흘렀다. 한참 동안 아무 말 없이 강물 소리만이 주변을 감쌌다.

재일은 고개를 돌려 미자를 바라보았다. 그녀는 무언가 생각에 잠긴 듯 강물만 바라보고 있었다. 가느다란 손끝이 담요를 만지작거리고 있었다.

미자는 고개를 돌려 재일이를 바라보았다. 그의 낮고 부드러운 목소리가 아직도 귓가에 맴돌았다.

"미자 씨, 할 말 있어예."

미자는 조용히 고개를 끄덕이며 그의 다음 말을 기다렸다. 하지만 그의 입에서 나온 말은 예상 밖이었다.

"지 사실 중학교뿌이 안 나왔어예."

순간 미자의 눈이 커졌다. 함안군에서 소문난 일등 부잣집 아들이 중학교까지만 나왔다는 것은 충격적인 일이었다. 그는 학비가 부족했던 것도, 공부를 싫어했던 것도 아니라고 했다.

"그라모예? 와예?"

미자가 조심스럽게 물었다.

재일이는 한숨을 내쉬며 조용히 과거를 떠올렸다.

"지는 공부보다 자전거 고치는 것이 좋았고, 그러다 보니 오토바이까지 손보게 되었네예."

미자는 쉽게 이해가 가지 않았다. 재일이가 혹시 문제 학생이 아니었을까 의심했다. 하지만 그의 다음 말이 의심을 지웠다.

"사실은 아버지가 자전거빵을 함시롱 마이 편찮았심미더. 지가 아부지 대신 자전거도 고치고 하다 보니, 고등학교 가는 거보다는 이 길이 제 길인 거 같아서 이리하고 있어예."

미자는 가만히 그의 말을 곱씹었다. 그녀도 사실 공부를 곧잘 했었다. 하지만 여자라는 이유로 남동생들의 뒷바라지를 해야 했고, 결국 자신을 희생해야만 했다.

"아… 예… 그래도 저는 이해가 안 되네예."

미자가 입을 열었다.

"우리 집이야 사는 기 그래가, 지도 중학교만 하고 돈 벌어서 부모님 드리고 동상들 공부 시키고 있지만은, 공부는 기회가 되면 꼭 하고 싶습미더."

재일이는 조용히 미자의 말을 새겨들었다. 그는 학업을 포기했지만 후회는 없었다. 자신의 길을 걸어가는 것이 중요하다고 믿었다.

하지만 미자의 눈빛에서 놓쳐 버린 꿈에 대한 아쉬움이 읽혔다. 어쩌면 그녀도 기회가 있었다면 지금과는 다른 삶을 살고 있었을지도 몰랐다.

여자상업고등학교를 갔더라면 여공이 아니라 은행원으로 근무하고 있거나 기업체의 경리 업무를 보고 있었을 것이다.

그러나 재일이는 충분히 다른 길을 갈 수 있었는데 자기 스스로 왜 기름때 묻혀 가며 힘한 일을 하는지 이해가 되지 않았다.

미자는 낮에는 일을 하고 밤엔 한일여고에서 고등학교 과정의 공부를 하고 있었다. 그녀는 공부에 대한 한을 그렇게 풀고 있었다.

그들은 조용히 서로를 바라보았다. 같은 시대를 살았지만, 다른 길을 걸어온 두 사람. 그들의 삶은 다르지만, 가슴속 깊은 곳에는 같은 아쉬움과 희망이 자리하고 있었다.

"너무 진지한 말을 했뻔네!"

"아이라예, 이런 얘기는 미리 하는 게 맞심더. 그래야 나중에 오해가 없지예."

"맞심더, 여기 참 경치 좋네예."

광심정의 모든 것이 그녀에게는 낯설면서도 익숙한 풍경이었다. 미자는 한숨을 내쉬며 발끝을 바라보았다. 이곳은 그녀의 어린 시절, 친구들과 함께 뛰놀던 곳이었다.

"지가 어릴 때는 소 먹이로 자주 왔어예."

어릴 적 친구들과 함께 소를 몰고 이 언덕을 넘나들던 기억이 떠올랐다. 강가에서 소가 풀을 먹는 동안, 아이들은 맨발로 강에 뛰어들어 물장구를 치며 깔깔 웃었다. 여름날이면 푸른 하늘 아래서 온종일 뛰어놀다 해가 질 때쯤 집으로 돌아가곤 했다.

재일이는 그녀의 말을 듣고 있었다. 부드러운 목소리가 밤의 적막을 가볍게 흔들었다. 그 순간, 바람이 살짝 불어와 그녀의 머리카락을 흩뜨렸다. 달빛이 그녀를 감싸며 은은한 빛을 드리우자, 그녀의 모습이 더욱 아름다워 보였다.

재일이는 자신도 모르게 숨을 삼켰다. 흔들리는 머리카락 사이로 드러나는 그녀의 맑은 눈동자, 살짝 떨리는 입술. 모든 것이 한 폭의 그림처럼 보였다. 밤하늘은 구름 한 점 없이 맑았고, 은빛으로 빛나는 별들이 그녀의 곁에서 춤추는 듯했다.

"와 그리 쳐다봅미꺼?"

그녀가 살짝 미소 지으며 물었다.

재일이는 당황한 듯 고개를 돌렸지만, 이미 그의 표정에는 그녀를 어떻게 하고 싶다는 욕구가 가득했다.

"그냥… 바… 바람이 불어가."

그녀는 장난스럽게 머리카락을 쓸어 넘기며 말했다.

"그래예? 바람 때문만은 아닌 것 같은데예."

재일이는 아무 말도 하지 못했다. 가슴이 두근거렸다. 달빛 아래, 흔들리는 머리카락과 그녀의 미소에 재일이는 더 이상 참을 수가 없었다.

18. 광심정의 황홀함

재일은 조용히 미자의 손목을 잡았다. 차가운 밤공기가 강 위를 스쳐 지나갔고, 달빛은 출렁이는 물결 위에 부서지듯 반짝였다. 그녀는 놀란 듯했지만, 손을 빼려 하지 않았다.

"미자 씨."

재일의 목소리는 낮고 조용했다. 긴장감이 감도는 순간, 미자는 숨을 들이마셨다. 가슴이 두근거렸다. 그녀는 어떻게 반응해야 할지 몰라 그의 눈을 피했다. 하지만 그의 손길은 다정하고도 조심스러웠다.

"괴안습미꺼?"

그가 물었다.

미자는 천천히 고개를 끄덕였다. 그제야 그녀는 그의 손길 속에서 전해지는 따뜻함을 느낄 수 있었다. 강물 위의 달빛처럼, 두 사람의 감정도 잔잔한 물결을 만들고 있었다.

재일은 조심스럽게 그녀의 손을 잡은 채 한 걸음 다가섰다. 가까워진 거리만큼, 그들의 숨결도 서로에게 닿을 듯 가까웠다.

"그전부터 미자 씨한데 하고 싶은 말이 있었어에."

그는 망설이다가 입을 열었다.

"미자 씨를 좋아합미더. 아니, 사, 사랑합미더."

미자는 놀란 듯 눈을 크게 떴다. 그의 눈빛은 흔들림 없이 진지했다. 순간, 그녀의 마음속에서 무언가가 일렁였다. 긴 시간 동안 숨겨 왔던 감정이 수면 위로 떠오르는 듯했다.

밤은 깊어 가고, 강물은 여전히 조용히 흐르고 있었다. 그녀는 떨리는 목소리로 대답했다.

"저도예, 재일 씨."

재일이는 조심스럽게 옆으로 몸을 기울였다.

그의 팔이 살짝 미자의 어깨에 닿았다. 미자는 놀란 듯 살짝 움찔했지만, 이내 천천히 몸을 기댔다. 가슴이 두근거렸다. 그동안 수없이 바라보던 얼굴이 너무 가까이 있었다.

순간 재일이 조심스럽게 팔을 벌려 미자를 감쌌다. 그것은 서툴고 어색한 포옹이었다. 팔의 위치도, 힘 조절도 낯설었다. 하지만 그 어색함 속에는 서투름마저 사랑스러운 떨림이 있었다.

미자는 가만히 눈을 감았다. 그의 온기가 전해졌다. 처음으로 느껴 보는 따뜻함, 처음으로 경험하는 떨림. 재일의 심장 소리가 귓가에 희미하게 들려왔다.

그렇게 두 사람은 한동안 아무 말 없이 서로의 온기에 기대어 있었다. 세상은 잠시 멈춘 듯했고, 달빛 아래서 그들의 첫 포옹은 조용히 깊어지고 있었다.

재일과 미자는 서로를 바라보았다. 방금 전의 포옹이 아직도 피부에 남아 있는 듯했다. 가슴이 빠르게 뛰었고, 숨결은 가늘게 떨렸다. 누가 먼저랄 것도 없이 두 사람은 동시에 서로의 입술을 향해 움직였다.

입술이 닿는 순간, 마치 오래전부터 기다려 온 듯한 느낌이 퍼져 나갔다. 부드러우면서도 뜨거운 감촉이 서로를 감싸 안았다.

미자는 가만히 눈을 감았고, 재일은 그녀의 허리를 살짝 감싸 안으며 더 가까이 끌어당겼다. 두 사람의 숨결이 하나가 되어 가는 동안, 온 세상은 사라지고 오직 둘만이 존재하는 듯했다.

재일은 천천히 입술을 떼고 미자의 얼굴을 바라보았다. 그녀의 눈가에는 희미한 떨림이 스쳐 갔고, 얼굴은 붉게 물들어 있었다.

밤하늘에는 별빛이 반짝였고, 조용한 바람이 창가를 스치며 두 사람을 감싸 안았다. 서로를 향한 감정이 더욱 깊어지는 순간이었다.

재일이는 조심스럽게 미자의 코트를 벗겼다. 그녀의 어깨를 감싼 두꺼운 천이 흘러내리며, 차가운 공기가 그녀의 피부를 스쳤다. 미자는 가볍게 떨었지만, 이내 재일이의 손길이 전해 주는 온기에 몸을 맡겼다.

그의 손이 부드럽게 그녀의 허리를 감싸 안았다. 가까이 다가선 재일이는 미자의 목덜미에 조심스럽게 입술을 가져갔다. 살며시 입 맞추자 미자의 숨소리가 떨렸다. 그 떨림은 두려움이 아니라, 기대와 떨림이 섞인 감정의 파동이었다.

미자는 눈을 감았다. 재일이의 입술이 그녀의 목선을 따라 천천히 내려오며, 그녀의 몸은 자연스럽게 그의 품으로 스며들었다. 시간은 멈춘 듯했고, 가을밤의 공기마저도 그들의 뜨거운 숨결에 녹아내리는 듯했다.

그 순간, 두 사람에게 세상은 오직 서로만을 위한 공간이 되었다. 미자는 그의 품에서 더 깊이 안겼고, 재일이는 그녀를 더욱 소중하게 감싸 안으며, 사랑을 속삭이는 듯한 키스를 이어 갔다.

  조금은 썰렁한 가을밤, 그러나 두 사람은 서로의 열기로 벌겋게 달아 올랐다.

  재일이는 천천히 미자의 셔츠 단추를 풀었다. 손끝이 가볍게 원단을 스칠 때마다 미자는 미세한 전율을 느꼈다. 단추가 하나씩 풀릴 때마다 그녀의 가슴이 조금씩 더 드러났고, 광심정의 공기가 달라지는 것이 느껴졌다. 떨림을 감추려 애썼지만, 손끝에 닿는 온기가 그녀의 숨결을 어지럽혔다.

  미자는 순간적으로 그를 밀어내려 했지만, 재일이의 시선이 그녀를 깊숙이 붙잡았다. 그의 눈빛에는 확신이 있었고, 동시에 조심스러움도 배어 있었다. 욕망이 아닌, 기다림과 탐색의 시간이 천천히 흐르고 있었다.

  재일이의 손길이 그녀의 어깨를 따라 내려올 때, 미자는 저도 모르게 눈을 감았다. 이 순간을 받아들일 것인가, 한 걸음 물러설 것인가. 망설임 속에서도 심장은 빠르게 뛰었고, 뺨이 뜨거워졌다. 감각 하나하나가 예민해지며, 그녀는 더 이상 현실과 감정의 경계를 구분할 수 없었다.

  그녀의 숨소리가 가늘게 떨리며 공간에 스며들었다. 모든 감각이 열린 채로, 재일이의 손길을 기다리는 자신을 발견했을 때, 미자는 알 수 없는 감정에 휩싸였다. 욕망과 설렘, 불안과 기대가 얽혀들었지만, 결국 그녀는 몸을 맡기듯 부드럽게 눈을 감았다.

  재일이의 입술이 목을 따라 미자의 피부를 타고 흘렀다. 따뜻한 숨결이 부드러운 곡선을 스치며 옮겨 갔고, 미자는 순간 몸을 떨며 재일이를 가만히 밀쳐냈다. 그러나 그 힘은 망설임만큼이나 가벼웠고, 그의 손길이 다시 닿자 그녀는 조용히 눈을 감았다.

촉촉한 입술이 유두 언저리를 맴돌 때, 미자의 가슴이 떨려 왔다. 가늘게 들이마시는 숨소리가 강가의 공기처럼 서서히 무거워졌다. 재일이는 조심스럽게 그녀의 피부를 입술로 쓸어내리며, 천천히 탐색하듯 움직였다. 미자는 그의 움직임을 느끼며 아득해지는 감각 속으로 빠져들었다.

그녀의 심장은 빠르게 뛰었고, 손끝이 재일이의 어깨를 부드럽게 움켜쥐었다. 한순간의 주저함이 지나가고, 그녀는 마침내 자신을 맡겼다. 재일이의 손길이 더욱 깊숙이 다가오며, 두 사람 사이에 흐르는 열기가 더욱 짙어졌다.

어두운 강변, 희미한 달빛이 정자에 걸려 바람에 따라 잔잔히 흔들리고 있었다. 그 속에서 둘은 마주한 채 서로의 온기를 나누고 있었다. 공기마저 뜨겁게 데워지는 듯한 순간, 그의 손이 조심스럽게 그녀의 허리를 감싸며 미세한 떨림을 전했다.

그녀는 그 손길을 느끼며 눈을 감았다. 심장이 빠르게 뛰기 시작했고, 두 사람의 숨소리가 얕게 섞였다. 그러나 그가 그녀의 바지 지퍼에 손을 대려는 순간, 그녀는 재빠르게 그의 손을 막았다.

한순간 광심정의 공기가 얼어붙듯 정적이 흘렀다. 그녀는 단호하게 고개를 저으며 재일이의 손을 제자리로 돌려놓았다.

그의 눈빛에는 당혹스러움과 혼란이 스쳐 지나갔다. 달빛이 희미하게 비추어 그의 이마에 그림자가 드리워졌다. 그녀의 손길은 부드러웠지만, 마치 눈에 보이지 않는 벽을 세운 듯 단단한 의지가 느껴졌다.

"와예…?"

"안 됩미더. 지는 처음이라 무서버예."

사실 재일이도 스물두 살이지만 여자를 어떻게 해야 하는지 모르는 순진한 시골 청년이었다.

"괴안습미더. 살살 해 볼께예."

그녀는 잠시 침묵했다. 마음속에서는 수많은 감정이 얽혀 있었지만, 차분하게 말을 꺼냈다.

"지는 아직 준비가 안 됐습미더."

그녀의 목소리는 흔들림 없이 단호했지만, 두 눈 속에는 미세한 떨림이 있었다.

"그라모 지보고 우짜라꼬예? 미자 씨도 얼라도 아이다 아입미꺼."

그녀가 재일이를 사랑하지 않는 것은 아니었다. 하지만 지금, 이 순간은 아니라는 확신이 들었다. 그녀는 그를 원했지만, 자신의 마음이 따라가지 못하는 것을 스스로도 알고 있었다. 가슴속에서 불꽃이 일어나는 듯한 감정과, 머릿속에서 울리는 신중함이 충돌하는 순간이었다.

그는 그녀를 가만히 바라보았다. 실망도, 원망도 없이 그저 깊은 감정이 서려 있었다. 그녀를 향한 이해와 존중이 스며든 시선이었다. 그리고 그 이상의 감정도 있었다. 그는 천천히 그녀의 손을 잡고, 그녀의 유방 위에 다시 입을 맞췄다.

그녀는 짧은 신음 소리를 토해 내었다. 그녀의 몸은 다시 불덩이가 되었다. 그리고 이번에는 바지의 지퍼를 열어도 그녀는 재일이의 손을 막지 않았다.

재일이는 조금 망설이다가 그녀의 옷을 벗기기 시작했다. 셔츠를 벗기고 바지도 벗기고 그 안의 옷들도 하나씩 벗겨 내었다.

그녀는 재일의 손길이 닿을 때마다 이상한 떨림이 전해졌다. 마침내 모든 옷을 벗기자 재일은 처음 보는 여자의 나체 앞에서 어쩔 줄 모르고 있었다.

미자는 가만히 눈을 감고 있다. 재일은 자신의 옷도 전부 벗고 소설책에서 본 장면대로 그녀의 가슴과 입술을 천천히 애무 하였다.

그때 그녀는 신음 소리를 내며 저절로 몸을 꿈틀거리며 자신의 손으로 재일의 허리를 감싼다.

그리고 천천히 재일은 그녀의 소중한 곳에도 입술을 가지고 갔다.

"아….”

미자는 당황했지만 남자의 온기가 마치 자석처럼 그녀를 끌어당겼다. 미자는 두려움과 이상한 기대감 사이에 갈등을 하고 있었다.

잔잔한 강물이 흘러가듯이 그녀는 자신의 몸을 재일에게 맡겼다. 그녀의 신음 소리가 또 한 번 울렸을 때 재일이는 더 이상 참지 못하고 그녀의 음부에 자신의 소중이를 삽입했다.

미자는 처음 느껴 보는 감각에 놀라워하면서도 마치 오래전부터 알고 있었던 것처럼 친숙함을 느꼈다.

그들은 오랫동안 하나가 되어 사랑을 나누었다. 마치 악기를 연주하는 연주자와 같은 존재였다. 그들의 만남은 특별한 음악처럼, 서로의 마음속에서 울려 퍼지며 아름다운 조화를 이루었다. 그녀의 입술에서 흘러나오는 노래는 고음과 저음이 섞여 마치 음악처럼 완벽한 선율을 이루었다.

연주자는 그 고요한 순간, 클라이맥스의 절정에 다다랐다. 모든 것이 멈춘 듯, 그들은 하나의 멜로디로 이어져 있었다.

그녀의 목소리는 고요함 속에서 찬란하게 빛나며, 연주자는 그 절정의 순간을 놓치지 않으려 했다. 손끝에 느껴지는 떨림과 가슴속의 깊은 울림은 그들을 더욱 가까워지게 했다. 마치 세상 그 무엇도 그들의 사랑을 방해할 수 없을 것만 같았다.

그들의 사랑은 단순한 감정이 아니었다. 그것은 하나의 연주, 하나의 음악이었다. 서로가 서로에게 필요한 멜로디였고, 그 소리가 울려 퍼질 때마다 두 사람은 더욱 깊이 이어졌다. 그 절정의 순간, 그들의 사랑은 음악으로, 그리고 두 사람만의 언어로 완성되었다.

미자는 광심정에서 강을 바라보며 서 있었다. 차가운 바람이 불어오는 방향을 향해, 그녀는 나체로 강을 바라보았다. 사랑이 끝난 후, 그녀의 몸과 마음은 고요함 속에 잠겨 있었다. 눈앞의 강물에 시선을 고정시키며 모든 것을 잊으려는 듯했다. 물은 고요하게 흐르고, 멀리서 작은 물소리가 들려왔다. 찬 바람이 그녀의 피부를 가볍게 스쳤고, 그 순간 모든 것이 잠잠해졌다.

재일이가 다가와 그녀의 뒤를 감싸 안았다. 처음엔 그가 그녀를 무심히 지나칠 것 같았지만, 그의 손길이 닿자 긴장되었던 몸이 자연스레 풀리는 기분이 든다. 그의 손이 그녀의 허리를 부드럽게 감쌌고, 그들은 함께 사랑을 나누었던 것을 되새기고 있었다.

"미자… 씨."

재일이가 낮은 목소리로 불렀다. 미자는 대답하지 않고, 그저 강물만 바라보았다. 그의 말이 아무리 무슨 의미가 있어도, 그녀는 그저 강을 보며, 현재 이 순간만을 기억하려는 듯한 표정을 짓고 있었다.

  재일이는 잠시 아무 말 없이 그녀를 안아 주었다. 말로 표현할 수 없는 그 빈틈을 그의 품에서 채울 수 있을 것 같았다. 시간은 흐르고 그들은 서로 꼭 안고 말없이 강을 바라보았다.

19. 양덕천에서 밀회

　재일은 미자와 함께 광심정에서 관계를 맺은 후, 그녀가 보고 싶어 견딜 수 없었다. 시도 때도 없이 오토바이를 타고 밤길을 달려 마산 양덕동으로 향했다.
　그 시절, 한일합섬 여공들은 공장에서 제공하는 기숙사에서 숙식을 해결했지만, 미자는 동생의 학업과 오빠의 생활을 돕기 위해 홀로 자취를 선택했다. 작은 방 한 칸, 낡은 책상과 이불장 그리고 허름한 커튼이 드리워진 창문. 비록 소박했지만, 그녀가 스스로 꾸려 나가는 삶의 흔적이 묻어 있는 공간이었다.
　재일은 오토바이를 타고 달리는 동안에도 그녀의 얼굴을 떠올렸다. 짙은 밤하늘 아래 오토바이의 엔진 소리가 적막을 가르며 울렸다. 가슴은 이미 미자의 집에 도착한 듯 두근거렸고, 그녀의 손을 잡고 싶은 충동을 이기지 못했다.
　양덕동 그녀의 자취방 앞에 그는 조심스럽게 오토바이를 세웠다. 문을 두드리려다 한참 망설였다. 오빠와 동생이 있을지도 모른다는 생각이 스쳤다. 하지만 그리움을 이기지 못한 그는 아주 조용히 불렀다.
　"미자 씨."
　잠시 후, 작은 문이 삐걱 열리며 그녀가 모습을 드러냈다. 손가락을 입가에 가져다 대며 속삭였다.

"쉿!"

그는 방에서 살금살금 나왔다. 그리고 대문 앞 골목까지 나왔다.

흐트러진 머리카락, 잠기운이 남아 있는 눈, 그리고 살짝 붉어진 볼. 미자는 놀라면서도 미소를 띠었다. 그녀는 소곤거리며 말했다.

"이 시간에 우짠 일입미꺼? 바깥으로 가입시더."

그는 말없이 고개를 끄덕였다. 두 사람은 조용히 골목을 빠져나와 그녀의 자취방을 벗어났다.

양덕천 옆에는 밤이 깊어갈수록 물소리가 더욱 선명하게 들려왔다. 도랑으로 내려와 평평한 돌 위에 두 사람은 나란히 앉았다. 냇물은 달빛을 받아 은빛으로 반짝였고, 멀리서 들려오는 풀벌레 소리가 정적을 깨뜨렸다.

재일이는 미자를 바라보았다. 그의 눈빛에는 오래된 그리움이 담겨 있었다. 마침내 그는 조용히 입을 열었다.

"억수로 보고 싶어서예."

그의 목소리는 낮고도 간절했다. 미자는 그의 말을 듣고 가만히 시선을 내리깔았다. 광심정에서 서로 사랑을 나누고 난 후, 그들 사이에는 더 이상 거리가 없었다. 재일이가 조심스럽게 그녀를 끌어안았다. 미자는 아무런 저항도 하지 않았다. 오히려 그녀의 몸도 자연스럽게 그에게 기대었다.

"좀 쌀쌀하지예. 고마 제 위에 앉으시이소."

재일이 자신의 무릎을 툭툭 두드리며 말했다. 미자는 잠시 머뭇거리다 쑥스러운 듯 웃으며 그 위에 앉았다.

"쪼매이 춥네예."

그녀의 체온이 스며드는 순간, 재일은 등골이 서늘하면서도 묘한 온기를 느꼈다. 미자의 가벼운 체중이 자신의 허벅지를 누르며, 그녀의 엉덩이가 민감한 부위에 밀착되었다.

재일은 순간적으로 숨을 삼켰다. 일부러 바람이 부는 방향으로 시선을 돌렸지만, 미자의 향기가 코끝을 스쳤다. 달큰한 비누 냄새와 은은한 체향이 뒤섞여 있었다.

미자는 아무렇지 않게 앉아 있었지만, 재일은 몸이 긴장되는 걸 느꼈다. 그녀가 살짝 몸을 움직일 때마다 미세한 마찰이 일어났다.

"재일 씨, 괜찮습니꺼? 안 무거버예?"

미자가 뒤를 돌아보며 물었다. 그녀의 눈은 장난기가 어린 듯 반짝였다.

재일은 괜스레 목을 한 번 가다듬고는, 최대한 담담한 척 대답했다.

"오데예, 너무 가벼워서 미자 씨 같은 사람 열 명도 물팍 위에 올리겠습미더."

하지만 그의 손끝은 어느새 무릎 위에서 가늘게 떨리고 있었다.

재일은 조용히 미자의 허리를 감싸 안았다. 그녀의 몸은 가느다랗게 떨리고 있었지만, 미자는 아무런 말도 하지 않았다. 그저 그의 품에 기대어 조용한 숨을 내쉴 뿐이었다.

재일의 손끝이 서서히 그녀의 옷자락을 따라 올라갔다. 따뜻한 손길이 미자의 몸을 감싸며 조심스럽게 그녀의 피부에 닿았다. 옷 속으로 미끄러져 들어간 그의 손이 그녀의 등을 따라 올라가자, 미자는 가만히 눈을 감았다.

브라의 부드러운 천이 그의 손끝에 닿았다. 그 순간, 재일은 그녀의 반응을 살폈다. 미자는 아무 말 없이 조용히 있었다.

재일은 그녀의 유방을 만졌다. 두 사람 사이에는 오직 따스한 온기만이 감돌고 있었다.

미자는 여전히 그에게 몸을 맡긴 채 미동도 하지 않았다. 재일은 천천히 손을 거두며 그녀의 뺨을 어루만졌다. 그리고 조용한 목소리로 그녀의 이름을 불렀다.

"미자 씨…."

광심정에서 두 사람의 마음이 하나로 이어졌던 그 순간을 다시금 느꼈다. 그 감정은 그녀의 가슴속 깊은 곳에서 울려 퍼지며, 차마 표현할 수 없는 뜨거운 고요함으로 다가왔다. 미자는 등 뒤에 있는 재일이의 입 속으로 조심스럽게 혀를 넣었다. 그들의 입술은 마치 시간이 멈춘 듯, 한없이 길고 깊게 맞닿았다. 이 순간, 세상의 모든 소음은 사라지고, 오직 그들만의 세계가 존재하는 듯했다.

미자의 손이 재일의 얼굴을 감싸자, 그의 눈동자가 잠시 흔들렸다. 그들은 서로를 바라보며 한 발짝, 또 한 발짝 가까워졌다. 숨소리가 점점 얕아지고, 두 사람의 마음이 교차하는 순간, 미자는 그의 입술을 느꼈다. 처음에는 부드럽고 조심스러운 접촉이었다. 재일의 입술이 그녀의 입술을 덮으며, 마치 서로를 확인하려는 듯 천천히, 또 조심스럽게 움직였다.

미자는 그 따스한 감촉에 몸이 떨리는 것을 느꼈다. 그는 그녀의 입술을 조금 더 강하게, 그러나 여전히 부드럽게 이끌었다. 두 사람은 서로의 온도를 나누듯, 입술을 맞대고 있었다. 미자는 그의 혀가 자신의 입속으로 스머드는 걸 느끼며 가슴속 깊은 곳에서 울려오는 감정을 따라갔다.

시간이 멈춘 것처럼, 그들은 서로에게 완전히 몰입했다. 입술이 부드럽게 떼어지자, 미자의 숨은 가쁘게 올라갔다. 하지만 여전히 그녀의 마음은 재일에게 이끌리며, 두 사람의 세계는 그 키스 속에서만 존재하는 듯했다.

재일이는 무릎 위에 미자를 앉히고 한참 동안 그렇게 있었다. 밤은 점점 더 깊어지고, 공기 속에 묻어나는 서늘한 기운이 그들의 사이를 감싸고 있었다. 미자는 가만히 눈을 감고, 재일이는 조용히 그녀의 손목을 감쌌다. 그의 손끝에서 전해지는 온기는 그 어느 때보다도 따뜻했다.

어둠 속에서 시간이 흐르면서, 둘 사이의 말없이 이어지는 침묵은 그들만의 언어가 되어 갔다. 재일이는 미자의 숨결을 느끼며 가슴속에서 무언가가 깊이 얽히는 느낌을 받았다. 미자는 그의 품에서 작은 미소를 지으며, 그 순간만큼은 세상의 모든 시선과 시간도 멀리 떠나간 듯한 느낌이었다.

밤은 점점 더 깊어지고, 그들의 마음도 그 어둠 속에서 더욱 가까워졌다. 다른 모든 것들이 멀어져 가는 가운데, 이 순간만큼은 둘만의 세상이었다.

"미자 씨, 집에 가기 싫어예."
"저도 재일 씨와 함께 있으면 시간 가는 줄 모르겠으예."
"고마 우리 같이 살까예?"

미자는 잠시 말문이 막혔다. 재일이의 고백에 마음이 복잡해졌다. 그는 늘 자신에게 친절하고 다정했지만, 이렇게 진지하게 물어보니 그녀는 잠깐 머릿속이 하애졌다. 미자는 몇 번이나 생각을 되짚으며, 그의 눈을 바라보았다.

미자는 대답을 하지 못하고 잠시 고개를 숙였다. 그리고 조용히 입을 열었다.

"오빠하고 동생들은 우짜고예? 지가 없으모 만날 굶고 다닐 낀데…."

그녀는 재일과 함께 있는 시간이 정말 좋았지만, 그녀의 책임감이 그만큼 무겁게 느껴졌다. 동생들에게 어떤 일이 생길지, 혹은 그가 야간 고등학교를 마칠 수 있을지에 대한 걱정도 있었다.

"지금은 아직 안 됩미더."

미자는 결국 그렇게 대답했다.

"야간 고등학교도 아직 일 년 남았서예."

재일이는 잠시 침묵했다. 그 후 미자의 손을 조용히 잡으며 말했다.

"그라모 일 년 뒤에 결혼할까예?"

미자는 그 말에 다시 한번 마음이 흔들렸다. 그녀는 그를 좋아했지만, 아직 그녀의 삶을 정리하고, 무엇을 우선해야 할지 몰랐다.

자신의 행복을 위해 동생과 오빠를 버릴 수가 없었다. 그녀는 결혼을 하는 것이 가족을 배반하는 것 같았다.

20. 미자의 갈등

　어릴 적부터 미자는 가족의 울타리 속에서 살아왔다. 어린 시절, 그녀의 세계는 가족이었다. 친구들과의 놀이터에서의 추억보다, 학교에서의 성적보다, 그녀에게 중요한 것은 언제나 가족을 지키는 일이었다.
　세월이 흐르면서 그녀에게도 사랑이 찾아왔다. 재일이는 다정했고, 그녀를 이해해 주었으며, 함께 새로운 미래를 꿈꾸자고 말했다. 그러나 결혼이라는 단어가 입 밖으로 나오는 순간, 그녀의 가슴 한편이 싸늘해졌다. 결혼을 한다는 것은 곧 집을 떠난다는 것이었고, 집을 떠난다는 것은 남동생과 오빠 그리고 가족을 버린다는 것과 같았다.
　양덕천의 초겨울 바람이 그녀의 뺨을 스치고 지나갔다. 그녀의 마음도 바람처럼 흔들리고 있었다. 화천 건너 한일합섬의 불빛은 밝게 빛나고 있었다.
　"미자 씨는 당신의 인생을 살아야지, 언제까지 동생이나 오빠를 위해 희생하며 살 낍미꺼?"
　재일이가 단호하게 말했다.
　"저도 알고 있어예. 내 인생을 살아야 하는 거. 그란데 내가 가면 동생이나 오빠는 우짜고예?"
　"그라모 평생 끼고 살 낍미꺼? 그리할라쿠모 동상이나 오빠도 우리 집에서 같이 사입시더."

미자는 재일이의 말에 순간 놀랐다.

"참말로 그리해도 됩미꺼?"

재일이는 흔쾌히 고개를 끄덕였지만, 속으로는 과연 이 선택이 옳은지 고민이 밀려왔다. 가족이 함께 살아간다는 것이 말처럼 쉬운 일이 아니라는 걸 알기 때문이었다.

"그라모예, 같이 살면 되지예."

재일이가 부드럽게 말했다.

하지만 미자는 현실을 모르는 소리라는 듯 고개를 저었다.

"안 되예. 지금은 좋은 모습만 보일지 몰라도 처가 식구들 달고 들어가면 재일 씨 어머니나 형제들한테 무슨 소리 듣겠십미꺼. 안 됩미더."

재일이는 조용히 생각에 잠겼다. 미자의 걱정이 충분히 이해되었기 때문이다. 하지만 그럼에도 불구하고 그는 그녀와 함께하고 싶었다.

"재일 씨가 마산서 오토바이 센터를 하면 모를까…."

미자가 조심스럽게 말했다.

그 말에 재일이 눈빛을 빛내며 결심을 굳혔다.

"알겠십미더. 그라모 제가 석무에 있는 오토바이 점빵 정리하고 마산으로 올라올께예."

하지만 그럼에도 불구하고 그녀의 가슴 한편에서는 여전히 불안감이 떠나지 않았다. 과연 이 선택이 두 사람 모두에게 좋은 결과를 가져다줄 것인가.

미자는 고개를 끄덕였지만, 머릿속은 복잡했다. 그녀의 삶은 이미 가족과 엮여 있었고, 자신의 행복을 위해 그들을 뒤로할 수는 없었다.

그녀는 밤새 고민했다. 사랑하는 이를 따라가는 것이 배신일까? 아니면 가족을 지키는 것이 사랑을 저버리는 걸까?

그녀는 자신의 행복이 무엇인지 몰랐다. 하지만 하나는 분명했다. 그녀는 혼자가 아니었다.

재일은 미자의 가족에 대한 깊은 애정을 알고 있었지만, 그녀와의 결혼에 있어 왜 형제들이 걸림돌이 되는지 도무지 이해할 수 없었다. 미자의 오빠와 남동생을 향한 그녀의 가족애는 그야말로 절대적이었다.

그녀는 늘 가족을 먼저 생각했다. 미자의 입에서 가장 자주 나오는 말은 '엄마는…' 혹은 '우리 동생이…'였다. 엄마는 그녀가 돌봐야 하는 존재였고, 남동생은 마치 자신의 한 몸처럼 아꼈다. 그녀에게 있어 가족이란 단순한 혈연을 넘어, 삶의 이유이자 존재의 의미였다.

재일은 한 번쯤 미자에게 물어보고 싶었다.

'우리 둘만의 삶을 생각해 본 적은 없는지? 당신의 가족이 중요하다는 건 알지만, 우리가 함께할 미래는 어떻게 되는지?'

그러나 그런 말을 꺼내는 것이 두려웠다. 미자가 그를 사랑하지 않는 것은 아니었다. 그녀도 재일을 향한 마음을 숨기지 않았다. 하지만 그 사랑이 그녀의 가족보다 우선할 수 있을까? 그는 점점 의문이 들었다.

"미자 씨, 우리가 결혼하려면 부모님은 물론이고 동생이나 오빠한데 허락을 받아야 합미꺼?"

미자는 잠시 침묵하다가 조용히 대답했다.

"지는 이리 생각합미더. 가족이 곧 나의 삶입미더. 오빠와 동생을 외면하고 나만의 행복을 찾는 건 배신하는 것 같아예."

20. 미자의 갈등

재일은 그 말이 쉽게 이해되지 않았다. 그에게도 가족은 소중했지만, 사랑하는 사람과 함께하는 삶은 또 다른 의미였다. 그는 미자의 눈빛을 바라보며 다시 물었다.

"그라모 지는예? 나는 미자 씨에게 어떤 의미임미꺼?"

"재일 씨, 당신도 지한데는 소중합미더. 하지만 지는예, 가족 없이는 나도 없습미더."

그 순간, 재일은 깨달았다. 미자의 사랑은 크고 깊었지만, 그 사랑은 가족이라는 울타리를 벗어날 수 없었다. 그는 한동안 말없이 그녀를 바라보다가, 조용히 고개를 끄덕였다.

그가 이해해야 하는 것은 단순한 가족애가 아니라, 미자가 살아온 방식과 그녀가 지켜야 할 가치들이었다.

미자는 자리에서 일어나며 조용히 말했다.

"언자 집에 가입시더. 동생이나 오빠가 일어나서 찾을 수 있어예."

"그라모 들어가입시더."

두 사람은 양덕천에서 골목으로 천천히 걸어 들어왔다.

그는 그녀의 성격을 이미 잘 알고 있었고, 그래서 그녀가 쉽게 결정을 내리지 못할 거라는 것도 알고 있었다. 그러나 그는 이미 마음을 굳혔다.

"그라모 마산으로 오토바이 점빵 옮기는 것으로 할께에."

그는 미자를 위해서라면 기꺼이 마산으로 이사를 할 수 있었다. 오토바이 가게를 옮기는 것이 쉬운 일은 아니지만, 그보다 중요한 것은 미자의 행복이었다.

미자는 한숨을 내쉬며 고개를 저었다.

"아입미더. 좀 더 생각해 보고 결정하입시더. 재일 씨가 석무에서 자리 잡는 데 오래 걸렸을 낀데, 괜히 저 때문에 그라지 말고예."

그녀의 말에는 염려가 가득 담겨 있었다. 그녀는 자신의 결정이 재일에게 부담이 되지 않기를 바랐다. 하지만 재일은 이미 결정을 내린 듯했다.

"지도예, 사나이입미더. 미자 씨를 위해서 그리하지예."

미자는 재일이를 바라보다가 결국 미소를 지었다. 그의 눈빛 속에는 흔들림 없는 진심이 담겨 있었다. 그녀는 재일이가 얼마나 자신을 좋아하는지 알 것 같았다. 그의 결심이 얼마나 깊은지 느껴졌다. 남자가 자신의 인생을 걸고 자신이 이루어 낸 것을 포기하고 그녀를 위해 모든 것을 바치겠다는 것은 엄청난 용기였다.

미자는 천천히 눈을 감았다가 다시 떴다. 그녀의 마음속에서는 여러 감정이 요동쳤다. 사랑과 책임감, 그리고 두려움. 재일이를 받아들이면 그녀의 삶은 완전히 바뀔 것이다. 하지만 그에게는 모든 것을 버리고 올 만큼 가치가 있는 삶을 줄 수 있을까?

미자는 가만히 재일의 손을 잡았다. 따뜻하고 단단한 손길이 전해졌다.

미자의 가슴이 아릿하게 저려 왔다. 이런 사랑을 받아 본 적이 있었던가. 그녀는 재일이의 손을 바라보며 자신도 모르게 손가락을 맞물렸다. 그의 온기가 전해졌다.

두 사람이 오랫동안 이야기하다 보니 날이 밝아 오고 있었다. 새벽 공기는 아직 차가웠다. 어둠이 깊이 깔린 거리 위로 희미한 빛이 스며들기 시작했다. 가로등 불빛 아래 두 사람의 그림자가 길게 드리워졌다.

"조금만 더 걸을까예?"

재일이가 조심스레 물었다. 옆을 걷던 미자는 고개를 끄덕였다. 말없이 걷는 시간이 점점 익숙해지고 있었다. 불편한 침묵이 아니라 서로를 이해하는 조용한 순간이었다.

그들의 발걸음이 닿는 곳마다 어둠이 물러가고 있었다. 저 멀리 동쪽 하늘이 붉게 타올랐다. 희망이 깃든 듯한 빛이 그들의 얼굴을 부드럽게 감쌌다.

"이렇게 걸으면서 아침을 맞이하는 것도 나쁘지 않네예."

미자가 말했다. 재일이는 옅은 미소를 지었다.

"마치 우리의 미래를 보는 것 같아예. 어두운 밤이 지나고, 새로운 아침이 오는 것처럼."

재일이는 그녀를 바라보았다. 깊은 눈동자 속에 담긴 온기가 새벽의 빛과 맞닿았다. 그 순간, 두 사람의 마음은 같은 곳을 향하고 있었다. 아직 완전히 밝아 오지 않은 새벽처럼, 그들의 앞날도 분명하지 않았지만, 분명히 빛을 향해 나아가고 있었다.

21. 재일이의 갈등

　재일은 하루에도 몇 번씩 생각했다. 정말 마산으로 가는 것이 옳은 선택일까?
　오토바이 수리점을 미자를 위해서 옮길 수 있다고 하였으나 수많은 감정이 얽혀 있다. 기대, 걱정, 두려움, 그리고 어쩌면 사랑도.
　현실은 간단하지 않았다. 가게를 이사하는 일은 종이 위에 선을 그어 옮기는 것처럼 쉬운 일이 아니었다.
　공구 하나하나, 낡은 진열장, 수리대 아래 굴러다니는 오래된 볼트와 너트들까지, 모든 것이 이곳에 뿌리를 박고 있었다.
　더 큰 문제는 다른 데 있었다. 마산으로 가면, 지금처럼 손님이 찾아올까? 입소문으로 찾아오는 단골들은 거리에도 민감하다. 자전거포까지 치면 10년 넘게 이 동네에서 쌓아 온 신뢰가, 한순간에 무너질 수도 있다.
　그리고 어머니, 형제들.
　재일은 한참을 밤늦도록 수리대 앞에 앉아 생각했다. 기름때 묻은 손으로 머리를 쓸어 올리며, 아버지가 돌아가신 뒤 어머니를 모시고 살아온 세월이 주마등처럼 떠올랐다. 그게 벌써 5년 전이다.
　어머니는 이제 연세도 있고, 익숙한 동네, 익숙한 사람들 사이에서 하루하루를 살아가신다. 그 어머니를 데리고 마산으로 간다는 건… 그건 이기적인 일일지도 모른다.

형제들도 말할 것도 없다.

장포에 살던 시절부터 재일이는 학교보다는 손에 익은 공구와 쇠붙이에 마음이 갔다. 고등학교 진학을 포기한 채, 그는 석무에서 아버지가 운영하던 자전거포를 이어받았다. 그로부터 다섯 해, 누구보다 부지런히 일하며 열심히 배워서 이제 오토바이 수리점으로 자리를 잡아갔다. 손님들과도 눈을 마주치며 인사를 건넬 수 있을 정도로 사람도 늘었고, 가게 문을 열고 닫는 일상은 이제 그의 일부가 되었다.

하지만 가족들은 달랐다. 특히 막내 말숙이는 친구들과 겨우 익숙해지고 있는 중이었다.

어머니 역시, 장포에서 가져온 몇몇 채소 씨앗을 텃밭에 심으며 지난 시간을 곱씹듯 살아가고 있었다.

그런데 이제 또 이사를 간다는 말은, 그들에게 너무 잔인한 일이었다. 아무리 재일의 마음속에서 결심이 굳어져 간다 해도, 어머니 앞에서는 도저히 말을 꺼낼 수 없었다. 그 말 한마디가 어머니의 눈빛을 어떻게 바꿔 놓을지, 말숙이의 어깨를 얼마나 처지게 만들지 생각하면 목구멍에서 말이 자꾸만 거슬러 올라오다 다시 삼켜졌다.

재일은 밤마다 오토바이 가게의 문을 닫고 나와 별빛 아래 혼자 서 있었다. 이사는 곧 현실이었지만, 가족들에게 어떻게 이야기해야 할지 그 틈에서 재일은 오늘도 말없이 고민을 되씹고 있었다.

해는 기울고, 주황빛 햇살이 오토바이 수리점 안으로 부드럽게 드리우고 있었다. 오늘따라 하루가 더 길게 느껴졌다. 마음속엔 무거운 결정이 짓눌리듯 앉아 있었고, 이제는 더 미룰 수 없었다.

그는 천천히 가게 문을 닫았다. 철문이 닫히며 덜컹이는 소음이 마음속 결심에 쐐기를 박았다.

'마산으로 가는 건 안 되겠다. 거기서 다시 시작하는 건 내 몫이 아니야.'
여러 날을 고민한 끝에 내린 결론이었다.

재일은 오토바이에 올랐다. 헬멧을 쓰고 시동을 거는 손이 약간 떨렸다. 단순한 바람 때문이 아니었다. 가야 할 곳, 만나야 할 사람이 있었다.

그녀에게 재일은 어떤 말로 다가가야 할까. 이기적일 수도 있다는 걸 안다. 하지만 솔직해져야 한다. 그녀 없이 사는 것도 어렵겠지만, 그곳에서의 삶이 자신과는 어울리지 않는다는 것도 또렷했다.

미자가 있는 곳까지는 한 시간 남짓. 그동안 어떤 말을 어떻게 꺼낼지 머릿속으로 수없이 되새겨 본다. 그러나 결국은 얼굴을 보고, 마음을 다 담아 전하는 수밖에 없다.

저녁 바람이 양덕동 골목을 타고 흘러왔다. 재일은 대문 앞에 멈춰 섰다. 가을밤의 공기가 서늘하게 뺨을 스치고 지나갔다. 어둠 속, 희미하게 비쳐 나오는 불빛이 창틈을 통해 흐르고 있었다. 조용히 그녀의 이름을 불렀다.

"미자 씨."

그러나 아무런 기척이 없었다.

방 안은 분명 불이 켜져 있었고, 누군가의 인기척도 느껴졌지만, 대답은 들리지 않았다.

잠시 머뭇거리다가, 다시 한번 목소리를 조금 높여 불러 본다.

"미자 씨!"

이번엔 조심스레 대문을 살짝 두드린다.

노크 소리가 어둠을 깨운 듯, 집 안 어딘가에서 문 여는 소리가 희미하게 들려왔다.

그리고 곧 마당을 가로질러 대문 쪽으로 다가오는 그녀의 발자국 소리가 뚜벅뚜벅 울렸다.

"재일 씨! 온다는 말도 없이 어쩐 일입미꺼."

미자가 문가에 서서 한쪽 어깨를 기댄 채 웃었다. 말끝은 가볍지만 눈빛엔 묘한 기색이 어렸다.

재일은 고개를 한번 끄덕이고는 입매를 다물었다.

"또랑으로 나갈까예? 할 이야기가 있어예."

"동생은 부모님 일 도와주러 내봉촌에 갔고예, 오빠는 친구 집에서 자고 온다카이 아무도 없어예. 날씨도 쌀랑한데, 집에서 이야기하입시더."

재일은 문턱 앞에서 다시 발을 멈췄다. 몇 번을 만났지만 미자의 방에는 한 번도 들어가 본 적이 없었다. 어떤 경계와 예의가 그의 어깨를 무겁게 눌렀다.

"괴안네예. 들어오이소. 머슴마 둘이 하고 살고 있으니 좀 누추합미더."

미자의 말에 재일은 작게 숨을 들이쉬고는 조심스레 방 안으로 들어섰다.

작은 방엔 두 개의 비키니 옷장이 서로 마주 보며 서 있었고, 벽 한쪽에 놓인 작은 책상 위엔 종이 몇 장과 볼펜 하나, 그리고 덩그러니 라디오 하나가 놓여 있었다. 그것이 전부였다.

방 안은 고요했지만, 미자의 숨결과 함께 미세한 떨림이 공간을 메우고 있었다.

재일은 방 안 한 귀퉁이에 엉거주춤 앉으며 말했다.

"뭔 이야긴데예?"

미자는 방문을 닫고, 조용히 앉았다.

재일의 두 손은 서로를 꼭 잡고 있었고, 시선은 미자의 눈을 피해 아래로 향했다.

잠시 정적이 흐르고, 라디오에서는 누군가의 목소리가 낮게 흘러나왔다.

"그냥… 가을이라서예."

재일의 그 소리에 미자는 미소를 지었다.

재일이는 마음이 무거웠다. 하루 종일 머릿속을 맴도는 생각들에 젖어 저녁밥조차 잊은 채 미자네 집으로 왔었다. 그러나 정작 자신이 하고 싶은 말을 하지 못한다.

미자는 일어나 부엌으로 향하며 물었다.

"저녁 잡샀습미꺼?"

재일이는 고개를 끄덕이며 대답했다.

"예, 밥 묵었습미더."

하지만 말뿐이었다. 사실 입에 아무것도 넣지 못했다. 그저 입맛이 없었다. 그러나 미자에게 괜히 걱정을 끼치고 싶지 않았다.

미자는 재일이의 얼굴을 찬찬히 바라보더니 부드럽게 웃으며 말했다.

"밥 묵었는지 오래되었으모, 지하고 같이 먹을까예? 지금 채리 드릴께예."

그 말에 재일이는 마음 한편이 스르르 풀리는 듯했다. 억지로 웃음을 지으며 말했다.

"미자 씨하고 무모 혼자 잡숟기 그렁깨네… 같이 무까예?"

미자는 석유곤로에 냄비를 올려 된장찌개를 지지기 시작했다. 된장에 마늘과 파를 다져 넣고, 애호박과 두부를 썰어 넣자, 금세 구수한 냄새가 방 안을 가득 메웠다. 몇 가지 반찬도 꺼냈다. 콩자반, 멸치볶음, 김치 한 접시. 다른 냄비에서 따뜻한 밥을 퍼서 둥근 알루미늄 밥상 위에 가지런히 올렸다.

잠시 후, 그녀는 그 상을 두 손으로 조심스레 들고 방 안으로 들어왔다. 가볍게 내려놓은 밥상 앞에 마주 앉은 두 사람 사이로 따뜻한 온기가 번져 갔다. 말없이 숟가락을 든 재일은 어쩐지 예전부터 같이 했던 밥상이라는 착각까지 들었다.

그날 저녁, 재일이는 처음으로 마음이 조금 놓였다. 된장찌개 한 숟갈에 담긴 미자의 온기가 그를 조용히 감싸 주고 있었다.

"된장도 맛이 있고 반찬도 참 맛이 있네예."

미자는 수줍게 웃으며 대꾸했다.

"오데예, 그냥 되는 대로 차린 긴데."

"아입미더, 우리 움마가 한 거보다 억수로 더 맛이 있어예."

그 말에 미자는 잠깐 말을 잇지 못했다. 된장 하나에도 엄마 손맛이 더 익숙해 있을 것인데 칭찬해 주는 그의 말이 따뜻하게 느껴졌다.

"입맛에 맞다카이 다행이네예."

재일이 그릇을 비우는 속도는 놀라울 정도였다. 밥알 하나 남기지 않고 깨끗이 먹고는 수저를 내려놓았다.

"밥 좀 더 드릴까예?"

"쉰밥 있으모 좀 주이소."

"쉰밥은예, 새로 한 밥 드리야지예."

다시 밥을 퍼 주자, 재일이는 또 금세 그릇을 비웠다. 미자는 웃으며 그를 바라보았다.

"저녁 드시고 왔다 카더만은, 마이 시장했는가베예."

그는 머리를 긁적이며 멋쩍게 웃었다.

"미자 씨 반찬 실력이 너무 좋아가, 완전 꿀맛이네예."

그 순간, 노란 전등 아래에서 둘만의 시간이 고요히 흐르고 있었다. 찌개 냄새, 된장 맛, 수고한 하루의 피로…. 그리고 소소한 칭찬 속에 서로를 향한 미묘한 마음이 스며들었다.

미자가 말했다.

"밥도 먹었는데 소화도 시키구로 동네 한 바구 걸을까예."

"예, 그리하입시더."

두 사람은 나란히 골목길로 나섰다.

가로등 불빛이 담벼락 사이로 깜빡였고, 발밑의 그림자들은 부드럽게 서로를 밟으며 뒤섞였다.

"오늘은 바람이 그리 차지 않네예."

미자가 어깨를 움찔거리며 말했다.

"그러게에. 낮에 햇살이 좋아가 그런갑다."

미자는 말끝을 흐리며 하늘을 올려다봤다. 골목 너머, 가로등 불빛에 가려진 하늘엔 별 몇 개가 떠 있었다.

둘은 말없이 걷기도 하고, 지나간 일들에 대해 말을 하기도 했다.

길가 돌담 너머로 마당 고양이 하나가 꼬리를 치켜세우며 몸을 비볐다.

"아이구, 저놈 또 있네. 지난번에도 저 자리 있었지에."

"그러게예. 우리보다 이 골목 더 오래 살은 터줏대감이네."

둘은 웃었다.

밤공기는 점점 깊어졌고, 발걸음은 어느새 다시 골목 입구를 향하고 있었다.

서로 말은 없었지만, 이 시간이 또 얼마나 소중한지 알고 있었다.

소화가 되었는지 아닌지는 중요치 않았다. 중요한 건, 함께 걷는 이 길이 아직 끝나지 않았다는 사실이었다.

방 안으로 들어서자 조용한 공기가 둘 사이를 감쌌다. 재일은 문이 닫히기도 전에 미자의 어깨를 감싸 안았다. 그 품은 조심스럽지만 미자를 그리워했던 감정이 묻어나 있었다. 미자는 잠시 눈을 감았다가 천천히 눈을 떴다. 그의 품 안에서 따뜻함이 번져 왔다. 그러나 오래 붙잡고 있을 수는 없었다.

미자는 조심스레 손을 들어 재일의 가슴을 밀었다.

"이러지 마이소…."

미자의 가슴은 조용히 요동쳤다. 그 따뜻했던 품을 떠난 찰나, 방 안엔 묘한 정적이 흘렀다. 말하지 않아도 알 수 있는 감정이 공기 중에 남아 있었다.

그는 천천히 손을 뻗어, 미자의 어깨를 가볍게 잡았다. 미자는 눈을 감았다. 마음은 복잡했지만, 몸은 그 움직임을 거부하지 않았다.

재일은 그녀의 숨결을 느끼며 얼굴을 가까이 했다. 그리고 아주 조심스럽게 자신의 입술을 미자의 입술에 포개었다.

그 순간, 시간은 흐르지 않았다. 바람도, 저녁의 빛도 모든 움직임을 멈춘 듯했다. 둘 사이에 오간 것은 말이 아닌 감정, 설명할 수 없는 그리움, 그리고 오래도록 눌러 왔던 마음의 떨림이었다.

"잠깐만 있어 보이소. 양치도 하고 좀 씻고 하입시더."

미자의 말에 재일은 천천히 손을 풀었다. 방금 전까지 그녀를 끌어안고 있었던 팔에는 아직 따스한 온기가 남아 있었다. 재일이는 한 걸음 물러서며, 그녀의 얼굴을 다시 바라보았다. 부끄러운 듯 피곤한 듯, 미자의 눈은 잔잔히 웃고 있었다.

"그래예… 지도 씻어야지예."

"혹시나 싶어서 새 칫솔 사다 놓았습미더. 제가 씻고 나모 양치하고 씻어소이."

미자는 이렇게 말을 하고 부엌으로 발걸음을 옮겼다. 헝클어진 머리카락 사이로 그녀의 뒷모습이 햇살에 스며들듯 희미하게 물들었다. 부엌문이 닫히는 소리가 작게 울렸다.

미자는 양치질을 마치고 세숫대야에 물을 받아 조심스레 뒷물을 했다. 찬 기운이 얼굴과 팔뚝을 스치고 지나갔다.

재일도 말없이 부엌으로 들어가 물을 틀고 얼굴을 씻기 시작했다.

방으로 들어온 미자는 이불을 펴거나 잠옷으로 갈아입어야 했지만, 몸이 마음을 따라 주지 않았다. 그녀는 옷자락을 손끝으로 쥔 채, 방 한 가운데에 우두커니 서 있었다.

재일이가 씻고 있다는 사실만으로도 얼굴이 달아올랐고, 움직이면 그 부끄러움이 들킬까 두려웠다.

묵직한 정적이 방 안에 감돌았다. 벽에 걸린 달력이 바람결에 살짝 흔들렸고, 가느다란 기침 소리가 부엌에서 들려왔다.

그녀는 그 자리에 선 채, 손끝으로 팔을 감싸 안았다. 조심스럽게 고개를 들어 천장을 바라보았다. 그리 높지 않은 천장이 왠지 멀게 느껴졌다.

22. 미자의 방

　미자는 오랫동안 자신의 방을 성역처럼 여겨 왔다. 창가에 놓인 하얀 커튼, 손때 묻은 책상, 그리고 오래된 베개에 남아 있는 자신의 숨결까지. 그 모든 것이 그녀를 지켜 주는 울타리였다. 그곳은 외부 세계의 혼란과 갈등, 기대와 실망으로부터 자신을 지키는 마지막 보루였다.
　하지만 요즘 들어 미자는 스스로에게 묻곤 했다. 이 방은 나를 지키는가, 아니면 가두는가.
　재일은 조심스레 그녀의 방에 발을 들였다. 미자는 담요 끝에 앉아 재일의 움직임을 바라보았다. 그의 숨소리가 방 안에 스며들 때마다, 미자의 심장은 더 빠르게 뛰었다. 두려움은 손끝부터 가슴까지 서서히 번졌다.
　그녀는 지금 이 순간에도 스스로를 설득하려 애쓴다.
　"괜찮아."
　그가 속삭였다. 하지만 그 말은 그를 향한 것이 아니라, 스스로에게 내뱉은 주문처럼 들렸다.
　미자는 머리맡에 놓인 작은 조명을 껐다. 어둠이 방 안을 가득 메웠다. 하지만 그 어둠 속에서 오히려 모든 것이 더 선명해졌다. 자신이 얼마나 두려워하고 있는지, 그리고 그 두려움의 깊이가 얼마나 오래된 것인지.

그녀는 조용히 이불을 당겼다. 그의 손이 다가왔지만, 미자는 아직 그 손을 잡을 준비가 되지 않았다.

"오늘 밤은… 그냥 이야기만 하면 안 될까예?"

"그라모 그리하입시더."

두 사람 사이에 흐르던 긴장이 서서히 풀렸다. 미자는 아직도 떨렸지만, 그 떨림을 솔직하게 마주한 것만으로도 조금은 자유로워졌다.

그리고 그 밤, 미자의 방은 처음으로 누군가와 함께 있었다.

둘은 그냥 가만히 있자고 말을 하였으나 둘의 손은 서로를 탐닉하고 있었다.

감정은 말로 제어되지 않았다. 서로의 손이 무의식처럼 다가가더니, 마침내 닿았다.

첫 접촉은 놀랍도록 조심스러웠다. 마치 부서질 것을 만지는 듯, 혹은 오래 기다려 온 것을 마주한 듯.

손끝이 맞닿는 그 순간, 두 사람은 동시에 숨을 삼켰다.

그의 손은 떨리고 있었다. 그녀의 온기가 피부에 전해지자, 억눌렀던 감정이 천천히 흘러나오기 시작했다. 단순한 육체적 접촉이 아니었다. 그는 오랜 시간 감추어 왔던 그리움과 미련, 혼란과 기대를 그 손끝에 담아 그녀를 더듬었다.

그녀 또한 다르지 않았다. 말로는 애써 담담하게 굴었지만, 그의 손길에 그녀의 심장은 금세 속도를 높였다.

'이건 하지 말아야 해.'

머릿속은 경고했지만, 몸은 이미 그의 체온을 기억하고 있었다.

그녀의 손이 그의 손등을 천천히 쓰다듬으며 지나갔고, 그 단순한 움직임 속에 말로 다 담을 수 없는 애틋함이 있었다.

두 사람은 여전히 아무 말도 하지 않았다. 그러나 눈빛은 더 깊어졌고, 손은 더욱 솔직해졌다.

말로는 끝낼 수 없는 감정이, 손끝에서 손끝으로, 한 사람의 심장에서 다른 사람의 심장으로 고요히 흘러갔다.

눈빛이 닿는 순간, 굳이 말로 하지 않아도 되는 어떤 감정이 마음속 깊은 곳에서 피어올랐다. 그저 한 걸음, 아주 조심스러운 한 걸음이었지만, 그 짧은 거리엔 지난 계절들의 설렘과 망설임, 그리고 아직 끝나지 않은 기다림이 담겨 있었다.

누가 먼저랄 것도 없이, 둘은 천천히 서로의 입술을 찾고 있었다. 바람도, 빗소리도, 세상의 모든 흐름도 그 순간만큼은 멈춘 듯했다.

숨소리마저 조용히 들려오는 그 짧고도 깊은 순간 속에서, 그들은 마침내 긴 시간의 틈을 넘어, 서로의 진심에 입을 맞췄다.

그녀의 눈동자가 가볍게 떨렸다. 그 떨림은 마치 바람결에 흔들리는 얇은 꽃잎 같았고, 그는 그 안에 담긴 조심스러운 갈망을 읽었다.

두 사람 사이엔 아직 한 줌의 거리감이 남아 있었다. 하지만 그 거리마저도, 곧 그 의미를 잃었다.

그의 손이 조심스럽게 그녀의 뺨을 감쌌고, 그녀는 눈을 감았다. 그 순간, 공기는 숨을 죽인 듯 고요했고, 심장은 제 존재를 증명하듯 요동쳤다.

입술이 처음 닿는 찰나, 따스한 물결이 두 사람 사이를 감싸 안았다.

그의 입술은 부드럽고도 조심스러웠다. 마치 너무 세게 닿으면 그녀가 사라질까 두려운 듯.

그녀는 처음엔 약간 놀란 듯 숨을 멈췄지만, 곧 그의 숨결에 자신을 맡겼다. 입술과 입술 사이에 감도는 열기, 호흡이 섞이고, 떨림이 전해지는 그 짧고도 긴 순간.

그는 그녀의 허리에 손을 감아 더 가까이 끌어당겼고, 그녀는 가볍게 그의 셔츠 자락을 움켜쥐었다.

시간은 그들의 입맞춤 속에 녹아 사라졌다. 그것은 단지 육체의 접촉이 아니었다. 그것은 그들이 마음 깊은 곳에 숨겨 둔 말들, 차마 꺼내지 못한 그리움과 기다림, 그리고 말없이 전하고 싶던 사랑이 입술을 통해 천천히, 조용히, 그러나 확실히 전해지는 순간이었다.

미자의 몸은 여전히 내봉촌 광심정의 그날을 기억하고 있었다. 그곳에서 처음으로 느꼈던 떨림, 낯설지만 거부할 수 없었던 끌림, 그리고 말없이 겹쳐졌던 두 사람의 온기. 시간이 흘렀음에도 불구하고, 미자의 살결은 그날의 바람과 햇살, 그리고 그가 던졌던 깊은 눈빛을 기억하고 있었다.

그들은 다시 마주했고, 시간이 만든 거리감은 뜻밖에도 그날의 기억 앞에서 너무 쉽게 무너졌다.

말이 필요 없었다. 그저 서로의 입맞춤 하나로, 그날의 감각이 되살아났다. 그 순간, 미자는 깨달았다.

사람의 몸은 때로 마음보다 더 정확하게 기억한다는 것을. 그들은 조심스럽지만 뜨겁게 다시금 몸을 맡겼다.

추억이 아닌, 지금 이 순간의 열기로. 광심정의 기억은 그저 과거의 한 페이지가 아니었다. 그날이 있었기에, 오늘의 떨림도 가능했던 것이다.

그리고 미자는 알았다. 어쩌면 이것은 둘의 사랑이 더욱 깊어지는 계기가 될 것이라는 사실을.

그래서 더 깊이, 더 절절히 서로를 안았다. 그들의 숨결이 엉키는 그 짧은 시간 속에, 내봉촌의 기억은 다시 한번 뜨겁게 피어오르고 있었다.

재일의 손과 입술은 그녀의 젖과 꿀이 흐르는 곳을 벌이 날아들듯이 들락거렸다. 마치 오랜 여정을 끝내고 돌아온 나비처럼, 그녀의 살결 위를 조심스럽고도 간절히 맴돌았다. 그의 입술이 닿을 때마다, 그녀는 숨을 삼키며 눈을 감았다. 그 숨결 하나에도 온몸이 깨어나는 듯했고, 속삭임 같은 손길은 잊고 있던 감각들을 일깨웠다.

그녀는 점점 더 깊은 갈망 속으로 빨려 들어갔다. 마음의 문을 열고, 몸의 울림을 따라, 이제는 그의 모든 것을 받아들이고자 했다. 마치 오랜 가뭄 끝에 기다렸던 단비처럼, 그녀는 재일이 완전히 다가오길 원하고 있었다. 그 둘 사이엔 이제 더는 막을 것도, 멈출 이유도 없었다.

이 순간, 두 사람은 서로의 숨결 안에서 녹아들며, 말없이도 가장 깊은 대화를 나누고 있었다.

그가 머뭇거리듯 입술을 그녀의 피부에 닿게 했을 때, 그녀는 조용히 숨을 들이켰다. 한기와 열기가 뒤섞인 듯한 감촉에 온몸이 전율했고, 미세한 떨림이 그녀의 심장을 두드렸다.

그의 입술은 점점 더 깊은 곳으로 향했고, 손길은 마치 벌이 향긋한 꿀을 찾아 꽃잎 속을 드나들듯, 그녀의 은밀한 곳을 들락거렸다. 그 움직임은 급하거나 거칠지 않았다. 오히려 절제된 욕망이 주는 감정의 고조, 천천히 익어 가는 열정 같았다.

그녀는 이제 더는 기다릴 수 없었다. 그저 받아들이고 싶었다. 그의 온기, 그의 무게, 그의 모든 것을. 그녀의 다리 사이에서 퍼지는 뜨거운 감각은 마치 태초의 기억처럼 생생했고, 그 안에서 그녀는 자신이 여전히 살아 있음을 느꼈다. 그녀는,

"아~ 재일 씨, 들어오이소."

그의 이름을 조용히 부르며, 스스로 문을 열었다.

재일은 잠시 그녀를 바라보았다. 그 눈빛 속엔 어떤 확신과 떨림이 공존했고, 그녀는 그 안에서 더는 숨을 곳이 없다는 걸 알았다. 마침내 그는 그녀에게 스며들었다. 마치 오랜 여행 끝에 집으로 돌아온 사람처럼, 조심스럽고도 단단하게. 그 순간, 방 안에는 아무 말도 없었지만, 가장 깊은 언어로 서로의 존재를 확인하고 있었다.

23. 재일의 분가

　미자는 땀이 범벅이 되어 아무 말 없이 누워 있다. 그녀의 머리카락 끝이 이불 위에 흩어져 있고, 재일이는 옆으로 누워 그녀의 어깨에 손끝을 올렸다. 그 손끝은 어떤 말보다도 분명하게 감정을 전했다.
　막 지나간 격렬한 순간은 그들의 피부 위에 아직도 남아 있었고, 그 후의 고요함은 마치 둘만의 시간 속에 남겨진 듯한 착각을 불러일으켰다.
　아직도 가슴속 깊은 곳에서는 방금 전의 잔향이 미세하게 흔들리고 있었다. 그녀는 머리를 돌려 옆에 누운 재일을 바라보았다. 땀에 젖은 이마, 약간 벌어진 입술, 그리고 고요히 오르내리는 가슴팍. 그 모습은 마치 전투를 마친 전사 같았고, 동시에 아기처럼 평화로웠다.
　"피곤하지예?"
　그녀가 속삭였다. 재일은 대답 대신 그녀의 손을 느릿하게 더듬어 자신의 가슴 위로 가져갔다. 따뜻한 체온과 심장의 고동이 손끝에 닿았다.
　두 사람은 말없이 서로의 숨결을 느꼈다. 뜨겁고도 격정적이었던 순간은 이제 한 겹의 여운으로 방 안을 채우고, 천천히 조용한 잠 속으로 가라앉고 있었다.
　미자는 눈을 감았다. 재일의 팔이 자신을 감싸 안는 느낌이 들자, 그녀는 아주 조용히, 그러나 깊게 안도하며 잠에 들었다.

밖에서는 바람이 나뭇잎을 스치고 있었다. 밤은 그렇게, 둘만의 세계를 조용히 감싸 안았다.

그들은 새벽이 되어 일어났다. 창밖은 아직 어스름했고, 골목 끝에는 가로등 불빛이 희미하게 깜빡였다. 차디찬 공기가 문틈으로 스며들어 왔다. 미자가 가볍게 기지개를 켜자, 재일이가 담배를 꺼내 들며 중얼거렸다.

"인자 집에 가 봐야 됩미더."

"벌시로예?"

말투에는 아쉬움이 묻어났지만, 목소리는 현실을 받아들이는 단단함이 있었다. 그는 허리를 펴고 자리에서 일어섰다. 재일은 가게 문을 열어야 했다. 오토바이 센터를 하루라도 쉬면 단골들이 돌아설까 봐, 그는 늘 이른 아침부터 정비복을 걸쳤다.

미자도 자리에서 일어나 머리카락을 대충 묶었다. 그녀에겐 출근 준비라는 또 다른 하루가 기다리고 있었다.

"재일 씨, 좀 기다려 보이소. 아침 잡숫고 가이소."

그녀의 목소리엔 정이 묻어 있었다. 어제 저녁 함께했던 따뜻한 시간이 떠오르는 듯, 미자의 눈빛엔 어딘가 미련이 어려 있었다.

재일은 미소 지으며 손을 내저었다.

"번거럽구로 아침은예. 고마 갈람미더."

그 말에 미자의 눈이 순간 흔들렸다. 그러나 곧 다시 말없이 주방 쪽으로 몸을 돌리며 말했다.

"지도 어짜피 아침 무야 되는데… 금방 합미더. 드시고 가이소."

그녀의 뒷모습을 바라보던 재일은 잠시 망설였다. 마음이 따뜻해지는 동시에, 그녀가 자신을 위해 더 무리하지 않길 바라는 마음도 들었다. 결혼하고도 이렇게 신경 써 줄 사람이라면, 굶고 살 걱정은 없겠다는 생각에 입가에 잔잔한 웃음이 번졌다.

그러나 이내 고개를 젓고 부드럽게 말했다.

"집에 가모 동생들 학교 가야 해서예. 같이 밥 무모 됩미더. 고마 갈께예."

미자는 고개를 끄덕이며 그를 배웅했지만, 마음 한쪽엔 여운이 남았다. 어제처럼 다시 한번, 사랑하는 사람에게 밥을 차려 주고 싶었다. 정성스레 지은 따뜻한 밥을 통해, 말로 다 하지 못한 마음을 전하고 싶었다. 하지만 재일은 그런 그녀의 마음을 알기에 되려 아침을 사양했다. 혹여나 그녀가 자신 때문에 바쁘고 힘들까 봐.

사랑은 꼭 큰 표현이 아니어도 되었다. 그렇게 두 사람은 서로를 생각하는 방식으로 하루의 시작을 조심스레 열고 있었다.

재일은 미자를 만나러 가는 내내 마음이 무거웠다. 손에 잡히지도 않는 말들을 머릿속에서 수없이 되뇌었다.

'미자 씨, 나 사실 가게를 옮기기 힘들어예.'

아니, 너무 무뚝뚝한가….

'조금만 기다려 주이소. 지금 상황이 좀….'

아니다, 그건 너무 변명 같았다.

하지만 미자를 마주한 순간, 준비했던 말들은 모두 허공으로 흩어졌다. 그녀가 그 특유의 잔잔한 미소를 띠고 재일을 바라볼 때, 그의 목은 타들어 갔고, 혀는 천근만근 무거워졌다.

말을 꺼낼 수 없었다. 미안함과 안쓰러움, 그리고 다 설명할 수 없는 따뜻한 무언가가 뒤섞여 가슴을 죄었다.

'미자를 위해 내가 좀 더 고생하지 뭐.'

그 순간, 재일의 마음은 조용히 내려앉았다. 현실의 무게는 여전했지만, 그 무게 위에 더 큰 것이 얹혔다. 미자 곁에 있고 싶다는 단순하지만 분명한 바람. 그 바람이 그를 움직였다.

그는 오토바이 가게 이사를 결심했다.

오토바이에 올라탔을 때, 새벽 공기는 이미 뺨을 싸하게 때렸다. 재킷 아래로 스며드는 바람은 마치 스스로를 향한 체벌 같았다.

'그래, 이건 내 선택이다. 누구 탓도 아니다.'

엔진에 시동을 걸고, 독산을 향해 달리기 시작했다.

헬멧 안에서는 온갖 생각이 소용돌이쳤다. 가게를 옮기면 손님은 줄어들겠지. 수리 도구들도 전부 옮겨야 하고, 새 자리 구하기도 쉽지 않을 것이다. 하루하루 버티는 삶인데, 그 하루가 더 버거워질 수도 있다.

하지만 이상하게도 마음 한편엔 따뜻한 온기가 피어올랐다. 미자를 위해, 아니, 둘을 위해 바꾸는 삶이라는 생각이 그를 위로했다.

집에 도착한 재일은,

"아, 추버라. 옴마, 밥 주소."

재일이가 부스스한 머리로 대문을 열고 들어오자, 어머니는 부엌에서 손을 털며 고개를 내밀었다.

"니는 밤새 오데 갔다가 아침에 들어오노? 움마가 걱정 마이했다 아이가."

재일이는 눈을 살짝 피하며 멋쩍게 웃었다.

"금방 할 말만 하고 온다는 기… 너무 늦어가 그서 자고 왔다 아입미꺼."

어머니는 아무 말 없이 그를 흘긋 바라보았다. 눈빛은 날카로웠지만, 입꼬리는 어딘가 미세하게 올라가 있었다.

"재일아. 니 전번에 얘기했던, 내봉촌에 차씨 처이하고 만나고 온 기가?"

재일은 잠시 뜸을 들이다가, 고개를 끄덕이며 대답했다.

"예, 옴마. 그 처이하고… 결혼할까 합미더."

순간, 부엌이 조용해졌다. 그리고 곧 어머니의 커다란 웃음소리가 집 안에 울려 퍼졌다.

"아이고, 우리 아들 결혼한다꼬!"

그 웃음에는 놀라움과 기쁨, 그리고 약간의 안도감이 섞여 있었다.

"아침부터 까치가 울어샀더마는, 니가 그 소리 할라꼬 그랬는가베!"

그 옆에서 찬물을 떠 오던 말숙이가 눈을 반짝이며 끼어들었다.

"오빠야, 장개가나?"

재일이는 그녀를 향해 희미하게 웃었다.

"그래, 나도 장개 한번 가 보자."

말숙이는 손뼉을 치며 좋아했다.

"아이고야, 나도 새언니 밥 얻어먹고 학교 댕기것네!"

그들 사이에는 작은 축하의 분위기가 피어올랐다. 하지만 재일이는 미자와 따로 분가해 살기로 한 결정을 차마 끝내 말하지 못했다.

결혼 후 분가하는 것은 재일이 입장에서는 어려운 일이었다. 그의 발목을 붙잡은 건 단순한 정이나 경제적인 이유가 아니었다. 그는 장남이었다. 그것도 1970년대, 모든 것이 '의무'로 굳어 있던 시절의 장남이었다.

당연하다는 듯 부모님의 공양은 그의 몫이었고, 해마다 돌아오는 조상님의 제사 역시 그의 책임이었다. 재일이의 어깨는 늘 무거웠다. 집안의 기둥으로 자라나야 했고, 그 기둥이 흔들려선 안 된다고 다들 믿었다. 심지어 재산 역시 장남에게 물려주는 게 관습이었던 시절이었다. 책임과 권리는 동시에 주어졌지만, 그 균형은 언제나 기울어져 있었다.

그래서 분가는 할 수 없는 입장이다. 재일이는 자신이 맡은 몫을 되새겨야 했다.

'내가 빠지면 이 집은 누가 지킬까', '어머니는 누가 모실까', '조상님 제사는 누가 지낼까'. 그런 생각들이 그의 발걸음을 집 밖으로 향하지 못하게 했다.

분가.

그 단어는 그의 머릿속에서 수백 번을 맴돌았고, 이제는 입 밖으로 꺼내지 않으면 터져 버릴 듯했다. 하지만 시대는 아직 그것을 용납하지 않았다. 장남이 어머니를 모시지 않고 따로 나가 산다는 것은, 그것도 멀쩡히 모친과 동생들이 살아 있는 상태에서라면, 동네 사람들 입방아에 오르기 딱 좋은 일이었다.

벌써부터 귓가에 웅성거림이 들리는 듯했다.

"아이구야, 지집에 미쳐서 모친도 버리고 나간다카네."

"어디 그런 놈이 사람대접을 받을 수 있것나?"

"동네 우사다, 우사!"

그는 그 모든 말을 감당할 준비가 되어 있었을까? 아니, 어쩌면 되어 있지 않았기 때문에 이렇게까지 오래 망설였는지도 몰랐다.

24. 미자의 시댁 인사

　겨울 방학이 시작되자, 미자의 남동생은 내봉촌의 집으로 내려갔다. 갑자기 조용해진 집 안에는 미자와 오빠 단둘만이 남았다. 그러나 오빠는 이상하리만치 집에 잘 들어오지 않았다. 이유를 묻지도 않았는데 친구 집에서 자고 온다는 말만 툭툭 던졌다. 미자는 그 눈치를 모를 리 없었다. 오빠가 자신과 단둘이 있는 게 불편하다는 걸.
　그럴 때면, 재일이 찾아왔다. 어느 날부터 자연스럽게 미자의 집에 드나들던 그는 점점 자주 그리고 더 오래 머물렀다. 마치 그 집이 자기 집인 양, 스스럼없이 신발을 벗고 들어왔고, 미자 곁에 조용히 누웠다.
　밤이면 방 안에는 희미한 전등불 아래 둘만의 숨소리가 가라앉았고, 재일은 늘 미자의 손을 잡고 잠자리에 들었다.
　며칠 후 갑자기,
　"미자야, 문 열어라~!"
　새벽안개가 채 가시지 않은 골목 끝에서 누군가 부르는 소리에 미자는 흠칫 놀랐다. 친구 집에서 자고 온다던 오빠가 느닷없이 집 앞에 나타난 것이다.
　"큰일 났어예…."
　미자는 숨을 죽이며 재일이에게 속삭였다.

"와예?"

"오빠가 왔어예!"

재일이의 눈이 순간 커졌다.

"빨리 옷 입으시소."

그는 바닥에 흩어진 옷가지들을 주섬주섬 입으며 말없이 고개를 끄덕였다. 미자는 손에 땀이 차는 것을 느꼈다.

"오빠가 방에 들어가모, 조용히 빠져나가소이."

"알겠습미더… 이상하게 생각합미더… 빨리 대문 여시소."

재일이는 말끝을 흐리며 방문을 살짝 열고 고요히 발을 뗐다. 방에서 나가 연탄을 재어 두는 연탄 창고 뒤로 몸을 숨겼다. 숨죽인 기척. 심장 소리만이 귀를 때렸다.

미자는 심호흡을 하고 대문 앞으로 나갔다.

"어이쿠, 오빠, 늦게 와 왔노? 친구 집에 있다더니…."

"다른 친구들이 너무 많아가 그냥 집으로 왔다. 너 왜 이렇게 늦게 문 여노?"

"자다 깼지예…."

오빠는 눈을 가늘게 뜨고 안으로 들어섰다. 방 안을 슬쩍 훑는 눈빛. 미자는 입가에 애써 웃음을 머금었지만, 뺨 근육이 떨리고 있었다. 그 짧은 순간이 마치 몇 분처럼 길게 느껴졌다.

"오빠, 밥은 묵었나?"

"괴안타. 친구하고 한 숟가락 했다."

오빠가 고개를 끄덕이고 방으로 들어갔다. 방문이 닫히는 순간, 미자는 그 틈을 노려 연탄 창고 쪽을 향해 조심스럽게 눈짓을 보냈다.

재일 씨, 조용히 나가소이… 제발, 들키지 마라….

그날 새벽, 미자는 평생 중 가장 길고 조마조마한 몇 분을 견뎠다.

그렇게 혼이 나고도 재일이는 또다시 미자의 집에 갔다.

"미자 씨, 올은 오빠가 안 오겠지예?"

미자는 웃으며,

"알 수가 있습미꺼. 또 친구들하고 있다가 올랑가."

"그날 억수로 놀랬습미더. 오빠가 몰매 때리모 우짭미꺼."

"뚜디리 맞는 것은 무섭는가베예."

그 소리를 하면서 미자는 미소를 지었다.

"그나저나 미자 씨, 인제 옴마한데 인사하러 가야 안 되겠습미꺼?"

그 말은 천천히, 그러나 무게 있게 그녀의 귓가에 내려앉았다. 마치 사방에서 잔잔히 퍼져 오는 물안개처럼, 말끝마다 현실이'라는 차가운 기운이 맴돌았다.

미자는 올 것이 왔다는 심정이었다. 벗어날 수 없는 길목 앞에 선 느낌. 피할 수 없다는 걸 알면서도 마음 한구석은 자꾸 뒤를 돌아보았다.

"인사예?"

그녀는 입술을 떼기조차 조심스러웠다.

"그래야 안 되겠습미꺼? 언자는 미자 씨와 떨어지가 있는 것은 지가 너무 힘들어예."

그 말에는 어딘지 모를 애원과 사랑이 뒤섞여 있었다. 그 말속에는 말하지 못한 백 가지의 감정들이 섞여 있다는 걸 미자는 잘 알고 있었다.

미자는 막상 망설여졌다. '시어머니 될 사람'에게 인사를 간다는 것이 단순한 인사, 방문, 예의의 차원이 아니라는 걸 그녀는 누구보다 잘 알고 있었다. 그것은 일종의 선언이자, 스스로를 운명의 굴레 속으로 들여놓는 행위였다. 선택지 없는 선택처럼, 한번 다녀오면 되돌아올 수 없는 강을 건너는 셈이었다.

머릿속으로는 수없이 인사를 가는 것을 생각을 해 봤다. 어떤 말을 해야 할지, 어떻게 고개를 숙여야 할지, 심지어는 입고 갈 옷의 색깔까지도. 그런데도 지금 이 순간, 그녀의 마음은 모래알처럼 흩어져 어디에도 닿지 못하고 있었다.

"그래도… 너무 갑작스러버서예."

그녀는 애써 웃으며 말을 꺼냈지만, 손끝은 떨리고 있었다.

재일은 미자의 손등 위에 조심스레 손을 얹었다. 따뜻한 체온이 전해졌다.

"미자 씨, 우리 둘이 결혼하려면, 움마의 허락도 받아야 하고 동생들도 보고, 인사는 결혼의 시작입니더."

시작.

미자는 그 단어를 마음속으로 천천히 되뇌었다.

이 길의 시작은 그녀가 정할 수 없는 길이었다. 그렇기에 더 무거웠고, 더 두려웠다.

그러나 언젠가는 가야 할 길이라면 오늘이 그날이 될지도 몰랐다.

"그리하입시더. 재일 씨 어머니한테 먼저 인사드리는 게 맞는 거 같네예."

"날짜는 운제 하는 기 낫겠습니꺼?"

잠시 생각하던 그녀는 고개를 돌려 창밖을 바라보며 말했다.

"지금이 12월인께네, 따뜻한 봄… 3월에 하는 기 좋겠습미더."

재일은 그녀의 손을 다시 잡으며,

"미자 씨, 결혼은 3월에 하고, 인사는 빨리 하입시더.'

그녀가 눈을 동그랗게 떴다.

"그런가예?"

"그라모 고마, 1월달에 우리 엄마 보고, 다음 달에 내봉촌 내려가서 미자 씨 부모님 보모 되겠네예."

"그리 빨리예?"

미자의 목소리에 놀람이 묻어났다.

재일은 단호하게,

"빨리 해야지. 이거 따지고 저거 따지고 하모, 계속 늘어나가 운제 결혼할지 모릅미더."

미자는 입술을 몇 번이나 달싹이며 조심스럽게 말을 꺼냈다.

"저기… 그거 있다 아입니꺼?"

재일은 고개를 돌리고 눈을 찡긋하며 미자의 얼굴을 바라봤다.

"뭐예? 괴안숩니더. 말을 하이소."

말끝을 흐리던 미자는 한참을 망설이다 결국 작은 목소리로 물었다.

"우리… 오데서 사는데예? 마산에 이사 오는 거, 맞아예?"

그 말에 재일의 가슴이 철렁 내려앉았다. 아직도 분가 문제에 대해 아무런 결정을 내리지 못한 자신이 떠올랐다. 그는 어머니에게 그 이야기를 꺼낼 용기가 나지 않았고, 시간만 보내고 있었다.

잠시 시선을 피하던 재일은 억지로 웃음을 지으며 말했다.

"일단… 옴마한테 인사드릴 때, 그때 이바구 할께예."

그 말에 미자는 고개를 천천히 끄덕였다. 짐작하고 있었다. 재일이 아직 어머니에게 분가 이야기를 못 꺼냈다는 걸. 그저 모른 척하고 있었던 것뿐이다. 마음 한편이 아리면서도, 미자는 다시 입을 다물었다.

작은 침묵이 방 안에 내려앉았다. 아직 말하지 못한 것들이 그 침묵 속에 가라앉아 있었다.

재일이는 미자의 따뜻한 숨결을 느끼며 이불 속으로 손을 뻗었다.

"그라모 언자 자입시더."

겨울밤의 정적 속, 어둠은 두 사람만의 작은 우주가 되었고, 그 속에서 재일이는 그녀의 입술을 더듬듯 찾아냈다.

처음엔 조심스럽고 느린 키스였다. 하지만 그 속에는 그동안 억눌려 있던 감정과 갈망이 고스란히 녹아 있었다. 숨결이 부딪히고, 심장이 빠르게 뛰었다. 이불 속은 어느새 뜨거운 열기로 가득 차 있었다.

시간이 멈춘 듯한 순간. 그 밤, 그 키스는 말보다 진한 고백이었고, 두 사람의 마음을 하나로 이어 주는 다리였다.

"오늘은… 안 되예."

미자의 목소리는 바람결에 실려 가듯 가늘고 단호했다. 그녀는 어두운 방 안에서 작게 떨고 있었다.

재일은 조용히 그녀를 바라보았다. 낮은 숨소리 사이로 한참을 망설이다가 물었다.

"와예?"

미자는 고개를 숙인 채 대답했다.

"생리합니더…."

재일의 표정이 일그러졌다. 그 말이 무슨 의미인지 모를 리 없었다. 하지만 그는 한 걸음 다가왔다.

"그래도 괴안습미더… 피 좀 나모 어때서예…."

그녀는 고개를 저었다.

"안 됩미더. 며칠만 참으소이…."

미자의 말은 애원에 가까웠다. 그러나 재일은 더 이상 기다릴 수 없다는 듯 말했다.

"지는… 못 참아예."

그 말과 동시에 그의 손이 그녀의 파자마 자락을 잡았다. 억지로 벗기려 하자 미자는 몸을 틀며 버텼다.

"안 되예! 냄새납미더…."

방 안에 잠시 정적이 흘렀다. 미자의 눈동자에는 두려움과 수치가 뒤섞여 있었다.

재일은 여자를 이해한다고 생각했다. 아니, 적어도 이해하고 있다고 착각했다. 스무 살을 넘기고 나서부터 그는 성에 대해 알 만큼 안다고 여겼다. 잡지에서 본 것들, 친구들 사이에서 오가는 말들, 그리고 몇 번의 짧은 경험들. 그게 전부였다.

하지만 그건 진짜 '이해'가 아니었다. 그저 흉내였고, 모방이었다. 성욕이라는 본능 앞에서 그는 언제나 자신만을 중심에 두었다.

그날, 그는 미자와 관계를 원했다. 그녀는 얼굴이 창백했고, 평소보다 말수가 적었다. 몸을 살짝 웅크리고 있던 그녀가,

"생리합미더."

재일은 무슨 뜻인지 정확히 알지 못했다. 어렴풋이 알고는 있었다. 생리. 여자들이 한 달에 한 번 겪는다는 그것. 하지만 그건 어디까지나 '불편한 날' 정도로만 이해하고 있었다. 관계를 피해야 한다는 건 생각조차

못 했다.

'그게 뭐 어때서?'

속으로 생각하며 그는 손을 뻗었다.

미자는 그의 손길을 피하며, 작게 한숨을 내쉬었다.

그 순간, 재일은 깨달았다. 자신이 아무것도 모른다는 것을. 아니, 모르면서도 안다고 믿고 있었다는 것을. 여자는 성욕의 대상이 아니라는 것, 그들에게도 몸과 마음이 있다는 사실을 그는 단 한 번도 제대로 배운 적이 없었다.

침묵이 흘렀다. 처음으로 그는 말문이 막혔다.

"미안합미더."

그는 결국 그렇게 말했다.

"지가 잘 몰라가예."

"괘안습미더."

둘은 그렇게 작은 소동 이후 손만 잡고 아침까지 있었다.

25. 미자 1월 3일 재일이 집에 가기로 했다

햇빛은 커튼 틈 사이로 조심스레 스며들며 부엌 바닥에 금빛 무늬를 그려냈다. 미자는 조용히 냄비 뚜껑을 열었다. 김이 피어오르며 익어 가는 된장국 냄새가 방 안 가득 퍼졌다. 그녀는 젓가락으로 국 안의 두부를 살짝 건드려 본 뒤, 다시 조심스레 뚜껑을 덮었다.

재일은 아직 누워 있었다. 어젯밤의 작은 다툼이 그를 깊은 잠으로 이끌었는지, 아니면 아직도 마음속에 맴도는 말들이 그를 이불 속으로 숨게 만든 건지, 미자는 알 수 없었다.

'그렇게까지 말하지 않아도 되는데 내가 너무했나….'

미자는 무심코 주걱을 쥔 손에 힘을 줬다.

그녀는 쌀을 씻어 밥솥에 넣고, 손등으로 물 높이를 가늠했다. 하루에도 수없이 반복해 온 익숙한 동작이지만, 오늘은 유독 무겁게 느껴졌다. 어쩌면 조용한 이 아침 때문일지도, 혹은 아직 잠에서 깨어나지 않은 그의 얼굴을 다시 볼 생각에 마음이 복잡한 것일지도 모른다.

부엌은 조용했고, 밥은 이제 곧 지어질 참이었다.

창밖으로 햇살이 살며시 비집고 들어오던 아침, 부드러운 목소리가 조용한 방 안을 깨웠다.

"재일 씨, 일어나이소!"

불쑥 던져진 말에 재일은 깜짝 놀라 눈을 떴다. 눈꺼풀이 무겁게 떠졌고, 머릿속은 아직 몽롱했다. 하지만 그 말 한마디에 곧바로 이불을 걷어차며 벌떡 일어섰다.

"몇 시인데예?"

그는 시계를 힐끔 바라보며 중얼거렸다.

"늦잠을 잤네예… 점빵 문 열어야 되는데, 우짜노…."

허겁지겁 옷을 주워 입는 손끝엔 조급함이 가득 묻어났다. 단추는 잘못 잠겨 있었고, 머리는 헝클어진 채였다. 문을 향해 성큼성큼 다가가는 찰나, 부엌에서 들려오는 따뜻한 음성이 그를 붙잡았다.

"재일 씨, 밥 들고 들어가면 됩니더. 아침 드시고 가이소."

잠시 멈춰 선 재일은 문가에서 다시 시계를 바라보았다. 고민의 눈빛이 잠깐 스쳤지만, 결국 이내 고개를 끄덕이며 말했다.

"안 되는데… 그라모, 퍼뜩 묵고 갈깨에."

그의 말끝에 미소가 살짝 묻어났다. 바쁜 일상 속에서도 아침 밥 한술 뜰 여유는 남겨 둔, 평범하지만 정겨운 시간이었다.

식사를 마치고 미자가 유리병 커피와 프리마 설탕을 가지고 나와 커피를 타면서,

"어머니한데 인사 가는 거예. 신정 때 3일 쉬께네, 그때 가면 되겠네예."

말을 마친 그는 커피잔을 들고 천천히 입을 축였다. 잔잔하게 퍼지는 김 사이로, 재일은 조용히 고개를 끄덕였다. 따뜻한 벽걸이 달력엔 동그라미가 쳐져 있었다. 1월 1일, 2일, 3일. 어느새 신정이 코앞이었다.

재일은 미자를 바라보며 조심스럽게 입을 열었다.

"한 열흘밖에 안 남았는데… 너무 빨리 가는 거 아입미꺼."

미자 역시 불안한 눈빛을 숨기지 못했다. 마음 어딘가, 보이지 않는 가느다란 줄이 살짝 당겨지는 기분이었다. 마치 그 줄 하나가 그녀의 감정을 팽팽히 조율하고 있는 듯했다.

'인사'라는 단어는 생각보다 묵직했다. 단순히 사람을 만나는 일이 아니었다. 가족이라는 말, 처음 마주하는 자리, 그리고 앞으로 펼쳐질 시간들. 그 모든 것들이 그 두 글자 안에 담겨 있었다. 미자는 속으로 몇 번이나 망설였다.

하지만 결국 마음을 다잡았다. 어차피 해야 할 일이라면, '매도 먼저 맞는 게 낫다'는 말처럼.

"2일이나 3일쯤 뵈러 가모 되겠어예."

창밖으론 겨울 햇살이 희끄무레하게 번지고 있었다. 바람이 지나갈 때마다 앙상한 나뭇가지들이 조금씩 흔들렸다. 눈은 내리지 않았지만, 그녀의 마음엔 하얀 점 하나가 조용히 내려앉는 듯한 느낌이었다.

재일은 고개를 끄덕이며 말했다.

"그라모… 3일날로 하입시더."

말은 담담했지만, 미자는 그의 표정에서 묘한 결심 같은 것을 읽을 수 있었다. 시어머니 될 사람을 처음 뵈러 가는 일. 생각보다 마음이 무거웠다. 떨림과 설렘, 긴장과 불안이 교차하는 그 자리. 미자는 입술을 꼭 다물고 창밖의 햇살을 가만히 바라보았다.

설날은 늘 혼란스러웠다. 어떤 해는 음력설이 조용히 지나갔고, 또 어떤 해는 양력 1월 1일이 마치 설날처럼 북적였다. 어른들은 "이제는 신정이 설이래" 하면서도, 정작 음력 설날 아침엔 조용히 차례상을 차리곤 했다. 그렇게 두 해를 맞는 듯한 기묘한 풍경은 사실 오래전부터 시작된 정부의 설날 강요 때문이었다.

1970년대, 정부는 양력 1월 1일을 신정, 곧 '설날'로 지정하며 이날 새해를 맞으라고 강요했다. 당시 정부는 이를 '단일과세 풍속 정착'이라 불렀지만, 그 이면에는 일제 강점기부터 내려온 낡은 논리가 자리 잡고 있었다. 바로 '이중과세(二重過歲)'라는 말이다. 얼핏 들으면 세금을 두 번 매긴다는 말 같지만, 사실은 새해를 두 번 쉰다는 의미였다.

일제는 "설을 두 번 쇠는 것은 시간과 자원의 낭비"라며 양력설만 인정하도록 만들었다. 해방 이후에도 이 논리는 사라지지 않았다. 1950년부터 1970년대까지 줄곧 정부는 음력설 쇠기를 비효율적이라며 비판했다. 특히 1974년엔 신정 연휴가 무려 3일이나 주어졌고, 정부는 대대적으로 '신정을 설날로' 홍보하며 국민 인식 바꾸기에 나섰다.

어릴 적 설은 늘 시끌벅적하고 따뜻한 풍경이었다. 새벽같이 일어나 차례상에 오를 전을 부치고, 아버지의 정갈한 손길로 진설된 음식 앞에서 어른들은 조심스런 절차를 따라 고개를 숙였다. 차례가 끝나면 어김없이 이어지는 음복 시간, 기름 냄새가 채 빠지지 않은 부엌에 앉아 웃으며 떡국 한 그릇씩을 나눠 먹었다.

하지만 이 평온한 풍경 뒤엔 꽤 낯선 역사 하나가 숨어 있다. 1953년, 전쟁의 포화가 채 가시기도 전 국무총리비서실은 설 명절의 '과세 방지'를 지시했다. 떡방아는 물론, 집에서 술을 빚는 일, 가축을 잡는 일까지 단속 대상으로 지정되었다. 설 명절에 떡을 찧지 말고, 고기를 사지도 말라는 얘기였다. 지자체마다 단속반이 꾸려지고, 동네 방앗간 셔터가 억지로 내려갔다.

설을 준비하던 할머니들의 분주한 손길이 멈췄고, 굳은 떡을 식칼로 내리치며 "이게 다 나라 때문이여"라며 혀를 찼던 이야기가 떠오른다. 누구나 새해 첫날은 풍성해야 한다는 믿음이 있었다. 차례상을 빈손으로 마주하는 일이란, 조상님 앞에 큰 결례였다.

1974년, 박정희 정부는 또다시 '신정 단일과세'를 밀어붙였다. 양력설에 떡국 먹기를 권장하고, 음력설에는 양곡과 육류 소비를 억제했다. 신정엔 차례를 지내도 좋지만, 구정엔 조용히 넘어가라는 뜻이었다. 행정자치부 문건엔 '신정 차례 권장 캠페인', '구정 소비 억제 방안'이란 단어가 적혀 있었다. 설의 본질이 바뀌고 있었다.

하지만 이중과세라는 정부 방침 속에서도, 사람들은 떡 방앗간을 찾았다. 굳이 떡을 찧고, 고기를 장만하고, 차례상을 꾸렸다. 손에 쥔 정부 문서보다, 마음에 새긴 풍속이 더 깊었다. 시대가 바뀌고 이름이 달라져도, 가족과 함께 앉아 떡국을 나누는 그 설날 아침의 온기는 여전히 사라지지 않았다.

마음이라는 건, 법령 하나로 바뀌지는 게 아니었다. 사람들은 겉으로는 신정을 설이라 불렀지만, 마음속 설날은 늘 음력에 있었다. 고향으로 가는 차편을 구해, 조용히 차례를 지내고, 웃으며 덕담을 나누는 건 여전히 음력 설날의 일이었다.

정부가 이중과세를 없애겠다며 벌였던 해프닝은 결국 시대의 흐름 속에 사라지고, 오늘날 우리는 다시 음력설을 공식적인 '설날'로 맞이한다.

조상의 숨결과 가족의 기억으로 이어져 온 그날의 떡국 냄새가 아직도 코끝에 아련하다.

26. 새 손님 맞이하기

　12월, 찬바람이 뼛속까지 시리게 한다. 마산 양덕동에서 출발한 재일은 두툼한 점퍼 깃을 세우고, 오토바이 핸들에 바짝 몸을 붙인 채 법수면 독산을 향해 달렸다. 바람은 매서웠고, 얼굴을 때리는 공기는 송곳 같았다.
　먼 데서부터 들려오는 오토바이 소리에 말숙이 어머니는 밖으로 나왔다.
　"재일아, 추븐데 니 새복에 오데 갔다 왔노? 내봉촌 처이 집에 갔더나?"
　어머니의 목소리는 바람을 뚫고 따뜻하게 울려 퍼졌다.
　재일은 오토바이를 세우고 헬멧을 벗으며 씩 웃었다. 그의 턱은 바들바들 떨리고 있었고, 귀 끝은 빨갛게 얼어 있었다.
　"움마, 어서 들어가시소. 감기 걸림미더."
　그 말에 말숙이 어머니는 미소를 머금으며 방 안으로 들어갔다.
　매섭게 몰아치는 찬 바람 속을 달려온 재일은 문을 닫으며 짧게 숨을 몰아쉬었다. 방 안은 밖과 달리 온기가 가득했다. 아랫목에 이불이 깔려 있었다.
　재일은 손을 비비며 방 한쪽에 놓인 아랫목에 털썩 앉았다. 몸이 슬며시 녹아들며 추위가 서서히 풀리는 느낌이었다. 얼었던 손끝에 온기가 돌기 시작하자, 마음 한편도 함께 따뜻해지는 듯했다.

몸을 좀 녹인 재일이는,

"옴마, 내봉촌 처이 미자가 옴마한데 인사하러 온다미더."

재일이 던진 말 한마디에 눈을 동그랗게 떴다.

"참말가! 아이구야~ 우리 아들이 언자 장개갈남갑다!"

그 소리에 큰방에서 이솝이야기 책을 읽다가 졸고 있던 말숙이가 눈을 번쩍 뜨며 재일이 방으로 쪼르르 달려왔다.

"오빠야, 장개가나?"

재일은 여유롭게 웃으며 쳐다보는 말숙이 머리를 쓰다듬었다.

"그래, 니도 언자 새언니 새로 생긴다이."

말숙이 눈이 휘둥그레졌다.

"뭐라삿노, 진짜가? 오빠야, 새언니 이쁘나?"

재일은 고개를 끄덕였다.

"그라모~ 하늘에서 내려온 천사다, 천사."

그 말에 말숙은 입을 비쭉 내밀며 뾰로통해졌다.

"그라모… 내보다 더 이쁘나?"

재일은 그제야 큰 실수를 깨닫고 소리를 삼켰다. 재빨리 태세를 전환하며 말숙의 어깨를 꼭 잡았다.

"오데, 오데 니보다 이쁜 여자가 세상에 오데 있노! 니가 이 세상에서 제일 이쁘지. 니는 선녀다, 선녀."

말숙은 대충 넘어가는 척하면서도 못 미더운 듯 눈을 가늘게 뜨고 재일을 바라봤다.

"오빠, 니 벌시로 새언니한데 홀리가 이리사모 야시한테 홀리거 맨치로 혼이 나가 삔거 아이가?"

그 말에 재일은 괜히 뜨끔하며 웃었다. 그러자 말숙이는 한술 더 뜬다.

"오빠, 니 너무 그리사모, 다음에 처갓집 가서 지둥뿌리 보고 절 허것 다이."

재일은 말숙이의 이마에 꿀밤을 살짝 먹이며 껄껄 웃었다.

"쪼매는 가서나가 못 하는 말이 없네."

말숙은 이마를 쥐고 투덜댔다.

"그래도 오빠야, 천사는 좀 그렇다, 다음부턴 선녀라 캐라. 천사보다 선녀가 더 이쁘다 아이가."

재일은 손을 들고 진지하게 대답했다.

"알았다, 알았다. 우리 집엔 천사도 긴장하는 선녀가 살제."

마당 한쪽 감나무에 햇살이 떨어지듯, 그들의 웃음소리가 바람에 실려 퍼져 나갔다.

말숙이 어머니는 웃음을 참으며,

"그나저나 색시는 운제 인사 온다 카더노?"

말숙이 어머니는 재일을 향해 물었다.

"신정 때, 삼 일 쉰다 캐서에. 그때 올라온다 카네에."

말숙이 어머니는 눈이 동그래져서는,

"신정? 며칠 남지도 않았는데, 그리 빨리 온다고?"

재일은 놀란 어머니의 표정을 보며,

"3월에 예식 올릴라 카모, 나도 미자 집에 인사하러 가야 되고 해서에."

"그래도 너무 빠르다 아이가. 새색시 될 사람이 오모 맨입에 못 보낼 끼고."

"옴마, 그런 거 필요 없서예. 고마 우리 묵는 밥에 숟가락 하나 더 올리모 됩미더."

말숙이 어머니는 혀를 껄껄 차며 고개를 저었다.

"니는 새색시한테 책잡힐 일 있나? 그리 허술하게 대접하모, 니도 나중에 며느리한테 그리 대접받는다."

재일은 어머니의 말에 슬쩍 웃으며, 뒷머리를 긁적였다.

"우째든 너무 이것저것 하지 마이소. 마이 해 나모 색시 놀랍미더. 맨날 그렇게 묵는지 알고."

"니는 아무 소리 하지 마라. 부엌살림은 내가 알아서 할 끼다."

그때 말숙이가 작은 소리로 웃으며 말했다.

"오빠야, 니 몰랐나. 우리 옴마 은근히 고집 세다이~"

말숙이 어머니는 하루 종일 자꾸만 부엌 앞에 멈춰 서게 되었다. 부엌문을 열고 들어가려다 말고, 두 손을 앞치마에 문지르며 혼잣말처럼 중얼거렸다.

"말숙아, 너거 새언니 오모 뭐 하모 좋것노?"

말숙은 어머니의 말에 웃음기 섞인 대답을 했다.

"옴마, 오빠가 묵는 밥에 숟가락 올리라 안 카더나. 그리하모 되지 뭐가 그리 걱정이고."

어머니는 눈썹을 찌푸리며 딸을 바라보았다.

"이놈에 가서나, 엄마가 물어보모 대답을 제대로 해야지. 뭐라 샀노?"

말숙이 손으로 입을 가리며 웃었다.

"옴마, 농담이다."

어머니는 어딘지 기분이 상한 듯, 헛기침을 하며 부엌 찬장 앞에 서서 그릇 하나를 꺼내 들었다.

"내가 니한테 물어보는 것은 요새 젊은 아들은 뭐를 묵는 것을 좋아하는고 싶어 물어본 거 아이가."

말숙은 어깨를 으쓱이며 말끝을 흐렸다.

"별다른 거 있나. 옴마가 좋아하는 거, 우리도 다 좋아하지."

"그라모 단술도 좀 하고, 잡채하고, 두부 만들모 되것나?"

말숙은 한 손으로 머리를 긁적이며 말했다.

"옴마, 그리 마이 할끼가? 와, 동동주도 담아삐지."

그 말에 어머니는 눈을 동그랗게 뜨고는 버럭 하셨다.

"이기 봐라. 또 헛소리하제. 한겨울에 동동주를 우찌 만드노? 누룩 넣어가 뽀글뽀글 할 때까지 할라쿠모 단지에 이불을 둘러씨야가 울매나 군불을 때야 하는지 아나? 니가 밤새도록 불 좀 때야 줄레?"

말숙은 슬며시 고개를 흔들었다.

"옴마, 막걸리 만들기가 그리 애렵는가베. 나는 그런 줄 몰랐다 아이가."

어머니는 못 들은 척 뒤돌아 찬장에 다시 그릇을 넣으며 말했다.

"씰데없는 소리 하지 말고, 내일은 조푸 만들고, 모레는 방앗간에 질금 좀 갈아 와서 단술 해야겠다. 니, 오데 놀러 가지 말고 내일 조푸 만들구로 부석에 불 좀 보래이."

말숙은 투덜대듯 말했다.

"옴마는 맨날 내만 시킨다이. 오빠도 있다 아이가."

어머니는 팔짱을 끼고 단호하게 말했다.

"너거 오빠는 좀 있으면 중학생 되는데 공부해야지."

잠시 숨을 고른 어머니는 또 한마디를 덧붙이셨다.

"그리고 머슴마들은 정지에 출입하는 기 아이다."

말숙은 입술을 삐죽 내밀었지만, 더 말대꾸는 하지 않았다.

그때는 그랬다. 남자는 농사일, 여자는 부엌.

남자가 부엌에 들어서는 일은 어색했고, 여자가 밥하고 빨래하는 일은 당연했다. 말숙이도, 말숙이 어머니도 그 당연함 속에서 하루하루를 살아냈다.

그러나 그날 이후, 말수가 줄어든 어머니는 자꾸만 음식 걱정을 했다.

새 식구가 들어오는 일은 기쁜 일이었지만, 어쩐지 자꾸만 더 깊은 고민이 따라붙는 일이기도 했다.

27. 말숙이 엄마와 두부 만들기

바깥은 이미 어둑어둑해지고 있었다. 초겨울의 해는 금세 저물었고, 작은 창문 밖으론 으스름한 어둠만이 깔려 있었다. 기름종이를 덧댄 창문 사이로 바람이 조금씩 스며들었지만, 방 안은 따끈한 아랫목 덕분에 포근했다.

방 한가운데에 놓인 둥근 밥상 위에는 콩이 한 소쿠리 수북하게 담겨 있었다. 촘촘히 깔린 솜이불 위에 두 다리를 오므리고 앉은 어머니는 콩을 하나하나 손에 쥐고 조심스럽게 들여다보았다.

"말숙아, 니도 이리 와서 콩 좀 골라라."

말숙이는 어머니와 소반에 마주 앉아 콩을 골라내기 시작했다. 콩 하나하나를 집어 들며 벌레 먹은 것, 색이 바랜 것, 쪼개진 것들을 조심스레 가려냈다.

"이런 것도 다 내삐야 되나?"

말숙이가 콩 하나를 들고 물었다.

어머니는 손을 멈추지 않은 채,

"그라모. 콩이 더러버모 맛도 없고, 매매 굳지도 않는다이."

말숙이는 고개를 끄덕이며 손놀림을 더 빠르게 했다. 어머니의 말이 마음속에 단단히 박혔다. 한 알의 콩도 허투루 보지 않겠다는 눈빛이었다.

콩을 다 고른 뒤 대야에 물을 받아 콩을 불렸다.

"요래 밤새 낳아 두모 콩이 억수로 불어난다이."

"옴마, 두부하는 기 와 이리 애럽노."

"아야, 언자 시작이다이. 내일 아적에 내하고 맷돌 좀 같이 돌리자."

"옴마는 힘도 없는 내보고 자꾸 일해라 삿노."

"니 말고 가서나가 누가 있노. 너거 큰엉가 불러가 시킬까?"

"옴마, 고마 내가 할꾸마. 엉가도 형부한데 눈치 보이가 못 온다."

다음 날 아침 어머니는 마루 한쪽에 놓인 오래된 맷돌 앞으로 자리를 옮겼다. 회색빛 돌은 세월의 흔적이 고스란히 배어 있었고, 매끄럽게 닳은 손잡이는 많은 날들을 말없이 견뎌 온 듯했다. 말숙이도 무릎을 꿇고 옆에 앉았다.

"말숙아, 같이 한번 돌리 보자."

"옴마, 어처구니가 없네."

"뭐라삿노, 엇저녁에 내가 꼽아 났는데."

말숙은 손 뒤에 맷돌 손잡이를 숨기고는 시치미를 뗐다. 그러곤 다시 손을 앞으로 내밀며,

"여 있네."

"움디 가서나, 오데 옴마하고 장난질이고. 퍼뜩 이리 안 주나."

"할마씨 성질 봐라. 옴마하고 장난 좀 친 거 가지고 더럽게 성질부리네."

말숙이 어머니는 입가에 미소를 지으며,

"알것다. 니가 없으모 웃을 일이 있나."

말숙이 어머니는 맷돌 윗부분의 구멍에 콩을 조금씩 집어넣고, 손잡이를 돌리기 시작했다. 맷돌은 천천히, 낮고 묵직한 소리를 내며 돌아갔다. 바닥으로는 하얗고 걸쭉한 콩물이 찔끔찔끔 흘러나왔다. 말숙이는 어머니의 손에 맞춰 반대 방향에서 손잡이를 잡았다.

둘이 함께 돌리는 맷돌은 점점 속도를 올렸고, 집 안에는 콩물의 고소한 향이 퍼지기 시작했다. 그 향은 말숙이의 코끝을 간질이며, 어디선가 들려오는 새소리처럼 마음을 따뜻하게 해 주었다.

"옴마, 이거 다 갈면 바로 두부가 되는 기가?"

"아이다. 아직 멀었다. 끓이고, 짜고, 간수 넣고… 그리해야 두부가 된다이."

어머니의 말에 말숙이는 잠시 생각에 잠겼다. 그러고는 다시 손잡이에 힘을 주었다.

맷돌이 돌아가는 소리, 콩물이 떨어지는 소리, 그리고 어머니의 숨소리까지….

그 모든 것이 어우러져, 오래도록 기억에 남을 한 장면이 되었다.

오후가 되어 아직 해가 지기 전, 연기는 굴뚝을 타고 하늘로 올랐다. 가마솥 앞에 선 말숙이 어머니, 그리고 그 곁에는 긴 머리를 질끈 묶은 말숙.

가마솥 위에 콩나물시루를 올리는 나무를 걸쳐 놓고, 곱게 간 콩을 광목 자루에 넣어 그 위에 올린 다음 콩물과 비지를 걸러낸다. 그리고 걸러낸 콩물을 불을 때어서 삶는다.

"엄마, 이거 다 하면 진짜 두부가 되는 기가?"

"그렇지. 콩은 그냥 콩이 아잉기라. 불도 만나고, 물도 만나고, 우리 손도 만나야 진짜 두부가 되는 기지."

어머니는 커다란 나무 주걱으로 콩물을 휘저으며 말한다. 커다란 가마솥 안에서 희뿌연 거품이 피어오르기 시작한다. 말숙은 눈을 동그랗게 뜨고 그 장면을 바라본다.

"우리 말숙이가 부석에 불도 때어 주고 물도 날라 주고 해서 오늘 조푸는 더 맛있을 끼다."

"옴마, 꼭두새복부터 사 깨고 그리삿노. 지발 사람 좀 살자. 천천히 해도 된다 아이가?"

"니는 또 그런 말 하제. 늦게 시작하모 운제 다 마치노. 한밤중까지 할 끼가?"

"그래도 아침에 지발 좀 자자, 옴마~"

말숙은 그렇게 말하고 어깨를 으쓱하며 웃는다.

"엄마, 근데 이거 와 이리 오래 끓여야 되노?"

"마이 안 끼리모 콩 비린내 난다 아이가."

그 말을 듣고 말숙은 조용히 가마솥 옆에 앉는다. 불빛이 그녀의 얼굴을 오렌지색으로 물들인다. 어머니는 콩물에 작은 병에서 꺼낸 하얀 결정체를 조심히 녹여 간수를 만든 뒤 콩즙에 붓는다. 말숙은 숨을 죽이고 그 모습을 바라본다.

따스한 김이 부엌을 가득 채웠다. 콩물의 뽀얀 기운이 방 안 구석구석까지 스며들었다. 가마솥 끝에 앉은 어머니는 조심스레 거름망을 들고, 응고되기 시작한 두부를 바라보았다. 그 속엔 아직도 미묘한 떨림이 남아 있었다.

말숙은 마법 같다는 듯 그 과정을 바라본다. 하얗게 일렁이는 콩즙은 점차 부풀고, 덩어리가 되기 시작한다.

"와… 진짜 된다! 우와, 신기하다!"

잠시 후에 순두부처럼 엉기기 시작하면 사각 틀 안에 모시보를 깔고 콩물을 붓는다.

"언자 살살 되 간다."

속삭이듯 혼잣말을 한 말숙이 어머니는 무거운 돌을 꺼내 들었다. 손때 묻은 낡은 돌이었다. 어머니가, 그 어머니가 쓰던 것을 고스란히 물려받은 것. 무게를 가늠하며 조심스레 두부 위에 얹었다. 그 순간, 무언가 제자리를 찾아가는 소리가 들리는 듯했다. 숨죽였던 콩의 알갱이들이, 이제야 자신이 두부가 되었노라고 속삭이는 소리.

잠시 후, 바람이 창틈 사이로 스며들자, 두부가 식은 것을 느꼈다. 손끝으로 살짝 눌러 보니, 차가운 기운이 전해져 왔다.

이윽고 어머니는 찬물 한 대야를 준비해, 다 굳어진 두부를 조심스레 들어 올렸다. 한쪽 모서리부터 천천히 물속에 담갔다. 맑고 투명한 물속에서 두부는 마치 숨을 돌리는 듯했다. 간수가 빠져나가며, 두부는 더욱 단단해지고, 또 한층 고요해졌다.

며칠 뒤, 미자가 오면 반찬을 만들어 내어 놓으려고 말숙이와 어머니는 열심히 두부를 만들고 있다.

"언자 방앗간에 가서 질금 좀 갈아 와야것다."

말숙이 엄마는 허리를 펴며 중얼거리며 말했다. 방 안에 있던 말숙이는 고개를 들었다. 한 손에는 색연필, 다른 한 손에는 방학 숙제장이 들려 있었다.

"말숙이, 니 할 일 없으모 엄마 따라가 볼끼가?"

엄마의 말에 말숙이는 바람이 부는 추운 날에 십 리 길을 걸어가기가 싫어서 핑계를 댄다.

"움마 혼자 댕기 오이라. 나는 방학 숙제 좀 해야 된다."

엄마는 살짝 웃으며 고개를 끄덕였다.

"그래, 그라모 이거 갈아 오는 데 얼매 안 걸릴 끼다. 니 혼자 있거라이."

"움마, 알것다. 잘 댕기 오이라."

질금이 담긴 자루를 다라이에 얹고 머리에 이고 천천히 마당을 나서는 엄마의 뒷모습엔 오랜 익숙함이 묻어났다. 말숙이는 조용히 창밖을 바라보다가 다시 숙제장에 시선을 떨어뜨렸다. 햇살은 그녀의 머리카락을 따라 금빛으로 번졌고, 바람은 마당 끝 장독대 사이를 유유히 지났다.

한편, 엄마는 마을 어귀를 돌아 방앗간 쪽으로 걸음을 재촉했다. 머리에 무게가 실릴수록 고단했지만, 익숙한 길 위의 발걸음은 어쩐지 가벼워 보였다. 방앗간 앞에 다다르자 기계 돌아가는 소리, 갓 빻아낸 고소한 냄새가 엄마의 코끝을 간질였다.

"웅가, 질금 갈러 왔습니더."

"어이구, 말숙이 에미 아이가. 질금은 와? 집에 누가 오나?"

"우리 재일이가 여자 데리고 온다 카네예."

"재일이 사장 언자 장개갈랑가베."

"모르겠심더. 우짤랑가."

"뭐라 샃노. 인사하러 오모 장개가는 거 아이가?"

"그렇키는 하지예."

방앗간 주인아주머니와 인사를 나눈 뒤, 말숙이 엄마는 질금을 내려

27. 말숙이 엄마와 두부 만들기

놓고 잠시 숨을 돌렸다.

 방앗간은 늘 그 자리에 있었다. 어릴 적엔 어머니를 따라 오던 길, 이제는 홀로 머리에 이고 걷는 길이 되었다.

 기계가 돌아가고, 질금이 고운 가루로 변하는 동안 엄마는 문득 생각했다.

 '말숙이는 뭐 하고 있노?… 숙제는 잘 하고 있을랑가?'

 그 시간, 말숙이는 종이에 '우리 엄마'라는 제목을 써 놓고 펜을 멈추고 있었다. 갑자기 생각난 듯 그녀는 창밖을 바라보았다. 엄마가 돌아올 시간이 머지않았다. 고운 햇살 아래를 걸어올 그 모습을, 말숙이는 누구보다 잘 알고 있었다.

28. 말숙이 엄마의 죽음

 다음 날 새벽, 말숙이 어머니는 단술을 만들기 위해 쌀을 씻으러 장독대로 나갔다. 그날따라 매서운 겨울바람이 살을 파고들었다. 새벽 다섯 시. 해는 아직 코빼기도 비추지 않았고, 장독대 옆 감나무 그림자만이 희미하게 담벼락에 얼룩져 있었다.
 발끝이 시려워진다 싶을 즈음 말숙이 어머니는 허리를 굽혀 장독 뚜껑을 열다 말고 손을 이마로 가져갔다.
 어지럽다.
 눈앞이 희미하게 흔들리며, 땅이 가만히 있지 않고 출렁이는 듯했다.
 '어제 두부 만든다고 너무 무리했나….'
 그녀는 속으로 중얼거리며 숨을 크게 들이마셨다. 며칠 전부터 느껴지던 묘한 불안감이 다시금 몸 안에서 꿈틀댔다.
 그 순간, 또 한 번의 현기증이 몰려왔다. 이번에는 아예 중심을 잡지 못하고 몸이 휘청거렸다. 그녀는 장독을 붙잡으려 손을 뻗었지만, 손끝은 허공만을 스쳤다.
 텅—
 장독대에 머리를 부딪히는 둔탁한 소리가 어둠 속에 가라앉았다. 그녀의 몸이 천천히, 마치 실이 끊긴 연처럼 무너져 내렸다. 새벽 공기는 싸늘했고, 멀리서 개 짖는 소리가 무심하게 들려왔다. 생명과 무관한 듯한 그 소리는 찢어진 고요 위로 건조하게 흘렀다.

마당의 흙은 밤사이 내려앉은 이슬로 젖어 있었고, 장독대 주변에는 김이 다 빠진 발효 냄새가 잔잔히 퍼지고 있었다. 아무도 깨지 않았다. 자식들은 여전히 따뜻한 이불 속에서 깊은 잠에 빠져 있었다.

그녀는 옆으로 쓰러진 채, 아랫입술을 떨며 눈꺼풀을 간신히 들어올렸다. 뭔가 중요한 것을 잊은 듯한 불안이 가슴을 저며 왔다. 피가 식어가는 몸 안에서, 마지막처럼 남은 생각이 떠올랐다.

'안 돼… 아직… 죽을 순 없다이… 말숙아….'

어머니는 속으로 간절히 외쳤다. 하지만 마음과 달리, 몸은 차가운 땅 위에서 조금도 움직이지 않았다. 속이 끓는 듯했다. 가슴 어딘가가 조각조각 갈라져 피어오르는 통증은 몸의 고통과는 다른 것이었다. 육체는 한계에 다다랐지만, 마음은 아직 버티고 있었다. 아니, 버텨야만 했다. 그녀에겐 아직 돌아가야 할 이유가 있었으니까.

눈을 감자, 아이들의 얼굴이 떠올랐다.

막내 말숙이가 울면서 품에 안겨,

"엄마, 가지 마."

하던 목소리. 무심코 흘려보냈던 그 말이 지금은 가시처럼 가슴을 찔렀다.

큰아이가 자는 얼굴에 송골송골 맺혔던 땀방울을 닦아 주던 밤, 그 조용한 순간의 평화. 그 따뜻함을 지켜내지 못한 자신을, 말숙이 어머니는 마음속으로 수없이 자책했다.

쉰두 살인 그녀는 어린 말숙이를 위해서라도 아직은 살아야 했다.

'왜 나는… 왜 그때 조금 더 잘해 주지 못했노.'

조그맣게 뻗어 오던 아이들의 손. 그 손이 이젠 자신을 더는 잡을 수 없다는 사실이 그녀를 미치도록 괴롭게 만들었다. 아이들이 잠에서 깨어났을 때, 어머니가 없다는 사실을 알아차릴 그 순간…. 그걸 상상하는 것만으로도 가슴이 갈라지고, 숨이 막혔다. 그 작고 여린 말숙이가 느낄 상실감, 두려움, 혼란. 어머니는 그 모든 감정을 고스란히 자신이 끌어안아야 할 죄로 여겼다.

그녀의 눈동자는 점점 흐려지고 있었다. 시야는 뿌옇게 흐트러졌고, 숨결은 갈라진 입술을 통해 거칠게 새어 나왔다. 무기력하게 땅에 닿아 있는 손끝을 간신히 꿈틀거렸다. 일어나야 해. 일어나야 해. 속으로 백 번, 천 번 되뇌었지만, 육신은 이미 배신을 시작한 지 오래였다.

그녀의 내면은 고요한 절규로 가득했다. 아이들에게 다 해 주지 못한 수많은 일들이 머릿속을 스쳐 지나갔다. 같이 걷기로 했던 봄길, 함께 만들기로 했던 단술, 마지막으로 불러 주지 못하는 이름들….

"미안하다, 야~들아…."

그 말이 조용히, 그러나 깊게 그녀의 심장 한복판에서 터져 나왔다. 더는 말할 힘조차 없었지만, 그 말만큼은 꼭 남기고 싶었다. 그래야 덜 억울할 것 같았다. 그래야 혹시라도, 저 먼 하늘 너머에서라도 아이들이 그 마음을 알아줄 것 같았다.

차가운 이슬인지, 뜨거운 눈물인지 모를 물방울이 그녀의 눈가를 타고 흘러내렸다. 새벽은 무심했다. 세상은 여전히 돌아가고 있었고, 하늘은 조금씩 밝아오고 있었다.

재일이는 오토바이 센터 문을 열기 위해 몸을 일으켰다. 매일 아침처럼 어머니가 따뜻한 밥을 차려 놓고 그를 깨우러 올 줄 알았다. 그러나 집 안은 적막했다.

"옴마?"

그는 낮게 불렀다.

안방을 들여다보니 말숙이만 깊이 잠들어 있었다. 부엌도 비어 있었다. 이상한 예감이 들었다. 그는 신발을 신으며 밖으로 나갔다. 싸늘한 공기가 뺨을 스치고, 안개처럼 옅은 새벽빛이 마당을 덮고 있었다.

그때였다.

장독대 쪽, 희미한 형체 하나가 눈에 들어왔다. 처음에는 눈을 의심했다. 하지만 가까이 다가가자, 그 모습은 선명해졌다. 어머니였다. 장독대 옆에 누운 채, 차가운 땅에 몸을 기댄 그녀.

"옴마!"

재일이는 눈이 번쩍 뜨인 채 달려갔다.

그녀의 어깨를 흔들었다. 차갑고 축 처진 몸. 대답이 없다. 그 순간, 어둠은 더 깊어졌고, 재일이의 숨결은 떨리기 시작했다.

어머니는 이미 아무 말도 하지 않았다. 새벽의 정적 속에서, 그녀는 조용히 삶의 끈을 놓고 있었다.

재일이는 떨리는 손으로 어머니의 어깨를 다시 한번 흔들었다. 차가운 공기 속에서도 어머니의 몸은 이상할 정도로 더 차갑게 느껴졌다.

"옴마…."

그의 목소리는 바람에 실려 흩어졌고, 대답은 돌아오지 않았다.

조심스럽게 어머니의 얼굴을 들여다본다. 눈은 감겨 있었고, 입술은 굳어 있었으며, 그토록 익숙하던 미소는 온데간데없었다.

"옴마, 눈 좀 떠 보이소… 옴마…."

재일은 무릎을 꿇고 바닥에 쓰러진 어머니를 부둥켜안았다. 눈물이 어느새 두 뺨을 타고 흘러내렸다. 마른 목구멍에서 찢어질 듯한 울음이 터져 나왔다.

"옴마아아아—!"

그 한마디는 절규였다.

세상에 홀로 남겨진 듯한 외로움이, 이해할 수 없는 이별의 실감이, 어린아이처럼 떨리는 그 외침 속에 담겨 있었다.

그러나 어머니는 아무 말도 하지 않았다. 아무런 반응도, 따스한 손길도 없었다. 시간은 멈춘 듯 고요했고, 슬픔만이 방 안을 가득 채우고 있었다.

말숙이는 새벽녘, 어스름한 빛이 벽지를 스치기 시작할 무렵, 갑작스레 들려온 울부짖는 소리에 눈을 떴다. 낯선 고함과 흐느낌이 방 안을 가득 채우고 있었다. 그녀는 이불 속에서 몸을 일으켜, 어둠 속에서 흐릿하게 떨고 있는 재일이의 뒷모습을 바라보았다.

"재일이 오빠…?"

목소리는 거의 들리지 않을 정도로 작았고, 떨림으로 가득 차 있었다.

아직 국민학교 3학년인 말숙이는 모든 상황이 믿기지 않았다. 방금까지 꿈이었기를 바랐다.

엄마는 아무 예고도 없이 쓰러졌다.

어제까지만 해도 말숙이와 두부를 만들었고 밤에는 말숙이 머리를 빗

겨 주며 가위를 들고 와,

"앞머리는 눈썹 위에서 잘라야 예쁘다이."

하고 웃던 그 손이, 오늘은 차가운 땅바닥에서 움직이지 않았다.

말숙이의 시간은 거기서 멈췄다.

마치 텔레비전이 갑자기 꺼진 듯, 모든 소리가 멀어지고 세상이 정지된 것 같았다.

엄마는 눈을 감고 말이 없었다. 그 손을 만졌을 때, 이상하리만큼 차가웠다. 늘 따뜻하고 바쁘던 그 손이, 전혀 엄마 같지 않았다.

말숙이는 두 손으로 엄마의 손을 꼭 잡았지만, 아무런 반응이 없었다.

"옴마…."

하고 불러도, 대답은 오지 않았다.

그 순간, 말숙이의 머릿속에서 무언가 '퍽' 하고 부서졌다. 무서운 상상이 고개를 들기 시작했다. 엄마가 다시는 일어나지 않을 수도 있다는 것. 엄마가, 진짜로, 정말로, 영원히 사라질 수 있다는 것.

그녀는 도무지 믿을 수 없었다. 어떻게 그렇게 순식간에 사람이 사라질 수 있는 걸까. 분명히 어제까지 살아 있었는데. 숨도 쉬고, 밥도 먹고, 잔소리도 하고 웃고….

이건 너무 불공평하다고, 어른들이 잘못 알고 있는 거라고, 엄마가 곧 눈을 뜰 거라고 말하고 싶었다.

하지만 가족들이 하나둘 말이 없어지면서, 말숙이는 깨달았다. 이 모든 것이 진짜라는 것을.

아직 열 살밖에 안 된 말숙이에게 '죽음'은 이해의 영역이 아니었다. 그건 그냥, 말로는 설명할 수 없는 공백이었고, 세상이 갑자기 비뚤어지고 낯설어지는 감각이었다.

그녀는 두려웠고, 혼란스러웠고, 무엇보다도 외로웠다. 이제 더 이상, 엄마라고 부를 사람이 없다는 사실이 너무 두려웠다.

근처 동네 삼태에 살고 있는 말숙이 큰언니에게 작은오빠는 숨이 턱에 차도록 달려갔다. 뺨은 달아올랐고 눈엔 눈물이 어렸다. 문 앞에서 그는 헐떡이며 외쳤다.

"누야, 옴마가 죽었다!"

말숙이 큰언니는 부엌에서 밥을 하던 손을 멈췄다. 뚜껑을 열어 놓은 냄비 속 쌀이 보글보글 끓고 있었지만, 그 소리는 이미 그녀의 귀에 들리지 않았다. 그녀는 놀란 눈으로 제 동생을 바라보며 물었다.

"뭐…? 옴마가 와 죽어?"

그 말은 믿을 수 없는 일이었다. 믿고 싶지 않은 일이었다. 그녀의 손은 부들부들 떨렸다. 순간, 옆방에 있던 말숙이 형부도 인기척을 느끼고 나왔다.

"무슨 일이고?"

그는 물었고, 큰언니는 대답 대신 눈빛으로 그를 바라보았다.

"가자."

그가 짧게 말했다.

그들은 망설이지 않았다. 큰언니는 앞치마도 벗지 못한 채, 형부는 양말도 신지 않은 채, 동생을 따라 말숙이 집으로 달려갔다.

아침 햇살은 그들을 무심하게 비췄고, 마을은 조용했다. 세상은 평온해 보였지만, 그들의 가슴속에는 폭풍이 몰아치고 있었다. 그들이 도착한 말숙이 집 앞엔 문이 반쯤 열려 있었고, 그 안에서 흐느끼는 소리가 새어 나왔다.

　말숙이의 울음은 방 안 가득히 번졌고, 그 소리는 큰언니의 심장을 뚫고 들어왔다. 이제는 정말이라는 걸, 되돌릴 수 없다는 걸, 모두가 느낄 수 있었다.

29. 말숙이 엄마의 장례

말숙이가 처음 죽음을 마주한 건 다섯 살 때였다. 그땐 세상이 왜 그렇게 조용해졌는지도 몰랐다.

사람들이 집 안에 가득 모여 있었고, 어른들이 번갈아 가며 말숙이 머리를 쓰다듬을 때마다 이상하게 마음이 더 불안해졌다.

"너거 아부지는 인제 멀리 가뻣다이."

누군가 그렇게 말했지만, 말숙이는 그 말이 무슨 뜻인지도 몰랐다. 제일 큰언니와 18살 차이가 나고 바로 위의 오빠하고도 4살 차이가 나는 일명 늦둥이였다. 그러다 보니 부모와 일찍 이별하는 것이 당연한 것이었다.

열 살 난 소녀, 말숙은 조용히 방 한구석에 앉아 있었다. 창문 밖으로는 이제 햇살이 부드럽게 들어오고 있었지만, 방 안은 차가운 공기로 가득 차 있었다. 엄마는 방에 누워 있었다. 그녀는 이제 더 이상 움직이지 않았다. 엄마가 잠든 것인지, 아니면 다른 무언가가 그녀를 깊은 곳으로 이끌었는지 알 수 없었다. 눈을 감고 있는 엄마의 얼굴은 평화로워 보였지만, 말숙은 그 평화로운 얼굴을 보고 마음속에서 무엇을 해야 할지 몰랐다. 너무 많은 감정이 그녀를 압도하고 있었다.

말숙은 종종 엄마와 함께 손을 맞잡고 세상을 돌아다녔다. 학교가 끝나고 집에 돌아오면, 엄마는 항상 따뜻한 미소로 자신을 맞아 주었다. 그런데 이제 그 미소는 더 이상 그녀에게 돌아오지 않을 것 같았다. 말숙은 그 사실을 받아들이기 힘들었다. 아직도 그 미소가 눈앞에 떠오르며, 그 미소를 마지막으로 보고 싶다는 마음이 들었다.

"엄마…."

말숙은 작게, 거의 들리지 않게 불렀다. 하지만 엄마는 대답하지 않았다. 옆으로 다가가 손을 얹었다. 차가운 손목을 느꼈을 때, 그 차가움이 마치 세상 모든 온기를 앗아가 버린 것처럼 느껴졌다.

말숙은 앉은 채로 몇 분을 그대로 있었다. 시간은 흐르고 있었지만, 그 시간은 너무 길게만 느껴졌다. 그녀의 머릿속에서 혼란스러운 생각들이 빠르게 교차했다.

'와 움마가 떠난 기고?'

'움마는 왜 나를 남가 놓고 가삣노?'

'움마가 다시 돌아올 수는 없는 기가?'

그녀는 눈을 감고 그런 생각들이 더 이상 떠오르지 않기를 바랐다.

말숙은 경대 옆에 놓인 작은 인형을 집어 들었다. 엄마와 함께 만든 인형이었다. 엄마는 항상 그녀에게 이야기했다.

"이 인형은 너와 나의 친구다이. 힘들 때마다 이 인형을 껴안으면 내 마음이 너에게 닿을 끼다."

말숙은 인형을 가슴에 품고 눈물을 삼켰다.

"움마, 언자 내 혼자서 우짜라꼬? 움마가 없으면 나는 우째야 되노, 움~마~~?"

그녀는 엉엉 울고 말았다.

말숙은 문을 열어 밖을 보았다. 바람에 흔들리는 나무들이 그날의 기억을 떠올리게 했다. 엄마와 함께 악양 둑방에서 걸었던 그 길도, 웃으며 이야기하던 순간도 모두 사라져 버린 것 같았다. 이제 그녀의 세상은 텅 비어 있었다.

엄마의 죽음이 무엇을 의미하는지 완전히 이해할 수 없었다. 그러나 말숙은 그것이 더 이상 되돌릴 수 없는 일이라는 것만은 알았다.

"움마, 미안타. 내가 더 잘해 주지 못해서…."

말숙이는 가슴속 깊이 억눌렀던 말을 꺼내며 눈물을 흘렸다. 그 말은 그녀의 가슴속에 쌓여 온 죄책감과 후회의 결정체였다. 모든 것이 너무 늦었다는 걸 알면서도, 그 말을 꼭 전하고 싶었다.

"움마, 움마, 우리 움마, 질금 갈아로 같이 가자 할 때 같이 갈구로…."

말숙이는 울먹이며 엄마의 얼굴을 들여다보았다.

말숙은 엄마의 품에서 힘없이 울고 있었다. 그의 작은 몸은 엄마의 품에 꼭 붙어 있었고, 눈물은 그의 얼굴을 타고 흐르며 끝없이 떨어졌다.

"엄마… 엄마…."

말숙은 말문이 막힌 채 목이 터져라 울었다. 그 울음소리는 마치 세상 모든 슬픔과 고통이 응집된 듯했다.

엄마의 품에 얼굴을 묻고, 말숙은 손을 꼭 쥔 채 몸을 떨었다. 그의 작은 가슴은 크게 오르내리며, 숨이 고르지 못했다. 말숙은 더 이상 말을 할 수 없었고, 그저 울음만이 그의 입을 대신했다. 눈앞에서, 세상에서 가장 큰 존재였던 엄마가 그에게 아무런 위로를 줄 수 없다는 사실이 고통스러웠다.

"왜, 왜 움마는 안 일어나는 기고?"

말숙은 또 한 번 물어보았지만, 이 세상에는 답이 없었다. 엄마의 품에서 느껴지는 마지막 온기마저 서서히 식어 가고 있었다.

말숙이 엄마가 세상을 떠났다는 소식은 남강 물처럼 조용히 번졌다. 세찬 눈물도 없이, 다만 말숙이의 뺨을 타고 조용히 흐르는 물방울처럼.

장례를 치르기 위해 대산 장포를 떠나 마산 성호동에 살고 있는 말숙이 할머니를 쌀집 하는 고모가 모시고 독산으로 왔다.

부산에서 신발 공장을 하던 작은아버지도 공장을 다른 사람에게 맡기고 내려왔다.

대산 장포에서 나룻배를 타고 친척들도 도착했다. 차에 흙냄새를 싣고 온 그들은, 오랜만에 마주한 서로의 얼굴을 보며 그간의 세월을 잠시 되돌아보았다. 아이들은 자라 있었고, 어른들은 늙어 있었다. 죽음은 그런 것들을 환기시켰다.

부엌에서 음식을 하느라 불을 때니 방 안은 매캐한 연기로 가득했고, 말숙이는 이제 어머니의 손을 꼭 잡은 채 울지도 못하고 있다.

어머니의 손은 딱딱하게 식어 있었고, 창밖에선 바람이 눈을 몰아쳐 창호지를 들썩였다.

"아이고… 이 추운 겨울에…."

말숙이 할머니는 치맛자락으로 눈물을 훔치며 수의를 꺼냈다. 삼베로 지은, 오래전 말숙이 엄마가 혼수로 준비했던 그것이었다.

염습은 할머니와 마을 어른 셋이 나섰다.

바깥의 물은 솥에 끓였고, 부엌 안쪽에서는 하얀 김이 피어올랐다. 말숙이는 어머니 얼굴이 점점 천 속으로 사라지는 걸 바라보며 입술을 깨물었다.

아무도 소리 내어 울지 않았다. 겨울의 장례는 그저 더 조용하고 더 깊은 슬픔만 남긴다.

상여는 마을 회관에 보관해 두었던 것을 꺼냈다. 상여머리는 싸늘하게 얼어 있었고, 종이로 만든 흰 꽃들은 눅눅했다.

장정들이 둘러앉아 모닥불을 피우며 얼어붙은 상여 틀에 끈을 매고, 방울을 매달았다.

발인은 삼일장이니 이틀 뒤 아침에 출상하기로 했다. 밤에는 상가에서 조문객들이 오갔다. 숟가락으로 돼지국밥과 김치 한 조각, 그리고 막걸리 한 사발이 돌아다녔다.

말숙이는 상주복을 입고, 마루 끝에 무릎 꿇은 채 절하는 사람들에게 깊이 머리를 숙였다. 문간에는 상가라는 초롱을 달고 마루 밑 개는 온종일 꼬리를 말고 누워 있었다.

발인 날, 말숙이 오빠는 두 손을 꽁꽁 싸매고 어머니 위패를 가슴에 안고 산을 올랐다. 겨울 하늘은 새파랗게 맑았지만, 발밑의 길은 얼었다 녹았다 하며 질척거렸다.

만기가 흩날리는 가운데 상여가 앞장서고, 북소리와 징소리가 겨울 산에 울렸다.

　불쌍하고나 불쌍하네 이씨 부인이 불쌍하네/어호 어호 어이
　가리 넘차 어호

명정공포가 앞을 서니 저승길이 분명코나/어호 어호 어이
　가리 넘차 어호

　말숙이는 발끝이 젖는 것도 잊은 채 걸었다. 묘지는 눈 덮인 언덕에 자리를 잡았다.
　산 아래로는 얼어붙은 논이 펼쳐져 있었고, 바람은 싸늘하게 살갗을 스쳤다.
　한삽 한삽 흙을 얹으며, 맏상주 재일이는 말없이 등을 돌렸다.
　말숙이는 어머니가 마지막으로 입었던 두루마기를 가만히 껴안았다. 그 두루마기 안에는 어릴 적 겨울날, 품 안에 안겨 들었던 체온이 아직도 남아 있을 것 같았다.
　장례는 그렇게, 겨울의 적막과 눈발 속에서 마무리되었다.
　말숙이는 그날의 발소리와 눈 내리는 소리, 그리고 어머니의 따뜻했던 손을 평생 잊지 못했다.

30. 미자는 인사를 하러 왔다

재일은 한동안 말없이 앉아 있다가 어렵게 입을 열었다.

"할매, 사실은 지가 장개갈라꼬 처이가 내일 인사하러 오기로 했심더."

그 말을 들은 할머니는 놀란 눈으로 재일을 바라보며 말했다.

"그런 일이 있었더나? 그라모 니 에미가 음식 장만하다가 디서 그리된 기가?"

"그런 것 같기도 하고…."

재일은 무어라 대답할 말을 찾지 못하고 머뭇거리기만 했다. 대신 말숙이 큰언니가 말을 이었다.

"옴마는 맨날 몸이 비실비실했다 아이미꺼. 아적 차번 바람에 그리된 기라예."

할머니는 잠시 고개를 끄덕이다가 다시 입을 열었다.

"재일아, 그래 갖고… 처이가 너거 옴마, 가악중에 죽은 거 아나?"

재일은 고개를 푹 숙이며 대답했다.

"할매. 아직 연락 못 했습미더. 3일날, 내일 오는 날입미더."

말이 끝나자 방 안은 순간 정적에 잠겼다. 이윽고 할머니가 낮게, 그러나 단호하게 말했다.

"그라모 우짤끼고. 얼라들 문제도 문제지만, 재일이 니부터 우찌해야 되것거마는."

재일은 깊은 고민에 빠진 얼굴로 중얼거렸다.

"마산서 백산 오는 버스 첫차 타고 올라 캐심미더."

그러자 할머니는 한숨을 내쉬며 말을 이었다.

"너거 옴마 장사는 치랐고, 내일 아침에 처이가 석무에 버스 내릴 낀데… 이리 있으모 되나?"

재일은 손으로 무릎을 문지르며 힘없이 말했다.

"가악중에… 움마가 그리되는 바람에… 거기까지는 정신이 없어서 신경을 못 썼심더."

그의 말은 마치 그동안 꾹꾹 눌러 참아 온 죄책감처럼 천천히, 무겁게 흘러나왔다. 할머니는 말없이 창밖을 내다보다가 말을 이어 간다.

"처이도 가악중에 시이미 될 사람이 죽었다는 소리 들으모 놀랬을 끼다. 그래도 죽고 사는 문제를 인간이 마음대로 할 수 있는 것도 아이고 재일이 니가 아침에 집으로 데리고 오이라."

재일은 엄마 장례를 치르고 삼오를 지났지만 1970년대의 풍속으로는 삼년상까지는 아니더라도 일년상이 끝나기 전까지 결혼은커녕 이사도 하지 않았다. 당시에는 빈소를 차려 삼 년 혹은 일 년 동안 아침저녁으로 차례를 지냈다. 할머니는 그런 옛 질서를 잘 알고 있었다.

하지만 그녀는 손주들을 불러 모은 자리에서 단호하게 말했다.

"재일이 장개가는 문제는 너거끼리 말 나왔을 때 빨리 해야 한다이. 맥지 너거 옴마 죽은 거 가지고 이 핑계 저 핑계 대모 죽도 밥도 안 된다이."

그녀의 말은 꾸짖음이 아니라, 오래도록 지켜온 삶의 규율을 버리라는 이야기였다. 눈앞에 앉은 자식들과 손주들을 바라보는 그녀의 눈빛에는 관습보다 살아낼 세월이 더 중요하다는 듯한 결의가 담겨 있었다.

재일은 입술을 꾹 다문 채, 두 손을 무릎 위에 가지런히 올려놓은 모습이 꼭 벌이라도 받은 아이 같았다. 이마에 서린 땀방울 하나가 뺨을 따라 천천히 흘러내렸다. 걱정이 태산이었다. 마음속에서 끊임없이 떠오르는 생각들이 그의 어깨를 무겁게 짓눌렀다.

그 모습을 말없이 지켜보던 할머니가 조용히 숨을 내쉬며 입을 열었다.

"머슴마가 와 이리 힘이 없노. 고개만 숙이고 있구로."

재일은 아무 대답도 하지 못했다. 눈앞이 흐릿했다. 말로 꺼내기도 힘든 속사정들이 목구멍까지 차올랐지만, 끝내 말이 되지 못하고 내려앉았다.

그런 재일을 보며 할머니는 고개를 끄덕였다. 오래 살아온 눈에는 손주의 속이 훤히 들여다보였다.

"할매가 알아서 처리해 줄꾸마. 걱정하지 마라."

그 말에 재일은 천천히 고개를 들었다. 할머니의 주름진 얼굴이 눈에 들어왔다. 거친 세월을 이겨낸 손, 흔들리지 않는 눈빛. 그 한마디가 마음을 울렸다. 눈가가 뜨거워졌다.

세상에서 가장 강한 사람은, 바로 할머니였다.

다음 날 1월 3일 아침. 서늘한 겨울바람이 독산 산자락을 감싸 안은 채 고요히 흐르고 있었다. 미자는 두 손을 품에 모은 채 백산 버스에 올라탔다. 길은 굽이굽이 이어졌고, 창밖에는 하얗게 서리 낀 들판과 말없이 서 있는 나무들이 지나갔다.

버스가 석무 정류장에 멈춘 것은 오전 8시 30분. 미자는 조심스레 발을 디뎠다. 발밑에 쌓인 얇은 눈이 바삭 소리를 냈고, 하얀 입김이 공중으로 흩어졌다.

그곳엔 이미 재일이 서 있었다. 그는 버스에서 내리는 미자를 보는 순간 얼굴에 맑은 미소를 머금었다.

미자는 오늘을 위해 고르고 또 고른 연한 베이지색 외투에, 소매 끝이 살짝 접힌 니트를 받쳐 입었다. 머리는 가지런히 묶였고, 볼은 추운 공기 덕에 자연스레 발그레해져 있었다.

재일은 말없이 다가와, 그녀의 손에서 사과 바구니를 받아 들었다. 그 짧은 순간에도 그의 눈길은 미자의 얼굴을 떠나지 않았다.

"마이 춥지예?"

그가 물었다.

미자는 작게 웃으며 고개를 저었다.

"괴안습미더. 그리 안 춥네예."

석무의 아침 햇살이 찬란하게 거리를 비추고 있었다. 따뜻한 금빛은 두 사람의 그림자를 길게 늘이며, 마치 서로의 인연을 조금 더 이어 주고 싶은 듯했다. 미자는 오토바이 뒤에 올라탄 채, 조심스레 재일의 허리를 붙잡았다. 엔진 소리와 함께 바람이 얼굴을 스치고, 그들은 조용히 수리점 앞에 도착했다.

가게 문 앞에는 하얀 문종이에 큼직하게 쓰인 '상중(喪中)' 두 글자가 걸려 있었다. 눈에 띄는 글씨였지만 미자는 대수롭지 않게 여겼다.

"와, 집으로는 안 가고예?"

미자는 고개를 갸웃거리며 재일에게 물었다. 그 물음엔 가벼운 호기심이 섞여 있었고, 그는 곧 대답했다.

"미자 씨… 놀라지 마이소. 사실은 며칠 전에… 옴마가 갑자기 돌아가셨습미더."

재일의 말에 미자는 순간 얼어붙었다. '상중'이라는 글씨가 이제서야 또렷하게 보이기 시작했다. 그 말의 무게가 뇌리를 스치자, 그녀는 아무 말도 하지 못한 채 그를 바라보았다.

재일의 눈가에는 미처 감추지 못한 슬픔이 잔잔히 고여 있었다. 그 표정을 본 순간, 미자는 숨을 삼켰다. 그가 그저 아무렇지 않게 자신을 데리러 나온 줄 알았던 아침. 그 안엔 말하지 못한 슬픔이 고요히 스며 있었던 것이다.

미자는 조심스레 그의 옆에 섰다. 말없이, 그저 그 슬픔에 함께 발을 담그는 마음으로. 두 사람 사이엔 눈에 보이지 않는 그림자가 길게 드리워져 있었다.

그림자는 재일의 마음에서 흘러나와, 미자의 마음 끝에까지 조용히 스며들었다.

잠시 후, 재일이 말했다.

"어젯밤에… 할매한데 우리 결혼 문제 얘기를 했더마는… 아무 걱정 말고 하라고 합미더."

미자는 고개를 갸웃하다가 조심스레 물었다.

"상중에는… 3년 동안 결혼 못 한다 하던데예."

재일은 작게 고개를 끄덕이며 답했다.

"그래서… 미리 점빵에서 미자 씨한테 이야기하러 온 김미더."

미자는 한숨을 삼키며 다시 물었다.

"그라모… 우찌할 생각인데예?"

재일은 부드럽지만 단호한 목소리로 말했다.

"미자 씨는 아무 말 말고… 할매가 시키는 대로 하모 됩미더."

"지가 우찌… 할매한테 말대꾸를 하것습미꺼. 무서버서… 대답도 못 합미더."

미자의 목소리 속엔 오랜 세월 스민 가족의 질서와, 억누른 마음속의 두려움이 고스란히 담겨 있었다.

결혼을 앞두고서도 웃을 수 없는 재일. 그리고 그런 그를 말없이 바라보는 미자.

잠시 후, 재일은 미자에게 간단히 집안 상황을 설명하고, 독산 집으로 발걸음을 옮겼다.

그의 뒷모습은 고요했지만, 어쩐지 평소보다 더 작아 보였다. 미자는 그 자리에 한참을 서 있었다.

고개를 들자, 하늘은 여전히 맑았지만, 그녀의 눈에는 그 하늘도 왠지 희미해 보였다.

상중이라는 두 글자처럼, 모든 것이 조심스럽고 무겁게 느껴지는 아침이었다.

31. 미자와 예비 시댁 가족들

독산동의 서리가 내린 마당엔 찬 기운이 감돌고, 굴뚝 연기마저 조심스레 피어오른다. 미자가 골목 어귀에 들어서자, 집 안은 벌써 부산스러워졌다.

삼태에서 살고 있는 말숙이 큰언니 내외와 할머니가 미자가 오기만을 기다리고 있었다. 대문 소리가 나자 기다렸다는 듯 방문이 열렸다. 제일 먼저 할머니가 미자를 향해 반가움이 가득한 목소리로 말을 건넸다.

"어편온나. 온다고 욕봤다. 마이 춥제?"

미자는 얼른 고개를 깊이 숙이며, 상체까지 덩달아 따라 내려갔다.

"아입미더, 지가 너무 일찍이 온 거 같십미더."

"아이다. 벌시로 다 일어나서 니 오기만 지달리고 있었다. 시장하제? 큰아야, 아침 차리라."

할머니 말에 미자는 순간 당황했다. 오랜만에 어른들 앞에 앉아 밥을 먹는 자리는 여전히 불편하고 부담스러웠다.

"괴안습미더. 아침은 집에서 출발함시로 묵고 왔습미더."

할머니는 고개를 끄덕이며 벽시계를 흘끗 보았다.

"그랬더나. 하기사, 아홉 시가 넘었는데 아침 묵기는 좀 늦었다이."

이어 할머니는 부엌 쪽으로 소리쳤다.

"큰아야, 단술하고 떡하고 좀 갖고 온나!"

말숙이 큰언니는 부엌에서 다과상을 바삐 차리고 있었다.

"처이, 니 내봉촌이 집이라꼬?"

"예."

"앗따야, 양반집 처이네. 한일합섬 댕긴다꾸더만, 일은 안 디나?"

미자는 그대로 꿇어앉은 채 고개를 끄덕이며 조심스레 대답했다.

"예."

그 모습을 보던 할머니는 긴장과 조심스러움이 가득한 미자의 얼굴을 바라보며 미소를 지었다. 그 눈빛엔 다정함과 너그러움이 있었다.

"괴안타. 편히 앉거라. 그리 오래 있으모, 시집오기 전에 앉은뱅이 되삔다이."

미자는 그 말에 그제야 작게 웃음을 지었다. 낯설고 불편하던 공기가 조금 풀렸다.

"가악중에 재일이 옴마가 세상을 버렸다카이. 마이 놀랬제? 경황이 없어서 처이한테까지 연락도 못 했다이, 처이가 좀 이해하거라."

미자는 고개를 끄덕이며 손끝을 꼭 모았다.

"예, 지도 아침에 재일 씨한테 이바구 듣고 간 떨어지는 줄 알았십미더."

"하모, 그랬을 끼다. 울매나 놀랠 일이고."

잠시 조용해졌던 방 안. 그 사이 재일의 할머니가 느릿하게 입을 뗐다. 허리가 조금 굽었지만, 눈빛만큼은 여전히 또렷했다.

"그래서 말인데, 우리 집에서는 미신 같은 거 별로 안 따진다."

모두가 할머니의 말을 기다리는 듯 고개를 돌렸다. 그녀는 이어서 조용히 말을 이었다.

"재일이한테 물어본깨 너거가 3월에 예를 올린다고 했다미?"

미자는 다시 고개를 숙이며 조심스럽게 대답했다.

"예."

"그라모 너거 하고 싶은 대로, 3월에 해라. 옴마 장례 지낸 지 울매 안 됐다고 해서 미룬다, 그런 거 우리 집은 안 따진다. 좋은 날 잡아서 해라."

미자는 눈시울이 붉어졌다. 혼란스러웠던 마음이 그 순간 조금은 가라앉는 듯했다.

"예, 할매 시키는 대로 하겠습미더."

할머니는 천천히 고개를 끄덕였다.

"재일이도 장남이 되가, 옴마 초상 치른다고 정신이 없을 끼다. 서로 의논 마차가 잘해라."

미자의 등장으로 어머니의 죽음 이후 가라앉았던 집안 분위기가 조금씩 풀리는 듯하다. 무겁기만 하던 공기가 어느새 따뜻해지는 듯했고, 그 기운을 타고 말숙이와 그녀의 두 오빠도 조심스레 방 안으로 들어섰다.

할머니는 미자를 향해 손짓하며 말씀하셨다.

"서로 인사하거라. 삼태미 사는 재일이 큰누나고, 그 옆에 자형, 그라고 요기 중학생이 재일이 동상, 또 하나는 국민학교 다니는 아이다. 봐라, 니 몇 학년이고?"

말숙이 셋째 오빠는 쭈뼛거리며 대답했다.

"할매, 지 6학년입미더."

할머니는 눈을 동그랗게 뜨고 웃으셨다.

"앗따, 장골 다 되었네. 니가 벌써 6학년이가? 세월 참 빠르다."

집안사람들을 인사시키던 할머니는 말숙이를 깜박 잊고 넘어갔다.

말숙이는 입을 삐죽이며 말했다.

"할매, 와 내는 인사 안 시키노?"

할머니는 이맛살을 찌푸리며 손뼉을 치셨다.

"아이구야, 이 집에서 제일 무서븐 시누를 빠자 묵었네!"

말숙이는 할머니를 향해 눈을 흘기며 투덜댔다.

"우리 말숙이는 할매하고 살아야지. 그래가 내가 빠자 묵었는 갑다."

그러자 말숙이가 펄쩍 뛰었다.

"할매, 뭐라 캐삿노! 내는 절대로 마산으로 안 간다이!"

할머니는 슬며시 웃음을 머금으며 되물었다.

"그라모 니가 오빠들 밥 해 주고, 살림 챙기고 그리할래?"

말숙이는 고개를 쳐들며 당차게 말했다.

"할매, 내가 할꾸마! 나는 뭐 못 하는 줄 아나? 옴마 하는 거 나도 다 배웠다 아이가."

할머니는 말숙이의 대답에 흐뭇한 듯 고개를 끄덕이더니, 조심스레 말을 꺼냈다.

"안 그래도 내가 이바구 하려고 캤다. 말숙이하고, 아직 학교 댕기는 오빠 둘이는, 내가 데불고 가서 핵교 마칠 때까지 데불고 있을꾸마."

방 안은 잠시 조용해졌고, 할머니는 말을 이었다.

"재일이가 장가를 가모, 신혼 재미도 좀 봐야 될 낀데, 새색시한테 너무 큰 짐 지아가 되겠나 싶다."

그 순간, 조용히 듣고 있던 미자가 입을 열었다.

"할매예. 사실은 결혼을 하면 재일 씨하고 마산에 이사 가서 살라 했습미더. 그란데 재일 씨 어머이가 세상 배리고 나서 인자는 재일 씨가 집안의 가장이 되었는데 제가 독산으로 와서 동생들 전부 건사하겠습미더."

그 말에 방 안은 다시금 정적에 잠겼다. 재일이도, 할머니도 말문이 막혀 미자만을 바라보았다. 젊디젊은 얼굴에 담긴 결심은, 어쩐지 그 어떤 어른보다 듬직해 보였다.

할머니는 두 손을 무릎 위에 고이 얹고 미자의 얼굴을 찬찬히 바라보고 있었다.

"처이, 니가 그런 결심은 참 고맙지만…."

할머니는 조심스레 입을 열었다.

"시동생, 시누하고 같이 사는 기 보통 애럽은기 아이다."

그 말에 미자는 살짝 웃었다. 그녀는 허리를 곧게 펴고 말했다.

"할매예, 지도 우리 옴마가 층층시하, 증조할매까지 모시고 사는 거 보고 배워 왔심미더. 그래서 재일 씨 동상들 건사하는 거, 당연하다고 생각합미더."

할머니의 눈가에 살짝 물기가 맺혔다. 그 마음이 고마워 할머니는 입가에 잔잔한 미소를 띠며 고개를 끄덕였다.

"그래서 예전부터 집안을 따지는 기라. 양반집 규수가 됀깨네, 집안에서 배운 기 포가 난다 아이가."

미자는 곧바로 말을 이었다.

"할매는 걱정하지 마시고예. 이 집안에 시집올라꼬 마음 무시모, 집안 형편이 바까짓다꼬 다른 소리 하고 그리사모 안 되지예."

방 안의 공기가 잠시 멈춘 듯했다. 처마 끝에는 고드름이 반짝였다.

할머니는 더 이상 아무 말도 하지 않았다. 말하지 않아도 미자가 말하는 의도를 충분히 알 수 있었다.

미자의 그 한마디 결심 속에서 할머니는 오래전 잊었던 안심을 다시 찾은 기분이었다.

할머니는 눈을 감고 속으로 중얼거렸다.

"요새 가서나들 중에, 저런 처이가 어데 또 있노…."

할머니는 주름진 손으로 미자의 손을 꼭 잡았다. 할머니 손끝은 거칠고 따뜻했다.

"고맙다. 니가 우리 집 복디네… 후제 내가 죽으모, 내 집은 미자한데 물려줄 끼다."

그 말에 미자는 놀라며 고개를 저었다. 목소리는 또렷하고 단단했다.

"할매에, 지는 재산 필요 없습미더. 지는 아직 젊으깨네… 재일 씨하고 둘이서 열심히 벌이모 됩미더."

할머니는 그 말을 듣고는 웃으며 고개를 끄덕였다. 눈가에 맺힌 주름들이 햇살을 받아 더욱 깊어 보였다.

"우찌 이리 말도 이쁘구로 하노… 우와뜬, 성호동 내 집은 재일 각시 끼다이."

말끝에 실린 따뜻한 인정. 그것이 미자의 마음을 울렸다. 돈으로도, 말로도 다 표현 못 할 그 정.

32. 봉헌이 말숙이 위로하기

　봉헌이는 겨울 방학 중이었다. 눈은 오지 않았지만 공기는 꽤 매서웠고, 아침부터 그는 운동화를 꺼내 신었다. 말숙이 집에 가기로 했기 때문이다. 집에서 10여 분 떨어진 곳에 사는 말숙이는 3학년 반에서 봉헌이가 항상 좋아하는 친구였다.
　평소 대문 밖에서 "말숙아!" 하고 부르면 말숙이가 대문을 열어 주었는데 오늘은 대문이 열리지 않았다. 대신 현관문 쪽에서 익숙한 말숙이 큰언니 목소리가 들렸다.
　"봉헌이 왔구나. 오늘은 말숙이 못 나간다."
　'와예?'라는 말이 목 끝까지 차올랐지만, 봉헌이는 묻지 못했다. 대신 대문 옆에 쪼그려 앉아 말없이 고개를 숙였다. 잠시 후, 말숙이 큰오빠가 눈물을 흘리며 대문을 나서며 지나갔다. 눈이 마주쳤지만 아무 말도 하지 않았다.
　집 안에서 울음소리와 함께 사람들이 계속 들락거리는 것을 보고 봉헌이는 무슨 큰일이 났구나 싶어 조용히 다시 집으로 돌아왔다.

　그날 저녁, 봉헌이는 숟가락을 손에 쥔 채 가만히 앉아 있었다. 된장국의 김이 밥상 위로 가늘게 올라가고 있었지만, 그 따뜻한 냄새도, 엄마가 내어준 김치 한 조각도 전혀 느껴지지 않았다.

"말숙이 움마가…."

엄마가 밥을 뜨다 말고 입을 열었다. 목소리는 평소보다 낮았고, 그 끝에 묘한 떨림이 있었다.

"아침에… 가악중에 세상 베릿다 카더라."

봉헌이는 숟가락을 들고 있던 손이 살짝 떨리는 것을 느꼈다. 엄마는 말을 멈추지 않았다.

"장독대 옆에서 그리되었다 카네… 손쓸 틈도 없이."

방 안이 순간 정적에 잠겼다. 봉헌이의 귀에는 그저 '장독대'와 '손쓸 틈도 없이'라는 말만 계속 맴돌았다.

아침에 말숙이네 집에 잠깐 들렀을 때 사람들이 분주히 오고 가고 있었고, 낮고 굵은 울음소리가 대문 틈 사이로 흘러나왔다. 무언가 안 좋은 일이 생긴 건 알았지만, 그 일이 이렇게 무겁고 무서운 것일 줄은 몰랐다.

봉헌이는 조용히 고개를 숙였다. 숟가락을 내려놓는 소리가 유난히 크게 들렸다. 엄마는 더 이상 아무 말도 하지 않았고, 봉헌이도 말할 수 없었다.

그리고 봉헌이의 마음 한편에는 말숙이 엄마의 장독대 앞 풍경이, 본 적도 없는데 선명하게 떠오르고 있었다.

어린 봉헌이에게는 '세상 베릿다'라는 말은 너무 낯설었고 동시에 무거웠다. 그 단어 하나가 세상의 공기를 바꾸는 것 같았다.

말숙이 엄마는 봉헌이에게도 익숙한 사람이었다. 말숙이가 다리를 다친 이후로 집에서 같이 숙제를 하면 간식도 내어 주고 점심때가 되면 같이 식사도 하였다. 아무 일 없던 어제도 마주쳤었다.

"집에는 어둠사리 지기 전에 가라이~"

하던 목소리가 아직도 귓가에 남아 있었다.

'어제까지 살아 있던 사람이, 오늘은 없어진다?'

봉헌이는 그 밤, 처음으로 자기도 모르게 이불 속에서 소리 없이 울었다. 누구한테 들킨 것도 아닌데 부끄러운 감정이 들었다. 죽은 건 자신의 엄마가 아닌데 왜 이렇게 가슴이 먹먹할까.

'말숙인 지금 뭘 하고 있을까. 울고 있을까. 혼자일까.'

봉헌이는 그 순간, 말숙이 엄마가 죽었다는 사실보다 말숙이가 지금 겪고 있는 슬픔이 훨씬 더 크게 느껴졌다. 그리고 처음으로 생각했다.

'우리 엄마도, 어느 날 그냥 이렇게 사라질 수도 있는 걸까?'

그날부터 봉헌이는 자기도 모르게 자주 엄마를 바라보았다. 엄마가 웃을 때도, 쌀 씻는 뒷모습을 볼 때도, 괜히 가슴 한구석이 쿡 하고 아려 왔다.

장례식이 끝나고 나흘째 되는 날이었다. 장례식 때 들락거리던 사람들의 발자국도, 조문객들의 웅성거림도 이제는 모두 사라져 버렸다.

봉헌은 마당에 쪼그리고 앉아 작은 나뭇조각을 깎고 있었다. 손이 시렸지만 멈추지 않았다. 며칠째 말숙이를 보지 못했다. 집 밖으로 한 발짝도 나서지 않는다는 소문만 돌았다.

그는 가슴이 조여들었다. 뭔가 해 주고 싶은데, 어떤 말도, 어떤 행동도 허락되지 않을 것 같았다. '괜찮아'라는 말이, 지금은 도리어 독이 될까 봐 겁이 났다. 그래서 그는 말 대신, 조그만 나무 인형 하나를 깎고 있었다. 투박한 병정 모양. 팔과 다리는 뻣뻣하고 얼굴은 웃고 있지만, 봉헌은 그 안에 자신이 말하고 싶은 걸 담고 있었다.

그날 오후, 봉헌은 말숙이네 집 대문 앞에 조용히 서 있었다. 문을 두드리지도, 이름을 부르지도 않았다. 그저 작은 병정 인형과 손바닥만 한 편지를 문간에 내려놓고 돌아섰다.

'이건 너를 지키는 병정이야. 말이 없어서 너랑 잘 어울릴 거야. 혼자 있고 싶을 땐 말 시키지 말고, 그래도 외로우면 꼭 꺼내 줘. 나도 너 생각하고 있어. 매일. ― 봉헌'

그날 밤, 말숙이는 오랜만에 방 창문을 열었다. 싸늘한 바람이 얼굴을 스쳤지만, 눈밭 위에 덩그러니 서 있는 나무 병정을 보고는 가만히 미소를 지었다.

봉헌은 겨우 열 살이었다. 위로란 게 뭔지도 몰랐고, 어른들처럼 말 잘하는 재주도 없었다. 그저 말숙이가 어릴 적부터 자기 옆에서 웃던 모습만 자꾸 떠올랐다. 개울가에서 개구리 잡던 날, 감나무 밑에서 감 떨어지기를 기다리던 날, 같이 소풍 갔던 날 자신의 등에 업혀 왔던 그녀. 그 시절의 말숙이는 눈이 반짝이고, 웃음소리가 바람을 타고 멀리까지 퍼졌다.

하지만 지금은… 아무 소리도 나지 않았다.

다음 날 봉헌은 혼자 집 뒷산에 올라갔다. 한 손엔 작은 삽. 바람이 매서웠지만, 그는 언 땅을 조금씩 파내며 조그마한 구덩이를 만들었다. 그 안에 흙을 덮고, 옆에다 손바닥만 한 돌멩이를 올려두었다. 그리고 홍시 한 개를 꺼내어, 돌 옆에 올려놓았다.

다음 날 봉헌은 말숙이 집으로 갔다.

"말숙아. 니 내하고 어디 좀 가자."

말숙이는 말없이 고개를 끄덕였다. 두 사람은 말없이 산길을 걸었다.

봉헌이 멈춘 곳에는 작고 엉성한 무덤 같은 것이 있었다.

"이거는, 너거 옴마는 아이고… 고마, 우리 둘만 아는 비밀 장소다."

말숙이는 고개를 갸웃했다.

"여다 우리 이야기 묻자. 우습은 이바구, 좋은 거, 그라고… 니가 슬퍼지면 혼자 말하러 올 수 있는 곳."

말숙이는 그제야 봉헌을 바라보았다. 눈물이 그렁그렁했지만, 입꼬리가 아주 조금 올라갔다.

"그라고."

봉헌은 수줍게 말했다.

"여다 만날 하나씩 아무끼나 놓아두자. 감, 애미다마, 때기 같은 거… 그라모 니 혼자가 아인기라. 니 옆에는 내가 있다이."

그날 이후, 두 아이는 눈 언덕 위, 그 작은 장소를 '비밀 놀이터'라 부르기 시작했다. 그리고 말숙이의 웃음소리는 아주 천천히, 다시 바람을 타고 퍼져 나가기 시작했다.

하지만 어린 말숙이는 봉헌이의 다정한 말과 조심스러운 배려에도 좀처럼 마음을 열지 못했다. 갑작스레 세상을 떠난 엄마의 빈자리는 너무도 컸고, 그 공백은 어린 마음으로 감당하기엔 벅찼다. 마치 시간이 멈춘 듯, 그녀의 눈동자엔 언제나 어딘가 먼 곳을 바라보는 슬픔이 담겨 있었고, 작은 몸짓 하나하나마저 조심스러웠다.

봉헌이는 그런 말숙이를 바라보며 조용히 숨을 삼켰다. 어떻게든 그녀의 세상을 다시 따뜻하게 해 주고 싶었지만, 그 어떤 말도 그 어떤 행동도 아이의 가슴속 깊은 상처를 완전히 덮어 주지는 못했다. 말숙이는 여전히 엄마가 돌아오길 기다리는 듯, 잠들기 전마다 문 쪽을 힐끔거리며 속삭였다.

"엄마, 오늘은 올 거지…?"

앙상한 나뭇가지들이 마른 잎 소리를 내며 흔들리고 있었다. 해는 일찍 기울었고, 아이들의 웃음소리가 사라진 골목은 조용했다. 말숙이는 친구들과 동네 구석구석을 누비며 숨바꼭질을 하고, 남강 변을 따라 달리던 기억이 가득했다.

하지만 말숙이는 집 안에서 좀처럼 나오지 않았다. 봉헌은 빈 골목을 서성이다 말숙이네 대문 앞에 멈췄다. 창문은 굳게 닫혀 있었고, 담장 너머로 인기척조차 느껴지지 않았다.

"말숙아… 내다. 같이 놀자."

작은 목소리가 허공에 흩어졌다. 답은 없었다.

말숙이는 안방 구석에 웅크린 채 담요를 덮고 있었다. 문밖에서 봉헌의 목소리가 들릴 때마다 마음이 철렁 내려앉았다.

봉헌의 발소리는 여전히 익숙하고, 그의 말투는 여전히 따뜻했지만, 그 따뜻함조차 지금의 자신에게는 버겁게 느껴졌다. 엄마가 없는 이 겨울은 전혀 따뜻하지 않았다.

'나가면 웃어야 할끼고… 그라모 옴마가 없는 게 잊아질까 겁난다.'

봉헌은 혼자 이무리 나루터까지 천천히 걸었다. 바람은 차고, 나뭇잎이 없는 앙상한 버드나무들이 줄줄이 서 있었다. 나뭇잎 하나 없이 빈 가지뿐인 그 모습이, 말숙이의 눈빛과 닮아 있었다. 그렇게 봉헌이의 열 살 겨울은 지나가고 있었다.

33. 미자의 결심

　말숙이 엄마는 늘 그 자리에 있었다. 된장국에 시래기를 넣어 푹 끓이고, 묵은지를 척척 썰던 손길. 밥솥을 열면 퍼지는 그 구수한 향. 그런 것들이 당연했던 나날이 순식간에 사라졌다. 병석에 오래 누워 계셨다면 찬물에 밥을 말든, 국수를 끓이든 아이들끼리라도 어떻게든 밥을 했을 것이다. 하지만 건강하시던 엄마는 어느 날 아침 아무런 예고도 없이 갑자기 사라졌다. 남겨진 말숙이와 오빠들은 잠시도 상을 앞에 두고 앉을 수가 없었다. 울다 지쳐 배가 고파도, 부엌문을 여는 게 두려웠다.
　"움마 없이 밥을 우찌하노…."
　말숙이가 중얼거렸다. 그 말은 빈집 안에 맴돌았고, 차가운 가마솥과 뚝배기들이 대답 대신 냉기를 뿜었다.
　재일이 역시 집에서는 '장남'이란 이름 아래 부엌 근처에는 얼씬도 못 했다. 1970년대의 시골 남자란 그런 법이었다. 밥은 여자들의 몫이었고, 아들은 그저 숟가락만 들면 되는 존재였다.
　열 살 말숙이는 아직 초등학교에 다니는 어린 소녀였다. 엄마의 손끝을 따라 하며 쌀을 씻거나 마늘을 까는 흉내를 내 보긴 했지만, 그건 어디까지나 놀이 같았다. 엄마가 없는 부엌은 그날부터 그들에게 낯설고 무서운 전쟁터였다.

"오빠야, 밥은… 우짜끼고?"

말숙이가 조심스레 물었다. 재일은 아무 대답도 하지 못한 채 헛기침만 몇 번 했다. 그는 머릿속이 멍해졌다.

전기밥솥도, 가스레인지도 없던 시절이었다. 그 시절의 부엌은 항상 연기와 재로 가득했다. 아궁이에 장작불을 지피는 일부터 밥 짓기와 국 끓이기까지 모든 것이 손과 정성으로 이루어지던 시절이었다. 삼태에 사는 큰언니, 재일이, 그리고 말숙이는 조용히 이야기를 나누고 있었다.

"할매를 니 장개갈 때까지, 우선 좀 오시라카모 어떻겠노?"

재일이는 머리를 긁적이며 대답했다.

"누나! 할매가 와 있는 것도 좋은데 할매 연세가 예순다섯이라 힘들어서 안 된다. 그라고 도시에서는 연탄불에 밥해 드시는데 촌에 와서 불 때가 해야 되는데 우찌하실끼고?"

큰언니는 눈썹을 찌푸리며 말했다.

"그라모 니 우짤래? 내가 너거 집에 와서 해 주는 것도 한두 끼지, 만날천날 오는 것도 애럽다 아이가?"

말숙이가 조심스레 나섰다.

"석유곤로 하나 사 놓고 그걸로 국이나 된장찌개는 끓이고, 밥도 곤로 위에 하면 된다 아이가. 봉자 저거 집에 있던데."

큰언니가 고개를 끄덕이더니 이내 말끝을 이었다.

"곤로 있으면 좋지. 그란데 군불은 때야 될 거 아이가. 겨울에 냉골에서 못 잔다."

재일이는 입가에 억지웃음을 머금고 말했다.

"누야. 너무 걱정하지 마라. 살살 하다 보모 되것지 뭐. 누야가 처음에만 좀 많이 가르쳐 주모 될 끼다."

"맞다. 살살 해 보자. 처음엔 내가 좀 도와주꾸마."

그러던 중, 큰언니가 물었다.

"처이하고 식은 운제 한다 캤노?"

재일이가 멋쩍게 웃었다.

"아직 아가씨 집에 인사도 안 갔다. 3월쯤 서로 하자고 캤는데 망구 내 생각인데 이런 상황에 미자가 결혼을 할라 쿠것나?"

큰언니는 한숨을 쉬며 말했다.

"아이고, 우짜노… 걱정이네…."

방 안은 한기가 가시지 않은 채 조용했다. 세 사람은 각자의 자리에서 무거운 침묵을 나누고 있었다. 말은 없었지만 그들의 눈빛은 말을 대신하고 있었다. 걱정. 불안. 그리고 어쩌면 약간의 체념.

그때였다. 문이 조심스레 열리는 소리가 났다.

끼익—

모두의 시선이 문 쪽으로 향했다. 작은 그림자가 문틈 사이로 스며들 듯 들어왔다. 미자였다. 작은 가방 하나를 두 손으로 꼭 움켜쥔 채, 어깨를 움츠리고 방 안으로 들어섰다. 그녀의 얼굴에는 먼 길을 온 사람 특유의 피로와 결심이 뒤섞인 표정이 떠올라 있었다.

"미… 미자 씨!"

재일이가 제일 먼저 입을 열었다. 목소리에는 놀람보다 더 깊은 무언가가 실려 있었다. 기쁨일까, 두려움일까, 아니면 복잡한 지난 세월의 그림자일까.

 말숙은 말없이 눈을 깜빡였다. 그러고는 슬며시 일어나 미자의 얼굴을 똑바로 바라보았다. 잠시 아무 말도 할 수 없는 시간이 흘렀다. 모두가 서로의 얼굴을 번갈아 바라보며, 현실인지 꿈인지 가늠하려는 듯했다.

 말숙이 큰언니는 방 안의 정적을 깨듯 조심스레 입을 열었다.
 "우찌 된 기고…?"
 그 말에 미자는 살짝 숨을 들이쉰다. 천천히 고개를 들었을 때, 눈가가 촉촉이 젖어 있었다. 막 울다 멈춘 사람의 표정이었다.
 "그냥… 예, 걱정이 돼가꼬 집에 있을 수가 없었심더예."
 잠시 정적이 흐르고, 재일이가 어렵게 말을 꺼냈다.
 "회사 출근 안 하고예? 회사 빠지모 큰일 나는 줄 안다 아임미꺼?"
 그 말에 미자는 눈을 피하지 않고 대답했다.
 "한일합섬 그만두었심미더."
 "그라고… 동생하고 오빠는… 우짜고예?"
 결혼하기 전 미자는 늘 말했다.
 "분가하면 오빠하고 동생 데리고 살 낍니더. 내가 책임질 낍미더."
 그 단호한 눈빛과 말투는 아직도 기억 속에 또렷했다. 그런데 지금, 그녀는 혼자였다.
 미자는 고개를 들지 못한 채 입술을 꼭 다물었다. 침묵 속에서 시간은 천천히 흘렀고, 마침내 그녀는 조용히 입을 열었다.
 밖에서는 까치 한 마리가 담장 위를 툭툭 걷고 있었다.
 재일이도 말숙이 큰언니도 아무 말도 못 하고 미자의 입술만 바라본다. 방 안의 공기가 무겁게 가라앉는다.

미자가 자신의 생각을 이야기한다.

"지가… 결혼할라꼬 마음묵었꼬예. 사랑하는 사람이 애러번 일에 처해 있는데 먼 산 보듯이 하모 됨미꺼."

그제서야 큰언니가 입을 뗀다.

"그래도… 식은 올리고 합쳐야지. 부모님한테 승낙도 받고."

미자의 눈동자가 흔들렸다. 그러나 다시금 굳은 결심이 담긴 목소리로 답했다.

"지금… 식이 문제임미꺼? 식은 다음에 해도 되고예. 먼저 재일 씨가 아무 걱정이 없어야 되지예. 지금은 그게 우선입미더."

그 한마디에 방 안의 공기가 달라졌다. 마치 굳게 닫혀 있던 창문이 살짝 열리며, 밖의 겨울바람 대신 따뜻한 바람이 스며든 듯한 느낌이었다.

세 사람은 다시 서로의 얼굴을 바라보았다. 이번엔 놀람이 아니라, 오래도록 간직했던 그리움과 반가움, 그리고 어쩌면 안도감이었다. 미자는 조심스럽게 작은 가방을 내려놓고, 방 안에 바짝 다가앉았다. 그녀의 손이 떨리고 있었지만 이제 그 떨림은 혼자가 아니었다.

미자는 스물한 살이었다. 얼굴엔 아직 앳된 기색이 남아 있었고, 가끔 아이처럼 웃는 표정은 동네 어른들의 마음마저 흐뭇하게 만들곤 했다. 그러나 그녀가 재일이 어머니의 장례식을 마치고 곧장 재일과의 동거를 택했을 때, 사람들은 그 순박한 얼굴 속에 감춰진 단단한 무언가를 처음으로 보았다.

"결혼식은 안 하겠습미더. 어머님께서 돌아가신 지 울메 안 됐는데 웃으며 예복을 입을 수는 없습미더."

그녀의 말투는 차분했고, 어른스러웠다. 동네 사람들 중엔 수군대는 이들도 있었지만, 말숙이 큰언니는 묵묵히 고개를 끄덕였다. 평소 고지식하단 말을 듣던 그녀였지만, 미자에겐 이상하게도 신뢰가 갔다.

"미자, 니가 재일이를 억수로 아끼는가베… 어린 나이에 우찌 그런 마음을 묵을 수 있노?"

말숙이 큰언니의 물음에 미자는 쑥스러운 듯 웃었다.

"그냥… 사랑항깨네예. 아픈 사람 곁을 지켜 주는 것, 그기 내가 할 수 있는 전부 아잉가 싶습미더."

그렇게 미자와 재일이는 독산 집에서 신혼살림을 시작하게 되었다. 비록 어른은 아무도 없지만 시동생 둘과 어린 시누가 있는 시집살이가 시작되었다.

34. 미자의 시댁살이

미자는 결혼식도 없이 재일과 함께 살기 시작했다. 그러나 단순히 둘만의 삶은 아니었다.

1973년, 함안군 법수면 독산리. 마산과는 비교도 할 수 없는 시골 마을이었다.

미자는 스물한 살의 꿈 많은 아가씨였다. 하지만 말숙이 어머니의 갑작스런 죽음 이후, 하루아침에 네 식구의 '어머니'가 되어야 했다.

시동생 둘, 그리고 아직 초등학교 3학년인 시누 말숙까지 남편이 된 재일과 함께, 남겨진 이들을 보살피는 일은 고스란히 미자의 몫이었다.

그들이 사는 집은 낡은 슬레이트 지붕 아래 있었다. 겨울이면 벽 틈새로 찬바람이 파고들었고, 아궁이에는 하루도 빠짐없이 불을 지펴야 했다.

손발이 갈라지고, 몸이 녹아내릴 듯 바쁜 하루가 이어졌다.

저녁 무렵 말숙이 해맑게 뛰어와 물었다.

"새웅가, 올 저녁 뭐 묵습미꺼?"

미자는 웃어 보였지만, 마음 한편이 찌릿했다.

엄마 없이도 씩씩하려 애쓰는 어린 말숙이가 안쓰러웠다.

"묵을 것도 할 것도 별로 없는데, 고메나 삶을까?"

"새웅가, 아무끼나 무예!"

말숙은 해맑게 답하며 방긋 웃었다.

"근데 고메 주모, 너거 큰오빠 날리 날긴데."

"새엥가, 큰오빠는 지한테 꼼짝 못 합미더. 지가 오빠한테 내가 묵고 잡아 해도라 했다 하모 됩미더."

말숙은 작은 주먹을 쥐어 보이며 으쓱했다. 미자는 웃으며 부엌으로 향했다.

손바닥만 한 부엌 안, 감자 껍질을 벗기며 말했다.

"시누요, 하루 쟁일 밖에서 일하고 온 사람한테 고메만 주모 좀 그렇지. 반찬 하고 밥도 할낀게 쪼메만 지달리소이."

말숙은 미자의 허리를 껴안으며 중얼거렸다.

"새엥가는 우리 때문에 이리 고상하는데, 우리 오빠야는 잘해 주는지 몰것다. 새엥가한테 잘못하모 나한테 이바구 하이소. 내가 딱 질로 들이께예."

그 말에 미자는 가만히 웃었다. 말숙은 이제 미자가 친정에 남겨진 동생처럼 느껴졌다.

'고등학교에 다니는 남동생과 오빠는 지금 밥은 챙겨 먹고 있을까?'

가끔 이불 속에서 걱정이 밀려와 눈시울이 뜨거워졌지만, 미자는 매일 아침 새벽같이 일어났다. 살아야 했다. 이 아이들과 함께, 묵묵히 살아가야 했다. 그리고 이 작은 집에서도 따뜻한 밥 냄새가 끊이지 않게 해야 했다. 세상은 이해하지 못할지 몰랐다. 하지만 미자에게 이 집은, 이 아이들은 지켜야 할 전부였다.

미자의 보살핌은 조용하고 단단했다.

말없이 밥상을 차리고, 이불을 펴 주고, 아침이면 먼저 일어나 아궁이에 불을 지폈다. 추운 겨울밤에도 어린 시동생들이 이불을 걷어차면 덮어 주었고, 말숙이 학교 갈 준비를 허둥지둥하면 잔소리 한마디 없이 신발 끈을 묶어 주었다.

그렇게 하루, 또 하루가 쌓이면서 미자의 손길이 집안 곳곳에 배어 갔다.

시동생 둘과 말숙은 처음엔 어색하고 서먹했지만, 조금씩 엄마 없는 빈자리를 미자에게 기대하기 시작했다.

"새엉가, 나 학교 갔다 올께예!"

말숙은 가방을 흔들며 집을 나섰고, 시동생들은 방과 후면 집으로 달려와 부엌에 얼굴을 디밀었다.

"형수예, 무을 거 있습니꺼?"

미자는 쌀뜨물에 감자를 담갔다가 살짝 쪄내어 주거나, 고구마를 아궁이 불에 구워 손에 쥐여 주었다.

아이들은 투정을 부리거나 불평을 늘어놓지 않았다. 그들의 어린 마음속에도 어렴풋이 느껴졌다. 이 집안이 다시 숨 쉴 수 있게 된 것은 모두 미자 덕분이라는 것을.

저녁이면 재일과 아이들이 둘러앉아 밥을 먹었다. 푸성귀 한 접시와 된장국 한 그릇뿐인 소박한 밥상이었지만 거기엔 미자가 손수 지핀 따뜻한 온기가 깃들어 있었다.

어느 날 말숙이 이불을 덮으며 미자에게 속삭였다.

"새엉가, 엄마 생각이 나도 새엉가 보모 맘이 좀 따시짐미더."

미자는 대답 대신 말숙의 머리를 쓰다듬었다.

달빛이 부엌 천장에 걸린 슬레이트 틈으로 은은히 새어 들었다.

미자는 알았다. 사랑은 말로 하는 것이 아니라 하루하루를 함께 버텨 주는 것임을. 엄마의 빈자리는 완전히 채워지지는 않겠지만, 그 상처를 덮어 줄 수 있는 따뜻한 손길 하나면 충분하다는 것. 그리고 그렇게 미자도, 아이들도, 조금씩 '진짜 가족'이 되어 가고 있었다.

35. 미자의 임신과 친정으로 가다

 1974년 봄이 오고 있었다. 법수면 독산리 들녘에는 보릿잎이 연둣빛으로 올라왔고, 마을 어귀의 매화나무도 조심스럽게 꽃망울을 터뜨리고 있었다.

 미자는 어느 날 아침, 이상한 기운을 느꼈다. 몸이 무겁고, 조금만 움직여도 숨이 찼다. 평소라면 손놀림 빠르게 쌀을 씻고, 반찬을 하고, 아이들 도시락까지 싸야 했지만, 그날따라 손끝이 떨렸다.

 며칠을 그렇게 참고 지냈다. 그러나 장독대에서 넘어질 뻔한 그날, 재일이 미자를 부축하며 물었다.

 "미자 씨, 몸이 와 이런노? 오데 아픈 기가?"

 미자는 고개를 저었지만, 이미 속으로는 알 것 같았다.

 그날 저녁, 재일은 오토바이를 타고 읍내 회성의원에 데려갔다.

 의사는 곧장 말했다.

 "축하합미더. 얼라 옴마가 되겠네예."

 미자는 그 말을 듣는 순간, 가슴 깊은 데서부터 복받치는 울음을 삼켜야 했다.

 마음 한구석에 자리한 외로움과 서러움이 한꺼번에 북받쳐 올랐다.

 '아기. 우리 아기.'

미자는 고요히 손을 배 위에 얹었다.

아직 아무것도 느껴지지 않는 작은 존재가 분명 그곳에 있었다. 집으로 돌아온 미자는 어린 시누와 시동생들에게 차마 바로 말할 수가 없었다.

어린 말숙도, 시동생들도, 여전히 돌봄이 필요했으니까. 그런데 저녁밥을 먹던 중, 말숙이 먼저 눈치를 챘다.

"새영가, 요새 밥도 쪼매뿌이 못 먹고, 자주 앉아 쉬고, 몸도 부언 거 같십미더."

말숙은 나름 심각한 얼굴로 말했다.

"혹시… 새영가, 언자 진짜 엄마 되는 거 아임미꺼?"

아이들은 숟가락을 들고 눈을 크게 떴다. 미자는 멋쩍게 웃으며 말했다.

"그래, 조만간 이 집에 진짜 얼라가 올기라."

말숙은 두 손으로 얼굴을 감싸며 깔깔 웃었다.

시동생들은 방바닥을 뒹굴며 환호성을 질렀다.

"형수요. 우리도 언자 삼촌이 되는 깁미꺼!"

말숙은 미자의 곁으로 다가와 조심스럽게 배에 손을 얹었다.

미자는 말숙의 따뜻한 손길을 느끼며 가만히 웃었다.

그래, 엄마가 되는 것. 그건 두렵기도 했지만 더없이 큰 축복이었다. 한편으로 자신이 임신을 하고 나니 부모님이 지금 어떤 마음일까라는 생각에 미치고, 이제는 부모님을 뵈러 가야겠다는 마음을 먹게 되었다.

삼태에 있는 말숙이 큰언니에게 시동생과 말숙이의 밥을 좀 챙겨 주라고 하고 미자는 처음으로 친정 나들이를 한다.

미자는 내봉촌으로 가는 오토바이 뒤에 올라탔다. 바람은 따뜻했고 재일의 등도 든든했지만, 미자의 가슴 한편은 답답하게 무거웠다. 아무 말 없이 그냥 집을 나와 결혼식도 올리지 않고 살림을 하고 있는 미자.

친정 엄마를 뵙는다는 설렘 뒤에는 '어떻게 말을 꺼내야 할까' 하는 두려움이 가슴을 파고들었다.

오토바이가 덜컹거리며 시골길을 달릴 때마다 미자는 손으로 치마 끝을 꼭 움켜쥐었다.

"미자 씨, 춥나?"

재일이 뒤를 돌아보며 물었다. 미자는 서둘러 고개를 저었다.

"아입미더. 괴안습미더."

오토바이는 덜컹거리며 논길을 지나고, 산허리를 돌아 내봉촌 어귀에 다다랐다.

멀리서 친정집 기와지붕이 보이자, 미자의 눈가가 뜨거워졌다.

그 집, 그 마당, 그 장독대. 모든 것이 어제처럼 선명했지만, 미자는 이제 더 이상 거기서 딸내미로만 머무를 수 없었다.

'옴마, 미안합미더. 시집가는 모습도 못 보여 주고… 그렇지만 내는 행복하게 살고 있습미더.'

마당에 발을 들이는 순간, 어머니가 집 앞에 서 있었다.

"미자야!"

한 손에는 물동이를 들고, 다른 한 손으로는 눈을 비비며 뛰어나왔다. 미자는 그 자리에 얼어붙은 채, 고개를 제대로 들지 못했다.

"옴마…."

재일은 아직은 차마 '장모님'이라는 호칭을 사용하지 못하고 오토바이에서 내리며 말끝을 흐렸다.

"어르신, 저… 재일입니더. 미자, 지하고 살고 있습미더."

어머니는 잠시 말없이 미자를 바라보다가 고개를 끄덕였다.

"그래, 그래, 됐다마. 잘 살고 있다카이, 그라모 됐다마."

그 한마디에 미자의 눈물이 왈칵 터졌다.

가슴속에 쌓였던 죄스러움, 두려움, 미안함이 주르르 쏟아져 내렸다.

어머니는 미자를 껴안으며 등을 토닥거렸다.

"아이고. 내 새끼야…, 몸 성히 잘 살고 있으모 된기라."

미자는 어머니 품에 안겨 엉엉 울었다. 재일도 옆에서 어색하게 모자를 벗어 손에 쥐고 서 있었다.

그날 내봉촌 집은 조용하지만 따뜻한 웃음으로 가득했다.

가마솥에는 된장국이 보글보글 끓고, 동생들은 재잘거리며 장터에서 사 온 사탕을 나눠 먹었다.

밤늦게 어머니는 미자의 손을 꼭 잡고 말했다.

"결혼식 못 올린 거는 울 일이 아이다. 살면서 서로 정을 쌓고 그라다 보모 진짜 부부가 되는 기라."

미자는 조용히 고개를 끄덕였다.

다음 날, 낮이 되어 미자가 집 안에 있는 마당에서 빨래를 널다가 인자를 불러 세웠다.

"인자야, 잠깐 와 봐라."

인자는 얼굴이 해쓱했지만 웃음을 머금은 채 다가왔다. 중학교를 졸업하자마자 도시로 나가지 않고 부모님을 도와 농사짓기로 마음먹은 여동생이었다. 고운 손톱 밑으로 흙이 까맣게 끼어 있었지만, 인자는 늘 씩

씩했다.

"언니, 괜찮제? 어제 마이 울더만은."

인자가 수줍게 말했다.

미자는 인자의 손을 꼭 잡았다.

"인자야, 고맙다. 니가 이렇게 집에 있어가 부모님 거들어 준깨 내가 맴이 억수로 편타. 나도 언자 좀 있으모 애 낳으면 바쁠긴데, 움마 혼자 북 치고 장구 치고 하모 억수로 내가 맴이 씨일긴데 니가 있어가 울매나 든든한지 모린다."

인자는 고개를 저었다.

"언니가 몸 성히 얼라만 잘 낳아모 된기라. 그라고, 나는 언자 도시 가서 살 마음 별시리 없다. 시집갈 때까지 움마 옆에서 이리 살쿠마."

그날 저녁, 밭일을 마치고 들어온 인자와 미자는 함께 저녁상을 차렸다. 부엌에서는 된장국 냄새가 또 한 번 피어올랐다. 마루에 앉은 재일이 불편한 듯 웃으며 두 자매를 바라봤다.

"우리 집 여자들은 힘이 장사라카이. 나도 앞으로 처갓집에 열심히 해야것다이."

인자와 미자는 얼굴을 마주 보고 웃었다.

밤이 깊어 가고, 방 안에는 미자의 잔잔한 숨소리와 인자의 조용한 발소리만이 퍼졌다. 마당 너머로 별빛이 반짝였다. 언니와 동생은 그날 처음으로, 서로에게 의지가 되는 존재라는 걸 느꼈다. 그리고 그것은 내봉촌 작은 집 안에 오래도록 따뜻한 온기로 남았다.

다음 날 아침이 되어 친정집 아궁이에는 온종일 따스한 불길이 피어올랐다. 어머니는 미자를 위해 정성껏 미역국을 끓이고, 어린 동생들은 오랜만에 만난 누나와 언니 곁에 붙어 쪼르르 앉아 떠들어 댔다.

밤이 깊어지도록 미자는 따뜻한 이불 속에서 몸을 녹이며 오랜만에 편히 숨을 쉬었다.

하지만 마음 한편은 쉬이 가라앉지 않았다.

'말숙이 시누는 밥은 챙겨 묵었을까? 시동생들은 끼니는 때웠을까? 아궁이 불은 잘 피웠으려나….'

자꾸만 독산리 집이 눈앞에 어른거렸다.

새벽녘, 어머니는 아직 주무시는데 미자는 이불 속에서 가만히 눈을 떴다. 창밖으로 은은한 별빛이 스며들고 있었다.

'이틀 자고 가자.'

떠날 때 다짐했던 그 마음을 저버릴 수가 없었다. 이른 아침, 미자는 어머니 앞에 쭈뼛쭈뼛 섰다.

"옴마… 나 오늘 돌아갈라꼬예."

어머니는 미자의 얼굴을 찬찬히 바라보더니 고개를 끄덕이며 말했다.

"그리해라."

미자는 눈시울을 붉히며 허리 숙여 인사했다. 어머니는 손수 짐을 꾸려 주었다.

찹쌀 한 봉지, 말린 나물 한 줌, 조그만 장아찌 항아리까지. 무겁지도, 가볍지도 않은 짐이었다. 그러나 미자에게는 가슴이 먹먹해지는 무게였다.

오토바이에 짐을 싣고 재일과 함께 독산리를 향해 다시 길을 나섰다.

산골길을 따라 바람이 불었다. 내리는 햇살은 따뜻했지만, 마음은 또다시 바빠졌다.

집에 도착하자 마당 앞에 말숙과 두 시동생이 쪼르르 달려 나왔다.

"새옹가! 오데 갔더노! 보고 싶어 죽을 뻔했다이!"

"형수예. 밥도 제우 챙겨 묵었다 아입미꺼!"

말숙은 미자 품에 와락 안겼다. 미자는 눈물이 핑 돌았다. 말 한마디 없이 꼭 끌어안았다.

"언자 안 갈끼다. 씨동상, 시누 두고 오데 안 간다."

그날 저녁, 미자는 어머니가 싸 준 찹쌀로 고슬고슬 밥을 짓고, 말숙과 시동생들에게 따끈한 미역국을 퍼 주었다.

36. 김 선생과 영애의 데이트

영애의 집에 있던 김 선생은 천천히 자리에서 일어났다. 그의 손끝이 잔뜩 움켜쥔 모자의 가장자리를 따라 미세한 주름이 잡혔다.

영애의 집을 둘러보며 마지막으로 눈길을 주었지만, 그의 시선은 책상 위에 놓인 작은 사진틀에서 멈췄다. 오래된 흑백 사진 속에는 월남전에서 전사한 남편의 사진이 있었다.

"그라모 지는 이만 일어나 보겠습미더."

"뭐 좀 드신 것도 없고 지송시럽습미더."

"아이고, 오데예. 지가 뭐 무로 온 것도 아이고예. 어머님 얼굴 뵈었으면 되었습미더."

목소리는 평소처럼 단정했지만, 그 속에 얕은 떨림이 섞여 있었다.

김 선생은 영애가 무슨 말을 하기를 기대했다.

적어도 다음 만남을 약속할 수 있는 작은 단서라도 얻고 싶었다. 그러나 영애는 그저 고개를 끄덕이며 문 쪽을 바라볼 뿐이었다.

현관문을 나서기 전, 그는 잠시 머뭇거렸다. 언제 다시 보자는 말을 해야 했다. 그러나 그 한마디가 목구멍에서 걸려 나오질 않았다. 마치 그것을 입 밖에 내는 순간, 두 사람 사이에 흐르는 묘한 기류가 무너질 것만 같았다. 영애가 김 선생을 가만히 바라보았다. 그 눈빛에는 묘한 기대와 불안이 섞여 있는 듯했다.

"다음에…."

김 선생은 끝까지 말을 잇지 못한 채, 결국 모자를 깊숙이 눌러쓰고 문을 나섰다. 뜨거운 열기가 그의 뺨을 스치고 지나갔다. 등 뒤로 문이 조용히 닫히는 소리가 들렸지만, 그는 뒤돌아보지 않았다. 길을 따라 천천히 자전거를 타고 가면서도, 머릿속에서는 여전히 영애의 얼굴이 선명하게 맴돌았다.

다시 만날 수 있을까. 아니, 다시 만날 용기가 생길까. 그의 발걸음이 골목 끝에서 잠시 멈췄다.

김 선생은 다시 영애의 집 앞에서 서성이고 있다. 여름날 저녁의 후덥지근한 공기가 그의 뺨을 스치고 지나갔다. 그는 주춤거리며 대문을 두드렸다.

"계십미꺼?"

잠시 뒤, 대문 틈 사이로 영애의 얼굴이 살짝 내비쳤다. 그녀는 여전히 단정한 모습이었다.

"선생님, 뭐 두고 갔서예?"

김 선생은 순간 할 말을 잊었다. 만나자는 말이 머릿속에서 맴돌았지만, 영애의 예상치 못한 물음에 망설이고 말았다. 그의 가슴속에서는 두 개의 감정이 뒤엉켜 소용돌이쳤다. 한쪽에서는 더 늦기 전에 솔직해지라고 다그쳤고, 다른 한쪽에서는 아직 때가 아니라며 한 발짝 물러나라고 했다. 그는 몇 번이나 입을 떼려 했지만, 그저 침묵이 흘렀다.

그는 허공을 바라보며 머뭇거렸다. 마음속에서는 수십 개의 문장이 떠올랐다 사라졌다. 단순한 인사로 끝낼 것인가, 아니면 깊숙이 숨겨 둔 이야기를 꺼낼 것인가. 이 순간이 지나가면 다시는 기회가 없을지도 모른다는 생각이 그의 가슴을 옥죄었다.

"아, 그게…."

김 선생의 입술이 망설임으로 떨렸다. 영애는 그의 얼굴을 가만히 바라보며 기다렸다. 시선도 자주 흔들렸다. 영애는 조심스레 문을 조금 더 열며 부드러운 목소리로 말했다.

"언자 얼라들이 밖에서 놀다 집에 왔어예. 잠깐 밖에 나갈까예."

김 선생은 고개를 끄덕이며 대답했다.

"예."

그들은 문을 나섰다. 저녁노을이 마을 어귀를 붉게 물들이고 있었다. 여름 저녁 특유의 후덥지근한 공기가 피부에 들러붙었다. 멀리서 개구리 울음소리가 들려왔고, 나무 사이로 반딧불이 희미한 빛을 흘렸다. 영애는 걸음을 늦추며 김 선생의 얼굴을 살폈다. 그가 하고 싶은 말이 뭔지 알 것 같았다. 아니, 이미 알고 있었다.

"영애 씨, 나… 영애 씨 만나고 싶습미더."

영애는 조용히 그의 얼굴을 바라보았다. 김 선생의 목소리는 떨리고 있었다. 그는 손으로 손수건을 만지작거리며 고개를 들지 못했다.

"선상님, 그게 무슨 말씀이십미꺼?"

영애는 일부러 놀란 표정을 지었다. 사실 그녀의 가슴은 두근거리고 있었지만, 너무 쉽게 드러낼 수는 없었다.

김 선생은 나지막이 말했다.

"그냥, 내가 오랫동안 하고 싶었던 말입미더. 영애 씨를 보면 마음이 편안해지고, 또 보고 싶고…."

영애는 가만히 그의 말을 곱씹었다. 그녀 역시 김 선생을 볼 때면 마음이 따뜻해졌고, 기다려졌다. 하지만 선뜻 자신의 감정을 내보이기가 어려웠다. 그녀는 여전히 현실 속에 묶여 있었다.

"선상님… 얼라들 밥 차려 줘야 해서 오래 못 있습미더."

영애는 조용히 말했다.

김 선생은 쓴웃음을 지었다.

"맞지예, 지는 지 할 말 다 했어예. 들어가시소."

그의 진심 어린 목소리에 영애는 잠시 망설였다. 바람이 살짝 불어와 그녀의 앞머리를 흔들었다.

"그라모 얼라들 밥 주고 설거지하고 다시 올께예. 지달릴 수 있어예?"

"하모예! 밤새도록 지달리라 해도 있을깨예."

영애는 조용히 미소 지으며 자리에서 일어났다.

김 선생은 그 자리에 앉아 그녀가 돌아오기를 기다렸다. 처음으로 다가온 이 순간을, 그는 오래도록 기억할 것만 같았다.

그녀는 아이들에게 어떤 말을 해야 할지 몰랐다. 하루 일과가 워낙에 고단해 저녁에 한 번도 밖에 나간 적이 없는 그녀지만, 밖에서 그가 기다리고 있으니 꼭 나가야 했다. 하지만 아이들에게 이유를 어떻게 설명해야 할지 막막했다.

평소처럼,

"엄마는 저녁에 나가지 않아."

라고 단호하게 말해 버리면, 그저 평범한 하루로 지나갈지도 몰랐다.

하지만 이번에는 달랐다.

"움마, 무신 걱정 있는기요?"

고등학교 다니는 큰아이가 먼저 눈치를 챘다. 영애는 놀란 듯 아이를 바라보다가 희미하게 미소 지었다.

"아니. 그냥… 오늘 저녁에는 잠깐 나가 볼까 해서."

"움마가?"

작은아이가 눈을 동그랗게 뜨고 물었다. 평생을 저녁이면 설거지하기 무섭게 잠자리에 드는 엄마가 갑자기 나간다니, 아이들에게는 생소한 일이었다.

영애는 순간 말문이 막혔다. 뭐라고 해야 할까. 단순한 외출이라고 하기엔 스스로도 너무 낯설었다. 오랜만에 친구를 만나러 간다 하기도 그렇고, 단순한 산책을 위해서도 아니었다. 그저 그녀의 마음이 그녀를 밖으로 이끌고 있을 뿐이었다.

"엄마도 가끔은 바깥공기를 쐬고 싶을 때가 있다이."

그녀는 천천히 말을 꺼냈다. 아이들은 의아한 표정을 지었지만, 그녀의 말에 더 이상 묻지 않았다.

집을 나서며 그녀는 문득 자신이 얼마나 오랜 세월 동안 저녁 시간 없이 하루를 보냈는지 깨달았다. 그건 그녀가 선택한 삶이었지만, 오늘만큼은 벗어나고 싶었다. 저녁 바람이 얼굴을 스치자, 그녀는 알 수 없는 해방감을 느꼈다.

이제 그녀의 발걸음은 사뿐히 김 선생이 기다리는 곳으로 향했다.

김 선생은 냇가 옆 제방에서 영애를 기다리고 있었다. 어둠이 깔리며 주변은 점점 고요해졌고, 바람에 흔들리는 갈대가 간간이 바스락거리는 소리를 냈다. 전기가 들어오지 않아 사방이 어두웠고, 달빛만이 희미하게 냇물을 비추고 있었다. 밤공기는 여전히 후텁지근했고, 땀이 이마에 맺혔다. 그는 밤새 기다리겠다고 스스로 다짐했지만, 시간이 흐를수록 초조함이 커졌다. 모기는 그의 팔과 다리를 물어대었고, 아무것도 하지 않고 가만히 앉아 있는 것이 점점 더 힘겨웠다.

영애는 집에서 아이들을 씻기고 아이들이 밥을 먹은 후에도 쉴 틈이 없었다. 설거지를 하며 부엌에서 분주히 움직였으나, 어느덧 두 시간이 훌쩍 지나 있었다.

한편, 김 선생은 제방 위에서 시계를 몇 번이고 들여다보았다. 두 시간이 넘었다. '혹시 오지 않는 것은 아닐까? 아니면 무슨 일이 생긴 것은 아닐까?' 하는 걱정이 밀려왔다. 초조함을 달래기 위해 자리에서 일어나 주변을 서성였다. 더운 밤공기는 후끈했지만, 그의 마음은 점점 더 불안해졌다.

그때, 멀리서 발걸음 소리가 들려왔다. 희미한 달빛 아래에서 익숙한 영애가 보였다. 김 선생은 그녀를 향해 한 걸음 내디뎠다. 긴 기다림 끝에 마주한 그녀의 얼굴에는 미안함과 안도가 동시에 서려 있었다.

"오래 지달렸지예?"

영애의 목소리는 살짝 떨리고 있었다. 기다리게 했다는 미안함이 배어 있었다. 김 선생은 조용히 미소를 지으며 고개를 저었다.

"아입미더. 별도 보고, 달도 보고, 오랜만에 혼자 있으니 좋네예."

그 말에 영애는 가만히 미소를 지었다. 밤공기 속에 섞인 김 선생의 차분한 말투가 마음을 가라앉혔다. 그녀는 손에 들고 있던 보자기를 조심스레 내밀었다.

"저녁도 안 드셨는데 시장하실 것 같아 주먹밥 가지고 왔심더."

"아이고, 괴안은데."

영애는 손을 뻗어 보자기를 풀었다. 속에는 소박하지만 정성스럽게 쥔 주먹밥이 있었다. 그는 허기를 감추려 했으나, 배가 고파 한 입 크게 베어 물었다. 입안에 퍼지는 고소한 밥알과 김치의 짭짤한 맛이 오랜만에 마음까지 채워 주는 듯했다.

"찬찬히 드시소. 언칩미더, 물도 좀 드시고예."

영애는 그의 옆에 조용히 앉아 있었다. 그녀는 말없이 김 선생이 주먹밥을 다 먹을 때까지 기다렸다.

김 선생은 남은 물을 한 모금 삼키고 하늘을 올려다보았다. 별들이 총총히 빛나고 있었다.

"모기가 물어사서, 일어나서 좀 걸을까예?"

"예, 그리해야겠습미더."

두 사람은 천천히 걸음을 옮겼다. 발밑에서 풀잎이 사각사각 소리를 냈고, 간간이 개구리 우는 소리가 들려왔다. 밤은 깊어 가고 있었지만, 그들의 발걸음은 한결 가벼워졌다.

어둠 속에서도 그들은 서로를 느낄 수 있었다. 오래된 친구처럼, 또는 서로를 아끼는 사람들처럼. 그리고 밤은 조용히, 깊고도 따뜻하게 흐르고 있었다.

37. 얼어 있는 영애가 녹기 시작한다

한여름 밤, 공기는 뜨겁지만 어딘가 나른했다. 하천을 따라 이어진 좁은 길 위로, 영애와 김 선생은 조용히 걷고 있었다. 그들의 발걸음은 말없이 흐르는 물소리와 어우러져, 이따금 풀숲에서 들려오는 벌레 소리와 함께 여름의 밤을 채웠다.

이수정까지 내려온 두 사람 앞에는 더 이상 인위적인 불빛조차 없었다. 어둠은 짙었지만, 밤하늘은 그 어떤 조명보다 밝았다. 별들이 무수히 반짝였고, 구름 사이로 얼굴을 내민 달빛이 두 사람의 그림자를 길게 드리웠다.

이수정의 호수는 고요했다. 잔잔한 물결 위로 달빛이 너울거렸고, 바람이 스쳐 가며 버드나무 잎사귀를 살짝살짝 건드렸다. 물가에 나란히 선 두 사람은 한참을 말없이 서 있었다.

"가찹게 살아도 이수정에는 어릴 때 와 보고 요새는 처음 와 봅미더."

영애가 먼저 입을 열었다. 목소리는 조용했지만 그 속에 스며든 세월은 결코 가볍지 않았다.

"그래예? 바로 옆인데 우찌 안 와 봤습미꺼?"

그러나 김 선생은 곧 자신의 말이 너무 경솔했음을 깨달았다. 그녀는 단지 이수정에 오지 않은 것이 아니라, 올 여유조차 없었던 것이다. 아이들을 돌보고, 밭을 일구고, 마산 번개시장까지 다니며 장사를 해 온 삶. 그 삶은 총 한 자루 없는 전장이었고, 그녀는 매일을 전투처럼 살아온 병사였다.

어쩌면 자신은 그 고단함을 상상조차 못 했을지도 몰랐다. 김 선생은 얼른 다른 말을 꺼내며 분위기를 바꾸려 애썼다.

"지는, 소풍 때 아이들 따라 와 본 게 다고예. 밤중에는 지도 처음인데, 억수로 좋네예."

하지만 영애는 대꾸하지 않았다. 그녀는 그저 말없이 호수 너머를 바라보고 있었다. 눈길은 고요했지만, 그 안엔 많은 것들이 담겨 있었다. 지나간 세월, 견뎌온 시간, 그리고 아직 오지 않은 내일까지.

달빛이 그녀의 옆얼굴을 희미하게 비췄고, 김 선생은 조용히 그녀 옆에 서 있었다. 말은 사라졌지만, 그 밤의 침묵은 오히려 더 많은 것을 말해 주는 듯했다.

김 선생은 오래 망설였다. 몇 번이나 마음을 다잡고 입을 열려다, 결국 삼키고 말았던 말이었다. 그의 손끝이 떨리고 있었다.

"미숙이 어머님… 제가… 영애 씨라고 불러도 되겠습미꺼?"

말을 내뱉는 순간, 그의 가슴은 쿵 하고 내려앉았다. 그 말이 가진 무게를 그 자신도 알고 있었다. 단순한 호칭의 변화가 아니었다. 이건 더 가까이 다가가고 싶다는, 단단히 마음먹은 고백이었다. 이제는 선생과 학부형이 아니라, 남자와 여자로 만나고 싶다는 뜻이었다.

영애는 순간 귀를 의심했다. 그러나 김 선생의 눈빛은 진지했고, 그가 고개를 약간 숙이며 기다리는 모습에서 단순한 호의 이상의 마음이 느껴졌다.

그녀의 심장은 빠르게 뛰었다. 하지만 그 속엔 설렘보다 당혹과 불안이 먼저 앞섰다.

'내가 이 사람에 대해 아는 게 뭐가 있다고….'

그녀는 생각했다. 김 선생이 평소 아이를 참 다정하게 대해 주었고, 말투 하나하나가 조심스럽고 따뜻했던 건 기억난다. 그렇다고 그걸 곧바로 '마음'이라고 받아들일 수는 없었다. 그가 혼자인지, 유부남인지조차 모른다. 나이도, 지난 삶도, 앞으로의 계획도 알 수 없다.

감정은 가볍게 스며들었지만, 마음은 쉽게 움직이지 않았다.

영애는 시선을 피해 이수정의 나무를 바라보았다. 그 풍경은 평화로웠지만, 그녀의 마음은 잔잔한 물결처럼 흔들리고 있었다.

입술을 앙다물다 그녀는 작게 말했다.

"오데예… 그냥 미숙이 담임 선생님으로 계시면 안 될까예?"

그 말은 단호한 거절이라기보다는, 지금은 아직이라는 뜻이었다.

그녀는 상냥한 척하지 않았고, 애써 무례하려 하지도 않았다. 그저, 솔직했다. 마음이 움직이지 않았던 것이 아니라, 감당할 자신이 없었던 것이다.

김 선생은 그 말의 뜻을 이해한 듯했다. 실망이 눈가에 어렸다. 하지만 억지로 웃으며 고개를 끄덕였다.

"미숙이 어머니의 생각이 그라모 괴안습미더. 그냥 학부모와 선생으로 있지예."

목소리가 살짝 떨렸지만, 그는 뒤돌아서며 괜히 돌멩이 하나를 집어 들어 이수정 호수로 던진다. 물결이 일었고, 금세 두 사람 사이엔 조용한 정적이 흘렀다.

　호수의 물결이 일어나듯이 영애의 마음에도 잔잔한 물결이 일어나고 있었다.

　하지만 그 침묵은 어색함보다는, 서로를 천천히 알아가겠다는 미지의 시간으로 가는 입구 같았다.

　영애는 지금, 사랑 따위에 흔들릴 처지가 아니었다. 고3인 큰아이는 방에서 문제집을 덮고 한숨을 쉬었고, 중학생인 둘째는 자전거 하나를 두고 매일같이 투덜거렸다. 막내는 여름 방학이지만 엄마를 따라 밭에도 가고 시장에 다니고 있었다.

　"엄마, 문제지값."

　"엄마, 나 육성회비."

　"엄마, 벤또 반찬 맨날 같은 거 말고 좀 바꿔 주라."

　아이들의 목소리는 끊이지 않고 이어졌다. 그녀는 언제나,

　"그래, 알았다이."

　라며 웃었지만, 마음 한구석은 늘 눌려 있었다.

　그녀는 가장이었다. 남편 없이 네 아이를 건사해야 하는, 현실이라는 이름의 거대한 벽 앞에 홀로 서 있는 사람. 사랑은 그런 그녀에게 사치였다.

　아니, 그녀는 스스로 사랑을 밀어냈다. 마음 한구석이 흔들리는 게 무서웠고, 잠시 기대고 싶다는 욕망조차 사치처럼 느껴졌다.

　김 선생은 그녀를 이해하려 애썼다. 그녀는 그 애씀에 자꾸만 마음이 젖었다. 영애는 알고 있었다. 사랑은 여전히 그에게는 사치였고, 그녀는

많은 것을 책임지고 있었다. 하지만 이수정 호숫가처럼 고요한 곳에선 잠시만, 정말 잠시만 짐을 내려놓고 싶은 마음이 들었다.

"미숙이 어머님이 원하는 대로 하시면 됩미더."

그가 부드럽게 말했다.

"다만… 혼자 너무 많은 짐을 지고 가지는 마이소."

김 선생의 목소리는 부드러웠고, 말끝마다 묻어나는 진심이 영애의 가슴을 조용히 두드렸다.

"때론 잠시 쉬어가도 당신의 삶이 달라지지 않습미더. 고무줄도 항상 팽팽히 있으면 결국 늘어나거나 터지게 됩미더. 그라고 당신이 너무 긴장하고 살고 있으면 그 스트레스 때문에 병이 나게 됩미더."

영애는 말없이 고개를 끄덕였다. 그의 말은 맞았다. 맞다는 걸 누구보다 잘 알고 있었다. 그녀는 매일 아침 다섯 시에 눈을 떠 도시락 네 개를 싸고, 시장에 가고, 밭에 나가 농사일을 하고 그리고 저녁이면 내일 시장에 가서 팔 물건을 정리하고, 빨래를 하고 잠든 아이들 이불을 한 명씩 덮어 주며 하루를 마감했다.

이제는 그 모든 것이 너무 익숙해져서, 쉬어야 한다는 말이 오히려 낯설게 들렸다.

그녀는 조심스레 김 선생을 바라보았다. 그의 눈빛에는 걱정과 다정함이 뒤섞여 있었다. 그가 다가오는 게 두려웠다. 아니, 그의 진심을 받아들인 후 무너질까 봐 겁이 났다. 감정에 기대기 시작하면 지금처럼 단단히 버틸 수 없을 것 같았다.

무엇보다, 그녀는 엄마였다. 네 아이의 엄마. 그녀의 선택 하나가 아이들의 삶을 뒤흔들 수 있다는 걸 누구보다 잘 알고 있었다.

"김 선생님… 지도, 그 말 맞다고 생각합미더. 진짜로예."

"그라믄 조금은 나눠 보입시더. 짐이 너무 무거우면 같이 드는 것도 방법입니더."

그녀는 웃음 지었다. 슬픈 웃음이었지만, 오래간만에 진심이 섞인 웃음이었다.

"근데요, 제가 선생님이랑 만약… 그런 사이가 되면예. 네 아이를 다 제대로 돌볼 자신이 없어예. 그게 제일 겁납미더."

김 선생은 잠시 생각에 잠겼다. 그러고는 말했다.

"그 걱정, 너무 당연하다 생각합미더. 근데 내가 바라는 건, 뭔가를 포기하는 게 아니고… 더 행복해지는 길을 함께 찾자는 말입미더. 아이들도, 그런 엄마의 얼굴을 더 좋아하지 않을까예?"

영애는 이수정의 호수 물을 바라봤다. 한여름 더운 날이지만, 그녀의 마음은 꽁꽁 얼어 있다. 김 선생 때문에 조금은 녹을 수 있을까? 그녀는 문득, 김 선생의 말처럼 팽팽한 고무줄을 한번 놓아 보고 싶다는 생각이 들었다.

그리고 조금만, 아주 조금만 쉬어 가도 괜찮을까?

영애는 천천히 고개를 돌려 김 선생을 바라보았다.

어둠 속에서도 그의 눈은 진심으로 빛나고 있었다. 여름밤의 더위 속에서도, 그녀의 마음 어딘가가 처음으로 서늘해졌다. 아니, 어쩌면… 시원해졌다고 해야 할까?

그들은 아무 말 없이 호숫가에 앉아 있었다. 시간이 느리게 흘렀고, 밤은 점점 더 깊어졌다.

사랑이란 이름을 붙이지 않아도 괜찮은 순간이었다.

38. 김 선생 밭에 가다

　창으로 스며드는 달빛이 이수정에서 김 선생과 늦게까지 데이트하고 돌아온 영애의 방 안을 은은히 적시고 있었다. 전등을 끈 방 안은 어둠에 잠겨 있었지만, 창가에 누운 영애의 눈은 동그랗게 떠져 있었다. 옆자리에서 막내 미숙은 깊은 숨을 고르며 잠에 빠져 있었지만, 영애의 마음은 점점 더 깨어나고 있었다.
　오늘, 김 선생과의 데이트는 이상하리만치 설레면서도 묘하게 낯설었다. 늘 말끔한 셔츠에 단정한 미소, 그리고 밤이 깊어질 무렵, 호숫가 벤치에 앉아 둘만의 조용한 시간을 보내던 그 순간.
　"영애 씨라고 불러도 될까요?"
　그 말이 귓가에 되풀이되어 울렸다. 부드러웠지만 분명했고, 조심스러웠지만 용기 있었다. 영애는 대답하지 못했다. 그저 고개를 숙이고, 손끝으로 치맛자락을 꼭 쥔 채, 하늘의 별들만 바라봤다.
　"움마, 와 안 자노?"
　막내 미숙이가 뒤척이며 중얼거렸다.
　"…그냥, 잠이 안 와서."
　"움마, 또 무슨 생각 하노? 걱정거리 있나?"
　"아무것도. 그냥 오늘… 날씨가 좋아가 잠이 안 오네."

"옴마, 우리 때문에 걱정이가? 공부 잘하고 착하게 학교 댕길꾸마."

영애는 대답 대신 작게 웃었다.

고백은 뜻밖이었지만, 전혀 싫지 않았다. 오히려 마음 깊은 곳에서부터 잔잔한 물결이 일었다. 하지만 그 물결은 곧 두려움이라는 이름의 바위에 부딪혔다. 선생님과 학부형, 여자와 남자, 그리고 사회의 시선. 그 모든 것이 머릿속에 뒤엉켰다.

'내가 정말 선생님을 좋아하는 기가? 아니면… 그냥 외로운 기가?'

영애는 천장을 바라보았다. 천장에 비친 달빛이 마치 누군가의 눈동자처럼 자신을 지켜보는 것 같았다. 그녀는 천천히 숨을 내쉬며 중얼거렸다.

"조금만 더 생각해 보자. 지금 내 마음이 진짜인지 아닌지… 그걸 먼저 알아야 될 거 아이가."

밖에서는 살랑살랑 밤바람이 창틀을 스치고 있었다. 영애는 눈을 감았다. 생각은 여전히 얽혀 있었지만, 마음 한편엔 김 선생의 따뜻한 눈빛이 고요히 남아 있었다.

여름 방학이 시작되었다. 학생들이 떠난 학교는 한산했고, 고요한 교무실에 선풍기 돌아가는 소리만이 맴돌았다. 김 선생은 오늘도 교무실 책상에 앉아 창밖을 바라보았다. 아무도 묻지 않았다. 왜 방학인데도 학교에 나오는지, 왜 매일 그 자리에 있는지를.

"학교 좀 다녀올꾸마."

아침마다 아내에게 건네는 말은 변함이 없었다. 그 말이 이젠 진심이 아님을 아내도 알 것 같았지만, 더는 묻지 않았다. 서로가 모른 척하는

데 익숙해진 지 오래였다.

　김 선생은 오늘도 영애를 기다리고 있다. 그녀는 아침마다 번개시장에서 장사를 하고, 낮 무렵이면 밭으로 향했다. 마을에서 밭까지는 조금 떨어져 있어 눈에 잘 띄지 않았다. 그의 발걸음이 그곳으로 향하는 데에 주저함이 없었던 이유였다.

　햇살이 따갑게 내려쬐는 오후, 영애는 땀을 훔치며 고추밭을 일구고 있었다. 흙냄새에 익숙한 손놀림으로 풀을 매던 그녀는, 문득 낯익은 그림자 하나가 밭둑을 넘어오는 걸 보고 고개를 들었다.

　"움마야, 선생님이 여기까지 어짠 일인데예?"

　놀란 듯 눈이 커진 영애가 허리를 펴며 물었다. 김 선생은 웃으며 삽을 어깨에 짊어진 채 다가왔다.

　"밭일 좀 도와주러 왔다 아입미꺼."

　영애는 허둥지둥 손을 내저었다.

　"안 됩미더, 선생님은 이리 천한 일을 하시면 안 되예."

　그러자 김 선생은 헛웃음을 지으며 고개를 절레절레 흔들었다.

　"뭐시 천한 일임미꺼. 지도 밥도 먹고 반찬도 묵는데."

　영애는 말끝을 흐렸다. 어쩐지 눈시울이 따뜻해지는 듯했다.

　"그래도 선생님이 이리 험한 일 하시면 안 되예…."

　김 선생은 삽을 들고 흙을 한 삽 뜨며 말했다.

　"괴안습미더. 지도 원래 촌놈인데예. 일 마이 하고 컸습미더."

　영애는 아무 말 없이 삽을 들고 선생님 옆에 섰다. 예상치 못했던 방문, 그리고 마음 한구석이 훈훈해지는 그 순간 영애는 김 선생이 정말 자신을 좋아한다는 것을 깨닫게 되었다.

그날, 밭에는 풀 냄새와 함께 따뜻한 사람 냄새가 피어올랐다.

"인제 영애 씨 캐도 되지예?"

그 말이 떨어지는 순간, 영애의 가슴속에서 무언가 뜨거운 것이 올라왔다. 얼굴에 퍼지는 열기와 함께, 오래 눌러 담아 두었던 감정이 조용히 꿈틀거렸다.

그녀는 가만히 고개를 끄덕였다.

"예, 선생님. 이젠… 미숙이 학부형이 아니라, 그냥 영애라고 불러도 됩니더."

그 말을 들은 김 선생은 얼굴에 환한 웃음을 지으며, 거리낌 없이 외쳤다.

"영애 씨~!"

그 큰 목소리에 영애는 깜짝 놀라 두 눈을 크게 떴다. 주변을 힐끗 살핀 그녀는 급히 손짓하며 소리 죽여 말했다.

"선생님, 남들이 듣습니더. 조용히 하이소."

그녀의 당황한 모습이 귀엽다는 듯, 김 선생은 아무 말 없이 미소만 지었다. 그의 눈가에 어른거리는 따뜻한 기운이 봄날의 햇살처럼 영애의 마음을 살며시 감쌌다.

해가 기울 무렵, 들판에는 아직도 영애와 김 선생의 그림자가 길게 드리워져 있었다. 두 사람은 오이 넝쿨 사이를 바삐 오가며 옥수수 줄기를 매만지고, 빨갛게 익은 고추를 조심스레 따고 있었다.

땀에 젖은 옷자락이 바람결에 스치듯 흔들렸고, 김 선생은 허리를 펴며 멀리 산등성이를 바라보았다. 해는 어느새 서쪽 산 너머로 뉘엿뉘엿 넘어가고 있었고, 붉은 햇살이 밭고랑 사이로 조용히 스며들고 있었다.

"오늘도 하루가 다 갔네."

김 선생이 말했다. 손에 들린 바구니엔 오이의 푸른빛과 고추의 붉은 빛이 어우러져, 마치 오늘 하루의 고단함을 조용히 증명이라도 하듯 무거워 보였다.

영애가 고개를 끄덕였다. 그들의 그림자가 해를 따라 점점 길어지다, 마침내 밭머리로 사라졌다.

"선생님, 집에서 식사하시고 가시소."

영애는 수줍은 듯 고개를 살짝 숙이며 말했다. 김 선생은 헛기침을 한 번 하고는 손사래를 쳤다.

"아입미더. 담임 선생이 자기 집에 오면, 미숙이가 이상하게 생각합미더."

영애는 잠시 웃음을 흘리며, 부끄럽다는 듯 치맛자락을 만지작거렸다.

"그렇치예… 그런 건 또 있다, 그지예…. 선생님, 쎄가 빠지게 일만 하시고… 미안해서 우짭미꺼…."

그 말에 김 선생은 괜히 멋쩍은 듯,

"영애 씨, 괴안심미더. 다음에 마산에 나가서… 밥 묵고, 영화 한 편 보고 하입시더."

그 말에 영애는 말없이 고개를 떨궜다. 입가에 엷은 미소가 떠올랐지만, 눈가엔 잊혔던 기억들이 가만히 내려앉았다.

사실, 남편이 월남전에서 전사하고 난 뒤로, 영애는 네 명의 자식을 키우느라 외식 한번 해 본 적이 없었다. 읍내에 가설극장이 들어왔을 때도, 영화란 건 다른 세상 이야기 같았다. 번개시장에서 장사하고 저녁이면 청국장 만들고 야채 다듬고, 아이들 뒷바라지에 하루가 다 갔으니, 자신의 시간을 꺼내 본 적도 없었다.

그녀는 오늘도 밭머리 너머로 노을이 지는 걸 바라보며, 마음속 어딘가 조용히 접어 두었던 꿈 한 조각을 꺼내 보았다.

"선생님, 보시다시피, 지가 시간이 없어예."

그 말에 김 선생은 살짝 웃음을 머금으며 대꾸했다.

"맞네예. 내가 봐도 삐꼼한 날이 없네예."

이야기 사이로 잠시 정적이 흘렀다. 김 선생은 가만히 영애의 얼굴을 바라보다가, 이내 조심스럽게 물었다.

"그래도… 비 오는 날이나 태풍이 부는 날에는 영애 씨, 쉬지 않을까예?"

영애는 대답 대신 미소를 지었다. 입가의 부드러운 곡선이 차츰 사라지며, 표정은 잔잔한 물처럼 고요해졌다.

"그때는… 뭐 쉬지예."

그 말 속엔 무게가 있었다. 흙 묻은 손끝으로 살아온 세월, 그 속에 얽힌 수많은 날들이 담겨 있었다.

김 선생은 슬며시 웃음을 지었다.

"그라모, 비만 오기만 지달리면 되겠네예."

영애는 고개를 끄덕이며 조용히 웃었다. 하지만 그 웃음 속에는 아릿한 슬픔이 배어 있었다.

"비가 마이 오모, 지는 또 안 됩미더. 밭에 심어난 거 다 떠내려가모, 우짭미꺼…."

말끝이 흐려졌다. 두 사람은 그 자리에 한참을 그렇게 서 있었다. 김 선생이 조용히 입을 열었다.

"그라모, 비 오는 날에는 무조건 지 만나는 김미더. 약속하시소."

영애는 천천히 고개를 끄덕였다.

"예… 비 오는 날에 선생님 만날께예."

그들의 눈빛이 마주쳤다.

39. 빗속의 영애

　영애와 김 선생은 비가 오면 만나기로 했었다. 8월의 태양은 무성하게 뻗은 나뭇잎 위로 쏟아졌고, 나른한 매미 소리가 골목을 가득 채웠다. 누구도 더 이상 비를 기대하지 않았다. 그저 땀을 훔치고, 선풍기 바람을 견디며 하루하루를 버텨낼 뿐이었다.
　하지만 그해 여름은 달랐다. 말도 안 되게 비가 쏟아졌다. 마치 하늘이 그 말 한마디를 들은 것처럼.
　1972년 8월, 태풍 '베티'가 중국 어딘가에 상륙했다는 뉴스가 라디오에서 흘러나왔다. 한반도엔 직접 영향을 주지 않았다지만, 그 여파로 태풍이 남긴 기압골이 끈질기게도 비구름을 몰고 와 남쪽 하늘을 점령했다. 하마 그칠 줄 알았던 비는 계속해서 내려 400mm가 넘는 빗방울로 사람들의 삶을 잠식했다.
　들판은 익어 가던 벼를 잃었고, 개울은 넘쳐 도로를 삼켰다. 사람들은 잠시라도 하늘을 바라보며 비가 그치기만을 바랐다. 그러나 결국 사망과 실종 550명이라는 엄청난 피해를 입혔다.
　억수같이 내리는 비.
　하늘이 울분을 토해내듯, 천지를 쓸어버릴 듯한 기세로 퍼붓는다. 창문을 두드리는 빗방울은 마치 김 선생의 가슴을 두드리는 망치질 같다.

김 선생은 방 안을 이리저리 오간다. 앉았다 일어섰다, 다시 주저앉기를 반복한다.

머릿속은 온통 영애 생각뿐이다.

'영애 씨는 괜찮나? 혹시 이 비에 그녀가 떠내려가지는 않았나….'

비가 세차게 쏟아질수록 김 선생의 걱정은 깊어진다.

이제 겨우 서로를 알아가기 시작한 참이었다. 말을 놓지는 못했지만, 눈빛은 점점 오래 머물렀고, 말끝엔 조심스러운 온기가 배어 있었다.

서로가 서로에게 어떤 뜻이 되어 가고 있다는 것을, 둘 다 알면서도 아무 말도 하지 않았다.

그래서 더 걱정이었다. 이제 막 피어날 듯한 인연이, 이 비에 휩쓸려가 버릴까 두려웠다.

김 선생은 정강이까지 차오른 빗물을 헤치며 길을 걸어가고 있다. 물길이 바뀌어 다리가 무너졌단 소문도 들었지만, 그는 아랑곳하지 않는다.

어디선가 영애의 이름을 부르고 싶은 충동이 일었지만, 이 내리는 비에는 그 어떤 소리도 묻혀 버릴 것이다.

비는 마치 하늘의 통곡처럼 퍼붓고 있었다. 빗줄기 사이로 들려오는 빗소리는 세상의 모든 소리를 삼켜 버릴 기세였다. 김 선생은 가만히 서서 언덕을 바라보며 마음속으로 수백 번도 더 중얼거렸다.

'영애 씨… 부디 무사하이소… 부디….'

그는 두 손을 모아 꼭 쥐었다. 차마 소리 내어 말할 수는 없었다. 빗물이 얼굴을 타고 흐르고 있었지만, 그 안에는 걱정과 안도의 눈물도 섞여 있었다.

그때였다. 저 멀리 언덕 위, 희미한 불빛 하나가 비를 가르며 모습을 드러냈다.

가슴이 덜컥 내려앉았다. 그 불빛은 낯익은 랜턴의 것이었다. 그리고 그 아래에는, 우비도 제대로 걸치지 못한 채 비를 맞으며 터덜터덜 내려오고 있는 여인의 모습이 보였다.

"영애 씨…."

김 선생은 속삭이듯 말했다. 하지만 곧 더 크게 외쳤다.

"영애 씨~!"

그녀는 그 소리에 놀라 멈춰 섰다. 고개를 돌리자, 빗속에서 자신을 부르는 남자의 얼굴이 어렴풋이 보였다.

"김… 김 선생님?"

그녀의 눈이 커졌다.

서로의 존재를 확인한 순간, 영애의 눈에도 눈물이 맺혔다. 그것이 빗물인지, 감정인지 구분하기 어려웠지만, 분명한 것은 그 둘 사이에 무언가 더 깊고 단단한 감정이 피어오르고 있다는 사실이었다.

그는 성큼성큼 다가가 그녀를 우산 아래로 끌어당겼다. 우산 하나가 두 사람을 덮었고, 비의 소란 속에서도 그들은 잠시 조용한 평화를 나누었다.

"이리 마이 오는데 오데로 그리 댕기 샀는데예…?"

김 선생의 목소리는 처음엔 꾸짖음 같았으나, 말끝이 떨려 왔다. 언짢은 마음보단 걱정이 앞섰던 것이다. 비는 들판의 나락마저 가물거릴 정도로 퍼붓고 있었고, 뒷산에서부터 흘러내린 물은 이미 도랑을 삼킬 기세였다.

영애는 그 와중에도 미소를 잃지 않았다. 얼굴이며 눈매가 비에 젖어 윤기가 돌았고, 어딘지 모르게 평온해 보였다.

그녀는 마치 큰일 아니라는 듯이, 별일 없는 듯 이야기한다.

"고치하고 깡냉이가 넘어진나 싶어 갖고예."

"아이고야… 그기 사람 생명보다 소중합미꺼…."

김 선생은 다시 한번,

"비가 울매나 억수로 쏟아지는데, 또랑 건너다 물에 빠지모… 우짤라꼬 이람미꺼?"

김 선생은 한 손을 허리에 얹은 채, 눈길을 거두지 못한 채 서 있었다. 입술은 현실적인 타박을 던졌지만, 그의 시선은 이미 다른 진실을 말하고 있었다. 그녀의 어깨 위로 흐르는 빗물이 얇은 여름 티를 타고 흘러내렸다. 천이 피부에 밀착되며 드러난 윤곽은 마치 비가 그려낸 비너스상 같았다.

몸빼 바지조차도 빗물에 젖어 윤이 나고, 그녀의 움직임에 따라 살짝살짝 드러나는 실루엣은 시선을 사로잡기 충분했다.

그는 아무 말 없이 고개를 돌려 주변을 둘러보았고, 그 순간 그의 눈은 그녀의 가는 허리선을 따라 무심코 미끄러졌다. 감정이라기보다는 본능에 가까운 무언가가 그의 가슴 언저리를 건드렸다.

그는 애써 시선을 돌리며 속으로 자신을 나무랐다.

'그럴 상황이 아니다', '그럴 사람이 아니다'.

속으로 몇 번이고 되뇌었지만, 어쩔 수 없이 자꾸만 시선은 되돌아갔다. 빗소리와 함께 그녀의 모습이 잔상처럼 그의 눈앞에 남았다. 그것은 단순한 육체의 노출이 아니었다. 무심함 속의 아름다움, 의도되지 않은 생생한 존재감이었다.

김 선생은 잠시, 뭔가를 잊은 사람처럼 멍하니 서 있었다. 마치 빗속에서 무언가가 깨어나는 소리를 들은 듯이.

김 선생은 넋을 잃은 채 서 있다가, 정신을 차리고는 말했다.

"비 마이 맞으모 감기 들어예. 빨리 집으로 가입시더."

그의 목소리는 빗소리에 젖어 있었고, 손은 조심스럽지만 단단히 영애의 팔을 감쌌다. 영애는 말없이 그의 곁으로 파고들었다. 두 사람이 우산 속으로 몸을 숨긴 것도 잠시, 갑작스레 몰아친 돌풍이 우산을 뒤엎어 날려 보내 버렸다. 우산은 허공을 휘저으며 날아가더니, 저 멀리 들판으로 사라졌다.

순간, 두 사람은 동시에 서로를 붙잡았다. 본능처럼, 아니면 오래전부터 기다려 온 듯한 동작처럼.

영애는 김 선생의 가슴에 얼굴을 묻었다. 축축하게 젖은 머리칼이 그의 목덜미에 닿았다. 김 선생은 그녀를 꼭 끌어안은 채 그 자리에 그대로 서 있었다.

김 선생은 우산도 없이 그 옆을 지키던 영애를 바라보았다.

"집에 데불다 드리께예."

영애는 순간 머뭇거렸다. 빗물에 젖은 얼굴에는 망설임이 어려 있었다.

"선생님, 다 젖어가 우짭미꺼… 집에는 얼라들밖에 없고, 남자가 없어서… 맞는 옷이 없는데예."

그녀의 말에는 어색함과 걱정이 섞여 있었다.

그러자 김 선생은 가볍게 웃으며 고개를 저었다.

"괴안습미더. 이 비에 옷 갈아입어 봐야 헛일입미더."

그의 목소리는 따뜻했지만, 그 속에는 젖은 어깨만큼이나 무거운 감정이 실려 있었다.

영애는 이내 고개를 끄덕이며 말했다.

"집에 가서 생각합시더."

두 사람은 말없이 다시 걸음을 옮겼다. 억수같이 퍼붓는 빗속, 묵직한 하늘 아래에서 그들의 발걸음은 조심스럽고 느렸다. 그 길 끝에 무엇이 기다리고 있을지는 누구도 알지 못했다. 하지만 분명한 것은, 그 순간만큼은 서로가 서로에게 작은 온기가 되어 주고 있었다는 사실이었다.

"언자 들어가이소. 영애 씨 들어가는 거 보고 저도 갈깨예."

김 선생의 말에 영애는 고개를 끄덕였지만, 금세 얼굴에 서운함이 스며들었다. 밤공기는 차가웠고, 여름의 기운이 골목 끝까지 스며들어 있었다. 영애의 어깨가 조심스레 떨렸다.

"감기 들어예. 빨리 집에 들어가이소."

영애의 건강을 걱정하는 김 선생의 말투는 따뜻했지만, 그 따뜻함이 오히려 영애의 마음을 더 시리게 만들었다. 김 선생도 말은 그렇게 해 놓고는 선뜻 발걸음을 떼지 못했다. 그의 두 눈은 여전히 영애를 향하고 있었다.

"선생님, 올… 고마바예. 선생님 아니었음, 큰일 날 뻔했습미더."

영애는 진심을 담아 말했다. 목소리는 작았지만 또렷했고, 그 말 속에는 이날 하루를 통째로 건넬 만큼의 고마움이 묻어 있었다. 김 선생은 말없이 고개를 끄덕였다.

그들은 남의 집 처마 밑에 서 있었다.

"추버애, 빨리 들어가이소."

"잠시 지달리소. 우산 가지고 올께에."

"아입미더, 우산 써 봤자 소용없어예. 그냥 갈깨에."

다시 한번 재촉하는 목소리였지만, 그 말 속에는 쉽사리 떠날 수 없는 마음이 묻어 있었다. 영애는 그런 김 선생의 마음을 느꼈다. 그래서 더더욱 헤어지기 싫었다.

순간, 영애는 망설임 없이 김 선생의 품에 안겼다. 차가운 공기 속에서 그의 품은 따뜻했다. 두 사람은 아무 말 없이, 서로의 온기를 느끼며 그렇게 한참을 서 있었다. 말보다 깊은 감정이 골목을 감싸 안고, 그들의 사이를 천천히 물들여 갔다.

40. 영애는 아이들의 어머니다

 엄청난 비가 내린 후 며칠이 지나지 않아 또 비는 종일 쉬지 않고 내렸다. 기온은 한여름인데, 길 위의 풍경은 늦가을처럼 축축하고 회색빛이었다. 김 선생은 오래된 회색 점퍼에 빗물을 머금은 채, 조용히 골목 어귀에 서 있었다. 그곳은 영애의 집에서 두어 걸음 떨어진 작은 전봇대 옆, 낯익은 위치였다.
 그가 우산도 없이 그 자리에 선 이유는 단순했다. 비가 오는 날엔 영애가 일하지 못한다는 걸 그는 알고 있었다. 시장에서 좌판을 펼치는 영애는 비가 오는 날이면 집에 머물렀다. 그건 김 선생이 비 오는 날을 기다리는 이유였다.
 영애의 집 창문은 아직도 커튼이 쳐져 있었고, 불빛도 없었다. 그러나 김 선생은 초조하지 않았다. 영애는 느긋한 사람이었고, 아침을 늦게 맞이하곤 했다.
 그는 주머니 속 단단히 접힌 종이봉투를 만지작거렸다. 거기엔 며칠 전부터 써 내려간 편지가 들어 있었다. 말로는 끝끝내 하지 못한 이야기들. 그날 빗속에서 보았던 그녀의 아름다운 몸매와 그녀의 따스한 모습이 영애를 못 잊게 만들었다. 그래서 다시 펜을 들었다. 하지만 그 편지를 줄 용기를 얻기 위해서는, 그녀가 먼저 창문을 열고 그를 바라보거나 대문을 열고 밖으로 나와야 했다.

'올은, 그냥 밖으로 나오기만 해도 좋겠다이.'

그는 그렇게 생각하며 빗방울 떨어지는 소리를 들었다. 빗소리는 고요하게, 그러나 마음속 기대감은 은근하게 요동쳤다. 영애가 커튼을 젖히는 순간, 혹은 현관문을 열고 밖으로 나오는 찰나의 시간만이라도 볼 수 있다면, 그것으로 그는 충분히 행복할 것 같았다.

비는 여전히 내렸다. 그가 아무리 기다려도 그녀는 나오지 않았다. 그러나 김 선생의 마음엔 단 하나의 믿음이 남아 있었다.

비가 오면, 영애는 일을 하지 않는다.

비가 오면, 그녀는 집에 있다.

그러니 언젠가는, 문을 열고 나와 줄 것이라는 믿음 하나로, 그녀를 향한 사랑의 힘 하나로 그는 아주 오랫동안 그 자리에 서 있었다.

영애는 고요한 집 안에 서 있었다. 아랫목엔 아이들이 방학이라 옹기종기 잠들어 있었고, 벽시계는 아침 아홉 시를 지나고 있었다. 문득, 창문 너머로 희미한 그림자가 어른거렸다. 그녀는 조용히 발소리를 죽이고 다가가 커튼을 살짝 열었다.

외투 깃을 세운 김 선생이 골목 한쪽에 서 있었다. 그는 말없이, 그저 자신의 집을 바라보고 있었다. 마치 무언가를 기다리는 사람처럼.

영애의 가슴이 뛴다. 그 사람을 보면 늘 그랬다. 묵묵히 서 있는 그 모습 하나만으로도 마음 한편이 흔들렸고, 손끝이 저릿해졌다. 그러나 오늘은 달랐다. 그녀는 커튼을 다시 닫으며 속으로 되뇌었다.

'언자는 안 된다. 이 마음을 더 키우면, 나는 나를 놓쳐 버릴지도 모른다.'

그녀에겐 2남 2녀, 아직 학생인 아이들이 있었다. 남편 없이 혼자서 키우느라, 하루하루가 그는 전쟁 같았다. 새벽같이 마산 댓거리 번개시장에 다녀오고, 낮에는 밭에 나가 허리를 굽혔다. 거기에 아이들 뒷바라지까지. 다 그녀 혼자 감당해야 할 몫이었다.

그런데 사랑이라니.

그녀는 안다. 한 번 마음을 열어 버리면, 자신은 그 사람에게로 기울 것이다. 그토록 바라고 애틋했던 따뜻함을 포기하지 못할 것이다. 그러면 이 생활은 무너진다. 아이들에게 준 단단한 울타리는 금이 갈 것이다.

그래서 결심했다. 이제는 김 선생을 만나지 않기로.

커튼은 다시 굳게 닫혔고, 그녀는 천천히 돌아서며 등을 기대었다. 눈을 감았다. 잠깐, 뜨겁고 아릿한 무엇이 흘러내렸다.

'사랑은, 내가 감당할 수 없는 사치야.'

밖에 서 있던 김 선생은 몇 시간을 한참을 더 서 있다가, 아무 말 없이 돌아섰다. 김 선생이 남긴 그의 발자국만이, 조용한 밤의 기억을 품은 채 그대로 남아 있었다.

한 번도 자신을 위해 살아 본 적 없는 여자, 영애. 비는 계속해서 내리고 있었다.

그녀는 열아홉에 엄마가 되었고, 그 순간부터 세상은 달라졌다. 자신의 꿈도, 사랑도, 이름도 조용히 접어 두었다. 아이의 웃음이 곧 그녀의 기쁨이었고, 아이의 아픔이 곧 그녀의 상처가 되었다.

"엄마는 괜찮아."

그 말은 그녀가 살아오면서 가장 많이 한 말이었다. 누가 괜찮냐 물으면, 진심이 아닌 위로로 건네는 말일지라도, 그녀는 웃으며 그 말을 반복했다.

어느 날 밤, 아이가 무심히 물었다.

"엄마는 왜 혼자고?"

그녀는 대답 대신 아이의 머리칼을 쓰다듬었다. 자신이 왜 혼자인지, 왜 사랑을 다시 시작하지 않았는지. 그 모든 이유가 곧 아이였다는 걸, 아직은 말할 수 없었다.

그녀는 거울 앞에 서서 자신을 바라보았다. 눈가엔 세월이 스며 있었고, 마음속에는 사라지지 않는 어떤 맹세가 있었다.

"내가 다시 태어난다면, 그땐 나를 위해 한번 살아 볼까?"

그녀는 조용히 웃었고, 눈물 한 줄기가 턱을 타고 흘렀다. 하지만 지금 이 생에서, 그녀는 다짐했다. 자신의 행복이나 사랑보다 먼저, 자신의 자녀를 위해 살아갈 것을. 그것이 그녀가 택한 삶의 방식이었다.

영애는 늘 조용한 사람이었다. 그 조용함은 단순한 성격 때문만은 아니었다. 그녀의 마음속에는 오래도록 눌러 담아 둔 감정들이 있었다. 그러나 그녀는 그 감정들을, 마치 오래된 옷처럼 하나둘 벗어 걸어 두었다. 살아간다는 건 감정을 따라 사는 것이 아니라고, 그녀는 스스로에게 되뇌곤 했다.

아이들이 자라는 동안, 영애는 자신의 욕망을 한 겹 한 겹 접어 서랍 깊숙이 넣었다. 분명 그녀도 외로웠고, 때로는 누군가의 온기가 간절했지만, 그런 사치는 오롯이 그녀의 몫이 아니었다. 아이들의 웃음이 그녀의 기쁨이 되었고, 아이들의 눈물이 그녀의 슬픔이 되었다. 살아 있다는 감각조차 아이들을 위한 것이었다. 자신을 위한 삶은 없었다.

김 선생은 그런 영애의 마음을 흔들었다. 그의 따뜻한 눈빛, 말없이 건네는 손길, 그리고 가끔 들려오는 낮은 웃음소리…. 영애는 자신도 모르게 그에게 마음을 열고 있었다. 그러나 그녀는 그 감정을 두려워했다.

'내가 감히 사랑이라니….'

스스로를 나무라며, 그녀는 마음을 거둬들였다.

어느 날, 아이들이 모두 잠든 깊은 밤이었다. 영애는 책상 앞에 앉아 조용히 편지를 썼다. 그 편지에는 이름도, 고백도 없었다. 다만 그녀의 마음이 고스란히 담겨 있었다.

"선생님, 당신을 향한 제 감정은 여기까지입니다. 저는 제 감정을 접고 살아갈 줄 아는 사람입니다. 아이들에게 부끄럽지 않게 살겠습니다."

그녀는 편지를 찢어 불에 태웠다. 타오르는 종잇조각은 어둠 속에서 잠시 붉은 빛을 내더니 이내 재가 되었다. 사랑의 감정도, 살아 있음을 느끼게 해 주던 그 떨림도, 그녀는 서슴없이 잘라냈다. 마치 아무 일도 없었다는 듯, 다시 아이들 곁으로 돌아갔다.

그녀의 삶은 다시 조용해졌다. 그러나 그 조용함 속에는, 누군가를 깊이 사랑할 줄 알았던 한 여인의 의연한 결단이 담겨 있었다.

41. 부스럼이 많았던 아이들

만석이는 밤새도록 뒤척였다. 가려움이 파도처럼 몰려왔다. 머리끝에서부터 발끝까지, 팔이며 다리며, 온몸을 긁고 또 긁었다. 손톱이 스치고 지나간 자리는 불그스름하게 부풀었고, 그 아래엔 마치 오래된 상처처럼 부스럼이 앉아 있었다.

그때는 왜 부스럼이 나는지를 몰랐다. 동생들 방에서도 비슷한 소리가 들려왔다. 얇은 벽 하나를 두고 들리는 긁는 소리, 뒤척이는 숨소리, 누가 먼저랄 것도 없이 모두가 고통 속에 뒤척였다.

그런 밤은 길고도 더디게 흘렀다. 몸 하나 편히 눕히지 못하고, 마음 놓고 잠들 수도 없었다. 기껏 잠들면 꿈속에서도 가려워, 꿈결에조차 몸을 긁고 있었다.

그렇게 그들의 어린 밤은, 아물지 못한 부스럼처럼 지독하게 쓰라렸다.

처음엔 그저 모기에 물린 듯한 느낌이었다. 피부 위에 조그맣게 도드라진 한 점. 가볍게 긁고 나면 시원할 줄 알았지만, 그건 시작에 불과했다.

이나 옴, 벼룩이 물고 간 자리는 곧잘 벌겋게 부풀어 올랐고, 그 주위가 따갑고 간질간질했다.

하지만 시간이 지나자 그 가려움은 단순한 간지러움이 아니게 되었다. 살갗 아래로 기어 다니는 듯한 감각. 피부와 살 사이 어딘가에서 작은 이가 알을 까듯, 움직이고 꿈틀거리는 느낌이 들었다.

가만히 두면 미칠 것 같았고, 긁으면 더더욱 타들어 가는 듯했다. 손톱으로 박박 긁으면 처음엔 짜릿하고, 시원했다. 하지만 곧 피부가 벗겨지고 피가 맺혔다.

긁은 자리는 진물이 흐르고, 그 위로 또다시 가려움이 겹쳐 왔다.

한 번 물린 자리 옆에 또 다른 물린 자리가 생기고, 그 옆에도 또 하나. 가려움은 번졌다. 불씨처럼 옮겨붙었다.

머리를 긁다 보면 팔이 간질거리고, 팔을 긁다 보면 종아리며 배며, 안 간지러운 곳이 없었다.

심지어 가만히 앉아 있거나 누워 있어도, 바람이 스쳐도 간지러웠다. 옷이 닿기만 해도, 땀이 스며들기만 해도, 아예 아무 자극도 없는데도. 몸이 스스로를 적으로 삼아 가려움을 퍼뜨리고 있는 것 같았다.

가려운 곳을 긁다가 지쳐 손을 멈추면, 마치 그 틈을 노린 듯 다른 데서 더 세찬 자극이 밀려왔다. 눈을 감고 있어도 감긴 눈꺼풀마저 간지러웠다. 그건 단순한 벌레 물림이 아니었다.

살 안에 기생하며 계속 살아 움직이는, 결코 떨쳐낼 수 없는 저주였다.

1970년대 초, 사정리 사람들은 아직 가난했고, 벼 이삭은 여물기보다 병해충에 시달리며 허연 쭉정이가 되기 일쑤였다. 논에 농약을 친다는 건 상상도 할 수 없는 일이었다. 외국에서 들어온 농약은 너무 비쌌고, 그 귀한 것을 벼에 쓴다는 건 사치에 가까웠다.

일 년 동안 한 번도 세탁을 하지 못하는 이불에 깃든 이, 옷 사이를 누비는 벼룩, 아이들 뱃속을 들락거리는 기생충들. 사람 몸에 붙은 것들부터 먼저 없애야 했다.

"이 흰 가루만 뿌리면 다 없어진다카이."

보건소에서 나온 사람들은 그렇게 말하며 사람들 머리부터 발끝까지 하얗게 뒤덮었다. 그 흰 가루가 바로 DDT 입제였다.

그건 일종의 의식처럼 느껴졌다.

아이들은 줄을 서서 그 가루를 뒤집어썼고, 어른들은 서로의 등을 톡톡 두드려 주며 약을 골고루 발랐다.

"냄새 고약하제? 그래도 이가 사라진다 아이가."

"밀가리 맹기로 보얀 이기 뭔데."

"니 몰랐나? 디디가리 아이가."

"디디가리? 그게 뭔데."

"이거 뿌리모 이도 없고 밭에 뿌리모 굼벵이나 달팽이가 전부 없어진다 아이가."

"뭐시 이런 기 있노."

"집에 방바닥하고 이불 이런 데 한번 뿌리 보레. 벼룩이나 이, 옴이 싹 다 디진다이."

"옴마야, 진짜로 좋은 기네."

사정리 마을 사람들은 DDT 입제의 효능에 모두들 놀랐다.

하지만 사람들은 몰랐다. 그 흰 가루가 새들도 죽이고, 사람의 몸속 장기에도 스며든다는 걸.

1974년. 마을에 변화의 새로운 바람이 불었다. 정부에서 벼농사 증산 정책을 밀어붙이기 시작했고, 전국의 논에 농약들이 공급되기 시작했다. 이제 우리나라도 농약을 만들기 시작했다. 제초제, 해충 방제용 살충제, 병해 방지용 살균제까지.

논이 하얘지고, 물은 녹색으로 물들었다.

"농사도 과학으로 한다!"

정부에서는 그렇게 외쳤다.

논두렁마다 뿌려지는 약의 이름은 어려웠지만, 효과는 분명했다. 병이 줄고, 수확량은 늘었다. 사람들은 처음엔 무엇인지 모르고 정해진 용법보다 몇 배 많이 뿌렸다.

그렇게 되니 이상한 일이 일어나기 시작했다. 물이 흐르던 개울에 물고기가 떠올랐고, 메뚜기도 없어지고, 논 근처에 날아다니던 새들도 점점 줄어들었다. 그 많던 참새가 보이지 않았던 시기도 이쯤이었다.

예전엔 누구나 이나 회충을 가지고 살았다. 장이 조금 아픈 날이면 어른들은 웃으며 말했다.

"기생충이 돌아다니나 보구나."

몸 안에 뭔가가 있다는 걸 사람들은 당연하게 여겼고, 때로는 정겹게도 생각했다.

그러다 변했다. 언제부터였을까. 아마 그때, 정부가 '안전한 농약'이라는 것을 대량 보급하면서부터다. 식탁 위의 모든 것이 더 선명하고, 더 크고, 더 오래갔다.

농작물은 더는 벌레 한 마리 없이 깨끗했고, 그 깨끗한 음식을 먹고 자란 사람들의 몸속도 점점 그렇게 변해 갔다. 그 변화는 서서히 왔다.

아이들은 더는 배가 아프다고 하지 않았고, 약국에서는 구충제가 잘 팔리지 않았다.

의사들은 말했다.

"좋은 현상입니다. 더 깨끗해졌다는 뜻이죠."

하지만 만석은 기억한다. 어느 날부터인가 배가 텅 빈 느낌이 들기 시작했다. 식사 후에도 포만감이 없었고, 이상하게도 소화는 너무 잘됐다. 마치 안에서 도와주던 무언가가, 더는 없어진 것처럼.

만석뿐만 아니라, 모두가 완전히 기생충이 사라졌다. 그건 단순한 '청결'이 아니었다.

몸 안에서조차 무언가를 길러낼 수 없는 상태가 되어 버린 것이다. 만석의 세대를 시작으로 음식 속 농약을 받아들였고, 그것은 우리 세포 안에 조용히 축적되었다.

이제 우리의 피는 기생충이나 이가 견디지 못하게 하고, 장은 미생물조차 오래 살지 못하게 되었다.

기생충이 사라진 대가는 조용히, 그러나 분명하게 찾아왔다. 사람들은 면역력이 약해졌고, 소화 능력이 나빠졌으며, 정신적으로도 예민해졌다.

그들은 이유 없는 피로에 시달리고, 작은 상처도 잘 낫지 않았.

그제야 과학자들은 입을 열었다.

"기생충은 우리와 공생하던 존재였습니다. 완전한 제거는 오히려 생물학적 균형을 무너뜨린 겁니다."

너무 늦은 고백이었다.

우리는 이미 살충제 생명체가 되어 있었고, 우리 안에서 살아가던 작은 생명들은 돌아오지 않았다.

만석은 요즘, 가끔 상상한다. 그들이 다시 돌아와 장 속을 헤엄치고, 나와 함께 살아가는 그런 날들을. 가끔은 그런 소리가 들린다.

"기생충이 아니라… 친구였을지도 모르지."

42. 농약 중독

　사정리 온 들판에는 농약이 뿌려지고 있었다. 바람이 불면 어깨에 지고 치는 20리터짜리 수동식 분무기에서 뿜어져 나온 하얀 안개는 밀물처럼 퍼져 나가 들판을 덮고, 그 옆 논두렁을 따라 걷는 아이들 머리 위로도 스며들었다.
　모내기를 하고 난 뒤 벼가 어느 정도 자라면 농약을 뿌리기 시작한다. 태봉이 아버지는 오늘도 아침 일찍 농약 통을 메고 논으로 향했다. 쇠로 된 분무기 통을 도랑 옆에 두고 농약 병을 본다. 그러나 그는 한글을 몰랐다.
　농약방에서,
　"물 한 말에 농약 한 뚜껑만 넣으소."
　했지만 농약을 넣어 보고는,
　"이렇게 적게 넣어서 무슨 약이 되노."
　태봉이 아버지는 투덜거리며 농약 통에 물을 붓고, 병 속 농약을 아낌없이 쏟아부었다.
　대부분의 농민들은 그런 식이었다. 누가 농약이 위험하다고 말해 줘 본 적도 없었다. 그리고 설령 누가 그런 말을 해도, 사람들은 믿지 않았다. 의심도 경계도 없이, 마치 볍씨 뿌리듯 농약도 그렇게 퍼부었다.

태양이 가장 높이 떠오른 8월의 오후, 하늘은 구름 한 점 없이 파랬고, 논두렁 위의 공기는 뜨겁게 출렁거렸다. 태봉이 아버지는 땀으로 젖은 셔츠 위로 농약 통을 메고, 벌겋게 그을린 등을 구부린 채 논 사이를 걸었다. 벌써 몇 시간을 땡볕에 서 있었지만, 올해는 벌레가 유난히 많았다. 비룟값도 비싸고, 작황도 걱정되는 판에 농약이라도 제대로 치지 않으면 안 됐다.

한 통을 다 비우고, 겨우겨우 농약 통을 벗어 둘러메고 집으로 돌아온 태봉이 아버지는 손을 씻고 얼굴에 찬물을 끼얹었다. 순간, 땅이 움직이는 듯했다. 숨이 턱 막혔다. 팔이, 다리가, 마치 자갈처럼 굳어 갔다. 거울에 비친 자신의 눈동자가 흐려지기도 전에, 태봉이 아버지는 세수를 하다 말고 그대로 바닥에 무너져 내렸다.

"아부지!!"

태봉이의 외침이 좁은 집 안에 울려 퍼졌다. 당장 병원에 데려가야 했지만, 동네에는 구급차도, 택시도 없었다. 어머니는 놀라서 울음을 터뜨렸고, 태봉이는 생각할 틈도 없이 벌떡 일어나 뛰쳐나갔다. 땀범벅이 된 얼굴로, 맨발로 마당을 가로질러 골목길을 달렸다.

"만석아! 만석아!"

먼지를 일으키며 달려간 곳은 동네에서 유일하게 오토바이를 가진 만석이 집이었다. 숨이 목까지 차오른 채 대문을 쾅쾅 두드리며 울며 소리쳤다.

"만석이 아버지예… 우리 아버지 꼴딱꼴딱합미더! 억수로 급합미더! 가야에 병원에 좀 가입시더!"

철수가 집 안에서 헐레벌떡 달려 나왔다. 철수는 태봉이가 입도 열기 전에 그의 눈빛에서 뭔가 심상치 않다는 걸 느꼈다. '왜?'라고 묻지 않고, 철수는 오토바이 열쇠부터 움켜쥐었다.

"어쁜 타라, 너거 집에 가 보자!"

오토바이가 먼지를 일으키며 골목을 내달렸다. 엔진 소리에 동네가 잠시 술렁였고, 철수는 안장 위에서 손에 땀을 쥐었다. 무슨 일이 벌어진 걸까? 하지만 묻지 않았다. 아니, 물을 수 없었다. 이 급박함엔 말보다 먼저 가야 했다.

태봉이 집에 도착하자, 철수는 문을 박차고 들어갔다. 방 한가운데, 축 늘어진 태봉이 아버지가 비스듬히 쓰러져 있었다. 눈은 감긴 채, 숨소리조차 미약했다.

"형님요! 정신 차리소!"

철수가 어깨를 흔들며 외쳤다. 그러나 아무런 반응도 없었다.

철수는 주위를 두리번거리더니 태봉이 엄마에게 외쳤다.

"형수요, 얼라 기저귀 빨리 가지고 나오소!"

"기저귀는 뭐 할라꼬요?"

태봉이 엄마는 어리둥절한 얼굴로 물었다.

"정신없이 축 늘어진 사람을 오토바이에 우찌 태아가 가겠습미꺼? 내가 앞에 타고 나모, 형님하고 내하고 꽁꽁 묶어 주이소!"

그제야 상황을 파악한 태봉이 엄마는 부랴부랴 장롱을 열었다. 막내까지 사용한 아이 키울 때 쓰던 하얀 천 기저귀 한 묶음을 꺼내 들고 왔다. 손이 바들바들 떨렸다.

동네 사람들도 모여들었다. 철수는 망설임 없이 태봉이 아버지를 자신의 등에 태우고, 기저귀로 허리와 가슴을 동여맸다. 매듭은 꼭꼭 묶였고, 태봉이 아버지의 숨결은 더욱 가늘어졌다.

철수는 다시 시동을 걸었다.

"가야에 회성의원으로 갑미더. 형수는 버스 타고 병원에 오이소."

오토바이는 먼지바람을 일으키며 좁은 골목을 빠져나갔다. 철수의 등에는 무게보다도 더한 생명이 묶여 있었고, 기저귀는 그들을 하나로 이어 주는 마지막 끈이었다.

철수는 비포장도로를 따라 급하게 오토바이를 몰았다. 거친 바람이 얼굴을 스쳤지만, 브레이크를 밟을 틈도 없었다. 가야에 있는 회성의원까지는 평소보다 훨씬 빨리 도착했다. 장날도 아니라 도로는 텅 비어 있었다. 인기척조차 드문 읍내에, 철수는 병원 앞에서 오토바이 경적을 반복해 울렸다.

"사람 좀 살려 주이소!"

병원 문이 드르륵 열리자, 안에서 간호원 몇 명이 놀란 눈으로 뛰쳐나왔다. 그들은 오토바이 뒤에 축 늘어진 남자를 보곤 곧장 들것을 끌어와 병원 안으로 옮겼다. 그 짧은 시간 동안에도 철수의 손은 떨리고 있었고, 입술은 바싹 말라붙었다.

환자는 곧바로 치료실로 옮겨졌고, 의사는 한눈에 위중한 상태임을 알아챘다. 환자의 얼굴은 창백했고, 숨은 가늘고 불규칙했다.

"우찌 된 긴데예?"

의사가 물었다. 철수는 헐떡이며 대답했다.

"농약 치고 집에 오자마자 고마 쓰러짓다 카네예."

의사는 이마를 찌푸리며 되물었다.

"농약을 마신 거는 아이고예?"

"예. 농약만 칟는데 사람이 쓰러지네예…."

"농약 중독입미더."

의사는 짧고 단호하게 말했다.

"간호원! 빨리 수액 달아라!"

철수는 그 말에 눈이 휘둥그레졌다.

"예? 묵지도 않았는데 농약에 중독이 됩미꺼?"

의사는 잠시 철수를 바라보며 말을 이어 갔다.

"그래서 농약이 무서분 김미더. 피부에 묻어도 이기 농약을 마시는 거 하고 똑같다 아입미꺼."

철수는 그 말을 듣고서야 비로소 사태의 심각함을 실감했다. 자신도 몇 번이나 맨손으로 농약을 다뤘던 기억이 떠올랐다. 그때는 아무렇지 않았지만, 지금 눈앞의 태봉이 아버지를 보니 소름이 돋았다.

그날 저녁, 병원 대기실에서 철수는 멍하니 앉아 있었다. 태봉이 아버지 상태는 아직도 위중했고, 의사는 경과를 지켜보아야 한다고 말했다. 철수는 가만히 손바닥을 들여다봤다. 농약을 다룬 그 손…. 이제는 다르게 보였다.

태봉이 엄마는 버스를 타고 땀에 젖은 얼굴로 병원에 들어섰다. 숨을 고르며 병실 앞에 서서 잠시 눈을 감았다가, 철수의 얼굴을 보자 안도의 숨을 내쉬었다.

"형수요."

철수가 먼저 말을 건넸다.

"형님은 급한 거는 지나갔습미더. 인자 회복만 하모 됩미더."

태봉이 엄마는 그 말을 듣고도 한동안 입을 떼지 못했다. 얼굴엔 걱정이 아직 덜 가신 흔적이 남아 있었다. 그러다 조심스럽게 물었다.

"그란데 와 가만있는기요?"

"좀 있으모 정신 차린다 합미더."

철수는 담담하게 말했다. 그의 눈가에도 피로가 내려앉아 있었다.

"지는 인자 사정으로 들어갈깨에."

태봉이 엄마는 철수를 바라보며 미안함과 고마움이 뒤섞인 말투로 말했다.

"만석이 아버지 아이서모 저세상 갈 뻔했습미더. 고맙습미더."

철수는 손을 내저으며 고개를 저었다.

"아이고, 아입미더. 서로 도와 가며 살아야지예."

짧은 인사를 뒤로하고, 철수는 병원을 나섰다. 어깨는 무거웠지만 마음은 한결 가벼워졌다.

43. 농약과 영희

1974년의 여름은 유난히도 뜨거웠다. 들판은 말라가고, 사람들은 논밭을 누비며 땀과 농약을 함께 뒤집어쓰고 있었다. 그 무렵, 농약은 농사에 만병통치약처럼 뿌려졌다. 잡초도, 벌레도, 병해도 그 한 통이면 해결되었다. 그러나 누구도 말하지 않았다. 아니, 말해도 믿지 않았다. 그 농약이 사람을 쓰러뜨린다는 걸.

사정리뿐만 아니라 다른 동네에서도 농약을 치다 말고 쓰러지는 이들이 하나둘씩 생겨났다. 이마에 땀방울이 맺히고, 팔뚝엔 벌겋게 두드러기가 일며, 갑자기 숨을 몰아쉬다 바닥에 고꾸라지는 일이 반복되었다.

하지만 사람들은 그저,

"더버서 그런가 보다", "몸이 약해서 그런 기지"

하며 넘겼다.

예전에는 살기 싫은 사람들이 쥐약이나 양잿물을 찾는 경우가 많았다. 쥐약은 너무나 고통스러웠다. 뱃속이 뒤틀리고, 입술이 새파랗게 질리고, 그러고도 죽지 않았다.

그러다 농약이 보급되기 시작했다. 사람들은 금세 눈치챘다. 쥐약보다 빠르고, 덜 고통스럽다고들 했다.

저수지 옆에서, 논두렁 아래에서, 침묵 속에 엎드린 채 초록색 거품을 입가에 남긴 사람들이 발견되곤 했다.

그날도 햇살은 무심히 들판을 덮고 있었다. 철수는 마을 어귀에서 어르신들께 인사드리고 돌아오는 길이었다. 마을은 늘 그랬듯 고요했고, 여름 냄새가 땅속 깊이 배어 있었다.

그런데 갑자기 누군가 달려오며 고함쳤다.

"철수야! 큰일 났다! 영희 새댁이 농약을 마셨단다!"

철수는 가슴이 철렁 내려앉으며 그 자리에 얼어붙었다. 영희. 바로 자신과 마산서 오토바이를 타고 오며 관계를 했던 동네에 사는 새댁. 시집온 지 겨우 일 년 남짓. 조용하고 순하디순한 얼굴로 동네 어르신들에게 인사도 곧잘 하던 그녀였다.

"와?"

철수는 숨을 몰아쉬며 물었다.

"무슨 일이고?"

"씨이미가 별나다 아이가."

"또 다퉜다 카더나?"

"아니, 다툰 것도 아니고… 그냥, 잔소리를… 심하게 했다 쿠네…."

말을 잇지 못한 채, 동네 사람 몇이 이미 그녀의 집 쪽으로 달려가고 있었다.

철수도 오토바이를 타고 달려갔다. 그는 그때의 추억이 생각나 그녀가 잘못될까 봐, 자신도 모르게 가슴이 뛰었다.

마당에 도착했을 때, 영희는 마루 아래에 웅크려 있었다. 작은 병이 그녀 옆에 나뒹굴고 있었고, 입술은 벌써 색을 잃어 가는 것 같고, 눈은 감겨 있었고, 숨은 희미한 것 같았다. 시어머니는 마당 끝에 멍하니 앉아

있었는데 그녀의 입에서는,

"내가 그런 뜻은 아니었는데…."

라는 말만 허공에 흘러나오고 있었다.

철수는 사람들과 함께 그녀를 부축해 오토바이에 실었다. 숨을 내쉴 때마다 그녀는 가늘게 떨렸고, 이름을 불러도 대답이 없었다. 동네 어귀를 지나 읍내 병원까지, 철수는 달렸다.

그의 마음엔 묵직한 무언가가 내려앉았다. 평소 조용하던 영희의 웃음이 떠올랐고, 그녀와 함께했던 두척동의 모습들이 하나씩 떠올랐다. 그리고 마음 한구석이 쓸려 나가는 듯한 통증이 일었다.

한참을 오토바이를 몰고 달리던 철수는 길게 펼쳐진 도로 위를 빠르게 지나가고 있었다. 바람은 그의 얼굴을 스치며 지나갔고, 타이어는 도로 위에서 웅장한 소리를 내며 달렸다. 하루의 끝자락, 고요한 시간 속에 오토바이의 엔진 소리만이 울려 퍼지고 있었다.

하지만 갑자기, 엔진 소리가 이상하게 끊어지며 오토바이가 멈춰 버렸다. 철수는 깜짝 놀라며 브레이크를 잡았고, 오토바이가 서서히 멈춰 섰다.

새댁과 철수가 기저귀로 묶여 있어서 철수는 내리지도 못하고 그대로 서 있어야 했다. 아무도 지나가는 사람도 없고 물론 차도 한 대 지나지 않는 길에서 20분쯤 서 있는데 택시 한 대가 지나갔다.

철수는 희망을 느끼고 필사적으로 손을 흔들었다. 또, 오토바이 라이트의 불빛을 깜박이자 택시가 멈췄다. 다행히도 지나가는 차량은 그 길에서 택시 한 대뿐이었다.

택시 운전사는 창문을 열고 묻는다.

"와예, 무슨 일인기요?"

철수는 급하게 대답했다.

"오토바이가 고장이 나가 꼼작을 못 하고 있습미더. 뒤에 있는 사람이 많이 아픈데 병원에 좀 가입시더."

택시 운전사는 눈빛을 번뜩이며 말했다.

"쬐매만 지달리소. 우거에 손님 내라 주고 퍼뜩 올께예."

그러자 뒤에서 탄 승객이 끼어들었다.

"기사 양반! 사람이 많이 아프네예. 우리 여 서 있으모 된께네, 아픈 사람 병원에 태워 주고 오이소!"

기사와 승객은 잠시 눈을 맞췄다. 그리고 기사도 고개를 끄덕이며 말했다.

"그래도 되겠습니꺼? 고맙습니더."

그렇게 택시 기사와 승객은 힘을 합쳐, 철수와 새댁에게 묶여 있던 기저귀를 풀어냈다. 철수와 새댁은 드디어 택시에 올라탔다. 그들의 몸은 지쳐 있었지만, 병원으로 향하는 택시 안에서 조금이라도 편안해질 수 있기를 바랐다.

철수는 회성의원에 도착했다. 다소 급한 발걸음으로 택시 운전사에게 말했다.

"보호자가 있어야 해서 우거 가는 손님 데불다 주고 다시 병원으로 오이소."

운전사는 고개를 끄덕이며 대답했다.

"알겠습미더, 그리할께예."

철수는 병원 안으로 들어서며 의사에게 다가갔다.

"위세척해야 합미더, 음독입니더."

철수는 농약에 중독된 사람을 워낙에 자주 데리고 와서 이제 거의 의사 수준이었다.

"아직까지 별다른 증상이 없는 거 보니 농약은 마시지 않은 것 같습미더."

그러자 의사는 침대에 누워 있는 영희를 바라보며 말했다.

"조영희 씨, 일어나이소."

하지만 영희는 아무런 반응도 없이 눈을 감고 있었다. 의사는 다시 한 번 영희의 얼굴을 톡톡 쳤다.

"일어나이소, 조영희 씨."

영희는 여전히 대답이 없었다. 의사는 조용히 말을 이었다.

"눈 안 뜨모 위세척 들어갑미더. 그라모 억수로 아픕미더."

그 말에 영희는 잠시 숨을 고르더니, 천천히 눈을 떴다. 그러나 여전히 혼란스러운 표정이었다. 철수는 그 모습을 보며 의사에게 말했다.

"선생님요, 집안에 안 좋은 일 있는 거 같습미더. 고마 음독한 것처럼 해 주고 병원에 입원시키모 안 되것습미꺼?"

의사는 철수의 말에 고개를 끄덕이며 말했다.

"김 사장이 그리 말하모 그리해야지."

의사는 고개를 끄덕이며 간호원에게 말했다.

"간호원, 입원시키라."

간호원은 신속하게 반응하며 병원 내 절차를 진행했다. 영희는 아직도 혼란스러운 표정으로 침대에 누워 있었고, 철수는 그저 걱정스러운 눈빛으로 영희를 바라보았다.

    그의 마음은 무겁고, 영희에게 일어난 일이 무엇인지가 궁금해졌다. 집안에서 무슨 일이 있었던 것일까? 철수는 알 수 없는 불안감에 사로잡혔다.

44. 철수와 영희 새로운 시작

　회색빛으로 칠해진 병실, 희미하게 깔린 햇빛이 창가의 희멀건 커튼을 간신히 통과해 들어왔다. 병실 안에는 침대 두 개, 의자 두 개, 그리고 철수와 영희, 단 두 사람만이 있었다. 다른 환자는 잠시 외출을 나갔고, 간호사도 자리를 비웠다.

　철수는 침대 옆 의자에 앉아 묵묵히 영희를 바라보고 있었다. 그녀는 아직 병원 가운을 입고 있었고, 손등에 꽂힌 링거 바늘이 그녀의 어깨를 더욱 무겁게 만드는 듯 보였다.

　철수는 잠시 그녀를 바라보다가, 조용히 입을 열었다.

　"영희 씨… 와 그랬는데예? 씨이미 앞에서 농약 문 거 맨치로 했습미꺼? 진짜로 무언 줄 알고, 울매나 놀랬는지 알미꺼?"

　영희는 아무 말 없이 고개를 돌려 창밖을 바라보았다. 바람이 흔드는 나뭇잎 소리만이 병실에 들려왔다. 그녀의 손끝이 미세하게 떨리는 것을 철수는 놓치지 않았다.

　"지 옷에다가 농약을 뿌리고, 얼굴에는 쪼매 묻히가… 입가에 거품은 밀가리를 물에 타서 머금어 있었습미더. 씨이미가 내를 못 잡아무서 환장한 사람맨치로 지를 너무 괴롭히서예…"

　영희의 어깨가 조금 움찔했다. 철수는 부드럽게 목소리를 낮추며 물었다.

"와예… 씨이미가 아무 이유 없이 그라지는 않았을끼 아입미꺼?"

영희는 입술을 깨물었다가, 조심스럽게 입을 열었다.

"우리 옆집 철제 총각 있지예… 그 총각하고 붙어 무었다꼬, 틈만 나면 씨이미가 '화냥년아, 오데서 씹지랄이고'… 소리치고 욕을 해사서… 에나로, 디지고 싶었습미더."

철수는 무거운 한숨을 내쉬었다.

"그라모… 참말로 철제 총각하고 그런 사이였습미꺼?"

그녀는 화들짝 놀라며,

"아이고 오데예. 지가 그리했으모 벼락 맞아 디지도 됩미더."

그녀는 고개를 심하게 저었다.

"철제 총각이 한번은, 집에 아무도 없다카이 반찬 한 번 갖다주러 갔습미더. 근데 내가 철제 집에서 나오는 거 보고는… 씨이미가 어리미 짐작으로 그리샀는다 아이미꺼…."

"할마씨가 노망이 난 기가… 신랑도 아무 소리 안 하는데, 지가 와 지랄이고…."

그녀의 말끝은 떨렸다.

"그랑깨, 지가 살것습미꺼…."

철수는 고개를 천천히 끄덕였다.

"잘했습미더. 내가 의사 선생한데 이바구해서, 오래 병원에 입원하구로 해 줄깨에."

영희는 작게 고개를 흔들었다.

"아입미더… 신랑한데 미안해서, 안 되예."

철수는 조금 더 의자 앞으로 몸을 기울이며 말했다.

"그래도… 금방 퇴원하모, 씨이미 또 지랄할끼미더. 일주일은 있다가 퇴원하입시더."

영희는 대답하지 않았다. 대신 창밖을 바라보는 눈빛이 조금 더 흐릿해졌다. 철수는 말없이 그녀의 옆에 앉아, 조용히 그 시간을 함께 견뎠다. 병실 안으로 여름 햇살이 조금 더 깊이 스며들고 있었다.

"지는 인자 들어가 볼께예. 오토바이도 고장 나고 해서 석무에 센타 가서 고치아 합미더."

"올 지 때문에 고상 마이 했습미더. 다음에 마산 가서 지가 대접 한번 할께예."

"아이고, 아입미더. 다른 사람이면 몰라도 영희 씨가 그라모 당연히 더 지가 그리해야지예."

"좌우간 몸 추스리고 나모 마산서 한번 보기는 하입시더."

"예. 그리하깨예."

회성의원을 나서자, 철수는 뿌연 담배 연기가 감도는 8월의 오후 공기를 가르며 시외버스 주차장 쪽으로 발걸음을 옮겼다. 그곳엔 버스를 타지 못한 사람이나 버스가 들어가지 않는 동네를 가기 위해 택시가 한두 대 서 있었고, 그중에는 아까 그를 병원까지 태워다 준 택시 기사도 보였다.

철수는 익숙한 얼굴을 보자 반가운 기색으로 다가갔다.

"아재요, 언자 가입시더."

그의 인사에 택시 기사는 슬쩍 고개를 들며 미소 지었다.

"그 새댁이는 우찌 되었습니꺼?"

철수는 잠시 말을 아꼈다. 그녀가 농약을 마시지 않고 연기를 했다는 사실을 굳이 꺼낼 필요는 없었다.

"아이고, 기사 양반 아니었으모 큰일 날 뻔했습미더. 늦게 도착했으모, 참말로 저세상 갈 뻔했시미더."

철수의 말에 기사도 멋쩍은 듯 웃음을 흘렸다.

"뭐… 도울 수 있어서 다행입니다."

버스 주차장 너머로 뉘엿뉘엿 해가 기울기 시작했다. 철수는 옆자리에 앉은 기사에게 몸을 약간 기울이며 말했다.

"석무에 장포 오토바이 센타로 좀 가입시더."

기사는 철수를 흘끗 바라보며 물었다.

"아까 전에 오토바이 있던 데로는 안 가고예?"

철수는 피곤한 얼굴로 고개를 저었다.

"학까도 안 걸리는데, 혼자서 오토바이 끄시고 석무까지 갈라쿠모 디서 못 갑미더."

기사는 고개를 끄덕이며 웃음을 머금었다.

"맞네예, 석무로 갈께예."

택시는 조용히 기어를 넣고 다시 출발했다. 얼마 지나지 않아, 차는 재일이가 운영하는 오토바이 수리점 앞에 멈췄다. 간판 위로 붉게 물든 하늘이 어렴풋이 번져 있었다. 철수는 잠시 그 하늘을 올려다본 뒤, 차에서 내렸다.

철수가 천천히 문을 열고 내리자, 맞은편 가게 앞에 앉아 있던 재일이 반가운 얼굴로 벌떡 일어섰다.

"아이고, 사정에 방앗간 사장님 아잉교. 오랜만입미더!"

철수가 익숙한 웃음을 지으며 손을 내저었다.

"우찌, 장사는 잘되는기요?"

"예, 그냥저냥 밥은 묵습미더."

"젊은 사장이 엄살은. 오토바이 마이 팔리고, 잘 고친다고 소문났더만은."

"별소리 다 합미더, 아입미더. 제우, 현상 유지 합미더. 참, 오토바이는 우짜고 택시를 타고 점빵에 왔심미꺼?"

재일이 의아한 듯 물었다. 철수는 머리를 긁적이며 멋쩍게 웃었다.

"아이고 내 정신 보래이, 금세 잇아삐네. 윤외 고개 먼다이 오다가, 가악중에 시동 꺼지삐네예."

"그라모, 싸이카는 고개 먼다이 있것네예?"

"누가 안 신가 갔으모, 있것지예."

둘은 그 말에 동시에 웃음을 터뜨렸다. 웃음소리는 마치 오래된 라디오에서 흘러나오는 사연처럼, 정겹고도 투박했다.

재일은 가게 안으로 들어가 밧줄을 꺼내 들었다.

"타시소. 싸이카 가지러 가입시더."

그 시절, 트럭도 없고, 견인차도 없었다. 오토바이가 고장이 나면, 두 사람이 밧줄로 묶어 끌고 오는 수밖에 없었다. 앞사람은 고장 나지 않은 오토바이를 타고, 뒷사람은 맥 빠진 엔진 위에 걸터앉은 채 끌고 와야 했다.

석무에 도착한 오토바이는 수리를 하기 시작했다. 재일이는 땀에 젖은 손으로 렌치를 내려놓았다.

"됐는갑다⋯."

천천히 시동을 걸었다. 푸르르— 거친 숨소리 같던 엔진음이 점차 안정되자, 철수는 조심스레 고개를 끄덕였다.

오후 햇살이 뜨겁게 내리쬐던 시간이 어느새 한밤으로 바뀌어 있었다. 시간은 이미 자정을 넘기고 있었다.

"생각보다 오래 걸리삐네."

철수는 졸린 눈을 비비며 말했다. 재일은 미안한 표정으로 웃으며 손에 묻은 기름을 닦았다. 오토바이는 그의 손에 익숙한 기계였지만, 오늘만큼은 말처럼 쉽지 않았다. 낡은 체인, 새어 나오는 기름, 고장 난 브레이크. 마치 이 오토바이도 철수처럼 어디론가 떠나기를 망설이고 있는 것 같았다.

"사장, 늦게까지 수리한다꼬 욕봤습미더."

철수는 죄송한 마음에 고개를 숙였다.

재일은 손에 묻은 기름을 휴지로 대충 닦으며 웃었다.

"오데예, 빨리 고치 주어야 하는데 미안습미더."

철수는 눈을 깜빡이며 말했다.

"별소리를 다 한다, 언자 갑미더."

재일은 한 박자 늦게 고개를 끄덕였다.

"조심해서 살피 가압시더."

철수는 더 말하지 않고 고개를 숙여 인사한 뒤, 빠르게 걸음을 옮겼다. 그는 사정리로 향하는 길목을 따라 달렸다. 어두운 길을 지날 때마다 바람에 흔들리는 버드나무 가로수의 그림자가 길게 늘어졌다.

45. 농약 중독자 이송으로 철수 표창장 받다

한여름 구름 한 점 없이 푸르른 하늘 아래, 볏논은 햇살을 받아 푸른 물결처럼 반짝였다. 마을 사람들은 이날만을 기다려 왔다.

"이런 날 아니면 농약 못 친다카이."

"흐린 날 하면 약발도 안 먹고 괜히 사람만 고상한다 아이가."

해는 벌써 중천에 떠 있었고, 하늘은 구름 한 점 없이 맑았다. 이런 날이 아니면 농약을 칠 수 없다는 걸, 마을 사람들은 누구보다 잘 알고 있었다.

비가 오기 전의 무더위, 땅바닥조차 숨을 헐떡이는 8월의 들판에서, 농부들은 묵묵히 어깨에 분무기를 메고 논두렁을 따라 걸었다.

"내일부터 또 비 온다카네."

동네 어귀에서 만난 정구 아재의 말에, 만영이는 고개를 끄덕이며 바짓가랑이를 고무줄로 질끈 묶는다. 논에 들어갈 때는 맨발로 가지 않으면 흙이 붙어서 걸음을 걸을 수가 없다. 농약 통을 어깨에 멘 채, 얼굴을 찌르는 햇살을 그대로 맞으며 그는 논으로 향했다.

그 시절, 마스크란 사치였다. 더운 날, 얼굴에 천 조각 하나만 둘러도 숨이 턱 막히는데, 누구도 그걸 오래 견디지 못했다. 시큼한 냄새가 퍼지는 가운데, 농약은 바람을 타고 논바닥 위로 퍼졌고, 사람들의 폐 속으로도 스며들었다.

"기침 좀 한다고, 디지것나."

누군가는 그렇게 말했고, 또 누군가는 쓰러졌다. 그것이 1970년대의 여름이었다. 농약은 풍년을 위한 약이기도 했지만, 사람들의 몸을 조금씩 갉아먹는 독이기도 했다. 중독 사고는 드물지 않았다. 그해에도 몇몇 농부가 병원으로 실려 갔지만, 논은 침묵한 채 푸르게 일렁였다.

농약에 대한 아무런 보호 장구도 없이 뜨거운 뙤약볕에서 농약을 살포하니 어쩌면 농약 중독은 당연한 것이었다.

철수는 마을 일에는 항상 한 발 물러서 있었다. 그럴 수밖에 없는 것이 그는 사정리에 새로 이사를 왔고 그때만 해도 마을에는 친인척들이 대부분이었다. 그래서 철수는 마을 회관에서 회의를 하거나 동회를 할 때는 슬그머니 빠졌다.

"허리가 아프다", "방앗간 기계가 고장이 나서", "나는 그 일은 잘 모른다".

늘 핑계를 대며 가지 않았다.

그러나 그날은 달랐다. 논두렁 너머에서 비틀비틀 걸어오는 사람이 보였다. 얼굴은 창백하고, 숨소리는 거칠었으며, 셔츠는 농약 자국으로 얼룩져 있었다. 입가에 거품이 맺히고 눈은 풀려 있었다.

"저 양반 와 저라노? 농약 중독된 거 아이가?"

"아무래도 수상타. 술 치한 거 맨치로 와 저리 흔들거리노?"

사람들이 얼어붙은 듯 서 있기만 했다. 누가 병원에 데려갈 수 있을지 눈치만 보던 그때, 철수가 오토바이 시동을 걸었다.

그는 말없이 달려가 중독된 사내를 부축했다. 몸을 가누지 못하는 남자를 간신히 오토바이 뒤에 태우고, 허리를 숙여 꼭 잡았다. 오토바이가 길을 가르며 먼지를 일으켰다.

철수가 농약에 중독된 사람을 그냥 보고 지나칠 수 없었던 가슴 아픈 사연이 있었다.

만석이가 세 살쯤 됐던 스물여덟 살 무렵, 그는 아버지가 쥐약을 먹고 엄청난 고통을 느끼는 것을 직접 목격했다. 그 이후 그에 대한 트라우마가 그대로 남았다.

철수의 아버지가 쥐약을 삼킨 후, 시간이 지나면서 그 고통은 점차 그의 몸을 압도하기 시작했다. 처음에는 아무렇지 않게 보였지만, 점차 그 증상은 예상보다 훨씬 더 심각해졌다.

약이 몸속으로 들어가자, 그의 혈액 속에서는 보이지 않는 변화가 일어났다. 항응고제는 혈액을 굳지 않게 만들어, 철수 아버지의 피부는 점차 창백해졌고, 그 누구도 이해할 수 없는 고통에 빠졌다. 몸의 끝자락에서 퍼져 나오는 쥐약의 작용은 치명적이었다.

입술이 푸르러지기 시작했다. 그리고 그의 손끝에서 차가운 떨림이 일기 시작했다. 마치 피가 전혀 돌지 않는 듯한 느낌이었다. 점차 손끝이 차갑고 무감각해지며, 그가 숨 쉬고 있다는 사실조차 잊을 정도로 고통에 시달리기 시작했다.

가슴속에서 불길이 일어나듯 증상이 시작됐다. 나트륨 플루오르화물이 그의 내부에서 빠르게 흡수되면서, 그의 몸은 통제 불능의 상태에 빠져들었다. 이 화학 물질은 근육을 마비시켰고, 그로 인해 숨을 쉬는 것이 점점 더 어려워졌다. 철수는 아버지가 힘겹게 숨을 쉬는 모습을 보며, 그가 느낄 고통이 어떤 것인지 상상조차 할 수 없었다.

"아부지, 숨 좀 쉬이소!"

하고 외쳤지만 아버지는 답하지 않았다. 그의 눈동자는 여전히 격렬하게 흔들리며, 숨이 넘어가는 듯한 소리만 들렸다. 그가 겪고 있는 고통은 몸의 깊숙한 곳에서부터 시작되어 점점 더 넓은 범위로 퍼져 나갔다.

비스(다이클로로페닐)트리클로로에탄은 그의 심장에 영향을 미쳐 혈액의 응고를 막았다. 결국, 약물에 의해 내부의 모든 장기의 출혈이 멈추지 않게 되었다.

아버지는 끊임없이 고통에 움찔거리며, 가슴속에서 느껴지는 참을 수 없는 압박을 견디고 있었다. 이 고통은 그가 삼킨 쥐약이 몸속에서 폭발적인 작용을 일으킨 결과였다. 그의 얼굴은 점점 더 창백해지고, 입술은 점점 붉어지며 그 고통을 이겨내기 위해 몸부림쳤다.

아버지의 고통은 시간이 지날수록 점점 더 격렬해졌다. 그가 느끼는 것은 그저 고통, 통증, 그리고 점차적으로 사라지는 의식의 끈이었다.

그렇게 초저녁부터 밤새도록 고통스럽게 생을 마감하는 장면을 장남인 철수는 고스란히 보았다.

그래서인지 그는 농약에 중독된 사람을 보면 자신도 모르게 어디든 달려가게 되었다.

회성의원 원장은 철수가 그저 사람이 좋아서 다른 사람이 고난에 빠지면 도와주는 사람인 줄 알았다.

물론 철수가 다른 사람의 고통을 조금이라도 이해하는 사람이었다면 술집 여자를 데리고 와서 가족들에게 큰 상처를 남기지 않았을 것이다.

회성의원의 원장은 그런 철수를 눈여겨보고 있었다. 회성의원 한쪽

구석에 놓인 나무 걸상 위에서 흙 묻은 장화를 벗고, 가쁜 숨을 몰아쉬며 환자 접수를 기다리는 철수의 모습은 이 병원의 또 다른 일꾼 같았다.

"철수야, 너 요즘 오토바이 몇 번 탔노?"

"기억도 안 납니더. 근데 오늘 환자, 많이 급한 것 같습미더."

"니 덕에 사람들 목숨 많이 살았다. 철수 니 참 훌륭하다이."

며칠 뒤, 회성의원 사무실에서 작성된 한 통의 공문이 함안군청으로 올라갔다. 제24회 '세계인권선언일'을 기념하여 지역사회 인권 수호에 기여한 인물에게 주어지는 표창 추천서였다. 추천인의 이름은 '회성의원 원장', 추천 대상은 '함안군 법수면 출신 민간 응급운반자, 김철수'.

그리고 그해 12월, 함안군청 무대 위에서 철수는 정장을 입고 어색한 미소로 표창장을 받아 들었다.

"인권은 사람의 생명을 지키는 일에서 시작된다."

라는 진행자의 말에 객석에선 박수가 터졌다. 집으로 돌아온 날 저녁, 철수는 그 표창장을 조심스레 마루 위 벽에 걸었다. 그 아래, 그의 부인인 숙자가 한참을 바라보다가 말했다.

"이기… 당신 이름으로 처음 받아 보는 상이지예?"

철수가 대꾸도 하기 전에, 옆에 있던 어머니가 눈을 흘기며 쏘아붙였다.

"니 언자 상도 받았었께네, 지발 행동거지 조심 좀 해라이!"

철수는 억울한 표정으로 고개를 홱 돌렸다.

"옴마, 지가 뭐를 잘못하는데예?"

어머니는 헛웃음을 흘리며 팔짱을 끼고 한숨을 쉬었다.

"니는 몰라서 그리 삿나. 와 집에 똥깔보 같은 썹지랄 하는년을 데불고 오노!"

철수는 그 말을 듣자 얼굴이 확 달아올랐다. 그는 어금니를 깨물며 대꾸했다.

"오매요! 엉가이 좀 하이소. 지는 뭐, 할 말 없는 줄 알미꺼?"

그때 어머니는 철수의 팔을 잡아챘다.

"고마 치아라. 너거 얼라들 보는데, 부끄럽지도 않나 손아!"

철수는 고개를 돌리며 고함을 지른다.

"언자 안 데꼬 온다 아입미꺼….'

그러자 철수 어머니는 한숨 섞인 말투로, 마치 다 포기한 듯 말했다.

"알것다. 니하고 말해서 내가 이기것나. 니 하고 싶은 대로 하고 살아라."

어머니는 그렇게 등을 돌리고 가 버렸다. 철수는 가슴 한편이 쓰렸다. 상장을 다시 내려다보았다. 그 상이, 처음 받은 것이든 아니든, 이 순간은 마냥 기쁘지만은 않았다.

그 표창장은 만석이가 성인이 될 때까지 그 자리를 차지하고 있었다.

46. 영희의 시집살이

영희는 병원에 입원한 지 일주일 만에 다시 그 집으로 돌아왔다. 하얀 벽, 조용한 병실에서의 나날은 짧았지만, 적어도 숨통은 트일 수 있었다. 다시 사정리 집의 문을 열고 들어선 순간, 익숙한 된장 냄새가 코끝을 스쳤고, 시어머니는 부엌에서 된장국을 저으며 고개를 들었다.

"왔나."

그 말 한마디. 처음에는 아무 말이 없었다. 영희는 안도의 숨을 내쉬었다. 혹시나, 이번엔 조금 달라질 수 있을까. 아니, 바랐던 것일지도 모른다. 그러나 사흘이 지나자, 마른 장작에 불이 붙듯 시어머니의 말들이 다시 시작되었다.

"쌀 씻는 기 무시 그런노. 꾸중물을 더 빼라."

"얼라 옷은 오데서 말리노? 땡볕에 말리야 안 되나?"

"니는 약 처문 기 무신 벼슬이가… 핑비 총알 맨치로 안 움직이나?"

영희는 말없이 고개를 숙였다. 아니, 숙일 수밖에 없었다. 대답을 하면 변명이라 할 것이고, 가만히 있으면 억울하다는 눈빛이 못마땅할 터였다.

손은 부지런히 움직였지만, 마음은 점점 식어 갔다. 쌀을 씻으면서, 바람에 펄럭이는 빨래를 바라보면서, 영희는 문득 병실 창밖의 고요한 하늘이 떠올랐다. 아무도 닿지 않는 곳, 아무도 간섭하지 않는 시간. 영희에게 그것은 잠깐이나마 존재했던 유일한 평화였다.

그러나 지금 그녀는 다시 그 불편한 일상 속에 서 있었다. 똑같은 하루가 반복되고, 똑같은 말들이 날을 세우며 꽂혀 왔다.

이 집 며느리로 산다는 건, 영희에게는 늘 시험을 치르는 일 이었다. 시어머니의 눈빛 하나, 목소리의 높낮이 하나에도 그녀는 긴장했다. 하루하루를 조심조심 살아냈지만, 돌아오는 건 칭찬이나 인정은 고사하고 날 선 말투뿐이었다.

"군비가 니 조상이가. 내가 니 나이 때는 벌써 밭일 다 해 놓고 반찬까지 다 했다."

"귓구녕이 막힌나? 내가 몇 번이나 말했노, 된장은 그렇게 푸는 게 아이라 안 캤나."

영희는 입을 다물었다. 대꾸하는 순간, 말은 꼬리에 꼬리를 물고 길어진다. 그녀는 언젠가부터 입보다 손이 먼저 반응하도록 스스로를 훈련시켰다. 말을 삼키는 대신, 젖은 걸레를 꼭 쥐고 마룻바닥을 문질렀다. 주방에서는 된장국이 끓고 있었지만, 그녀의 속은 늘 얼어붙은 채였다.

밤이 되면 영희는 문틈으로 들어오는 희미한 가로등 불빛을 바라보며 누웠다. 아이는 곤히 자고 있었고, 남편은 여느 때처럼 늦게 들어올 터였다. 고요한 방 안에서 그녀는 눈을 감은 채 혼잣말처럼 속삭였다.

"나는 와 이리 살아야 하노."

병원에서 돌아온 이후, 시어머니의 눈빛은 잠깐 부드러워지는 듯했으나, 그것은 마치 바람에 잠시 흔들린 창문처럼 스쳐간 착각이었다. 다시금 그녀는 감시당하고, 지적당하고, 마치 잘못을 끊임없이 저지르는 죄인처럼 다루어졌다.

무엇을 해도 부족하다는 그 말 한마디가, 영희의 가슴을 매일매일 조금씩 깎아냈다. 숨 쉴 공간조차 허락되지 않는 집에서, 영희는 자꾸만 자신이 사라지고 있다는 느낌을 받았다. 이름도, 감정도, 뜻도 없이, 단지 '며느리'라는 이름표 하나로만 존재하는 듯한 나날이었다.

그녀는 오늘도 웃었다. 시어머니 앞에서, 아이 앞에서. 하지만 웃음 뒤에 감춰진 눈물은 어느새 그리 깊어진 줄도 모른 채, 마음속 어두운 우물 속으로 계속해서 떨어지고 있었다.

영희의 남편은 언제나 무뚝뚝했다. 새벽에 논에 일하러 나가서 늦게 들어오고, 말은 없어도 술은 잦았다. 영희가 음독 후에 병원에 실려 갔을 때도 그는,

"무신 일인데?"

하는 말 한마디 남기고 논에 일하러 나가 버렸다. 그의 눈빛엔 걱정도, 다정함도 없었다. 결혼한 지 삼 년이 넘었지만, 그에게 사랑을 느꼈던 순간은 손에 꼽을 정도였다.

그런 영희를 병원에 급히 데려다준 사람은, 같은 동네에 사는 철수였다. 오토바이를 타고 헐레벌떡 달려와 그녀를 실었던 그의 등은 여전히 단단하고 따뜻했다. 철수는 말이 많지 않았지만, 등 뒤에서 느껴지는 진심은 너무나도 선명했다. 철수는 예전에 영희와 두척동에서 진한 사랑을 나누었던 사람이었다. 결혼 초 마산 창동 의상실에 다녀오다 계곡에서 관계를 하고 난 뒤 두 사람은 아무 일 없었다는 듯 살아가고 있었다.

기억 저편에 묻어 두려 했던 그날들이 병원에서 돌아온 후 더 자주 떠올랐다. 철수의 얼굴, 숨소리, 손끝, 그리고 그날의 하늘빛까지도. 영희는 자신이 왜 그런 생각을 자꾸 하게 되는지 알 수 없었다. 단지 외로워서인지 아니면 마음 한구석에 남아 있던 무언가 때문인지.

며칠 전, 마을 회관 앞에서 철수를 마주쳤다. 철수는 여전히 말수가 없었다. 단지 "괴안습미꺼?" 하고 물었을 뿐이었다. 그 한마디에, 영희의 가슴은 덜컥 내려앉았다. 누구도 그녀의 안부를 묻지 않았던 시간 속에서, 단 한마디 안부가 너무나 커다란 위로로 다가왔다.

그날 이후, 영희는 자꾸만 철수를 떠올렸다. 이따금 마을 골목을 걸을 때면 괜히 그가 있을지도 모를 골목으로 발길을 돌렸다. 시어머니의 잔소리도, 남편의 무심함도, 모두 그 남자 앞에선 멀어지는 것 같았다. 죄책감과 그리움이 뒤엉킨 채, 그녀는 속으로 되뇌었다.

'철수 씨를… 다시 만나고 싶다. 그 사람은 나를 위로해 줄 끼다.'

이 감정이 어리석고 위험하다는 것을 그녀는 잘 알고 있었다. 하지만 그럼에도 불구하고 지금의 삶에서 자신을 숨 쉬게 해 줄 단 하나의 기억이 바로 철수였기에 영희는 그 이름을 가슴속 깊이 조용히 부르고 또 불렀다.

그러나 영희는 알고 있었다. 서로의 옆자리에 있는 사람이, 이미 누군가의 남편이고 아내라는 것을. 자식이 있고, 가족이 있는 삶이라는 것을. 그것이 얼마나 무거운 사실인지, 그 무게가 사랑을 짓누르고 있다는 것을 너무나 잘 알고 있었다. 하지만 마음은 말처럼 쉽게 접히지 않았다.

시골 마을은 조용했지만, 사람들의 입은 빠르고 눈은 날카로웠다. 좁은 골목길에서 마주친 눈빛 하나, 잠시 멈춰선 그림자 하나만으로도 온 마을이 떠들썩해질 수 있는 곳이었다. 영희도 철수도 그걸 모를 리 없었다.

그래서 그들은 아무 말도 하지 않았다. 멀리서 마주치면 고개만 살짝 끄덕일 뿐, 말을 건네지도, 손을 흔들지도 않았다. 그러나 그 짧은 눈빛 하나에도 영희는 숨이 멎는 듯한 감정을 느꼈다. 바람이 스쳐도, 그가 지나간 자리는 오래도록 남았다.

밤이 되면 영희는 아이가 잠든 방에서 홀로 속으로 철수의 이름을 불렀다. 소리 내지 못한 사랑, 말하지 못한 진심이 밤공기 속으로 흩어졌다.

'이기 진짜 사랑하는 마음이가….'

남편과의 삶은 평탄하지만, 무미건조했다. 그 안에 감정은 없었고, 책임만 남아 있었다. 시어머니의 그늘 아래, 자신의 이름도 없이 사는 날들 속에서, 철수는 유일하게 '여자로서의 나'를 떠올리게 해 주는 사람이었다. 애틋하고 그립고 다시는 갖지 못할지도 모르는 따뜻함이었다.

그러나 이 사랑이 허락되지 않는다는 것도 알고 있었다. 너무 많은 것을 잃게 될 수 있다는 것도. 그래서 영희는 늘 마음속에서 철수를 만났다. 하루에도 몇 번씩. 밥을 지을 때도, 마당을 쓸 때도, 아무도 모르게 조용히. 그리고 마음속으로만 되뇌었다.

'한 번만이라도… 진짜 나로 살아 보고 싶다. 여자로서, 누군가의 가슴에 머물고 싶다.'

47. 영희와 철수 장에 가다

동네 사람들은 철수를 그렇게 불렀다.

"철수 저 인간은 말이야, 마누라 있으면서도 딴 여자 데불고 와서 산단다."

"뭐시라꼬…? 능력이 좋다 캐야 되나 쌍놈이라 캐야 되나."

"미꿈한 그 얼굴이 아깝다, 아까바. 뭐시 저런 인간이 다 있노."

강가에서 빨래를 하면서 쪼그려 앉은 아낙들 사이에서 철수의 이름이 오르내리는 일은 이제 놀랍지도 않았다. 술이 한두 잔 들어가면 소문은 더 진해졌고, 어느새 그는 '마을의 바람둥이'가 되어 있었다.

그러나 이상했다. 아니, 영희는 그렇게 생각하지 않았다.

그날 자신이 병원으로 실려 갈 때 철수가 보인 얼굴. 말없이 오토바이에 태우고 회성의원까지 뛰어들며 손을 덜덜 떨던 그의 손등. 영희는 그 눈빛 속에서 누구보다 진심을 느꼈다. 그건 절대로 장난이나 흘리는 마음이 아니었다.

'그 사람이 바람둥이라면, 왜 그런 눈으로 나를 바라봤것노.'

영희는 생각했다. 철수가 여자들을 집에 들인 건 단순한 욕망이 아니라… 어쩌면 외로움 때문은 아니었을까? 그도 그녀처럼 말 못 할 공허함 속에 살고 있었던 건 아닐까?

그녀는 그가 타인에게는 가볍게 보여도 자신에게만은 다른 얼굴을 보여 주었다고 믿고 있었다. 그 믿음은 어쩌면 착각일 수도 있었다. 환상일 수도, 자기를 보호하려는 마음의 방어일 수도. 하지만 그런 생각들이 그녀의 가슴을 뜨겁게 했고, 살아 있음을 느끼게 해 주었다.

철수의 험한 소문에도 불구하고 영희의 마음은 더 깊어졌다.

'사람이 사람을 좋아하는 일에 정답이 있것나…?'

영희는 창밖을 보며 생각했다. 비가 추적추적 내리는 날, 철수의 오토바이 바퀴 소리가 들릴 듯 말 듯 귓가를 맴돌았다.

그는 나쁜 남자일까, 아니면 세상이 그렇게 단정 지어 버린 슬픈 사람일까.

영희는 그 해답을 알지 못했다. 다만 철수를 다시 보고 싶다는 마음만은 점점 더 커져 갔다.

영희는 더 이상 견딜 수 없었다. 시어머니는 오늘도 아침부터 쉴 틈을 주지 않았다.

"된장은 와 이리 찌짓노? 비린내 난다 아이가."

"얼라는 지대로 씻기기나 했나? 손톱 밑에 때 이거는 뭐꼬."

"니는 에미라는 기 시근이 와 이리 없노."

그 소리는 날카로운 바늘처럼 영희의 귓속을 파고들었고, 가슴팍 어딘가를 콕콕 찔러 댔다. 그녀는 묵묵히 고개를 끄덕이며 부엌에서 설거지를 했지만, 눈물은 끓는 물처럼 뺨을 타고 흘렀다. 기름 묻은 수세미를 손에 꼭 쥔 채, 영희는 숨을 들이 켰다. 이대로는 안 되겠다는 생각이 들었다. 무너지는 중이라는 걸 이제는 스스로도 부정할 수 없었다.

그 순간 마음속 깊은 곳에서 한 사람의 얼굴이 떠올랐다.

철수.

지금 그와 다시 마주한다면 무슨 말을 해야 할까. 세상에 둘만 있는 것처럼 눈을 마주치며 말하고 싶었다.

'그날, 병원에 실다 주서 고마베예.'

'나는… 외롭심미더.'

그리고 정말 용기를 낼 수 있다면,

'그날부터 계속… 당신만 생각남미더.'

하지만 그것은 생각일 뿐이었다. 현실은 좁은 시골 마을. 집 담 너머로도 누군가의 시선이 느껴지는 곳. 한 번의 눈짓만으로도 온 동네가 수군거리는 곳이었다. 그녀는 자신을 지켜야 했다. 자식도 있고 가정을 무너뜨릴 용기도 없었다. 그런데도 마음은 자꾸 그 사람에게로 향했다.

영희는 철수를 만나려면 어떻게 해야 할까를 곰곰이 생각했다.

아무도 모르게 조용히 자연스럽게.

시장에서 마주친 것처럼, 우연을 가장한 필연처럼.

그날 밤 영희는 마당 끝에 핀 달맞이꽃을 바라보며 처음으로 조용히 웃었다. 오래간만에 혼자서.

다음 날 아침, 영희는 평소보다 조금 더 정갈하게 머리를 빗었다. 손에 익은 바느질을 멈추고, 장롱 깊숙이 넣어 두었던 남색 구두를 꺼내 신었다.

누가 보면 별 뜻 없는 하루 같겠지만, 영희의 마음속엔 오랜만에 '계획'이 자리 잡고 있었다.

장날이었다. 5일에 한 번 열리는 가야 장날은 마을 사람들이 다 모이는 날이다. 철수도 미전에 쌀을 팔기 위해 늘 나왔다.

영희는 장바구니에 일부러 빈 항아리 뚜껑을 넣었다. 딱히 살 게 없었다. 하지만 '뚜껑이 깨져서' 장에 간다는 건 어머니도 의심하지 않을 만한 핑계였다.

장터에 도착하자, 사람들 소리에 묻혀 마음이 덜컥 내려앉았다. 혹시 철수가 오늘은 안 나온 건 아닐까. 아니면 이미 와서 돌아간 건 아닐까. 혹은 혹시 저 멀리서 다가오는 그가… 다른 여자와 함께 있는 건 아닐까.

그때였다.

"영희 씨."

낮고 익숙한 목소리. 고개를 돌리자, 사람들이 분주히 지나가는 틈 사이로 철수가 서 있었다.

모자도 쓰지 않고, 셔츠 위에 걸친 검은 조끼. 그 눈빛은 여전히 담담했지만, 미세하게 떨리는 입꼬리에서 그 역시 놀라고 있음을 알 수 있었다.

"어… 때까리가 깨져서… 나왔십미더."

영희는 마치 누구에게 들키기라도 한 것처럼, 괜히 둘러대듯 말했다.

철수는 잠시 영희의 바구니를 내려다보더니, 입꼬리를 올렸다.

"장독 때까리 한 개 살라꼬 장에 왔심미꺼?"

"저… 그게….'

잠시 정적이 흘렀다. 마치 그 옛날 둘만 몰래 만나던 시절처럼. 주위의 소란은 멀리 있었고, 두 사람 사이에는 오래된 숨결만 흘렀다.

철수가 주변을 두리번거리며 낮은 목소리로 말했다.

"장에는 보는 눈이 많아가… 둘이 얘기하는 기 애렵습미더."

영희는 그 말에 문득 정신이 들었다.

맞다. 여긴 시골이었다. 시선은 골목 구석에서도 따라붙고, 말 한마디는 다음 날 아침 찬물보다 빠르게 온 동네에 퍼지는 곳.

자칫하면 시어머니 귀에 들어갈 수도 있었다.

"그년이 장에 가더마는 철수 놈하고 눈이 맞았단다."

상상만으로도 등골이 서늘해졌다.

영희는 고개를 숙였다. 손가락으로 바구니 손잡이를 매만지며 말없이 숨을 고르고 있었다. 그런 그녀를 바라보던 철수가 조심스럽게 입을 열었다.

"영희 씨."

그가 오랜만에 이름을 불렀다. 그것만으로도 가슴이 쿵 하고 내려앉았다.

"모레예… 양수장 있지예, 글로 오시소."

철수의 말에 영희는 조용히 고개를 들었다. 그의 눈빛은 겉으론 여전히 담담했지만, 눈동자 안 어딘가엔 말 못 할 설렘과 조심스러움이 어른거리고 있었다.

"그쪽은 사람 잘 안 다닙미더…."

철수가 말끝을 흐렸다. 영희는 손끝으로 치맛자락을 매만지며 잠시 망설였다. 그리고 입을 열었다.

"그기까지 감시로… 사람들한테 들킴미더."

말을 뱉고 나니, 입안에서 쓴맛이 돌았다.

철수는 고개를 끄덕이며 곧장 대안을 꺼냈다.

"그라모… 마산에 나올람미꺼?"

영희는 놀란 듯 철수를 바라보았다.

마산.

시외버스를 타야 하고, 두어 시간 거리. 하지만 거긴 아무도 없고, 아무도 두 사람을 알지 못하는 도시였다.

잠시 숨을 골라 생각하던 그녀가 입술을 달싹였다.

"그리하이시더…."

철수는 작게 웃으며 말했다.

"마산서는… 도시니께, 우리 신경 쓰는 사람 있겠습미꺼?"

두 사람 사이엔 그 순간, 말 없는 약속 하나가 생겼다.

무너지지 않으려 꾹꾹 눌러 왔던 감정이 이제는 틈새를 비집고 나오려 하고 있었다.

48. 영희와 철수의 마산에서의 만남

그날 아침, 영희는 일찍 일어나 국을 끓이고, 밥을 지었다. 김이 모락모락 피어오르는 솥뚜껑 위로, 그녀의 마음도 뿌옇게 흩어졌다.

'이게 죄일까… 아니면 나도 조금쯤은 살아 보겠단 몸부림일까….'

아이 옷을 단정히 갈아입히고, 이불을 걷어내며 마당을 쓸다 보니 시어머니가 방문을 열고 나왔다.

"뭐 이리 일찍부터 바쁘노?"

시어머니 목소리는 여전히 까칠했고, 눈빛엔 영희가 못마땅하단 기색이 묻어났다.

영희는 애써 웃으며 말했다.

"어머이, 오늘 마산에 좀 다녀올라꼬예."

"마산에는 뭐 하러?"

눈썹이 번쩍 올라갔다.

영희는 준비해 둔 말을 꺼냈다.

"그… 어머이 물팍이 요새 다시 쑤신다 아임미꺼? 저번에 동생이 마산 약국에 좋은 약 나왔다꼬 연락이 와가… 좀 받아 오라카네예."

시어머니는 고개를 끄덕이긴 했지만, 여전히 곁눈질로 영희를 살폈다.

"니 그래 봐야 비싼 약이나 덜컥 사올끼다."

불만이 섞인 목소리였지만 허락은 한 셈이었다.

영희는 아이를 안아 시어머니 앞으로 데려갔다.

"지금 얼라 자고 있으끼네 냉중에 점심만 좀 미 주이소."

"허참, 내 늙은이 손에 또 손주 보게 생긴네…."

입으로는 투덜거렸지만, 아이를 받아 안는 손길은 제법 익숙하고 다정했다.

영희는 아이 뺨을 조심스레 쓰다듬고는 돌아섰다. 문턱을 넘으며 마음속으로 되뇌었다.

'약을 사는 것도 맞다. 하지만… 오늘은 약보다 더 간절한 걸 만나러 간다.'

그리고 그녀는 조용히 백산 버스 정류장으로 걸음을 옮겼다.

바람이 불었다. 무릎까지 오는 치맛자락이 살랑이며 흔들렸다. 마치 오래전 설렘처럼.

마산 창동. 골목 끝으로 들어서자 낯선 간판들이 촘촘히 걸려 있었다.

'동백다방', '그린레코드', '삼도사진관'.

사람들 발자국과 트랜지스터라디오 소리가 어지럽게 섞여 다가왔다.

영희는 약국 봉투를 손에 쥔 채 두리번거렸다.

철수가 말한 그 '한미다방'은 창동 사거리에서 조금 들어간 낡은 건물 2층에 있었다.

영희가 문을 열고 들어서자 비닐 커튼이 스르륵 밀려났다.

라디오에서 나오는 혜은이의 목소리가 연하게 깔려 있었고, 커피 냄새에 담배 연기가 섞여 코끝을 찔렀다.

창가 구석에 앉은 남자가 손을 들었다.

철수였다. 검은 중절모에 회색 코트를 걸친 그는 평소 사정리에서 보던 모습과 전혀 달랐다.

다리를 꼬고 앉아 영희를 바라보는 그 눈빛엔 말 없는 미안함과 반가움이 공존했다.

영희는 조심스레 자리에 앉았다. 말이 먼저 나오지 않았다. 마치 먼 길을 돌아 다시 처음으로 돌아온 것 같았다.

철수가 먼저 입을 열었다.

"생각보다 일찍 왔네예."

목소리는 낮고 부드러웠다.

영희는 작게 웃었다.

"약국은 여 근방에 있네예 … 다방도 찾기 쉬웠고예."

두 사람 사이에 잠시 침묵이 흘렀다.

레지 아가씨가 다가와 주문을 받자 철수가 말했다.

"커피 두 잔 주이소."

잠시 후, 스푼과 하얀 잔이 덜그럭 소리를 내며 놓였다.

"프림하고 설탕은 우찌 넣으꼬예?"

철수는 많이 왔던 것처럼 말을 한다.

"프림 두 개, 설탕 두 개 해 주이소."

"아가씨는 우짜꼬예?"

"저도 같이 해 주이소."

설탕과 커피 프림을 타고 저어 주고 난 뒤 레지는 돌아갔다.

두 사람은 동시에 잔을 들었다. 입에 머금은 커피는 달콤하면서도 씁쓸했다.

"이런 자리… 어색하심미꺼?"

철수가 물었다.

영희는 잔을 내려놓으며 대답했다.

"어색은 한데에 … 또 이렇게라도 얼굴을 보니… 좋심더."

철수는 조용히 웃었다. 그 웃음에는 한번 놓쳤던 인연을 다시 잡아 보려는 남자의 떨림이 담겨 있었다.

두 사람은 마치 시간을 훔쳐온 듯한 표정으로, 커피잔 너머로 서로를 바라보았다. 그리고 그 순간 세상의 시선도, 마을의 소문도, 심지어 자신의 죄책감마저도 잠시나마 잊힌 듯했다.

영희는 커피잔을 두 손으로 감싸 쥐고 한참을 말없이 창밖만 바라보았다.

그때, 철수가 조심스럽게 물었다.

"시어머니는… 아직도 그리 삿지예?"

영희는 고개를 천천히 끄덕였다. 그리고 이내 떨리는 목소리로 입을 열었다.

"매일… 숨이 막힙미더. 일찍 일어나 밥하고 빨래하고 밭매고 들어오면… 또 바느질한다꼬 앉아 있는데, 그걸 보고도 눈 흘기사심미더. 제가 무슨 말을 하모 말끝마다 토 단다고 하고 말을 안 하면 무시한다고 삿고… 말끝마다 못살게 그리 사예."

철수는 아무 말 없이 들었다. 담배를 입에 물었다 내려놓고는 피우지도 못한 채 손에만 쥐고 있었다.

영희는 숨을 한번 깊게 쉬었다.

마음속에 쌓였던 것들이 서서히 터져 나오기 시작했다.

"살림을 못해서, 애를 못 키워서, 성질이 드세서… 하루도 그냥 넘어가는 날이 없습미더. 아이가 울어도 내 탓, 비가 와도 내 탓, 숨 쉬는 것마저도 미운 사람처럼…."

철수는 시선을 내리깔았다.

그의 눈엔 어쩐지 예전에도 듣지 못한 말들을 지금에서야 듣는 사람의 안타까움이 비쳤다.

"근데… 이상하지예. 그렇게까지 미운 시어머니한테 약값 핑계 대고 얼라 맡기고, 다른 남자 만나러 이렇게… 나왔심더. 내가… 나쁜 년 맞지예?"

그 말에 철수는 고개를 들었다.

"아이고, 오데예. 아입미더. 이렇게라도 바람 쐬러 나와야지예. 그라고… 사는 게 힘들어서 지 만나러 나왔지예. 영희 씨가 나쁜 게 아이고… 세상이 너무 버겁게 만든 기라예."

그 말 한마디에, 영희는 한동안 아무 말도 하지 못했다.

눈시울이 뜨거워졌지만, 눈물은 흘리지 않았다. 이미 흘릴 눈물은 오래전에 말라 버린 사람이었다.

다방의 스피커에선 희미하게 "돌아서면 그리운 사람~"이란 노랫말이 들려왔다.

영희는 커피잔을 들고 살짝 미소 지었다.

"고맙심더… 들어 줘서."

철수는 천천히 담배에 불을 붙였다. 하얀 연기가 천장을 향해 피어오르며, 두 사람 사이의 공기를 부드럽게 감쌌다.

철수는 한동안 말이 없었다. 불붙인 담배는 절반이 다 타들어 갔지만 정작 몇 모금 빨지도 않았다. 그저 창가 너머로 고개를 돌리고 있었을 뿐이다.

마치 영희의 눈물을 똑바로 마주하면 자기 마음도 함께 무너질까 봐 겁나는 것처럼.

영희는 눈을 내리깔고 조용히 말했다.

"내가 바란 게 큰 거 아입미더. 그저… 날 좀 사람 취급해 주면 좋겠다… 그뿐이었심더."

그 말에, 철수는 고개를 돌렸다. 그리고 천천히 자기 손등을 테이블 위로 밀어냈다. 그 손엔 굳은살이 가득했고, 껄껄한 흙냄새 같은 삶이 배어 있었다.

"영희 씨…."

49. 가기 싫은 집으로 왔다

철수의 목소리는 낮았지만 단단했다.

"예전에 우리 관계 했을 때 고마 영희 씨하고 야반도주라도 해야 하는데 내가 그때, 같이 못 한 거… 지금도 마음에 걸립미더. 내가 쪼개만 용기가 더 있었으모…."

영희는 고개를 저었다.

"그땐… 나도 아무것도 몰랐심더. 좋다는 말 한마디도 제대로 못 했는데예."

철수는 깊은 숨을 내쉬며 말했다.

"사는 게… 참 우습지예. 가까이 있어도 손도 한번 못 잡고, 이렇게 돌아 앉아야만 말하게 되는 거 보면."

그는 천천히 손을 뻗었다. 그리고 영희의 손등을 조심스레 덮었다. 그 손길은 낯설었지만 따뜻했고, 단지 '위로'를 건네고 싶다는 단단한 마음이 느껴졌다.

"영희 씨, 언자는 시이미 눈치 보지 마이소. 집에서도, 세상 어디에서도. 영희 씨는 욕먹을 짓 한 거 아무것도 없심미더."

영희는 고개를 숙였다. 숨죽인 듯한 침묵 속에서, 손 위에 뜨거운 물방울 하나가 또르르 떨어졌다. 이번엔 말라 버린 눈물이 아니라, 지금 흘러나온 위로의 물줄기였다.

다방 스피커에선 유행가가 흐르고 있었다.

"이루어질 수 없는 사랑이었기에, 음~"

흘러나오는 가사처럼, 시간은 잠시 멈춘 듯했다.

영희는 커피잔을 내려놓고, 손등으로 이마를 살짝 문질렀다.

"아이고… 말을 하니까 속이 좀 시원하네예. 그동안 이렇게 속 시원하게 말 한 번 못 하고 살았심더."

철수는 담배를 쥔 손을 테이블 위에 올려 두고, 조심스럽게 고개를 끄덕였다.

"맞아예… 영희 씨 얼굴이 오늘따라 좀 편안해 보입니더."

영희는 작게 웃었다.

"그러니까예. 며칠 전까진 숨도 못 쉴 만큼 답답했는데 이상하게 철수 씨 앞에 앉아 있으니까… 내가 다시 아가씨가 된 거 같아예."

철수는 그 말을 듣고는, 입꼬리를 살짝 올렸다. 그의 웃음은 여전했다. 말수는 적지만, 따뜻한 기운이 묻어나는 미소.

"그래 살아야지예. 누구 눈치 보지 말고… 영희 씨도 이제는 사람 대접 좀 받아야지예."

영희는 다방 창밖을 내다봤다.

마산 창동 거리엔 사람들이 오가고, 차가 덜커덩 소리를 내며 지나갔다.

그 속에서, 자신은 지금 딱 한 사람이 되어 있었다.

'여자' 영희.

누군가의 며느리도, 누군가의 엄마도 아닌, 그저 '영희'라는 이름을 가진 한 사람. 그것만으로도 참 오래간만에 가슴이 따뜻해지고 있었다. 그녀는 조용히 말했다.

"철수 씨. 오늘 참… 고맙심더. 내 마음속 깊은 데 있던 응어리가… 좀 내려갔삐심더."

철수는 고개를 끄덕였다.

"언제든… 말하고 싶을 때는 지를 찾으소이. 마산 다방이든 어디든… 내는 늘 영희 씨 옆에 있을 기라예."

두 사람은 말없이 서로를 바라봤다. 창밖엔 늦은 햇살이 내려앉고, 마산의 오후는 천천히 깊어 가고 있었다.

영희는 어쩔 수 없이 다시 시어머니가 있는 집으로 돌아가야 했다. 그녀는 한숨을 쉬며 말했다.

"언자 집에 가야 되에. 두 시 차 뜰가모 밤에 들어가야 되에. 늦으모 시어미 잔소리 또 시작합미더."

철수도 천천히 자리에서 일어났다.

"고마 지하고 오토바이 같이 타고 들어가입시더. 지금 출발하모 열두 시 차하고 비슷하게 데이 끼미더."

영희는 황급히 손사래를 쳤다.

"아입미더. 안 그래도 씨미는 내가 뭐 하는고 쌍심지를 캐고 쳐다보고 있는데, 다른 사람이 보고 일라주모 큰일 납미더."

그녀의 눈엔 이미 불안이 서려 있었고, 철수는 그런 눈빛을 애써 무시하며 그녀의 팔을 붙잡았다.

"괴안심미더. 지가 잘해 볼깨에."

그 목소리는 조심스럽지만 단단했고, 영희는 더 이상 말없이 고개를 떨군 채 철수의 오토바이에 올라탔다.

　겨울 햇살이 흐릿하게 시골 들판을 감싸고 있었다. 차가운 바람이 두 사람의 얼굴을 스치고 지나갔지만, 그 바람보다 더 서늘한 것은 서로를 향한 마음속의 거리였다. 영희는 철수의 등에 살짝 기대며 입술을 깨물었다. 이대로 어디론가 멀리 떠나고 싶다는 생각이, 아주 잠깐, 그녀의 가슴을 스쳐 지나갔다.

　오토바이는 들녘을 가로지르며 달렸다. 고개 하나를 넘자 마을 입구의 팻말이 눈에 들어왔다.

　'법수면 백산리.'

　영희는 그 글자를 보는 순간, 다시 현실 속으로 끌려 들어오는 듯한 기분에 눈을 감았다.

　오토바이가 멈춘 건 백산리 초입, 철수가 말없이 오토바이를 세우고 그녀를 돌아봤다.

　"여까지 데려다주모 되겠지예. 집 앞까지 같이 가모 좋겠거만은."

　영희는 고개를 끄덕이며 조심스레 내렸다. 그녀의 손끝엔 아직 철수의 체온이 남아 있었다. 그러나 그것을 느끼기엔 그녀 마음이 너무 무거웠다.

　"고맙심더. 오늘 여러모로…."

　철수는 대답하지 않고, 시선을 길 아래로 떨궜다. 말 대신 가만히 머리를 긁적이다가, 느릿하게 입을 열었다.

　"영희 씨… 우리 진짜 이래 살아도 되는 긴가예…?"

　영희는 그 말에 잠시 멈칫했지만, 고개를 들지 않았다. 대신 낮은 목소리로 조용히 말했다.

"사는 건… 다 죄입미더. 근데 어떤 죄는 안 들키는 기고, 어떤 죄는 평생 짊어지고 가는 기라예."

그 말에 철수는 더 이상 아무 말도 하지 못했다. 오토바이 시동 소리가 다시 들리고, 먼지를 일으키며 그는 멀어져 갔다.

남겨진 영희는 들판 사이 작은 오솔길을 따라 천천히 걸었다. 멀리서 그녀를 기다리는 시어머니의 차가운 눈빛이 느껴졌다. 그리고 그 눈빛보다 더 차가운 건, 그녀 스스로에 대한 죄책감이었다.

그녀의 그림자가 겨울 해에 길게 드리워졌다. 사정리 쪽에서 바람이 불어와, 아무 일도 없었던 것처럼 그녀의 머리카락을 흩날렸다.

고요한 오후, 들판을 가로질러 영희는 마을로 들어섰다. 길가에 늘어진 감나무들엔 감이 주렁주렁 달려 있고, 까치집이 드문드문 매달려 있었다. 흙길을 밟을 때마다 오래된 구두 바닥에서 "뚝, 뚝" 소리가 났다.

집이 가까워질수록 그녀의 발걸음은 점점 느려졌다. 담장 너머로 익숙한 기침 소리가 들렸다. 시어머니였다.

영희는 속으로 숨을 한 번 깊게 들이쉬곤, 일부러 발소리를 더 크게 내며 대문을 밀었다.

"어머이예, 지 왔심더."

목소리는 평소보다 더 부드러웠고, 눈빛엔 이미 익숙한 복종의 그림자가 스며 있었다.

시어머니는 문간에 나와, 그녀를 쓱 훑어보았다.

"10시 차 안 탔나? 약만 사 갖고 오는데 와 이리 늦게 오노?"

"8시 차 타고 가모 도착하모 10시 반입미더. 우찌 지가 10시차 타고 오는데예."

영희는 처음으로 말대꾸를 하고 그냥 허리를 숙이고 방으로 들어갔다. 따뜻한 아랫목이 그녀를 맞이했지만, 그 온기가 마음속 깊이까지 닿지는 않았다.

점심을 먹고 다시 자고 있는 아이를 쳐다보며 아이의 머리를 쓰다듬었다. 영희는 조심스럽게 무릎을 꿇고 앉아 손을 모았다. 방 안은 조용했고, 시어머니의 기침 소리만이 희미하게 들려왔다.

마음 한편엔 아직 철수의 목소리가 맴돌고 있었다.

'영희 씨… 우리 진짜 이래 살아도 되는 긴가예…?'

그 말이, 이 방 안의 정적보다 더 크게, 더 뚜렷하게 그녀를 울렸다.

그녀는 아랫목에 기대어 누우며 눈을 감았다. 창밖엔 겨울바람이 매섭게 지나가고, 까치 한 마리가 지붕 위에서 울고 있었다. 그 울음소리에, 영희는 아주 작게 중얼거렸다.

"사는 게… 죄가 아니라 벌이라카이, 진짜."

50. 영희, 도망가다

다음 날 새벽, 아직 어둠이 마을을 덮고 있을 때, 영희는 먼저 깨어났다. 부엌에 내려가 아궁이에 불을 지피고, 무쇠솥에 물을 올렸다. 불씨가 살아나며 "퍽퍽" 소리를 내자, 그녀는 그 소리에 맞춰 작은 한숨을 내쉬었다.

그녀의 하루는 언제나처럼 묵묵히 시작됐다.

밥을 안치고, 된장국을 끓이며, 묵은 김치 한 덩이를 꺼내 도마 위에 올렸다. 칼로 김치를 자르다 말고 잠시 멈춘 그녀는 창밖을 바라보았다.

해는 아직 뜨지 않았고 겨울 하늘은 먹빛처럼 짙고 무거웠다.

그녀는 고개를 저으며 다시 칼을 들었지만, 손끝은 자꾸만 철수의 등에 닿았던 순간을 떠올리고 있었다. 단단하고 따뜻했던 등, 흙냄새와 기름 냄새가 섞인 바람 속 그 체온이 어쩌면 지금껏 자신이 갈망해 온 무언가였을지도 모른다.

시어머니가 방에서 기침을 하며 일어나는 소리에 그녀는 정신을 다시 부엌으로 끌어왔다.

영희는 방 안으로 밥상을 들여놓으며, 손끝에 묻어오는 따뜻한 온기를 느꼈다. 그 온기조차도 그녀에게는 점점 무겁게 다가왔다. 기름기 있는 국물과 따뜻한 밥, 정성껏 차려낸 반찬들이 그녀의 마음속에서 서서히 차가운 돌덩이처럼 굳어 갔다. 밥상 위에 놓인 것들뿐 아니라 그 무엇도 그녀를 위로하지 않는 것 같았다.

남편은 아무 말 없이 창밖을 바라보고 있었고, 시어머니는 여전히 자신을 무시하는 듯한 눈빛을 던졌다. 그들의 무관심은 물리적인 거리를 넘어서, 마음속 깊은 곳에서부터 스며들어 왔다. 그녀는 그들의 냉담한 시선이 피부에 닿는 것처럼 느껴졌고, 그것은 그녀의 몸을 점점 더 무겁게 짓눌렀다.

"어머이, 아침상입미더."

그녀가 그들을 바라보며 말을 꺼내자, 그 순간 그녀의 가슴속에서 묵직한 부담감이 울컥 솟아올랐다. 말로는 그들의 관심을 끌고 싶었지만, 그들이 보여 주는 반응은 차가운 공기 속에서 흩어지는 작은 메아리처럼 그녀의 마음을 더 외롭게 만들었다.

영희는 숨을 고르며 밥상 앞에 앉았다. 그러나 그 자리에서 아무런 반응을 보이지 않는 남편과 시어머니의 존재가 그녀를 더욱 작게 만들었다. 그녀는 이미 잘 알고 있었다. 그들이 자신의 존재를 얼마나 소홀히 여기는지, 그 시선 속에 담긴 무관심과 비난이 얼마나 깊은지를.

가슴속에서 무언가가 서서히 쌓여 가고 있었다. 매일 반복되는 일상 속에서, 그녀는 늘 무언가를 희생하고 있다는 생각에 갇혀 있었다.

한동안 침묵이 흘렀다. 그 침묵은 마치 그녀의 존재를 부정하는 듯, 더욱 깊고 냉담하게 여겨졌다. 그녀는 속으로 무수한 생각을 떠올렸지만, 그 어느 것도 입 밖에 내지 못했다.

그녀는 힘겹게 고개를 숙였다. 그 순간, 눈물 한 방울이 살며시 눈꼬리에서 흘러내렸다. 억누르려 했지만 그 감정은 더 이상 참을 수 없었다. 아니, 그 눈물은 더 이상 숨길 수 있는 것이 아니었다. 숨을 깊게 들이쉬며, 그녀는 간신히 마음을 다잡았다. 그러나 그 속에서도 여전히 한 가지 질문이 떠올랐다.

'내는 와 이리 외롭노. 같이 있어도 덩그리 내삐 없노?'

영희는 집을 나가고 싶었다. 시어머니의 눈길은 언제나 따가웠고, 남편의 무심함은 그녀를 점점 더 외롭게 만들었다. 그날도 마찬가지였다. 아침상을 차리고, 아무 말 없이 밥상만 바라보는 시어머니와 무표정한 남편의 모습에 영희는 더 이상 참을 수 없었다. 그녀는 시어머니에게 의심을 받고, 남편에게는 없는 사람처럼 취급받고 있었다. 그런 일들이 반복되며 영희의 마음은 점점 더 지쳐 갔다.

그녀의 존재를 부정하는 듯한 시어머니의 냉담한 태도, 점점 더 기울어져 가는 눈빛. 남편은 여전히 그녀를 바라보지 않았다. 그는 영희가 얼마나 괴로워하는지 알지도 못한 채 하루하루를 보냈다. 그저 자신의 편안함만을 찾고 있었다.

'이기 내가 꿈꾸었던 기가?'

영희는 잠시 눈을 감고 한숨을 내쉬었다. 그녀는 자신이 이렇게 살아서는 안 되겠다는 결심을 굳혔다. 그녀는 집에서 나가기로 했다. 이 모든 것을 벗어나고 싶었다. 더 이상 무기력하게 억누르며 살아가는 삶은 원하지 않았다.

영희는 그길로 집을 떠나기로 결심했다. 그동안 억눌렀던 감정과 고통을 털어 버리고, 이제는 자신의 삶을 찾아 나서기로 했다. 무엇이든 할 수 있다는 믿음이 생겼다. 그리고 그녀는 자신을 위한 새로운 삶을 시작할 준비가 되어 있었다.

영희는 잠에서 깨어나자마자, 눈앞에 놓인 현실을 돌아보았다. 아침 햇살이 창문 틈으로 비추며 방을 은은하게 밝히고 있었지만, 그 햇살 속에서 그녀의 마음은 점점 더 무겁게 가라앉았다. 방 한구석에서 고요히 잠들어 있는 세 살 난 진홍이 얼굴이 눈에 띄었다. 진홍이는 무심히 손가락을 빨며 편안한 표정으로 잠들어 있었다. 영희는 그 모습을 보며 잠시 멈칫했다. 아기의 작은 얼굴을 바라보면서 가슴속 깊은 곳에서 갈등이 일었다.

'이 얼라를 나뚜고 발걸음이 떨어지것나?'

그녀는 속으로 되물었다. 하지만 그 갈등은 오래가지 않았다. 진홍이를 두고 떠나는 것이 너무나 아프고 괴로웠지만, 동시에 더 이상 참을 수 없는 지경에 이른 자신을 느끼고 있었다.

영희는 천천히 일어나 방을 가만히 둘러보았다. 그녀는 아무도 깨우지 않도록 조용히 움직였다. 남편은 아침부터 일찍 나가야 했고, 시어머니는 아침을 준비하기 전에는 일어나지 않기 때문에 그들이 깨지 않을 것이라는 생각이 들었다.

옷가방을 꺼내어 서랍에서 몇 개의 옷을 고른 후, 서둘러 담기 시작했다. 마음이 요동쳤지만 그때마다 가슴속에서 들려오는 외침이 있었다.

'떠나야 한다. 이곳을 떠나야 한다. 안 그라모 내가 죽는다.'

그 외침은 점점 더 커져 갔다.

그녀는 마지막으로 진홍이 옆에 앉아, 조용히 아기를 깨우지 않으려 애썼다. 아기의 작은 손을 살며시 쥐고, 그 따뜻한 온기를 잠시 느꼈다.

진홍이가 꿈속에서 미소를 짓고 있었고, 그 모습이 영희의 마음을 아프게 했다.

'미안타, 내 사랑.'

영희는 속으로 말했다.

'하지만 내는 더 이상 이렇게 살 수 없다이.'

가방을 들고 방을 빠져나가며, 영희는 다시 한번 진홍이를 보고 싶은 마음에 돌아보았다. 그러나 그녀는 흔들리지 않기로 결심했다.

'크면 내가 다시 돌아올꾸마. 더 나은 삶을 위해 내가 해야 할 일이 있어. 진홍아! 잘 자라야 한다이.'

그 말을 남기고, 그녀는 조용히 집을 빠져나갔다. 차가운 공기 속에서 그녀는 한 걸음씩 앞으로 나아갔다. 이 세상에서 나만의 길을 찾겠다고 마음속으로 다짐하며 결단을 내린 것이다.

떠나는 길은 외로웠지만, 그녀는 이제 자신을 위한 삶을 살겠다는 강한 결심을 갖고 있었다. 어느 누구의 시선에도 흔들리지 않겠다고 다짐하며, 영희는 그 길을 걸었다. 떠나기 전 아기에게 작별을 고하며, 그녀는 더 이상 돌아보지 않았다. 이 순간이 그녀의 새로운 시작이 될 거라고 믿으며.

51. 영희의 새로운 삶

마을을 떠난 영희는 백산에서 첫 버스를 타고 마산으로 향했다.

서서히 공업화가 되고 있었던 마산은 바다 냄새가 짙게 풍기는 항구도시였다. 바람은 짜게 불었고, 길거리에는 군복을 입은 군인들과 어깨가 움츠러든 근로자들이 분주히 오갔다.

주머니엔 돈 한 푼 없었지만, 영희에겐 잊지 못할 한 가지가 있었다.

시집가기 전, 창동에서 2년 동안 다녔던 작은 의상실의 기억. 손바느질, 재단, 다림질. 바느질 실밥만큼이나 촘촘히, 영희의 손끝에 남아 있었다.

"내… 다시 옷 만들 수 있을랑가…?"

마산 창동 시장 골목을 떠돌던 영희는 낡은 간판 하나를 발견했다.

'준 살롱.'

진열장 너머로는 색색의 천과 바느질로 분주한 사람들이 보였다.

가슴이 벌렁거렸지만, 이대로 돌아갈 수는 없었다.

영희는 문을 밀어 조심스레 안으로 들어갔다.

"무신 일인기요?"

중년의 여주인이 고개를 들고 물었다.

"저… 저, 옷 바느질 좀 할 줄 압미더. 재단도 쪼깨이 ᄒ-고 예. 혹시…

사람 필요 없습미꺼?"

영희는 손을 맞잡으며 간절히 말했다. 여주인은 고개를 갸웃하며 영희를 훑어봤다.

남루한 행색, 떨리는 목소리, 그러나 손가락 끝은 얇고 단단해 보였다.
"음… 지금은 딱히 사람이 다 차가…."
그녀는 고민하는 듯하다가 덧붙였다.
"그라모 이거 한번 해 보소. 잘하는가 보구로."

영희는 망설임 없이 천을 받아 들었다. 조심스럽게, 그러나 익숙한 손놀림으로 실을 꿰고 박음질을 시작했다.

바늘 끝이 부드럽게 천을 꿰며 지나갈 때, 잊고 있던 감각이 손끝에서 되살아났다.

잠시 후, 여주인은 눈을 동그랗게 떴다.
"이 보레요. 요거는 그냥 하던 솜씨가 아인데 오데서 배앗는기요?"
"예. 의상실에서 일 좀 했습미더. 혼수 양장 정도는 몇 벌 만들어 봤심더."
"그라믄 일 할라요? 당장은 일당으로 하다가 하는 거 보감시롱 월급으로 하지예."

영희는 숨이 멎을 것 같았다. 고개를 깊이 숙이며 말했다.
"고맙심더."

그날부터 영희는 '준 살롱'의 막내가 되었다. 새벽부터 늦은 밤까지 천을 자르고 바느질하고 다듬고 다림질했다.

지친 몸으로 쪼그려 앉아 국밥 한 그릇을 먹을 때면 세상에 다시 뿌리내리는 기분이 들었다.

시장 골목에서는 사람들의 수군거림이 종종 들렸다.

"젊은 여자가 혼자 사는가?"

"오데서 굴러온 여잔고?"

하지만 영희는 고개를 들지 않았다. 손끝에만 집중했다. 천 조각들이 하나하나 이어져 한 벌의 옷이 완성될 때, 마음속 깊은 곳에서 작은 불빛이 켜지는 것 같았다.

밤이면 작고 허름한 단칸방에 들어와 조용히 아들의 이름을 불렀다.

"우리 진홍이는… 잘 있것지…."

이불을 꼭 껴안은 채 눈을 감으면, 아이의 따뜻한 손과 웃음소리, 볼살이 떠올랐다.

영희는 울지 않았다. 대신 다짐했다.

"내가 꼭, 사람답게 살아서… 다시 만나러 갈끼다."

영희의 마음은 바늘 끝처럼 작고 단단하게 하나하나 꿰매지고 있었다.

며칠째 의상실에서 바느질을 하던 어느 오후였다. 마산 창동 골목은 북적였고 천 조각과 실타래 사이에 파묻혀 있던 영희는 오랜만에 마실 겸 밖으로 나왔다.

방앗간 기름 냄새, 국밥집 김 서린 창문, 시끄러운 인파. 사람들 틈을 비집고 걷다가, 영희는 문득 발을 멈췄다.

골목 건너, 누군가가 서 있었다. 낯익은 얼굴. 예전 의상실에서 일할 때 자신을 가르쳐 주던 윤씨 아주머니였다.

검은 원피스에 단정한 머리, 변함없는 인자한 얼굴. 윤씨 아주머니는 영희를 바라보다가 눈을 크게 떴다.

"영희 아이가? 영희 맞제, 니?"

가슴이 철렁 내려앉았다. 영희는 반사적으로 몸을 돌려 버렸다. 그리고 아무 일도 없던 것처럼 골목 안쪽으로 걸음을 재촉했다.

뒤에서 윤씨 아주머니의 목소리가 들려왔다.

"야, 영희야! 영희야! 와 도망가노!"

하지만 영희는 돌아보지 않았다. 머릿속이 하얗다. 가출한 여자. 시어머니도, 남편도, 아이도 두고 나온 여자. 아주머니가 다정하게 불러도 영희는 감히 얼굴을 들 수 없었다. 걸음은 빨라지고, 심장은 미친 듯이 뛰었다.

겨우 준 살롱 뒷문을 밀고 들어와 숨을 고르며, 영희는 벽에 기대어 주저앉았다.

눈물이 핑 돌았다.

'아, 부끄럽다….'

그렇게 따뜻했던 사람들. 함께 웃으며 혼수 옷을 만들고, 김밥을 나눠 먹던 그 시절. 모두 버리고 도망쳐 온 자신. 영희는 두 손으로 얼굴을 감쌌다.

그날 저녁, 의상실 안에서도 영희는 말수가 적어졌다. 바늘을 잡은 손은 떨렸고, 자잘한 실밥들이 허술하게 엉켰다.

"막내야, 뭐가 그리 생각이 많노? 손끝에 정신 팔리면 바느질 다 틀어묵는다이."

여주인의 꾸지람에, 영희는 겨우 고개를 끄덕였다. 아무렇지 않은 척, 실을 다시 꿰었다.

허름한 방 안, 영희는 뒤척이며 잠을 이루지 못했다. 머릿속에선 자꾸 윤씨 아주머니 얼굴이 떠올랐다. 따뜻하고 든든했던, 마치 친정 엄마 같은 사람이었다.

그 사람이 영희를 보고 얼마나 놀랐던지, 또 얼마나 서운했을지, 생각할수록 가슴이 조여 왔다.

'이대로 피할까? 아니면… 돌아갈까?'

침침한 전등불 아래, 영희는 손등에 얼굴을 묻고 생각했다.

'어차피… 언젠가는 다 알게 될 거야.'

가출했다는 것. 아이를 두고 떠났다는 것. 남편에게서, 시어머니에게서 도망쳤다는 것.

진실을 숨길 수는 없었다. 설령 숨긴다 해도, 영희 자신이 가장 먼저 그 무게를 못 견딜 것이다.

그러나 또 한편으로는 두려웠다. 윤씨 아주머니의 눈빛이, 따뜻함 대신 실망으로 바뀌진 않을까?

'그 착하던 애가 어쩌다….'

하며, 혀를 차지는 않을까.

그런 상상을 할 때마다, 영희는 눈을 꼭 감아 버렸다.

날이 밝아올 무렵, 영희는 지친 몸을 일으켰다. 방구석 작은 거울 앞에 앉아 머리를 단정히 빗었다.

바느질로 찢어진 손톱을 깎고, 옷매무새를 고쳤다. 거울 속 영희는 여전히 초라했다.

그러나 그녀의 눈동자에는 어딘가 단단한 빛이 스며 있었다.

"가자."

영희는 조용히 중얼거렸다. 비록 부끄럽고, 비록 무서울지라도. 도망치기만 해서는 아무것도 바꿀 수 없다는 걸, 이제는 알고 있었다.

'준 살롱' 문을 나설 때, 여주인이 물었다.

"오데 가노?"

영희는 고개를 숙이며 말했다.

"쪼매 당기올깨에."

그리고 한 발 한 발, 시장 골목을 지나 뒤편 작은 길을 따라 걸었다.

윤씨 아주머니의 의상실은, 마산 부림시장 근처 골목 어귀에 있었다. 낡은 간판, 창가에 걸린 색색의 옷들. 멀리서 그것을 보는 순간, 영희는 가슴이 터질 것 같았다. 발이 떨어지지 않았다.

"그래도… 가야지."

영희는 입술을 깨물었다. 한 번 더 깊이 숨을 들이쉬고, 조심스럽게 문을 밀었다.

달가닥, 작은 방울 소리가 울렸다. 윤씨 아주머니가 고개를 들었다. 그리고 순간 놀란 표정을 지었다.

영희는 마주 선 채, 고개를 깊숙이 숙였다.

"저… 저, 냅미더."

말이 끝나자마자, 눈물이 왈칵 쏟아졌다.

의상실 안은 잠시 적막했다. 그러다 윤씨 아주머니가 천천히 걸어와, 영희의 어깨를 다독였다.

"그래, 그래. 됐다."

그녀는 시집을 간 영희가 왜 창동에 있는지 물어보지 않았다. 그녀가 자신을 피하고 도망가는 것만 보아도 윤씨는 무슨 사달이 났구나 생각하고 있었다.

"사람이 사는 기… 다 그런 기다. 니 내하고 일하고 싶으면 언제든 다시 오이라."

영희는 고개를 들지 못한 채, 꺼이꺼이 울었다.

그리고 그 순간, 조금은, 아주 조금은 다시 살아갈 힘을 얻었다.

52. 영희, 아들을 그리워하다

윤씨 아주머니의 의상실은 늘 바빴다. 한복 치마를 만들고, 양장을 수선하고, 가끔은 혼수 옷 주문도 들어왔다. 재봉틀 돌아가는 소리, 천을 자르는 가위 소리, 다림질할 때 피어오르는 천 냄새. 그 모든 것들이 영희에겐 다시 살아 있다는 증거처럼 느껴졌다.

처음 며칠 동안은 여전히 영희는 움츠러들어 있었다. 하지만 윤씨는 재촉하지 않았다.

"영희야, 니는 아직 손끝이 살아 있다. 찬찬히 해 보래이, 삐리해도 괴안다."

꾸지람 대신 다독임으로, 불신 대신 믿음으로. 윤씨는 마치 친정어머니처럼 영희를 다루어 주었다.

영희는 마음을 열기 시작했다. 손끝에 힘을 주어 바느질을 하면서, 그녀는 작은 칭찬에도 얼굴을 붉히며 웃었다.

"영희야, 이 박음질 보래이. 니가 한 기가? 억수로 잘했네."

아주머니의 말에 영희는 그만 울컥할 뻔했다. 누군가에게서 인정받는 것. 누군가가 자신을 기다려 준다는 것. 그 작은 따뜻함이 가슴 깊은 곳까지 스며들었다.

일이 끝난 저녁이면 의상실 뒷마당 작은 평상에 앉아 쉬곤 했다. 윤씨는 솥뚜껑에 군고구마를 얹고, 소박한 저녁을 함께 나누었다.

"이 세상에 말이다… 마음 다친 사람은 바느질하면 좋다이. 찢어진 천 꿰매듯이 속도 꿰매지는 기라."

아주머니는 그렇게 말하며 노을빛이 물든 하늘을 바라보았다. 영희는 고개를 끄덕였다.

바람은 아직 차지만 마음은 조금씩 따뜻해지고 있었다. 밤이면 여전히 아이 생각이 났지만 이젠 울지 않았다. 대신 손바닥을 꼭 쥐며 다짐했다.

'조금만 더, 조금만 더 튼튼해지자. 그래야 우리 아들을 떳떳하게 다시 만날 수 있지.'

그렇게 영희는 매일매일 천천히, 조용히 변해 갔다.

밤이 깊었다. 의상실 불을 끄고 돌아온 방 안, 영희는 이불을 덮고 누워서도 쉽게 잠들지 못했다. 희미하게 빛이 스며드는 창가를 바라보며, 영희는 아들 진홍이를 생각했다.

이맘때면 이불 속에 들어가서 "엄마, 따뜻해" 하면서 파고들었는데. 작은 손, 따뜻한 숨결, 아기 냄새 섞인 옷깃. 모든 것이 아득하게 느껴졌다. 한참 전 일처럼.

'보고 싶다. 한 번이라도… 얼굴만이라도.'

가슴속이 조용히 아려 왔다. 바느질을 하며 버텼지만, 한밤중엔 어떻게든 숨길 수가 없었다.

'우리 아들이 내를 잊아 삐지는 않았나? 아이모… 내를 미워하게 된 거 아이가?'

생각은 꼬리에 꼬리를 물고 이어졌다. 그때 문득, 한 사람이 떠올랐다.

52. 영희, 아들을 그리워하다

철수.

그 사람이라면 진흥이를 어떻게든 만나게 해 줄 것 같았다.

'철수 씨라면… 진흥이를 멀리서라도 보여 주구로 할끼다.'

조심스럽고, 부끄럽고, 겁도 났다. 하지만 달리 방법이 없었다. 직접 갈 용기는 없었다. 아직 시어머니 눈을 피할 자신도 없었다.

영희는 이불 속에서 작은 손을 꺼내 꼭 쥐었다. 심장이 콩닥콩닥 뛰었다.

'한 번만… 부탁해 보자.'

다음 날 아침, 영희는 마음을 굳혔다. 그리고 바늘을 잡은 손을 내려놓고, 조용히 말했다.

"올은… 잠깐, 볼일 좀 보고 올깨예."

윤씨는 고개를 끄덕였다.

"그래, 조심해서 댕기온나."

길을 나서며 영희는 계속 되뇌었다.

'진흥아… 쪼매만 지달리라. 엄마가 니 보러 갈꾸마.'

작은 발걸음이지만 그날 영희는 세상에서 가장 큰 용기를 내고 있었다.

영희는 아침부터 월남동 만수의 정육점 앞에 서 있었다. 손끝이 시릴 만큼 찬 공기 속에서, 그녀는 철수가 오기를 애타게 기다렸다. 그러나 시간이 흘러도 철수는 보이지 않았다. 사람들의 시선이 따갑게 느껴질 즈음, 영희는 포기하려는 듯 몸을 돌렸다.

그때, 철수의 오토바이 소리가 정육점 앞에 멈춰 섰다. 영희는 얼어붙은 발걸음을 멈췄다.

"철수 씨!"

철수는 놀란 눈으로 고개를 돌렸다. 마산에서는 자신을 이렇게 부르는 사람이 없었다. 시선을 따라간 곳에 영희가 서 있었다. 철수의 얼굴에 당혹스러운 빛이 스쳤다.

"영희 씨, 여 우짠 일입미꺼?"

영희는 대답하지 않고 고개를 숙였다. 긴 침묵 끝에 철수가 먼저 입을 열었다.

"영희 씨가 집을 나가고 나서, 동네에 다른 놈하고 눈이 맞아 토낏다고 소문이 자자합미더."

영희는 고개를 번쩍 들었다.

"누가 그리 샀는데예?"

철수는 씁쓸하게 웃으며 말했다.

"영희 씨 시어머니가, 옆집 철제 총각 찾아가 며느리 내어 놓으라고 난리 칫다고 소문이 났어예."

영희의 눈이 붉게 물들었다.

"지는 지 혼자 나왔고예. 예전에 하던 의상실 일 다시 하고 있어예."

철수는 순간 머쓱한 얼굴이 되었다.

"그렇치예. 지는 또 다른 남자하고 사는 기라 생각했어예."

영희는 떨리는 목소리로 말했다.

"지가 촌에 살고 있었는데, 남자가 오데 있습미꺼."

짧은 대화 속에 무겁게 가라앉은 공기가 두 사람 사이를 에워쌌다. 철수는 말없이 영희를 바라보았다.

영희는 철수 앞에서 고개를 숙이며 간절히 말했다.

"철수 씨… 지가 집을 나오고 다른 것은 전딜 만한데 억수로 보고 시 픈 아들 진홍이를… 그 아를 만날 방법이 없겠습미꺼? 우리 아는 시이미 하고 남편이 잘 거다고 있지예?"

그녀의 목소리는 간절함에 가득 차 있었고, 철수는 잠시 고개를 돌리 며 깊은 생각에 잠겼다. 영희는 아들과 헤어지는 것이 얼마나 힘든 일이 었는지, 그리움이 마음속에서 어떻게 자라났는지 잘 알고 있었다.

철수는 한숨을 쉬며 답했다.

"진홍이는 지금 시이미하고 신랑이 기라고 있습미더. 그 얼라가 영희 씨를 그리워할 수 있을지 모르지만, 지금은 안정돼 있는데 맥지 얼라 마 음에 상처만 낭기는 거 아잉가예…."

영희는 철수의 말을 듣고 잠시 침묵했다. 그 아이를 떠나보낸 마음 이 여전히 아프고, 자신이 다시 만날 수 없다는 현실을 받아들이기 힘 들었다.

"그라모… 우리 아들을 만날 수 없다는 긴미꺼? 참말로 진홍이는 내캉 함께 살 수 없는 긴가예?"

영희의 목소리는 떨렸다. 철수는 고개를 끄덕이며 답했다.

"얼라가 세 살이모, 이미 시이미와 남편이 많은 영향을 미치지 않았겠 습미꺼. 막말로 얼라를 데리고 온다 캐도 영희 씨는 매일 일해야 하는데, 누가 돌봐 줌미꺼?"

영희는 철수의 말을 듣고 마음이 무너지는 듯한 느낌을 받았다. 그 아 이를 보고 싶다는 마음은 더욱 간절해졌지만, 현실은 너무나 차가웠다.

53. 영희, 가야장으로 갔다

　영희는 두 손을 꼭 움켜쥔 채 철수 앞에 앉아 있었다. 눈가에는 오래 참아온 그리움이 서려 있었다.
　"그래도… 얼라 얼굴이라도 한번 보고 싶습미더…."
　한참 동안 침묵하던 철수가 마침내 입을 열었다. 목소리는 낮고 조심스러웠다.
　"방법은 하나 있습미더. 가야장 날 진홍이 애비 보고 장에 가자고 꼬시가, 얼라 데리고 오리라 캐서… 진홍이 애비를 술을 마이 미가 정신이 없구로 만들어 삐가, 그때 영희 씨가 진홍이 만나믄 됩미더."
　영희는 눈을 반짝이며 고개를 끄덕였다.
　"그라모… 지발 그리 좀 해 주이소. 은혜는… 잊지 않겠습미더."
　철수는 고개를 젓고 쓸쓸하게 웃었다.
　"은혜는 무신 은혜예. 하도 영희 씨가 안되가… 그리 삿는 기지예."

　며칠 뒤, 장날 전날 저녁. 철수는 진홍이 애비를 슬쩍 찾아갔다. 진홍이네 집 마당에는 연기가 피어오르고, 어디선가 된장 끓는 구수한 냄새가 났다.
　"아, 기진홍이 애비, 있나?"

철수의 부름에 진홍이 애비가 마루에 나왔다.

"어, 철수 행님 아인교. 와, 무슨 일인데예?"

철수는 일부러 웃으며 말했다.

"마, 내일 장날인데 경운기에 장에 싣고 갈 쌀이 많아가 같이 가서 미전에 좀 내어 주라꼬."

진홍이 애비는 얼굴에 웃음을 띠었다.

"캬, 오랜만에 마, 장에 가가 기분도 좀 풀고, 국밥에 쇠주도 한잔 마시고, 진홍이도 데불고 가자. 얼라 모친 혼자 본다고 고생인데 장 기경도 시키고 모친도 좀 쉬구로."

"그라모 내일 아침에 가입시더. 덕분에 목구정에 기름칠하것네예."

철수는 속으로 조심스레 안도의 한숨을 내쉬었다. 이렇게 계획은 하나씩 틀이 잡혀 갔다.

이른 아침, 정미소 앞에는 하얀 쌀 포대들이 줄지어 쌓여 있었다. 철수는 낡은 경운기에 시동을 걸었다. 덜컹거리며 깨어나는 소리에 고양이 한 마리가 깜짝 놀라 뛰어 달아났다.

"진홍아, 장에 가 보자. 타라이!"

철수가 외치자, 진홍이는 폴짝 뛰어 경운기 짐칸으로 올라갔다. 진홍이 애비도 쌀 포대 위에 걸터앉으며 말했다.

"아이고야, 경운기 타는 것도 오랜만이네. 장에 가 보입시더!"

철수는 핸들을 꼭 잡고 출발했다. 경운기는 낮게 윙윙거리는 소리를 내며 마을 길을 달렸다. 겨울 햇살이 쌀 포대 위에 부드럽게 내려앉고, 시골 들판에는 하얀 서리가 아직 걷히지 않은 채 반짝였다.

진홍이는 쌀 포대 위에 앉아 두 발을 덜렁거리며 환하게 웃었다.

"아부지, 저기 논두렁 위에 까치 보레이!"

진홍이 애비는 웃으며 아들의 머리를 쓰다듬었다.

경운기는 비틀비틀 흔들리면서도 묵묵히 장터를 향해 나아갔다. 철수는 거칠게 불어오는 찬 바람에 얼굴을 돌리며, 흘깃 짐칸 쪽을 바라보았다. 그곳에는 한껏 들뜬 진홍이와, 아무것도 모른 채 아들의 웃음을 바라보는 진홍이 애비가 있었다.

철수는 조용히 입술을 다물었다. 오늘 하루, 이 평화로운 풍경이 영희에게도 작은 기적이 되어 주기를 기원했다.

장터 입구에 들어서자, 철수는 미전 쪽으로 경운기를 몰았다. 좁은 골목길을 덜컹거리며 지나 미전에 도착하자, 사방에서 곡식 냄새가 퍼져 왔다. 철수는 경운기를 멈추고 짐칸에 올라 쌀 포대를 하나하나 내리기 시작했다. 진홍이 애비도 덤벼들어 함께 포대를 옮겼다.

진홍이는 손에 묻은 먼지를 털며 두리번거렸다. 장터는 벌써 사람들로 북적였고, 장꾼들의 외침과 염소 우는 소리가 뒤섞여 귀가 어지러웠다.

그때였다. 진홍이의 눈에 저 멀리, 사람들 사이로 얼핏 스치는 한 여자가 들어왔다. 낯익은 얼굴. 그토록 보고 싶었던, 어렴풋이 기억 속에 남아 있는 엄마 얼굴을 쏙 빼닮은 모습이었다.

진홍이는 눈을 깜빡이며 그쪽을 바라봤다.

"어? 아부지…."

무심코 부르려던 진홍이의 입이 멈췄다. 그 순간, 영희는 깜짝 놀라 몸을 돌려 장터 뒤편 헛간 쪽으로 황급히 몸을 숨겼다. 가슴이 세차게 뛰었다. 멀리서라도 아들을 한 번 보겠다는 마음이었는데, 눈이 마주칠 뻔했던 것이다.

진홍이는 그 자리에 멈춰 한참을 쳐다보다가, 곧 다시 주위를 둘러봤다.

"진홍아, 뭐 하노! 얼른 와서 포대 지키라!"

진홍이 애비의 외침에 진홍이는 아쉬운 눈길로 마지막으로 한 번 그 골목을 바라본 뒤, 종종걸음으로 쌀 포대 쪽으로 돌아갔다.

영희는 헛간 뒤에 몸을 숨긴 채, 차마 눈을 뜨지 못하고 떨리는 손으로 입을 막았다. 차디찬 겨울바람이 옷깃을 파고들었지만, 영희는 아들의 얼굴을 본 따뜻한 기운에 눈물이 핑 돌았다.

쌀 포대를 다 내리고 나자 철수는 경운기를 미전 한쪽에 세워 두고, 진홍이 애비를 슬쩍 쳐다봤다.

"억수로 욕봤다. 국밥 한 그릇 하로 가자."

철수가 너스레를 떨자, 진홍이 애비는 기분 좋게 웃었다.

"그라지예! 아침에 일찍이 나온다고 밥도 지데로 안 무가 배 창수가 아팠는데 얼른 가입시더."

두 사람은 시장 한쪽, 허름한 국밥집으로 들어갔다. 문을 열자 뿌연 국밥 냄새와 따끈한 수증기가 얼굴을 감쌌다. 낡은 나무 의자에 털썩 앉은 철수는 주인아주머니를 불렀다.

"아지매, 대병 말고 4홉짜리 소주 한 병 주이소, 국밥 두 그릇하고, 얼라 묵구로 돼지괴기도 좀 주고예."

소주병이 덜컥 테이블 위에 놓였다. 철수는 잔을 채우고, 잽싸게 진홍이 애비에게 따라 주었다.

"마이 무라. 올은 내가 살낀깨 실컷 묵고 싶은 대로 무라."

진홍이 애비는 싱글벙글 웃으며 소주를 단숨에 들이켰다. 철수는 곧장 다시 잔을 채웠다.

"한잔 더 주이소!"

"앗따, 어북 마신다아!"

진홍이 애비는 기분 좋게 또 한 잔을 들이켰다. 쇠주가 연거푸 목구멍을 타고 넘어갔고, 진홍이 애비의 얼굴은 빈속에 술을 마셔 점점 붉게 달아올랐다.

한쪽에서 김이 모락모락 나는 국밥이 나왔지만, 진홍이 애비는 국밥은 거들떠보지도 않고 철수가 따르는 술잔만 받아 들었다. 철수는 속으로 생각했다.

'조금만 더 마시면, 정신이 헤벌레해질 낀데….'

몇 병째 비운 소주병이 테이블 위에 뒹굴고 있었다. 진홍이 애비는 국밥에 숟가락을 들지도 못한 채, 고개를 꾸벅꾸벅 떨구고 있었다.

"진홍아, 통시 가자."

철수는 짐짓 아무렇지 않은 척 말하며 진홍이의 손을 잡았다.

"아재예, 통시 안 가고 싶은데예…."

진홍이가 고개를 갸웃했지만, 철수는 단호하게 끌어당겼다.

"오줌 참으모 병 난다이. 안 누고 싶어도 통시 가모 나온다. 가 보자."

진홍이 애비는 그 모습을 볼 겨를도 없이, 테이블에 턱을 괴고 곯아떨어졌다. 술기운에 얼굴은 붉었고, 입에서는 가느다란 코골이 소리가 새어 나왔다.

54. 영희, 아들을 만나다

철수는 진홍이를 데리고 국밥집을 빠져나왔다. 찬 바람이 뺨을 스쳤지만, 철수는 걸음을 멈추지 않았다. 장터 끝자락, 사람들이 드문 헛간 뒤쪽으로 걸어가자, 거기에는 영희가 숨어 있었다.

"영희 씨!"

철수가 낮게 부르자, 영희가 떨리는 손으로 장막을 젖히고 나왔다. 진홍이는 그제야 이상한 기운을 느꼈는지 철수를 바라봤다.

"아재…?"

철수는 망설이다가 조심스레 진홍이의 등을 토닥였다.

"진홍아… 너거 움마다."

진홍이는 걸음을 멈췄다. 천천히, 아주 천천히 고개를 들었다. 햇빛이 겨우 스미는 겨울 장터 한쪽, 그곳에는 낯설면서도 익숙한, 오래도록 가슴속에 새겨진 따뜻한 눈빛이 있었다.

영희였다. 진홍이의 두 눈이 흔들렸다. 기억 저편에서 얼어붙어 있던 '엄마'라는 말이, 입안에서 굴러 나오지 못하고 맴돌았다.

영희는 떨리는 손을 뻗어, 아들의 볼을 부드럽게 어루만졌다. 거칠어진 손바닥에 와 닿는 따스한 온기.

"진홍아…."

영희의 목소리는 금방이라도 부서질 듯 떨렸다. 눈동자에는 이미 눈물이 맺혀 있었다.

진홍이는 한순간 숨조차 쉬지 못하는 듯 굳어 있었다. 그러다 아주 작게, 마치 잊고 있던 말을 되찾기라도 하듯 입을 열었다.

"옴마아?"

그 한마디에, 모든 시간이 무너졌다. 진홍이는 짧게 울먹이더니, 어린아이처럼 엄마의 품으로 달려들었다. 영희는 떨리는 두 팔로 아들을 꼭 껴안았다. 마치 다시는 놓치지 않겠다는 듯, 온몸으로 품었다.

"진홍아… 진홍아….'"

영희는 아들의 이름을 불러 가며 목 놓아 울었다. 진홍이도 엄마의 품에 얼굴을 파묻고 소리 없이 몸을 떨었다.

한참을 그렇게 울던 진홍이가 떨리는 목소리로 속삭였다.

"엄마… 와 언자 온노? 내… 옴마 울매나 찾았는 줄 아나…?"

영희는 아들의 머리카락을 쓰다듬으며, 눈물에 젖은 목소리로 대답했다.

"미안타… 진홍아… 옴마가… 옴마가 미안타….'"

진홍이는 흐느끼며 말했다.

"옴마, 언자 다른 데 가지 말고 내하고 살자. 아~앙!"

진홍이는 영희에게 다시 말한다.

"옴마가 내를 내뻔 기가?"

영희는 아들의 말을 끊을 새도 없이, 아들의 얼굴을 끌어안고 흐느꼈다.

"아이다… 아이다, 진홍아… 엄마가 내뻔 거 아니다… 엄마는… 하루도 니를 잊아뻔 적이 없다이⋯."

진홍이는 엄마의 품속에 얼굴을 묻은 채, 할머니와 아버지에게 삼켰던 서러움을 쏟아냈다.

"옴마, 나⋯ 엄청시리 힘들었다이, 엄마⋯ 할매가 억수로 내보고 지랄한다⋯."

영희는 가슴이 찢어지는 것처럼 아팠다.

"옴마가 미안타. 엄마도⋯ 엄마도 니 없는 세상에서⋯ 숨도 지대로 못 쉬고 살았다, 진홍아⋯."

철수는 두 사람을 바라보다가 조용히 고개를 숙였다. 멀리 장터의 북적이는 소리가 여전히 들려왔지만, 이 작은 구석에는 세상에서 가장 슬픈 재회가, 뜨겁고 아픈 숨결로 이어지고 있었다.

진홍이의 마음속에는 지워지지 않는 기억이 하나 있었다. 키가 부엌 문지방을 겨우 넘을 수 있을 만큼밖에 안 됐던 그에게 쌀뜨물을 들고 오던 할머니가, 거칠게 진홍의 어깨를 밀치며,

"땅콩만 한 놈이 와 이리 얼쩡거리노! 에미도 없는 기 얼렁거리지 마라. 눈에 보이도 속 터진다!"

할머니의 목소리는 겨울바람처럼 싸늘했다.

진홍이는 고개를 푹 숙인 채, 맨발로 마당 끝까지 달아났었다. 차가운 흙바닥에 발바닥이 얼얼했지만, 어디로도 갈 수 없었다. 울음이 목구멍까지 치밀어 올라왔지만, 진홍이는 꾹 참고 입술을 깨물었다.

밤이면, 낡은 이불 한 장을 덮고 덜덜 떨면서 혼자 중얼거리곤 했다.

'엄마는⋯ 와 나를 두고 도망 갔뻔노⋯ 옴마는 내가 보기 싫어지뻔나?'

부엌에서 새어 나오는 고기 굽는 냄새를 맡으면, 진홍은 더욱 작아졌

다. 할머니와 작은아버지 식구들은 따끈한 국과 밥을 나누어 먹었지만, 진홍이 앞에는 늘 식은 밥 한 덩이와, 간장에 김치 몇 조각이 전부였다.

"내가 와 남의 새끼 거단다고 고생해야 되노? 저놈의 손이 내가 하는 본치는 알것나?"

할머니가 내뱉는 독한 말에, 진홍은 고개를 들지 못했다.

55. 진홍과 철수의 약속

장터 저편에서 누군가 철수를 찾는 소리가 들려왔다. 약속한 시간이 다 된 것이다. 철수는 조심스레 두 사람을 향해 다가갔다. 영희는 여전히 아들을 품에 안은 채, 눈물로 얼굴을 적시고 있었다. 진홍이도 가늘게 흐느끼며 엄마 품에서 떠날 생각을 하지 못했다. 철수는 한참을 서성이다 낮은 목소리로 말했다.

"영희 씨… 진홍이 아버지 일어났는 것 같네예. 가 봐야 합미더."

영희는 놀란 듯 철수를 바라봤다. 그제야 현실이 그녀의 가슴을 짓눌렀다. 더 머물고 싶었다. 이 작은 품 안에서, 다시는 아들을 놓치고 싶지 않았다. 하지만 세상은, 이 짧은 기적마저 오래 허락해 주지 않았다. 철수는 진홍이의 어깨에 손을 얹었다.

"진홍아… 언자 가야 한다."

진홍이는 고개를 저으며, 엄마 품을 더욱 꽉 끌어안았다.

"조금만 더… 움마… 조금만 더…."

영희는 울면서도 아들의 등을 다독였다.

"진홍아… 가야 된다이… 움마가… 꼭 다시 찾으러 갈게… 알것제?"

진홍이는 두 눈을 붉게 부풀린 채, 입술을 깨물었다.

"진짜가? 나, 움마 지달릴게… 진짜로 지다릴게…."

"그라모… 옴마가 돈 좀 더 벌어가 방 한 개 얻어모 니를 꼭 데리로 갈 꾸마…."

영희는 아들의 뺨을 두 손으로 감싸 쥐고, 꾹꾹 입맞춤했다. 손길마다, 오랫동안 쌓였던 사랑과 미안함이 쏟아졌다.

철수는 가슴이 미어지는 걸 억누르며, 진홍이를 살며시 끌어안았다. 진홍이는 철수의 품에 안긴 채, 엄마를 향해 손을 뻗었다.

"옴마… 가지 마… 가지 마…."

영희는 무너질 듯 주저앉으며, 두 손을 하늘로 들어 진홍을 향해 흔들었다. 철수는 진홍을 꼭 안고, 무거운 걸음을 옮겼다. 돼지국밥집이 있는 골목으로, 사람들 사이를 헤치며 걸어갔다.

장터는 여전히 북적였지만, 진홍이의 울음소리만은 차디찬 겨울바람을 뚫고 멀리까지 퍼져 나갔다.

돼지국밥집 안은 훈훈한 김이 자욱했다. 추운 장터 골목을 뚫고 들어오자, 몸은 따뜻해졌지만 마음은 여전히 얼어붙어 있었다.

철수는 말없이 진홍을 작은 상에 앉혔다. 진홍이 아범은 아직도 술에 취해 늘어져 있다. 진홍은 두 손을 무릎 위에 꼭 모은 채, 고개를 푹 숙이고 있었다. 얼굴은 눈물로 얼룩져 있었고, 가끔 어깨가 조용히 들썩거렸다. 주인아주머니가 국밥 두 그릇을 내왔다. 뚝배기에서 피어오르는 구수한 냄새가 퍼졌다. 철수는 젓가락을 들어 진홍이 앞에 놓아주며 부드럽게 말했다.

"진홍아, 묵자. 속도… 따뜻하게 데파야지. 언자 사정으로 경운기 타고 갈라쿠모 마이 춥다이."

진홍이는 대답 없이, 떨리는 손으로 숟가락을 집었다. 국밥 한 술을 떠 입에 넣었지만, 먹자마자 다시 뜨거운 눈물이 뚝뚝 흘러내렸다.

"옴마… 옴마…."

진홍은 젓가락을 꼭 쥔 채, 밥알도 씹지 못하고 흐느꼈다. 밥알이 목구멍을 넘어가지 않는 듯, 한 술 한 술이 눈물에 젖었다.

철수는 조용히 손을 뻗어, 진홍의 머리를 천천히 쓰다듬었다. 그저 부드럽게, 온 마음을 담아.

"괴안타, 진홍아, 울지 마라…."

철수의 손길은 겨울 저녁 따뜻한 화롯불 같았다. 말로 다 채울 수 없는 다독임이, 진홍의 굳어 버린 마음에 천천히 번져 갔다.

진홍은 숨죽여 울면서도, 한 숟갈, 또 한 숟갈 밥을 떴다. 마치 어딘가에 있는 엄마가 지켜보고 있을 것만 같아, 어린 마음에 울음을 삼키고 억지로라도 밥을 넘겼다. 철수는 한참을 그렇게 진홍의 머리를 쓸어내리며 지켜봤다. 때로는 침묵이 가장 깊은 위로가 된다는 걸 그는 알고 있었다.

가슴속에서 끓어오르는 따뜻한 인간의 정만이 가득했다.

진홍은 국밥 그릇을 앞에 두고 한참을 울었다. 그러다 조금씩 울음이 가라앉자 고개를 들었다.

두 눈은 잔뜩 부어 있었고, 속눈썹에는 눈물이 아직 매달려 있었다. 진홍은 망설이다가 철수의 옷깃을 살짝 잡아당기며 아주 작은 목소리로 물었다.

"아재요…."

철수는 진홍을 바라봤다. 다시 고개를 푹 숙인 채, 떨리는 입술로 말했다.

"옴마… 또 보모 됩미꺼?"

그 말에, 철수는 잠시 가슴이 뻐근하게 조여 왔다. 당장 대답할 수가 없었다. 진홍의 목소리는 너무 작고 너무 간절해서 거짓을 섞을 수도, 함부로 희망을 줄 수도 없었다.

철수는 조용히 진홍의 등을 쓰다듬으며, 잠시 눈을 감았다가 다시 떴다.

"그라모… 꼭… 또 볼 수 있다이. 이 아재가 너거 옴마하고 같이 살구로 만들어 주꾸마. 그라고 너거 옴마도… 진홍이 보고 싶어서 안 참을 끼다."

진홍은 그 말을 듣고도 한참을 말없이 있었다. 마치 그 한마디를 가슴 깊숙이 꼭꼭 눌러 담으려는 것처럼. 그러고는 조심스럽게 물었다.

"진짜미꺼…? 옴마가 나… 다시 데리러 오지예…?"

철수는 진홍의 작은 손을 꼭 잡아 주며 말했다.

"하모. 와 아이라. 진홍이는… 누구보다 너거 옴마한데는 착하고 좋은 아들이다이. 옴마가 꼭, 꼭 데리러 올 끼다."

진홍은 그제야 살짝 고개를 끄덕였다. 마음속에는 여전히 두려움과 서러움이 가득했지만, 지금 이 순간만큼은 그 한 줄기 희망에 몸을 기대어 볼 수 있었다. 철수는 진홍의 머리를 다시 쓰다듬었다.

56. 영희의 아들 생각

　영희는 집으로 돌아왔다. 가야 장터 골목을 빠져나와 좁은 골목길을 걸어오는 동안, 버스를 타고 마산으로 돌아오는 길에도 그녀의 눈가엔 마른 눈물이 얼룩져 있었다.
　집 안으로 들어오자, 텅 빈 방 안의 공기가 차갑게 다가왔다. 방금 전까지 품에 안겼던 진홍이의 따뜻한 온기가 이제는 온데간데없었다.
　부엌으로 들어가려다 영희는 문턱에 주저앉아 버렸다. 작은 부엌칼과 도마, 채 썰다 남은 무 한 토막이 눈에 들어왔지만, 손이 도무지 움직이지 않았다. 손끝에 남아 있어야 할 건 채소의 감촉이 아니라 아들의 작은 손이었다.
　'진홍아….'
　영희는 속으로 이름을 불러 보았다. 몇 시간 전까지만 해도 품 안에 있던 아들이었는데 이제 그 이름조차 공기 속에서 사라져 가는 것 같았다.
　잠시라도 정신을 붙잡아 보려 방 한쪽의 빨랫감을 만지작거렸지만, 옷가지 하나하나를 집을 때마다 눈앞이 흐려졌다. 진홍이의 작은 웃음소리, 작별 인사 할 때 내민 그 손, 울먹이던 목소리…. 모두가 귓가에 생생히 맴돌아, 결국 그녀는 손에 쥔 옷을 부여잡고 주저앉아 버렸다.

'내 새끼… 배고프진 않을까, 춥진 않을까… 내가 아들 손을 또 운제 잡아 볼 수 있것노….'

일터로 나가야 할 시간이 다가왔지만, 발끝조차 움직이지 않았다. 문 밖에서 이웃들의 목소리가 들리고, 부엌에서는 물이 끓어 넘치는 소리가 났지만, 영희의 시간은 장터 한복판에서 멈춘 듯했다.

가슴속이 텅 빈 채로, 영희는 다만 입술을 떨며, 눈물이 목구멍까지 차오르는 걸 느꼈다.

밤이 깊었다. 달빛이 희미하게 창틈을 타고 방 안으로 스며들었다. 방 안은 고요했지만, 그 고요 속에서 영희의 숨소리만이 가늘게 들려왔다.

그녀는 방구석에 무릎을 꿇고 앉아, 두 손을 가만히 깍지 껴 쥐고 있었다. 불은 끄지 않았지만, 작은 전등 아래 그녀의 그림자는 벽에 길게 드리워져 있었다. 그림자 속에서, 영희는 마치 어린아이처럼 떨고 있었다.

"진홍아…."

작은 목소리가 새어 나왔다.

"우리 진홍이, 잘 자고 있었제…? 밥은 묵었나? 옴마가 없어 가꼬 울지는 안 했나…?"

말끝마다 목이 메어 와 그녀는 자꾸만 입술을 깨물었다. 그럴수록 눈가에는 뜨거운 것이 차올랐다.

"옴마가… 미안타. 엄마가 억수로…, 내 새끼야…."

영희는 두 손으로 얼굴을 가리며 몸을 웅크렸다. 참으려 해도 참을 수 없는 흐느낌이 어깨를 흔들었다.

"담에… 다음에 볼 땐, 옴마가… 옴마가 더 꽉 안아 줄게… 그땐 울지 말자, 응…? 옴마도 안 울꾸마… 우리 진홍이도… 울지 마래이….".

조용히 중얼거리던 영희는 결국 고개를 숙인 채 흐느껴 울었다. 달빛 아래 그녀의 그림자는 작게 떨리고 있었다.

창밖에서는 겨울바람 소리만 스쳐 갔고, 방 안은 오직 그녀의 목 놓아 우는 소리로 가득 찼다.

그 밤, 그녀는 아들의 이름을 수없이 속삭이며, 잠이 들지 못한 채 새벽을 맞이했다.

새벽이 밝아 왔다. 창문 너머로 옅은 빛이 스며들며, 어둠은 서서히 밀려났다. 세상은 얄궂게도 아무 일 없었다는 듯이 이웃집 아낙네들의 분주한 발소리, 저 멀리 부림시장으로 향하는 수레바퀴 소리로 하나둘 깨어났다.

영희는 여전히 방 한가운데 무릎을 꿇은 채 몸을 웅크리고 있었다. 눈꺼풀은 부어오르고, 입술은 말라붙어 있었지만, 그녀는 아직 잠들지 못한 채, 겨우겨우 숨만 고르고 있었다.

창가에서 날이 점점 밝아 오자, 영희는 천천히 고개를 들었다. 얼굴에는 눈물 자국이 얼룩져 있었고, 눈동자는 어딘가 텅 빈 듯했다.

한참을 그렇게 앉아 있던 영희는 작은 숨을 내쉬며 두 손으로 바닥을 짚었다. 마치 땅 속에서 꺼내 올리듯, 온몸의 힘을 끌어 모아 무겁게 일어섰다.

비틀비틀, 발끝에 힘을 주지 못한 채 주방으로 향했다. 솥 안에 남은 찬밥을 데우고, 국을 끓이기 위해 움직였지만, 손끝은 여전히 느렸고 마음은 멀리, 멀리 진홍이에게 가 있었다.

'살아야지… 그래야… 다시 만날 수 있을 거 아이가….'

영희는 속으로 그렇게 되뇌며, 움직이는 손에 힘을 조금 더 주었다. 찬밥을 풀고, 물을 붓고, 곤로에 심지를 올리고 불이 올라오는 것을 쳐다보며 눈가는 자꾸만 뜨거워졌다.

밖에서는 하루가 시작되고 있었고, 영희도 그 하루 속으로 조용히 발을 내디뎠다.

문을 열자 차가운 아침 공기가 얼굴을 스치는 바람에 영희는 잠깐 눈을 감았다 뜨며 숨을 길게 내쉬었다. 어깨에는 색이 바랜 가방을 둘러메고, 발에는 낡은 구두를 신었다.

한 발, 또 한 발, 문턱을 넘자 어제와 다를 바 없는 도시의 풍경이 눈앞에 펼쳐졌다. 영희는 고개를 숙인 채 천천히 걸음을 옮겼다. 삐걱이는 구두 소리가 아스라이 들렸다.

멀리서 바라본 영희의 뒷모습은 어딘가 쓸쓸했지만 또 단단했다. 혼자서 눈물로 밤을 지새운 사람 같지 않게, 그녀는 묵묵히 앞으로 걸어가고 있었다.

'내 새끼 다시 볼 날까지는 버텨야 한다'는 결심이 들어 있는 듯했다.

의상실 안은 분주했다. 재봉틀 소리, 가위질 소리, 아낙네들의 낮은 웃음소리와 이야기들이 뒤섞여 따뜻하면서도 어수선한 공기가 흘렀다.

영희는 고개를 푹 숙이고 앉아 치맛자락 끝단을 꿰매고 있었다. 손끝은 무뎌질 대로 무뎌져 있었고, 바늘 끝은 익숙하게 천을 밀고 당겼다.

그런데 문득, 바늘이 멈췄다.

실이 조금 엉켰나 싶어 고개를 들던 영희는 작은 소리 하나에 순간 멍하니 굳어 버렸다.

바로 옆에서 젊은 엄마가 아이 옷을 맞추며,

"야야, 가만 좀 있어 보레이~"

하고 부드럽게 말하는 소리가 들린 것이다.

그 말, 그 음성, 그 웃음. 영희의 마음속에서 진홍이의 얼굴이 불쑥 떠올랐다. 장터에서 울먹이던 얼굴, 품에 안겼던 따스한 온기, 작은 목소리로 "옴마야…" 하고 부르던 그 떨림. 눈앞의 천은 서서히 흐려지고, 손끝의 감각이 멀어졌다.

"영희 씨, 괴안습미꺼?"

동료의 목소리가 들려왔지만, 영희는 아무 대답도 못 한 채 한참을 멍하니 앉아 있었다.

가슴 밑바닥에서부터 천천히 올라오는 그리움과 허전함이, 목 끝까지 차올랐다. 눈물이 쏟아질까 봐, 영희는 바늘을 꼭 쥔 채 고개를 푹 숙였다.

'일해야지… 일해야 한다이… 그래야 내 새끼 다시 볼 수 있지….'

속으로 몇 번이나 되뇌며, 다시 손을 움직이려 애썼다. 그러나 손끝은 한동안, 바늘을 찾지 못한 채 허공을 더듬기만 했다.

해가 뉘엿뉘엿 지고, 거리에는 하나둘 불빛이 켜지기 시작했다. 사람들은 저마다의 집으로 발걸음을 재촉했고, 창동 골목도 서서히 빈틈을 보이기 시작했다.

그러나 영희는 그 골목 끝에서 한참을 서 있었다.

손끝은 옷자락을 꼭 쥐고, 눈동자는 멀리 어딘가를 바라보며 떨리고 있었다. 가슴속에서는 아침부터 눌러 두었던 마음이 이제는 더는 견딜 수 없다는 듯 서서히 벽을 두드리고 있었다.

'안 돼… 난 안 되것다… 내 새끼 없이 못 살아….'

영희는 주저앉을 듯, 휘청 몸을 흔들다가 결국 입술을 꾹 깨물고 발걸음을 떼었다.

다음 날 아침 그녀는 만수 정육점에 배달을 오는 철수를 만나러 갔다. 영희는 창동 자신의 집에서 월남동을 향해 걷기 시작했다.

다행히 철수는 아침 일찍 사정리에서 올라와 있었다. 철수가 짐을 내리고 있는 모습이 눈에 들어왔다.

영희는 멈춰 서서 한참을 바라보았다. 그토록 무거운 마음을 안고 온 길, 이제야 발끝이 얼어붙은 듯 떨리기 시작했다.

그러다 마침내 입술이 떨리며 작은 목소리가 새어 나왔다.

"철… 수 씨…."

철수는 짐을 내려놓다 고개를 들어 보았다. 그곳에는 숨죽이며 서 있는 영희가 있었다. 눈가는 벌써 촉촉했고, 두 손은 몸 앞에서 엉켜 있었다.

"나… 나 진홍이 없인 안 되것습미더…."

그 한마디가 떨어지자, 영희의 어깨가 크게 들썩였다.

철수는 잠시 아무 말 없이 그 자리에 서서 그녀를 바라보았다.

철수는 말없이 영희를 작은 국밥집 안으로 이끌었다. 낡은 나무 의자에 나란히 앉은 두 사람 앞에는 따뜻한 국 한 그릇이 놓였다.

한참을 아무 말 없이 앉아 있던 영희는 손끝으로 젓가락을 만지작거리며 조심스레 입을 열었다.

"철수 씨… 내가 무슨 죄를 지었길래, 내 새끼를 그렇게 떠나보내야 했는지… 내는 진홍이 없이는… 못 살겠습미더…."

목소리가 자꾸 떨렸다. 철수는 그런 영희를 가만히 바라보다 잔잔한 목소리로 말했다.

"영희 씨, 내도 그 애 눈빛을 봤습미더. 엄마 품에서 울매나 울던지… 나도 가슴이 미어지데예."

영희는 그제야 얼굴을 손바닥에 묻고 조용히 흐느꼈다. 잠시 후, 철수가 주머니에서 구겨진 손수건을 꺼내 영희 앞에 내밀었다. 영희는 고맙다는 말도 못 하고 그저 손수건을 꼭 쥔 채 눈물을 훔쳤다.

57. 진홍이 엄마를 만나다

철수는 외줄 위를 걷는 기분이었다. 정육점에서 영희를 마주할 때마다, 그녀의 눈빛은 점점 더 초점 잃은 안개 속 같았다. 진홍이 없는 삶을 견디지 못해, 마치 매달리듯 철수를 찾아오던 영희.

"철수 씨, 우찌 좀 안 될까예?"

그녀의 목소리는 매번 가늘게 떨렸고, 철수는 그럴 때마다 마음이 무겁게 가라앉았다.

그러나 진홍이 할머니는 말이 통하지 않는 사람이었다. 그 아이를 데려올 방법은 이제 단 하나뿐이었다. 그것은 육아에 지친 진홍이 애비를 설득하여 영희에게 보내라 하는 것이었다.

철수는 밤늦게 진홍이 아버지가 마을 가게 점빵에서 나오는 길목에 서 있었다. 비틀거리며 골목으로 들어서는 그 남자 앞에 철수가 나섰다.

"동상, 잠깐 이바구 좀 하자."

남자는 눈살을 찌푸리며 담배를 꺼내 입에 물었다.

"철수 행님이 우짠 일이요?"

철수는 주머니에 손을 넣고, 한참을 말없이 서 있다가 천천히 입을 열었다.

"동상, 솔직히… 동상도 진홍이 건사한다고 힘들제?"

진홍이 애비는 씩 웃었다.

"행님요, 옴마 없는 자석 키우는 기 쉬번 일이 아입미더."

철수는 그 웃음 끝을 놓치지 않았다.

"맞다, 동상. 얼라 키우는 기 울매나 힘드노. 아는 움마가 키아야 된다 이. 동상이 지 어미한테 보내 주면, 동상이나 동상 모친도 편할 것이고, 진홍이도, 지 어미하고 살 수 있다 아이가?"

남자는 한동안 침묵했다. 담배 연기만 입가에서 허공으로 풀려 나갔다.

"그란데 행님이 우찌 진홍이 에미를 아는데 진홍이를 지 어미한테 보내라 합미꺼?"

철수는 순간 뜨금했다.

"우리 동상 만수가 마산 유원연탄 옆에 돼지괴기 장사 하는 거 사정 사람이모 다 안다 아이가? 어제 아침에 진홍이 옴마가 그리로 내 찾아왔더라고."

"맞네, 우리 영희가 똑띠다이. 그리할 줄도 알고 내 같은 놈 만나가 고상만 하다가 전디지 못하고 도망도 가고…."

진홍이 애비는 또다시 담배를 꺼내어 입에 물고 힘껏 빨아 당기며 '휴~' 뿜어낸다.

"진홍이 지 에미한테 보내모 옴마가 알모 내를 잡아 직일라 달라들 낀데…."

철수는 조용히 말했다.

"그라모 살짝 옴마 모르게 하모 된다 아이가. 고마 지금 나한테 데불다 주모 내가 오토바이에 실어가 마산으로 가꾸마."

진홍이 애비는 잠시 망설인다. 그러나 그는 술 취한 김에 귀찮은 자식을 엄마한테 보내는 것이 좋겠다는 결정을 내린다.

"행님, 그라모 얼라 보듬고 나올께에. 뒷일은 행님이 알아서 하이소."

"알것다, 동상. 동상은 신경 쓸 거 없다이."

골목은 깊은 어둠 속에 잠겼고, 멀리서 개 짖는 소리만 적막을 깨트렸다.

철수는 오토바이 옆에 서서, 마을 끝에서 올 작은 발소리를 기다렸다. 그때 철수의 심장은 오랜만에 희망이라는 이름으로 두근거리고 있었다.

영희가 집을 미리 알려 주어서 오토바이에 진홍이를 태우고, 마산 창동으로 달려갔다.

밤공기는 차갑게 뺨을 스쳤지만, 철수의 가슴은 오히려 뜨겁게 달아올라 있었다. 작은 팔로 그의 허리를 꼭 끌어안은 채, 진홍이는 말없이 철수의 등에 얼굴을 묻고 있었다.

철수는 가끔 거울로 아이의 얼굴을 힐끗 바라보았다. 작은 입술은 꾹 다물려 있었고, 눈은 깜박이지 않은 채 어둠 너머 어디를 응시하고 있었다.

'울매나 지 어미가 보고 싶었것노….'

철수의 눈가가 저릿해졌다.

창동으로 들어서는 골목 어귀 낡은 가로등 불빛 아래에서 언제 올지 모르는 아이를 기다리며 영희가 서 있었다. 마른 손을 가슴께 모은 채 발끝으로 서성이는 모습이 마치 꿈속 인형 같았다.

철수는 브레이크를 잡으며 오토바이를 멈췄다.

"진홍아, 옴마가 니를 지달리고 있네."

57. 진홍이 엄마를 만나다

진홍이는 고개를 살짝 들더니 철수가 다 내리기도 전에 오토바이에서 성큼 뛰어내렸다.

"옴마야!"

영희는 그 자리에 주저앉듯 무릎을 꿇었다. 팔을 벌리며, 숨죽여 울음이 터져 나왔다.

"진홍아…! 내 새끼야…!"

진홍이가 엄마 품에 안기는 순간, 영희는 아이의 머리를 부여잡고 입술로, 뺨으로, 머리칼로 미친 듯이 입을 맞췄다.

"옴마야…."

영희는 아이를 안고 오열을 하고 있다.

"옴마가 미안타… 우리 진홍이…!"

철수는 조용히 모자를 벗었다. 한 걸음 물러서서 커다란 주먹으로 눈가를 훔쳤다. 오토바이 머플러에서 아직 뜨거운 열기가 올라왔지만, 그보다 더 뜨겁게 이 작은 골목을 채운 건, 엄마와 아이의 눈물이었다.

진홍이를 데리고 온 다음 날, 창동의 아침은 조용히 밝았다. 영희는 한참을 잠든 아이 옆에 앉아, 작은 얼굴을 가만히 들여다보았다.

긴 속눈썹 아래로 고른 숨결이 오르내렸고, 살짝 벌어진 입술 사이로 이따금 잠꼬대 같은 소리가 새어 나왔다. 아직 겨우 네 살. 세상 속에서 마땅히 보호받아야 할 나이였다.

하지만 영희는 곧 뼛속 깊이 밀려드는 현실의 냉기를 느꼈다. 진홍이를 품에 안은 감격은 하루를 채 넘기지 못하고, 당장 내일부터의 생계를 계산해야 하는 아득한 벽에 부딪혔다.

아이를 돌볼 사람이 필요했다. 영희가 하루 종일 일하는 동안, 누군가 진홍이를 봐줄 수 없다면, 그녀는 일터에 나갈 수조차 없었다.

게다가 이 작은 방의 벽지는 군데군데 찢어져 있었고, 한기가 스며드는 창문은 종이로 덧대 놓았을 뿐이었다.

그녀 혼자 지낼 때는 이런 집도 괜찮았다. 낮에는 일터에, 밤엔 그냥 몸을 뉠 수 있으면 됐었지만, 진홍이와 함께 산다면 이야기가 달랐다.

밥은 세 끼를 차려야 했고, 잠자리는 따뜻해야 했다. 세탁기도 없이 빨래를 손으로 해야 하는 하루는, 그녀의 몸과 마음을 너무 쉽게 지치게 만들었다.

영희는 창문가에 걸터앉아 해가 비스듬히 들어오는 작은 방 안을 둘러보았다. 자기 손으로 어렵게 되찾은 아이를 다시 세상의 가혹함 속에 내던질 수는 없었다.

그녀는 이내 조용히 다짐했다.

"진홍아… 아무리 힘들어도, 엄마가 너를 다시는 안 놓친다."

그 순간, 진홍이가 작게 몸을 뒤척이며,

"엄마…."

하고 잠결에 중얼거렸다.

영희는 이불을 살포시 당겨 아이의 어깨를 덮어 주고, 그 작은 손을 잡으며 눈을 감았다. 눈가로 뜨거운 무언가가 흐르기 시작했다.

그녀의 싸움은 이제부터 새로운 고난이 시작되고 있었다. 단지 아이를 되찾는 것이 전부가 아니라는 것을 그녀는 뒤늦게 깨닫고 있다.

58. 영희의 새로운 보금자리

아침 햇살이 창동 골목 사이로 흘러들 무렵, 영희는 아이 손을 잡고 의상실로 향하고 있었다.

영희의 손바닥 안에 잡힌 작은 손에서 축축하게 땀이 배어 나왔다. 진홍이는 아직 졸린 눈을 비비며 꾸벅꾸벅 졸았다.

"쪼매만 참자, 진홍아. 올 하루만… 옴마하고 같이 가자."

영희는 그렇게 말하면서도, 속으로는 '오늘만'이 아니라는 걸 알고 있었다. 당장 아이를 맡길 데가 없었다. 누구도, 어디에도, 그녀 대신 아이를 맡아 줄 곳은 없었다.

의상실에 들어서자, 재봉틀 돌아가는 소리, 다리미 수증기, 바쁘게 움직이는 발소리들이 곧장 아이를 압도했다. 진홍이는 낯선 풍경에 얼떨떨한 표정으로 엄마 치맛자락을 꼭 붙들었다.

윤 사장은 단번에 영희가 아이를 데리고 온 것을 눈치채었다.

"아이고, 니가 진홍이가? 앗따, 야무지게 생긴네. 니 옴마하고 잔깨 좋체?"

진홍이는 처음 보는 낯선 사람이 자신의 이름을 부르니 엄마 뒤로 숨는다.

"괴안타. 너거 이모다. 걱정 말고 여서 놀고 있거라이."

영희는 윤 사장에게 고개를 숙이며 몸 둘 바를 모른다.

"지송합미더. 의논드리고 얼라를 데불고 와야 하는데 지가 앞뒤 가리지 못하고 가악중에 대불고 왔심미더."

"문둥아, 괴안타. 내도 자석 키우는 사람 아이가. 니 맴 다 알고 있다 이. 에미가 새끼 보고 싶은 천운을 우찌 막것노? 마 잘했다이."

윤 사장은 영희를 위로하며 말했다.

"당분간은 이리 있고, 차차 우찌할 낀고 서로 마차 보자이."

"고맙심더. 사장님."

"고맙기는. 어픈 일해라. 이바구 할 시간 없다이. 진홍아! 니는 이모하고 놀자이. 움마 일해야 된다."

윤 사장은 작은 종이 상자를 옆에 놓고, 그 위에 낡은 담요를 덮었다.

"진홍아, 여서 그림 그리고 놀거라. 다른 거 하고 싶으모 이모한테 말하고."

진홍이는 기어들어 가는 목소리로,

"예."

하고 대답했다.

아이의 두 눈은 그저 엄마만을 쫓았다. 의상실 한구석, 스팀다리미에서 나는 뜨거운 김과 땀 냄새 속에서, 영희는 천을 자르고, 바느질을 하며 간간이 아이 쪽을 돌아보았다. 진홍이가 놀라 울음을 터뜨릴까 봐, 기침 한 번, 한숨 한 번조차 참으며 버텼다.

그 시각, 철수는 마산의 성호동 일대를 바삐 걷고 있었다. 사정리에서 오토바이를 타고 나와 그는 대문에 '달셋방'이라고 붙어 있는 집을 수소문하고 있었다.

지금 영희가 살고 있는 곳은 낮에도 어두컴컴했다. 그걸 본 철수는 햇

58. 영희의 새로운 보금자리

볕도 들어오고 아이가 있어도 될 만한 집을 찾고 있었다.

그는 어느 집 대문에 '달셋방 있음'이라는 팻말을 보고 들어갔다.

햇빛이 조금 들어오고, 지붕이 새지 않는 집. 비록 벽지는 누렇고 화장실은 바깥에 있었지만, 영희와 진홍이가 함께 지낼 수 있고 부엌 옆에 작은 방까지 있었다. 방이 두 칸인 집이었다.

그때 문이 삐걱 열리며 할머니가 얼굴을 내밀었다.

"누구 찾소?"

철수는 모자를 벗으며 공손히 인사했다.

"모친, 방 좀 보러 왔심더."

할머니는 눈을 가늘게 뜨고 철수를 훑어보았다.

"아재가 와서 살 낀기요?"

철수는 망설이다가 입을 열었다.

"예, 지하고 얼라하고 에미가 있어예."

사실은 영희 혼자지만, 여자 혼자 아이를 데리고 산다고 하면 혹시 꺼릴까 싶어 거짓말을 했다.

"그래예. 오토바이도 타고 댕기고 하는 거 보이 좀 살 만한 모양인데 와 이런 데 집을 얻는 기요?"

철수는 살짝 웃었다.

"원래 집이 법수촌에 있심더. 얼라 공부 좀 도회지서 시키 볼라꼬, 지 에미하고 여기 방을 얻어 주는 기라예."

할머니는 눈이 휘둥그레졌다.

"법수? 함안 법수 말인교?"

"예, 모친. 맞심더."

"내가 대산 장포서 이사 왔다 아잉교!"

철수도 반갑게 웃었다.

"그라예? 그라모 같은 함안 사람이네예."

"아이고야, 반갑심더. 우리 손자는 석무서 오토바이 센타 하는데, 알랑가 모르것다?"

철수는 놀란 듯 말했다.

"재일이 사장 말이미꺼? 단골입미더! 이 오토바이도 그서 샀다 아이미꺼!"

할머니는 무릎을 탁 쳤다.

"세상에 얄구지라! 우찌 이런 일이 다 있노!"

철수는 다시 고개를 꾸벅 숙였다.

"모친, 참말로 반갑심더."

할머니는 고개를 끄덕이며 말했다.

"사장, 마 더 알아볼 것도 없다. 고마 여 오소. 얼라는 몇 살이고?"

"언자, 네 살 됐심더."

"네 살이모 그리 얼라는 아이네. 그라모 어마이는 집에서 얼라만 보고 있는 기요?"

"아이미더. 창동에 의상실에서 일함미더. 지가 처이 때부터 해 온 기라서 주인이 나아주지를 않아가 어짤 수 없이 댕기고 있다 아이미꺼."

할머니는 한숨을 내쉬었다.

"그라모 얼라는 우짜고?"

"그랑깨 고민입미더. 지금은 얼라 데불고 의상실에 가 있다 아입미꺼."

"아이고, 밀금 가당잖을낀데, 얼라한테 안 좋다이."

잠시 머뭇거리던 할머니는 이내 고개를 끄덕이며 물었다.

"운제 들어올 끼요?"

"방이 비아 있으모, 올 당장 들어오지에 뭐."

"방은 비아지 있는데, 살림을 할라쿠모 연탄하고 살림살이는 있어야 될 낀데?"

"연탄은 밑에 점빵에 가서 넣어 달라 쿠고, 살림살이는 부림시장 가서 사지예."

"여서 가찹다. 걸어가도 강남극장 새로 가모 몇 발 안 된다. 사장이 가서 사 오소."

그렇게 철수는 드디어 방을 구했다. 그 집은 다름 아닌, 말숙이 할머니의 집이었다.

이 골목 어귀에서, 이제 곧 영희와 진홍이의 새로운 삶이 시작된다.

철수는 오토바이를 타고 창동의 뒷골목을 빠져나와 의상실 앞에 멈췄다. 건물 사이 좁은 틈에 숨겨진 듯 자리 잡은 그 가게. 낡은 간판 밑으로, 투명한 유리문 너머로 영희의 모습이 보였다.

한쪽 어깨에 진홍이를 기대게 하고, 다른 손으로는 원단을 꿰매고 있었다.

문을 살짝 열자, 종소리가 조용히 울렸다. 영희는 고개를 들더니 철수를 보곤 피곤한 웃음을 지었다.

"철수 씨…."

철수는 조심스레 들어가 진홍이 옆에 쪼그려 앉았다.

"얼라는 좀 괘안습미꺼?"

영희는 가볍게 고개를 끄덕였다.

"그래도 자꾸 징징거리네예. 좁은 여서 지가 뭐 하고 있겠습미꺼… 밥도 지대로 못 미고…."

철수는 말없이 고개를 끄덕이다, 조심스레 말을 꺼냈다.

"영희 씨, 방 구했심더."

영희는 눈을 동그랗게 떴다. 그녀의 월급으로는 좋은 곳에서 방세를 주고 나면 살 수가 없을 정도로 박봉이었다.

"방은 와예? 지금 사는 데서 지내모 되는데예."

"그서 얼라 키아모 안 되미더. 아무 소리 말고 고마 들어가이소, 마. 성호동인데 창동서도 가찹습미더. 별도 잘 들고, 조용하고, 바로 들어가모 됩미더."

"그런데… 방세는 우짜는데예."

철수는 손을 내저었다.

"걱정 마이소. 영희 씨가 안정될 때까징 내가 냅미더. 영희 씨는 얼라만 잘 키우고 아무 걱정 마이소."

영희는 숨을 들이켰다. 순간 눈가가 뜨거워졌다. 말없이 한참을 바라보다가, 조용히 입을 열었다.

"철수 씨, 나 애나로… 너무 미안코 참말로 고맙고… 뭐라 말을 못 하겠습미더."

"오데예. 지금은, 얼라가 우선입미더. 영희 씨도 몸 좀 편히 쉬고… 진홍이도 사람답게 지내야 안 되겠심꺼."

영희는 진홍이의 머리를 매만지며, 눈시울을 붉혔다.

"이래까지 내한데 해 주는 사람이 있을 줄은 몰랐십미더."

철수는 쑥스러운 듯 시선을 피하며 중얼거렸다.

"우리는… 장맛 맨쿠로 오래된 인연 아이미꺼."

말끝을 흐리는 철수의 어깨 너머로, 창동의 오후 햇살이 창가에 내려앉았다.

59. 철수의 이중생활

성호동 말숙이 할머니의 집 앞에 도착하자, 철수는 오토바이 짐칸에 싣고 온 작은 이삿짐을 부지런히 내렸다.

영희는 진홍이의 손을 꼭 붙잡고, 어리둥절한 눈빛으로 새로운 동네를 두리번거렸다.

"진홍아, 여가… 우리가 앞으로 살 집이다이."

영희의 목소리엔 조심스런 기대가 섞여 있었다.

대문이 삐걱 소리를 내며 열렸다. 말숙이 할머니가 손의 물기를 닦으며 마루에 나와 있었다.

"앗따, 이사 들어왔는가베. 얼라는 올마인가베?"

할머니는 진홍이를 내려다보며 물었다.

진홍이는 잠시 쭈뼛대더니, 엄마 치마 뒤에 몸을 숨겼다.

"어픈 인사해라, 진홍아. 주인 할매다."

영희가 부드럽게 말하자, 진홍이는 수줍게 고개를 내밀며 인사했다.

"안녕하이십미꺼…."

말숙이 할머니는 눈을 가늘게 뜨더니, 품 안에서 엿 한 조각을 꺼내 손에 쥐여 주었다.

"얼라가 인사성은 있네. 니 너거 동네 오데고?"

"사정인데예."

"아이고, 얼라가 똑띠다이."

진홍이는 엿을 두 손으로 받아 들고, 잠시 멍하니 바라보다가 작게 고개를 숙였다.

"고맙심더."

"이 방에 대산에서 올라온 부부가 살았는데 돈이 좀 모이는가 좀 큰데 독채로 갔삣다. 얼라들이 옥신각신할 때는 송신해 죽것더만은 나가고 없신깨네 설렁하디만은, 언자 다시 사람들이 얼씬거리깨네 좋네."

할머니는 마루 끝에 앉아 구수하게 웃었다.

방 안은 작았지만 볕이 잘 들었고, 작은 창으로는 골목 건너편 대추나무가 보였다. 진홍이는 조심스럽게 방 안을 둘러보며 말했다.

"옴마, 여는 창문이 있네."

"그랑께. 볕도 들어오고… 참 좋다."

영희는 짐을 하나씩 풀며 이불을 깔고, 부림시장에서 사 온 작은 밥솥과 식기를 선반에 정리했다. 고단했지만, 마음은 한결 가벼웠다.

말숙이 할머니는 부엌에서 된장국을 끓이고 있었다.

"가리늦까 밥할라 쿠모 서글푸다. 내가 밥 좀 마이 했응께 같이 묵자. 새댁, 얼라는 된장 묵제?"

"묵습미더. 된장국 좋아합미더."

"촌놈 아이라 쿨카 싶어가 잘 묵는가베."

그날 저녁, 철수와 영희 그리고 진홍이는 말숙이 할머니가 해 준 밥과 따뜻한 국물과 함께 식사를 했다. 진홍이는 된장국을 먹다가 문득 말했다.

"옴마, 여… 내미가 참 좋다이."

영희는 웃으며 아들의 머리를 쓰다듬었다.

어느 날부터인가 철수는 사정리 집으로 가지 않았다. 돼지고기를 아침에 배달하던 것이 이제는 저녁에 만수의 정육점에 배달하고 오토바이 핸들을 돌리는 방향이 자연스레 성호동 말숙이 할머니 집 쪽으로 향했다.

말숙이 할머니에게는 부부라고 말을 했으니 눈치 볼 것도 없었다.

처음에는 조심스러웠다.

"마이 늦었네예, 오늘만 자고 가겠심미더."

그렇게 시작된 하루가 이틀이 되고, 사흘이 되었고, 어느덧 철수는 말하지 않아도 부엌방에 요를 펴는 사람이 되어 있었다.

작은 부엌방은 원래 살림을 놓는 창고 같은 공간이었다. 벽에는 습기로 생긴 얼룩이 퍼져 있었고, 바닥은 오래된 장판이 군데군데 들떠 있었다.

그래도 철수는 아무 말 없었다. 낡은 요 하나 깔고, 담요를 덮은 채 웅크려 누워 있으면, 벽 너머로 진홍이의 숨소리와 영희가 이불을 여미는 소리가 들려왔다.

어느 날 밤, 비가 내렸다. 얇은 처마를 두드리는 빗소리 사이로 영희는 조심스럽게 부엌방 문을 열었다.

문 사이로 보이는 철수의 눈이 잠든 듯 감겨 있었다.

"철수 씨… 잡미꺼."

그는 조용히 눈을 떴다. 비 내리는 밤의 기운보다 더 고요하게, 철수는 몸을 일으켜 작은 웃음을 띠며 말했다.

"아임미더, 그냥 누버 있어예. 들어오시소."

영희는 말없이 방 안으로 들어섰다. 좁은 부엌방, 낡은 요 위에, 그녀는 조심스레 철수 옆에 누웠다. 한참을 그렇게, 두 사람은 말없이 누워 있었다.

아무 말도 없이, 아무 의도도 없이, 그저 서로의 숨소리만을 들었다.

하지만 오래전 한 번 얽혔던 기억은, 침묵 속에서 더 또렷해졌다. 영희는 어느새 철수의 손등 위에 자신의 손을 올려놓았다.

철수는 놀라지 않았다. 오히려 오래 기다렸던 듯, 가만히 손을 맞잡았다.

그 순간, 영희의 눈에 눈물이 고였다. 너무 오래 참아왔던 외로움, 누구에게도 말하지 못했던 허전함, 그리고 진홍이 뒤에 숨어 잊고 살았던 여자로서의 마음이 하나씩 밀려왔다. 그녀는 철수의 어깨에 이마를 대고 조용히 속삭였다.

"나… 이렇게 살아도 되는지 모르겠심더."

철수는 한참을 말없이 있다가, 가만히 그녀를 감싸 안았다.

"영희 씨… 우린, 그냥 서로 너무 오래 외로웠던 기라예."

그날 밤, 그들은 더는 설명하지 않았다. 꼭 안은 채로, 천천히, 서두르지 않고, 서로의 상처를 덮어 주듯 그렇게 하나의 온기로 묻어갔다.

세상 밖은 여전히 비가 내렸고, 그 작은 부엌방 안에는 그들의 숨결만이 고요히 퍼져 있었다.

철수가 더 이상 부엌방으로 가지 않으니, 진홍이는 이제 자연스레 부엌방에서 자는 걸 익숙하게 받아들였고, 영희와 철수는 마치 오래된 부부처럼, 말없이 함께 방을 정리하고, 불을 끄고, 같은 이불 속에 들었다.

처음엔 조심스러웠던 숨결이 이제는 익숙해졌고, 나란히 누워 있는 것이 어색하지 않았다. 철수는 가끔 영희의 손등을 쓰다듬었고, 영희는 그런 손길에 말없이 안도하며 눈을 감았다.

아침이면 영희가 먼저 일어나 부엌에서 따뜻한 물을 올리고, 작은 솥에 밥을 안쳤다. 진홍이가 방문을 열고 나오는 시간쯤이면 식탁 위에는 된장국 김이 피어오르고 있었다.

진홍이는 '철수 아저씨'를 '아부지'라 부르진 않았지만, 누군가 자신을 챙겨 주고, 엄마 옆에 서 있는 남자가 있다는 걸 조금씩 받아들이는 눈빛이었다.

동네 사람들 눈에도, 이 집은 이제 더 이상 '여자 혼자 아이 키우는 집'이 아니었다. 빨랫줄에 널린 철수의 셔츠며, 밤마다 들리는 낮은 웃음소리에 사람들은 눈치를 챘지만, 더 이상 아무도 수군대지 않았다. 오히려 말숙이 할머니는 이웃에게 자랑처럼 말했다.

"저 철수 아재가 그래도 사람이 진국이라 다른 머슴마하고 달라가 얼라까지 챙기고, 참 보기 좋다."

영희는 언젠가 철수의 등을 바라보며 조용히 속삭였다.

"철수 씨… 우리, 참 많이 돌아서 여기까지 왔지예."

철수는 웃으며 대답했다.

"그래도 고마 여까지라도 온 기 고맙지."

철수는 두 삶 사이를 오가며 하루하루를 버티고 있었다. 밤이면 성호동의 작은 방에서 진홍이의 잠든 숨소리를 들으며, 영희 곁에 누워 따뜻한 밥을 먹고, 말없이 TV를 보다 잠들었다.

영희는 그런 철수를 "진홍이 아버지"라 부르며 그를 안식처럼 의지했다.

하지만 아침 해가 뜨면 그는 다시 사정리의 철수가 되었다. 사흘이고 나흘이고 집에 안 들어올 때마다 울며 따지던 아내는 이제 아무 말도 하지 않았다.

"그래도 일은 하러 오니 그게 어디고…."

철수 어머니도 더는 아들의 빈자리를 말하지 않았다. 그저 방앗간의 기계가 돌아가고, 돼지우리에서 여전히 사료를 퍼 주는 소리가 들리면 그걸로 됐다는 듯 조용히 밥을 지을 뿐이었다.

그러나 성호동 영희의 집에선 그는 전혀 다른 사람이었다. 진홍이를 안고 목욕탕에 가고, 손을 잡고 시장에 가며, 고된 하루 끝에 국밥 한 그릇을 함께 나눴다.

그는 영희 앞에서 조용한 애처가였고, 진홍이 앞에서는 따뜻한 아버지였다. 그것은 철수 본인도 부정할 수 없는 삶의 진심이었다.

하지만 진실은 언제나 양립하지 못했다. 철수는 두 세계 사이를 잇는 외줄 위에서, 균형을 잡으며 살아가는 남자였다.

사정리의 가족은 침묵으로 그를 묶고 있었고, 마산의 영희와 진홍이는 사랑이라는 이름으로 그를 붙들고 있었다.

이중의 삶. 그것은 철수에게 쉼 없는 무게였지만, 어쩌면 그 자신이 만든 감옥이기도 했다.

60. 4학년인 말숙과 봉헌

　말숙이는 이제 초등학교 4학년이 되었다. 그녀는 어떤 과목이든 공부를 잘했고, 집안에서도 귀여움을 독차지하며 사랑받는 아이였다. 검은 생머리를 가지런히 묶고 반짝이는 눈으로 세상을 바라보는 그녀는 어디에서나 빛이 났다.
　학교에서도 모범생이었다. 매일 숙제를 빠짐없이 해 갔고, 수업 시간에도 늘 손을 번쩍 들었다. 친구들은 그녀를 부러워했고, 선생님들도 그녀를 칭찬하기 바빴다. 하지만 말숙이는 그저 공부만 잘하는 아이가 아니었다.
　골목길에서는 아이들의 웃음소리가 끊이지 않았다. 그 중심에는 언제나 그녀, 말숙이가 있었다. 고무줄로 긴 생머리를 묶고 반바지를 입고, 두 손을 허리에 얹은 채 동네 아이들을 거느리고 있는 모습은 마치 골목대장 같았다.
　"야들아! 비밀 아지트를 만들 끼다!"
　"우찌할 낀데?"
　"니는 모르모 가만히 저 뒤에 서라."
　말숙이가 외치자 아이들은 두 눈을 반짝이며 고개를 끄덕였다. 골목길 끝자락, 오래된 소나무 아래 버려진 헛간이 그들의 비밀 기지가 될 운명이었다.

　말숙이는 남자아이들 못지않게 빠르게 뛰었고, 나무도 척척 잘 탔다. 어른들은 가끔,

　"아이고, 저저 보레이! 머슴마들보다 더 나부댄다이."

　노란 치마를 입은 한 여자아이가 동네 남자아이들과 함께 골목길을 뛰어다니고 있었다. 흙먼지가 풀썩풀썩 일었다.

　"저 아가 누 집 딸래미고?"

　옆에서 다른 아주머니가 고개를 갸웃거렸다.

　"니 모리나? 장포에서 이사 온 오토바이 센터 하는 재일이 막내동상 아이가."

　할머니는 곧 떠오른 듯 고개를 끄덕이며 다시 아이들을 향해 입을 열었다.

　"고래! 아는 찬찬하이 이쁘게 생겼구마는 노는 거는 머슴마 맹키로 노네."

　그사이 여자아이는 돌담 위로 폴짝 올라가더니, 뒷짐을 지고 마치 장군처럼 내려다보았다. 남자아이들은 깔깔대며 그녀를 따라 돌담을 기어오르려 했지만, 쉽지 않은 모양이었다.

　"저 보레. 머슴마들이 가서나 뒤를 쫄쫄 따라댕기네."

　아주머니가 혀를 찼다.

　"아이고, 저놈의 손들 불알 떼서 엿 바까무라."

　마을 사람들은 웃으며 다시 제 할 일로 돌아갔다.

　말숙이는 싸움이 나면 맨 앞에 서 있었고, 어른들에게 혼날 일이 생기면 먼저 나서서 변명도 했다.

어느 날, 골목길에서 아이들이 공놀이를 하다가 그릇을 깨뜨리는 바람에 동네 이장 아저씨가 한바탕 호통을 쳤다.

"너거 와 여서 놀고 있노? 다른 데로 안 가나!"

모두가 주눅이 들었을 때, 말숙이가 앞으로 나섰다.

"아재요, 우리가 잘못했습미더. 그란데 일부러 그런 게 아니라 바람이 불어서 공이 튀어 나갔삐따 아임미꺼. 우리가 칼클케 씨리깨예!"

당당한 태도에 이장 아저씨는 미간을 찌푸리다가 이내 한숨을 쉬며 말했다.

"다음부터는 조심하라이."

"하모예, 지가 얼라들 조심시킬깨에."

이장은 말숙이의 당당한 모습에 더 이상 말을 하지 않고 자리를 떠났다.

아이들은 말숙이의 용기에 감탄하며 더 깊이 그녀를 따르게 되었다. 그렇게 그녀는 동네에서 영웅처럼, 그리고 누구보다 자유로운 말괄량이로 자라났다.

어느 날, 학교에서 작은 사건을 겪었다. 쉬는 시간에 친구들과 운동장에서 공놀이를 하던 중, 실수로 공이 창문을 향해 날아갔다. 공이 유리를 세게 때리는 순간, 날카로운 소리와 함께 유리가 박살이 났다.

순간 놀란 친구들은 모두 말숙이를 바라보았고, 유리를 깬 아이는 눈물이 그렁그렁해졌다. 당황한 말숙이는 이내 결심한 듯 담임 선생님께 가서 사실을 털어놓기로 했다.

말숙이는 교무실로 뛰어가 담임 선생님께 말했다.

"선생님, 지가 공놀이하다가 가라스를 뿌사뼜는데예."

담임 선생님은 잠시 놀라는 듯했지만 곧 차분한 목소리로 말했다.

"놀다 보면 그럴 수도 있다. 다친 데는 없나?"

말숙이는 고개를 저으며 대답했다.

"예, 괴안습더."

선생님은 말숙이의 어깨를 토닥이며 말했다.

"유리쪼가리 너거가 몬치지 마라이. 잘못하면 비인다이."

"그라모 우짜가예?"

말숙이는 걱정스러운 얼굴로 물었다.

"소사 아저씨 보고 치아라 할꾸마. 근처에 가지 마라."

이렇듯 말숙이는 친구들이 말하지 못하는 것을 자신이 나서서 해결했다.

집에서도 말숙이는 가족들의 사랑을 한 몸에 받았다. 재일이는 그녀를,

"똑순이!"

라고 불렀고, 엄마는,

"우리 딸은 정말 똑똑하고 착해!"

라며 흐뭇한 미소를 짓곤 했다. 작은오빠가 장난을 치며 그녀를 놀려도, 말숙이는 화를 내기보다는 웃으며 넘겼다. 엄마가 좋아하는 옛날 노래를 불러 드리고, 재일이 오빠가 피곤할 땐 어깨를 주물러 주는 살뜰한 소녀이기도 했다.

하지만 말숙이에게도 고민이 있었다. 바로 항상 '똑똑하고 착한 아이'가 되어야 한다는 부담감이었다. 가끔은 억울한 일을 당해도 참고 넘어갔고, 혼자 있을 때는 울고 싶을 때도 있었다. 그러나 그녀는 누구에게도

그런 속마음을 쉽게 털어놓지 못했다. '착한 아이'라는 기대를 저버리면 안 된다고 생각했기 때문이다.

봉헌이도 4학년이 되었다. 지난겨울 동안 훌쩍 자란 키 덕분에 이제 어른들이 지는 지게도 거뜬히 질 수 있을 만큼 몸이 단단해졌다.

아버지가 장작을 패고 나면 봉헌이는 능숙하게 지게에 짐을 올려 메었다. 처음에는 뒤뚱거리며 걷던 봉헌이었지만, 이제는 마을 어귀까지 흔들림 없이 나아갈 수 있을 정도로 힘이 붙었다.

마을 사람들은 그런 봉헌이를 보며 흐뭇하게 웃곤 했다.

"앗따, 저 보레. 저 집에는 인자 일꾼 걱정 안 해도 되겠다이. 좀 있으모 농사일도 거들것다이."

"저 아가 얼라더만은, 운제 저리 컷뺀노?"

"그랑께, 세월 참 빠르다."

어느새 열한 살이 된 봉헌이는 어머니를 따라가 밭을 함께 일구고, 아버지를 따라 논에 나가 모를 심었다. 마을 어르신들은 그런 그를 볼 때마다 흐뭇한 미소를 지었다. 농사일이 서툴러도 몸을 움직이며 배우려는 자세가 기특했기 때문이다.

"봉헌아, 이리 와 봐라. 논에서 일할 때는 허리를 너두 숙이지 말고, 이렇게 무릎을 살짝 굽히고 해야 안 아프다."

아버지는 손수 모 심는 법을 가르쳐 주었고, 봉헌이는 그 말을 들으며 고개를 끄덕였다.

"예, 아부지! 지도 어서 잘 배아가 아부지처럼 빨리 심을 수 있게 될 껍미더!"

아버지는 아들의 말을 듣고 잠시 걸음을 멈추었다. 손에 쥔 호미를 내려다보며 깊은 한숨을 내쉬었다. 그는 아들이 농사를 배우는 것을 바라지 않았다. 이 힘든 일을 대물림하는 것이 마땅치 않았다.

"아야, 니는 농사 배우지 말고 공부를 해라이."

봉헌이는 아버지의 말에 눈을 동그랗게 떴다.

"아부지, 농사철 되모 학교도 못 가게 함시롱 공부는 운제 하는데예?"

아버지는 말없이 먼 산을 바라보았다. 자식이 하는 말이 틀린 것은 아니었다. 농사철이 되면 집안일을 돕느라 학교에 제대로 갈 수 없는 것이 현실이었다.

"공부는 옛날부터 '주경야독'이라 캤다. 낮에는 일하고 밤에 공부하는 기다."

봉헌이는 풀이 죽은 얼굴로 아버지를 올려다보았다.

"아부지, 낮에 쌔가 빠지게 일하고 너무 디서 밤중에 꾸벅꾸벅 조는데 우찌 공부를 합미꺼?"

아버지는 더 이상 무슨 말을 해야 할지 몰랐다. 아들의 말이 틀린 게 아니었다. 자신 역시 그랬다. 하루 종일 일하고 나면 몸이 천근만근이라 저녁을 먹고 나면 바로 잠자리에 들었다. 그러나 그는 포기할 수 없었다. 자신처럼 힘든 삶을 살게 하고 싶지 않았다.

아버지는 말없이 봉헌이의 머리를 쓰다듬었다. 그리고 묵묵히 앞장서서 걸어갔다. 봉헌이는 그런 아버지의 뒷모습을 바라보며 따라 걸었다.

61. 1974년의 사정리

1974년, 만석의 4학년 여름 방학이 시작되었다. 만석은 아침부터 수로를 따라 뛰어다니고 있었다. 태양이 뜨겁게 내리쬐었지만, 여느 해와 다를 바 없는 여름의 시작이었다.

그가 가장 좋아하는 곳은 논농사를 위해 물을 양수하는 긴 수로였다. 마을 아이들 대부분이 그랬다. 물이 깊지도 얕지도 않은 그곳은 자연스럽게 놀이터가 되었다.

4학년이 되어 이제는 물속에 들어가도 발이 바닥에 닿았다. 예전처럼 두려움을 느낄 필요가 없었다. 오히려 물장구를 치며 자유롭게 헤엄칠 수 있게 되어 기뻤다.

하지만 어린 동생들은 달랐다. 키가 작아 여전히 물살에 휩쓸릴까 봐 겁을 내곤 했다. 만석보다 두 살 어린 동생에게는 여전히 물이 깊었다. 만석이 먼저 물속으로 들어가면, 동생은 겁에 질린 얼굴로 강가에서 발을 동동 굴렀다. 결국 만석은 동생을 안아 물속으로 천천히 들어갔다.

"괴안타, 내가 잡고 있을꾸마."

달래듯 말하면, 동생은 긴장된 얼굴을 하다가도 조금씩 안정을 찾아갔다.

동생을 안고 둥둥 떠다니다 보면, 어느새 바람이 피부를 식혀 주었고,

멀리서 친구들의 웃음소리가 바람을 타고 들려왔다.

하지만 어른들은 물속에서 놀고 있는 아이들을 보고 늘 말했다.

"깊은 데로 가지 말고, 조심해라!"

"알겠심더, 지픈 데는 안 갈깨에."

그러나 아이들에게 물놀이는 곧 여름의 전부였다. 만석과 친구들은 어른들 몰래 수로로 달려갔다. 뜨거운 태양 아래서 땀이 송골송골 맺힌 채, 신발을 벗고 발부터 물속에 담갔다. 시원한 감촉이 온몸을 감쌌다.

"야, 우리 누가 숨을 오래 참는가 내기하자."

"그라모 십 원 내기 하자."

"돈이 오데 있노, 고마 집에까지 업어 주기 하자."

태봉이가 그 소리를 듣고,

"시시하다. 돈을 걸자. 그래야 재미가 있지."

"숨 오래 참으모 잘못하면 물귀신 된다이."

"고마 수박 한 디 누가 빨리 먹는지 해 보까?"

"수박 마이 먹고 밤에 오줌 누모 우짤라 쿠노."

"니 수박 묵고 이불에 쌌는가베."

"하, 그래 갖고 움마한데 디질 뻔했다이."

"그라모 수영하고 나중에 수박 무로 가자."

그렇게 외치자마자, 만석은 한발 앞서 뛰어들었다. 물속에서 퍼지는 시원한 감각이 온몸을 휘감았다. 친구들도 잇달아 뛰어들었고, 금세 물장구 소리가 여름 하늘 아래 울려 퍼졌다.

그들은 물살을 가르며 놀았고, 한 번씩 강물처럼 흐르는 수로 위를 떠다니기도 했다. 태양은 머리 위에서 이글거렸지만, 그들은 웃으며 서로에게 물을 튀겼다. 간혹 수로를 더 내려가려는 아이들이 있었지만, 만석은 조심성이 많았다.

"떠내려가다가 깊은 데 나오면 우짤라카노?"

"물에 동동 떠내려가모 재미있다. 니도 해 보래."

"나는 무서버가 안 할란다."

그날도 아이들은 저녁까지 놀았다. 어른들의 저녁 짓는 냄새가 들판을 감싸기 시작할 무렵, 아이들은 하나둘씩 집으로 돌아갔다. 만석도 젖은 옷을 훌훌 털어내며 수로를 따라 걸었다.

뜨거운 여름날을 아이들은 그렇게 보내고 있었다.

8월 15일, 그날도 뜨거운 열기가 가득했다. 공휴일이라 텔레비전이 나와 만석은 집에서 텔레비전을 켜 두고 있었다. 광복절 경축식이 한창 진행 중이었고, 대통령이 연설을 하고 있었다.

그때였다. 화면이 갑자기 흔들리더니, 비명 소리가 들렸다. 방송이 순간 끊기는가 싶더니 다시 화면이 돌아왔을 때는 아수라장이 되어 있었다. 무슨 일이 벌어진 건지 몰라 멍하니 텔레비전을 바라보고 있는데, 뉴스 속보가 떴다.

'대통령 내외에게 총격이 가해졌습니다. 현재 육영수 여사는 중상을 입고 병원으로 이송 중이며….'

육 여사가 총에 맞다니. 텔레비전 화면 속에서는 경호원들이 허둥대며 움직이고 있었고, 군중들은 패닉 상태였다. 누군가가 절규하는 소리가 들려왔다.

긴급 뉴스가 이어졌다. 범인은 문세광이라는 이름의 남자로, 일본에서 건너온 인물이라고 했다. 경축 행사 중, 갑자기 단상으로 총을 거누었고, 그 총탄이 육영수 여사를 향했다고 했다.

만석은 손에 땀을 쥔 채 뉴스를 지켜보았다. 시간이 지나면서 속보가 이어졌고, 결국 가장 듣고 싶지 않은 소식이 전해졌다.

'육영수 여사, 병원에서 사망….'

순간 모든 것이 멈춘 듯했다. 텔레비전에서는 사회자가 떨리는 목소리로 소식을 전하고 있었다.

마을에는 텔레비전이 한 대뿐이었다. 평소에는 만석의 집 안방에 자리 잡고 있어, 저녁이 되면 마을 사람들이 삼삼오오 모여 뉴스를 보거나 드라마를 즐겼다. 하지만 오늘은 달랐다.

"영부인이 돌아가셨다 카더라."

소식이 전해지자, 마을 사람들은 하나둘씩 만석의 집을 향해 걸음을 옮겼다. 여느 때처럼 방 안에서 모여 앉아 텔레비전을 보려고 했지만, 금세 사람들이 가득 차 숨소리마저 무겁게 느껴졌다. 방에 들어가지 못한 이들은 마루로, 대청마루로, 나중에는 아예 마당까지 차지했다. 결국, 철수는 무거운 텔레비전을 들어 마루 위에 올려놓았다.

화면 속에서는 장례식장의 모습이 비치고 있었다. 애도의 물결 속에서 조용히 눈물을 훔치는 사람들도 있었고, 가만히 입술을 깨물며 화면을 응시하는 이들도 있었다. 마당에는 돗자리가 깔리고, 사람들은 두 손을 모은 채 조용히 밤을 지새웠다.

늦은 밤까지도 마을 사람들은 자리를 뜨지 않았다. 텔레비전이 내뿜는 푸른 불빛 아래, 슬픔이 가득한 밤이 깊어만 갔다.

장례식이 거행되던 날은 유난히 하늘이 흐렸다. 비라도 내릴 듯한 잿빛 구름이 낮게 깔려 있었고, 바람 한 점 없이 무거운 공기가 마당을 가득 채웠다. 사람들은 너 나 할 것 없이 모두 만석의 집으로 모였다.

사람들이 너무 많아 마당을 다 채우고 길 건너까지 가득 채웠다.

텔레비전에서는 국장(國葬)의 장엄한 모습이 흘러나왔다. 흑백 화면 속으로 흐느끼는 조문객들, 무겁게 걸어가는 유족들, 국화를 든 손들이 연신 흔들리는 모습이 비쳤다. 사람들은 숨죽이며 그 광경을 바라보았다. 저마다 슬픔을 가슴 깊이 새긴 채 말없이 서 있었다.

마당 가장 앞자리에 자리 잡은 이들은 화면에서 흘러나오는 소리를 들을 수 있었지만, 뒤쪽으로 갈수록 웅성거림이 커졌다. 가장 뒤에 선 사람들은 아예 소리조차 들리지 않았으나, 그들은 묵묵히 그 자리에서 움직이지 않았다. 누구도 떠날 생각을 하지 않았다. 단 한마디 말도 없이, 때로는 한숨을 쉬며, 때로는 눈물을 닦으며 그들은 끝까지 그 자리를 지켰다.

어른들뿐만 아니라 아이들까지도 가만히 서서 화면을 바라보았다.

장례식의 중계가 끝난 후에도 사람들은 쉽게 자리를 뜨지 않았다. 누군가는 흐느끼듯 작게 기도를 올렸고, 누군가는 여전히 화면을 향해 멍하니 서 있었다. 그렇게 그날, 사람들은 각자의 방식으로 슬픔을 나누었다.

만석의 어린 시절, 그의 집은 동네 사람들의 아지트였다. 마을에서 유일하게 텔레비전이 있던 그의 집에는 매일같이 이웃들이 몰려들었고, 마루는 발 디딜 틈 없이 붐볐다.

작은 나무장 위에 올려진 사각형의 화면 속에서 움직이는 사람들을 보고 있으면, 마치 마법이라도 펼쳐진 듯한 기분이었다.

하지만 곧 그는 자신의 흥분보다도 동네 사람들의 열기가 더욱 뜨겁다는 걸 알게 됐다. 해가 지고 어둠이 내리면 마을 사람들은 하나둘 그의 집으로 몰려들었고, 때로는 앞마당까지 빼곡히 들어차곤 했다. 어린 만석은 그 광경을 바라보며 마치 자신의 집이 극장이라도 된 것 같은 묘한 뿌듯함을 느꼈다.

그의 부모님도 이를 마다하지 않으셨다. 어머니는 손님들이 올 때마다 간단한 다과를 준비했고, 아버지는 사람들과 함께 텔레비전 앞에 앉아 프로그램에 대한 이야기를 나누었다. 그러다 보니 자연스레 만석도 사람들 틈에서 자라는 것이 익숙해졌다. 언제나 그의 주변엔 사람들이 있었고, 웃음과 대화가 끊이지 않았다.

그렇게 자란 만석은 시간이 지나도 많은 이들이 모이는 곳을 선호했다. 어릴 때부터 늘 북적이는 환경에서 자란 탓인지, 조용한 공간에서는 어쩐지 허전함을 느꼈다. 회사에서도, 모임에서도 그는 자연스레 사람들 속으로 녹아들었다. 때때로 혼자 있는 순간이 필요하기도 했지만, 결국에는 언제나 누군가와 함께 있는 것이 편했다.

62. 재일이 수리점을 찾은 미자와 철수

친정 나들이를 다녀오고 난 뒤 미자는 말숙이와 시동생들을 학교에 보내고 조심스레 수건을 챙겨 들었다.

'재일 씨 일하는 데 한번 가 봐야것다.'

속으로 중얼거리며, 미자는 석무에 있는 오토바이 수리점으로 향했다. 어머니가 갑자기 돌아가시고 경황이 없이 처음 들르고는 두 번째 가 보는 것이다.

시골집보다는 조금 큰 슬레이트 지붕 아래 재일은 기름 묻은 작업복을 입고 오토바이를 고치고 있었다.

덜컹거리는 쇳소리, 기름 냄새, 태양 아래 반짝이는 낡은 부품들. 미자는 문 앞에 조심히 섰다.

"재일 씨…."

재일은 미자의 목소리를 듣고 고개를 들었다. 이마엔 땀방울이 맺혀 있었고, 손은 시꺼먼 기름때로 까맣게 물들어 있었다.

"당신이 우짠 일이고?"

미자는 수줍게 웃으며 수건을 내밀었다.

"땀 닦으이소."

재일은 쑥스러운 표정으로 수건을 받아 얼굴을 훔쳤다. 그리고 무심한 듯, 그러나 살짝 웃으며 말했다.

"여, 별로 볼 거 없다. 고마 오래된 오토바이 고치는 긴데 뭐."

미자는 가만히 주위를 둘러보았다. 낡은 공구, 때가 묻은 부품들, 기름 자국이 번진 바닥. 그곳은 화려하지도 번듯하지도 않았지만 미자에겐 세상에서 제일 따뜻한 풍경처럼 느껴졌다.

'요런 데서 하루하루 우리 식구들 미 살릴라꼬 애씨는가베.'

미자의 가슴이 찡하게 저려 왔다.

재일은 다시 오토바이 밑에 몸을 누이고 렌치를 돌렸다. 기름때 묻은 손놀림은 서툴지만 정성스러웠다.

미자는 그 모습을 한참이나 말없이 바라보다가 살짝 다가가 바지 끝을 잡아당겼다.

"배고프지예? 잠시 쉬고 하이소. 도시락 싸 올게에."

재일은 미자의 눈빛을 보고 괜찮다 손사래를 쳤지만, 마음 한편이 따뜻해지는 걸 느낀다.

"고맙구로. 안 그래도 되는데."

그날 오후, 미자는 집에 돌아와 멸치볶음과 달걀프라이를 넣은 소박한 도시락을 싸 들고 다시 수리점으로 향했다.

둘이서 기름 냄새 나는 수리점 구석에 나란히 앉아 따뜻한 밥 한 숟갈을 나눴다.

햇살은 부드럽게 쏟아지고 있었다. 기름 묻은 손으로 밥을 먹는 재일, 그 모습을 바라보는 미자의 눈빛엔 잔잔한 사랑이 가득 번지고 있었다.

재일은 다시 기름에 전 손으로 오토바이를 고치고 있었다.

철컥, 철컥. 쇳소리가 울리는 수리점 한쪽에서 미자는 작은 의자에 조심스레 앉아 그의 일을 구경하고 있었다.

오토바이 한 대가 털털거리며 수리점 앞에 멈췄다. 사정리 철수였다.

키는 크지 않았지만 배가 나와 덩치가 커 보였다. 그 당시는 많은 사람들이 동물성 단백질이 부족하여 빼빼했던 시절이었다. 걸걸한 목소리로 철수가 문을 밀치고 들어왔다.

"재일이 사장! 바쁘시네예! 이거 좀 봐 주이소!"

"와예, 뭐가 안 됩미꺼?"

재일이 오토바이 밑에서 머리를 빼꼼 내밀며 물었다. 철수는 오토바이를 주차하며 말했다.

"천천히 갈 때는 괴안은데, 악셀레타만 당기모 시부제기 시동이 꺼져 뿌네예."

재일은 고개를 끄덕이며 다가갔다.

"그래예, 기름 탕구 안에 물이 쪼매 들어갔는가베예. 카브레다에 배수 나사만 돌리가 물만 빼면 금방 수리됩미더. 쪼매만 기다리이소."

"요상하네. 물을 일부리 넣지도 않았는데 우찌 물이 들어갔노?"

"사장님, 오토바이 한데 세아 두모 그런 일이 있습미더. 날이 가악중에 춥다가 덥다가 하모 탕구 안에 물이 조깨이 생기는데 그기 탕구 바닥에 생기는 수가 있어예."

"얄구지라. 희한한 일도 다 있네."

재일이 철수의 오토바이를 살펴보는 동안 철수의 눈이 미자에게 가닿았다.

수리점 구석에 조심스럽게 앉아 있던 미자와 눈이 마주쳤다. 미자는 얼른 몸을 일으켜 가볍게 묵례했다.

"아… 사장님. 처음 뵙지예. 제 집사람입미더."

재일이 슬쩍 웃으며 소개했다.

철수는 미자를 위아래로 한번 훑어보더니, 놀란 얼굴로 쩍 벌어진 입을 다물지 못했다.

"아이고야, 내는 또 오데서 선녀가 하강했나 했습미더."

철수는 껄껄 웃으며 농을 던졌다.

"제수씨, 혹시 여동생 있습미꺼? 우리 동상이 마산서 식육점 하는데, 아 괴안습니다."

미자는 당황스러워 볼까지 발그레 물들이며 조심스레 대답했다.

"있기는 있습미더. 지랑 두 살 터울 납미더."

철수는 금세 신이 나서 덧붙였다.

"우리 만수가 스물다섯 살입니다. 딱 맞네예! 제수씨, 소개 좀 해 주소이."

철수의 너스레에 미자는 고개를 숙인 채 웃음을 참았다.

처음 보는 사람이 느닷없이 동생 이야기를 꺼내니, 당황스럽기도 하고 어쩐지 마음에 들지 않았다.

재일은 손에 기름을 묻힌 채 피식 웃으며 철수에게 말했다.

"그라모 우리 사형 간 되는 긴미꺼?"

수리점 안에는 한동안 쇳소리, 웃음소리, 기름 냄새가 뒤섞이며 따뜻한 오후를 채웠다.

오후 해가 조금씩 기울 무렵, 미자와 재일은 나란히 집으로 돌아왔다.

미자는 부엌으로 들어가 조심스레 저녁 준비를 시작했다. 쌀을 씻고, 된장을 풀고, 마당 끝 장독대 옆에서 파를 뽑아 오며 자잘한 소리를 내는 바람에도 귀를 기울였다.

재일은 조용히 호미 하나를 들고 텃밭으로 향했다. 집 옆 작은 밭, 슬레이트 지붕보다도 더 오래되어 보이는 그곳은 재일의 어머니가 살아생전 정성껏 가꾸던 자리였다.

가지, 오이, 고추며 봄이면 쑥과 냉이가 얼굴을 내밀던 그 밭. 어머니는 늘 흙 묻은 손으로,

"농사는 정성이다."

라며 웃었었다.

재일은 호미로 무심히 잡초를 뽑기 시작했다.

한 포기, 한 포기, 손에 힘을 주어 뽑을 때마다 어머니 얼굴이 아른거렸다.

'옴마… 엄마가 해 놓던 밭인데… 이제는 내가 하고 있네.'

텃밭은 온종일 햇볕을 받아 훈훈했다.

그러나 마음속 허전한 바람은 쉽게 가시지 않았다. 미자는 부엌 창문 너머로 재일의 등을 바라보았다.

한 땀 한 땀 흙을 고르는 그의 손길을 바라보며, 흙먼지 묻은 어깨가 어쩐지 애처로워 보였다.

미자는 조용히 밥상을 차리면서 마음속으로 다짐했다.

'어머니 없이도 이 사람이 외롭지 않게 이 집을 다시 따뜻해지게 해야지.'

저녁연기가 가만히 굴뚝 위로 올랐다. 텃밭에서 일을 마친 재일이 허

리를 쭉 펴고 집을 향해 걸어왔다.

땀에 젖은 얼굴, 하지만 미자를 향해 지어 보이는 그 한 조각 웃음이 세상 무엇보다 따뜻했다.

"밥 됐나?"

"조금만 지달리소. 고등어만 꾸버모 다 됩미더."

"고등어라… 옴마가 자주 짚불 우에 언차가 잘 꾸버머 준는데."

작은 마당에는 밥 짓는 냄새, 구운 생선 냄새, 그리고 흙냄새가 가득 퍼졌다.

저녁밥상을 물리고, 미자는 물 한 바가지를 떠다 부엌 구석에 놓인 양푼에 부었다.

설거지를 하는 동안, 재일은 마루 끝에 걸터앉아 담배를 만지작거렸다.

하늘은 이미 어두웠고, 멀리서 개 짖는 소리만 간간이 들려왔다.

"미자 씨."

조심스럽게 부르는 재일의 목소리에 미자는 물기를 털며 고개를 들었다.

"와예?"

재일은 한참 머뭇거리다가, 조심조심 말을 꺼냈다.

"오늘 낮에 김철수 씨 봤제?"

"예."

"김철수 씨가… 지 동상 결혼할 상대를 찾는다카더라. 김철수 그 사람 법수면에서 제법 부자라쿤다. 지금 식육점하고 있는 철수 동상이 돈을 해 주가 그리된 기라 카네. 마산서 식육점 하고 있으모 밥은 묵고 안 살 것나?"

미자는 설거지하던 손을 멈추고 재일을 바라보았다.

"당신 생각에는 그 집이 괴안은 집입미꺼?"

재일은 가만히 고개를 끄덕였다.

"소문에 좋은 말도 있고 더러븐 말도 있는데 그래도 한번 만나 보모 안 되것나? 만나 보고 파이모 그때 안 만나모 되지뭐."

미자는 아무 말 없이 걸레를 짜며 생각에 잠겼다. 갑작스럽게 불쑥 들어온 이야기. 혈육이라는 건 소중하고 또 한편으로는 쉽게 남에게 맡길 수 없는 존재였다.

재일은 미자의 침묵을 보며 조심스레 덧붙였다.

"니가 마음 안 내키면 안 해도 된다. 그냥… 우리끼리라도 조용히 한번 생각해 보자 싶어가 이야기 꺼낸 기다."

미자는 천천히 걸레를 개며 말했다.

"지 동상은 순한 애입니다. 지금도 촌에서 고상하고 있고… 착하기는 한데, 결혼은 쉽게 결정할 일은 아니지예."

재일은 다시 고개를 끄덕였다.

"그라모 내도 아는 사람 소개하는 기라 설불리 말 못 한다. 다른 사람도 아이고 내 처제인데 큰일 난다."

둘은 잠시 말없이 마주 앉았다.

밖에서는 봄 벌레 울음소리가 가늘게 들려왔다.

미자는 마루에 앉아 손등에 얹힌 작은 물방울을 바라보았다.

'언자는 내가 동상 결혼 걱정까지 해야 하는가베.'

결혼식도 올리지 못하고 집을 나온 자신이 이렇게 조심스럽게 다른 사람의 삶을 고민하는 모습이 어쩐지 낯설고도 대견했다.

미자는 조용히 웃으며 말했다.

"재일 씨, 그 집 동생도 한번 보고 이야기합시더."

재일의 얼굴에 작은 미소가 번졌다.

"그래, 찬찬히, 지대로 사람 알아보고 소개시키 주자."

그날 밤, 미자와 재일은 조용히 한 걸음 더 가족이 되어 가고 있었다.

63. 미자 동생 인자

이제 봄기운이 제법 짙어졌다. 바람 끝엔 푸른 기척이 실렸고, 마당 한쪽 자투리땅에선 민들레와 냉이, 쑥이 고개를 들기 시작했다.

그날 아침, 미자는 마음이 어수선했다. 며칠 전 철수가 지나가듯 꺼낸 '만남' 이야기. 그리고 재일이 조심스레 권했던 그 말이 자꾸 마음속에 머물렀다.

설레서도 아니고, 그렇다고 두려워서도 아니었다. 그냥 오래 잊고 지냈던 감정이 스르륵 깨어나는 듯한 낯설면서도 낯익은 감정이었다.

부엌에선 된장국이 보글보글 끓고 있었다. 미자는 찬장 깊숙한 곳에서 작은 유리병을 꺼냈다. 안에는 말린 쑥과 냉이가 들어 있었다.

며칠 전 마을 앞 수로 밑 둑에서 캐온 것들, 햇살에 바짝 말려 둔 향이 은은하게 퍼졌다.

"미자 씨, 오늘 반찬 뭐 하노?"

재일의 목소리가 마루에서 들려왔다. 이마엔 땀이 송골송골 맺혀 있었고, 해진 셔츠를 걸친 채 앉아 있는 그의 모습이 왠지 정겨웠다.

미자는 고개를 돌려 대답했다.

"당신 좋아하는 냉이 된장국 끓이고 있습미더."

"맞나. 당신이 끼린 된장국이 옴마가 끼리 주는 거하고 맛이 똑 닮았더라."

둘은 잠시 웃었다.

그러고 나서 미자는 조심스레 숟가락을 내려놓으며 입을 열었다.

"내일, 인자 동상 만나로 가입시더."

재일은 말없이 고개를 끄덕이며 그녀의 손등을 바라봤다.

부드럽게, 아주 천천히.

"인자 처제한테 운제 연락했더노?"

미자는 살짝 웃으며 말했다.

"아이고예, 당신이랑 인자 만나가 사정에 김 사장 동상 만수 씨 이야기를 해 보입시더."

"그라까? 처제는 다른 사람들 맨치로 도시에 와 안 나갔노?"

미자는 그 말에 잠시 생각에 잠겼다가 답했다.

"그 아가 내 동상이지만 심성이 억수로 곱심미더."

"맞다. 처가 간 날 처음 봤는데 우리 와서모 하루 쉬어도 될 낀데, 옴마 힘들다고 밭에 가서 일하고 오는 거 봐도 알것더라."

재일은 조용히 고개를 끄덕였다.

그의 말에 미자는 마음이 따뜻해지며 다시금 다짐하듯 말했다.

"그란데 내일 당신 오토바이 센타 문 열아야 되는데…."

재일은 웃으며 말했다.

"오토바이 센터 마치고 해거름에 내봉촌에 같이 갔다 오자."

저녁 무렵, 미자는 말숙이와 시동생들 저녁상을 부엌에 차려 놓았다. 된장국, 고등어조림, 무생채, 그리고 장터에서 사 온 도넛 몇 개까지,

한 상 가득 차려진 저녁상은 재일이 동생들에게 작은 위로였다.

미자는 말숙이에게 말한다.

"애기씨, 저녁 준비 다 해나습미더. 오빠들하고 잘 챙기 무이소."

"새웅가, 오데 가시는데예?"

"친정에 큰오빠하고 잠시 갔다가 올께예."

미자가 말하자 말숙이는 고개를 끄덕이며 웃었다.

"새웅가, 걱정 말고 댕기 오이소. 지가 알아서 오빠하고 챙기 묵을깨예."

마당을 나서는 미자의 손에는 작은 보자기 하나가 들려 있었다. 안에는 엄마와 인자에게 줄 장에서 산 신발과 수예용 실 그리고 찹쌀떡이 담겨 있었다.

재일은 오토바이 시동을 걸며 말했다.

"어픈 가자. 해 지겠다. 얼른 타소, 미자 씨."

오토바이 뒤에 올라타며 미자는 잠시 뒤돌아 마당을 바라보았다.

내봉촌으로 향하는 길은 봄바람이 살랑이고, 들녘에는 갓 돋은 보리가 바람에 일렁였다.

재일은 운전대 너머로 말했다.

"인자 처제, 촌에서 농사짓고 있는데 얼굴이 억수로 곱데."

미자는 작은 웃음을 지으며 대꾸했다.

"그래서 더 마음이 쓰입니다. 그 아도 이제 좋은 사람 만나가 고상을 안 해야 될 낀데."

내봉촌 어귀에 다다르자, 인자가 마중을 나와 있었다. 검정 고무신에 연보라색 가디건, 그리고 머리에 질끈 동여맨 수건. 멀리서도 씩씩한 기운이 느껴졌다.

"엉가!"

인자는 환하게 웃으며 달려왔다. 미자는 보자기를 보이며 말했다.

"인자야, 니 선물하고 옴마 꺼 좀 샀다."

재일은 멋쩍은 듯 웃으며 모자를 벗어 손에 쥐었다.

"처제, 잘 있었는기요? 더 이쁘짓네예."

인자는 얼굴이 발그레해졌다.

봄밤 내봉촌에는 서늘한 공기와 함께, 오래도록 잊고 지냈던 설렘이 살며시 내려앉았다.

미자는 마음속으로 중얼거렸다.

'잘되면 좋것는데, 우리 인자.'

미자는 두 손에 조심스레 쥔 보자기를 가슴께 꼭 안고 친정 대문 앞에 섰다.

"옴마, 지 왔심더."

낮은 목소리에 부엌에서 밥을 짓던 어머니가 고개를 들었다.

머리에 수건을 쓰고 일을 하던 어머니는 국자를 내려놓고 마당으로 나왔다.

얼마 전 다녀간 딸이 저녁이 다 되어 온 것을 보고 조금 걱정이 된 목소리로,

"큰아야, 또 무슨 일이고?"

어머니의 눈길은 단번에 딸의 얼굴을 읽어 냈다. 미자는 애써 웃으며 보자기를 내밀었다.

"옴마, 장터에서 찹쌀떡 사 왔심더. 저녁 드시고 드시라고… 근데, 인자 일로 좀 상의할 게 있어 가꼬예."

어머니의 얼굴에 잠시 그늘이 스쳤다.

"인자… 그 아가 요새 얼굴에 웃음이 들었더니만. 와, 무신 일 있나?"

미자는 마루 끝에 앉아 고개를 숙였다.

"예… 신랑하고 인자 얘길 좀 했심더. 사정에 방앗간 하는 김 사장 동상 만수라는 총각이 있습미더. 그 총각하고 인자하고 매자 주모 싶어 가예."

어머니는 가만히 앉아 딸을 바라보다가, 천천히 고개를 끄덕였다.

"인자가 그저 일밖에 모르는 아인데… 저 아도 이제 시집갈 때가 됐제."

그 말에 미자의 눈가가 붉어졌다.

"옴마… 나도 그렇고 인자도 그렇고 옴마 고상할까 싶어 갖고…."

미자는 목이 메어 말을 잇지 못한다.

"그래도 인자는 좋은 사람 만나서 마음 편히 살게 해 주고 싶섬미더."

어머니는 주름진 손으로 미자의 손등을 덮었다.

"밭일하고 인자 들어오모 부엌으로 오라 캐라. 우리 모녀끼리 찬찬히 이야기 좀 해 보자."

잠시 후, 인자가 땀에 젖은 손등으로 이마를 훔치며 마루로 들어왔다.

"옴마, 일 마치고 왔심더."

어머니는 씩 웃으며 손짓했다.

"그래, 손 씻고 부석에 좀 온나."

부엌 안은 고구마 냄새와 된장국 냄새가 섞여 따뜻했다.

미자는 이미 자리에 앉아 있었다. 눈빛엔 살짝 웃음기가 돌았지만 마음 한구석엔 여전히 걱정이 비쳤다.

인자는 다소곳이 자리에 앉으며 손끝을 주물렀다.

어머니가 먼저 입을 열었다.

"인자야, 너거 엉가가 좋은 총각이 하나 있다 카네. 니가 싫으모 엄마가 절대로 강제로는 안 한다. 다른 집 아들은 전시네 도시 나가서 돈 벌이하는데 움마도 안다. 요새 혼자 농사짓고 산다는 게 울매나 고상하는지."

인자는 고개를 떨궜다.

"옴마, 내는 그냥 이래 사는 게 좋습미더. 움마하고 아버지 옆에서… 그런데 가끔은 밤에 내 혼자 촌에 있는 기 좀 외롭기는 합미더."

미자가 조용히 손을 내밀어 인자의 손을 덥석 잡았다.

"니가 엉가보다 낫다. 내가 해야 될구로 니가 해서 울매나 고마운지 모르것다. 근데 사람 마음이란 게, 살다 보면 변하더라. 니도 기회가 되모 니 행복을 찾아야 안 되것나? 옴마, 아부지는 내가 저태 있언깨네 자주 올구마."

어머니는 잠시 말없이 고구마 하나를 반으로 갈라 인자에게 내밀었다.

"무우라. 니가 좋아하는 거 아이가."

인자는 고구마를 받아 쥐며 웃음 반, 눈물 반 섞인 표정을 지었다.

"옴마, 엉가… 나도 이제 내 복을 찾아볼까 싶다."

미자가 살며시 웃었다.

"잘했다, 인자야. 만나 보고 니 마음이 가는 대로 하면 된다. 옴마하고 내는 니 편이다."

어머니도 고개를 끄덕이며 말했다.

"하모, 니 복은 니가 찾아야지. 옴마가 바라는 건, 니가 웃는 얼굴로 사는 기다."

세 모녀는 부엌 한편에서 그렇게 앉아, 고구마를 나누며 오래도록 이야기를 이어 갔다.

그 밤, 부엌에는 달콤한 고구마 냄새와 함께 세 여인의 조용한 웃음소리가 따뜻하게 번져 나갔다.

64. 인자 선보는 날 정하기

내봉촌 친정집에는 오랜만에 식구들이 둘러앉았다. 부엌에서는 된장국 냄새가 솔솔 퍼지고, 상 위에는 김치전과 계란찜, 고구마 몇 알이 놓여 있었다.

조촐했지만 마음이 오롯이 담긴 저녁상이 마련되고, 아버지는 마루 끝에 앉아 담배를 피우다 불씨를 툭 털어내고 방 안으로 들어왔다.

"그래, 무슨 이바구 할라카노? 이 서방 니도 앉아 봐라."

재일은 어색한 웃음을 지으며 미자 옆에 자리를 잡고, 인자는 고개를 푹 숙인 채 치맛자락을 손끝으로 꼬집고 있었다.

어머니가 부드럽게 입을 열었다.

"우리끼리는 대강 이바구 했는데 당신 들어 보이소. 법수 사정에 방앗간 하는 김 사장이라는 사람 동상이 인자 얘기 듣고 마음이 있다 카네요."

아버지는 고개를 끄덕이며 낮은 목소리로 말을 이었다.

"내도 그 집 소문은 쬐매이 들었다. 사는 거는 좀 산다 카데."

재일도 거들었다.

"예, 장인어른. 김 사장은 법수에선 어북 좀 알아줍미더. 그라고 그 집 동상 만수도 제가 알아보이 나쁜 사람은 아이고, 마산서 기반 잡고 있다 카네예."

미자는 인자의 손을 살며시 잡았다.

"인자야, 니 이제 스물하나 아이가. 내도 니 걱정 마이 했다. 총각이 촌에서 농사짓는 사람도 아닌께 거기 시집 가모 고생은 안 하지 싶다. 그라고 니가 하기 싫은 거 억지로 하자는 거 아이고 만나 보고 싶으면 안 해도 된다."

인자의 눈가에는 금세 눈물이 맺혔다.

"웅가… 내는 혼자 농사짓고 부모님 모시는 게 맞다 생각했는데…."

말끝이 흐르며 목이 메었다.

어머니는 자리에서 일어나 인자의 어깨를 감싸 안았다.

"인자야, 니는 우리 걱정 말고 좋은 사람 있으면 언제든 시집가래이. 평생 혼자 고생만 하라고 엄마가 키운 거는 아이다."

아버지는 헛기침을 하며 툭 한마디를 던졌다.

"선을 보자. 이 서방이 주선해 봐라."

"예, 장인어른. 지가 그라모 김 사장이랑 의논해서 선 자리를 한번 마차 보겠심더."

재일이 멋쩍게 웃으며 인자에게 말했다.

"처제예. 내하고 언니가 옆에서 지키 줄낀께 겁내지 마이소."

인자는 끝내 눈물을 훔치며 고개를 끄덕였다.

"…예. 그라모… 움마, 아부지… 만나 볼게예."

방 안은 한동안 고요했다.

창밖으로는 개 짖는 소리가 아스라이 울려오고, 따뜻한 저녁 공기 속에서 식구들은 서로의 얼굴을 물끄러미 바라보며 조용히 마음을 나눴다.

잠시 뒤 미자가 자리에서 일어섰다.

"옴마, 우리는 언자 일어나 볼깨예. 이 서방도 내일 점빵 문 열어야 하고, 얼라들만 집에 있어서 가 봐야겠심미더."

어머니는 고개를 끄덕이며 문 앞까지 따라 나왔다.

그 따뜻한 밤공기 속에서 미자는 마음 한편이 후련해지는 듯했다.

서로를 위하는 마음들이 한데 모여 오래도록 잊히지 않을 저녁이 되었다.

며칠 후 철수는 마산으로 갔다가 사정리로 들어가기 전, 재일의 오토바이 수리점에 들렀다.

"재일이 사장, 잘 있었는기요?"

"아이고, 김 사장님 아임미꺼! 안 그래도 언제 오시나 싶어가 지달리고 있었습미더."

철수는 미소를 지으며 담배를 꺼내 물었다.

"와예? 좋은 소식 있는기요?"

재일은 조용히 말을 이어 간다.

"예, 처갓집에 가서 처제 시집가는 얘기 의논했습미더."

철수의 눈이 반짝 빛났다.

"아~ 그래예! 우찌 되었는데예?"

"처갓집에서는 선을 한번 볼라 카네예."

"앗따, 잘되었네예."

철수는 담배 연기를 길게 내뿜으며 말했다.

"우찌하는 기 좋겠습미꺼?"

재일은 웃음 띤 얼굴로 말했다.

"날짜 잡아가 처갓집에 사장님 동상하고 부모님하고 서로 선을 한번 보지예?"

"예, 그리하입시더."

"날짜는 편안한 날로 잡아가 연락 주시소."

인자는 마루 끝에 앉아 치맛자락을 손끝으로 꼬집고 있었다. 아버지는 담배를 태우며 한참 생각에 잠겨 있었다.

"그라모, 선 볼 날짜를 정해야 할 낀데…."

어머니가 조용히 입을 열었다.

"옴마, 아무 날이나 잡아도 되지예. 요새 누가 날짜까지 보면서 하노."

미자가 웃으며 말했다. 그러자 어머니는 고개를 절레절레 저으며 말했다.

"그라믄 안 된다. 인자가 첫 선 보는 날인데 날이 더러버모 우짜노. 예전부터 이사, 혼사, 상견례 같은 건 날을 잘 잡아야 하는 기라."

아버지는 담뱃재를 툭 털며 한마디 보탰다.

"보자… 음력으로 보름날은 피해야 된다이. 보름에는 달이 차서 일이 깨진다고 안 좋다 카더라."

어머니는 손가락으로 장부를 튕겨 보며 말했다.

"다음 주 수욜은 음력으로 스무날, 괜찮은 날 아이가?"

"수욜은 물날이라 별로다."

아버지가 고개를 저었다.

그때 옆에서 듣고 있던 재일이 조심스레 끼어들었다.

"장인어른, 장모님. 사정에 김 사장님한테 물어보이, 그쪽도 스님한테 길일을 봐 왔다카데예. 내일 가게로 들리모 한번 물어볼깨예."

어머니는 잠시 생각하더니 고개를 끄덕였다.

"맞다, 그 집도 좋은 날 안 뽑아 보것나. 아무래도 두 집이 좋은 날 마차가 그날로 정하모 좋것다."

인자는 얼굴이 빨개져 더 이상 말을 잇지 못했다.

미자는 인자의 어깨를 토닥이며 속삭였다.

"괘안다, 인자야. 옛날부터 하던 대로 하면 마음이 좀 놓이지 안것나. 니는 그냥 지달리라."

그날 밤, 어머니는 혼자 부엌에서 쌀을 씻으며 중얼거렸다.

"그믄… 되도록 물의 기운이 센 날은 피하고, 금의 기운이 좋은 날로 해야제… 물은 흘러가도 금은 자리를 지킨다 카더라…."

며칠 뒤 사정리 철수가 오토바이 수리점에 들렀다.

"재일이 사장, 우리도 스님한테 물어보니 다음 주 토요일이 길일이라 카네예."

재일은 웃으며 철수에게 말한다.

"그래예? 그라모 처갓집에 그리 전달할깨예."

재일은 오토바이를 타고 처갓집으로 갔다.

"장모님, 다음 주 토욜로 하입시더. 사정에서도 그날이 좋다 카네예."

어머니는 환히 웃으며 고개를 끄덕였다.

"그래, 토욜은 양기가 충만한 날이라 좋네. 그날로 하자."

인자는 마루에서 이불을 개던 손을 멈추고 어머니를 바라봤다. 작은 미소가 입꼬리에 번졌다.

"옴마… 고맙심더."

그날 저녁 달빛 아래 내봉촌 마당은 왠지 모르게 푸근하고 따뜻했다. 마을 끝 논둑길을 지나던 바람까지, 기쁜 소식을 아는 듯 살랑살랑 불어왔다.

1970년대에는 결혼을 하기 전 중매를 서는 사람이 양쪽 집안을 왔다 갔다 하며 선 자리를 마련하였다. 결혼을 하는 사람들은 먼 곳이 아니라 대부분 같은 지역 안에 사는 사람들과 결혼을 하였다. 그것이 가능했던 것은 아직도 농경사회 모습을 유지하고 있었기 때문이었다.

이때는 지금의 상견례와 맞선을 함께 하였다. 그래서 처음 만나는 자리에서 양가 부모님과 형제가 같이 보았는데, 보통은 결혼을 하는 여자 집으로 가서 선을 보았다.

이것이 공업화가 되면서 점점 변화되어 도시에서 서로 만나서 연애를 하여 결혼까지 하게 되어 선을 보는 장면은 사라지게 되었다.

물론 서로 소개를 하여 청춘 남녀가 만나는 것은 지금도 하고 있기는 하다.

65. 만수에게 인자를 말하다

며칠 뒤 철수는 만수네 정육점을 갔다. 냉장고의 빨간 불빛 아래서 만수는 땀을 닦으며 고기를 다듬고 있었다.

"만수야, 잠깐 이바구 좀 하자."

철수의 부름에 만수가 고개를 들었다.

"예, 형님. 무신 일 있어예?"

철수는 두 손을 주머니에 찔러 넣고 잠시 뜸을 들이다가 입을 열었다.

"전에 니 결혼 이야기 했다 아이가?"

만수는 헛웃음을 지으며 고개를 긁적였다.

"아, 예… 그란데 지한테 올 여자가 있겠습미꺼?"

철수는 잠깐 웃다가 고개를 끄덕였다.

"니가 우때서? 인물이 빠지나 성격이 모나나? 반듯한 식육점도 하고 있는데 내가 볼 때는 니는 백 점짜리 신랑감이다. 내가 아는 처이가 하나 있는데 심성이 반듯하고 얼굴도 예쁘게 생겼다 쿠더라."

만수는 눈을 동그랗게 떴다.

"진짜입미꺼? 어디 사람인데예?"

철수는 목소리를 낮추며 말했다.

"내가 아는 오토바이 센터 사장 처제인데 이름은 인자다. 촌에서 부모님하고 농사일 거들고 살고 있는데, 집안일도 야무지게 하고 성품도 차분하단다."

그 말을 들은 만수는 팔짱을 끼고 생각에 잠겼다.

"그래예… 형님, 그라모 나이가 우찌 됩미꺼?"

"스물하나라 쿠더라."

"예… 형님, 그라모 그쪽도 혼사 생각이 있슴미꺼?"

철수는 살짝 웃으며 말했다.

"뭐, 내가 직접 물어본 건 아인데, 저저 언니가 시부지기 물어본깨 싫은 기색은 없다쿠네."

만수는 코끝을 한번 훌쩍이며 고개를 끄덕였다.

"형님, 그라모 얼굴이나 한번 보고 싶심미더."

철수는 기다렸다는 듯,

"그래, 양가 부모님하고 니하고 내하고 그리 내봉촌에서 볼 끼다. 니도 칼컬하게 하고 양복도 한 벌 마차라."

만수는 쑥스럽게 웃으며 말했다.

"예, 알겠심더. 형님 시키는 대로 할깨예."

철수는 가볍게 만수의 어깨를 두드리며 말했다.

"우쨰든 니 잘해라이. 요번에 잘되가 장개가자이."

"예예, 형님. 걱정 마시소."

그날 밤, 만수는 정육점 불을 끄면서 유리창에 비친 자기 얼굴을 한참이나 들여다보았다.

늦봄 바람이 살랑이는 날, 내봉촌 미자의 친정집에는 모처럼 큰 준비가 한창이었다. 마당 한쪽에서는 어머니가 작은 가마솥에 국을 끓이고, 미자는 부엌에서 김치전과 계란찜을 준비하느라 연신 이마의 땀을 훔쳤다. 장독대 너머로 매화 꽃잎이 바람에 살랑일 때 아랫동네에서 먼지를 일으키며 택시 한 대가 올라오고 있었다.

"왔다, 왔다!"

어머니가 치맛자락으로 손을 닦으며 마당으로 달려 나갔다.

철수와 그의 어머니는 오토바이로 가야로 왔고, 동생 만수는 마산에서 가야로 와서 함께 택시를 타고 달려온 끝에 막 도착한 참이었다. 철수의 어머니는 연분홍 저고리에 남색 치마를 단정히 입고 있었고, 철수는 약간 낡은 양복 차림이었으나 사람 좋은 웃음을 짓고 있었다. 만수는 긴장한 듯 자꾸 손을 허리에 얹었다 풀었다 했다.

"먼 길 오느라 고생 많았심더!"

어머니가 반갑게 인사하자, 철수의 어머니도 두 손을 맞잡고 허리를 숙였다.

"아이고, 별말씀을 다 합미더. 이리 큰 대접을 함께네 몸 둘 바를 모르겠심미더."

방 안에는 이미 작은 상이 마련돼 있었다. 갓 지은 밥, 된장국, 김치, 무생채, 그리고 무엇보다 귀하게 준비한 돼지고기 몇 점이 상 위에 올랐다.

잠시 후, 인자가 방에서 머뭇머뭇 나왔다. 손끝으로 치맛자락을 자꾸 만지작거리며 고개를 푹 숙였다. 미자는 곁에서 살짝 그녀의 등을 떠밀며 속삭였다.

"인자야, 겁내지 마래이. 그냥 앉아서 밥 먹고 이야기하모 된다."

철수는 인자를 힐끗 보더니 급히 눈길을 내리고, 어색한 미소를 지었다. 철수 어머니는 인자를 보고는 연신 고개를 끄덕였다.

"아이고, 참 곱네. 살림살이도 야무지게 할 상이네예."

그러고는 혹시 점이나 상처가 있는지 앞 머리카락이 내려온 인자의 이마를 올려본다.

아버지는 방 안으로 들어와 담배를 입에 물었다.

"우리 인자가 좀 수줍음이 많습니더. 허허…."

재일은 중간에서 한껏 분위기를 띄우려 애썼다.

"예예, 오늘은 좋은 날입니다. 다들 한잔하시소예!"

술잔이 돌고, 고기가 익어 가는 냄새가 퍼지며 방 안은 서서히 웃음소리로 채워졌다. 만수는 말이 적었지만, 어머니와 철수가 틈틈이 분위기를 풀었다. 철수 어머니는 미자 어머니와 부엌에서 잠깐 속닥이며 이야기를 나누었고, 그사이 미자는 인자 손을 꼭 잡았다.

"괴안타. 싫으면 안 하면 되고, 마음이 내키모 그때 더 알아가면 되지 않것나."

아버지는 헛기침을 하며 말했다.

"그라믄, 언자는 당사자들이 알아서 하구로 하고 오늘은 이만 마무리하입시더."

철수는 자리에서 일어나 미자 아버지께 정중히 고개를 숙였다.

"어르신, 올 욕바심더. 앞으로 우리 동상 잘 부탁드리겠심미더."

철수의 가족들은 마을회관 앞에서 기다리고 있던 택시로 걸어갔다. 인자는 마지막으로 조심스레 고개를 들어 짧은 눈인사를 건넸고, 만수는 약간 수줍은 웃음으로 답했다.

그날 밤, 인자는 방 안에서 혼자 이불을 꼭 끌어안고 누워 있었다. 창밖으로는 달빛이 희미하게 스며들고, 멀리서 개 짖는 소리가 간간이 들렸다. 인자의 가슴 한편이 이상하게 간질거렸다.

만수는 말수가 적고 무뚝뚝했지만, 어색하게 웃을 때 눈가에 번지던 주름이 생각났다. 처음엔 숨이 막힐 만큼 낯설고 긴장됐는데, 시간이 지날수록 그 주름이 자꾸 눈앞에 떠올랐다.

'그 사람이 나한테 마음이 있는 기가…? 아이것지, 그냥 예의 차린다고 그란 길 끼다….'

생각이 꼬리를 물자 얼굴이 화끈거리며, 어머니가 했던 말이 귓가를 맴돌았다.

"인자야, 평생 혼자 고생하라고 니 낳은 거 아이다."

그 말에 마음 한구석이 찌릿했다.

지금까지 '내는 농사짓고 부모님 모시며 살 끼다'고 다짐했지만, 오늘 저녁상 위에 둘러앉아 웃고 있는 사람들을 보며 문득 이런 생각이 들었다.

'나도… 저렇게 웃을 수 있을까?'

잠시 후 어머니가 문틈으로 얼굴을 내밀어 살며시 속삭였다.

"인자야, 자나?"

"아니, 옴마…."

"괴안나?"

"…옴마, 나… 좀 무섭다."

"뭐가?"

"그냥… 시집간다 카이, 내 마음이, 나도 모르것다…."

어머니는 살며시 다가와 인자의 머리를 쓰다듬었다.

"그런 마음이 드는 기면, 벌시로 니 마음이 움직인 기라."

그 말에 인자는 다시 이불 속으로 얼굴을 묻었다.

어둠 속에서 그녀는 처음으로, 자신도 몰랐던 두근거림을 천천히 헤아리며 눈을 감았다.

인자의 마음은 복잡했다. 낮에 맞선 자리에서 본 만수는 말수가 적었지만 눈빛이 부드럽고, 무엇보다 정육점을 운영한다는 그 말이 자꾸 마음속에 맴돌았다.

'마산… 도시에서 산다. 내 평생 소 먹이고, 소꼴 베고, 논매고 고생만 했는데, 도시라는 데 가서 살 수 있을까…?'

부자라는 말에 솔직히 가슴 한편이 설렌다. 새 옷, 새 신발, 깨끗한 집, 먼지 날리지 않는 골목, 전깃불이 환한 가게들…. 그런 세상은 늘 장터 구경 갈 때나 스쳐보던 것이었다.

'내도 저런 데서 살면, 언니처럼 고생 마이 안 하고 살 수 있을랑가?'

하지만 한편으론 두려움도 컸다.

'그 사람 만수 씨가 나를 마음에 들어 했것나? 나는 촌에서 얼굴도 그슬리고 손도 까칠한데….'

인자는 무심결에 자신의 두 손을 바라보았다. 거칠고 마른 손등, 흙이 박힌 손톱. 가슴이 철렁 내려앉았다.

인자는 작게 웃으며 고개를 저었다.

'…도시에서 산다… 그기 좀 마음이 끌린데이.'

마음 한구석에서 묘한 기대감이 피어오르는 것을 이제는 더 이상 부정할 수 없었다.

'나도, 도시로 가 보까…?'

눈을 감으며 그녀는 처음으로 자신의 앞날을 상상했다. 따뜻한 불빛 아래 웃고 있는 자기 모습을 아직 서툴지만 그려 보고 있다.

66. 인자의 갈등

며칠 전에 본 만수의 얼굴, 낮게 깔린 목소리, 그리고 잠깐 눈이 마주쳤을 때 느낀 묘한 서늘함이 자꾸만 머릿속에 맴돌았다.

'참… 조용하고 점잖네 싶었는데….'

하지만 그날 맞선이 끝나고, 언니인 미자가 전해 준 이야기들은 인자의 마음을 뒤흔들었다.

만수가 어릴 적부터 집을 나돌며 가출을 밥 먹듯 했고, 싸움질에 술판, 여자들과의 관계도 한둘이 아니었다는 말. 심지어 군에서 탈영까지 했다는 말까지. 인자는 가슴 한쪽이 서늘해졌다.

그녀는 평생을 시골에서 살았다. 봄이면 모심고 여름이면 풀 뽑고, 가을이면 벼 베고 겨울이면 땔감을 하며 지낸 삶이었다. 남자들은 전부 아버지, 동생, 그리고 재일이 형부처럼 성실하고 반듯한 사람들뿐이었다. 그런 인자에게 만수는 완전히 다른 세계에서 온 사람 같았다.

부자, 도시, 근사한 삶이라는 달콤한 환상 뒤에 숨어 있는 그 검은 그림자를, 인자는 막연히 두려워했다.

'그 사람 옆에 서면 나는… 그냥 바보 되겠제? 눈치만 보고, 맘 졸이고….'

하지만 마음 한구석에서는 그 불안이 이상하게도 설렘과 엉켜 있었다.

'그 사람 옆에 가면 내 인생도 확 바까지까…?'

그날 밤 인자는 잠들지 못한 채 긴 한숨을 내쉬었다.

'내가 뭘 몰라서 겁도 없는 기가, 아이모 그저 끌리는 기가….'

그녀는 자기 마음조차 알 수 없는 채, 조용히 눈을 감았다.

그리고 마음속으로 처음으로 스스로에게 물었다.

'나, 진짜 그 사람하고 살아갈 수 있을랑가?'

언니 미자의 목소리가 귀에 아직도 쟁쟁했다.

"인자야, 사람은 겉만 보고 정하면 안 된다이. 만수는 속이 깊은 사람은 아니다. 돈 많고 멋있어도, 니 같은 사람한테 좋은 사람인지는 잘 생각해야 한다이."

언니의 말은 틀리지 않았다. 그런데도 인자의 가슴은 자꾸만 뛰었다.

맞선 자리에서 마주 앉았던 만수의 낯익지 않은 눈빛, 말끝마다 풍기던 도시 사람 특유의 여유, 그리고 살짝 웃을 때 보이던 묘한 웃음. 그건 지금껏 시골에서 본 어느 남자와도 달랐다.

'언니는 걱정돼서 그러겠지. 근데 나는….'

인자는 솔직히 자신이 왜 그런지 잘 몰랐다.

그저 처음 보는 남잔데도 이상하게 궁금하고, 마음이 스르륵 끌리는 기분이었다.

도시에 가면, 만수와 함께라면, 지금까지 알지 못했던 세상으로 들어갈 수 있을 것 같은 막연한 설렘.

'내가 와 이카노…?'

인자는 혼잣말을 하며 볼을 만지작거렸다. 이상하게 열이 올랐다. 언니의 경고는 오히려 인자의 마음속 불씨에 바람을 불어넣는 것 같았다.

조용한 밭두렁 위로 달빛이 길게 드리울 때, 인자는 아주 작게 중얼거렸다.

"한 번 더 만나 보고 싶다… 진짜로."

그 순간, 인자의 눈빛은 어린아이 같은 호기심과 막 시작된 연애의 설렘으로 반짝였다.

무엇이 기다리고 있을지 몰랐지만, 그녀의 마음은 이미 만수를 향해 있었다.

이튿날, 인자는 새벽부터 잠을 설쳤다. 그리고 마산으로 출발 했다. 어머니는,

"인자야, 조심히 댕기 오이라."

하며 몇 번이고 손을 잡으며 다시 당부했다.

"혹시라도 마음 흔들리지 말고 잘 보고 오그레이."

낡은 시외버스에 몸을 싣고, 창밖을 바라보며 인자는 마음속으로 되뇌었다.

'도시는 어떤 데고, 다방은 또 어떤 데고….'

마산 창동에 내리자 눈앞에 펼쳐진 풍경은 내봉촌과는 딴 세상이었다.

사람들, 자동차, 다닥다닥 붙은 가게들, 그리고 골목마다 울리는 트랜지스터 소리….

인자는 숨을 고르며 약속한 다방을 찾아갔다.

창동 골목 한편, '태양다방' 간판이 햇살에 반짝였다.

유리문을 열자 종이 딸랑 울리고, 연미복을 입은 종업원이 "어서 오세요" 했다.

인자는 얼떨결에 고개를 숙이고 안으로 들어섰다.

구석 자리에서 만수가 벌써 기다리고 있었다. 회색 양복에 진분홍 셔츠, 반짝이는 구두까지.

손에는 담배가 들려 있었고, 잔에 든 커피가 반쯤 비워져 있었다.

"왔습미꺼, 인자 씨."

만수가 웃으며 자리에서 일어섰다.

인자는 얼굴이 화끈해져,

"예… 오래 기다리셨습미꺼…."

하고 서둘러 자리에 앉았다.

다방 안에는 희미한 음악 소리와 담배 연기가 자욱했다. 그곳에서 인자는 어딘지 모를 비현실감을 느꼈다. 마치 영화 속 한 장면에 들어온 것처럼.

"이 동네는 처음이지예?"

"예… 처음이라예. 어지럽고 신기하네예."

"내가 오늘 귀경 좀 시켜 줄까 싶습미더. 창동, 부림시장, 어시장까지. 어때예?"

만수는 능숙하게 담배에 불을 붙이고, 한 모금 빨며 인자를 바라보았다. 그 눈빛은 장난스럽고도 어딘가 날카로웠다.

인자는 두 손을 무릎 위에 꼭 모으고, 살짝 고개를 끄덕였다.

"예… 좋습미더."

다방 밖, 유리창 너머로 쏟아지는 봄빛 속에서 인자는 처음으로 시골 처녀가 아닌, 도시 여자가 된 기분을 조금 느꼈다.

다방 문을 나서자, 창동 골목은 여전히 북적였다. 만수는 한 손은 주머니에 넣고, 다른 한 손으로 인자의 팔을 슬쩍 잡았다.

"조심하이소, 사람 많습미더."

인자는 얼굴이 뜨거워져 고개를 푹 숙였지만, 팔에 닿는 만수의 손길이 싫지 않았다.

먼저 간 곳은 부림시장. 만수는 능숙하게 노점을 지나며 인자에게 군것질거리를 사 주었다.

"이거 묵어 봤습미꺼? 땐뿌라라 카는 긴데, 국물이 억수로 좋아예."

인자는 고개를 저으며,

"아니예, 처음 무 봐예."

어묵을 받아 입에 넣는 순간, 뜨끈하고 짭짤한 맛이 퍼졌다.

만수는 웃으며 국물 컵을 건넸다.

"썬하게 마시시소."

골목을 빠져나오니 이번엔 레코드 가게 앞. 가게 안에선 이미자 노래가 흘러나오고, 밖에는 소녀들이 엿을 사며 웃고 있었다.

만수는 잠시 멈춰 LP 판을 구경했고, 인자는 그 옆에서 낯선 풍경에 눈을 반짝였다.

"음악 좋아합미꺼?"

"예… 라디오로 자주 듣습미더."

"나중에 한 장 사 줄게예."

"집에 전축이 없는데예."

"그라모… 영화 한 편 보고 갈랍니꺼?"

극장 앞에 서자 인자의 심장은 더 빨리 뛰었다.

커다란 영화 포스터, 불빛, 사람들, 만수는 표 두 장을 사서 건네주며 씩 웃었다.

극장 안의 불이 꺼지고 스크린에 빛이 들어오자 인자는 온 신경이 영화에 쏠렸다.

그런데도 옆자리에서 들려오는 만수의 숨소리, 팔꿈치에 닿는 온기, 그 모든 게 영화보다 더 강하게 인자의 가슴을 두드렸다.

영화가 끝나고 극장을 나서니 이미 오후가 되었다.

인자는 손끝으로 가방끈을 꼭 쥐며 고개를 숙였다. 뺨이 발그레 달아올라 있었지만, 눈동자엔 단단한 결심이 깃들어 있었다.

"언자예, 버스 시간 다 됐습미더. 가 봐야 돼예."

만수가 웃으며 묻는다.

"오늘 재밌었지예? 다음에 또 나올랍미꺼?"

인자는 쑥스러운 듯 입꼬리를 살짝 올리며 눈길을 피했다.

"언지예… 촌에 일 좀 하고 나서예. 요새 촌일이 바빠 갖고예."

만수는 팔짱을 끼고 고개를 갸웃했다.

"인자 씨, 촌일이 억수로 힘든데 여자가 우찌 합미꺼? 도시로 나오시소, 고생 안 해도 되는데예."

그러자 인자는 눈동자를 반짝이며 고개를 들었다.

"지가 안 하모, 움마 아부지가 힘들어예."

말끝은 나직했지만 그 속엔 굳은 마음이 묻어났다.

잠시 만수는 말이 없었다. 장난기 많던 그의 얼굴에도 묘한 빛이 스쳤다.

주름진 부모님의 손을 떠올리며 웃는 듯한 그녀의 눈빛이 만수의 마음에 잔잔한 물결을 일으켰다.

인자는 버스 정류장을 향해 발걸음을 떼며 마지막으로 돌아보았다.

"만수 씨, 조심히 들어가시소."

그 목소리는 부드럽고 따뜻했다.

잠시 후, 사라지는 버스를 바라보던 만수는 혼잣말처럼 중얼거렸다.

"너무 착해서 우짜노."

67. 인자의 결정

만수는 혼자 창동 골목길을 천천히 걸었다. 주머니에 손을 찔러 넣고, 약간 고개를 숙인 채 걷는 그의 모습은 겉으론 평소처럼 느슨하고 한가해 보였지만, 속마음은 그 어느 때보다 뜨거웠다.

"참, 착한 가서나네…."

그날 다방에서 인자를 보내고 난 뒤 그의 머릿속엔 온통 인자 생각뿐이었다.

술집 여자를 몇이나 만나 봤고, 싸움으로 이름을 날리며 살았던 만수였다.

그러나 인자 같은 여자는 처음이었다. 거칠고 욕망으로 휘청거리는 세상 속에서 자기 부모를 먼저 걱정하며 웃는 그 눈빛, 허울 없는 그 순박함이 만수의 마음에 깊이 스며들었다.

그는 마산 월남동 뒷골목 허름한 방에 들어와 담배를 피우며 창밖을 내다봤다. 꽁초가 재떨이에 하나둘 쌓여 갈수록, 오히려 마음은 더 또렷해졌다.

"이런 아는… 놓치모 평생 후회하것다."

만수는 자리에서 벌떡 일어났다.

다음 날 아침, 정육점에 온 형님 철수 앞에 앉아 두 손을 모았다.

"행님, 나 인자 씨하고… 결혼할랍니다."

느닷없이 꺼낸 말에 철수는 눈이 휘둥그레졌다. 그러나 만수의 표정을 보며, 그 속마음을 읽은 듯,

"참말로 마음 단단히 먹은 기가, 니?"

만수는 담담히 고개를 끄덕였다.

"예, 행님. 남의 여자 데불고 와서 고상시키가 되겠습미꺼."

인자는 그날 밤, 방에 홀로 앉아 작은 전등불 아래에서 깊은 생각에 잠겼다.

방 안은 고요했고, 밖에서는 산새 소리와 멀리서 개 짖는 소리만 간간이 들려왔다.

손끝으로 다 해어진 치맛자락을 천천히 만지며, 인자는 마음속으로 수없이 자문했다.

'애나로, 내가 그 사람하고 잘 살 수 있을랑가…?'

'어릴 때부터 부모 속을 썩인 사람인데 진짜로 새사람이 되가 마누라와 얼라들을 잘 간수할랑가?'

만수는 부자다. 시골에서 벗어나 도시에서 살 수 있다는 것도 솔직히 마음이 흔들리는 이유였다.

하지만 그보다 인자의 가슴을 두드리는 건, 만수가 자신을 볼 때의 눈빛이었다. 거칠고 상처 많은 남자 같지만, 자신에게만은 어린아이처럼 웃고 진심을 꺼내 놓던 그 눈빛. 그것이 인자의 마음을 끌어당기고 있었다.

그러나 생각이 거기서 멈추지 않았다.

'내 같은 아가 그 사람 마음을 다 품을 수 있것나? 그라고 혹시 결혼하고 외미모 우짜노?'

또 부모님 생각도 났다.

'내가 시집가면, 옴마 아부지는 누가 모시노?… 농사일은 또 누가 할 낀고….'

그날 밤, 인자는 몇 번이고 창가에 서서 달을 바라보다가, 이불을 끌어안고 조용히 눈물을 흘렸다.

행복해지고 싶었다. 하지만 그 행복이 사랑만으로 이뤄질 수 있는지, 그건 너무 큰 질문이었다.

다음 날 아침, 인자는 어머니에게 말했다.

"옴마, 내 오늘 첫차 타고 갔다가 저녁 늦게 들어올 낍미더."

어머니는 말없이 인자의 등을 토닥였다.

버스 정류장으로 가는 길, 인자의 마음은 두근거렸다. 버스가 덜컥이며 멈추자, 인자는 마음을 다잡고 올라탔다.

창밖으로 보이는 푸른 논과 밭, 그리고 멀어지는 내봉촌 풍경에 괜히 마음이 찡했다.

덜컹거리는 버스 안에서, 인자는 손끝으로 치맛자락을 꼭 쥐며, 마음속으로 중얼거렸다.

'내가 지금 잘하고 있는 기가?'

마산 월남동으로 향하는 길, 인자의 눈빛은 흔들렸지만, 그 안엔 분명 작은 결심이 깃들어 있었다.

정육점 앞에 선 인자의 발끝은 멈춰 있었지만, 가슴은 쿵쾅 대며 쉬지 않고 뛰고 있었다.

빨간 간판에 '사정식육점'이라 적힌 가게가 눈에 들어왔다. 유리문 안

쪽으로는 만수가 하얀 앞치마를 두르고 분주히 손님을 맞고 있었다.

  칼질 소리, 저울 위에 올려진 고기의 무게, 종이봉투를 건네는 손길…. 모든 게 생소했다. 시골에서 보던 만수의 모습과는 사뭇 달랐다.

  가게 앞 빨간 간판 아래, 빈 짜장면 그릇들이 수북이 쌓여 있는 게 눈에 띄었다. 검은 소스가 말라붙은 그릇들, 젓가락이 아무렇게나 꽂혀 있는 그 모습은 인자의 눈에 유난히 크게 들어왔다.

  "와, 짜장면 그릇이 와 저리 많노… 만수 씨는 만날 시키 묵는가베…."

  인자는 무심코 입술을 깨물었다. 시골에서 짜장면은 읍내 장날 일 년에 한두 번 겨우 먹는 귀한 음식이었다.

  어릴 적, 아버지와 읍내에서 짜장면 한 그릇을 사 먹을 때면 그것이 얼마나 맛있었는지 모른다.

  그런데 여기는, 저 안의 만수 씨는, 그걸 먹는 게 마치 물 마시듯 당연한 일이었다.

  인자는 한숨을 살짝 내쉬며 두 손을 꼭 맞잡았다.

  "역시, 도회지 사람들은 다르네… 돈이 많아가 그런가베. 저 사람은 참말로 부자인갑다…."

  만수는 도시에서 돈을 벌었고, 고생하며 기반을 잡았다.

  비록 소문에 말이 많고, 과거가 깨끗하지 않을지언정, 적어도 자기 가게를 가지고 장사를 하고 있다면 기반을 잡았다고 할 수 있다.

  그리고 인자에게 그건, 너무도 눈부신 가능성이었다.

  인자는 두 손을 꼭 쥐었다.

  '이 정도모 결혼해서 살아도 밥은 굶지 않을것다. 움마, 아부지 밑에서 평생 농사만 짓고 살 수는 없다 아이가? 저 사람하고 살모, 나도 저런 짜

장면, 언제든 사물 수 있을 기라.'

그녀는 문득 고개를 들었다.

그때, 만수가 가게 안에서 그녀를 발견하고 활짝 웃으며 문 앞으로 걸어 나왔다.

"인자 씨! 거기서 뭐 합미꺼? 어픈 들어오이소!"

인자의 얼굴이 붉게 달아올랐다. 하지만 그녀는 피하지 않았다. 작게 숨을 들이쉬며, 그녀는 결심한 표정으로 당당히 문을 향해 걸음을 내디뎠다.

그 순간, 그녀 마음속에서 '가난한 촌 처녀'였던 인자가, 처음으로 '도시의 아낙'이 될 준비를 하고 있었다.

저녁이 다 되어 내봉촌으로 돌아왔다. 부엌 앞에서는 어머니가 묵은지를 다듬고, 아버지는 장독대 옆에서 삽으로 마당 한쪽을 고르고 있었다. 월남동을 다녀온 인자는 버스에서 내려 터벅터벅 걸어오며, 마음속으로 수없이 말을 되뇌었다.

마당에 들어서자 어머니가 제일 먼저 눈치를 챘다.

"인자야, 어서 온나. 마산 갔다 온다고 욕봤제?"

인자는 꿀꺽 침을 삼키며 고개를 끄덕였다.

"예, 움마."

아버지는 삽질을 멈추고 이마의 땀을 훔치며 인자를 바라봤다.

"니, 와 그리 돌부치 맨치로 서 있노? 무신 일이고. 어픈 들어오이라."

인자는 숨을 크게 내쉬며 부엌 앞에 섰다.

"움마, 아부지… 지, 할 말 있습미더."

어머니와 아버지는 잠시 서로를 바라보더니, 미리 눈치를 챈 듯 조용히 손을 멈추었다.

인자는 마른 입술을 적시며 말을 꺼냈다.

"저… 만수 씨하고 결혼할랍미더."

순간, 부엌 가에 있던 고양이 한 마리가 휙 달아나고, 장독대 위의 까치가 깍깍 울어 댔다.

어머니는 손에 묻은 김치 양념을 앞치마에 닦으며 말했다.

"그래… 니 마음을 정했나?"

인자는 고개를 깊이 끄덕였다.

"예. 저, 많이 생각해 봤습미더. 움마, 그 사람이 어릴 때 좀 나쁜 길을 갔다 캐가 지금 마음잡고 잘 살고 있는 사람을 과거 갖고 카모 안 되는 것 같십미더."

아버지는 담배를 꺼내 불을 붙였다. 연기가 천천히 퍼지는 동안, 아버지는 한참이나 말이 없었다. 그러다 낮게 한마디를 툭 던졌다.

"그래, 니 마음 정했음 우짜것노. 그란데, 사람의 본성은 안 변한다이. 니 잘 생각해라이."

어머니는 깊은 한숨을 내쉬더니 인자의 손을 잡았다.

"인자야, 그 사람 옆에서 니 행복하것나? 그거 하나만 생각해라. 움마는 돈도, 도시도 좋지만, 사람 매미 제일 무섭다이."

인자는 눈가가 촉촉해지며 어머니 손을 꼭 잡았다.

"예, 움마. 저 잘할 깁미더."

그날 저녁, 내봉촌 미자의 가족 사이에선 긴 이야기들이 오갔다.

그 속에서 인자는 처음으로 스스로의 삶을 선택한 어른이 되어 가고 있었다.

68. 인자의 결혼식

　내봉촌에 봄기운이 완연했다. 인자와 만수의 혼사가 본격적으로 준비되기 시작했다.
　먼저 양가 어른들이 날짜부터 상의했다. 사주를 본 동네 점쟁이가 "양력 5월은 물이 많아 재물운이 넘친다"는 말을 하자, 어머니는 그 말을 잊지 않고 마음속에 새겼다. 결국 5월 셋째 주 일요일 5월 19일로 날짜를 잡았다.
　미자는 친정집을 들락거리며 어머니와 함께 준비에 나섰다. 큰 이불 보따리를 꺼내 빨래터에서 깨끗이 빨고, 장독대 옆에 널어 햇볕에 말렸다. 동네 아주머니들이 하나둘 모여들어 시집갈 인자 얘기로 웃음꽃을 피웠다.
　"인자가 마산으로 시집간다 카네, 참말로 잘됐다!"
　"맞다, 그 집 만수가 젊은데도 돈 잘 번다 아이가."
　한편, 만수 쪽에서는 정육점 문을 닫을 날짜를 고민하며, 친척들에게 청첩을 돌리고 예물이며 예단 준비에 분주했다. 만수는 가게 앞에서 번쩍이는 금반지를 손에 껴 보고는 장사꾼다운 미소를 지었다.
　'이거 하나면 처갓집에서도 체면이 서겠제.'
　인자에게는 매일같이 일이 쏟아졌다. 청소, 음식 준비, 예단 보따리 준비…. 그러나 그녀의 얼굴에는 웃음기가 사라지지 않았다.

어머니는 새로 맞춘 한복을 꺼내어 인자에게 입혀 보며 말했다.

"우리 인자, 참말로 이쁘다. 시집가도 옴마, 아부지는 걱정 말고 니만 잘살모 된다이."

인자는 수줍게 웃으며 거울 앞에서 한복 고름을 매만졌다.

결혼식은 마산 도원 예식장에서 열렸다. 인자는 생전 처음 입어 보는 순백의 드레스를 입고, 거울 앞에 서서 수줍은 듯 입꼬리를 올렸다. 어머니는 연신 눈물을 훔치며,

"우리 인자, 공주 같다, 공주…."

하고 중얼거렸고, 미자는 그런 어머니 옆에서 인자의 머리카락을 다듬어 주며 웃었다. 시골에서 신식 결혼을 한다는 소식에 친척들과 동네 사람들은 입을 다물지 못했다.

만수는 검정 양복에 넥타이를 매고, 거울 앞에서 머리칼을 매만지며 웃었다.

"내가 이런 날이 오네예… 인자 씨, 기다리시소…."

혼잣말을 하며 마음을 다잡았다.

도원 예식장은 마산 시내에서도 나름 이름난 곳이라더니, 입구부터 번듯했다. 대리석 바닥에 붉은 융단, 자동문이 열릴 때마다 풍겨오는 꽃향기, 내봉촌에서 완행버스를 타고 올라온 하객들은 멍하니 천장을 올려다보았다. 반짝이는 샹들리에가 마치 궁궐 천장 같았다.

"와, 요새는 식을 요래 하네…."

누군가의 탄성이 복도의 기둥 사이로 흘러나왔다. 처음 보는 신식 결혼식 광경에 모두들 입을 다물지 못했다.

집 마당에 차려진 멍석과 삼합 상차림, 돗자리 위에서 아이들이 뛰놀고, 장구 치고, 북소리 울리는 그런 전통 혼례가 아니었다.

"잔치라 쿠모 장구 치고 북 치고 해야 기분이 지대로 나지."

예식장 안은 조용했다. 웨딩마치는 피아노 소리가 흘렀고, 신랑 신부는 절 대신 반지를 주고받았다. 웃음도, 박수도 절제되어 있었다.

"머시 식이 이리 간단하노? 이래 가꼬 신랑 신부 결혼식 하는 지분 나것나?"

누군가는 그렇게 말했다.

신식이 좋다, 편하다, 체면이 선다 해도 북소리와 장구 장단에 온 동네 사람들이 북적이던 잔치 마당에 더 마음이 갔다. 그러나 그 풍경이 이제는 점점 사라지리라는 것을 내봉촌 사람들은 실감하고 있었다.

결혼식이 시작되자, 웨딩마치가 울려 퍼졌다. 인자는 아버지의 팔짱을 끼고, 떨리는 발걸음으로 입장했다. 만수는 입구에서 환하게 웃으며 기다리고 있었다. 인자의 볼은 긴장과 설렘으로 붉게 물들어 있었고, 만수는 마치 세상 모든 걸 얻은 듯한 표정이었다.

주례가 마이크를 잡고 말했다.

"오늘 두 사람은 사랑으로 한 가정을 이루려 합니다. 서로 존중하고, 어려움 속에서도 함께하겠습니까?"

만수는 힘차게 "예!" 했고, 인자는 부끄러운 미소로 고개를 끄덕였다.

하객들 사이에서 웃음과 박수가 터졌다.

결혼반지를 교환하고, 신랑의 입맞춤 순서가 다가오자 인자는 얼굴이 빨개져 고개를 숙였고, 만수는 어색한 듯 웃으며 살짝 인자에게 다가섰다. 잠깐의 머뭇거림 끝에 두 사람의 입술이 맞닿자, 예식장 안은 웃음소리와 박수로 가득 찼다.

마지막으로 신랑 신부 행진이 끝나고, 인자는 어머니 손을 꼭 붙잡았다.

"엄마… 나 잘 살게예."

어머니는 말없이 고개를 끄덕이며 눈물을 훔쳤다.

그날 도원 예식장 앞에서 인자와 만수는 많은 축복 속에 한 가정을 이루었다. 시골 소녀에서 도시 새댁이 된 인자의 마음은 두렵고 떨렸지만, 그 안에는 작은 설렘이 피어나고 있었다.

하객석, 맨 끝자락. 꽃 장식 너머로 신부가 입장했다. 미자는 허리를 조금 곧게 세웠다. 아무도 신경 쓰지 않을 자리, 무대에서 가장 먼 그 구석에서 그녀는 한 송이 조화처럼 조용히 앉아 있었다.

동생은 환하게 웃고 있었다. 새하얀 드레스 자락이 바닥을 쓸며 걸어가는 그 모습이 미자는 눈을 떼기 어려울 만큼 아름답다고 느꼈다.

아니, 아름답다는 말조차 부족했다. 그 순간, 미자는 자신이 꿈꾸던 장면이 떠올랐다.

스물하나 그해 봄, 그도 한때는 드레스를 입고 싶은 사람이었다.

결혼식 준비 과정에서 갑작스런 시어머니의 죽음으로 결혼식을 올리지 못하고 살림을 시작하게 된 미자는 동생의 결혼식을 보며 눈물을 흘리고 있다.

"우리 곧 자리 잡으면 해 줄게. 식도, 사진도, 다 해 줄게."

재일이는 그렇게 말했었다.

68. 인자의 결혼식

동생과 같이 결혼식을 올리려고 생각도 해 보고 부모님도 권유했지만 행여나 동생을 축하하는 자리인데 자신 때문에 빛이 나지 않을까 싶어 임신을 하였다는 핑계로 사양했다.

미자는 무릎 위에서 손을 꼭 모으고 있으면서 부럽다는 말을 입 밖에 낼 수 없었다.

스스로 위로하고 자신을 다그치면서도 자꾸만 눈가로 뜨겁게 올라오는 것이 있었다.

그녀는 자신이 남들과 다른 삶을 선택했다는 사실을 알고 있지만, 그것을 누가 강요한 것도 아니고, 누구를 원망할 일도 아니었다. 하지만 오늘 같은 날엔 이상하게 마음 한편이 저릿했다.

결혼식이 끝이 나고 신부 대기실에서 인자는 드레스를 벗고 있었다.

"엉가, 미안타… 내는 결혼식을 올렸는데, 엉가는 식도 못 올리고 살고 있다 아이가. 엉가도 예식하는 것 보모 식 올리고 싶제?"

인자가 미소를 지으며 물었다. 미자는 잠시 침묵을 지킨 후, 망설이며 대답했다.

"여자라 카모 그기 꿈이다 아이가. 그란데 내는 지금도 괴안타. 내가 선택했는데 누구를 원망하것노."

인자는 슬며시 고개를 떨구며 속으로 생각했다.

'언니도 내가 나서서 식을 올리 주어야것다.'

미자는 인자에게 다가가, 그녀의 손을 따뜻하게 잡았다.

"니가 행복하모 내도 행복하다이. 미안시리 생각하지 마라."

두 사람은 그렇게 한동안 말없이 앉아 있었다.

결혼식이 끝나고 경주로 신혼여행을 떠나는 버스를 향해 미자는 손을 흔들었다.

만수도 머리를 숙이며 인사를 하고 손을 흔들어 주었다.

결혼식은 그렇게 마무리되고 있었다.

69. 신혼여행 다녀와서 친정 가기

마산에서 내린 인자와 만수는 하루에 두 번밖에 없는 내봉촌행 버스는 시간이 맞지 않아 택시를 타고 인자의 친정으로 가기로 했다.

택시는 흡사 고공에서 날아가는 비행기의 긴 꼬리 연기처럼 길게 먼지를 일으키며 칠북의 길을 달리고 있다.

내봉촌 입구에 들어서니 길게 날리는 먼지를 보고 신혼여행을 다녀온 새색시와 새신랑을 보기 위해 벌써부터 마을 사람들이 나와 있었다.

택시에서 내린 인자는 짐 보따리를 안고 있고, 곁에 선 사위 만수는 낯선 표정으로 주변을 둘러보며 어색한 미소만 띠었다.

마을 아이들이 쪼르르 달려와,

"새색시 왔다이!"

"새신랑 왔다!"

외쳤고, 어른들은 담배 연기를 뿜으며 "욕 봤다" 하고 맞아 주었다.

집성촌의 또래 청년들, 즉 처남들이 한마디 한다.

마당에 발을 딛자마자, 담배를 물고 있던 처육촌이 웃음을 흘리며 말했다.

"욕봤다, 새신랑아. 먼 길 고생했다이."

옆에서 장작을 쪼개던 처사촌 형은 슬쩍 고개를 들며 툭 던졌다.

"아이고야, 새신랑 쌍판때기가 멀건네. 수돗물 무언깨 다르다야. 내봉촌에선 전시네 시커머이 해가꼬 저런 쌍판때기는 안 나오지."

주변에서 킬킬 웃음이 터졌고, 몇몇 장정들이 은근슬쩍 만수를 위협하듯 둘러섰다.

만수는 등줄기에 땀이 송골송골 맺혔다. '사위 길들이기'란 말을 인자에게 얼핏 들은 적이 있었기 때문이다.

대들보에 다리를 묶고, 북어로 맞는다느니, 다듬이 방망이로 발바닥을 찰지게 때린다느니, 장난 반, 진심 반이라는데…. 아무리 그래도, 시골 집성촌의 분위기는 장난으로 넘기기 어려웠다.

"새신랑아, 이 근처서 대들보 제일 굵은 데가 오덴지 아나?"

누군가가 묻자, 또 하나가 장난스럽게 대답했다.

"오데긴 오데고. 이 집 대들보가 제일 튼실하제."

순간, 만수는 마른침을 삼켰다. 등에서 식은땀이 흘렀고, 양손에 들고 있던 가방끈을 괜히 한 번 더 움켜쥐었다.

곁에서 인자가 잽싸게 나섰다.

"오라버니들, 진짜 하지 마이소. 이 사람 성질 더러버여, 잘못하모 저거 집에 가모 우짬미꺼. 동상 과부 만들지 말고 지발 살슬 좀 해 주이소예. 부탁합미더."

그 말에 처남들이 낄낄 웃었다.

"야야, 인자야. 우리라고 진짜 하것나. 그란데 이 집 사우가 되었으모 이 집안 전통에 따라야제."

옆에 있던 다른 인자 육촌 오빠도 한마디 한다.

"하모 하모. 그래야 내봉촌 사우 지대로 되는 기다. 그리 간이 작으모 고마 집에 가라 캐라. 차씨 집안 사우라면 신고식 확실히 해야지."

그 말에 모두들 한바탕 웃고, 누군가는 북어 대신 말린 오징어를 슬쩍 들고 와,

"발바닥은 못 때리니까 이거나 한 마리 잡숴 보소."

하며 건넸다.

그제야 만수의 어깨에서 힘이 빠졌다. 긴장된 얼굴이 조금씩 풀리며 그는 조심스레 웃었다.

"처남님들 … 앞으로 잘 부탁드리겠습미더."

그리고 또 한 번 허리를 90도로 넙죽 숙였다.

그 모습에 누군가는,

"신랑이 좀 배앗는가베. 처남한테 꼭달시리 인사하는 거 보이."

하며 등을 툭 쳤다.

저녁이 되자, 인자의 집 마당에는 하나둘 등이 켜지고 구수한 음식 냄새에 연기까지 어우러져 봄밤의 기운이 무르익었다.

마당 한쪽에 멍석이 깔리고, 소문을 들은 이웃마을 친인척들까지 삼삼오오 모였다.

오촌 아저씨가 막걸리 한 사발을 들이켜며 입가를 훔치더니, 기세 좋게 외쳤다.

"자자, 오늘은 김 서방이 장개온 날이다! 이 집 사우가 마산서 왔다캐도, 내봉촌 법을 따라야 하는기라!"

그러자 마당에 삼삼오오 앉아 있던 어른들, 담배 연기 뿜으며 장작불 쬐던 동네 아재들, 수줍은 듯 처마 밑에 모여 있던 아낙들까지 일제히 흥

미로운 눈빛으로 고개를 돌렸다.

만수가 슬며시 사람들 시선을 피해 뒤로 물러서려는 순간, 덩치가 큰 처남 두 명이 웃으며 팔짱을 끼고 다가왔다.

"이리 나오소, 사우 양반. 어데 숨노. 이래 가지고 차씨 집안에 장개들것나? 내봉촌에 발을 디딜라 쿠모 발바닥이 질이 나야 되는기라."

"하모, 대장간에 낫도 망치로 쎄리 때리 삐야 지대로 낫이 만들어진다 아이가."

"우리는 허지부지 안 한다이. 사정없심더. 마산 사우모 더 야무치기 해야제."

그러고는 대들보 아래 미리 매달아 둔 대나무 줄을 슬슬 당기며, 돼지 잡던 날처럼 마당 한복판 멍석자리를 툭툭 손바닥으로 두드렸다.

고운 흙으로 다져진 마당에는 달빛과 등불이 어른거렸다.

큰 형님뻘 되는 종경이 처남이 웃음을 꾹 참으며 말했다.

"사우 양반은 이리 오고, 새신부 인자야, 오늘 한 곡 뽑아 삐라, 노래 잘하모 김 서방은 안 매달끼다. 근데 노래가 얄라구지 하거나 노래를 함 시로 춤도 안 추모, 고마 대들보에 매달아 북어로 발바닥에 불 날 때까정 쌔릴끼다."

그 말이 떨어지자 사람들 사이로 킬킬, 킥킥 웃음이 새어 나왔다.

그 순간, 부엌문 틈에서 얼굴을 내밀고 있던 인자가 와락 뛰어나와 만수 앞을 가로막았다.

"오빠들… 지가 멋지게 한 곡 뽑아 볼깨예! 우리 신랑 지발 살려 주이소!"

마당 가득 웃음이 터졌고, 누군가 뒤에서,

"앗따~ 벌시로 내우간 우애가 짚네, 우짜모 저리 되노. 고마 부러버서 발바닥에 불 좀 붙이 삐자."

하며 손뼉을 쳤다.

인자는 두 손을 마주 잡고 숨을 고르더니 부끄러운 듯, 그러나 결심한 듯, 마당 한복판으로 나섰다.

그리고 작은 목소리로 읊조리듯 〈섬마을 선생님〉을 불렀다.

  해당화 피고 지는 섬마을에
  철새 따라 찾아온 총각 선생님
  열아홉 살 섬 색시가 순정을 바쳐
  사랑한 그 이름은 총각 선생님
  마산엘랑 가지를 마오 가지를 마오

처음엔 웃음기가 감돌던 마당이, 인자의 노래가 시작되자 이내 조용해졌다.

밤공기에는 돼지 수육과 잡채 냄새, 막걸리 술기운이 퍼져 있고, 그 사이로 인자의 맑고 떨리는 목소리가 조심스레 마당을 감쌌다.

노래가 끝나자 장난기 많던 처남들조차 의외로 진지한 표정으로 고개를 끄덕였다.

그러나 바로 그때, 큰처남 종경이 어깨를 으쓱이며 말했다.

"근데 신부가 노래함시롬 춤을 안 추네! 그래모 달아 매삐자!"

사람들 사이에서 웃음이 다시 터졌다.

인자는 깜짝 놀라며 만수 앞을 막아서며 외쳤다.

"오빠야, 이 노래 가지고 우찌 춤을 추노? '섬마을 선생님'에 춤이 어데 있노!"

그러자 덩치 큰 둘째 처남이 팔짱을 끼고 말한다.

"그라모 니가 춤곡으로 불러야제. 이 동네 법은 춤이 빠지면 안 된다. 아무리 노래 잘해도, 춤을 안 추면 사우로 불합격이다이!"

그사이, 마당 한복판에서는 처남들이 능숙하게 만수의 발목을 대나무 줄로 묶고 대들보 고리에 걸기 시작했다.

만수는 어떻게든 피하려 했지만 팔도 제대로 못 쓰고 이내 공중에 거꾸로 매달리고 말았다.

종경이는 손바닥에 침을 '퉤퉤!' 하며 북어로 만수의 발바닥을 때리기 시작한다.

"하나, 둘… 북어 갖고는 안 되것다. 방맹이 들고 온나!"

누군가 다듬이 방망이를 들고 오니 북어에서 다시 방망이로 바꾸어 때리는 시늉을 한다.

만수는 못 참고 비명을 질렀다.

"아야! 아이고야! 진짜 아프다꼬예!"

그 소리에 인자는 화들짝 놀라더니 두 손을 허리에 얹고 노래를 다시 뽑기 시작했다.

"보슬비가 소리도 없이 이별 슬픈 부산 정거장…."

그리고 마당 중앙으로 나와 양팔을 가늘게 흔들며 어색하게 춤을 추기 시작했다.

몸짓은 서툴렀지만, 그 모습에는 신랑을 구하려는 다급함과 절절한 마음이 서려 있었다.

"잘 가세요. 잘 있어요. 눈물의 기적이 운다…."

장작불이 부드럽게 일렁이고, 사람들 사이로 '저것 봐라, 저 색시 참~' 하는 소곤거림이 들려왔다.

"한 많은 피난살이, 설움도 많아 그래도 잊지 못할 판잣집이여…."

그리고 마지막 구절.

"경상도 사투리의… 아가씨가 슬피 우네…."

그 순간, 웃음기 가득하던 마당에는 잔잔한 탄식과 함께 박수가 퍼져 나왔다.

"아이고야! 잘하네, 이 집 새댁. 우리 내봉촌 인물 맞네!"

종경이 처남이 큼지막한 손으로 고개를 끄덕이며 대들보 줄을 풀어 주자, 만수는 거꾸로 매달렸던 다리를 주무르며 내려왔다.

"살았다… 아이고…."

인자는 그런 만수를 부축하며 조용히 말했다.

"이래야 우리 집 사우가 된다 아이가. 만수 씨, 오늘 고생 많았습미더…."

그리고 그 말에 만수는 미소인지, 안도의 한숨인지 모를 숨결을 길게 내쉬며 고개를 끄덕였다.

만수는 아직도 긴장된 얼굴로 고개를 조아리며 말했다.

"감사합미더. 앞으로… 억수로 잘할깨예."

그 말에 마당 한복판에서,

"사우도 노래 한번 해 봐라."

하며 박수와 웃음이 터져 나왔다.

그렇게 만수는 차씨 집안의 사위로 인정을 받는 절차를 마무리했다.

70. 인자의 신혼살이

　마산 월남동 골목 안. 아직도 일제 때 지은 적산가옥이 즐비한 그곳에 다닥다닥 붙은 셋방 단칸방. 그중 골목 안쪽, 4평 남짓한 방 하나가 이제 막 시작된 만수와 인자의 보금자리였다.
　방 안은 작았지만, 방바닥에는 새로 깐 연노란 장판이 반질반질했고, 구석엔 누렇게 칠한 장롱이, 그리고 벽엔 인자가 시집올 때 가져온 장미꽃이 수놓인 천 조각이 걸려 있었다.
　그 아래엔 신혼집답게 깨끗한 주전자와 양은 밥그릇, 그리고 쌀 반 되가 담긴 쌀독이 가지런히 놓여 있었다.
　"만수 씨, 정육점 해서 괴기 싫어할까 싶어가 괴기 반찬은 없지만 오늘은 계란후라이 두 개 했심미더!"
　인자가 치마폭을 만지작거리며 프라이팬에 계란을 지글지글 구워 올리며 말했다.
　"예? 계란 두 개나! 이야, 올 무슨 날이고? 설마 결혼 한 달 된 날이가?"
　만수가 일부러 놀란 척하며 웃었고, 인자는 익숙한 듯 고개를 돌려 김이 모락모락 나는 밥솥을 열었다.
　"참, 지가 선물 한 개 드리께예."
　인자가 선반 위 수첩 속에 꽁꽁 숨겨 둔 걸 꺼냈다.

조그마한 종이봉투 안에는 연한 하늘빛 손수건이 들어 있었다.

"이거… 내 시집오기 전에 만든 깁미더. 밤마다 한땀 한땀 만수 씨 생각함시롱 수놓았다 아임미꺼."

만수는 그걸 받아 들고 한참 들여다보다가 허공에 대고 손수건을 흔들며 말한다.

"이기, 인자 씨 사랑의 깃발입미더! 나 올 이거 목에 두르고 정육점에서 일할깨예!"

그 말에 인자는 입을 가리며 웃음을 터뜨렸다.

방 밖에는 장독대 위로 햇살이 번지고, 이웃집 아낙네들이 빨래를 널며 수다를 떨고 있었다.

"신혼방 참 이쁘게도 꾸며놨데이."

"우리 시집올 땐 저런 것도 꿈도 못 꿨다 아이가."

그 말소리도 이 부부에겐 마치 축복처럼 들렸다.

만수는 도시락 가방을 들고 정육점에 나서며 인자의 얼굴을 한참 들여다보았다.

"인자 씨, 올도 와 이리 이쁘노? 마산에서 제일 이쁘것다."

"아이고, 후차 가이소. 이라다가 해거름에 가것다."

그렇게 문 앞에서 짧은 인사와 웃음을 주고받고, 문이 닫히자 인자는 혼잣말처럼 중얼댔다.

"참말로, 마산 하늘 아래 내가 제일 행복할 끼다…."

남편 만수가 정육점에 출근한 뒤, 인자는 조용히 문을 닫고 주전자를 들어 물을 끓였다.

아침 식사에 썼던 그릇은 대야 하나에 담겨 있었고, 양은 냄비엔 김이 빠진 된장국이 반쯤 식어 있었다.

부엌 바닥에 쪼그려 앉아 숟가락 하나, 그릇 하나를 정성껏 문질러 씻다 보니 그릇들이 깨끗해졌다. 반짝이는 그릇들이 인자의 마음 같았다.

"도시 색시들은 일도 안 하고 만날 집에만 있다카드만은, 심심해서 어찌 사노 싶었는데, 지금 보니 그게 복이다, 복."

설거지를 마치고 나니 할 일이 없다. 방 안에 놓인 빨랫감도 한두 벌뿐, 구정물 한 양동이에 헹궈 널어도 손에 흙 한 줌 묻지 않았다.

"내봉촌에 있어모 지금 짭지, 논두렁 따라 비료 뿌리러 갔을 끼고, 참때 되모 집에 가서 새참 해야 하고, 밭에 가서 풀도 뽑고 정신없었을 낀데… 이리 편안해도 되는 기가?"

부엌문을 열고 마당에 서니 햇살이 따뜻하게 등을 덮었다. 장독대 위에 놓인 라디오에선 조용한 음악이 흘러나오고 있었다.

라디오는 정오를 알렸다.

『마산 MBC입니다. 정오의 희망곡을 시작합니다—』

인자는 조심스레 다듬잇돌 옆에 앉아 무릎을 감싸 안고 라디오 소리에 귀를 기울였다.

가수 패티김의 낮은 음성이 흘러나오고, 방 안엔 남편의 체온이 아직 남아 있는 듯했다.

"아무 할 일도 없는 기… 이리 좋을 수가 있나."

그 순간, 인자는 깨달았다. 삶이란 늘 분주하고 힘겨워야만 하는 게 아니란 걸.

"언자 내 손이 고와질까 무섭다이."

인자는 웃으며 손바닥을 마주 비벼 보았다. 갈라졌던 손등이 조금은 부드러워진 듯했다.

 작은 단칸방, 쌀 반 되, 라디오 한 대. 그것만으로도 인자는 지금 세상 누구보다 부자 같았다.

 문이 삐걱 소리를 내며 열리더니, 만수가 도시락 가방을 어깨에 메고 피곤한 얼굴로 들어섰다.
 "왔능기요? 어서 오이소, 내가 물 데파 놨심더."
 인자는 서둘러 부엌으로 달려가 손수 물을 덜어 대야에 담고, 수건과 속옷을 챙겨 방에 내왔다. 만수는 신발을 벗으며 한숨을 푹 내쉬었다.
 "올은 유원연탄 월급날이 어제라 바빠 디지는 줄 알았데이. 아지매들이 엄청시리 괴기 사러 와서 하루 종일 땀 질질 뺐다 아이가…."
 인자는 남편의 등에 물수건을 대며 살피듯 물었다.
 "점심은 다 묵었능교?"
 "당신이 싸 준 김치하고 멸치 반찬이 억수로 맛 좋더라."
 인자는 수줍게 웃으며 곤로 위에 찌개를 데웠다. 반찬은 단출했지만, 손맛은 깊었다.
 쌀밥에 된장찌개, 김치, 그리고 두 사람이 마주 앉은 밥상.
 "밥이 꿀맛이다이."
 만수가 한 입 넣으며 중얼거리자, 인자는 흠칫 놀라듯 그 말을 되새겼다.
 "참말로… 꿀맛 나예?"
 "그라모, 니랑 같이 묵는데 꿀이 철철 넘치네."
 방 안엔 그 말보다 더 달콤한 건 없었다. 저녁밥을 마치고 두 사람은 나란히 앉아 라디오를 틀었다.

『〈별이 빛나는 밤에〉 이 시간에는 청취자 여러분의 사연과 함께하는 사연을 보내 드립니다.』

낮게 깔린 디제이 고영수의 목소리, 그리고 이어지는 나훈아의 〈모정의 세월〉이 흐르자 만수는 작은 한숨을 내쉬며 인자의 어깨에 기대었다.

"노래라카는 기 참 묘하다. 사람 마음을 확 끄집어내뻔다."

인자는 조용히 고개를 끄덕였다.

"이래 라디오 듣고 있는 기, 내봉촌서 바람 부는 감나무 아래 앉아 있던 기분이랑 비슷합미더."

그날 밤, 마산의 작은 신혼방엔 전깃불 대신 라디오 소리, 다듬이 소리 대신 두 사람의 숨소리만이 잔잔히 퍼졌다.

그들은 말없이 손을 마주 잡고 앉아, 긴 하루 끝에서 처음 겪는 평온한 저녁의 맛을 오래도록 음미했다.

밤이 깊었다. 라디오에서는 마지막 곡이 흘러나오고, 창밖으로는 누런 가로등 불빛이 얇은 커튼 너머로 스며들고 있었다.

만수는 낮의 피로가 남았는지 다리를 쭉 뻗은 채 조용히 누워 있었고, 인자는 그 옆에 앉아 바느질도, 생각도 멈춘 채 그의 옆모습을 오래 바라보았다.

'참… 조용하고, 따뜻한 밤이다.'

처녀 시절엔 몰랐던, 누군가 곁에 있다는 안도감이 몸 깊숙이 스며들었다.

인자는 조심스레 이불을 걷고 남편의 옆에 누워 조용히 물었다.

"피곤하지예?"

만수가 고개를 돌렸다. 그의 눈동자 속엔 전깃불보다도 부드러운 눈빛이 일렁이고 있었다.

"아이다. 아무리 디도 올은 니 얼굴만 봐도 힘이 새로 나온다."

인자는 천천히 그의 손등에 손을 얹었다. 그 손은 낮에는 칼을 쥐던 손이었지만 지금은 따뜻하게 자기 손을 감싸 주는 손이었다.

그 손이 자신의 손을 감싸 안자, 마치 오래도록 기다렸던 문이 조심스레 열리는 느낌이었다.

그녀는 이불을 살짝 걷고, 만수의 품 안으로 몸을 들였다.

처음 닿는 살결은 따뜻하면서도 낯설었고, 그 낯섦을 부드럽게 어루만지듯 만수의 손이 인자의 등을 천천히 쓰다듬었다.

인자는 눈을 감고 속삭였다.

"이제 진짜로, 내 사람이네예…."

만수는 대답 대신, 입술을 그녀의 이마에 살며시 댔다. 그 입맞춤은 조심스럽고 느렸으며, 마치 아무것도 깨뜨리지 않으려는 사람의 손길처럼 부드럽고 간절했다.

얇은 솜이불 아래, 두 사람의 몸은 서서히 하나가 되었고, 두려움은 사라지고, 오래 묵힌 그리움과 믿음이 서로의 피부를 타고 천천히 스며들었다.

만수의 입술이 그녀의 어깨에 닿았다. 가볍고, 떨리는 숨결처럼. 그리고 그 입맞춤은 천천히 아래로, 그녀의 심장 가까운 곳까지 이어졌다.

인자는 눈을 떴다. 그의 눈은 흔들림 없이 그녀를 바라보고 있었다. 자신을 욕망의 대상으로 보는 눈이 아니라, 살아온 고단한 날들 위에 조용히 이불을 덮어 주는 눈빛이었다.

그녀는 스스로 그의 품을 당겨 안았다. 이제 더 이상 어색하지 않았다. 두 사람의 몸이 겹쳐지고, 숨결과 맥박이 뒤섞이고, 작은 탄식이 이불 아래서 번졌다.

움찔하는 첫 고통과 따뜻한 입맞춤, 그리고 그들은 둘이 아니라 하나가 되었다.

그 밤, 몸보다 먼저 마음이 포개진 그들의 밤은 소리 없이 깊고, 조용히 뜨거웠다.

71. 철수는 자신의 삶에서 도망간다

　영희는 어느 날 아침, 속이 미묘하게 메스꺼운 걸 느끼며 겨우 일어섰다. 처음엔 배탈이려니, 피곤해서 그러려니 생각했지만, 며칠이 지나도 그 메스꺼움과 속 울렁임은 사라지지 않았다.
　그리고 그녀는 알았다. 여자의 몸은 자신이 먼저 안다. 이미 진홍이 때 겪어 본 감각이었다. 진홍이를 가졌을 때와 너무나도 똑같았다.
　영희는 생리를 벌써 세 번째 하지 않고 있다. 기쁨도, 슬픔도 아닌 복잡한 감정이 몰려왔다. 울지도 못하고 웃지도 못한 채, 그녀는 한참을 멍하니 앉아 있었다.
　그날부터 의상실 출근을 멈췄다. 아무 말도 하지 않았지만 사장도, 함께 일하던 언니들도 그 이유를 짐작하고 있었을 것이다. 그녀는 이제 바느질 대신, 집 안에 앉아 진홍이만 바라보고, 하루 종일 조용히 창밖을 내다보았다.
　철수가 들어왔을 때, 그녀는 평소처럼 마중을 나가지도 않았다. 그저 부엌 문턱에 앉아 무릎을 끌어안고 있었다. 철수는 그런 영희를 바라보며, 이상한 기운을 느꼈다.
　"영희 씨… 어디 아픈 기가?"
　그녀는 고개를 천천히 들었다. 눈은 촉촉했고, 입술은 바르르 떨렸다.

잠시 말이 없던 영희는 마침내, 조용히 말했다.

"철수 씨… 얼라 가진 거 같습미더."

그 순간, 좁은 부엌방이 철렁 가라앉았다. 진홍이의 숨소리만이 방 안을 가득 채우고 있었다.

이 아이까지…. 철수는 벽을 바라보며 묵묵히 고개를 숙였다. 또 한 겹, 인생의 무게가 어깨 위에 내려앉고 있었다.

영희의 임신은 조용한 폭풍처럼 찾아왔다. 그녀는 아침마다 메스꺼움에 시달렸고, 점점 불러오는 배를 두르고도 매일 진홍이와 함께 집 안에만 머물렀다. 바느질하던 손은 멈춘 지 오래였고, 성호동의 작은 방 안은 점점 답답한 공기로 가득해졌다.

철수는 처음엔 아무 말 없이 영희의 얼굴을 바라봤다. 그녀의 눈에 고인 불안, 수치, 그리고 한 줄기 희망을 모두 읽을 수 있었다. 영희는 떨리는 목소리로 말했다.

"철수 씨… 이 아, 우짭미꺼…?"

철수는 대답 대신 고개를 숙였다. 그의 머릿속은 복잡했다. 사정리에는 여전히 아내와 자식, 그리고 노모가 그를 기다리고 있었다. 하지만 성호동에서는 영희와 진홍이, 그리고 이제 또 다른 생명이 그의 손을 붙잡고 있었다.

철수는 마루에 앉아 깊은 한숨을 내쉬었다. 달빛이 창호지를 통해 부엌방까지 희미하게 스며들었다. 그 방 안에는 자고 있는 진홍이와 숨죽이며 웅크린 영희가 있었다.

'내가 지금 뭐 하고 있는 기고…?'

그는 자문했다. 양쪽 모두를 품고 있으면서도, 어느 쪽도 제대로 대하지 못하는 자신이 너무도 초라했다.

그러나 한 가지는 분명했다. 영희가 아이를 낳게 된다면, 이제는 돌이킬 수 없는 길을 가게 된다는 것.

사정리 방앗간은 한때 동네 어귀에서 가장 먼저 불이 켜지는 곳이었다. 철수는 새벽 다섯 시만 되면 문을 열고 돼지도 돌보았다.

하지만 요즘은 달랐다. 근처에는 전기 방앗간이 생겼다. 시골 어르신들도 "그 집이 더 빠르다", "쌀도 덜 부서진다"며 하나둘 방향을 틀었다.

젊은이들은 아예 마을을 떠나 버렸고, 남은 건 낡은 기계와 점점 줄어드는 손님뿐이었다.

철수는 망가져 가는 기계를 혼자서 덜컥덜컥 고쳐 보려 애썼다. 기름칠을 하고, 부러진 톱니를 갈아 끼우려 애를 썼지만, 기계는 이미 수명을 다하고 있었다. 기름값은 오르고 있었고, 방앗간은 점점 적자로 돌아섰다.

그래도 그는 돼지를 키우며 손해를 메꾸려 했다. 방앗간 옆 우리에 4마리 돼지를 사다 길렀다. 처음엔 순조로웠다. 그러나 사료값이 폭등하고, 출하 시세가 떨어지면서 수익은커녕 빚만 계속 늘었다.

사료를 외상으로 주던 상인이 어느 날, 얼굴을 붉히며 말했다.

"김 사장, 이번엔 현찰 주어야 된다. 나도 언자 외상 거래는 못 한다."

그날 철수는 말을 잇지 못하고 돌아서며, 손에 들고 있던 사료 부대 자루를 조용히 내려놓았다.

가장으로서 무너져 가는 건 체면보다도 자존심이었다.

집안도 달라졌다. 아내는 더 이상 그에게 밥상을 차려 주지 않았다.

"어디서 자빠져 자고 지집질 하고 온 놈한테 밥은 무신 밥."

처음엔 울고불고 싸우던 아내도, 이제는 그저 묵묵히 등을 돌린 채 말을 하지 않았다. 침묵은 철수에게 더 큰 고통이 되었다.

아이들도 철수를 점점 피했다. 큰딸은 고개도 들지 않았고, 만석은 말을 걸면 방으로 들어가 문을 닫았다. 그렇게 철수는 점점 집에서도, 마을에서도 고립되어 갔다.

밤이면 그는 혼자 방앗간 창고에 앉아, 오래전 죽은 아버지가 쓰던 쌀부대를 베고 누웠다.

"왜 이 짓을 시작했노. 내도 미친 기라…."

자기에게 묻고, 대답 없이 잠들었다.

그런 철수를 버티게 해 준 건, 마산 성호동의 영희와 진홍이었다. 거기는 아직 누군가가 자기 이름을 부르고, 손을 붙잡아 주었다.

한쪽은 썩어 가는 뿌리, 다른 한쪽은 겨우 피어난 새순. 그러나 그 새순도 이제 자신이 돈을 주지 않으면 바로 말라 죽을 것이다.

철수는 이제 돈이 없다. 앞으로 어떻게 살아야 할지 전혀 앞이 보이지 않는다. 철수는 양손으로 두 세계를 붙들고 있었지만, 그 손가락 끝은 서서히 저려 오고 있었다.

철수는 그날 새벽, 아무 말 없이 돼지우리 옆에 쪼그려 앉아 있었다. 사료 통은 비어 있었고, 돼지 한 마리는 헛간 구석에서 기운 없이 누워 있었다. 바람이 얼굴을 스쳐 지나가는데, 철수는 그 바람즈차 고마웠다. 이제 어디로 가야 할지 몰랐지만, 한 가지만은 분명했다.

더 이상 성호동 영희의 집으로는 갈 수 없었다. 돈이 없다는 건 단순히 지갑의 문제가 아니었다. 그건 그가 줄 수 있는 삶이 없다는 뜻이었고, 영희와 진홍에게 약속했던 '함께 사는 내일'이 이제는 허상이라는 뜻이었다.

그날 아침, 그는 집안에 아무 말도 남기지 않고 오토바이에 올랐다. 기름도 거의 없는 상태였다. 방앗간도, 돼지도, 가족도, 성호동도 모두 뒤에 두고 달렸다. 오토바이 뒤편에서 허물처럼 먼지가 일었다.

그는 도망치는 것이 아니라, 무너진 삶에서 기어 나오는 느낌이었다. 도착지도 없이 달리다가, 결국 철수는 창녕 남지 쪽 한 산자락 밑의 오두막 같은 곳에 몸을 누였다. 폐가처럼 버려진 작은 움막, 한때 누군가의 쉼터였을 그곳이 이제 철수의 피난처가 되었다.

며칠째 물도 밥도 제대로 못 먹은 상태였지만, 이상하게도 속은 편했다. 지켜야 할 것도, 거짓말할 사람도, 애써 웃어 보여야 할 사람도 이제는 없었기 때문이었다.

그는 밤마다, 철판 같은 달빛 아래서 혼잣말을 했다.

"내가 와 이 꼴이 됐노? 이게 다 내 욕심 때문이제…."

그러다 영희 얼굴이 떠오르면 두 손으로 눈을 가렸다. 진홍이 웃음소리가 귓가를 맴돌면, 오토바이 키를 쥔 손이 떨렸다.

그는 누구에게도 연락하지 않았다. 성호동에도, 사정리에도, 어디에도. 완전히 사라지듯, 철수는 그렇게 세상에서 한 발짝 물러났다. 그리고 막막한 침묵 속에서 자신을 마주 보기 시작했다.

어느덧 철수가 산 아래 움막으로 숨어든 지 보름이 넘었다. 계곡에서 끌어다 쓰던 물도 끊기고, 비도 오지 않았다. 무언가에 쫓기듯 떠나왔던 날부터, 철수는 하루하루를 종잇장처럼 얇은 시간 위에서 버텼다.

　해가 뜨면 움막 앞 바위에 앉아 먼 산을 바라보다, 마른 나뭇가지로 불을 지피고, 남은 쌀 한 줌을 죽처럼 끓여 넘겼다. 입에 물릴 정도로 소금도 없이 먹는 밥이었지만, 그는 그것마저도 고맙게 여겼다. 배가 고픈 건 참을 수 있었지만, 잠에서 깰 때마다 찾아오는 불안은 쉬이 가시지 않았다.

72. 철수의 절망

다음 날 새벽, 철수는 움막 문을 천천히 열었다. 밤새 내린 이슬에 땅이 촉촉이 젖어 있었다.

고양이는 그를 따라오지 않았다. 아마도 철수가 처음이자 마지막으로 기른 벗이었을 것이다.

그는 천천히 오토바이에 올랐다. 여전히 기름은 거의 없었지만, 이번에는 목적지가 있었다.

사정리. 그가 새터에서 이사를 와, 무너지고, 다시 돌아가는 곳. 도중에 한두 번 시동이 꺼졌지만 철수는 멈추지 않았다.

체념이 아니라, 마지막 남은 희망을 붙든 채로, 그는 바람을 가르며 달렸다. 어깨에 잔뜩 내려앉은 먼지와 시간들을 뒤로한 채, 방앗간에 도착했을 때는 해가 막 뜨기 시작한 무렵이었다.

기계는 여전히 낡은 소리로 숨을 쉬고 있었고, 돼지우리엔 아직 한 마리가 남아 있었다.

마치 그를 기다린 것처럼, 그리고 방앗간 뒷문이 열리더니 누군가가 조용히 고개를 내밀었다. 자신의 마누라 숙자였다.

말라 버린 얼굴, 오래전의 정은 다 닳아 없어졌지만, 그녀는 철수를 바라보다 한참을 아무 말 없이 있다가 낮게 말했다.

"밥은 묵었나?"

철수는 고개를 저으며 눈을 떨구었다.

그러자 숙자는 아무 말 없이 몸을 돌려 안으로 들어갔다.

잠시 후, 쌀뜨물 냄새와 된장국 끓는 소리가 조용히 피어올랐다.

그리고, 현관 앞에 선 어머니가 매서운 눈매로 철수를 바라보며 혀를 끌끌 찬다.

"야, 이노무 손아. 이 일을 우짜끼고, 죽을라 쿠모 니 혼자 디지지 너거 형제, 니 자석들 다 죽게 된다이."

철수는 말없이 신발을 벗었다.

"입이 있으모 씨부리 봐라. 오데서 계집질하고 들어오느?"

철수는 아무 말을 하지 못한다.

집은 여전히 싸늘했고, 자신을 받아 줄 사람은 없었지만, 그가 돌아올 수 있는 유일한 자리였다.

그날 밤, 그는 다시 방앗간 창고에 누웠다. 부대 위에 몸을 기대고 눈을 감았다.

삶은 무너졌지만, 이 자리에서 다시 시작할 수 있다는 것을 그는 알고 있었다.

내일이 오면, 기계부터 손볼 것이다. 기름칠을 하고, 가능하다면 마을 회관에도 얼굴을 내밀어야겠다.

다시 인정받을 순 없더라도, 모른 척 지나치지 않을 누군가 한 사람쯤은 있을지도 모르니까.

다음 날 그는 다시 방앗간으로 향했다. 기름때 낀 기계에 손을 얹고,

벨트를 매만지며 어떻게든 돌려 보려 했다.

하지만 쌀은커녕, 벼 한 톨 구할 돈도 없었다. 쌀을 팔려면 벼를 미리 사서 도정하여 미전에 팔아야만 돈이 되었지만 그는 그럴 능력이 없었다.

마을 사람들이 줄지어 도정을 기다리던 모습은 이제 기억 속 장면일 뿐이었다.

그는 멍하니 멈춰 선 기계를 바라보다, 깊은 한숨을 쉬었다.

"정미기라도 한 번 돌려야 돼지 먹일 딩기라도 나오지…."

그러나 우리 안 돼지조차 이제는 한 마리뿐이고, 그마저도 야위어 헛간 구석에서 몸을 웅크린 채 숨을 쉬고 있었다.

사료를 사 줄 돈이 없으니 쌀겨라도 있어야 했다. 하지만 벼가 없고, 벼가 없으니 기계도 돌릴 수 없고, 기계가 돌지 않으니 쌀겨도 나올 리 없었다.

악순환이었다. 무언가 하나라도 움직이려면 다른 조건이 따라줘야 했지만, 철수는 그 어느 하나도 갖고 있지 않았다.

그는 절망보다 무서운, 무기력 속으로 천천히 침잠하고 있었다.

마을 사람들도 철수를 외면했다. 지나가다 눈을 마주치면 피하거나, 어색하게 고개만 까딱할 뿐이었다.

예전 같으면 새참이라도 들고 와 말벗이 되어 주던 아주머니들도, 올해 도정을 맡기겠다고 했던 박 노인도, 아무도 찾아오지 않았다.

그는 결국 방앗간 마루에 홀로 앉아, 햇빛이 바닥에 번져드는 모습을 멍하니 바라보았다. 기계도 멈췄고, 사람도 없고, 소리조차 줄어든 공간에서 철수는 자신이 점점 사라지는 느낌을 받았다.

이제 방앗간은 더 이상 삶의 터전이 아니라, 무너진 시간을 담은 껍질 같았다.

그러나 그는 그 자리를 떠날 수 없었다. 그 어디에도 더 이상 갈 곳이 없었기 때문이었다.

그는 눈을 감고 중얼거렸다.

"여서 죽든 살든… 내 인생 여기까지 온 거 아이가. 영희는 우짜노?"

철수는 주먹 쥔 손으로 이마를 눌렀다. 숨이 턱턱 막혔다.

방앗간 창고의 퀴퀴한 먼지 냄새보다, 그의 가슴속에서 피어나는 죄책감이 더 진하게 코를 찔렀다.

그는 영희를 도와준다는 착각 속에 살았다. 진홍이를 데리고 혼자 사는 그녀가 안쓰러워 손을 내밀었고, 함께 살아 보자고 했고, 그 삶의 구멍을 자신이 메울 수 있으리라 믿었다.

하지만 결국 자신은 또 다른 구멍을 남겼을 뿐이었다.

그녀의 인생을 구렁으로 밀어 넣은 손이, 바로 자기 자신이었음을 이제야 인정할 수밖에 없었다.

영희는 얼마 전 그 의상실을 그만두었다. 점점 불러오는 배를 숨기기 어려웠기 때문이었고, 같이 일하는 사람들의 눈초리를 더는 견딜 수 없었기 때문이었다.

이제 몇 달 뒤면 출산이다. 다시 일을 시작할 수도 없고, 친정도 기대할 수 없다.

그녀가 의지했던 건 오직 철수 하나뿐이었다. 그런데 그 철수가 지금은 편지 한 장 쓸 용기도 없이 책상 앞에서 머뭇거리고 있는 것이다.

철수는 구겨진 종이를 펴 보았다. 글씨는 없었다. 이름도, 인사도, 사과도. 그저 종이 위에 얹힌 침묵만이, 그의 무력함을 웅변하고 있었다.

"내가 한 여자의 인생을 배맀다. 뭐를 우찌해야 되노?"

입안에서 나온 말은 너무 작아서, 벽에 부딪히지도 못한 채 허공으로 흩어졌다.

이제 와서 무엇을 해 줄 수 있을까. 돈도 없고, 체면도 없고, 약속했던 내일도 없었다.

그는 창문 너머로 비스듬히 들어오는 햇빛을 보았다. 그 햇빛 아래, 먼지들이 천천히 떠다니고 있었다. 철수는 그 먼지들을 한참 바라보다가, 조용히 중얼거렸다.

"진홍이는 내 자식이다. 영희는 내 사람이다. 그 말만은… 거짓이 아니었는데."

하지만 그 진심도 이제는 아무 힘이 없었다.

함께 살 집도, 함께 나눌 밥도, 함께 웃을 내일도 주지 못한 채, 그는 다시 자신의 방앗간으로 돌아와 있었다.

빈 기계, 텅 빈 사료 통, 아무 말도 하지 않는 돼지 한 마리.

철수는 그제야 처음으로, 모든 것이 끝났다는 것을 인정했다. 그리고 그 끝에서 다시 시작할 수 있을지, 그는 자신조차 확신할 수 없었다.

그날 밤, 그는 창고에 누워 중얼거렸다.

"사람 하나 살려 보겠다고 했던 내가, 사람 하나 잡아 묵어뺐네…."

하지만 더 이상 그가 영희에게 해 줄 수 있는 것은 아무것도 없다.

73. 벼랑으로 몰린 철수

철수와 숙자 사이에 태어난 큰아들 만석이와 그의 동생 셋, 모두 사남매는 아버지의 외도로 인해 무너진 삶의 잔해 속에서 힘겹게 하루를 버티고 있었다.

방앗간집이라면 당연히 쌀이 넘쳐야 할 것 같았지만, 그곳엔 이제 더는 곡식의 향기도, 정겨운 기계 소리도 없었다.

도정 기계는 멈춘 지 오래고, 방앗간에는 먼지만 쌓여 갔다.

한때 마을 사람들이 줄을 서서 쌀을 찧던 그곳에서, 지금은 아이들이 굶고 있었다.

숙자는 더는 아이들에게 밥을 해 줄 힘이 없었다. 몸도 마음도 다 닳아 버린 그녀는 마루 끝에 주저앉아 한참을 멍하니 있다가, 겨우겨우 눈을 들어 부엌을 바라봤다.

쌀독은 이미 오래전 바닥을 드러냈고, 장독에는 김치조차 남지 않았다. 이웃집에서 얻어 온 무말랭이 몇 줄기가 저녁 식사의 전부였다.

만석과 동생들은 학교를 다니고 있었지만 육성회비 노트를 살 돈이 없었다.

막내는 밤마다 "배고파" 하며 울었다. 여동생은 자기도 배가 고프면서 막내에게 양보했고, 셋째는 아무 말 없이 담요를 끌어당겼다. 그러는 사이, 만석은 더 이상 '아버지'라는 단어를 입에 올리지 않게 되었다.

철수는 그들에게 아버지가 아니라, 불행의 시작이었다. 방앗간을 되살려 보려 철수가 돌아왔지만, 그에게는 벼를 사들일 돈도, 사람들의 신뢰도 남아 있지 않았다. 마을 사람들은 외면했고, 아이들은 그저 조용히 고개를 돌릴 뿐이었다.

그렇게 방앗간집의 하루는 굶주림과 침묵으로 흘러갔다.

만석은 어느 날, 마당 한가운데 앉아 햇볕을 멍하니 쬐며 혼잣말처럼 중얼거렸다.

"우리가 뭘 잘못했는데 이래야 되노… 아부지, 우리한테 왜 이랬노…."

하지만 그 물음에 대한 대답은 어디에도 없었다.

그날 밤, 만석은 이불도 없이 마룻바닥에 누운 채 창밖을 바라보았다. 별은 여전히 총총했지만, 그 빛은 하나도 따뜻하지 않았다.

동생들은 이불 하나를 나눠 덮고 웅크린 채 숨죽여 자고 있었다. 막내는 자는 내내 칭얼거렸고, 둘째는 무심하게 등을 토닥이며 잠에 들었다.

철수는 아이들의 방 문을 반쯤 열고 한참을 서 있었다. 무겁게 축 처진 어깨, 숨소리마저 낡은 기계처럼 거칠었다.

아이들에게 다가가 손을 뻗었지만, 차마 닿지 못하고 멈췄다. 그는 몇 번이고 입을 달싹였지만, 말은 끝내 밖으로 나오지 않았다.

그 순간, 잠들지 못하고 누워 있던 만석의 눈이 문 쪽을 향했다. 아버지를 본 순간, 만석은 눈을 감아 버렸다.

그 눈빛엔 반가움도, 분노도, 슬픔도 없었다. 그저 오래전에 식어 버린 기대의 그림자만이 있었다.

철수는 조용히 방문을 닫고 방앗간으로 걸음을 옮겼다. 아직 기름때가 묻은 기계에 손을 올리고, 천천히 눈을 감았다. 기계는 여전히 덜컹거렸고, 바퀴는 삐걱거렸다.

한때는 그것이 가족을 먹여 살렸고, 지탱했다. 하지만 이제는 모두의 짐이 되어 버렸다.

"이 기계도, 나도… 다 끝이 났다."

철수는 고개를 떨군 채 그렇게 중얼거렸다.

그러나 문득, 방에서 들려오는 막내의 흐느낌 소리에 그는 눈을 떴다.

무너진 삶 속에서도, 아직 자신을 기다리는 존재들이 있다는 것을 그 소리로 깨달았다. 도망칠 수는 없었다.

다음 날, 그는 낡은 작업복과 군화 한 켤레를 자루에 넣고 마산행 첫 버스를 탔다. 건설 현장 막일이라도 해야 했다.

등 따숩고 배부르진 않겠지만, 적어도 아이들 밥 한 끼는 책임질 수 있을 것 같았다.

현장소장에게 허리를 굽히고, 막일꾼들 사이에서 머리를 조아릴 준비도 되어 있었다. 자존심은 이미 오래전에 갈기갈기 찢겼기에, 더는 잃을 것도 없었다.

그가 떠난 뒤, 숙자도 조용히 부엌에 앉아 뭔가를 생각했다. 밤마다 끓던 눈물도, 이제는 말라붙어 흐르지 않았다.

주름진 손으로 헌 앞치마를 꺼내며 그녀는 작은 결심을 했다.

"이 손으로라도 벌어야지. 더는 애들을 굶길 순 없다이."

다음 날 새벽, 숙자는 마산의 어느 식당에 서 있었다.

"설거지라도 할 수 있습미더. 몸은 부실해도 손은 빠릅니더."

73. 벼랑으로 몰린 철수

식당 주인은 잠시 숙자를 바라보더니 고개를 끄덕였다. 그렇게 숙자의 하루는 찬물에 그릇을 씻는 일로 시작되었다. 손톱 밑이 불어 터져 나가고, 허리는 휘청였지만, 그녀는 말없이 일했다. 묵묵히, 끝까지 일을 했다.

철수는 공사장에서 시멘트 자루를 나르고 있었다. 땀은 흘러내리고, 손바닥은 갈라졌지만 그는 멈추지 않았다.

점심때 식은 도시락을 허겁지겁 넘기며 그는 문득 숙자의 얼굴을 떠올렸다. 미안함과 고마움, 그리고 늦은 깨달음이 복잡하게 얽혀 마음을 짓눌렀다.

"숙자도 지금쯤… 힘들게 일하고 있것지."

서로 말은 없었지만, 두 사람은 각자의 자리에서 같은 생각을 하고 있었다. 그저 아이들에게 밥 한 끼를 지어 주기 위해, 철수와 숙자는 땀으로 하루를 채워 가기 시작했다.

74. 철수가 사라진 뒤의 월남동 풍경

며칠째 사정식육점에는 철수 형님이 오지 않았다. 늘 아침 일찍 정육점 앞에 오토바이를 대고, 입에 담배를 문 채로,

"만수야, 올도 잘 좀 팔아 보자잉."

하고 웃으며 들어오던 그가, 말도 없이 사라진 것이었다.

만수는 처음엔 무슨 일이 있나 싶어 기다렸다. 바쁠 수도 있고, 고기 작업이 늦어졌을 수도 있다고 생각했다.

하지만 일주일이 지나도록 아무 연락이 없다.

저녁에 집으로 돌아가,

"인자 씨, 철수 형님이 요 며칠 아예 얼굴도 안 보이고 연락도 없다. 무신 일이꼬?"

인자는 마당에서 말리던 마른 빨래를 걷으며 고개를 들었다.

"그래예… 그라모 법수 사정에 형님 집에 한번 가 봐야 하는 거 아이라예?"

"글체… 안 그래도 내일 점빵 문 좀 닫고 괴기집 은옥이 누야하고 같이 가 보기로 했다."

그다음 날 아침, 만수는 도시락을 싸지 않고 양복 윗도리를 꺼내 입었다.

"내 다녀올게."

은옥과 만수는 백산행 아침 첫차를 타고 형님이 살고 있는 사정리 방앗간으로 갔다.

마산에서 자동차로 거의 두 시간이 걸리는 백산 종점에서 내려 20분 정도 걸어가야 사정리가 나온다.

숙자와 모친이 밖에 나와 있는 것을 보고,

"옴마, 행수님, 잘 계시는기요?"

라고 인사를 해도 반갑게 맞이하는 것이 아니라 멀뚱히 쳐다보고 있다.

"행수님! 형님은 오데 갔습미꺼? 요새 괴기도 안 가지고 오고…."

숙자는 힘없이 말을 한다.

"대럼…."

숙자는 말을 하다 말고 눈물을 흘리며 말을 이어 가지 못한다.

"행수님, 고정하시고 찬찬히 이바구 해 보이소."

은옥이도 숙자의 등을 쓰다듬으며,

"새엉가, 와예, 무신 일 있었습미꺼?"

숙자는 조금 진정이 되어 이야기를 이어 간다.

"만석이 아버지가 밤에는 다른 데서 자고 아침에 온 기 한두 달 되었는데 대럼은 몰랐습미꺼?"

"우리한데는 아무 말 없었는데예."

은옥이도 깜짝 놀라며 숙자에게 물어본다.

"예…? 집에서 잠을 안 잤다고예?"

숙자가 다시 눈물을 흘리며 훌쩍인다.

"새엉가, 고정하고 우찌 된 긴가 살살 이바구 해 보이소."

"대럼도 알지만, 저번에 집에 술집 여자 데리고 와서 내 동상이 난리친 적이 안 있습미꺼."

"예예… 행수님. 그때 뒤로 여자는 안 만났을 낀데에?"

"그래 난께 내 동상이 겁이 나는가 다른 데 집을 얻어가 어떤 년하고 살림을 채린 거 같십미더."

은옥과 만수는 또 한 번 놀란다.

"다른 여자하고 살림을 한다고에?"

"그리한께네 나락 살 돈이나 돼지 사료 살 돈을 땡기 써삐긴가, 돈 달라고 사람들이 계속 옵미더."

"그래예…? 그래 갖고 우찌 되었는데에?"

"처음에는 내일 준다 모레 준다 미라 샀더마는 만석이 아버지가 감당이 안 되것는가 온데간데도 없네예."

"그라모 살림을 오데 하는지는 알고 있습미꺼?"

"언지예, 지가 오데 살고 있는지 내한데 말하것습미꺼."

은옥이랑 만수는 서로 눈을 마주쳤다. 믿기지 않는다는 표정이었다. 만수가 조심스럽게 다시 물었다.

"그라모… 법수지서에 실종 신고는 했습미꺼?"

숙자는 고개를 저었다.

"아직예. 혹시나 어디 갔다가 올까 싶어 갖고 지달리고 있심더… 외상값 받을 사람들도 계속 찾아오고… 무서버서 밖에도 잘 못 나갔심더."

은옥이 숨을 고르며 말했다.

"새엥가, 이래 계속 지다린다고 해결이 될 일이 아이지예. 지서에도 신고하고 참말로 무신 일이 생긴 긴지 알아봐야 안 되겠습미꺼."

숙자는 잠시 뜸을 들이다가.

74. 철수가 사라진 뒤의 월남동 풍경

"지도 그리 생각합미더. 지가 그 인간하고 살아 봐서 아는데 십중팔구 계집년 집에 있을 낍미더."

만수가 뒤쪽 마당을 힐끗 보며 중얼거렸다.

"그라믄… 방앗간은 우짜고 있는데예?"

숙자가 대답 대신 조용히 눈물만 훔쳤다.

만수는 숙자의 눈물에 괜스레 가슴이 저려 왔다. 늘 강단 있게 보였던 철수 형님의 아내가 이렇게 속수무책으로 무너져 있는 모습을 보니, 그간 무슨 일들이 있었는지 대충이나마 짐작이 되었다.

그날 오후, 만수와 은옥은 숙자에게 다시 한번 걱정 말라는 말을 남기고 집을 나섰다.

버스 정류장까지 걸어가는 동안에도 둘은 말이 없었다.

논두렁 사이로 찬 바람이 불었다.

한참을 걷다 만수가 입을 열었다.

"누야, 행님이 그런 짓을 했다는 기… 믿기질 않는다."

은옥도 고개를 끄덕이며 중얼거렸다.

"그 착실하던 오빠가… 무슨 정신으로 그랬을꼬…."

은옥은 잠시 생각에 잠긴 듯 고개를 숙였다가 조심스레 입을 열었다.

"맞다… 오빠가 그리 쉽게 달아날 사람이 아이다. 어지간히 막다른 데까지 몰렸을 끼다. 차마 우리한테 손도 못 벌리고…."

만수는 입에 문 담배를 뻐끔거리며 말했다.

"내가 보기에도, 돈이 없어가 지금 살고 있는 여자한테도 내쳐졌을 끼다."

만수는 하늘을 한 번 쳐다보더니 조용히 말했다.

"누야, 그 여자 이름이나 오데 사는 고 아나?"
"예전에 너거 점빵 앞에 어떤 여자가 찾아오는 것을 봤다. 니 모리나?"
"운제 말인데?"

은옥은 그 이름을 중얼거리며 기억을 더듬었다.

"제법 되었다. 어떤 여자가 오빠하고 이야기함시룽 울고 있더만은."
"아, 아… 언자 알것다. 맞다, 그때 나는 술집 사장이 외상값 받으러 왔나 싶었다 아이가."
"그랑깨 그 여자가 오빠하고 살고 있는 거 아이가?"
"술집 여자 맨치로 안 보이던데, 그래서 나는 사장인갑다 생각했지. 그때 행님한테 꼭닥시리 물어볼구로."
"니 안 물어봤더나? 니는 물어봤는 줄 알았더만은."
"내도 그때 손님이 와서 냉중에 물어본다는 기 고마 바빠가 잊아 삐었다."
"아이고야, 그라모 오빠를 찾을 방법이 없네. 그라모 우리는 언제 우째야 되노?"

두 사람은 한숨만 쉬다가 백산에서 버스를 타고 마산으로 돌아왔다.

만수의 식육점과 은옥이의 연탄 불고기 집은, 그야말로 정직한 땀과 손맛으로 지탱되어 온 가게였다.

매일 새벽, 사정리에서 철수가 잡아온 돼지를 받아 정육하고, 그날그날 팔 만큼만 내놓는 방식이었다.

고기의 선도는 말할 것도 없었고, 가격 또한 마산의 다른 가게들에 비해 훨씬 저렴했다.

"여기 고기 한 근 더 주이소. '사정식육점' 고기가 제일 맛나예."

은옥이의 불고기집 역시 늘 손님들이 끊이지 않던 이유였다.

하지만 철수가 사라진 뒤, 상황은 급변했다.

도매상에서 들여오는 고기는 이미 손질이 되어 있었지만, 선도는 예전만 못했고, 가격도 배 가까이 비쌌다.

만수는 고개를 절레절레 저으며 고깃덩어리를 저울에 올렸다.

"이래 가지고는… 남는 것도 없고, 손님도 끊길 끼다."

은옥이도 장부를 들여다보며 한숨을 내쉬었다.

"어제는 평소 반뿌이 안 된다. 단골이던 김씨 아재도, '고기 질이 달라졌다'고 그냥 가삐더라."

고깃집 안은 어쩐지 어둑하고 무거운 기운이 감돌았다. 육절기 돌아가는 소리마저 예전보다 건조하게 들렸다.

철수가 사라진 건 단순히 한 사람이 자취를 감춘 게 아니었다.

만수와 은옥이의 생계, 그리고 그들이 지난 수년간 지켜온 장사의 방식 자체가 흔들리기 시작한 것이다.

"아재, 삼겹살 얼마임미꺼?"

한 청년이 물었고, 만수는 가격을 말하다가 잠시 멈칫했다. 예전보다 훨씬 비싸졌기 때문이다.

청년은 미간을 찌푸렸다.

"아이, 이 가격이모 차라리 가찹은 데서 사지 뭐 할라꼬 이리 멀리 올끼고."

그 말에, 만수는 뭔가 뚝 끊어진 듯 허탈하게 웃었다.

"그러시소. 지도 언자는 우짤 수가 없네예."

청년이 돌아서고, 가게 안은 다시 조용해졌다. 밖에서는 가랑비가 부슬부슬 내리고 있었다.

은옥은 조용히 말했다.

"오빠가 잡아오던 돼지가, 그냥 고기 한 덩이가 아이라… 우리한테는 전부였는데."

만수는 고개를 끄덕이며 담배를 꺼내 입에 물었다.

창밖으로 빗물이 시멘트 바닥을 적시고 있었다. 이대로라면, 고깃집도 오래가지 못할 것이다. 그러나 그보다 더 무서운 건, 철수에 대한 소문이 하나둘 퍼지며,

'만수도 결국 뭔가 있었던 거 아이가?'

'둘이 짜고 이라는 거 아이가?'

하는 뒷말들이 들려오기 시작한 것이었다.

가게는 여전히 열려 있었지만, 그 문턱을 넘는 발걸음은 하루하루 줄어들고 있었다. 만수는 생각했다.

'점빵을 접어야 하것다.'

75. 점빵을 접어야 하것다

 만수는 가게 문을 닫고 난 뒤, 불 꺼진 정육점 안에서 한참을 앉아 있었다. 육절기 옆 의자에 몸을 깊이 기대고, 불 꺼진 네온사인 간판을 바라보았다.
 '사정식육점'이라는 글자가 희미한 저녁노을에 삼켜지듯 가물거렸다.
 밖에서는 비가 그친 후의 습한 공기가 스멀스멀 들어오고 있었다.
 고기 비린 냄새와 연탄불 냄새가 배어 있는 가게 안은, 어느새 쓸쓸한 무게만이 남아 있었다.
 손님들의 웃음소리, 칼이 도마를 칠 때 울리던 경쾌한 소리, 은옥 누야가 문 밖으로 고개 내밀며 부르던 소리…. 모두가 먼 과거처럼 느껴졌다.
 "점빵을 접는다꼬?"
 은옥이 놀란 눈으로 되물었다. 만수는 담배를 깊게 빨고는 고개를 끄덕였다.
 "이래 가꼬는, 아무 것도 안 남는다. 돈도, 단골도, 믿음도."
 은옥은 말없이 한동안 서 있었다.
 가게 뒷문으로 들어오는 바람에 앞치마가 살랑이며 흔들렸다. 그 바람결에 그녀의 눈가도 흔들렸다.
 "그래도… 철수 오빠가 돌아오면… 다시 시작할 수 있는 거 아이가."

"그게 운제가 되것노? 아무도 모른다. 아니, 돌아올지 어떨지도 모르고… 내가 믿었던 사람인데… 형님마저 이리 되아부이…."

만수의 말끝이 흐려졌다.

지금껏 마음속으로도 꺼내지 않던 감정이, 입술 끝에서 맴돌았다. 믿었던 사람이 무너졌을 때의 허무함. 삶의 중심이 뒤틀렸을 때의 막막함.

은옥이가 조용히 앉아 말했다.

"점빵은… 만수 니 삶이었데이."

"그래서 접는다이. 내 손으로 지켜온 것인 게, 내 손으로 마무리해야 안 되것나."

그 순간, 고깃집 천장에 매달린 백열등이 깜빡이며 어두워졌다. 두 사람은 아무 말 없이 그 불빛을 바라보았다.

밖에서는 이따금 자동차 지나가는 소리만 들려왔다.

만수는 천천히 자리에서 일어났다. 칼들을 하나씩 닦고, 도마를 정리하고, 마지막으로 냉장고 문을 열어 안을 들여다보았다.

돼지고기 몇 덩이와 남은 뼈들, 포장되지 않은 지방 조각들. 그걸 한참 바라보다, 뚜껑을 닫았다. 그가 다시 입을 열었다.

"철수 형님… 어디선가 이 광경 보고 있으면 좋것네. 자기가 빠져나간 자리에서 어떤 일이 일어났는지."

은옥이 고개를 숙였다.

"그래도… 혹시 모르니, 내는 새영가한데 지서에 신고하라꼬 한 번 더 말해야것다."

만수는 고개를 끄덕였다.

"누야는 우짤 끼고. 장사할 끼가?"

"니가 안 하모 나도 못 한다. 저녁에 오는 술손님 내 혼자는 감당 안 된다. 니는 점빵 닫아모 우짤 끼고? 장개도 간 지 얼마 안 되었는데…."

"누야, 그란다고 장사도 안 되는데 점빵 열고 있으모 되나. 우찌 되것지."

그날 밤, 만수는 '사정식육점' 간판 아래에 작은 쪽지를 붙였다.

[당분간 문을 닫습니다. 죄송합니다.]

쪽지를 붙이고 난 뒤, 그는 고개를 숙였다.

비는 다시 내리기 시작했다. 그러나 이번엔 눈물이 아니라, 분명히 결심한 어른의 발걸음이었다.

무너진 삶의 잔해 위에서, 다시 살아남기 위한 또 다른 하루가 시작되고 있었다.

다음 날 아침, 만수는 인자와 마주 앉아 있었다. 작은 부엌 식탁 위에는 보리차 한 주전자와 찬물에 담갔던 깻잎김치 몇 장이 놓여 있었다.

인자는 여느 때처럼 남편의 도시락을 준비하려고 일찍 일어났지만, 만수는 평소보다 먼저 일어나 이미 정갈하게 씻고 양복 윗도리를 꺼내 입고 있었다.

"오늘은 점빵 안 갑미꺼?"

인자가 묻자, 만수는 말없이 고개를 저으며 한숨을 내쉬었다.

"인자 씨… 점빵, 그만하자."

그 한마디에, 인자의 손이 멈추고 조용히 도시락 통을 덮으며 물었다.

"무슨 일이 있습미꺼? 아니면… 아주뱀 일이 아직도 해결이 안 됐심미꺼?"

만수는 턱에 손을 괴고 고개를 떨구었다. 무언가 오래 생각해 온 얼굴이었다. 천천히 말문을 열었다.

"형님이 안 나타난 지도 벌써 보름이 가까이 되어 간다. 도매상 괴기를 대어서 팔아 보려고 했는데 질도 안 좋고 가격은 두 배로 뛰고… 손님들 발길 끊기고, 더 이상 점빵 문 열고 있어모 죽도 밥도 안 되것다."

인자는 그 말을 듣고서도 한참 입을 열지 못했다. 신혼이었고, 이제 겨우 도시의 삶이 적응되려는 참이었다. 정육점은 둘의 삶을 지탱해 줄 유일한 밥줄이기도 했다.

"그라모… 앞으로는 우짤 낍니꺼? 딴 일 알아볼 깁미꺼?"

만수는 고개를 끄덕였다.

"당장 뭐가 정해진 건 없지만도, 식육점은 이쯤에서 접는 게 맞것다. 계속 버티다가는, 돈도 잃고… 사람만 고상한다."

인자는 조용히 고개를 끄덕였다. 당황한 기색도 있었지만, 억지로 만수를 붙잡으려 하지 않았다.

그녀는 만수의 손등을 살며시 덮으며 말했다.

"그라모… 내도 같이 생각해 볼게에. 우리 둘이 같이 살라꼬 결혼한 거 아입미꺼. 일 하나 그만뒀다고 우리 인생이 끝나는 거는 아이다 아입미꺼."

만수는 그 말을 듣고 처음으로 고개를 들어 인자를 바라봤다. 그녀의 눈동자엔 두려움 대신 단단한 의지가 담겨 있었다.

한참 만에, 그는 작게 웃으며 말했다.

"인자 씨, 고맙데이. 니 없었으면… 어쩔 뻔했노."

인자는 고개를 저었다.

"이제 시작 아입미꺼. 철수 아주뱀 문제도… 지서에 신고하고, 지가 계속 도와볼게에. 우리 둘은, 여서부터 다시 시작하모 됩미더."

밖에서는 밤새 내린 비가 멎고, 햇살이 얇게 골목을 비추고 있었다.

만수는 마음속 깊은 무게 하나를 내려놓은 듯했다.

비록 가게 문은 닫았지만, 그의 곁엔 함께 걸어 줄 사람이 있었다. 그것만으로도, 다시 시작할 용기를 낼 수 있었다.

인자는 국민학교를 졸업하고 곧장 논밭을 맨손으로 일궜다. 아버지 대신 소여물을 나르고, 어머니 대신 모판을 들며, 어린 나이에도 마을 어른들 틈에서 일손으로 살아남았다.

농사밖에 몰랐고, 세상 돌아가는 일은 먼 동네 이야기 같았다. 도시에 취업하고 싶어도, 배운 것도 없고, 제대로 된 기술도 없었다. 시골에서 자라고 일을 해 온 그녀에게 선택지는 없었다. 그리고 도시에서 일을 한다는 것 자체가 그녀에게는 무리였다.

만수도 사정은 다르지 않았다. 그 역시 고등학교 문턱도 넘지 못하고 싸움질에 수많은 여자들과 난잡한 생활을 한 게 전부였다. 만수는 정육점 말고는 해 본 것이 없었다.

군대에서 탈영하여, 막노동판에서 몇 년을 보낸 것과 사정리 방앗간에서 일을 했던 것이 그의 이력의 전부였다.

그나마 기술이라고는 고기 손질밖에 없었고, 그마저도 철수 형님이 도와주지 않았다면 시작조차 어려웠을 것이다.

"니는 참 손이 야무지서 무엇을 해도 잘하고, 칼질도 배우면 잘할 끼다."

처음 정육점을 시작했을 때 철수 형님이 해 주던 말이었다. 그 말이 힘이 되어, 만수는 가게를 열었고, 그렇게 하루하루 버텨 왔다.

하지만 이제, 철수가 사라지고 고깃집도 더는 버틸 수 없는 상황이 되자 둘 다 느꼈다.

배운 것 없고, 가진 것 없는 사람에게 '새출발'이라는 말이 얼마나 두려운 일인지를.

"우리 같은 사람이… 어디 가서 뭘 할 수 있것노?"

그날 밤, 인자는 그렇게 혼잣말을 하며 빨래를 개고 있었다.

만수는 조용히 그녀 곁에 앉아 같은 하늘을 올려다봤다. 서로 말은 하지 않았지만 마음은 같았다.

76. 무너져 가는 만수

만수는 일을 구한다는 명분으로 과거의 그림자 속으로 발을 들이기 시작했다. 오래전, 학교 담장을 넘나들며 주먹을 휘둘렀던 그 시절의 친구들, 지금은 조직에 몸을 담고 있다는 소문만 떠돌던 그들을 찾아가기 시작한 것이다.

먼저 만난 건 북마산파의 태식이었다. 태식은 예전부터 싸움에만 미쳐 있었고, 그 손끝에는 늘 피가 묻어 있었다.

학교를 나온 직후부터 조직 밑으로 들어갔다고 했는데, 이제는 어엿한 행동대장이 되어 있었다.

"야, 만수 아이가. 니가 여까지 우찌 왔노? 세상 참 오래 살고 볼 일이네."

태식은 웃고 있었지만, 눈빛은 예전과 다를 바 없었다. 여전히 싸늘했고, 뭔가를 계산하는 냄새가 났다.

만수는 곧장 본론으로 들어갔다.

"일 있어가 왔다. 돈 벌어야 된다. 정육점 접었다."

"정육점? 하… 그 착실한 철수 형님 밑에서 일하던 니가? 참 세상 모르것다."

태식은 담배 연기를 길게 뿜으며, 잠시 침묵했다가 말을 이었다.

"일은 있지만도, 조직 일이라는 기… 배달, 수금, 심부름. 말 잘 들으면, 돈은 쥐어 줄 긴데…."

그 말에 만수는 마음이 복잡해졌다. 배운 것도, 가진 것도 없고, 기술이라고는 칼질밖에 없던 자신에게 남은 선택지가 조폭이라니. 그것도 태식이 밑에서.

며칠 뒤, 또 다른 친구 문철이를 찾아갔다. 오동동파에 몸담고 있는 문철은 학창 시절 별명이 '칼날'이었다.

늘 허리춤에 칼을 숨기고 다녔고, 위협을 일삼던 자였다. 지금은 사채업을 하고 있다고 했다.

"만수야, 니는 철수 형님 덕에 사람 구실 한다 싶었는데, 어째서 여기까지 왔노."

"인생이 그리 만만하더나. 나도 몰랐다."

문철은 비웃지도, 안쓰러워하지도 않았다. 대신 한 가지 제안을 했다.

"니 손 야무진 건 알제. 나 따라다니모 몇 푼 생기긴 할 끼다. 대신, 법 생각은 하지 마라. 그런 거 따지모 우리 같은 놈은 굶어 디진다."

만수는 그날 밤, 좁은 단칸방에 앉아 인자의 잠든 얼굴을 오래도록 바라보았다. 그녀는 피곤한 하루를 마친 채, 세상모르게 잠들어 있었다. 만수는 한 손으로 그녀의 손을 감싸 쥐었다.

'여기서 한 발짝 더 들어가면… 진짜 끝이다.'

그는 뼛속까지 느끼고 있었다. 조직 일은 한번 발 들이면 빠져나올 수 없는 늪이라는 걸. 하지만 현실은 여유를 주지 않았다.

연탄값, 월세, 인자와의 삶…. 하나하나가 그의 목을 죄어 오고 있었다.

다음 날, 만수는 대꾸 없이 담배를 눌러 끄고는 조심스레 입을 열었다.

"인자 씨… 내가 요 며칠, 사람들 좀 만나 봤다."

"어떤 사람들인데예?"

"학창 시절 친구들… 태식이, 문철이… 니도 알제? 내 장개갈 때 왔던 친구들."

인자는 순간 고개를 들었다. 눈빛이 흔들렸다. 그 이름들을 모르지 않았다. 학교 다닐 때부터 악명 높았던 이들. 사람을 사람처럼 대하지 않던, 그늘진 얼굴들.

"만수 씨, 설마…."

만수는 고개를 끄덕였다.

"그 사람들이… 일 있단다. 돈도 쥐여 준다 카더라. 위험한 일도 있지만, 하다 보면 자리도 잡을 수 있다쿤다."

인자는 잠시 말이 없었다. 두 손을 모아 가만히 바라보다가, 나직하게 물었다.

"만수 씨 … 옛날 맨쿠로 그리 살고 싶어예?"

"나도 모르것다. 근데 우짜노, 이래선 밥도 못 묵고, 방세도 못 내고… 정육점도 끝났다. 기술도, 학벌도 없는 나 같은 놈이 할 수 있는 기… 그런 거뿌이 없다 아이가."

인자는 눈을 감았다가 떴다. 그러고는 천천히 말을 이었다.

"내는예… 배고픈 건 참아도, 당신이 나쁜 길 가는 건 못 봅미더. 그깟 돈 때문에 당신이 사람 아닌 길로 가는 거, 그건 내는 못 참아예."

만수는 고개를 숙였다. 한참을 그렇게 앉아 있다가, 떨리는 목소리로 말했다.

"미안타. 그래, 니 말 맞다. 내… 순간 마누라 굶가 직일까 겁이 나가 그리했다."

인자는 한 걸음 다가와 그의 손을 잡았다.

"지는예…."

인자가 말을 이었다.

"참말로 편한 삶 꿈꿨심더. 당신이 고깃집 잘한다캐서, 내는 집에서 조용히 살림만 함시롱 살면 되는 줄 알았심더. 그게 내 복인 줄 알았고예."

만수는 그 말에 고개를 들었지만 아무 말도 하지 못했다. 인자의 말에는 원망도, 슬픔도, 그리고 단단한 결심도 모두 얹혀 있었다.

"그란데 당신이 주먹질 다시 한다는 말… 그건 지가 더는 못 듣겠심더. 그럴 바에야, 내가 나가서 손이 부러지도록 일할 낍미더. 당신은 집에 있고, 고기 손질이든 뭐든 다시 천천히 시작하이소. 지가 돈 벌어 올 깨예."

만수는 한동안 아무 말 없이 앉아 있다가, 조용히 말했다.

"내가 그렇게까지 못난 놈이가… 당신보고 나가서 돈 벌라캐서 미안타. 이리된 기 전부 다 내 탓이다. 가 뭔 일이라도 찾을 끼다. 나가서 새벽에 신문 돌리고, 낮에 막일이라도 뛰어 볼꾸마."

그러면서도, 그는 인자의 손을 더 꼭 잡았다.

만수의 각오는 분명했다. 조폭의 길도 뿌리치고, 인자의 손을 꼭 잡고 "어떻게든 살겠다"고 말했던 그 맹세를 그는 오래도록 가슴에 품었다.

그러나 현실은 가혹했다. 빚은 줄어들 줄을 몰랐고, 철수의 실종에 대한 소문은 여전히 그의 발목을 잡았다.

"만수 저거 행님 아이가? 그 둘이 짠 거라 카더라."

수군대는 이웃들의 말은 칼처럼 그를 베었다. 어디를 가도 오래 일할 수 없었다.

사람들은 그의 등을 흘깃흘깃 쳐다보다 어느 순간부터는 아예 일거리를 주지 않았다. 그렇게 점점, 만수는 지쳐 갔다.

처음엔 고단한 몸을 풀겠다며 마신 소주 한 병이었다. 그러다 "하루쯤은 괜찮겠지" 하며 늘어난 술이 이틀이 되고 사흘이 되었고, 어느새 그는 술 없이는 하루를 버틸 수 없게 되었다.

인자는 그런 만수를 애써 모른 척했다. 뱃속엔 아이가 자라고 있었고, 입덧이 심해 고단한 하루는 몸보다 마음을 먼저 무너뜨렸다.

그러나 그녀는 끝내 만수에게 화를 내지 않았다.

하루는 인자가 조용히 말했다.

"당신이 그리 힘든 줄 몰랐심더. 그래도… 그만 마시소. 뱃속에 있는 이 얼라는, 아버지 손에 크면 좋겠심더. 술 냄새 나는 아버지 말고… 손으로 흙을 만져도, 얼굴에 문지를 무치도… 정직한 냄새 나는 그런 아버지였음 좋겠심더."

그 말에 만수는 처음으로 고개를 들지 못했다.

그저 창밖을 멍하니 바라보다가, 마른 입술로 "미안하다"고 중얼거렸다.

그러나 만수는 결국 술을 끊지 못했다. 술은 그에게 고통을 잊게 해주는 유일한 피난처였다.

낮에는 허기진 배를 움켜쥐고 건설 일용직 일터를 전전하다가도, 해만 지면 주머니를 뒤적여 소주 한 병을 들고 허름한 골목으로 향했다.

처음엔 한 병으로 시작된 밤이, 어느새 두 병, 세 병, 그리고 네 병까지 늘어났다. 빈 병이 쌓일수록, 그의 눈빛은 흐려졌고 말은 툭툭 깨어졌다.

그런 날이면 일용직 일도 나가지 않았다. 건설노동자 일도 착실히 하는 사람에게 주어지지, 아무 이유 없이 자꾸 빠지는 사람에게는 아예 일할 기회조차도 주어지지 않는다.

인자는 더 이상 잔소리하지 않았다. 단지 눈으로 말하고, 입술을 꾹 다물고 견딜 뿐이었다.

부엌에 쭈그려 앉아 감자를 깎던 인자는 방 한구석에 비틀거리며 누운 만수의 등을 가만히 바라보았다.

그의 코끝에 번진 술 냄새, 자다가 속이 쓰린지 배를 쓰다듬으며 무심히 쳐다보는 그의 텅 빈 눈동자.

인자는 문득 무서웠다. 이 아이가 태어날 때, 아버지라는 사람이 제정신일 수 있을까? 아버지라는 이름이, 이 아이에게 자랑이 될 수 있을까?

밤이면 그녀는 혼잣말처럼 중얼거렸다.

"정신 차리소… 지발… 우리만은… 우리만은 이 지경으로 살지 맙시더…."

하지만 그 소리는 늘 술병 깨지는 소리와 함께 묻혀 버렸다. 그 밤도, 만수는 휘청거리며 방 안에 쓰러졌고, 인자는 조용히 방문을 닫고 방 안의 불을 껐다.

어둠 속에서 그녀의 배가 아주 천천히, 그러나 확실하게 부풀어 오르고 있었다. 그 뱃속 생명이 느끼는 이 집의 공기는, 너무 무거웠다.

77. 아버지처럼 되지 않을 끼다

만석은 부모가 모두 도시로 돈 벌러 나가고 난 뒤, 방앗간집에 홀로 남겨졌다.

그나마 식사라도 챙겨 주시던 어머니 숙자마저 식당으로 나가면서, 만석은 할머니와 어린 동생 셋을 돌보는 가장이 되었다.

방앗간 마당은 이제 잡초가 무성했고, 기계는 먼지 속에 조용히 녹슬어 갔다. 쌀은커녕 보리 한 되도 없었다.

냄비 속에 물만 끓이다가 동생들이,

"오빠야!, 밥은?"

하고 물으면 만석은 아무 말 없이 냄비 뚜껑을 덮었다.

그럴 땐 맏이로서의 자존심보다, 배고픔보다, 부모가 없는 빈자리의 허전함이 더 먼저 눈물을 끌어냈다.

할머니는 연세도 많고 다리도 불편하셨다. 젊은 시절부터 생선 장사로 많이 걸어 다녀서 무릎은 항상 부어 있었고 밤마다 통증으로 다리를 주물러 드려야 했다.

그래도 할머니는 늘 만석에게 말했다.

"사람은 말이다, 가난해도 체면은 있어야 되는 기라. 울고 싶어도 참고, 배고파도 당당해야 된다이. 공은 쌓은 대로 가고 죄는 지은 대로 간다이."

그 말이 어린 만석에게는 가끔 야속했지만, 동생들 앞에서는 울지 않는 법을 배우게 해 주었다.

만석은 아침이면 마당으로 나와 잠시 하늘을 올려다봤다. 그 하늘 아래, 그는 여전히 배가 고팠다.

어느새 여름은 끝나 가고 있었고, 방앗간 지붕엔 다시 이끼들이 들러붙고, 마당 끝 고무 다라이엔 빗물이 고여 초록빛 이끼가 퍼지고 있었다.

방앗간의 기계는 멎은 지 오래였다. 쌀을 찧던 소리는 이제 고요에 묻혀 있었고, 그 고요 속에서 만석은 동생들과, 다리를 절며 일어나는 할머니와 함께 거지처럼 살고 있었다.

"밥바."

말도 제대로 되지 않는 어린 막내가 엄마, 아버지를 찾지 않고 밥을 달라고 한다. 그 소리에 만석은 웃는다.

"할매 산에 나무하로 갔다. 오모 묵자."

어린아이는 가마솥을 한 번 두드려 보고는, 그 속에 아무것도 없는 것을 다시 확인한다.

밤이면 할머니의 다리를 주무르며 만석은 입술을 깨문다. 노인의 무릎은 연골이 닳아 딱딱하게 부어 있고, 매일 밤마다,

"아이고야…."

신음이 새어 나왔다.

할머니는 아프다는 말을 꺼내지 않지만, 그의 무릎에는 늘 염증이 있었다.

엄마는 마산에 있는 식당에서 설거지하고 있고, 아버지는… 그는 더 이상 아버지라는 단어조차 입에 담고 싶지 않았다. 그 이름을 부르면, 눈

앞이 거짓말처럼 흐려졌다.

지금 그의 믿음은 녹슨 방앗간 기계처럼, 쓸모없는 쇳덩이에 지나지 않았다.

"이게 모두 아버지 때문이다."

그 생각은 처음엔 조심스러웠다. 하지만 어느 순간부터, 그건 흔들리지 않는 확신이 되었다. 아버지가 영희라는 여자와, 진홍이라는 아이와, 다른 삶을 꿈꾸며 가족을 떠난 그날부터 모든 것이 무너졌다.

밥이 없고, 쌀이 없고, 친구들 사이에선,

"저 집은 아버지가 딴살림 차렸다 카더라."

라는 말이 돌고 난 뒤부터 만석은 말을 아낀다거나, 눈치를 본다거나, 그런 수준이 아니라 아예 아버지라는 존재 자체를 지우고 살아가고 있었다.

그의 세상은 완전히 달라졌다. 콤플렉스라는 말조차, 그에게는 사치였다. 그건 병이었고, 짐이었고, 상처였다.

그리고 그 모든 것은 아버지라는 사람의 그림자에서 시작되었다.

학교에서도 만석은 교탁 앞에 나서 본 적이 없었다. 발표 시간만 되면 책상 밑으로 발을 움츠렸고, 체육 시간에는 '어지럽다'며 빠지기 일쑤였다.

사람들이 웃고 떠드는 자리에 끼어 보려 해도, 등 뒤에서 들릴 것만 같은 수군거림이, 그의 입을 틀어막고 등을 굽게 만들었다.

"아버지가 바람났단다."

그 한마디는 주먹보다도 세게 그의 가슴을 때렸다. 친구가 건넨 말도 아니었다. 골목 어귀에서 아주머니들의 나직한 말소리였다.

그러나 그 말은 들끓는 기름처럼 그의 속을 휘감았고, 그날 이후, 만석은 더 이상 예전의 아이가 아니었다.

교실 창가 맨 끝 자리, 쉬는 시간에도 혼자서 책상에 엎드려 있었다. 누군가 다가오면 괜히 긴장했고, 자신을 향한 눈빛이 조금만 오래 머물면, 속으로,

'혹시 우리 집 이야기 들은 거 아이가?'

하고 조마조마했다.

어느 날, 선생님이 물었다.

"만석아, 니 꿈이 뭐꼬?"

만석은 대답하지 못했다. 그는 '나중에 뭘 하고 싶다'는 생각을 해 본 적이 없었다.

당장 오늘 하루를 조용히, 눈에 띄지 않게 살아남는 것, 그게 그의 유일한 바람이었다.

밤이면 혼자 방앗간 마당에 나와 녹슨 기계 옆에 쪼그려 앉았다. 아버지가 쓰다 버린 삽자루를 들고 땅을 파다 말다, 그 위에 손을 얹고 울었다.

'나는 와 이런 집에서 태어난노.'

'나는 와, 아버지 같은 사람이 아버지고.'

그 말을 입 밖으로 꺼낸 적은 없었다.

하지만 그 물음은, 그의 가슴 한복판에서 날마다 천천히, 잔인하게 퍼져 나갔다.

그리고 그로 인해, 만석은 끝내 조용한 아이가 되었다. 세상을 원망하지 않으려 애쓰며, 자기 목소리조차 삼켜 가며 그렇게 살았다.

가장으로서의 무게를 지게 된 열두 살짜리 소년이 버틸 수 있는 구석은 어디에도 없었다.

방앗간 한편에 놓인 아버지의 오래된 작업복을 꺼내어, 그 속에 코를 묻고 눈을 감는다. 아직 아버지의 냄새가 났다.

하지만 이제는 증오가 먼저 코끝에 차올랐다. 그 옷을 집어 던지고 만석은 중얼거렸다.

"죽는 한이 있어도, 아버지처럼은 안 살 끼다."

세월이 흐르자 사람들은 더 이상 그의 아버지 이야기를 입에 올리지 않았다. 하지만 그건 잊어서가 아니었다.

단지 이제는 모두가 '그럴 줄 알았다'고 여겼고, 그 불행이 이 집안의 숙명처럼 자리 잡은 듯 보였기 때문이었다.

그러나 아이들은 달랐다. 그 나이 또래의 잔인함은, 종종 어른들의 침묵보다 더 깊이 마음을 후벼 팠다.

"야, 니 아부지 아직도 그 여자랑 살제?"

"진홍이란 애가 니 동생 맞나? 니 아부지 자식 맞제?"

그런 말이 들려오면, 만석은 주먹을 꼭 쥐었다.

하지만 그 주먹은 절대 휘둘러지지 않았다. 누군가를 때리면, 아버지랑 똑같아질까 봐, 결국 자신이 증오하는 사람의 그림자에 불과해질까 봐, 그는 이를 악물고 참았다.

"나는 아버지처럼 되지 않을 끼다."

그 다짐은 매일 아침 눈뜨면서 하는 기도였고, 밤에 굶주림을 견디며 껴안는 저녁의 맹세였다.

하지만 분노는 사라지지 않았다. 그것은 말을 삼킬수록 덩치를 키웠고, 만석의 가슴 안에서 뱀처럼 똬리를 틀었다.

78. 만석이 친구 광명이

　햇살이 아직 마당을 덮지 못한 이른 아침, 새벽안개가 우물가를 감싸고 있을 때였다.
　만석은 물동이를 들고 우물로 향했다. 그 시간엔 마을 사람 누구도 움직이지 않기에 조용한 틈을 타 물을 길어 오려는 참이었다.
　그런데 우물 옆 담장 밑, 구부정하게 서 있는 누군가가 보였다.
　"만석아, 니 쪼매이 있어 봐라."
　익숙한 목소리였다.
　고개를 돌리자, 광명이가 낡은 조끼 안을 뒤적이더니 무언가를 꺼내 들었다. 그것은 너덜너덜한 베자루였다.
　광명은 주위를 슬쩍 살피고는 그것을 만석에게 내밀었다.
　"이거, 너거 집에 가가라."
　"이기 뭐꼬?"
　만석은 얼떨결에 받으며 물었다.
　"보쌀이다. 어무이 모르구로 살째이 퍼가 왔다. 쪼깨이뺴이 안 되는데, 너거 집에 가가서 밥해 무라."
　만석은 말문이 막혔다. 보리쌀 봉지를 두 손에 들자 묵직한 무게가 가슴까지 내려앉는 듯했다.

그건 단순한 곡식이 아니었다. 광명의 집 역시 형편이 넉넉지 않다는 걸, 만석은 누구보다 잘 알고 있었다.

보리쌀 한 주머니는 광명이 집에서도 귀한 양식이었다.

"너거 옴마 알모 우짤라꼬 이라노. 고마 되었다이."

만석은 다시 주려 했지만, 광명은 고개를 내저었다.

"우리 어무이 너거 할매 좋아한데이. 너거 집만 보모 속상하다 카더라. 옴마가 알아도 잘했다 클끼다. 괴안타."

그러고는 쑥스러운 듯 고개를 돌리며 말을 덧붙였다.

"너거 집 양석 없는 거, 대강 안다. 밥은 무야 살 거 아이가. 굶어 디질 수는 없는 거 아이가."

그 말에 만석은 입을 꾹 다물었다. 가슴속 깊은 곳에서 무언가가 저릿하게 일렁였다. 고맙다는 말 한마디가 목구멍까지 차올랐지만, 차마 나오지 않았다. 그저 고개를 끄덕일 뿐이었다.

그리고 마음속으로 되뇌었다.

'나중에 내가 크모, 광명이 니 은혜 꼭 갚는다. 꼭….'

마당에는 아직 이슬이 채 마르지 않았고, 부엌 안은 짚불 냄새와 흙벽의 눅눅한 기운이 가득했다.

할머니는 여느 때처럼 새벽녘에 먼저 일어났다. 전날 광명이가 부끄럽게 건넨 베주머니를 풀어 보던 그 표정은 하루가 지난 지금도 잊히지 않았다.

보리쌀 한 줌이 어찌 그리 무겁고도 고맙던지, 손바닥에 얹었을 땐 눈물이 먼저 나왔다.

"광명이 그 아, 복 받을 끼다…."

할머니는 혼잣말처럼 중얼거리며 부엌 아궁이 앞에 앉았다.

새벽의 찬 공기가 부엌 안에도 내려앉았다. 지푸라기 몇 줌과 마른 나뭇잎을 아궁이에 넣고 불씨를 살리던 할머니의 굳은 손이 이내 익숙하게 고무 다라이로 향했다.

"허허, 이만치면 오늘 하루는 넘가것지…."

허리춤에 수건을 동여맨 채, 할머니는 보리쌀이 담긴 낡은 다라이를 무릎 앞에 끌어당겼다.

찬물에 손을 담그자, 순간 뼛속까지 파고드는 냉기에 손이 움찔했다. 하지만 그 손은 곧 익숙한 움직임을 되찾았다.

몇 번이고 물을 갈아가며 보리쌀을 헹궜다. 뽀드득거리는 소리는 부엌 안의 정적을 깨뜨리는 유일한 생명의 소리 같았다.

그 속에 섞인 작은 돌멩이, 겨, 말라붙은 껍질 같은 이물질들을 할머니는 하나하나 손으로 골라냈다.

그 작은 행동 하나하나마다, 아이들이 먹을 한 끼에 대한 간절함이 배어 있었다.

"지앙님요… 이 보쌀 한 줌이, 아이들 한 끼가 아이고 하루가 되게 해주이소…."

속으로 기도를 읊조리며, 할머니는 마지막 헹군 보리쌀을 가마솥에 조심스럽게 부었다.

무게감 있는 가마솥에 보리쌀이 닿는 둔탁한 소리, 그 소리를 들으며 할머니는 한숨 섞인 안도의 숨을 내쉬었다.

불을 붙인 짚불이 서서히 타오르기 시작하자, 그 위에 얹어 둔 가마솥 아래로 조심스럽게 나뭇잎을 밀어 넣었다.

"씨이익…."

솥 안의 물이 데워지며 내는 첫 숨결.

할머니는 부뚜막 옆에 앉아, 두 손을 무릎 위에 올린 채, 마치 기도를 하듯 가만히 기다렸다.

솥뚜껑을 열었을 때 피어오른 하얀 김 사이로 고소한 냄새가 천천히 퍼졌다. 이것이 제대로 된 '보리밥'이 되기까지는 아직 한 번의 정성이 더 필요했다.

"이거이 그냥 끼린다꼬 밥이 되는 기 아인기라…."

할머니는 혼잣말처럼 중얼거리며, 보리밥이 김을 다 뿜고 난 뒤 10여 분을 더 기다렸다.

그러고는 다시 물을 부어 한 번 더 끓이기 시작했다.

쌀이 조금이라도 들어가는 날엔, 할머니는 한 번만 끓인 보리밥을 찬장에 보관했다가, 쌀을 위에 얹어 밥을 지었다.

그렇게 해야만 보리쌀이 '떠다니지 않고', 쌀과 어우러져 찰기가 돌고 먹을 만한 밥이 되었다.

하지만 오늘처럼 쌀 한 톨 넣지 못하는 날은, 보리밥을 두 번 끓여낸 뒤, 큰 나무 주걱으로 솥 안을 뒤섞으며 다시 한번 애써야 했다.

마치 비빔밥 하듯이 이겨서, 보리쌀끼리라도 서로 끈기를 갖도록 다져야만 했다.

"이래야 무을 수 있지, 안 그라모 입안에서 뱅글뱅글 보쌀이 돌아당긴다."

할머니는 나직하게 웃으며 말했지만, 손에는 한 끼를 지켜내는 집념이 묻어 있었다.

이윽고 밥은 완성됐다. 찰기라 부르기도 어려운 거칠고 질긴 보리밥이었지만, 그 속엔 오늘 하루 아이들 배를 채울 따뜻함과, 한 집안이 끈질기게 버텨 나가는 단단함이 있었다.

아궁이에서 피어오르는 밥 짓는 냄새는 고소했지만, 상 앞에 앉은 아이들 얼굴은 모두 시무룩했다.

솥에서 퍼낸 밥은 하얀 쌀밥이 아니라, 군데군데 갈색이 섞인 거친 보리밥이었다.

"올 보리밥이가…."

경미가 젓가락을 내려놓고 눈치를 보며 말했다.

어린 춘석이는 이미 수저를 들고 뚝딱거리며 밥알을 휘저었다.

"이거는 입에서 자꾸 돌아댕기샀고 씹어도 씹어도 목구정으로 안 넘어간다이."

그 말에 경미입을 삐죽 내밀었다.

"엄마 있을 때는 만날 쌀밥이었는데…."

작은 투정이 부엌까지 들릴까 봐 만석은 입술을 꾹 다물었다.

만석은 조심스레 말없이 밥을 한 숟갈 떴다. 입안에 들어온 보리밥은 퍽퍽하고 거칠었다. 씹다 보면 보리 껍질이 이 사이에 껴서 털어내야 했고, 물 없이 삼키기엔 목에 걸릴 것 같았다.

"고마해라. 이것도 못 무가 굶고 있을 때도 있었다 아이가."

만석이 낮은 목소리로 말했다.

"그라고 니들, 보리밥도 고맙게 묵어야지. 그기 광명이가 안 주었어모 우찌 될 뻔했노?"

그 말에 아이들은 잠시 수저질을 멈췄다.

경미가 조심스레 입을 열었다.

"진짜가…? 광명이 오빠야 저거도 양석이 없을 낀데."

말은 그랬지만, 보리밥을 다시 입에 넣는 아이들의 표정은 여전히 굳어 있었다.

익숙하지 않은 씹힘과, 텁텁한 맛, 그리고 무엇보다 '가난한 집 밥'이라는 느낌이 아이들 마음을 무겁게 눌렀다.

하지만 그 밥은 오늘 하루를 살아낼 유일한 밥이었고, 아이들 곁엔 한 그릇의 밥을 위해 새벽부터 손이 트도록 일하는 할머니가 있었다.

그래서 아무도 끝내 밥상에서 일어나지 않았다.

그저 조용히, 씹고 또 씹으며 입안에서 자꾸만 도는 그 보리밥을 겨우겨우 삼켜내고 있었다.

79. 선상님이 방구 낀다꼬

보리밥을 먹은 날 저녁, 방 안은 조용한 듯 어딘가 긴장감이 감돌았다.
"푸슉…."
갑작스레 들려온 소리에, 경미가 입을 틀어막고 웃기 시작했다.
춘석이는 놀란 눈으로 주위를 두리번거리더니,
"나 아이다!"
하고 먼저 항변했다.
그러자 다시 한번,
"푸웅…."
이번엔 좀 더 묵직한 소리였다.
경미가 얼굴을 붉히며 이불을 뒤집어썼고, 만석은 결국 참지 못하고 벌떡 일어났다.
"진짜… 누가 또 했노!"
그러면서도 얼굴엔 웃음이 섞였다.
방 안은 이내 킥킥대는 웃음이 번졌다.
"보리밥 묵고 나믄 꼭 이래 된다 아이가."
경미가 억울하다는 듯 말했다.
"배는 더부룩하고, 꾸룩꾸룩 소리 나고…. 그라고 이게 혼자 안 나와,

줄줄이 나와야 속이 좀 편하다니까!"

할머니가 마루에서 그 소리를 들었는지,

"아이고, 귀신 쪼까나… 밤중에 무신 대포 소리가 나샀노."

하며 중얼거렸다.

아이들은 순간 움찔했지만, 곧 서로 눈치를 주고받으며 또 웃음을 터뜨렸다.

춘석이는 배를 움켜쥐고,

"누야 배 안에서 전장이 났는갑다. 와 이리 소리가 마이 나노?"

벌러덩 누워 이리저리 구르기까지 했다.

보리밥은 먹기도 힘들었지만 아이들에겐 늘 이런 불청객을 데리고 오는 밥이었다.

속이 거북하고, 방귀가 자꾸 나도 그 밥을 남길 수는 없었다.

그날 밤도 아이들은 조금 부끄럽고, 조금 우스운 냄새와 소리를 참으며 서로의 얼굴을 베개에 파묻고 킥킥거리며 잠이 들었다.

그건 가난했지만, 웃음이 아직 남아 있는 집의 풍경이었다.

종례가 끝나기 10분 전, 교실은 따사로운 오후 햇살과 함께 나른한 분위기에 젖어 있었다.

선생님의 목소리는 칠판 글씨보다 더 희미하게 들려왔고, 아이들 중 몇은 벌써 졸음과 싸우고 있었다.

하지만 만석은 졸 틈도 없었다. 그는 지금 싸워야 할 적이 따로 있었다.

바로… 방귀.

보리밥을 두 공기나 먹고 나온 아침, 그때는 고소하고 배부르다는 생각뿐이었는데, 지금은 뱃속이 요란하게 소리를 내며 요동치고 있었다.

"꼬르륵…."

처음에는 단순한 배고픔 소리처럼 들렸지만, 만석은 알았다. 이건 경고음이었다. 그 뒤에 올 건 너무도 명확했다.

만석은 자세를 바짝 세우고 엉덩이에 힘을 꽉 주었다. 양쪽 엉덩이 살이 저릴 정도로.

한 번이라도 힘이 풀리는 순간… 참사가 일어날지도 모른다.

"만석아, 니 표정이 와 그라노?"

옆자리 태봉이가 툭 치며 속삭였다. 만석은 손을 내저으며 소리 없이 입술을 움직였다.

"쉿… 조용히 해라, 씨… 디지것다."

하지만 그 순간, '쾅!' 하고 문이 열리며 복도 바람이 교실 안으로 훅 들어왔다.

차가운 바람에 배도 움찔하고, 마치 뱃속 가스가 출구를 찾아 몸부림치는 것만 같았다.

만석은 이를 악물고 숨을 참으며, 몸을 왼쪽으로 살짝 기울여 자세를 바꿨다.

하지만 그건 함정이었다.

"피이익….".

순간, 교실이 고요해졌다. 만석은 스스로도 믿을 수 없는 눈으로 자신의 엉덩이를 바라보았다.

소리는 작았지만… 충분히 존재감이 있었다.

누군가 킥, 하고 웃었고, 태봉이가 입을 틀어막은 채 책상에 엎드렸다.

"누고?"

선생님의 목소리가 날카롭게 교실을 가르며 울렸다. 그러자 광명이가 조용히 말했다.

"선상님, 보리밥 무모 우짤 수 없어에."

선생님도 웃으며 대답한다.

"맞다. 내도 보리밥 묵고 왔다. 그래서 쉬는 시간에 통시 가서 끼고 왔다 아이가. 누가 끼었는고 모르것지만 수업할 때 친구들한데 피해 주지 말고 언간하모 쉬는 시간에 통시 가서 끼라이."

교실 안은 갑자기 울음인지 웃음인지 모를 이상한 분위기에 휩싸였다. 만석은 얼굴을 책 속에 묻은 채,

'내일은 보리밥 쪼매만 묵고 와야것다.'

하고 결심했다.

하교 시간 교실 문이 열리자마자 아이들은 앞다투어 달려 나갔다.

만석은 조금 뒤처져 천천히 가방을 챙기며 일어섰다.

광명이 슬며시 다가와,

"야, 니 오늘 영웅 됐다이."

"뭔 영웅이고. 쪽팔리가 죽는 줄 알았구만은."

만석은 웃으면서도 눈치껏 복도로 나섰다.

교실 뒤편에서 천천히 걸어 나오던 태봉이가 만석이를 보며 킬킬 웃었다.

"야, 근데 니 들었제? 선상도 보리밥 묵고 통시 간다쿠더라. 선상님도

빵구 끼는갑다, 그자."

"그랑깨. 내도 놀랬다이."

아이 둘은 그 말에 서로 얼굴을 쳐다봤다. 마치 세상이 한 번 뒤집힌 듯한 충격.

만석은 중얼거렸다.

"선상님도 빵구를 낀다고…? 진짜로?"

그 말은 아이들의 세계관을 흔드는 엄청난 사건이었다.

당시만 해도 '군사부일체(君師父一體)'라 하여 임금과 스승과 아버지는 같다고 배웠고, 아이들은 선생님의 그림자조차 밟지 않으려 조심하던 시대였다.

화장실? 그런 건 하늘 위 분들에겐 어울리지 않는다고 생각했다.

선생님은 늘 칠판 앞에서 단정하게 서 계셨고, 빳빳한 와이셔츠에서 나는 풀 냄새는 아이들에게 두려움 그 자체였다.

그런데 그분이… 보리밥 먹고 통시에 갔다니.

게다가… '빵구'를 뀐다니.

"니 이거 다른 반 애들한테 말하지 마라. 선상님도 방구 낀다카모 우리 선상님 깔로 본다이."

만석이 진지하게 말했다.

하지만 태봉이는 두 손을 들며 껄껄 웃었다.

"인자 우리도 방구 끼는 거 부끄럽게 생각 안 해도 되긋다. 선상님도 끼는데!"

"그랑깨."

"방구 낀 거도 부끄러브할 거 없다! 인자부터는 당당하게 끼자, 알았제?"

만석은 웃으면서도 마음 한편이 묘하게 따뜻했다.

선생님도, 자신처럼 보리밥을 먹고 배를 움켜쥐며 참고, 쉬는 시간을 기다려 달려갔을 그 모습이 떠올랐다.

왠지 모르게, 선생님이 더 가깝고 친근하게 느껴졌다.

그리고 그날 이후, 아이들은 수업 시간 중 더 이상 통시 참는 걸 목숨처럼 여기지 않게 되었다.

80. 시골에서 논이 없는 삶

만석이네 집에는 논도 밭도 없었다. 마을 위쪽 방앗간 옆에 자리한 집이었는데, 아버지는 방앗간을 돌보며, 틈틈이 돼지를 기르며 살림을 꾸려 왔다.

사정리에서는 드문 일이었다. 웬만한 집엔 다 논이 있고, 아이들은 방학이면 어김없이 물꼬를 트고 논매기를 하러 끌려 나갔다.

하지만 만석이는 달랐다. 아침 일찍 일어나도 아버지를 따라 논에 나갈 일이 없었고, 여름날 뙤약볕 아래서 벗은 몸으로 모를 심거나 김을 매야 할 일도 없었다.

어린 마음에 그건 참 다행스러운 일이었다.

"니는 참 좋것다, 일 안 해도 돼서."

아이들은 그렇게 부러운 눈으로 보았지만 실상은 달랐다. 만석은 매일 돼지우리를 치워야 했고 어떤 때는 먹이도 주어야 했다.

그러나 이제 방앗간은 돌아가지 않고 돼지 역시 흔적도 없이 사라졌다. 이제는 쌀 한 톨도 없는 보리밥으로 세끼를 해결해야 되었다.

다른 아이들은 집에 들어가면 밥을 굶지는 않았다. 밥상에 김치 한 가지만 올라와도, 밥은 굶지 않았다.

만석이네 밥상은 달랐다. 돼지에게 주는 여물 쑤는 냄새와 크게 다르지 않은 보리밥 냄새가 늘 부엌에 가득했다.

아버지가 떠나고 나서는, 방앗간도 멈췄고 돼지들도 다 팔려나갔다.

남은 건 굳은 손을 가진 할머니와 아이들뿐이었다.

그래도 만석은 자주 스스로를 다독였다.

"그래도 논일 안 해서 좋다. 허리 안 아프고, 손 안 붇고."

하지만, 마을 길을 따라 논두렁에 서 있는 또래 아이들의 까무잡잡한 등을 볼 때마다, 그 속에서 묘한 부러움과 쓸쓸함이 함께 밀려들곤 했다.

그 아이들 뒤에는 늘 밥 짓는 연기가 피어오르는 집이 있었다. 자신처럼 배를 싸매고 잠드는 아이들은 아니었다.

논밭이 없다는 건 노동을 하지 않는다는 뜻이 아니었다. 논일 대신 만석은 집에서 동생들의 밥을 챙기고, 산에 가서 나무를 해야 했고, 언제 돌아올지 모를 부모님을 기다려야 했다.

그리고 무엇보다, 굶는 일은 피할 수 없었다. 그게 논밭이 없는 집 아이의 진짜 현실이었다.

만석은 산에서 나뭇가지를 한 짐 지고 내려오다가, 마을 어귀에서 삼규 아버지를 만났다.

삼규네는 마을에서도 손꼽히는 부농이었고, 삼규 아버지는 늘 조끼 안주머니에 담배를 넣고 다니는 깐깐한 어른이었다.

"만석이 아이가?"

고무신을 벗어 놓고 밭두렁에 앉아 담배를 붙이던 그가 불쑥 물었다.

"예, 아첨 잡샀습미꺼?"

"니, 방앗간에 살제? 요새 그 방아 돌아가는 소리도 안 나더만은 무신 일 있나?"

"예. 아부지가 마산에 돈 벌로 갔십미더."

말끝이 흐려졌다.

삼규 아버지는 한참 동안 담배 연기만 내뿜더니 조용히 말했다.

"와? 방아 찧어도 마산서 일하는 거보다는 마이 벌 낀데 와 그라노?"

삼규 아버지는 이해가 되지 않는 듯 혼자서 말한다.

"철수도 돈이 있을 때 토지도 좀 사고 하모 될 낀데 촌에서 논답때기가 없시모 우찌 살아가노?"

그렇게 말하며 혀를 끌끌 찬다.

"그란데 논이 없다는 거는 물꼬도 없다는 기라. 물이 돌아야 나락이 크고 이기 밥이 되는 기라."

그 말이 만석의 마음속에 박혀 오래 남았다.

돌아가는 물, 돌아가는 밥, 돌아오는 사람…. 지금 만석이네에는 어느 것도 제대로 돌아가는 게 없었다.

그날 밤, 할머니는 찬장 속 깊숙한 데서 꺼낸 들깨 몇 줌을 볶아 보리밥 위에 슬쩍 얹어 주었다.

"이래라도 하모 너거 밥이 목구정에 넘어갈 끼다."

할머니의 손은 여전히 떨렸고, 눈엔 슬그머니 눈물이 맺혀 있었다.

만석은 밥 한 술을 입에 넣고, 아랫목에 앉은 동생을 바라보았다. 입을 동그랗게 벌려 보리밥을 먹는 동생의 뺨은 어느새 홀쭉해져 있었다.

만석은 숟가락을 내려놓고 조용히 중얼거렸다.

"나도 후제 크모 논은 꼭 살 끼다."

그날 이후 만석은 마을 아이들보다 먼저 일어났다. 논이 없다고 할 일이 없는 게 아니었다.

논은 없지만, 책임은 있었다. 그리고 그 책임은 성장하면서 오래오래 그의 등에 남게 될 것이었다.

81. 막내 춘석의 위독

만석이 열세 살이 되던 겨울, 방앗간 집은 더욱 을씨년스러워졌다. 어느 날 밤, 막내 동생이 갑자기 심하게 기침을 하기 시작했다.

돌을 갓 지난 작은 몸이 숨을 쉴 때마다 "거렁, 거렁" 하는 소리가 들렸다.

숨을 내쉴 때마다 무언가 가슴 속에서 끓어오르는 듯한 무서운 소리였다.

"경미야, 니가 얼라 업고 내하고 병원 좀 같이 가자."

만석의 말에 열한 살 경미는 두꺼운 외투 하나를 껴입고 아기를 업고 함안 가야 쪽에 있는 회성의원으로 향했다.

진료실은 스산하게 조용했다.

하얀 가운을 입은 원장은 아기의 숨소리를 듣고는 얼굴이 굳어졌다.

"감기가 늦어가 폐렴이 되았삔네. 이 소리 좀 들어봐라. 거렁거렁… 이래 놓아 두모 우짜노…. 어른들은 없나?"

경미는 잠시 머뭇거리다 마른 입술을 적시며 대답했다.

"옴마 아부지는 돈 벌러 나가고, 할매는… 산에 나무하러 갔심미더…."

원장은 말이 없었다. 한참 동안. 진료실엔 아기의 숨소리만이 깔렸다.

거렁, 거렁. 작고 애처로운 소리. 그제야 원장은 조용히 입을 열었다.

"너거한테 이런 소리 해도 될랑가 모르겠는데…

이 얼라는… 가망이 없다."

그 말은 마치 납덩이처럼 공기 중에 떨어졌다.

만석은 그 말이 무슨 뜻인지 몰랐다.

그저 멍하니 서 있었고, 경미 역시 대답을 하지 못했다.

"치료를 해 봐야 되것지만은… 못 산다고 생각해라."

의사의 냉정한 말에도 불구하고 만석과 경미는 병원을 나설 수 없었다.

경미는 원장실 문 앞에서 잠시 망설이다가, 떨리는 손으로 문고리를 돌렸다.

똑, 똑. 문을 두드리는 손끝에도 간절함이 묻어났다.

의사는 진료 차트를 넘기며 고개만 살짝 들었다.

"선상님… 죄송한데… 진짜 마지막으로 한 번만 더 생각해 주이소예…."

경미는 두 손을 꼭 모은 채 의사 앞에 섰다.

눈동자는 이미 눈물로 가득 차 있었고, 말을 이어가려 할 때마다 목이 메었다.

"막내가… 아직 돌 밖에 안 지났는데…

지침 함시롱 숨을 쉴 때마다 거렁 거렁 소리가 나고,

눈동자도 안 보이고… 저 아, 참말로 죽어야 되는 깁미꺼?"

의사는 입술을 꾹 다문 채 고개를 숙였다.

경미는 한 걸음 더 다가섰다.

그러다 이내 무릎을 꿇었다.

차가운 병원 바닥이 무릎을 스쳤지만, 경미는 아랑곳하지 않았다.

"선상님…우리 아부지, 옴마 다 도시로 돈 벌러 갔심미더. 집에는 지랑 오빠, 막내, 할매… 우리가 아무것도 할 줄도 모르고, 기침하는 거 보고도 아무것도 못 했심미더.

근데… 근데 저 아 진짜 죽으모…진짜 우리는 우예삽미꺼…?"

의사의 얼굴이 일그러졌다. 경미의 두 눈에서 흐르는 눈물 방울이 바닥을 적셨다.

두 손은 떨렸고, 그 마른 어깨는 계속해서 흐느낌을 삼키고 있었다.

"저 아 죽으모… 불쌍해서 우짭미꺼예.

지가 얻고 왔심미더. 감기도, 지침도… 제 탓인 거 같심미더.

그란데 약이라도, 링게루라도 할 수 있는 거까지만 해 주이소… 예?"

말이 끝나자, 경미는 고개를 바닥에 박았다.

그것은 절절한 아이의 절이자 애끓는 가족의 울음이었다.

의사는 긴 침묵 끝에 자리에서 천천히 일어났다. 책상 위에 놓인 청진기를 들며 낮게 말했다.

"알것다. 약이라도 놔 보자. 니 말대로… 해볼 수 있는 데까지 해 보자."

경미는 의사에게 수없이

"고맙심더, 고맙심더…." 울며 감사하다를 연발하고 있다.

의사의 말에 희망이란 단어는 없었지만, 그 짧은 문장 속에 경미는 살아날 불씨를 보았다.

원장은 잠시 고개를 숙였다가 천천히 약장을 열었다.

"링거라도 맞히고, 항생제라도 써 보자.

그란데 참말로 기적이 아이모 힘들다… 알제?"

그날, 막내는 병원에 입원하게 되었고 경미는 울면서 병실 바닥에서 잠이 들었다.

만석은 잠도 못 자고 창밖만 멍하니 바라보았다.

그리고 사흘째 되던 날, 막내의 거렁, 거렁 하던 숨소리가 조금씩 가벼워지기 시작했다.

목에 쌓인 가래가 줄어들었고, 하얗게 질렸던 얼굴에 조금씩 핏기가 돌아왔다.

의사는 고개를 갸웃하며 중얼거렸다.

"희한한 일이네… 이래 살아날 줄은 몰랐다이… 니들, 우짜모… 진짜 복 많은 집일지도 모르것다이."

그 말에 경미는 병실에서 꺼이꺼이 울었다.

만석은 말없이 막내의 이마를 손끝으로 쓸어내렸다.

오랜만에 온기 있는 숨소리 속에서 세 남매는 병실 구석에서 서로 몸을 맞대고 잠이 들었다.

기적이란 건, 반짝거리는 하늘이나 커다란 빛 속에만 있는 게 아니었다.

이처럼 낡은 병실, 거친 이불 속, 어린 오빠와 여동생의 절절한 마음속에도 숨어 있는 것이었다.

회성의원에서 겨우 살아 돌아온 막내 동생을 보며 만석은 다시는 울지 않기로 마음먹었다.

의사 선생님이 "기적"이라 불렀지만, 만석은 그게 기적이 아니라 자신과 경미가 애원하고 매달린 끝에 겨우 얻어낸 '기회'라는 걸 알고 있었다.

죽을 뻔한 어린 동생을 품에 안고 돌아오는 길, 만석은 마음속에 커다란 구멍이 하나 더 생긴 것을 느꼈다.

"옴마, 아부지는 와 우리 옆에 없어야 되노?"

혼잣말처럼 던진 그 물음에 경미는 아무 대답도 하지 않았다.

눈만 껌뻑이며 아픈 동생의 이마를 닦았다.

겨우 세 살, 말도 제대로 못 하는 아이가 숨을 헐떡이고, 몸을 떨며 고통스러워할 때 부모는 어디 있었나?

방앗간 마당의 풀은 자라서 허리까지 찼고, 쌀 한 줌 없어 아이들은 나뭇잎을 씹으며 허기를 달랬다.

그런데도 부모는 돌아오지 않았다.

그날 이후로 만석은 마음속에 굳은 벽 하나를 쌓았다.

누가 뭐래도, 이제 '옴마', '아부지'라는 말조차 입에 올리고 싶지 않았다.

그 사람들은 더 이상 자신의 부모가 아니라 아이들을 버리고 떠난 "남들"이었고, 세 살배기 아이를 죽게 만들 뻔한 무책임한 어른일 뿐이었다.

분노는 깊어졌고, 말수는 점점 줄어들었다. 학교에서도 친구들과 잘 어울리지 않았고, 선생님이 "요새 와 이리 조용하노?"

라고 물으면 만석은 고개만 숙였다.

그에겐 말로 설명할 수 없는 감정들이 가슴 가득 차 있었고, 그걸 꺼내면 눈물이 되어 흘러버릴 것 같아 입을 꼭 다물었다.

만석은 작은 방 한편에서 구들장 위에 동생들을 이불로 덮고 나서야 조용히 눈을 감을 수 있었다. 그는 종종 생각했다.

왜 우리 부모는 아이들을 두고 떠났을까.

다른 집 부모들은 도시에서 고생을 해도, 밤이 되면 좁디좁은 단칸방에 가족이 다 함께 모여 라면 한 그릇을 나눠 먹으며 웃기도 하고, 손을 잡고 이불을 나눠 덮으며 잠을 청한다는데….

만석의 부모는 그렇게 하지 않았다.

도시의 빈민으로 살아갈지라도, 자식들 곁에 머무는 부모가 있고, 배는 고파도 따뜻한 품속에 기대 잠들 수 있는 집이 있다고 들었지만 그건 이웃 이야기일 뿐이었다.

만석의 집은 텅 비어 있었다.

아버지는 공사장으로, 어머니는 식당으로 떠났지만, 아무 연락이 없이 시간이 흘렀다.

남겨진 것은 아이들뿐이었다.

70을 넘긴 할머니는 무거운 몸을 이끌고 산에 나무하러 다녀야 했고, 13살 된 만석은 밥 대신 동생들의 울음을 달래야 했다.

만석은 자주 부엌에 앉아 있었다.

냄비 속에 아무것도 없는 날이면, 그는 눈을 질끈 감고 혼잣말을 하곤 했다.

"우리도 옴마, 아부지하고 같이 살면 안 되나? 우리도 도시 가서, 다 같이 있으면 안 되나…?"

하지만 돌아오는 건 아무 말도 없는 정적뿐이었다.

82. 할머니의 몸과 마음의 고통

할머니는 밤마다 방에 쭈그리고 앉아, 시큰거리는 무릎을 두 손으로 감싸 쥐었다.

한번 쪼그리고 앉으면 쉽게 일어서지도 못했지만, 습관처럼 그 자리에 앉곤 했다.

밤이 되면 몸보다 마음이 더 쑤셨다.

"이놈의 종내기 내가 잘못 키았다."

할머니는 터지듯이 한숨을 내쉬며 혼잣말을 시작했다.

"3대 독자 집에 장남이라꼬 하고 싶은 거 다 하라 했더만은… 저리 키운 내 죄다."

잠자는 아이들의 얼굴을 보면서 할머니의 눈동자도 촉촉이 젖어 들었다.

새근거리던 막내가 켁 하고 기침이라도 하면, 할머니는 등을 토닥이며 더 낮은 소리로 중얼거렸다.

"그 애렵던 살림에 내는 안 묵고 안 써도, 지는 해 도라는 거 다 해 주고…운동화 사 달라면 사 주고, 통기타 배우고 싶다카모 읍내까지 보내고… 지가 좀 나쁜 질가모 내가 쎄리 페서라도 못 하구로 해야 되는긴데."

입술이 파르르 떨렸다.

아들 철수가 잘못된 길로 들어선 게 다 자기 탓이라는 듯, 할머니는 무릎을 부여잡고 고개를 숙였다.
"내가, 내 손으로 집안을 무너뜨린기라…."

한낮이면 아이들 밥 챙기느라 허리를 펴지 못했고, 밤이면 자식 걱정에 누워서도 잠이 들지 못했다.

방 안에 불빛이 꺼지고 아이들이 하나둘 숨을 고를 때, 할머니는 방안에 쭈그리고 앉아 어김없이 무릎을 어루만졌다.

젊은 시절 생선 소쿠리를 이고 하루에도 몇 십 리씩 걷느라 망가진 것이었다.

그때는 다리 아픈 줄도 모르고, 그저 식구들 밥 먹일 생각뿐이었다.

하지만 그 시작은, 더 거슬러 올라간다.

"내가 그때… 일본서 나와 바로 친정 오라버니한테 돈 맡기지만 않았어도…."

입가에 맺힌 한숨이, 오래된 고름처럼 흘러나왔다.

젊은 시절, 일본에서 아끼고 또 아껴 모은 돈이었다. 그 돈으로 마지 땅 한 마지기라도 사서 농사만 제대로 지었더라면… 허리 부러져라 생선 장사하러 다니지 않아도 됐을 것이고, 집 안은 이토록 휘청 거리지 않았을 것이다.

"그래 살림은 좀 쪼들렸을지 몰라도, 내 얼라만 굽어보며 살았을 기라…."

손바닥으로 무릎을 툭툭 치며 중얼거리다 문득 철수의 얼굴을 떠올린다.

하고 싶은 거 다 해 보라고, 3대 독자 집에 장남이라고, 귀하게 키운 그 아들, 지금은 가족을 등지고 방앗간도, 아이들도, 다 내팽개쳐 버린 철수.

그 철수의 잘못이, 결국은 자신이 그렇게 키운 탓이라는 자책이 뼛속까지 파고들었다.

"내가, 어미 노릇을 잘못했다… 내 죄다…."

그녀는 매일 밤 자식들에게 용서를 구하고 있었다. 말없이, 눈물로, 고요한 밤에.

윗목에서 들려오는 나직한 할머니의 혼잣말 소리에 만석은 이불 속에서 눈을 떴다.

달빛이 창문을 차고 들어와 벽에 흐릿하게 비치고 있었고, 할머니는 윗목에서 등을 돌린 채 쭈그리고 앉아 있었다.

무릎을 매만지며 중얼거리는 할머니의 목소리는 자신에게 하는 말이 아니라, 세월에게, 지나간 날에게, 그리고 지금 이 자리에 없는 아버지에게 향해 있었다.

"내가 잘못 키왔다!"

그 소리를 들은 순간, 이불을 뒤집어쓰고 있던 만석의 눈이 번쩍 뜨였다.

숨을 고르려 했지만, 가슴 깊은 곳에서 분노와 서러움이 함께 끓어올랐다.

'왜 할매가 그런 소리를 해야 되노… 잘못한 건 우리 아부지인데….'

할머니는 자신이 아버지를 버릇없이 키운 탓이라 했지만, 만석은 알고 있었다.

그건 단지 할머니의 죄책감일 뿐이었다.

자기 잘못을 남에게 떠넘기고, 자식까지 버린 철수. 그 사람이 모든 불행의 시작이었다.

'우리가 이렇게 밥도 못 묵고, 추운 겨울에 서로 몸을 붙여가며 자는 것도… 다 아부지 때문이다.'

불 꺼진 방 안에서, 달빛조차 닿지 않는 어둠 속에서, 만석은 이불 속에 얼굴을 묻고 이를 악물었다.

눈물이 나지는 않았다.

울기엔 이미 너무 오래 견뎌왔고, 너무 많이 참아 왔다.

그저, 더 이상 자신을 잠재우지 못할 뜨겁고 질긴 원망만이 그 밤에 온몸을 타고 돌고 있었다.

그날 이후, 만석은 달라졌다. 아니, 정확히 말하면 굳어졌다.

예전엔 동생들이 울면 같이 울고, 할머니가 힘들어하면 옆에 앉아 다리를 주물러 드리곤 했다. 하지만 이제는 말이 없어지고, 사람들과 눈을 마주치지도 않았다.

방앗간 앞을 지나가던 이웃이

"만석아, 힘들제?" 하고 물어도 그저 고개만 까딱할 뿐, 눈빛은 얼음장처럼 식어 있었다.

어느 날 밤, 동생의 기침 소리를 들으며 만석은 아궁이 앞에 앉아 할머니와 자신이 해온 나무로 군불을 때며 툭툭 타오르는 불길을 보며 속으로 말했다.

'그 인간… 우리를 버리고, 지집질 함시롱 살 때는 참 좋았을 끼다.'

그 생각만 하면 저절로 주먹이 쥐어졌다.

부뚜막 앞에 놓인 고무 다라이를 걷어차고 싶은 충동, 눈앞에 그 철수의 얼굴이 있다면 주먹부터 날리고 싶은 마음이 가슴 깊은 곳에서 마그마처럼 끓어올랐다.

처음으로 아버지를 '그 인간'이라 부른 순간이었다.

아버지라는 단어조차 이제는 입에 올리고 싶지 않았다. 그는 가족이 아니었다.

오히려, 가족의 얼굴을 짓밟고 아이들이 배고프게 하고 할머니의 무릎을 병들게 한 주범일 뿐이었다.

만석은 그날 밤, 다짐했다.

'나중에 내가 크모 그 인간 절대 그냥은 안 넘긴다. 그때까지 난 절대 안 무너진다.'

그것은 아이가 꾸는 복수의 꿈이 아니라, 버림받은 자식이 마음속 깊이 새긴 처절한 생존의 맹세였다.

83. 엄마의 손길이 그리운 아이인데

만석은 아직 겨우 열세 살이었다.

세상에 대한 분노가 아무리 가득해도, 학교에 가방 하나 메고 다니는 것 외엔 그가 할 수 있는 게 아무것도 없었다.

아버지의 외도와 무관심 때문에 집안의 가산은 남아 있지 않고 토지 역시 단 한 평도 없었다.

토지가 하나도 없다는 건, 남들처럼 논밭을 나가 일을 하지 않아도 된다는 뜻이었다.

그러나 그것이 축복이 아닌, 더 깊은 가난의 징표였다.

학교가 끝나는 종이 울리면 만석은 책가방을 마루 한편에 내려놓고 할머니 손을 잡고 산으로 향했다.

단열도 제대로 되지 않은 쓰레이트 집에서 얼어 죽지 않고 살려면 끊임없이 나무를 해서 불을 때어야 했다.

산속에서 나뭇가지를 주워 등에 지고, 젖은 낙엽을 긁어모아 부지런히 나무를 해야만 했다.

손바닥은 금세 거칠어지고, 겨울이 깊어질수록 손등은 갈라졌다.

여동생 경미는 병치레가 심한 막내를 업고, 또 그 밑의 꼬마 동생 둘을 번갈아 보며 집안 살림을 해야 했다.

11살 경미는 그 나이엔 친구들과 어울리고 소꿉장난을 할 나이였지만 경미는 막내 기저귀를 갈아야 했고, 부엌을 오가고, 아이들을 재우며 하루를 보냈다.

그들의 어린 날은 동화책 속에서 찾을 수 있는 환상과는 거리가 멀었다. 나무짐과 울음소리와 고된 하루가 그들의 현실이자 내일이었다.

경미는 엄마가 마지막으로 안아 주고 떠난 날, 그 품이 어찌나 따뜻했던지, 그 뒤로 아무리 두꺼운 이불을 덮어도 그 온기를 다시 느낄 수 없었다.

매일같이 기저귀를 빨고, 막내를 업고, 오빠와 할머니가 나무를 지고 산에서 내려올 때면 부엌에서 밥솥을 지키는 건 늘 경미의 몫이었다.

처음엔 아궁이 불 지피는 것도, 쌀 대신 보리 섞는 것도 무서웠지만 이제는 익숙해졌다.

익숙해졌다는 말이 너무 얄미웠다.

'경미야, 이래 살다 진짜 늙어뿌것다….'

혼잣말처럼 내뱉고는, 막내를 등에 업은 채 조용히 눈을 감는다.

울면 안 된다고 스스로를 타이르지만, 등 뒤에서 칭얼대는 막내의 울음이 자기 마음 같아 눈물부터 맺힌다.

막내 춘석이는 아직 엄마가 누구인지 모른다. 세 살을 갓 넘긴 아이의 기억에는 마산 식당에서 일하며 드문드문 다녀가는 친엄마보다 매일 밥을 주고, 옷을 입히고, 재우는 경미의 얼굴이 더 익숙했다.

"옴마야~ 이거 묵어두."

막내가 반찬통을 내밀며 환하게 웃을 때, 경미는 순간 가슴이 철렁 내려앉았다.

"경미 누야는 옴마가 아이다. 옴마는 저기 마산에 돈 벌고 있다이. 춘석이 맛난 거 사갖고 좀 있으모 올끼다…."

하지만 막내는 그 말을 알아듣지 못했다.

그저 경미 품에 안겨 얼굴을 비비며 칭얼댈 뿐이었다.

밤이 되면 더 또렷해졌다.

동생들을 다 재우고 나서 부엌에서 설거지를 하다 늦게 부엌에서 들어오면 춘석이는 언제나 졸린 눈을 비비며

"옴마야…."

그리고 그대로 경미의 무릎에 머리를 기대어 잠이 들었다.

경미는 아이의 숨결을 느끼며 하늘을 바라보며 가슴이 저며왔다.

'내가 옴마가 아닌데….'

하지만 그 아이에겐 자신밖에 없다는 걸 알았다.

차가운 방 안에서, 엄마 없이 우는 동생 대신, 품을 내어줄 사람도, 등을 두드려줄 사람도 경미 자신뿐이었다.

그래서 이제 경미는 막내가 "엄마"라고 부를 때 굳이 고쳐 주지 않는다.

대신 더 다정하게 안아 주고, 더 따뜻하게 이불을 덮어 준다.

언젠가는 막내도 알게 되겠지. 자기 엄마가 누구였는지. 그러나 지금은, 자신이 그 아이에게 엄마 노릇을 해 줘야 한다는 사실만으로 경미는 하루를 살아낸다.

밤이 되면 지쳐 쓰러지고 할머니는 무릎을 쓸어내리며 한숨을 쉰다.

그 틈에서 경미는 가끔 꿈을 꾼다.

엄마가 다시 와서 머리를 쓰다듬어 주고, 밥 냄새 나는 부엌에서 다

함께 웃는 꿈.

하지만 꿈은 이불 속에서 깨어나면 끝이 나고, 현실은 학교가려면 세수 물부터 끓여야 하는 아침이 된다.

경미는 늘 어른인 척하지만, 사실은 누구보다 어린아이로 살고 싶었다.

인형 하나라도 품고 울 수 있는 그런 평범한 어린 딸로.

문간에 낯선 발소리가 들리면 가장 먼저 뛰어나가는 건 늘 셋째 영미였다. "옴마!" 그 외마디 소리에 방 안에서 뒹굴던 막내 춘석이도 덩달아 쏜살같이 달려 나갔다.

엄마는 형제자매들과 같이 나온 막내 춘석이를 얼싸안았다. 작고 가벼운 아이의 몸이 품에 꼭 들어찼다.

춘석이는 엄마를 보고 멀뚱거렸다.

춘석이는 너무 어린나이에 엄마와 떨어저 있어서 경미를 엄마로 알고 있었다.

"춘석아, 옴마다! 옴마다!"

엄마는 춘석이를 안고 울부짖었다.

"춘석아… 우리 아가야… 내 새끼야…."

어머니의 두 다리는 휘청이고 눈물이 주르륵 흘러내렸다.

입술을 달달 떨며 아이의 등을 쓰다듬는데, 가슴속에 묻어 두었던 기억이 한꺼번에 쏟아졌다.

그녀는 털썩 마루에 주저앉아 춘석이를 꼭 끌어안은 채 참았던 울음을 터뜨렸다.

소리 내어 울고 또 울었다.

회성의원에서 "가망 없다"던 의사의 말, 아기 몸에서 들리던 거렁거렁한 숨소리, 그 밤 병원 벤치에서 들었던 경미의 떨리는 울음….

그 아이가, 죽을 뻔했던 그 아이가 이렇게 말간 얼굴로 자기 품에 안겨 있는 것이다.

한두 달에 한 번 오는 엄마지만 그 순간만큼은 온 세상의 후회와 안도가 그 품 안에 다 모여 있었다. 아이들은 멀찍이 서서 그 모습을 지켜보았다. 경미는 아무 말 없이 부엌문에 기대었다.

만석은 입술을 꽉 깨물고 눈을 피했다.

그러나 모두가 알았다.

그 울음은 사랑이었다. 그 울음은 미안함이었다.

그리고, 잊지 못할 겨울밤의 생명에 대한 기적의 울음이었다.

마루 위에서 검정 보따리를 든 엄마가 감정을 추스리며 작은 미소를 짓고 서 있었다.

"우와, 국화빵이다! 엄마, 참말로 국화빵 사왔뻔네!"

"요거는, 도나스다! 엄마 이거 비쌀 낀데…."

아이들은 앉기도 전에 보자기를 풀며 눈이 반짝반짝 빛났다.

엄마 손엔 늘 봉투가 들려 있었고, 비닐봉지에 돌돌 감긴 식당 반찬들이 담겨 있었다.

그것은 음식 그 이상이었다.

아이들에겐 그리움이자 온기였고, 마산 냄새 나는 그 음식에서 아이들은 비로소 '가족'의 냄새를 맡았다.

엄마는 늘 피곤한 얼굴이었지만 아이들 얼굴을 하나하나 어루만지며

"우리 경미, 살 빠졌네….."

"만석이는 키 더 컸다!"

하고 말한다.

자기보다 아이들 밥상 차리는 데 먼저 손을 움직였다.

그날 밤만은 낡은 이불을 덮고 다 함께 엎드려 엄마 품을 베고 잠이 들었다.

잠든 경미의 입가엔 오랜만에 본 엄마 냄새가 맴돌았고, 만석은 말은 안 했지만, 아궁이 불 대신 엄마 품이 집을 데우고 있다는 걸 느꼈다.

할머니도 그날만은 고무신 벗고 앉아 뜨끈한 밥 한 숟갈을 제대로 삼켰다.

84. 너무 빨리 어른이 되어 버린 만석

엄마가 집에 왔다가고 나면, 사정리의 방앗간집은 이상하리만큼 더 조용해졌다.

만석, 경미, 영미, 그리고 막내 춘석이는 그 따뜻했던 잔상이 사라지기도 전에 서늘한 현실의 벽 앞에 다시 서야 했다.

방안 구석에 남겨진 엄마의 냄새, 솥뚜껑 위에 남은 마지막 밥알, 행랑 끝에 매달려 살랑거리는 행주 천 조각조차 그들에게는 모두 그리움의 유물이었다.

특히 막내 춘석이는 엄마가 떠난 날 밤.

"옴마, 가지 마라."

하며 눈물만 뚝뚝 흘렸다.

그 아이에겐 경미가 늘 엄마 같았지만, 막상 진짜 엄마가 안아주고 뺨에 입을 맞추고 등을 토닥여 주는 동안은, 그 품이 얼마나 따뜻한지를 몸이 기억해 버렸다.

경미는 엄마가 떠난 뒤 막내 준석이가,

"엄마 어디 갔노?" 하고 물으면 대답 대신 끓는 냄비에 국수를 휘젓기만 했다.

그녀의 눈에는 늘 먹먹한 허공이 가득했다.

말하지 않아도 안다.

엄마가 오면 행복하고, 떠나면 마음이 쑥 꺼져 버린다.

그 허전함은 밥을 먹어도, 함께 뒹굴어도 채워지지 않았다.

만석은 더 무거웠다.

"옴마는 또 한 달 있으모 오것지."

속으로 중얼이며 조용히 벽을 바라보곤 했다.

가장이라는 이름으로 감정을 숨겨야 했지만, 엄마가 다녀간 다음 날이면 꼭 새벽에 혼자 장독대에 나가 찬물로 얼굴을 씻었다.

그건 울지 않으려는 의식이자 다시 견뎌야 한다는 다짐이었다.

그 잠깐의 따뜻함은, 오히려 아이들의 마음을 더 아프게 했다.

방앗간집 아이들, 만석이네 형제자매들은 원래 마을에서도 제법 사는 집 자식들이었다.

쌀독이 비는 법이 없었고, 방앗간 기계는 늘 씽씽 돌아갔으며, 명절이면 이웃 아이들이 눈을 동그랗게 뜨고 부러워할 만큼 설탕 묻힌 도나스와 달콤한 엿강정을 넉넉히 나눠 먹고는 했다.

그러나 아버지 철수의 외도로부터 시작하여 모든것이 무너졌다.

어머니 숙자도 결국 지친 마음을 안고 도회지 식당으로 떠났고, 철수는 더 이상 마을에 얼굴을 비치지 않았다.

그날부터 방앗간 마당엔 기계 소리가 멎었고, 아이들은 매캐한 먼지 속에서 '가난한 집 아이들'로 불리게 되었다.

가장 뼈아픈 건, 단지 돈이 없어진 것만이 아니었다.

"알구지라, 방앗간집이 그 옛날 방앗간이 아이란다. 요새는 쌀도 없다 쿠네."

견디기 힘들었던 것은 또래 아이들이 웅성이는 소리, 어른들이 지나가며 슬쩍 흘리는 시선, 그리고 무엇보다 스스로를 바라보는 만석의 자존감 추락이었다.

경미는 말수가 줄었고, 영미는 동무들 사이에 끼지 못하고 항상 뒤에 서 있었다.

막내 춘석이는 감기를 달고 살았고, 만석은 그 모든 상황을 감당하느라 아이가 아닌 작은 어른이 되었다.

불과 몇 년 사이에, 여유롭던 방앗간집은 가장 먼저 부모를 잃고, 가장 먼저 굶주림을 배운 집이 되어 있었다.

그들이 감당해야 했던 것은 단지 가난이 아니라, 과거의 기억과 현실 사이에 끼어 버린 정체성의 혼란이었다.

한때 풍족했던 기억은 가끔 아이들을 더욱 슬프게 했다.

왜 우리만 이렇게 되어야 했는가? 그 물음이 마음 깊은 곳에서 매일 자라나고 있었다.

영미와 춘석이는 어느 날부터 슬쩍 옆집에 텔레비전을 보러 갔다. 그곳에선 만화도 나오고, 연속극도 나왔다.

그러나 돌아오면 항상 경미의 눈빛이 차가웠다.

만석은 말없이 등을 돌렸고, 동생들은 그것이 무슨 뜻인지 금세 알아챘다.

경미는 말하진 않았지만, 그 마음은 분명했다. 그건 만석도 마찬가지였다.

차라리 텔레비전 없이 어두운 방에서 동생들과 둘러앉아 있는 것이 자존심을 잃는 것보다는 낫다고 여겼다.

방앗간집의 밤은 조용하고 고요했다.

방앗간집의 안방 한편에 놓여 있던 텔레비전은, 한때 마을 아이들과 어른들이 둘러 앉아 보았던 '부의 상징'이었다.

그 작은 화면 속에서 튀어나오는 색깔과 소리는 밤이면 온 동네 사람들을 끌어모았다.

하지만 이제 그 텔레비전은 먼지에 뒤덮인 채, 침묵하는 검은 상자로 변해 있었다.

소리는커녕 화면조차 켜지지 않았다. 만석은 무릎을 꿇고, 아버지가 쓰다 남긴 드라이버 한 자루를 꺼내 뒷면의 나사부터 조심스레 풀었다.

'이거 고치모 영미도 춘석이도 남에 집에 데레비 안 보러 가도 될낀데…'

동생들을 한 번이라도 웃게 하고 싶었다.

집 안엔 웃음이 사라진 지 오래였다. 덜컥덜컥 풀리는 나사 소리에 맞춰 만석의 이마엔 땀이 맺혔다.

뒤판을 떼어내자 복잡한 회로와 진공관, 철심과 구리선이 뒤엉킨 내부가 드러났다.

어린 만석의 눈엔 그것들이 마치 산 속 미로처럼 보였다.

하지만 그는 겁먹지 않았다.

곁에 두었던 낡은 손전등을 비추어 보며 진공관을 하나씩 눌러보기도 하고, 혹시 헐겁진 않은지, 깨지진 않았는지 살폈다.

그러다 불이 들어오지 않는 진공관을 발견했다.

투명한 유리 안쪽엔 검게 그을린 흔적이 남아 있고 주황색 불이 들어오지 않았디.

"아… 이기 나가쁜네…."

만석은 혼잣말처럼 중얼거리며 그 진공관을 조심스레 빼내어 손바닥 위에 올렸다. 그 작은 부품 하나 때문에, 영미는 만화를 못 보고 춘석이는 울음을 삼켰으며 경미는 입술을 꾹 다문 채 방문을 닫아 버렸던 것이다.

만석은 텔레비전 앞에 쪼그려 앉아 한참이나 꼼짝도 하지 않았다.

진공관을 구하려면 읍내까지 나가야 하고, 돈이 있어야 했다.

하지만 그 돈으로는 식량을 사야 했고, 쌀이 떨어지면 굶어야만 했다.

그는 텔레비전 안쪽에 조용히 손을 뻗었다.

더 이상 작동되지 않는 진공관들을 어루만지듯 매만졌다.

"니는 와 이리 고장이 나쁜노?"

입속에서 터져 나온 말은 텔레비전에게 한 것이었지만, 어쩌면 그것은 세상의 모든 고장 난 것들에 대한 어린 소년의 질문이기도 했다.

만석은 텔레비전 뚜껑을 다시 덮었다.

나사 몇 개는 잃어버렸지만 다시 고정시키려 애썼다.

그렇게라도 해야 마음이 덜 무너질 것 같았다.

그리고 그는 다짐했다.

'내 크모, 진짜 고치는 사람 될란다.

돈 쌔가 빠지게 모아가 데레비도 사고, 땅도 사고, 집도 새로 짓고… 우리 식구 다시는 이런 꼬라지에서 안 살구로'

그 다짐은 그날 불이 꺼진 텔레비전 앞에서 소리 없이 시작 된 어린 기술자의 첫 기도였다.

텔레비전을 다시 살 수 있으려면, 쌀 몇 가마니는 족히 들어갈 값이었다.

만석은 열세 살. 하지만 그 나이의 어깨가 감당하기엔 집안의 짐은 너무 컸다.

아버지가 집을 떠난 뒤, 할머니는 노쇠하고 엄마는 마산 식당에서 두 달에 한 번씩 겨우 얼굴을 비쳤다. 그러니 남은 건 만석뿐이었다.

밥이 타면 경미를 나무랐고, 춘석이가 울면 영미에게 조용히 시키라 소리쳤다.

자기도 모르게 목소리에 힘을 주며 다리를 쿵쿵 구르며
"이리 하지 마라 했다 아이가!"
소리를 높이기도 했다.

그럴 때면 막내 춘석이는 입술을 달달 떨며 경미 뒤로 숨었고, 영미는 주먹으로 눈가를 비비며 입을 꾹 다물었다.

만석도 안다.

자신이 동생들을 겁주고 있다는 걸. 하지만 그는 어른들의 흉내를 내는 법밖에 몰랐다.

아버지는 늘 그렇게 했다.

혼낼 때는 겁을 줘야 말을 듣는 줄 알았고, 자식이 울면 손부터 나갔었다.

만석은 자주 생각했다. "내가 아버지 대신이니까, 이리 하는기 맞는 기다."

그러나 밤이 되면, 불 꺼진 부엌 옆에서 동생들의 숨소리를 들으며 그는 후회했다.

'내가 왜 그렇게 말했지… 경미도, 영미도 나랑 같이 힘든데…'

그의 마음 한구석에선 늘 죄책감이 자라고 있었다.

그러면서도 그는 다음 날 또다시 가장의 흉내를 냈다.

왜냐하면 누군가는 이 무너진 집을 붙들고 있어야 했고, 그 누군가가 되기에 만석은 이미 너무 빨리 어른이 되어 버렸기 때문이었다.